Pierre Souvestre & Marcel Allain
Fantomas: Mord in Monte Carlo

Pierre Souvestre & Marcel Allain

Fantomas: Mord in Monte Carlo

Übersetzt von
Erika Tophoven-Schöningh
und Pierre Villain

Titel der Originalausgabe
La Main Coupée
10. Episode der Folge von 32 Romanen,
erschienen bei Arthème Fayard, Paris,
im November 1911;
in einer Neuausgabe ebenda unter dem Titel
Fantômas à Monaco
im Januar 1933.
© S.C.A.M., Paris

Lizenzausgabe
für die Büchergilde Gutenberg,
Frankfurt am Main, Olten, Wien
und für den Buchclub Ex Libris, Zürich,
mit freundlicher Genehmigung des
gerhardt verlages, Berlin.
© gerhardt verlag, Berlin

Inhalt

1. Ein Spieler — 7
2. Die Familienpension Heberlauf — 19
3. Der grosse Coup — 31
4. Die Rache des Glücks — 43
5. Dreihunderttausend Francs zuviel — 55
6. Die Hand zwischen den Schienen — 75
7. Staunen über Staunen ... — 92
8. Ein Ausflug aufs Meer — 101
9. Ein Rätsel — 111
10. Ein nächtlicher Überfall — 120
11. Der reiche Bettler — 132
12. Wieder die Hand! — 144
13. Ein Amateur-Kommissar — 155
14. Der verräterische Widerschein — 166
15. Gefährliches Monaco — 175
16. Herz-Dame! ... Pik-Dame! — 183
17. Am Eingang zu den Geldschränken — 195
18. Lauter Lügen! — 207
19. Fandors Gefangener — 219
20. Ein schleichender Tod — 231
21. Iwan Iwanow... — 247
22. Die Frau, die ich liebe — 263
23. Ein bestürzender Besuch — 275
24. Bouzille, der Pechvogel — 284
25. Der Umschlag mit den Tausendern — 294
26. Ausbruch in den Hinterhalt — 303
27. Zwischen Himmel und Meer — 318
28. Dicke Freunde nun erst recht — 327
29. Angst! — 338
30. Der Kommandant der Skobeleff — 348

1. Ein Spieler

Vor ein paar Minuten hatte die grosse Uhr hoch oben auf den beiden mächtigen weissen Marmorsäulen in der Halle des Casinos von Monaco halb elf geschlagen, aber trotz der späten Stunde herrschte drinnen noch ein lebhaftes, ja fieberhaftes Treiben, denn die Roulettes drehten weiter ihre schwindelerregenden Runden unter den lauernden, flehenden, verfluchenden Blicken der wie gebannt dasitzenden Spieler, die der grosse Zufall reich machte oder ruinierte, wie zum Spass ...

Allerdings waren es nur noch die besessenen Spieler, die sich tagaus, tagein an den Tischen einfanden, in einer einzigen Nacht ein Vermögen gewannen oder verloren, nach Emotionen lechzten und unablässig hin- und hergeschleudert wurden zwischen einer glücklichen, wohlhabenden Existenz, die sie ersehnten, und einem jämmerlichen, elendigen und beschämenden Dasein, das ihnen drohte ...

Man sah nur blasse, abgespannte Gesichter: die Männer hatten dunkle Ringe unter den müden Augen, wie alle Nachtschwärmer, und etwas Lüsternes flackerte in ihrem Blick ... Die Frauen hatten verrutschte Frisuren und sahen hässlich aus: ihre Gesichter zuckten vor Nervosität, ihre Schminke war rissig geworden, und die reisgepuderten Wangen waren wie gerieft ...

Das Casino von Monaco bot an jenem Abend den gleichen Anblick wie immer, wenn eine Schar von Spielbesessenen hereinkommt, Spieler, die eigentlich wie Automaten sind und nur noch leben und denken können, wenn sie an einem Spieltisch sitzen und die Anweisungen und stereotypen Ausrufe der Croupiers vernehmen ...

Im Atrium, das sich neben dem grossen Saal erstreckte und zum eigentlichen Spielsalon führte, waren nur wenige Leute. Höchstens drei oder vier Gruppen unterhielten sich erregt über eine bemerkenswerte 'Serie', die sich soeben an einem der Roulette-Tische ergeben hatte.

Ausrufe schwirrten durch die Luft:
– Fünfmal nacheinander die Vier! ... Das kann doch nicht wahr sein! ...
– Da hilft kein System, wenn Schwarz wie heute abend fällt!
– Sind Sie ganz abgebrannt?
– Beinahe! ...

Etwas weiter weg, in den eigentlichen Spielsalons, schien eine dichte Menge in ihrem Spieleifer und der gespannten Erwartung, zu gewinnen oder zu verlieren, gar nicht zu merken, dass es immer später wurde ...

– Faites vos jeux, Messieurs, wenn ich bitten darf. Faites vos jeux! Messieurs, Mesdames! ... Faites vos jeux! ... Rien ne va plus! ...

In diesen Salons, wo laut die monotonen Rufe der Croupiers erschallten, hörte man in gleichmässigen Abständen die aufs grüne Tuch geworfenen Goldstücke klicken und gleich danach das leichte Schaben der Rechen, die die verlorenen Einsätze der vom Glück Verlassenen zu den Schubladen der Bank schoben ...

Die Luft in diesen Sälen war drückend, überhitzt und schwer zu beschreiben ...

Verschiedene Parfums mischten ihren abgestandenen Duft darunter; ein leichter Zigarrengeruch drang von den Rauchsalons herüber ... und unablässig die gleichen Geräusche, die gleichen Ausrufe:

– De la monnaie, Caissier? ...
– Nochmal Rot!
– Mein Gott, ich verliere über hundert Louisdor diesmal! Eine schöne Bescherung!
– Keine einzige Kombination geht durch!
– Faites vos jeux, Messieurs! ... Haben Sie gesetzt, Monsieur?
– Ja, auf die Drei!
– In Ordnung! Rien ne va plus!

Und schon lief die Kugel los, mit jenem verhaltenen, immer wieder kurz unterbrochenen Surren, das die Spieler nicht ohne geheime Angst hören, es surrte und surrte, anfangs laut, dann nach und nach immer leiser, bis die Kugel blind und bösartig auf der Gewinnzahl zum Stillstand kam ...

– Mein Gott, ist das heiss hier drinnen! Und was für ein blödsinniger Abend! Mehr als blödsinnig! ... Hätte ich doch lieber ... Ach was, hin ist hin! Nicht zu ändern! Jetzt brauche ich nur noch ... Ach was! ... Hier ist es angenehmer!

In dem schön geschnitzten Rahmen der Tür, die das Atrium mit den Spielsalons verband und dem Personal vorbehalten war, das regelmässig zu den Roulette-Räumen und zum trente-et-quarante Zutritt hatte, stand auf einmal ein Mann mit zerfurchtem Gesicht und vor Erregung gespannten Gesichtszügen; er zitterte heftig, obwohl er alles tat, um sich zu beherrschen.

Er mochte etwa vierzig Jahre alt sein; sein ebenholz-schwarzes Haar und sein dichter Schnurrbart, der über dicke, sinnliche Lippen fiel und in einen langen, fächerförmigen, dicht gekräuselten Bart überging, gaben ihm ein wahrhaft ungewöhnliches Aussehen, das auffiel, anzog und zugleich verwunderte ...

Allein schon in seinen merkwürdig tiefen, hellblauen Augen, die an den Glanz gewisser Edelsteine erinnerten, funkelte etwas Geheimnisvolles, als steckte dahinter ein verborgener Wille, der allerdings eher auf kalte, zähe Entschlossenheit hindeutete und sicherlich hin und wieder zu schrecklichen Ausbrüchen führte, während er ein andermal wohl imstande war, sich zurück zu halten, zu beherrschen, ja womöglich zu verstellen oder gar zu lügen.

Der schlanke, aber muskulöse Mann hatte unter dem lässig getragenen Anzug einen kräftigen, geschmeidigen Körper, und man sah sogleich, dass er ein Mann von Welt war und sich in eleganter Kleidung zu bewegen wusste ...

Er blieb knapp eine Sekunde reglos stehen und betrachtete das halb leere Atrium.

Dann runzelte er in sehr eigenwilliger Weise die Brauen und ging mit grossen Schritten auf eine Gruppe junger Leute zu, die erstaunt waren, ihn zu sehen:

– Iwan Iwanowitsch! Sie! Noch hier, zu so später Stunde? ... Haben Sie womöglich das grosse Geld gewonnen?

– Oder haushoch verloren ... Sie vergessen wohl, mein Lieber, dass es immer zwei Gründe gibt, wenn ein Mann abends um elf noch im Casino ist?

– Und wie ist es mit Ihnen, Iwan Iwanowitsch? Haben Sie verloren oder gewonnen, Herr 'Kommandant'?

Der sonderbare Mann, der auf den Namen Iwan Iwanowitsch hörte, dieser Russe, der gar nicht erstaunt zu sein schien, dass man ihn mit 'Kommandant' anredete, zuckte höchst verächtlich die Achseln:

– Ph! Sie fragen, ob ich verloren oder gewonnen habe? Ich weiss es nicht mehr! Ich habe bis spät in die Nacht gespielt, ich brauche jetzt Ruhe, und ...

– Und morgen ist auch noch ein Tag?

– So ist es, mein Lieber!

– Sie gehen also wieder an Bord? ...

Der Russe, der in vertraulichem oder kameradschaftlichem Ton diese Fragen stellte, ein eleganter junger Mann, warf einen raschen, flüchtigen Blick zur Reede von Monaco hinüber.

Auf offener See, etwa zwei Kilometer vom Quai entfernt, sah man undeutlich die schwachen und doch eindrucksvollen Umrisse eines dunkelgrauen Kriegsschiffes, das sich nur wenig vom Dunst der klaren Nacht abhob und von den Wellen einer leicht bewegten See sanft hin- und hergeschaukelt wurde.

Der Russe zuckte noch einmal die Achseln:

– Nein! antwortete er kurz, ich gehe heute abend nicht wieder an Bord der *Skobeleff*...

– Herr Kommandant, man sieht Sie selten auf ihrem Schiff! ...

Dieser Satz wurde in scherzhaftem Ton gesprochen ...

Der Russe antwortete knapp, aber freundlich:

– Ich bin niemandem Rechenschaft schuldig ausser meinem Herrn und Gebieter, dem Zaren, und bin an Bord, wann es mir gefällt! ...

Nachdem Iwan Iwanowitsch diese Antwort mit kaum merklicher Verachtung gegeben hatte, machte er auf dem Absatz kehrt und ging mit kurzem Gruss davon ...

– Donnerwetter! murmelte der junge Mann, der sich diese etwas brüske Replik zugezogen hatte, der Kommandant Iwan Iwanowitsch ist sehr nervös! Sollte Frau Fortuna ihm zufällig einmal nicht gelächelt haben?

Man neigt nämlich in Monaco, und zwar mit Recht, dazu, die wechselnden Stimmungen bei allen, die in der Welt des Glücksspiels leben, den Launen des Roulettes zuzuschreiben!

Dass Iwan Iwanowitsch tatsächlich sehr nervös war, daran bestand kein Zweifel.

Er ging mit grossen Schritten durchs Atrium auf die Gartenanlagen zu, die das Casino umgeben, und an seinem etwas schwankenden, wiegenden Gang sah man, dass er ein Seemann war, denn alle, die zur See fahren, versuchen auf diese Weise, ein plötzliches Schlingern des Schiffes abzufangen.

Draussen angekommen, eilte er die Stufen der Freitreppe hinunter und bog rechts in eine der dunklen kleinen Alleen ein, die wie ein immergrüner Korb die Rasenflächen einrahmten.

Er schritt hastig aus und warf sich nicht einmal den dünnen Mantel über die Schultern, den der Mann an der Garderobe ihm im Vorbeigehen gereicht hatte. Er schob seinen Hut leicht nach hinten und atmete tief die reine, prickelnde und schon recht kühle Luft ein, die von der offenen See kam und noch ganz feucht von Nebel war.

Iwan Iwanowitsch folgte ein paar Minuten lang der Parkallee ...

Der Schweiss perlte ihm von den Schläfen, obwohl es kühl war, und seine unaufhörlich zitternden Lippen waren blutleer wie bei einem, den unerwartet ein Schock trifft ...

Iwan Iwanowitsch, der achtlos geradeaus ging, stand plötzlich vor dem Halbrund einer Hecke, die die Allee zur Mole hin abschloss ... Er beugte sich über die grüne Brüstung:

– Die *Skobeleff*! dachte er, mein Schiff! Ein Kreuzer, den der Zar mir anvertraut hat und den ich mit soviel Stolz kommandierte ...

Lange blickte der Seemann zum Schiff hinüber; er starrte es an, und bisweilen verschwammen seine Augen in Tränen ...

Schliesslich stiess er einen dumpfen Fluch zwischen den Zähnen hervor, streckte die Hand aus und wies mit dem Zeigefinger auf das Schiff:

– Bei Gott! sagte er vor sich hin, da habe ich Kanonen, die wahre Wunder sind, und die besten Kanoniere der russischen Marine! ... Die *Skobeleff* ist ein stattliches Schiff ... man müsste ...

Aber schon schien der Offizier den Gedanken wieder zu verwerfen, der ihn gerade noch beschäftigte, denn er kräuselte die Stirn und zuckte die Achseln, als wollte er eine Sorge abschütteln.

– Das Wichtigste zuerst! ... Die Mannschaft! ...

Iwan Iwanowitsch machte kehrt, zog den Mantel über, den er noch überm Arm trug und ging, wieder weit ausschreitend, zum Hafen hinunter.

Der Offizier hatte kaum die Hälfte des Wegs zurückgelegt und befand sich noch auf halber Höhe des Hangs, als er stehenblieb ...

Vor sich sah er einen Marineoffizier in Uniform, der nicht minder schnell den Weg heraufkam, und da er den Kapitän offensichtlich erkannt hatte, rasch auf ihn zuging.

Der Offizier überquerte die Chaussee und trat zu Iwan Iwanowitsch auf das Trottoir. Er grüsste militärisch und schien dann in sehr korrekter, ehrerbietiger Haltung zu warten, dass sein Vorgesetzter ihn ansprach.

Iwan Iwanowitsch, der immer noch finster dreinschaute und an einem Ende seines Schnurrbarts kaute, schwieg zunächst ...

Alle, die ihn näher kannten, hätten sofort gemerkt, dass sich in diesem Moment ein schrecklicher Kampf in seinem Innern abspielte.

Es ging wohl um eine wichtige Entscheidung, die er noch nicht zu treffen wagte ...

Der Gewissenskampf dauerte jedoch nur eine Sekunde, dann fragte Iwan Iwanowitsch mit merkwürdig ruhiger Stimme:

– Kommen Sie zum Befehlsempfang?

– Ja, Herr Kommandant; ich wollte mich erkundigen, was mit dem Dienstboot geschehen soll; sollen die Männer auf Sie warten?

– Ich wollte ihnen gerade Bescheid geben, dass sie zurück rudern können.

– Jawohl, Herr Kommandant ... Sollen sie etwas später wiederkommen und Sie abholen?

– Nein, nicht nötig. Sie, Herr Zahlmeister, werden sofort wieder an Bord gehen und dem stellvertretenden Kommandanten diese Nachricht bringen.

– Welche Nachricht, Herr Kommandant?

– Folgende ... Sagen Sie ihm, dass er strikt alle Mann an Bord halten soll und der Besatzung zum Ausgleich dafür einen Viertelliter Wein zusätzlich austeilt ... nehmen Sie ihn aus meinem Privatvorrat ... Kein Landurlaub, weder morgen noch in der folgenden Nacht ...

– Jawohl, Herr Kommandant!

– Ich kann mich doch auf Sie verlassen? Keiner darf an Land, verstanden? Auch die Offiziere bleiben an Bord! ... Sie können wegtreten. Haben Sie mir noch etwas zu sagen?

– Verzeihung, Herr Kommandant ... Aber ... die Lohnzahlung?

– Ja, richtig! ... Lassen sie bekannt geben, dass die Auszahlung nicht morgen früh ... sondern morgen abend erfolgt ... Am späten Abend, wenn ich wieder an Bord bin ...

– Zu Befehl, Herr Kommandant ...

Der Zahlmeister – denn der Mann, der sich da mit Iwan Iwanowitsch, dem Kommandanten des russischen Kreuzers *Skobeleff*, unterhalten hatte, war kein anderer als der Verwaltungsoffizier – verabschiedete sich mit militärischem Gruss von seinem Vorgesetzten und verschwand ohne ein weiteres Wort.

Iwan Iwanowitsch, der gewöhnlich im Umgang mit seinen Leuten eher barsch, brüsk, ja sogar äusserst streng war, grüsste ausnahmsweise freundlich zurück, machte dann kehrt und ging wieder auf das Casino zu ...

Allerdings betrat er nicht wieder das Atrium ...

Von der Säulenhalle des Casinos ging er direkt in einen der Lesesäle, setzte sich an einen kleinen Tisch, zog seine Brieftasche hervor und begann auf einem Blatt mit Aufdruck *Skobeleff* einen Brief zu schreiben ... Er wägte anscheinend jedes Wort, das er säuberlich und mit fester Hand niederschrieb, als hielte er einen Meissel ...

Nachdem er fast eine halbe Stunde geschrieben hatte, unterzeichnete Iwan Iwanowitsch mit Rang und Namen und drückte bei der schwungvollen Unterschrift so stark auf, dass ein dicker, eigenwilliger Strich das weisse Papier zerkratzte; dann versiegelte er den Umschlag, allerdings ohne eine Adresse daraufzuschreiben, und steckte ihn in die Tasche ...

Ein paar Sekunden später schien Iwan Iwanowitsch, der mit dem Kopf in den Händen dasass, so in Gedanken vertieft zu sein, dass er gar nicht wahrnahm, was um ihn herum vor sich ging, ja, er merkte nicht einmal, dass zwei Personen, die etwas entfernt von ihm auch im Lesesaal sassen, ihn mit geschickt versteckter Besorgnis betrachteten ...

– Mein Lieber, flüsterte einer der beiden Unbekannten, sich vorbeugend, seinem Nachbarn ins Ohr, ich glaube, der Kommandant Iwan Iwanowitsch hat Mühe, sich mit den Verlusten dieser Nacht abzufinden! ...

– Daher wäre es wohl gut, wenn man keinen Skandal will, ihm auf den Fersen zu bleiben? ... Das meinen Sie doch, nicht wahr, mein Freund?

Die beiden Beobachter, zwei tadellos gekleidete Herren mit offenbar weltmännischen Allüren, die zu so später Stunde noch dasassen, waren in Wirklichkeit zwei Polizeiinspektoren, von denen das Casino sich eine ganze Anzahl hielt und die den besonderen Auftrag hatten, Spieler bei hohen Verlusten zu überwachen und vor einer möglichen Verzweiflungstat zu bewahren ... um Monaco nicht in Verruf zu bringen!

Hatten die beiden Aufseher Recht mit ihrer Vermutung?

Iwan Iwanowitsch, der nichts von dem Getuschel der beiden Inspektoren gemerkt hatte, stand kurz danach ruckartig auf und schob dabei seinen Stuhl so heftig zurück, dass er beinahe umgefallen wäre ...

– Pah! stiess der Offizier dumpf und geradezu erschreckend hervor, denn seine Stimme zitterte gewaltig ... Ich bin ruiniert! ... Ich hätte meine Ehre verloren, wenn ich nicht so handelte, und ausserdem ... ich werde Tausenden und Abertausenden von Spielern einen guten Dienst erweisen ... Also, nur nicht feige sein! Komme, was da wolle!

Mit gesenktem Kopf und den Händen auf dem Rücken, verliess Iwan Iwanowitsch den Lesesaal, zwischen Daumen und Zeigefinger lässig den Umschlag haltend, in dem sein Brief steckte; die beiden Inspektoren folgten ihm unauffällig.

– Vorsicht! warnte einer der beiden Polizisten, der russische Kommandant wird mit Sicherheit kurzen Prozess machen! ...

Und schon gingen die beiden auf die Freitreppe zu in der Überzeugung, dass Iwan Iwanowitsch wie so viele andere Unglückliche, die das Roulette ruiniert hatte, in den Garten hinuntergehen würde, um sich eine Kugel in den Kopf zu schiessen ...

Das war jedoch keinesfalls die Absicht des Kapitäns. Ohne im geringsten auf die beiden Aufpasser zu achten, begab er sich mit grösster Selbstverständlichkeit zu den Räumen, in denen die Casinoverwaltung untergebracht war ...

Am Eingang eines Vestibüls hielt ihn ein Portier an und fragte:
– Sie wünschen?
– Könnte ich den Direktor sprechen?
– In welcher Angelegenheit, bitte?
– Es ist etwas sehr Wichtiges ... Eiliges ...
– Der Direktor ist nicht mehr im Hause; es ist schon zu spät. Aber gehen Sie doch hinauf ins Sekretariat, erste Etage, letzte Tür, dort finden Sie bestimmt jemanden ...

Iwan Iwanowitsch dankte mit einem kurzen Nicken und stieg offensichtlich ganz gelassen, denn er war plötzlich wieder ruhig geworden, die prunkvolle Treppe hinauf, die der Portier ihm gezeigt hatte ...

Oben angekommen, ging er eine lange Galerie entlang, die zu dieser Stunde noch leer war, und wollte gerade an der Tür des Sekretariats anklopfen, als ein anderer Portier im Türrahmen erschien und ebenfalls fragte:
– Sie wünschen?
– Ich habe hier einen Brief für den Direktor des Casinos oder wer immer ihn vertritt ...

Man hatte Anweisung, in solchen Fällen nie Erstaunen zu zeigen und keinerlei Erklärungen zu verlangen. Es spielen sich in Monaco so viele Dramen ab, und so viele rätselhafte Fälle von Elend und Schande nehmen dort ihren Anfang, dass das Personal des Casinos von Beruf diskret und zuvorkommend ist.

– Darf ich Sie bitten, mir zu folgen. Ich werde mal nachsehen, ob ich einen der Herren finde; andernfalls müssten Sie morgen vormittag gegen elf wiederkommen?
– Sehen Sie nach!
Der Hausdiener führte Iwan Iwanowitsch in einen kleinen, diskret möblierten Salon mit dunklen Tapeten, dickem Teppich und gepolsterten Türen, und entfernte sich dann ...

Würde um diese Zeit noch jemand im Casino sein, der ihm eine Antwort geben könnte?
Iwan Iwanowitsch fragte es sich mit immer grösserer Nervosität, als langsam die Tür aufging und ein sehr bedächtiger, würdiger Herr, gewiss einer der Direktoren des Casinos, zu ihm ins Zimmer trat.
Kaum hatte der Herr den Offizier begrüsst, als dieser sich auch schon mit einem Ruck aufrichtete und von dem Sessel aufstand, auf dem er soeben noch ganz niedergeschlagen und zerknirscht gesessen hatte.
– Habe ich das Vergnügen, erkundigte sich Iwan Iwanowitsch, einen der Direktoren der Kurverwaltung, einen der leitenden Herren des Casinos vor mir zu haben?
Der Befragte verzog keine Miene und antwortete weder mit ja noch mit nein ... doch wusste er wohl schon, worum es dem russischen Offizier ging, denn er fragte nun seinerseits:
– Ich glaube, Sie haben eine Nachricht für die Direktion? Darf ich sie in Empfang nehmen?
Und schon streckte er ganz selbstverständlich und ruhig eine Hand aus, so dass Iwan Iwanowitsch ihm tatsächlich spontan den Brief reichte, den er ein paar Minuten zuvor geschrieben hatte ...
– Der Brief, sagte jedoch Iwan Iwanowitsch rasch und erregt, als er sah, dass sein Gegenüber daran ging, den Umschlag zu öffnen, dieser Brief ist für die Direktion bestimmt ...für die Direktion ...
Obwohl der russische Offizier die Worte 'für die Direktion' mit besonderem Nachdruck aussprach, sah er, dass der andere ungerührt den Umschlag vollends öffnete.
– Nehmen Sie doch Platz, ich bitte Sie, sagte der Herr kühl ... Gestatten Sie, dass ich den Inhalt des Briefes zur Kenntnis nehme, denn gerade weil ich sehe, an wen er gerichtet ist, erlaube ich mir, ihn zu öffnen! ...

Darauf blieb Iwan Iwanowitsch nichts anderes übrig, als es geschehen zu lassen.

Die Haltung des Offiziers war übrigens in diesem Moment merkwürdig ernst und hochmütig. Er hatte offensichtlich im Laufe der Nacht, die jetzt zu Ende ging, eine starke Nervenkrise durchgemacht und Angstqualen ausgestanden; sein blasses, abgespanntes Gesicht trug deutlich die Spuren der durchwachten Nacht, doch schien er nunmehr wieder ganz Herr seiner selbst, ruhig und unbesorgt zu sein ...

Wenn Iwan Iwanowitsch auch diese ruhige, entschlossene Haltung zur Schau trug, so gab sein Gegenüber, je weiter er las, desto mehr Anzeichen einer unerhörten, masslosen Verblüffung, eines geradezu panischen Erschreckens ...

Er hatte nun den Brief von Anfang bis Ende gelesen, ohne eine Zeile auszulassen, und während seine Augen immer noch auf das Papier starrten, das er in seinen zitternden Händen hielt, stotterte er:

– Aber! Aber! ... das kann doch nicht wahr sein! ... Bin ich verrückt? ... Herr Kommandant! ... Das ist doch nicht Ihr Ernst? ... Ich bitte Sie! ... Wahrhaftig! Was für Drohungen! ... Das ist doch nicht möglich ... Darauf antwortete der Kommandant der *Skobeleff* mit ganz klarer Stimme, die den entsetzten Monolog übertönte:

Es *ist* möglich, und nicht nur möglich, sondern sicher, todsicher!

– Das werden Sie doch nicht tun? ...

– Ich werde es tun, und zwar schon heute abend ...

– Aber das ist doch entsetzlich!

– Es ist nur gerecht!

– Es ist schlimmer als ein Mord!

– Eine Exekution, jawohl!

– Sind Sie denn wahnsinnig!

– Ich bin bei klarem Verstand! ...

– Ich werde doch rufen ... schreien ... Verstehen Sie denn nicht? ...

– O doch! ... Ich habe alles wohl bedacht und berechnet! ... Sie werden nicht rufen ... sondern sich fügen ... denn Sie vergessen eins! ...

Und bei diesem Wort zog der Offizier einen winzigen Revolver aus der Tasche und richtete ihn auf den entsetzten Mann ...

Da legte sich ein drückendes Schweigen auf die beiden ...

Doch während Iwan Iwanowitsch vollkommen ruhig blieb und die Hand mit dem Revolver kein bisschen zitterte, sank der Bedrohte leichenblass und mit angstverzerrten Augen in einen Sessel und zitterte am ganzen Leib.

Schliesslich begann der Unglückliche von neuem:

– Herr Kommandant, das ist doch nicht möglich! Alles ist nur ein böser Traum! Sie sind ein ehrenwerter Mann! ... Nein! Nein, das kann ich nicht glauben ... Sagen Sie, dass Sie es aus Verzweiflung geschrieben haben ... Dass Sie nicht aus noch ein wussten ...

– Ich wiederhole, dass ich jedes einzelne Wort lange überlegt habe! Lesen Sie doch meinen Brief noch einmal. Sie werden merken, dass er nicht kopflos geschrieben ist ... Nur zu, lesen Sie ... Die Zeit drängt ... und die Sache drängt auch! ...

Iwan Iwanowitsch sprach so ruhig und so bestimmt, dass sein Gegenüber, wie hypnotisiert, kein Wort mehr sagte, sondern nur noch gehorchte.

Mit farbloser, monotoner Stimme, die seltsam in dem kleinen Salon widerhallte, las er laut den Brief von Iwan Iwanowitsch. Der Inhalt war folgender:

Sehr geehrter Herr Direktor,

Mein Name ist Iwan Iwanowitsch; ich bin Kommandant des Zaren, meines Herrn und Gebieters, und befehlige den russischen Kreuzer Skobeleff, *der bei Ihrem Casino vor Anker liegt.*

Gestatten Sie mir, Ihnen folgende Mitteilung zu machen: Ich habe Roulette gespielt und dabei nicht nur mein persönliches Vermögen von 300 000 Francs eingebüsst, sondern auch die 300 000 Francs der Zahlkasse meines Schiffs verloren.

Ich habe nicht vor, mich der gerechten Strafe, die mein Verbrechen verdient, zu entziehen, aber ich bestehe darauf, dass das meinem Staat entzogene Geld der Kasse der Skobeleff *zurückerstattet wird.*

Ich verlange diese Rückerstattung, und Sie werden sie leisten.

Nehmen Sie diesen Brief als Ultimatum: Geben Sie mir die 300 000 Francs wieder, die ich verspielt habe, obwohl sie mir nicht gehörten. Geben Sie sie mir zurück, bevor es Tag wird, oder ich richte die Kanonen der Skobeleff *auf das Casino von Monte Carlo und sprenge es in die Luft!*

Sie haben die Wahl: Rückerstattung der 300 000 Francs, die ich gestohlen habe, oder totale Zerstörung.

Ich zeichne mit ergebenster Hochachtung
IWAN IWANOWITSCH
Kommandant der Skobeleff

Der Offizier hatte wohlweislich keinen Laut von sich gegeben, während der andere mit Mühe die seltsame Epistel verlas, aber kaum war dieser damit zu Ende, als er schon wieder fragte:

– Wofür entscheiden Sie sich: die Rückerstattung oder die Zerstörung?

Und seine Stimme klang so unerbittlich, dass man sich nichts vorzumachen brauchte!

Es gab keinen Zweifel, dass Iwan Iwanowitsch wahrmachen würde, was er angedroht hatte, ja, er konnte es kaum abwarten.

Es war so offensichtlich, dass sein Gegenüber vollends die Fassung verlor.

– Das ist abscheulich! Ungeheuerlich! Katastrophal! röchelte er. Lassen Sie mich nachdenken. Lassen Sie mich ...

Ein unmerklicher Spott lag in Iwan Iwanowitschs Stimme, als er sagte:

– Das ist nicht mehr als recht und billig!

Doch kaum hatte er so zugestimmt, als er sich auch schon mit unerhörter Brutalität und einer durch die Aufregung noch gesteigerten Kraft auf sein Opfer stürzte:

– Überlegen ist gut, sagte er, aber wehren werden Sie sich nicht!

Und schon zog der Offizier, der sein Attentat zweifellos lange geplant hatte, einen kleinen Strick aus der Tasche und band den Vertreter des Casinos von Monaco auf seinem Sessel fest. Der Mann konnte sich nicht mehr rühren, und Iwan Iwanowitsch sagte, sich verbeugend, zu ihm:

– Sie wollten überlegen? Meinetwegen! ... Ich lasse Ihnen eine halbe Stunde Bedenkzeit! Ich habe nichts Böses mit Ihnen vor, das können Sie glauben, ich habe Sie nur gefesselt, um jedem Angriff auf meine eigene Person zuvorzukommen ... Nun denn – überlegen Sie! Entscheiden Sie: Rückerstattung oder Beschuss! ...

Iwan Iwanowitsch verbeugte sich noch einmal ohne die geringste Verlegenheit vor dem Mann, den er gerade in seine Gewalt gebracht hatte ...

Er schloss die Tür des kleinen abgelegenen Salons, in dem er sein unglückliches Opfer 'zum Nachdenken' zurückliess, und sagte nur noch:

– Auf bald! Bis nachher! ...

Mit einem nervösen Zucken um die Mundwinkel, ja, fast einem Lächeln ging der Kommandant der *Skobeleff* zum nächsten Korridor, um eine Zigarette zu rauchen ...

2. Die Familienpension Heberlauf

– Was machst du denn da, Heberlauf?
Mit ihrer unangenehmen, schrillen Stimme stellte die dicke, kleine Madame Heberlauf – eine ganz gewöhnliche Person mit rötlichem Gesicht – ihren Ehemann zur Rede.
Der grosse, hagere Mann mit faltigem, gelblichem Gesicht und verdrossener Hungerleidermiene schien es eilig zu haben, mit seinen fahrigen, unbeholfenen Bewegungen eine Gardine wieder in Ordnung zu bringen, hinter der er hockte, weil er wahrscheinlich etwas überwachen wollte.
Der Angesprochene erwiderte mit langsamer, tiefer Stimme, deren Beben jedoch eine gewisse Erregung verriet:
– Das siehst du doch, ich ziehe die Gardine zurecht ...
– Du ziehst die Gardine zurecht ... Was du nicht sagst! ... antwortete die dicke Frau misstrauisch.
Um sich zu rechtfertigen, hob Monsieur Heberlauf den Zipfel des Gardinchens an, das tatsächlich ein wenig zerrissen war.
– Du siehst es ja, meine Liebe.
Aber die Frau mit dem rötlichen Gesicht stampfte ungeduldig auf:
– Das dauert aber reichlich lange, ich such' dich schon eine halbe Stunde.
Während Monsieur Heberlauf immer aufgeregter irgendwelche Entschuldigungen stammelte, kam seine Frau schnell von der Tür, wo sie gerade aufgetaucht war, zu ihm ans Fenster. Sie schob ihren Ehemann heftig beiseite, hob das Gardinchen an und presste die Stirn an die Scheibe, um festzustellen, ob sich hinter dem Vorhang nicht etwas abspielte, was womöglich Monsieur Heberlaufs Aufmerksamkeit erregte und ihn nicht mehr losliess.
Madame Heberlauf hatte kaum einen Blick hinausgeworfen, als sie auch schon verärgert aufschrie.
Vor dem Fenster lag zwar der Garten der Villa, die Madame Heberlauf mit ihrem Ehemann in der malerischsten Gegend der Condamine bewohnte, und in diesem Garten war alles ruhig, seine Alleen waren menschenleer.
Aber hinter dem Parkgitter verlief eine Avenue, und auf der anderen Seite

dieser Avenue befand sich eben eine andere Villa, genau gegenüber Heberlaufs Haus, übrigens eine stattliche Villa mit Kletterpflanzen und einem breiten Erkerfenster, hinter dem Blumen und seltene Gewächse standen.

Was nun den verärgerten Aufschrei der dicken Madame Heberlauf veranlasst hatte, war das Auftauchen einer Person, die sie plötzlich am Bogenfenster gegenüber entdeckte.

Was sie sah, war das klare, edel geformte Profil einer bezaubernden jungen Frau mit tiefschwarzem Haar und gebräuntem Teint.

Sie trug ein elegantes Négligé, das ein klein wenig von Schultern und Nacken sehen liess, und an ihrem Busen ein dickes Bukett roter Blumen, während ihre elegante Hand einen breiten, edelsteinbesetzten Fächer hielt, mit dem sie sich würdevoll Luft zufächelte.

Zwischen den zarten Lippen hielt sie eine dünne, lange Zigarette, deren Rauch sie mit langsamen, lustvollen Zügen einsog.

Es war eine spanische Tänzerin, die in Monte Carlo sehr bekannt war, weil sie eine besondere Art hatte, den Tango zu tanzen, den sie angeblich erfunden hatte und nach dem auch ihr Haus in Condamine benannt war.

Conchita Conchas, so lautete der Name der Schönen, schien den aufdringlichen und wenig sympathischen Blicken der hinter der Gardine versteckten Madame Heberlauf keinerlei Beachtung zu schenken.

Aber die dicke Dame fiel nicht auf die vorgetäuschte Gleichgültigkeit herein.

Seit einigen Tagen schon litt ihr Gattinnenherz bei dem Gedanken, dass Monsieur Heberlauf womöglich dabei war, Beziehungen anzuknüpfen, die unweigerlich ins Sündhafte und Unanständige ausarten würden bei einer Tänzerin, die alle Snobs und alle Dandys von Monaco in ihren Bann zog, wenn sie zwischen zehn und elf auf der Bühne des Casino-Theaters auftrat.

Empört wandte Madame Heberlauf sich ihrem Gatten zu.

Der hagere, gelbgesichtige Mann, der sich vorsichtshalber gerade davonstehlen wollte, um der drohenden Gardinenpredigt zu entgehen, wurde mit schriller Stimme von Madame Heberlauf zurückgehalten.

– Hiergeblieben, Heberlauf! befahl die Dicke. Erklär' mir ein für alle mal, wie es kommt, dass du immer am Fenster stehst, wenn dieses schreckliche Frauenzimmer sich drüben aufpflanzt und vom Balkon ihre lockenden Blicke herüberwirft ...

Heberlauf zuckte die Achseln:
- Reiner Zufall wahrscheinlich, erklärte er, ich schwöre dir, dass mir die Anwesenheit dieser ... Person überhaupt nicht aufgefallen war.
- Ach was! erwiderte Madame Heberlauf, du bist viel zu scheinheilig, um es zuzugeben...
Und da ihr Mann sich ausschwieg, fügte sie hinzu:
- Ich warne dich übrigens: Wenn du den geringsten Kontakt mit der Tänzerin von gegenüber aufnehmen solltest, was mir nicht verborgen bliebe, denn ich bin nicht umsonst eine ehemalige Polizeichefin, dann kriegst du was auf die Finger ... Als erstes werden wir unverzüglich das Land verlassen ...
- Das Land verlassen, rief Monsieur Heberlauf, das wäre wirklich Wahnsinn.
Er warf einen betrübten, leidvollen Blick zum Himmel und fügte hinzu :
- Seitdem das blinde Schicksal so ungerecht zugeschlagen hat, haben wir nie mehr so ruhige, glückliche Stunden erlebt wie gerade jetzt ...
Madame Heberlauf konnte trotz ihres Zorns und ihrer schlechten Laune nicht umhin, diese berechtigte Feststellung durch ein Kopfnicken zu bestätigen. Was waren das eigentlich für Leute, diese Heberlaufs?
Es war ein sonderbares Paar, das in dem eleganten, reichen Aristokratenmilieu um den monegassischen Felsen etwas fehl am Platze war.
Monsieur Heberlauf mochte fünfzig Jahre alt sein und hatte das Gehabe eines evangelischen Pastors, während seine kaum fünf oder sechs Jahre jüngere Frau wie eine brave Bürgersfrau wirkte, wenn ihr auch jede Spur von Eleganz oder Vornehmheit abging.
Die Heberlaufs hatten ein merkwürdiges Schicksal.
Monsieur Heberlauf hatte vor etwa dreissig Jahren seine Lebensexistenz als Pastor begründet.
Er hatte in seiner Pfarrei die Tochter von kleinen Geschäftsleuten kennengelernt und geheiratet.
Dieses Mädchen war seitdem Madame Heberlauf.
Dank der Geschäftigkeit seiner Frau konnte der Pastor bald das Dorf, in dem er sein Amt ausübte, verlassen und nach Glotzburg, an den Hof von Hessen-Weimar übersiedeln. Es gelang ihm, das Wohlwollen des Königs Friedrich-Christian II. zu gewinnen, er fand schliesslich, dank glücklicher Umstände und der Intrigen seiner Ehefrau, Zugang zur Geheimpolizei und brachte es sogar zum Direktor des königlichen Sicherheitsdienstes.

Monsieur Heberlauf bekleidete zwar die Position, aber Madame Heberlauf war die treibende Kraft. Als ihr Mann einmal selbst in Aktion trat, beging er leider soviele Fehler, dass er abgesetzt wurde und in aller Eile das Land verlassen musste.

Die Heberlaufs wussten nicht wohin und reisten umher, von Berlin nach London und von London nach Paris.

Sie landeten schliesslich in Monaco, waren entzückt von der Côte d'Azur und hatten nur den einen Wunsch, sich dort für immer niederzulassen. Sie starteten ein einträgliches Unternehmen: sie gründeten eine Familienpension.

Die Pension war schon seit zwei Monaten eröffnet, und die Heberlaufs hatten bereits einen Gast.

Es war ein elegantes, blondes junges Mädchen mit grossen, geheimnisvollen, verträumten Augen. Sie schien höchstens zwanzig Jahre alt zu sein, und wenn sie nicht ein so reines Französisch gesprochen hätte, würde man sie ohne weiteres für eine Amerikanerin gehalten haben. Die junge Dame war zweifellos vermögend, sie kam mit vielen Gepäckstücken bei den Heberlaufs an, und seitdem sie dort wohnte, erschien sie in immer neuer Garderobe, eine entzückender als die andere, und das Paar, bei dem sie wohnte, machte grosse Augen, wenn sie an ihnen vorbeirauschte.

Woher kam sie?

Wie war ihr Name?

Die Heberlaufs wussten es nicht zu sagen.

Das junge Mädchen hatte sich unter dem Namen Denise eingetragen.

Mademoiselle Denise!

Das war alles, was man von ihr wusste; sie schrieb selten einen Brief und erhielt selber nie Post.

Trotz allem hatten Aussehen und Benehmen des Heberlauf'schen Pensionsgastes nichts Verdächtiges. Die junge Dame mit ihren forschen Manieren und ihrem ungekünstelten Gehabe schien durch und durch ehrlich und anständig zu sein.

Sie wirkte sogar hochmütig, und man merkte schon an ihrem Blick und ihrer ganzen Haltung, dass jeder, der es an Achtung mangeln liesse, bei ihr schlecht ankommen würde.

Madame Heberlauf sah, dass diese Worte ihre Wirkung auf den schwer durchschaubaren, sanften Mann nicht verfehlt hatten, und ging noch weiter:

— Jawohl, Heberlauf, wenn du verludern und verlottern willst, dann verlassen wir das Land trotz der vielversprechenden Geschäfte, die sich gerade anbahnen!

Monsieur Heberlauf, der sehnlichst wünschte, das Thema zu wechseln, griff begierig diesen letzten Gedanken seiner Frau auf und tönte:

— So ist es, meine Liebe, über ein Kleines, wenn es so weitergeht, werden wir rasch zu Geld kommen ... wir haben zwar bislang nur einen Gast, aber diese Dame zahlt mehr als genug und wird gewiss andere Gäste nach sich ziehen ... Denk' nur an den jungen Mann, diesen Gentleman vom Scheitel bis zur Sohle, der jeden Tag mit ihr Tennis spielt ... Ich bin sicher, Madame, dass er bald ein Zimmer bei uns mieten wird ...

Diese Aussicht wirkte ermunternd auf Madame Heberlauf:

— Monsieur Norbert du Rand, sagte sie, ja, das hoffe ich auch! Er lässt keine Tennispartie aus und ist bestimmt in Mademoiselle Denise verliebt!

Heberlauf rieb sich die Hände.

— Wenn sie heiraten, kann es uns nur recht sein. Ja, wenn ich an mein früheres Amt denke, könnte ich dem Paar sogar den Segen erteilen ...

— Heberlauf, knurrte seine Ehefrau, du redest drauflos und achtest nicht auf das, was du sagst. Du wärst bereit, zwei Menschen das heilige Sakrament der Ehe zu erteilen, von denen du nichts anderes weisst, als dass sie regelmässig jede Woche ihre Rechnung bezahlen! ... Ich bin da sehr viel vorsichtiger. Gewiss, unsere junge Dame gefällt mir sehr, doch müsste man auch wissen, woher sie kommt, wer sie ist und was sie vorhat ...

Monsieur Heberlauf ging im Zimmer auf und ab und hob so stürmisch seine Arme gen Himmel, dass seine Rockschösse flatterten und der ganze hochaufgeschossene Mensch eine entschiedene Ähnlichkeit mit einem alten, halb gerupften Raubvogel bekam.

— Wenn schon, wenn schon, sagte er, unser Fräulein Denise mag sein, was sie will ... Beschränken wir uns auf unsere Rolle als 'Vermieter'. Alles andere soll nicht unsere Sorge sein und uns nicht weiter interessieren ... Gottlob brauchen wir nicht mehr Polizei zu spielen ...

Und da er erleichtert feststellte, dass seine Frau nicht mehr auf die Sache mit dem Fenster zurückkam, hinter dem er anscheinend die spanische Tänzerin Conchita Conchas beobachtete, fügte er hinzu:

— Meine Liebe, ich gehe jetzt hinunter in den Keller, um die Weinflaschen zu zählen ...

Während dieses Gespräch in der ersten Etage der Villa stattfand, aus dem das Ehepaar Heberlauf eine Familienpension gemacht hatte, herrschte im Garten hinter dem Haus Hochbetrieb.

Es war drei Uhr nachmittags und das tägliche Tennisspielen in vollem Gange.

Mademoiselle Denise, die geheimnisumwitterte junge Dame, die vorläufig als einziger Gast bei den Heberlaufs wohnte und die beiden vorhin in ihrem Gespräch so beschäftigt hatte, war unbestritten der Mittelpunkt der Tennisrunde, doch schien es sie nicht im geringsten zu kümmern, was die einen oder andern von ihr dachten.

Sie trug ein schlichtes, gestreiftes Flanellkostüm und eine weisse Baskenmütze, die mit zwei grossen Nadeln in ihrem goldblonden Haar befestigt war.

Sie beendete gerade schwungvoll eine Partie, die sie mit einem anderen jungen Mädchen gespielt hatte, einer Nachbarin, die gern für ein Stündchen Sport zu ihr herüberkam.

Dieses Mädchen, eine kleine, ausgelassene, dunkelhaarige Person, war Mademoiselle Geneviève Albertard, die einzige Tochter eines Reeders aus Marseille, der, nachdem er ein gewisses Vermögen verdient hatte, in diese traumschöne Gegend, die man die Côte d'Azur nennt, gekommen war, um hier, an der berühmten Côte de la Condamine, nicht weit vom Cap d'Aglio, wo er ein schönes Anwesen besass, seine alten Tage zu verbringen.

Zu der Tennisrunde gehörten übrigens auch ein paar Vertreter des männlichen Geschlechts. Während die beiden jungen Mädchen gerade mit Feuereifer die letzten Bälle hin- und herschlugen, plauderten die Herren im Schatten einer grossen Palme, die am äussersten Ende des Tennisplatzes stand.

Einer von ihnen war Comte de Massepiau, ein armer privatisierender Graf aus der Provinz, der angeblich ein Landgut irgendwo in der Sologne besass, aber aus Gesundheitsgründen die kalten Monate im Süden verbringen musste.

Aus diesem Grunde sah der Kränkelnde, der kaum fünfunddreissig sein mochte, fast doppelt so alt aus; die wenigen Haare, die er noch im Nacken und an den Schläfen hatte, waren schon schlohweiss, er hatte gebeugte Schultern, sein Brustkorb war eng, und er hüstelte ununterbrochen.

Comte de Massepiau spielte auf dem Tennisplatz der Pension Heberlauf fast immer mit einem alten Dandy, dem hocheleganten Botschaftsrat Paraday-Paradol, der früher als Diplomat die Regierungen der mit Frankreich verbundenen Länder im Orient vertreten hatte. Später war er angeblich Verwaltungsbeamter in den Kolonien gewesen; er trug eine mehrfarbige Rosette am Knopfloch, radebrechte in mehreren Fremdsprachen, und es fehlte ihm nicht an Witz.

Der eigentliche 'Tennisschwarm', wie er sich nicht ohne übertriebene Eitelkeit nannte, war ein semmelblonder Jüngling mit glattanliegendem Stirnhaar und angelernten, aber vornehmen Manieren, ein zweifellos begüterter junger Mann, auf den Madame Heberlauf grosse Hoffnungen setzte.

Dieser gerngesehene Tennisgast war Norbert du Rand, ein Junggeselle von zweiundzwanzig oder dreiundzwanzig Jahren, der beide Eltern verloren hatte und nun allein über ein riesiges Vermögen verfügte; er kam oft in die Familienpension, doch nicht nur um Tennis zu spielen, sondern vor allem mit der eindeutigen Absicht, die hübsche Denise für sich zu erobern.

Um dem ungünstigen Eindruck, den der allzu verbreitete Name Durand erweckte, etwas abzuhelfen, hatte er daraus zwei gemacht und so eine gewisse Originalität erreicht, zumal er sich auf diese Weise ein Adelsprädikat zulegte, von dem er sich viel versprach.

Gerade als Mademoiselle Denise und Geneviève Albertard ihre Partie beendeten und ganz ausser Atem zum Tee erschienen, der in einer Laube serviert wurde, und Comte de Massepiau sowie der alte Paraday-Paradol den beiden schnell die Mäntel reichten, um Erkältungen vorzubeugen, erschien der junge Norbert du Rand auf dem Plan.

Seine glänzenden Augen und glühenden Wangen sowie das rätselhafte Lächeln auf dem leuchtenden Gesicht veranlassten Comte de Massepiau, der den jungen Mann sehr gern hatte, zu dem Ausruf:

– Wahrhaftig, mein Lieber, Sie sehen ja sehr vergnügt aus ... Das machen wohl unsere beiden bezaubernden jungen Damen hier, die sich gerade mit Feuereifer geschlagen haben?

Norbert du Rand schüttelte den Kopf; dann ergriff er mit übertriebener Galanterie nacheinander die Hände der beiden jungen Mädchen und führte sie an die Lippen.

Dabei fiel allen der dicke goldene Ring mit dem sonderbaren Aquamarin auf, den der junge Mann am Finger trug.

– Sieh da, rief Geneviève Albertard, dieses Schmuckstück sehe ich zum erstenmal an Ihnen, Monsieur du Rand ...

Der junge Mann lächelte selbstgefällig:

– Ganz recht, gnädiges Fräulein, ich besitze es erst seit heute morgen ... man hat es mir geschenkt ...

– Man? forschte Paraday-Paradol verschmitzt, das klingt ja recht vage ...

Norbert du Rand, der sich über die allgemeine Aufmerksamkeit freute, blickte verstohlen zu Mademoiselle Denise hinüber, um zu sehen, ob sie zuhörte, und erwiderte dann geheimnisvoll:

– Die Grundregeln der Diskretion verbieten mir, Ihnen zu sagen, woher ich den Ring habe ...

Er trat näher an Geneviève Albertard heran und schlug ihr eine Partie Tennis vor. Das junge Mädchen willigte ein.

Norbert hielt sich für sehr geschickt; er dachte, dass er die hübsche Denise auf diese Weise eifersüchtig machen könnte, auf die er es eigentlich abgesehen hatte.

Aber entweder verstand es Mademoiselle Denise glänzend, ihre Gefühle zu verbergen, oder das Tun und Treiben des Norbert du Rand war ihr gänzlich einerlei, denn das junge Mädchen schien kein bisschen von dem, was vorging, zu bemerken.

Comte de Massepiau, dem diese kleinen Abenteuer keine Ruhe liessen, wollte noch mehr darüber wissen, und er erklärte dem alten Paraday-Paradol ohne eine Spur von Feingefühl und so laut, dass jeder es hören konnte:

– Der Ring unseres Freundes Norbert du Rand ist ein Prachtstück ... mein Lieber ... Sie kennen doch sicher die Hintergründe?

– Nein, keineswegs, erwiderte der Ex-Diplomat.

– Die Sache ist die ... fuhr der Graf eifrig fort:

– Eine unserer bezauberndsten ... wie sage ich es am unverfänglichsten? ... eine unserer bezauberndsten ... Viertelweltsdamen an der Côte d'Azur, die übrigens alle und jeden empfängt – Mademoiselle Isabelle de Guerray – sehr bekannt bei Maxim's in Paris und nicht minder im Casino von Monte Carlo, hat die Gepflogenheit, jedem distinguierten, grosszügigen Mann, dem sie ihre Gunst schenkt, ein Schmuckstück ... einen Ring zu verehren ... man könnte es ein Markenzeichen nennen, eine Prämie für den Kunden ...

Der alte Diplomat lachte schallend:

– Die Ringe der Isabelle de Guerray! sagte er, ja, das stimmt ... davon habe ich schon gehört ...

Mademoiselle Denise, die so tat, als hätte sie nichts von der Unterhaltung mitbekommen, erst recht, weil die Worte auf sie gemünzt waren, merkte sich die Anzüglichkeiten, doch ohne eine Spur von Verschämtheit zu zeigen oder gar eine Verstimmung wegen Norbert du Rands Eroberungsmanöver durchblicken zu lassen. Sie lächelte vielmehr sanft vor sich hin ...

Aber die Aufmerksamkeit der kleinen Teerunde wurde bald durch einen neuen Zwischenfall von Norbert du Rand abgelenkt.

Im gegenüberliegenden Haus hatte sich ein Fenster geöffnet, und auf dem Balkon der Veranda erschien die elegante, schlanke Gestalt der spanischen Tänzerin Conchita Conchas.

Mit unbekümmerter, lässiger Geste steckte sich die Spanierin eine Zigarette zwischen die Lippen und zog langsam daran.

Hin und wieder warf sie einen langen, schmachtenden Blick zum Fenster der ersten Etage des Heberlaufschen Hauses hinauf und lächelte dann unzählige Male übers ganze Gesicht, so dass ihre regelmässigen, perlmuttweissen Zähne wie eine Perlenreihe zum Vorschein kamen.

Die Tennisspieler amüsierten sich köstlich über das gefällige und gewiss nicht zufällige Mienenspiel und vergassen darüber immer mehr, ihre Tennisschläger zu gebrauchen.

Es bestand kein Zweifel, diese Conchita Conchas hatte es auf die Tugend des gestrengen Monsieur Heberlauf abgesehen, auf diesen ehemaligen protestantischen Pastor und späteren Direktor des Sicherheitsdienstes des Königreiches Hessen-Weimar und derzeitigen Besitzer einer Familienpension.

– Frauenwille – Gottes Wille ... witzelte der Graf und warf einen vielsagenden Blick nach drüben ...

Denise lachte frei heraus:

– Mag sein, sagte sie, es sieht so aus ... aber es sind zwei: die spanische Tänzerin einerseits und Madame Heberlauf andererseits ... und die lässt nicht mit sich spassen.

Norbert du Rand zuckte die Achseln:

– Wer die Wahl hat zwischen einer hübschen Frau und dieser biederen Person, wird nicht lange zögern ...

– Biederkeit hat auch ihr Gutes, erwiderte der alte Paraday-Paradol ...

– Denken wir nur an jene grossherzige Person Isabelle de Guerray. Die Sprösslinge der reichsten Häuser am Mittelmeer umschwärmen sie; und doch soll ihre Liebe einem ganz biederen Mann namens Louis Meynan gelten, einem kleinen Angestellten des Casinos, der im Club an der Kasse sitzt.

– Bei Gott! fiel ihm der Graf ins Wort, Isabelle de Guerray will zu einem Ende kommen; sie sucht eben einen Mann, der über ihre Vergangenheit hinwegsieht ... und sowas findet sich nicht überall ...

Diese Worte, die Norbert du Rand in Rage bringen sollten, verfehlten nicht ihre Wirkung.

Obwohl der junge Mann es sich nicht anmerken lassen wollte, gab es ihm doch einen Stich, als er so von einer Frau reden hörte, von der er in seiner jugendlichen Selbstgefälligkeit glaubte, dass sie ihm eifrig den Hof machte, was ihm zumindest dazu dienen sollte, die schöne Denise eifersüchtig zu machen, in die er ehrlich verliebt zu sein glaubte.

Doch Denise war an diesem Abend zerstreut.

Sie hörte kaum auf die Gespräche, die um sie her geführt wurden.

Als Norbert eine Frage an sie richtete, stand sie plötzlich ohne ein Wort auf und liess den Fragenden völlig verdutzt zurück.

Dabei war sie keineswegs verstimmt, kein Wort hatte sie aus der geselligen Runde vertrieben.

Das junge Mädchen hatte durch die Büsche jemanden in den Park kommen sehen.

Sie ging mit ihrem weichen, wiegenden Schritt auf den Besucher zu, und kaum war sie in seiner Nähe, als sie ihm auch schon in herzlichem Ton entgegenrief:

– Wie geht es Ihnen, lieber Kommandant? ...

Der Mann, der dem jungen Mädchen jetzt gegenüberstand, war kein anderer als Iwan Iwanowitsch, der russische Offizier, der den mächtigen Kreuzer *Skobeleff* befehligte, welcher schon seit ein paar Tagen in Monaco vor Anker lag.

Iwan Iwanowitsch antwortete auf die herzliche Begrüssung des jungen Mädchens mit einem liebevollen Händedruck. Er erkundigte sich sogleich nach ihrer Gesundheit in der galanten, wohlerzogenen Art, die den Marineoffizieren aller Länder eigen ist.

Denise ging an der Seite des Kapitäns mit trippelnden Schritten auf die Freunde zu, die in der Laube ihren Tee tranken.

Das junge Mädchen hatte mit raschem Blick die staubigen Stiefel des Offiziers bemerkt.

Das zeigte ihr deutlich, dass Iwan Iwanowitsch den Kilometer zu Fuss zurückgelegt hatte, der das Hafendock vom Haus der Heberlaufs trennte.

Ja, der Offizier war, entgegen seiner Gewohnheit, zu Fuss gekommen; man hörte nicht das Auto-Taxi wegfahren, das ihn sonst immer heraufbrachte.

– Kommen Sie, sagte Denise vertraulich und zog Iwan Iwanowitsch beiseite, so dass er einen Umweg machen musste und den bereits Anwesenden nicht die Hand zu geben brauchte.

– Was ist los, Verehrteste? forschte der Russe und blickte das reizende junge Mädchen besorgt und erstaunt zugleich an ...

Denise lächelte und musterte ihn dabei eindringlich:

– Ich muss Ihnen etwas gestehen, sagte sie, und mit Ihnen schimpfen ... ja, vor allem schimpfen, denn Sie brauchen mir gar nichts zu gestehen, ich weiss schon, was los ist ...

Der Offizier zwang sich ebenfalls zu einem Lächeln, verlor aber sichtlich die Fassung.

Eine dicke Falte zog sich quer über seine Stirn.

Es war offenbar, dass der Offizier sich noch nicht von den schrecklichen Aufregungen der vergangenen Nacht und den ersten Stunden dieses Vormittags erholt hatte, dessen Rest er in der trauten Atmosphäre der Familienpension Heberlauf verbringen wollte.

Er versuchte nach Kräften, seine Unruhe zu verbergen und fragte das junge Mädchen:

– Habe ich denn Ihrer Meinung nach ein so grosses Verbrechen begangen, mein gnädiges Fräulein, dass ich Ihren Tadel verdiene? ... Allerdings verschafft es mir das Vergnügen eines Tête-à-tête mit Ihnen, und allein diese Hoffnung würde die grössten Heiligen des Paradieses schon zu Verbrechern machen!

– Sie sind sehr galant, erwiderte Denise etwas nervös, für einen Mann, der einzig und allein die Pique-Dame liebt!

Da verlor der Offizier einen Moment die Kontrolle, hatte sich aber rasch wieder in der Gewalt und fragte:

– Was wissen Sie denn? Was weiss man allgemein? ...

Offenbar täuschte sich der Offizier über die Gerüchte, die über ihn in Umlauf waren. Daher atmete er erleichtert auf, als er Denise sagen hörte:

– Jeder weiss, dass Sie gestern abend beim Roulette haushoch verloren haben ... Das darf nicht sein, und Sie sollten nicht so viel spielen ... Glauben Sie mir, ich an Ihrer Stelle ...

Iwan Iwanowitsch unterbrach mit einer kurzen, knappen Handbewegung das junge Mädchen.

– Lassen Sie das, meine Gnädige ... es hat keinen Sinn, so zu reden, Sie drehen mir den Dolch im Herzen um ... Es ist nun mal passiert, und keine Macht der Welt könnte den Gang der Ereignisse aufhalten ... was vorbei ist, ist vorbei, reden wir nicht mehr davon, wenn ich bitten darf ...

Denise war verdutzt über den gebieterischen Ton und musterte den Offizier ganz erstaunt.

Dieser ging, tief in Gedanken versunken, mit grossen Schritten weiter durch die leere Allee, in die er mit dem jungen Mädchen eingebogen war, und schien gar nicht zu bemerken, dass er beobachtet wurde.

Denise sagte kein Wort, wandte aber keinen Blick von dem Offizier, den sie mit besonderer Schärfe musterte.

War die schöne Denise in den stämmigen Kommandant des russischen Kreuzers verliebt?

Gewiss war ihr der spielbesessene Offizier nicht gleichgültig; sie musste schon ein sehr vertrautes Verhältnis zu ihm suchen, wenn sie es sich herausnahm, ihn wegen seines schweren Vergehens zu tadeln.

Aber man hätte schon viel Scharfsinn besitzen müssen, um mit Sicherheit zu sagen, was in dem jungen Mädchen vorging.

War es Liebe, Mitleid, Interesse oder Freundschaft?

Denise sah ihn mit immer grösserem Befremden an, und der russische Offizier schlug schliesslich die Augen nieder, senkte den Kopf und wandte sich ab, als suchte er dem stummen Verhör zu entgehen.

Kurz darauf war das etwas rätselhafte Paar, das sich für ein paar Momente in die leere Allee zurückgezogen hatte, schon in der Laube, wo die anderen Stammgäste der Pension Heberlauf mit Genuss den köstlichen Tee tranken, der sie nach den Anstrengungen des Tennisspiels stärken sollte, obwohl die meisten von ihnen überhaupt keinen Schläger angerührt hatten.

Madame Heberlauf hatte sich in Schale geworfen und war der Gewohnheit entsprechend, die sie bei sich einführen wollte, in den Garten heruntergekommen. Aufgeputzt wie eine Heiligenfigur präsidierte sie dem five-o'clock-tea, gewichtig und bravbürgerlich, machte Konversation, aber so banal und förmlich, dass niemand zuhörte, sondern lachte und sich amüsierte, weil am Fenster des gegenüberliegenden Hauses die elegante Gestalt von

Conchita Conchas aufgetaucht war, die offensichtlich alles daran setzte, den gestrengen Herrn Heberlauf zu verführen, der vermutlich noch an seinem Fenster hinter der Gardine stand.

Nur der Kommandant Iwan Iwanowitsch war so bedrückt und in düstere, womöglich alptraumartige Gedanken versunken, dass er nichts um sich her wahrnahm und auf nichts reagierte, nur von Zeit zu Zeit unhöflicherweise einen Blick auf die Uhr warf, um festzustellen, dass die Zeiger, diese pedantischen Zähler der Zeit, unerbittlich weiter vorrückten.

3. Der grosse Coup

Iwan Iwanowitsch ging rasch durch die hell erleuchteten Salons des Casinos, die voller Menschen waren.

Es war noch nicht spät, kaum halb elf, und doch strömte es schon von allen Seiten herbei, nicht nur die Spieltische des trente-et-quarante waren belagert, sondern auch in den Nebenräumen ging es hoch her: die Casinoverwaltung gab einen grossen Ball zu Ehren eines hohen ausländischen Gastes, der auf der Durchreise in Monaco weilte.

Iwan Iwanowitsch hatte keinen Blick für die Vorbereitungen, ebenso wenig wie für die Roulettes, deren monotones, ruckartiges Gesurr nur von Zeit zu Zeit von dem leisen, weichen Klicken der aufgestapelten Goldstücke unterbrochen wurde, die über das grüne Tuch glitten; er war bis zum äussersten Ende der Galerie gegangen, von wo man einen Blick auf die Gärten hat, hinter denen etwas tiefer das Meer liegt, das endlose Meer, das sich in der Ferne unter einem klaren Sternenhimmel abzeichnet.

Es war wirklich eine Stunde zum Träumen, zumal der Blick aus den grossen Erkerfenstern des Casinos einfach märchenhaft war.

Im Westen sah man die zackenreiche, steil abfallende Küste, über die in gleichmässigen Abständen wie eine lichtvolle Liebkosung der helle Pinselstrich des kreisenden und wieder verlöschenden Leuchtfeuers glitt.

Gegenüber funkelten die kleinen Lichter der Boote im Hafen, und weiter draussen, vier oder fünf Kilometer vor der Küste, ragten im Halbdunkel die mächtigen, fast theatralischen Umrisse der *Skobeleff* auf.

Der Offizier in elegantem Smoking, mit schwarzem Filzhut und Lackschuhen, hatte sich auf die Querstange vor einem der Fenster der Galerie gestützt, das dank der milden Witterung offenstand und frische, reine Luft hereinliess, die die überhitzte, ungesunde Atmosphäre in den Salons etwas abkühlte.

In der Ferne hörte man, über die immer gleichen schrillen Stimmen der Croupiers hinweg, die schluchzenden, herzzerreissenden Melodien der ersten Geige eines Zigeunerorchesters.

Hin und wieder ertönte die Hupe eines Automobils, das in der Nähe vorüberfuhr und seine energischen Befehle in die Luft posaunte. Eine Mischung von verschiedenen Parfums, von duftenden Blumen und Treibhauspflanzen, durchsetzt mit Orienttabak, stieg von allen Seiten aus dieser künstlichen Fassade einer zauberhaften Traumwelt empor: den Nebengelassen des Casinos von Monte Carlo.

Iwan Iwanowitsch schien jedoch für den betörenden Reiz dieses wunderbaren Landstrichs, der bei Tage wie bei Nacht eine so grosse Anziehungskraft ausübt, keinen Sinn zu haben.

Nach dem Tee in der Pension Heberlauf hatte Iwan Iwanowitsch sich verabschiedet, war aber nicht an Bord seines Schiffes, sondern in den *Imperial Palace* gegangen, wo ein Zimmer für ihn reserviert war. Der Offizier kleidete sich um, speiste langsam und lustlos zu Abend und begab sich dann ins Casino, wo er gegen zehn Uhr eintraf.

Zwielichtig, rätselhaft und unheimlich war die Haltung, die der Kommandant des schönen Schiffes zur Schau trug, und vielleicht hatte Iwan Iwanowitsch dafür seine Gründe ...

Er war so sehr in Gedanken vertieft und schien die Bordwände der sich in der Ferne abzeichnenden *Skobeleff* mit solcher Eindringlichkeit zu betrachten, dass er gar nicht merkte, dass der alte Diplomat Paraday-Paradol auf einmal neben ihm stand.

Dieser wie stets tiptop gekleidete Gentleman mit seinem koketten Schnurrbart, den er mit der Brennschere zu kräuseln pflegte, und dem tadellos um den schon recht kahlen Schädel angeordneten Haar, klopfte dem kräftigen Offizier auf die Schulter.

– Mein lieber Kapitän, Sie scheinen mir heute abend etwas kummervoll und besorgt zu sein. Man sagt von den Russen, sie seien Materialisten, aber ich glaube eher, dass Sie eine Slawenseele haben, die zur Besinnlichkeit neigt!
– Glauben Sie, was Sie wollen, erwiderte Iwan Iwanowitsch barsch, eins ist sicher, meine Seele ist die eines rohen, ungehobelten Steppenmenschen ...
Paraday-Paradol betrachtete verwundert den Offizier, der äusserlich nichts von dem Rohling hatte, der er zu sein behauptete.
– Sie sehen mir eher wie ein Pariser aus vornehmstem Hause aus, fügte er freundlich hinzu, aber was mich am meisten erstaunt, ist Ihre Trübsinnigkeit in einer Gegend, die der Menschheit ein so freundliches Gesicht zeigt ...
– Bis zu dem Tag, fuhr Iwan Iwanowitsch grimmig fort, an dem der grosse Zusammenbruch kommt ... und wenn das Unglück über etwas Zartes und Schönes hereinbricht, ist der Kontrast besonders schmerzlich, finden Sie nicht, lieber Diplomat?
Doch der Botschafter ausser Diensten war gerade auf eine Frauengestalt aufmerksam geworden, und schon rückte der alte Dandy sein Monokel zurecht und verliess nur allzu gern den russischen Offizier, da er wenig Lust hatte, ein Gespräch fortzusetzen, das eine so bedrückende Wendung nahm.
Iwan Iwanowitsch tat nichts, um ihn zurückzuhalten.
Er stiess einen tiefen Seufzer aus, blickte auf seine Uhr und starrte dann unverwandt hinaus aufs Meer.
Für einen Moment drangen Stimmen von unter dem Fenster, an dem er lehnte, zu ihm herauf und rissen ihn aus seinen Betrachtungen.
Obgleich es so aussah, als ob schwere Sorgen den Kommandanten bedrückten und seine Stirn von einer tiefen Falte durchzogen war, konnte er ein Lächeln nicht unterdrücken, als er zwischen den Kakteen und Palmen ein Pärchen entdeckte, das offenbar nicht gesehen werden wollte.
Iwan Iwanowitsch hatte sofort die zarte, biegsame Gestalt der spanischen Tänzerin Conchita Conchas erkannt, und da sie wie immer eine Zigarette zwischen den Lippen hielt, war es nicht schwer, auch im Dunkeln sofort zu wissen, dass sie es war.
Conchita Conchas redete lebhaft in einem Kinderfranzösisch, wobei sie die 'r' rollte. Die Spanierin sprach mit einem langen, hageren Mann, der nur zögernd ausschritt und recht unsicher wirkte, da er keine zwei Schritte ging, ohne nicht dreimal zurückzuschauen, um sicher zu sein, dass ihm niemand folgte.

– Heberlauf! staunte Iwan Iwanowitsch ... Der würdige protestantische Pastor ist auf dem besten Wege, der Spanierin ins Netz zu gehen ...

Er lächelte und murmelte achselzuckend und etwas bitter:

– Armer Trottel! Wenn er wüsste, wieviel Ärger ihm noch aus einem kurzen Vergnügen erwachsen wird, würde er auf der Stelle umkehren und im Eiltempo in seine Familienpension zurücklaufen. Aber das ist seine Sache ...

Iwan Iwanowitsch ballte die Faust und stiess wütend und geradezu drohend die rätselhaften Worte hervor:

– Sein Pech, ihr Pech, Pech für uns alle!

In einem der grossen Salons, in denen ununterbrochen an etwa zehn Roulette-Tischen gespielt wurde, stand Norbert du Rand in angeregtem Gespräch mit Isabelle de Guerray.

Isabelle de Guerray war eine Halbweltdame, die, wie ja auch beim Tee von Madame Heberlauf laut geworden war, in Paris ebenso bekannt war wie an der Côte d'Azur.

Sie hatte zweifellos einmal hübsch ausgesehen, aber das war schon eine Zeitlang her.

Ihre wohlgeformte Figur war seitdem etwas in die Breite gegangen.

Freilich verstand Isabelle de Guerray es blendend, die kleinen Makel des fortgeschrittenen Alters durch passende Korsetts und geschickte Kleider zu verbergen. Aber leider musste sie die natürliche Frische jeder Zwanzigjährigen durch alle möglichen Schmink- und Pudermischungen ersetzen, so dass man von ihr sagte:

– Sie wirkt noch sehr jung für ihr Alter.

Oder:

– Isabelle de Guerray macht immer noch Eindruck ... bei Lampenlicht.

Sie war übrigens eine recht üppige Erscheinung.

War sie früher einmal dunkel oder blond gewesen? Vielleicht könnte ein Mann wie der alte Paraday-Paradol sich noch daran erinnern? Doch wie dem auch sei, jetzt war sie rothaarig, rotbraun wie Mahagoni.

Isabelle de Guerray hatte den jungen Norbert du Rand etwas abseits, in eine Ecke des Salons geführt. Mit viel Geschick und Charme verstand sie es, den jungen Mann buchstäblich zu betören, indem sie ihren Fächer auf das noch etwas kindliche, dümmliche Gesicht ihres Partners zu bewegte.

Norbert du Rand schienen die Raffinessen der nur allzu bekannten Halbweltdame nicht weiter zu beeindrucken. Ihm kam es vor allem darauf an, mit ihr zusammen gesehen zu werden; kaum dass er merkte, dass er Aufsehen erregte, war er glücklich und fühlte sich geschmeichelt.

Isabelle de Guerray bat ihn kurzerhand:

– Leihen Sie mir zwanzig Louis, mein Lieber, – sie lächelte geziert und zeigte dabei ihre blendend weissen Zähne, - ich bin sicher, dass ich heute abend Glück habe ...

Norbert du Rand strahlte vor Genugtuung: er freute sich über die Bitte der Schönen, prahlte gern mit seinem Geld und behauptete stolz, dass er noch nie eine solche Anleihe abgelehnt habe, wie hoch der Betrag auch sein mochte.

Schliesslich war er Isabelle de Guerray diese Gefälligkeit schuldig, trug er nicht den aparten Aquamarin am Finger, den ihm die Halbweltdame geschenkt hatte?

Kaum hatte Norbert du Rand jedoch die erbetenen Geldscheine in die weiss behandschuhte Hand von Isabelle de Guerray gelegt, als diese auch schon von seiner Seite verschwunden war und rasch durch den Salon auf einen jungen Mann zuging, der recht bescheiden, aber korrekt aussah.

Schlagartig änderte sich ihr ganzes Gehabe, alles Kecke, Herausfordernde verschwand, keine Verführungskünste mehr wie sonst in Gegenwart von Männern, die sie mit berufsmässiger Raffinesse zu umgarnen verstand; diese berühmt-berüchtigte Frau, die so oft zu später Stunde in den grossen Restaurants zu sehen war, wirkte auf einmal ganz brav und schüchtern, als sie zu dem jungen Mann sprach, den sie von weitem erspäht hatte.

Norbert du Rand bemerkte es und verzog enttäuscht das Gesicht:

– Es stimmt also, murmelte er, Isabelle lässt mich stehen und läuft einem Kassierer hinterher ... dann ist es womöglich wahr, was man sich so von ihr erzählt? ... Vielleicht heiratet sie gar diesen Louis Meynan ... Teufel, das wäre amüsant ...

Dann gebe ich ihr aber den Ring zurück und will meine zwanzig Louis wiederhaben! ...

Norbert du Rand verlor die Halbweltdame und den Jüngling, den sie anscheinend zu ihrem Verlobten machen wollte, aus den Augen.

Hingegen entstand eine gewisse Unruhe im Saal; ein paar Spieler, die offenbar kein Glück mehr hatten, verliessen den Roulette-Tisch, und schon setzten sich andere mit noch vollen Taschen an die leer gewordenen Plätze.

– Faites vos jeux, Messieurs, faites vos jeux! …

Als Norbert fast unmerklich von der Menge aus den Spielsalons mit hinausgezogen wurde und in das Atrium geriet, wo sich gerade ein Zigeunerorchester aufbaute, berührte ihn jemand am Arm.

Es war Iwan Iwanowitsch.

Der Offizier sah Norbert ein paar Sekunden lang an.

Dieser wunderte sich über die stumme Musterung, liess es aber geschehen.

Endlich fragte ihn Iwan:

– Wohin gehen Sie, mein Lieber, spielen Sie heute abend denn gar nicht?…

– Ach, erwiderte Norbert ausweichend, ganz allein ist es langweilig, und ich habe keine Lust mehr, neben lauter Unbekannten zu sitzen, die mich nur anrempeln: Leute, mit denen man kein Wort, keinen Gedanken austauschen kann … Leute, die man nicht kennt und die da neben einem sitzen, richtiger gesagt, sogar auf einem …

Iwan Iwanowitschs Augen glänzten sonderbar. Mit einem Ruck zog er seine Uhr aus der Tasche:

– Zehn Uhr fünfunddreissig! sagte er leise, gerade noch Zeit, um ein Vermögen zu gewinnen …

Dann, wieder zu Norbert gerichtet, meinte er:

– Dass Sie all diese Einzelheiten und lästigen Umstände bemerken, zeigt, dass Sie kein Temperament haben … kein Spielertemperament, wohlgemerkt.

Norbert zuckte die Achseln:

– Mag sein, jedenfalls riskiere ich, wenn ich mich schon mal an einen Roulette- oder Baccara-Tisch setze, immer nur eine so geringe Summe, gemessen an meinem Vermögen, dass es mir einerlei ist, ob ich verliere oder gewinne…

Iwan antwortete bedeutsam:

– Vielleicht fühlten Sie sich wohler, wenn Sie aufs Ganze gingen …

Norbert, der wie alle reichen Leute ein Geizkragen war, blickte misstrauisch auf sein Gegenüber:

– Was nennen Sie 'aufs Ganze gehen', fragte er …

Diesmal hatte Iwan den jungen Mann am Arm genommen und zog ihn fast unmerklich zum siebten Roulette-Tisch, weil dieser nicht so besetzt war wie die anderen und es leichter sein würde, ans Spiel zu kommen.

– Aufs Ganze gehen! meinte Iwan Iwanowitsch vielsagend … es geht nicht darum, ob man es will, man muss es können! … man muss sehr geschickt, sehr vorsichtig sein und den Mut haben, am Anfang wenig zu riskieren und seine Einsätze niedrig zu halten, so lange man in einer Verlustphase steckt, aber was springen lassen, sobald man merkt, dass man eine Glückssträhne hat ... Es ist eine Frage des Gespürs, des Instinkts, könnte ich sagen ... Sie können sicher sein, dass ein Spieler, der 'Temperament' hat und gleichzeitig Herr seiner selbst ist, einfach gewinnen muss, wenn er diese Regeln beachtet!

Norbert, hellhörig geworden, lächelte:
– Richten Sie sich selber danach?
Iwan ballte die Fäuste, und sein Blick verfinsterte sich:
– Gestern vielleicht, aber heute nicht ... und doch kann ich es heute abend viel weiter bringen ...
– Tatsächlich? fragte der junge Snob, den soviel Geheimnistuerei neugierig machte und amüsierte ...

Iwan Iwanowitsch warf versteckte Blicke nach allen Seiten, als ob er fürchtete, dass jemand ihn hörte. Oh, er war ein Spieler durch und durch und fest überzeugt von seinem Geheimnis, von seinem Verfahren, wenn er eins hatte, denn er war äusserst misstrauisch und schien entsetzt bei der Idee, dass jemand ihn überraschen und erraten könnte, wie er zu seinem Vermögen käme.

Nach einer kurzen Überlegung führte Iwan Iwanowitsch Norbert du Rand wieder vom Spieltisch fort. Er ging mit ihm in die Galerie, und da diese zufällig so gut wie leer war, sagte der Offizier, ohne dass er sich bemühte, leiser zu sprechen, angstvoll und eindringlich zu dem jungen Norbert du Rand:
– Sie müssen spielen! ... Sie müssen heute abend spielen! Spielen Sie hoch, setzen Sie alles ein, was Sie haben, Sie werden ein Vermögen verdienen, ich spüre es, ich weiss es, ich bin ganz sicher!

Der Mann sprach mit solcher Überzeugung, dass Norbert du Rand trotz seiner gewohnten Skepsis in Wallung geriet. Warum sollte er eigentlich nicht spielen? Freilich war er viel zu nüchtern, als dass er abergläubisch sein konnte! Aber das Abenteuer lockte ihn. Was riskierte er eigentlich? ...

Hatte der Offizier nicht gesagt:
– Meine Methode besteht darin, wenig zu spielen, wenn man verliert, und haushoch, wenn man gewinnt.

Norbert konnte getrost einige -zig Louis riskieren ... Alles weitere würde sich von selbst finden.
– Und Sie, fragte er und sah den Offizier an, spielen Sie auch?
Iwan wandte sich ab und starrte wie gebannt auf seine Schuhspitzen.

– Nein, brummte er, ich kann nicht, ich kann nicht, ich spiele nicht ...

Aber als ob es ihn Mühe kostete, die Bitte auszusprechen, fügte er mit dumpfer Stimme hinzu:

– Ich bitte Sie nur um eins: spielen Sie genau, wie ich sage ... folgen Sie blind meinen Ratschlägen, und der Gewinn, nun ja ... der Gewinn ...

Norbert hatte verstanden; mit vollendetem Takt ergänzte er den Gedanken, den der Offizier nicht auszusprechen wagte:

– Den Gewinn teilen wir ...

Die beiden Männer waren sich einig.

Einen Moment später sass Norbert am Tisch, und Iwan Iwanowitsch stand beratend hinter ihm.

Wer immer die Unterhaltung mitangehört hätte, die ein paar Leute hinten im Saal führten, wäre über ihre gesellschaftliche Stellung bestimmt wenig erbaut gewesen.

Es waren drei Herren zwischen dreissig und fünfundvierzig, die geniesserisch ihre Zigarren rauchten, ohne sich anscheinend im geringsten um die Dramen zu kümmern, die sich überall am grünen Tuch abspielten.

Einer von ihnen, ein dickbäuchiger Mann mit einem breiten Pfeffer- und Salz-Bart, der gerade einen Cocktail an der Bar getrunken hatte, verliess in diesem Moment seine Gefährten, um eine hübsche Brünette zu begrüssen, die, mit einem Theaterprogramm in der Hand, durch den Saal kam:

– Was für ein reizender Abend, teuerste Freundin, sagte der Gentleman und küsste ehrerbietig der jungen Dame die Hand, während die beiden rauchenden Herren sie von weitem grüssten.

Die Dame nutzte die Gelegenheit, ihre Erschöpfung zu zeigen:

– Ich bin am Ende meiner Kräfte, sagte sie laut. Gibt es nicht einen Stuhl oder einen Sessel, bester Freund, auf dem ich mich ausruhen könnte?

Der Dickbäuchige wies mit dem Finger auf ein freies Sofa, auf dem die junge Brünette sich unverzüglich niederliess.

Kaum sass sie dort, ein wenig abseits von der Menge, als der Ton der Unterhaltung umschlug.

Es waren nicht mehr die glatten, nichtssagenden Sätze einer mondänen Unterhaltung. Zwar blieben Gesten und Mimik unverändert, doch standen sie im Widerspruch zu den Worten, die zwischen der Frau und den drei Männern gewechselt wurden.

– Madame Gérar, sagte einer von ihnen, es gibt wohl nichts Neues, was die junge Ungarin betrifft, die vorm Diner soviel verloren hat?

– Nein, Monsieur Ballier, ich habe sie im Hotel überwacht ... freilich ist ihr der Verlust nicht gleichgültig, aber sie ist reich, und es bringt sie nicht um.

Der Dickbäuchige wandte sich im selben Moment an seinen Nachbarn:

– Nalorgne, fragte er, haben Sie diesen Tisch da wieder überwacht?

– Ja, Perouzin, erwiderte der Gefragte, die Sieben ist *die* Glückszahl heute abend, sie kommt immer wieder ...

– Soso! bemerkte Perouzin ... und an den anderen Tischen?

– An den anderen Tischen passiert nichts Besonderes, mal kommt die Sieben, mal nicht, aber am Tisch sieben ist die Sieben sensationell ...

– Sonderbar! Wirklich sonderbar! murmelte der Erste der Gefragten, während Madame Gérar sich Luft zufächelte und dabei mechanisch einen flüchtigen Blick in Richtung des verdächtigen Tisches warf.

Die vier Personen, die da miteinander im Gespräch waren, schienen auf den ersten Blick reiche Müssiggänger zu sein, die für eine Saison nach Monaco gekommen waren; in Wirklichkeit waren es jedoch Spielaufseher, die den Auftrag hatten, nicht nur unauffällig die einzelnen Partien zu überwachen, sondern sich an die Fersen der Spieler zu heften, die infolge allzu schwerwiegender oder wiederholter Zahlendifferenzen zu Kurzschlusshandlungen neigen könnten.

Man will nämlich nicht zulassen, dass einen in Monaco das Unglück trifft; ebenso wie man die Tbc-Kranken vor ihrer letzten Stunde aus den Sanatorien nach Hause schickt, so macht man es auch in Monte Carlo, man hilft sogar etwas nach, bevor jemand ganz am Ende ist und keinen Ausweg mehr weiss!

Während Monsieur Ballier ein durch und durch Professioneller war und Madame Gérar als Tochter einer Hoteldirectrice sozusagen von selbst in den Inspektorenberuf hineingewachsen war, hatten ihre beiden anderen Kollegen nicht immer zur Zunft der Spielkontrolleure gehört.

Der dickbäuchige Perouzin mit seinem breitgefächerten Pfeffer- und Salzbart war ein ehemaliger Notar aus irgendeinem Provinznest, und der dunkelhäutige Nalorgne mit den tiefliegenden Augen und dem hohlwangigem Gesicht war ein ehemaliger Priester, den die wechselnden Lebensumstände und das Gesetz der Trennung von Kirche und Staat nach vielen Umwegen schliesslich zu diesem Beruf geführt hatten.

Das Gespräch der vier Inspektoren dauerte übrigens nicht lange.

Sie gingen bald wieder auseinander und verschwanden in der Menge.

Aber jemand, der sie beobachtet hätte, würde sie kurz danach zwischen den Spielern wiederentdeckt haben, die sich um den siebten Roulette-Tisch drängten, wo immer wieder die Nummer Sieben gewann.

Diese auffallende Regelmässigkeit schien den Inspektoren in der Tat verdächtig; das konnte nicht mit rechten Dingen zugehen. Es war ratsam, alle ringsum im Auge zu behalten, sowohl die Spieler wie auch die Croupiers und das Roulette selbst.

Die Kundschaft am siebten Tisch war besonders kosmopolitisch und bunt gemischt.

Neben einer millionenschweren alten Dame, die ostentativ eine Diamantenkette auf einem wabbeligen, üppigen Busen zur Schau trug, sass ein alter armenischer Jude mit Hakennase und wirrem Haar, der mit nervöser Verkrampftheit immerfort mit einem Goldstück zwischen den Fingerspitzen spielte.

Gegenüber sah man zwei junge Snobs, vermutlich Brüder, einer noch schicker als der andere, die mit schöner Regelmässigkeit verloren; doch während sie anfangs in bestem Einvernehmen gespielt hatten, wurden die Blicke, die sie einander zuwarfen, mit fortschreitender Stunde immer wütender, und sie schienen drauf und dran, sich gegenseitig in aller Öffentlichkeit zu beschimpfen und für das Unglück verantwortlich zu machen, das über sie hereinbrach.

Am Ende des Tisches konnte man zwei hübsche, aber allzu knallige kleine Amerikanerinnen beobachten, die mit einer Selbstverständlichkeit sondergleichen ihre Goldstücke setzten, wie es gerade kam; hinter ihnen stand, ungerührt und phlegmatisch, ein Mann mit spärlichem weissem Haar und ziegelrotem Gesicht, offensichtlich ihr Vater. Dieser alte Herr mit der unbeweglichen Miene und den Bewegungen eines Automaten wanderte fortwährend zwischen der Wechselstube und dem Roulette-Tisch hin und her, wo er seine Töchter mit den nötigen Geldscheinen versorgte.

Isabelle de Guerray hatte neben dem Croupier Platz genommen. Die Unglückliche verlor schon seit zwei Stunden, wollte aber nicht locker lassen und spielte und verlor immer weiter.

Schon längst war sie nicht mehr die elegante, beherrschte Frau, die stets auf Wirkung bedacht ist und keine Geste, keine Bewegung macht, die das schöne Gleichgewicht ihrer ganzen Person gefährden könnte.

Isabelle de Guerray war im Verlauf der Partie um zehn Jahre gealtert.

Sie sah müde aus; statt des stereotypen Lächelns, das sie gewöhnlich zur Schau trug, zuckte es wild und bitter um ihre Mundwinkel, und die Schweisstropfen, die von ihrer sorgenvollen Stirn perlten, hatten tiefe Spuren auf ihren dickgeschminkten Wangen hinterlassen.

Ihr Atmen klang unwillkürlich rauh und pfeifend bei jeder neuen Partie, und sie presste ihr klopfendes Herz mit einer zitternden Hand, auf der die blauen Adern hervortraten wie bei einer alten Frau...

Immer wieder hörte man das monotone Geleier der Croupiers:

– Faites vos jeux, Messieurs, faites vos jeux...

Dann geriet die Menge in Bewegung, es begann ein lebhaftes Reden und Beraten über die Zahlen, die womöglich Gewinn versprachen, bis der entscheidende Ruf ertönte:

– Rien ne va plus!

Darauf war es schlagartig still, und nur das Rucken der Kugel, die entgegen dem Uhrzeigersinn über die Roulettescheibe lief, war noch zu hören.

Sie sprang und hüpfte, bis sie ihren Platz gefunden hatte; sodann ertönte laut die Stimme des Spielleiters, der den endgültigen Stillstand der Kugel verkündete.

An diesem Abend war nun am siebten Roulette-Tisch von Monaco bei vier Runden dreimal die Sieben, Rot, Impair und Manque herausgekommen!

Es war genau elf Uhr!

Seit ungefähr einer halben Stunde hatte Iwan Iwanowitsch, über Norbert du Rands Schulter gebeugt, nicht aufgeblickt. Der junge Mann hatte seine Ratschläge befolgt und gewann von Anfang an über alle Massen.

– Spielen Sie die Sieben, hatte Iwan Iwanowitsch ihn angewiesen...

Norbert gehorchte, und sooft er setzte, kam die vom Croupier geworfene Kugel auf der vielsagenden Zahl zum Stehen.

Man war zunächst überrascht und etwas verwirrt gewesen, und hatte dann aus Opposition und auch aus Vernunftsgründen beschlossen, gegen die Sieben zu spielen.

Das Gold der einen und der anderen häufte sich auf den anderen Feldern.

Norbert du Rand war der einzige, der bei seiner Kombination blieb und gewann, immer wieder gewann...

Als Iwan Iwanowitsch den Kopf hob, war er erschreckend blass, die Augen quollen ihm aus den Höhlen, und er erschauderte unwillkürlich beim

Anblick der aufgestapelten Goldstücke und gebündelten Geldscheine, die vor Norbert lagen und die der junge Mann, nunmehr ganz für das Spiel eingenommen, vorsichtshalber mit beiden Armen abschirmte.

Doch Norbert war die Ruhe selbst.

Kurz zuvor hatte er mitten bei einem günstigen Durchlauf mit seiner tonlosen, gleichmütigen Stimme Iwan Iwanowitsch angekündigt:

– Mein Zug nach Nizza fährt um 11 Uhr 25, mein Lieber, das heisst, in drei Minuten muss ich den Spieltisch verlassen.

Genau in dem Moment besass Iwan Iwanowitsch die Tollkühnheit, seinen Freund zum höchstmöglichen Einsatz zu überreden!

Im Nu hatte Norbert den Höchstbetrag auf Zahl, Rot, Impair und Manque gesetzt. Wieder war die Sieben seine Zahl, und schon dreizehn Mal hatte die Sieben gewonnen.

Obgleich die Croupiers und die anderen Spieler an Extravaganzen mehr als gewöhnt waren, sassen sie doch, aufs höchste gespannt, mit angehaltenem Atem da und warteten fieberhaft auf den Ausgang der Partie.

Es war allen klar, dass Norbert nach diesem letzten Coup gehen würde, und schon blitzte die Geldgier aus manchen Augen: allesamt hatten sie gegen die Sieben gespielt, ausnahmsweise verbündeten sich die Spieler einmal in Gedanken mit der Spielbank und wünschten, dass sie über den Gegner, der solch ein unverschämtes Glück hatte, triumphieren würde.

– Rien ne va plus, Messieurs, hatte der Croupierchef mit Entschiedenheit erklärt, als er die übervollen Felder sah ...

Unter dem lauten Hin und Her von Vorwürfen und Gegenvorwürfen, weil jeder sich einbildete, er werde gewinnen, und unbedingt mitspielen wollte, wurde die Roulettescheibe in Bewegung gesetzt und die Kugel geworfen.

Sie hüpfte lange von Feld zu Feld, stockte und sprang wieder weiter, völlig unvorhersehbar, mit rasender Geschwindigkeit; dann liess das Tempo nach, die Kugel rollte nur noch langsam, ihre Sprünge wurden schwächer, und ihre letzten Hopser wirkten recht lustlos. Sie zögerte noch zwei- oder dreimal, verkroch sich in kleine Ecken und Winkel, aus denen sie nur mit Mühe wieder herauskam, und unter einem Aufschrei des Protestes aus allen Kehlen war das Unglaubliche geschehen:

Die Sieben hatte zum vierzehnten Mal gewonnen!

Ohne eine Miene zu verziehen, zahlte der Croupier an Norbert ein Vermögen ... Dann zog er die Einsätze von den anderen Nummern zu sich herüber und, um den Spielern keine Zeit zum Nachdenken zu lassen, forderte er schon wieder mit näselnder, eintöniger Stimme auf:

– Faites vos jeux, Messieurs, faites vos jeux! Ein paar schwankende, bleiche Gestalten verliessen entgeistert, mit wirrem Blick und weissen Lippen den Saal.

Sie hatten verloren.

Einige von ihnen hatten nichts mehr, andere wühlten in ihren Taschen und überlegten noch, ob sie ihr Glück nicht an anderen Tischen versuchen sollten.

Norbert hatte sich unterdessen sehr hoheitsvoll zurückgezogen, nachdem er seine Smokingtaschen noch und noch mit Bankscheinen vollgestopft hatte.

Iwan Iwanowitsch schob ihn beinahe an den Schultern aus dem Saal. Es war viertel nach elf, der Offizier schien nur noch einen Wunsch zu haben, so schnell wie möglich diesen Sälen des Wahnsinns zu entfliehen ... die übrigens Punkt zwölf schliessen würden.

Als Norbert und er durch die Tür zum Atrium gingen, fielen folgende Worte:

– Wie hoch, forschte Iwan Iwanowitsch mit vor Erregung stockender Stimme, wie hoch schätzen Sie den Gewinn ... über den Daumen gepeilt?

Norbert nuschelte ganz ungezwungen, wie jemand, den diese Dinge völlig kalt lassen:

– Ph ... ich weiss nicht genau ... so an die fünfhundert- oder sechshunderttausend Francs ...

4. Die Rache des Glücks

Bitte beeilen, die Herrschaften! Etwas schneller! Erster Klasse ganz vorn. Nur zu, die Dame! ... Nein, der Herr, da halten wir nicht. Einsteigen, bitte! Türen schliessen! Der Zug fährt gleich ab!

So war es jeden Abend um 11.25 Uhr in dem friedlichen kleinen Bahnhof von Monaco, immer dasselbe Gehaste und Gerenne, dieselben gereizten Stimmen der Schaffner ...

Übrigens war der Zug, der fauchend im Bahnhof stand und auf den befreienden Pfiff des Zugführers wartete, um in Richtung Nizza abzudampfen, ein ganz besonderer Zug. Mit der Abfahrtszeit nahm er es nicht so genau, er wartete ohne weiteres noch auf die letzten Nachzügler, um unterwegs die verlorene Zeit wieder aufzuholen, aber das eigentlich Besondere an ihm waren seine Fahrgäste, lauter schwerreiche Leute, die im Casino von Monaco ein und aus gingen ...

Dieser Zug war für sie der bequemste Weg, wieder nach Nizza zurück zu kommen.

Wer sich allabendlich am Roulette-Tisch oder beim trente-et-quarante einfand und nicht in Monaco selbst wohnte, sondern sich in Nizza niedergelassen hatte, oftmals nur, um seine Spielergewohnheiten geheimzuhalten, nahm jeden Abend diesen letzten Zug, der aussah, als ob er lauter Theaterbesucher nach Hause brächte: man sah nur Damen im Abendkleid und Herren im Frack, und bei ihren Gesprächen ging es um Vermögen, die der eine im Verlauf des Abends gewonnen, der andere verloren hatte, weil es der launischen Glücksgöttin so gefiel.

– Bitte beeilen, die Herrschaften, einsteigen! Türen schliessen!

Auf dem Bahnsteig brüllten die Schaffner aus Leibeskräften, um die Reisenden zum Einsteigen zu bewegen, wussten aber genau, dass ihr Zug wie gewöhnlich mit Verspätung abfahren würde, sicher nicht vor 11.30 Uhr, denn aus dem Spielcasino kamen alle immer erst in der letzten Minute zum Bahnhof ...

Dann begann das Rufen von einem zum andern, und aus den hell erleuchteten Wagen tönte es:

– Steigen Sie hier ein, mein Lieber! Wir sind hier ...
– Um ein Haar hätten wir ihn verpasst!

In den Abteilen 1. Klasse bildeten sich Grüppchen, es wurde voll und voller, und alle waren ein Herz und eine Seele.

Die Spieler, die das Glück begünstigt hatte, erzählten einander gern auf der kurzen Strecke zwischen Monaco und Nizza von ihren grossen Coups an diesem Abend, sie schilderten bis ins kleinste ihre Kalküls, die garantiert richtig waren ... bis sie am nächsten Abend, wenn sie das Glück verliess, einsehen mussten, dass kein noch so ausgeklügeltes System gegen die Willkür des Roulettes ankam.

Nicht minder sonderbar war das Schauspiel, das die Gentlemen boten, wenn sie mit Nonchalance ihre dicken Geldscheinbündel und eingerollten Goldstücke auf den Sitzbänken des Abteils ausbreiteten ... um nachzuzählen, denn meistens wussten die Gewinner bei Abfahrt des Zuges noch gar nicht, wieviel sie eigentlich gewonnen hatten! ...

Doch leider gab es in dem Sonderzug Monaco – Nizza nicht nur Wagen, in denen es fröhlich zuging, Goldmünzen klingelten und Geldscheine raschelten ...

Wenn aus einigen Abteilen auch lautes Lachen ertönte und die Stimmung immer ausgelassener wurde, sassen in anderen trübsinnige, düstere Gestalten, die kein Wort mehr hervorbrachten.

In diesen Abteilen fanden sich jene zusammen, die ein geheimes Mitleid miteinander verband: Die glücklosen Spieler, die keinen Heller mehr besassen, kamen hierher, wo es ruhig war, um ungestört ihren Verlusten nachzutrauern, und bisweilen, wenn die Spielleidenschaft sie wieder packte, neue raffinierte Systeme auszutüfteln ...

– Einsteigen, bitte! Einsteigen! ...

Diesmal klang die Aufforderung der Schaffner wie ein Befehl. Die Autos, die zwischen Spielcasino und Bahnhof hin und her fuhren, waren alle zur Stelle, kein Auto-Taxi hupte mehr flehentlich von weitem, dass man noch eine Minute warten möge, der Zug stand abfahrbereit, die Türen fielen ins Schloss, der Zug dampfte ab ...

Eben in diesem Moment, wo man gerade noch aufspringen konnte, bevor es zu spät war, tauchten noch zwei Männer auf dem Bahnsteig auf, und beide schwangen sich mit der Beherztheit von Fahrgästen, die sich schon traurig zurückbleiben sehen, auf die Trittbretter der letzten Wagen ...

Im Nu hatten die beiden Unbekannten die Wagentüren geöffnet und waren in den Abteilen verschwunden.

Als der Zug sich in Bewegung setzte und immer schneller wurde, sass jeder von ihnen schon in einem leeren 2. Klasse-Wagen am Ende des Zuges.

Norbert du Rand hatte kaum das Abteil betreten, als er auch schon Hut und Handschuhe beiseite warf, sich auf den Wagenboden kniete, die Brieftasche herauszog und auf den Bänken die Geldscheine ausbreitete, die er wie durch ein Wunder und dank der wiederholten Ratschläge von Iwan Iwanowitsch gewonnen hatte.

Der junge Mann war ausser sich vor Freude!

– Dreihunderttausend Francs! Ich habe dreihunderttausend Francs gewonnen! ... Hip! Hip! Hurra! Das wird meinen Klubkameraden imponieren! ... Und einen Diamanten für Isabelle de Guerray kauf' ich auch! ... und Blumen für das Dummerchen Denise, um sie zu betören! ... Und Zigarren! ... Oh, ich wusste doch, dass ich Glück haben würde! ... Ich wusste, dass Fortuna auf meiner Seite war! ... Oh du lieber Gott, bin ich froh! ... Ich werde nur noch Zigaretten mit Goldmundstück rauchen! ...

Das alles ging etwas durcheinander, aber Norbert du Rand glänzte nicht gerade durch Intelligenz ...

Ausserdem war er verständlicherweise durch den Gewinn ganz aus dem Häuschen und konnte es nicht lassen, immer wieder seine Scheine zu zählen, die er wie jeder Geizhals mit wahrer Wollust in Händen hielt, bündelweise zusammensteckte und abermals zählte! ...

Unterdessen raste der Zug durch die schwarze Nacht, schlängelte sich an der Côte d'Azur entlang, hier und da ganz dicht am Meer, das stellenweise fast bis an den Bahndamm heranreichte, fuhr dann wieder durch kleine grüne Baumgruppen oder im Bogen um Gärten herum, in denen trotz der kalten Jahreszeit die ins Freie gesäten Blumen die Luft mit ihrem schweren, betäubenden Duft erfüllten ...

Der zweite Reisende, der wie Norbert gerade noch rechtzeitig im Bahnhof von Monaco angekommen war, um auf den abfahrenden Zug aufzuspringen, hatte wie der junge Mann das Glück, gleich in ein leeres Abteil zu gelangen.

Doch nichts lag ihm ferner als seine Geldscheine zu zählen, wie es der Freund von Iwan Iwanowitsch tat.

Was war das eigentlich für ein Mann?

Seine Kleidung war ungewöhnlich, denn trotz der milden Nachtluft trug er einen schweren Reisemantel aus dickem, flauschigem Tuch, und er hatte sogar den Kragen hochgeschlagen, so dass er bis übers Kinn darin eingehüllt war ...

Auf dem Kopf hatte der Reisende einen Schlapphut, wie ihn die Künstler tragen, und er hatte die Krempe so weit heruntergeschlagen, dass er ihm tief im Gesicht sass, ja, eigentlich sah man von seinem Gesicht nur noch einen dichten, schwarzen Bart, dessen krause Locken sich mit dem Schnurrbart vermischten und seine Gesichtszüge vollkommen verdeckten.

Die Laune dieses Sonderlings schien nicht die allerbeste zu sein ...

Kaum war er in seinem Abteil, als er auch schon mit einem Ruck die Rouleaus an Tür und Fenstern herunterzog und sogar den Vorhang über die Deckenbeleuchtung schob, um das Licht zu dämpfen ...

Sodann hatte sich der Mann im nunmehr abgedunkelten Abteil schwungvoll in einer Ecke niedergelassen, und da sass er nun mit gekreuzten Armen, regungslos, wahrscheinlich in Gedanken versunken.

Es vergingen ein paar lange Minuten, bis der Zug mit lautem Widerhall unter einer Überführung hindurchfuhr. Schon schreckte der Mann aus seiner Tatenlosigkeit auf:

– Jetzt ist es soweit! dachte er, also los!

Der Unbekannte begann alsbald ein merkwürdiges Manöver ...

Zuerst ging er mit langsamen Schritten bis zur Tür, die auf den Gang führte, beugte sich vor und warf einen prüfenden Blick auf den schmalen Korridor:

– Niemand? ... Nein! Niemand! ... Also los! Ich hab' bestimmt Glück! Alles wird gehen wie am Schnürchen! ...

Er kehrte in sein Abteil zurück und zog ein Stück schwarzen Stoffs aus der Tasche, an dessen Enden zwei lange Seidenbänder hingen ...

– Ein praktisches Ding! dachte er noch, und so einfach ... Vorsicht ist die Mutter der Weisheit!

Während er noch so vor sich hinsprach, hatte er das Ding schon um die Stirn gebunden ... aber das schwarze Tuch war gar kein Stück Stoff, sondern eine Maske, die der Unbekannte jetzt vorm Gesicht hatte, und da sie oberhalb der Hutkrempe zusammengebunden war und bis unter den Mantelkragen reichte, verdeckte sie sein Gesicht ganz und gar, so dass er nicht mehr zu erkennen war ...

Was man nun vor sich sah, war ein einziges Bild des Schreckens und Entsetzens, ein Bild geheimnisumwitterter Grausamkeit, das dieser Mann, dieser maskierte Mann, dieser schwarz maskierte Mann um sich verbreitete, der da auf leisen Sohlen, federnd und energiegeladen, durch den Gang des Eisenbahnwagens schlich!

Wohin ging er?
Wer war er?

Der Unbekannte schien mit jeder Minute vorsichtiger zu werden. Er gelangte rasch bis zur Tür des Wagens, in dem der junge Norbert du Rand sass ... Die Tür war offen und zeichnete auf dem Boden des Gangs ein helles Viereck ...

– Donnerwetter, Glück über Glück! murmelte der Maskierte ...

Mit einem Satz von unglaublicher Geschwindigkeit und als ob er seiner Sache ganz sicher wäre und schon wüsste, wen er im Abteil vorfinden würde, sprang er vor ...

Dann spielte sich im Handumdrehen etwas ganz Grausiges, überaus Tragisches und Bestürzendes ab ...

In dem Moment, als der Unbekannte ins Abteil sprang, kniete Norbert, fast mit dem Rücken zum Gang, vor seinen Geldscheinen und zählte und zählte ... Er sah und hörte nichts anderes und dachte nur an seinen unverhofften Gewinn, als er fühlte, wie ihn jemand mit eisernem Griff im Nacken packte, mit Gewalt auf die Sitzbank warf und seinen Kopf so tief in die Polster drückte, dass er fast erstickte ...

Er hatte nicht einmal Zeit, einen Schrei von sich zu geben!

Während er, zu Tode erschrocken und nach Atem ringend, nicht den geringsten Widerstand leistete, da er durch die Überrumpelung wie gelähmt war, hörte er wie im Traum eine spöttische Stimme, die witzelte:

– Jetzt heisst es, geschickt zu Werke gehen, damit der Wagen nicht schmutzig wird und keine Spuren zurückbleiben! ... Ei, ei, der Grünschnabel glaubte wohl, dass er das ganze Geld ruhig einstecken könnte? Was für ein Kindskopf! ... Wie kann man nur so unvernünftig sein! ...

Während der Mann so sprach, hielt er Norbert immer noch fest gegen das Polster gedrückt.

Er hatte unterdessen einen langen Dolch aus der Tasche gezogen, dessen Klinge im Lichtschein feurig funkelte, und mit langsamer, präziser Geste stiess er dem jungen Mann die Waffe in Höhe der Halswirbel zwischen die Schultern.

– Gott hab ihn selig!

Ohne sichtliche Mühe oder Hast und ohne ein Zittern stiess der unheilvolle schwarz Maskierte, der Mann mit dem dichten Bart, seinen Dolch bis zum Stichblatt in den Körper des Opfers und sagte noch einmal:

– Gott hab ihn selig! Denn ich glaube, dass ...

Weiter brauchte er gar nicht zu denken ...

Der halb erstickte, tödlich verletzte, womöglich schon tote Körper von Norbert du Rand, der anfangs noch nervös gezuckt hatte, lag jetzt kraftlos da ...

Die Waffe war in der Wunde steckengeblieben. Kein Tropfen Blut war geflossen, kein Schrei laut geworden ...

Der Mann mit der Maske bemerkte nur kurz:

– Alles geht nach Wunsch ... Ich sehe keinen Grund, die Leiche noch länger hierzuhalten ...

Vorsichtig, aber ohne eine Spur von Gefühl, als ob es kein Toter wäre, den er da zwischen seinen Händen hatte, lockerte der Unbekannte nach und nach den Griff, mit dem er Norberts Kopf gegen das Sitzpolster presste ...

Mit der rechten Hand hatte er einen langen Seidenschal aus der Tasche gezogen und schob ihn nun unter den Kopf des Opfers ... so konnte er es knebeln ...

– Und jetzt, erklärte der schreckliche, meisterhafte Bösewicht, jetzt brauche ich nur noch etwas aufzuräumen hier ...

Aufräumen!

Während in dem blutleeren Gesicht des unglücklichen Norbert, in seiner fahlen, von schrecklichen Zuckungen verzerrten Grimasse die Augen immer grösser wurden und schon den schrecklich starren, nicht mehr menschlichen Ausdruck eines Sterbenden annahmen, der dem Tod ins Antlitz blickt, ging der Maskierte ganz gemächlich zum Ausgang des Abteils ...

Er öffnete die Tür, kehrte seelenruhig zu dem zuckenden Körper seines Opfers zurück, lockerte die verkrampften Hände Finger für Finger und zwang ihn so, die Banknoten, die er noch festhielt, loszulassen, wobei er scherzhaft bemerkte:

– Bei Gott, mein junger Freund, Sie werden die blauen Scheine nicht mehr brauchen, die ich so liebe und so dringend nötig habe ... zumindest eben so nötig wie Sie! ...

Den Spott konnte er sich sparen!

Norberts Augen hatten sich plötzlich geschlossen, sein verzerrtes Gesicht entspannte sich, er verlor das Bewusstsein.

– Eins! Zwei! Drei! ...

Mit einem Ruck packte der elende Kerl den Körper seines Opfers bei den Schultern, wobei er acht gab, nicht an den Dolch zu stossen, der noch in der abscheulichen Wunde steckte und verhinderte, dass Blut hervorquoll, und wie ein Mann, der unter einer schweren Last keucht, schleppte er den leblosen Körper zur offenen Tür und stiess ihn hinaus auf die Gleise ...

Der Zug sauste durch die Landschaft ...

Keiner von den Fahrgästen hatte den Aufprall vernommen ...

Schweigend, ohne die geringste Hast, sammelte der Unbekannte die Geldscheine auf, die über den Wagen verstreut lagen, steckte sie zusammen und schob sie in die Tasche; dann zog er die schwarze Maske vom Gesicht und kehrte mit nachtwandlerischer Sicherheit wieder in den Wagen zurück, in den er am Bahnhof von Monaco eingestiegen war.

Kein Mensch im Zug hätte beim Anblick des friedlichen Reisenden auch nur den geringsten Verdacht geschöpft, er war ja die Ruhe und Gelassenheit selbst ...

Mit unsäglicher Mühe öffnete Norbert die Augen, alles um ihn her drehte sich, und ihm war, als schwebte er auf etwas Unbeschreiblichem, bis er, von neuen Schwindeln gepackt, glaubte, in tiefste Abgründe hinabzustürzen und dann wieder in atemberaubender Weise hinauf und durch die Lüfte getragen zu werden. Ganz allmählich kam er zu sich.

Was war passiert?

Wo war er?

Der Ärmste konnte sich zunächst an nichts erinnern, er begriff nicht das Geringste und konnte keinen klaren Gedanken fassen ...

Ihn fror, er klapperte mit den Zähnen ... Doch merkwürdigerweise fühlte er im Rücken, im Nacken etwas Weiches, Warmes an seiner Haut kleben, das von Minute zu Minute grösser wurde ...

Die Zeit verging, ohne dass er in seinem Dämmerzustand auch nur eine Spur von Zeitgefühl gehabt hätte ...

Doch schlagartig, wie bei einem plötzlichen Erwachen, erinnerte er sich mit panischem Entsetzen an den abscheulichen Überfall, dem er zum Opfer gefallen war ...

Ohne zu wissen, wie es um ihn stand, versuchte der vormals so elegante Norbert du Rand, der nun einsam und verlassen und schon halbtot in der stockdunklen Nacht lag, mit letzter Kraft noch einen Ruf, der aber nicht mehr als ein Röcheln, ein Murmeln war, den Ruf, den viele junge Leute und sogar gestandene Männer ausstossen, wenn sie leiden:

– Mama! ...

Aber was nützte alles Rufen?

Je deutlicher er sich seiner Lage bewusst wurde, desto klarer erinnerte er sich auch an das, was ihm zugestossen war ...

Der Schweiss rann ihm von der Stirn, schon überkam ihn ein neuer Schwindel ...

Oh! Wie schrecklich war es gewesen, als sein Gesicht in die Polster der Sitzbank gepresst wurde und er fast erstickt wäre! Und erst der tödliche Schmerz des Dolchstichs! Und dann der Sturz auf die Schienen, bei dem er sich alle Knochen brach!

Auf die Schienen ...

Lag er denn auf den Schienen?

Der bedauernswerte junge Mann versuchte sich zu bewegen, aber sein ganzer Körper war ein einziger Schmerz; den Kopf zu heben war schon eine Tortur und er keuchte nur ...

Da wurde ihm klar, dass er verloren war!

Er hatte sich kaum vom Fleck gerührt, war gerade ein paar Zentimeter weit gekrochen, und doch erkannte er deutlich, in was für einer schrecklichen Lage er war. Er lag tatsächlich auf den Geleisen, direkt auf dem Schotter, quer darüber ... es war eine Schiene, die sein rechtes Bein hochdrückte und zu einer Stellung zwang, die von Minute zu Minute qualvoller wurde!

– Auf dem Schotter! ... Ich liege auf dem Schotter! Und wenn ein Zug kommt? ...

In seiner Todesangst stellte der Ärmste sich vor, dass jeden Moment ein Schnellzug nach Ventimiglia herandonnern könnte und ihn rettungslos unter seinen Rädern zermalmen würde ...

Dieser entsetzliche Gedanke war stärker als aller Schmerz ...

Er musste von dem Schotterbett wegkommen, koste es, was es wolle ...

Liegenbleiben und warten, dass der Schnellzug über ihn hinwegbrausen würde, war der sichere, grauenhafte Tod ...

Norbert, dieser Lackaffe, der nur mit seinem Geld protzte und mit seinem Namen kokettierte, musste einsehen, dass im Leid alle Menschen gleich sind. Die Verzweiflung riss ihn aus seiner Höhe herab in den grausigen Abgrund des Wahns ...

Er kroch über die Schottersteine, klammerte sich an die Schienen, zog sich stöhnend empor und fühlte bei jeder Bewegung, bei jeder noch so kleinen Geste, wie seine Kräfte nachliessen und das Leben entschwand, während er dem Tod noch ein kleines Stückchen Terrain abgewann ...

Er rang schweisstriefend nach Atem ...

Zeitweilig ging ihm die Luft aus, die Kehle war ihm wie zugeschnürt und er fühlte sich wie in einen Schraubstock gespannt ...

Einerlei! Stärker als der Schmerz war die Angst, die entsetzliche Angst vor dem Zug, dem nächsten Zug, dem Zug, der vermutlich nur noch ein paar Kilometer entfernt war und mit voller Geschwindigkeit und geballter Kraft auf ihn zugebraust kam, mit einem Höllenlärm, den er bisweilen schon zu hören glaubte ...

Über die eine der Schienen hinwegzukommen, war für ihn unsagbar schwer gewesen ...

Er schaffte es jedoch ...

Jetzt war er bei der anderen Schiene angelangt und musste sich trotz aller Schmerzen mit seinen blutenden Händen schleunigst hinüberhieven ...

Rötlicher Schaum stand ihm auf den Lippen, er musste krampfhaft schlucken und fühlte den Tod nahe, doch wieder vergass er seine Wunde, vergass den tödlichen Dolch und dachte nur daran, wie er dem furchtbaren Tod durch den Zug entkommen könnte.

Denn in Wirklichkeit war Norbert du Rand in diesem Moment ein doppelter Todeskandidat!

Mit dem Aufgebot seiner letzten Kräfte schaffte er auch die zweite Schiene, obgleich es ihm wie eine Ewigkeit vorkam, und schleppte sich dann, nur noch ein Bündel Leid und Schmerz, bis an den Rasenrand des Bahndamms.

Aber ach! Da spannten sich die Leitungsdrähte der verschiedenen Signale.

Darüber hinwegzukommen, war für den Verletzten unmöglich, soviel Kraft konnte der Jämmerliche nicht mehr aufbringen!

Röchelnd stiess er ein letztes Mal hervor:

– Mama! Mama!

In einer verzweiflungsvollen Geste streckte er seine gesunde Rechte gen Himmel, wo es schon Tag wurde, und schloss die Augen. Das Schwindelgefühl, gegen das er ankämpfte, wurde immer stärker ... Sein Kopf sackte schwer nach hinten ...

Zum zweitenmal sah und hörte er nichts mehr ...

– Eins, zwei, drei! Und zack! ...Beschissene Gesellschaft muss man schon sagen! Eins, zwei, drei! ... Noch einmal! ... Himmel, Herrgott! Warum nehmen die bloss keine Sechser-Bolzen? ... Na, die Hälfte hab' ich wohl hinter mir? Eins, zwei, drei! ... Sakra! Der sass aber gewaltig locker! ... Schöne Nacht eigentlich! ... Hm! Wenn ich das geahnt hätte, hätt' ich Ersatz dabei! ... Mensch, dass ich den 1 O27 nicht vergesse, der walzt einen platt wie'n Plättbrett, da gibt's nichts mehr! ... Eins, zwei, drei! ...

Das war der Streckenwärter.

Seit ein paar Tagen schimpften die Lokführer auf der Strecke Nizza - Ventimiglia über den hundsmiserablen Zustand der Gleise. Ein Geruckel und Geschuckel sei das, hin und her, als flöge man gleich aus der Bahn ...

Bei der letzten Meldung hatte es in der Direktion grosse Aufregung gegeben. Sofort waren doppelt soviel Mann auf die Strecke geschickt worden und Nicaise, der Chefmonteur, sollte, sobald es hell wurde, den Abschnitt zwischen Nizza und Monaco kontrollieren.

Er sollte nachsehen, ob die Bolzen festsitzen, einen Blick auf die Schwellen werfen und sehen, was sonst noch zu machen wäre ...

Da lief nun Nicaise in dicken Schuhen auf einer der beiden Schienen die Strecke ab, tadellos in Balance wie alle Schienenleger, und zählte in vollem Bewusstsein seiner Verantwortung die Bolzen, klopfte hier und prüfte da ...

Ein ordentlicher Mann, dieser Nicaise. Mit seinem leicht ergrauten Bart, dem Filzhut im Nacken und dem weit offenen Hemd über der behaarten Brust hatte er etwas von einem jener Räuber, die der Sage nach an der Corniche hausen, war aber im übrigen ein sehr tüchtiger Arbeiter, dem nichts zuviel wurde, der für jede noch so schwere Arbeit zu haben war und deshalb von seinen Vorgesetzten sehr geschätzt wurde.

– Eins, zwei, drei! ... Donnerlittchen! Jetzt versteh ich, dass das wackelt! Sechs volle Drehungen bei dem Bolzen da!

Nicaise ging weiter und weiter, hin und wieder ein paar Worte vor sich hinbrummend wie alle Leute, die in ihrem Beruf viele Stunden allein arbeiten und aus Gewohnheit Selbstgespräche führen ...

– Sapperlot! Was ist denn das?

Er hielt seine Hand wie ein Horn ans Ohr und horchte eine ganze Weile ...

– Ich hätte schwören können, dass da einer rief ... oder schrie? ... Ach was, sicher bloss Einbildung! Jetzt ist alles still!

Er wollte gerade weitergehen, als er abermals stockte ...

– Na sowas! dachte er, ich hör' wohl nicht richtig! ... Da hat garantiert einer geschrien! ...

Und mit lauter Stimme rief Nicaise zurück:

– Ist da jemand?

Aber alles ringsum war totenstill ...

Nicaise wartete ein paar Minuten und ging weiter.

– Nu mal dalli! dachte er, sonst kommt der Schnellzug, und ich bin noch nicht an der Rampe! ...

Er lief schneller, doch nach ein paar Schritten stolperte er plötzlich ...

Was war denn das?

Nicaise zuckte unwillkürlich zusammen, als er merkte, dass da, halb auf den Gleisen, ein Menschenkörper vor ihm lag ...

Der gute Mann geriet ganz ausser sich ...

– Himmel! Sakra! Was'n Malheur! Wie kann denn das sein? Wohl wieder so'n Hopsgegangener aus Monaco? Oder aus Versehen aus'm Zug gefallen? ...

Er hatte seinen langen Schraubenschlüssel beiseite geworfen und versuchte in aller Eile, den Halbtoten hochzuheben und zum Bahndamm hinüberzuziehen ...

– He, schrie er, he! Hörst du mich denn nicht, Kerl? ... Mein Gott, der hat ja ganz schön was abgekriegt! ... Himmel! Sakra! Was für 'ne Schweinerei!

Er wusste sich keinen Rat und rief von neuem:

– He du, verflixt nochmal, hörst du mich denn nicht? ...

Dann gab er es schliesslich auf und sagte nur noch kopfschüttelnd:

– Sackerlot! Wenn der nicht tot ist, dann fehlt nicht mehr viel! ... Und kein Mensch irgendwo ... keiner, der helfen könnte! ... Nein, sowas! Sowas!

Da kam dem tüchtigen Mann jedoch ein Gedanke ...

Auf seinem Rücken hing an einer Kordel eine kleine Korbflasche, die er immer bei sich hatte ...

Andächtig griff Nicaise nach dem rettenden Behältnis, korkte es auf und goss dem Verletzten ein paar Tropfen zwischen die Lippen ...

Es war Rum, brennend scharfer Rum ...

Als Norbert – denn der war es – das starke Getränk schluckte, das Nicaise jetzt hemmungslos in ihn hineinkippte, schien er wieder ein wenig zu Bewusstsein zu kommen ...

Seine Lider zuckten, und ein leises Stöhnen entwich seinen Lippen. Nicaise fasste wieder Mut:

– Na, geht's besser? fragte er, denn er musste einfach reden, um gegen seine Rührung anzukämpfen. Geht's besser? Das ist ja auch ein ganz Besondrer!

Und der grossherzige, brave Mann zwang den Verletzten, noch einen Schluck zu trinken.

Dann wollte er wissen:
— Was ist denn bloss mit dir passiert?

Was mit ihm passiert war!

Als Norbert die Frage seines Retters hörte, schien er auf einmal wieder ganz klar zu sein ...

Er hauchte:
— Man hat mich aus dem Zug geworfen ... ein Mörder ...
— Ein Mörder? ... Grosser Gott!
— Ein Mörder! ... Jawohl! ... Es war mein Freund ... der ...

Doch gerade in diesem Moment brauste ohrenbetäubend der Schnellzug aus Ventimiglia vorüber ...

Nicaise konnte sich nur noch zurückwerfen und verstand nicht mehr den Namen, den Norbert sagte, sagen wollte ...

Kaum war der Schnellzug in der Ferne, als Nicaise sich wieder über das Opfer des Maskierten beugte:
— Wer? ... Wer? ... fragte er ... Wer hat dich hierhergeworfen?

Doch da fuhr Nicaise plötzlich zurück, wurde leichenblass und zog instinktiv den Hut ...

Er hatte beim Vorbeugen gemerkt, dass Norberts Herz nicht mehr schlug.

Norbert du Rand war gestorben mit dem Namen seines Mörders auf den Lippen ... er hatte ihn ausgesprochen ... doch Nicaise hatte es nicht gehört! ...

5. Dreihunderttausend Francs zuviel

Die Echos des grossen Ballabends drangen nur sehr abgeschwächt in den rechten Flügel des Casinos von Monte Carlo, wo die Verwaltung untergebracht war.

Monsieur de Vaugreland, der Direktor der Gesellschaft und Vertrauensmann des Verwaltungsrats, sass in seinem dicken Ledersessel am Schreibtisch, dem wichtigsten Möbelstück in dem prunkvoll ausgestatteten Arbeitszimmer, und döste vor sich hin. Von hier hatte er direkten Zugang zu den Räumen des Büro- und Hauspersonals, das zu dem umfangreichen Verwaltungsapparat gehörte.

Monsieur de Vaugreland war ein Mann um die Fünfzig; er war, wie es sich gehörte, eine vornehme Erscheinung.

Seitdem er das Casino leitete, hatte er sein Gesicht zu einer starren Unbeweglichkeit erzogen, einer eisigen Maske, die für die heiklen Aufgaben, die er zu erfüllen hatte, absolut unerlässlich war.

Monsieur de Vaugreland, ein gebürtiger Franzose, hatte die ersten zehn Jahre seines Berufslebens als Offizier bei der Kavallerie verbracht, doch hatten verschiedene Schicksalsschläge ihn gezwungen, auf die erhoffte Karriere zu verzichten; er war daraufhin in die Geschäftswelt eingestiegen, hatte manchen Erfolg, aber auch viel Misserfolg, bis ihn der Zufall und ein paar Empfehlungen mit einigen besonders einflussreichen Mitgliedern des Verwaltungsrats der Gesellschaft in Verbindung brachten, die das Spielcasino von Monaco in Pacht hatte. Er hatte als einfacher Inspektor angefangen, war aber bald durch Intelligenz, Pflichteifer und untadelige Lebensweise aufgefallen.

Im Laufe der Zeit gewann er immer mehr an Ansehen, und nach etwa zehn Jahren rückte er in die Spitzenposition auf und wurde Direktor des Casinos.

Monsieur de Vaugreland hatte einen wohlklingenden Namen, eine makellose Vergangenheit und vornehme Manieren.

Er war genau der Richtige.

In dieser Nacht blieb der Direktor, entgegen seiner Gewohnheit, im Casino. Gewöhnlich kehrte er nämlich kurz nach elf Uhr nach Hause zurück, aber an diesem Abend wollte er verständlicherweise das Ende des Balls abwarten, den die Casinoverwaltung für ihre Stammkunden gab und damit eine Reihe von Festveranstaltungen zu Beginn der neuen Saison einleitete.

Monsieur de Vaugreland hatte einen Rundgang durch die Salons gemacht und festgestellt, dass die zahlreich erschienenen Repräsentanten der eleganten Welt mit grossem Vergnügen die Walzer und Bostons tanzten, zu denen das Orchester aufspielte; daraufhin war er in sein Arbeitszimmer zurückgekehrt, hatte aber, obwohl er gewöhnlich ein sehr tätiger Mann war, einer unüberwindlichen Müdigkeit nicht widerstehen können, die ihn daran hinderte, auch nur den kleinsten Blick in die umfangreiche Post vor seinen Augen zu werfen.

Monsieur de Vaugreland fand übrigens allerlei Entschuldigungen für seine Trägheit: es war spät und zum Arbeiten nicht mehr die richtige Zeit; morgen wäre auch noch ein Tag! Allerdings liess ein undeutliches Rumoren in der Ferne den Casinodirektor nicht zur Ruhe kommen.

Anfangs schenkte er ihm keinerlei Beachtung, aber je länger es andauerte, desto lauter wurde das Getöse, man hörte Geschrei und immer mehr Stimmen, die heftig aufeinander einredeten.

Monsieur de Vaugreland wurde erst richtig wach, als zweimal heftig an die Tür geklopft wurde:

— Herein, sagte er, in seinem Sessel auffahrend und mit der noch etwas benommenen Stimme eines Mannes, den man plötzlich aus dem Schlaf reisst.

Ein Bürodiener meldete:

— Herr Direktor, da ist jemand, der will Sie unbedingt sprechen, ein Stammkunde; er macht Krawall und legt sich mit allen an …

— Wo sind denn die Aufseher? fragte Monsieur de Vaugreland verwundert. Warum kümmern die sich nicht darum? Es darf auf keinen Fall Skandal geben hier … ich verstehe nicht, dass man es so weit hat kommen lassen, … dass man ihn bis in die Büros vorlässt! …

Monsieur de Vaugreland verstummte.

Jemand hatte den Diener, der respektvoll auf der Schwelle stehengeblieben war, mit einer brüsken Handbewegung beiseite geschoben.

Dieser Jemand trat nun, oder richtiger gesagt, platzte nun mitten ins Arbeitszimmer.

Ohne ein Wort der Entschuldigung vorzubringen, noch ganz ausser Atem vom schnellen Lauf und den ausgefochtenen Kämpfen, und am ganzen Leibe zitternd, fragte er in herausforderndem Ton:

— Mit wem habe ich die Ehre? …

Monsieur de Vaugreland war von dem rücksichtslosen Auftreten des Mannes so überrascht, dass er schon auf die Klingel drücken und zwei Portiers kommen lassen wollte, um den Eindringling hinausbefördern zu lassen.

Doch er widerstand dieser ersten, instinktiven Regung und erwiderte, ganz Herr seiner selbst, in leicht ironischem Ton:

— Ich glaube, es ist wohl eher an mir, Ihnen diese Frage zu stellen … ich bin hier zu Hause.

– Zu Hause? fragte der Mann rasch. Sind Sie denn der Direktor?
– Jawohl, der bin ich, bestätigte Monsieur de Vaugreland.

Diese klare, kategorische Antwort schien den aussergewöhnlichen Besucher zu verwirren.

Er kreuzte die Arme über der Brust, blickte um sich, schüttelte den Kopf wie einer, der mit sich selbst redet, und meinte dann ganz naiv:

– Wenn das wahr ist, kann man nur staunen! ...

Monsieur de Vaugreland, der immer noch vor dem Eindringling stand, wartete eigentlich auf eine Erklärung und gab keine Antwort.

Allerdings hatte der Casinodirektor sogleich die Person, oder richtiger die Persönlichkeit erkannt, die er vor sich hatte. Denn es war eine Persönlichkeit: sie war zwar erst seit kurzem in Monaco, hatte aber schon viel von sich reden gemacht.

Monsieur de Vaugreland stand nämlich vor Iwan Iwanowitsch, dem Kommandanten des russischen Kreuzers *Skobeleff*, der vor ein paar Tagen an der Reede von Monaco vor Anker gegangen war.

Was mochte dieser stämmige Seemann nur von ihm wollen, dessen gutmütiges Gesicht, halb verdeckt von einem struppigen Bart, so gequält aussah, dass eine ganz besondere, ungeahnte Erregung ihn zu beherrschen schien? Iwan Iwanowitsch schnaubte wie ein Stier; seine Kleidung war in Unordnung geraten, dicke Schweisstropfen rannen ihm von der Stirn, und da er sie nicht abwischte, fielen sie in seinen Bart, der schon ganz voll Tabaksasche war.

Monsieur de Vaugreland fragte vorsichtig:

– Es kommt mir vor, Herr Kommandant, als hätte ich Sie vorhin schon gehört ... Sollten Sie es gewesen sein, der auf den Korridoren der Casinoverwaltung soviel Lärm verursachte? Ich wäre Ihnen dankbar, wenn Sie mir erklären würden, warum? ...

Ohne den Direktor ausreden zu lassen, schlug der russische Offizier empört mit der Faust auf den Direktorenschreibtisch:

– Ich frage mich, was dieser Scherz bedeutet, brüllte er. Man nimmt mich wohl nicht für voll?

– Wie meinen Sie das, Herr Kommandant?

– Ich meine, dass ich seit über einer halben Stunde nach dem Direktor verlange, mit dem ich gestern abend gesprochen habe, und dass man mir die verschiedensten Leute vorführt, die mir alle völlig fremd sind.

– Es gibt nur einen einzigen Direktor hier, erwiderte Monsieur de Vaugreland sehr von oben herab; es gibt nur einen einzigen Menschen, der befugt ist, sich Direktor zu nennen, Herr Kommandant, und das bin ich ... Nun hatte ich allerdings nicht die Ehre, Ihnen in der letzten Nacht zu begegnen ...

– Wenn Sie es nicht waren, erwiderte der russische Offizier, dann war es jemand anders ... Es war ein Direktor ...

– Nein, Herr Kommandant ...

– Und doch war es ein Direktor, aus dem einfachen Grunde, weil er über die nötigen geistigen und sogar materiellen Mittel verfügte, die ich übrigens zu schätzen wusste. Wollen Sie mich bitte mit dieser Person zusammenführen?

Monsieur de Vaugreland, der allmählich glaubte, dass der Russe sich über ihn lustig machte, wurde langsam unruhig und zitterte nervös. Er hatte ein Papiermesser ergriffen, das zufällig dalag, und klopfte damit ganz mechanisch auf seinen Schreibtisch, als trommele er zum Angriff.

Da er jedoch jedoch unter allen Umständen Ruhe bewahren wollte und froh war, dass der Radau aufgehört hatte, wollte er nun Genaueres hören.

– Ich bin überzeugt, Herr Kommandant, sagte er, dass das Ganze ein Missverständnis ist, dem wir beide zum Opfer fallen. Denken Sie doch bitte noch einmal zurück ... versuchen Sie, mir klar und deutlich die Gründe zu nennen, die Sie hierher führen ... Sagen Sie mir, worum es geht, und ich werde versuchen, Ihnen behilflich zu sein.

Iwan Iwanowitsch antwortete nicht sogleich, doch dann erhellte sich sein Gesicht:

– Zum Teufel, knurrte er, wenn es nicht der Direktor war, den ich gesehen habe, dann muss es der Kassierer gewesen sein ...

Und er fuhr fort:

– Monsieur de Vaugreland – gestatten Sie, dass ich Sie bei Ihrem Namen nenne, denn ich finde mich bei all den Titeln nicht mehr zurecht, – nichts gleicht einander so sehr wie ein Direktor dem andern. Darf ich Sie daher bitten, Monsieur de Vaugreland, mich mit dem Kassierer zusammenzuführen, der gestern abend gegen halb zwölf oder zwölf Uhr in dem Büro, das ich da drüben durch die halb offene Tür sehe, Dienst hatte?

Bei diesen Worten wies Iwan Iwanowitsch mit dem Finger auf einen kleinen, aber schmucken Raum, der neben dem Direktorenbüro lag.

Monsieur de Vaugreland, der zu seinem Leidwesen immer noch nichts verstand, schaute in einer Liste nach: Er winkte einen Hausdiener herbei und sagte zu ihm:

– Gehen Sie hinunter in die Salons und bitten Sie, wenn möglich, Herrn Louis Meynan heraufzukommen ...

– Monsieur Louis Meynan, erklärte er dem Offizier, ist der Kassenangestellte, der gestern abend um halb elf Uhr hier war. Und er fügte hinzu:

– Aus welchem Grund wünschen Sie ihn zu sprechen?

Iwan Iwanowitsch erwiderte düster:

– Das sage ich, wenn er da ist.

Monsieur Louis Meynan kam kurz darauf herein.

Iwan sprang auf den Angestellten zu:

Er musterte ihn neugierig, mit scharfem Blick, zuckte aber nach ein paar Sekunden die Achseln und fluchte:

– Das ist er nicht!

Während die Zeugen dieses unverständlichen Vorgangs stumm vor Staunen dastanden, ging Iwan Iwanowitsch, äusserst erregt, mit grossen Schritten in dem geräumigen Arbeitszimmer auf und ab.

– Unbegreiflich, einfach absurd, sagte er ... aber das kann so nicht weitergehen, es muss ein Ende haben ...

Der Offizier pflanzte sich vor Monsieur de Vaugreland auf:

– Sie sind der Direktor, nicht wahr? Sie sind doch der Direktor?

– Ich sagte es schon, Herr Kommandant, erwiderte Monsieur de Vaugreland.

– Gut denn, sagte der Russe, also hören Sie:

Sie wissen vielleicht, dass ich in der letzten Nacht, nachdem ich ziemlich viel Geld verloren hatte, in Ihre Büroräume hinaufgegangen bin; zunächst traf ich keine Menschenseele, aber schliesslich stand mir ein Herr gegenüber, der behauptete, der Direktor zu sein.

– Ich habe ihm gesagt ... hm, was ich ihm nun mal zu sagen hatte! ... Ich brauche wohl nicht wieder auf die Einzelheiten zurückzukommen? ... Ihr Untergebener – denn es ist offensichtlich einer Ihrer Untergebenen – hat Sie zweifellos in seinem Bericht von dem Vorfall unterrichtet ... Das Geld, das Sie mir freundlicherweise vorgestreckt haben – ich habe heute morgen dreihunderttausend Francs vom Casino erhalten – dieses Geld bringe ich Ihnen zurück, hier sind die Scheine, nehmen Sie sie bitte und zählen Sie nach!

Der russische Offizier beendete seine Erklärung damit, dass er in die linke

Tasche seines Smokings griff, ein Bündel Banknoten herauszog und es dem Kassierer hinhielt. Dieser weigerte sich jedoch, die Scheine anzunehmen und blickte fragend zu seinem Vorgesetzten hinüber.

Monsieur de Vaugreland fragte seinen Angestellten:

– Sind Sie es, Monsieur Meynan, der dem Herrn Kommandanten diese Summe geliehen hat?

– Oh nein, keineswegs, erwiderte der Angestellte lächelnd; ich bin übrigens gestern abend um dreiviertel zwölf ins Büro gekommen und habe niemanden gesehen, geschweige denn solch eine Bitte entgegengenommen.

Monsieur de Vaugreland fuhr fort:

– Wir verstehen nicht, was Sie meinen, Herr Kommandant. Der hier anwesende Angestellte kennt Sie nicht, in unseren Rechnungsbüchern steht nichts von einer Anleihe oder Auszahlung, und Sie selbst behaupten, dass Sie unter dem Verwaltungspersonal die Person nicht wiedererkennen, die Ihnen diese Summe ausgehändigt hat ... Ich sagte vorhin schon, dass es sich gewiss um ein Missverständnis handelt, und füge hinzu, dass es ein Irrtum oder Versehen Ihrerseits sein muss ...

Iwan Iwanowitsch hatte die Banknoten automatisch wieder in die Tasche gesteckt, und da er diesmal ehrlich überrascht war, blickte er nur noch verblüfft vom Direktor zum Kassierer und weiter zu den anderen Angestellten, die sich im Direktorenzimmer befanden.

Zweifellos wirkte der Russe in seiner ganzen Haltung so aufrichtig und ehrlich, dass man glauben konnte, er habe die Wahrheit gesagt. Wer kommt ausserdem so spontan mit 300 000 Francs daher und will sie verschenken unter dem Vorwand, eine Summe zurückzuerstatten, die er nie ausgeliehen hat?

Seitdem Monsieur de Vaugreland Direktor des Casinos von Monte Carlo war, hatte er viele sonderbare Szenen miterlebt und die unglaublichsten Reden mitangehört; unzählige Male waren eindringliche Bitten an ihn herangetragen worden, oft hatte er Mitleid gehabt oder gestaunt, wieviel erfinderische Phantasie unglückliche Spieler aufboten, um ihr verlorenes Geld, oder zumindest einen Teil davon, zurückzubekommen. Es war ihm jedoch noch nie passiert, dass ihm jemand eine Summe zurückerstatten wollte, von der man mit Sicherheit wusste, dass sie nicht der Casinokasse entnommen war.

Was war das nur für ein Mensch?

Warum handelte er so?

Offensichtlich wollte er das Geld dringend loswerden. Warum?

Monsieur de Vaugreland dachte nicht mehr an Schlaf, und da er sich bisweilen gern mit Psychologie beschäftigte, verlockte es ihn sehr, mit dem Mann ein Gespräch unter vier Augen zu führen; schliesslich war es ja kein x-beliebiger Mensch, sondern ein junger, hoffnungsvoller Offizier, der einen vertraulichen Auftrag zu erfüllen hatte und bei seiner Regierung und seinen Vorgesetzten gut angeschrieben war. Ausgerechnet der kam nun und machte ihm einen so sonderbaren Vorschlag!

Monsieur de Vaugreland erinnerte sich nach und nach, dass seine Spielaufseher in den letzten Tagen in ihren Berichten zunächst auf die riesigen Verluste dieses Iwan Iwanowitsch hingewiesen hatten, doch hatte er auch noch die neuesten Meldungen des Abends vor Augen, die ihm alle zwei Stunden heraufgebracht wurden und in denen es hiess, dass unter den glücklichen Spielern, denen die am siebten Roulette-Tisch immer wiederkehrende Sieben zugute kam, auch der Kommandant Iwan Iwanowitsch zu finden war.

Was hatte das alles zu bedeuten?

Monsieur de Vaugreland wollte gerade seine kleinen Angestellten hinausschicken, um mit dem russischen Kommandanten allein zu sein, als auf einmal der dicke Perouzin, ohne die geringste Zurückhaltung oder Voranmeldung, mitten im Arbeitszimmer des Direktors stand.

Monsieur de Vaugreland hatte keine Zeit, seine Verwunderung zum Ausdruck zu bringen und den Inspektor auf seinen Verstoss gegen alle guten Sitten und Gepflogenheiten hinzuweisen, denn der ehemalige Notar machte ein ganz verstörtes Gesicht, und die Augen quollen ihm fast aus dem Kopf, als er auch schon loslegte:

– Herr Direktor, begann er, noch ganz ausser Atem von dem schnellen Lauf, den er hinter sich hatte, es ist etwas Entsetzliches passiert ... Monsieur Norbert du Rand ist tot ... ermordet wahrscheinlich und bestimmt ausgeraubt ... man hat seine Leiche gefunden ...

– In den Anlagen des Casinos? fragte sogleich Monsieur de Vaugreland erschrocken, denn er fürchtete nichts mehr als ein tragisches Geschehen auf dem Privatgelände des Hauses ...

Der Inspektor verstand die Ängste seines Vorgesetzten, konnte ihn aber sofort mit einer verneinenden Geste beruhigen und erklärte im einzelnen:

– Nein, Herr Direktor ... zum Glück sind wir durch den dramatischen Vorfall oder das Verbrechen – wenn es eins ist – nicht betroffen ... Der Tod erfolgte auf den Eisenbahnschienen ...

Monsieur de Vaugreland atmete erleichtert auf.

Doch da stockte ihm das Herz, denn auf einmal kam ihm ein Gedanke, und als er näher darüber nachdachte, überkam ihn die panische Angst, es könnte wahr sein.

Kaum hatte Perouzin die ersten Worte gesprochen, als Iwan Iwanowitsch von einem heftigen Zittern geschüttelt wurde, er wich langsam zurück, ihm war, als ob die Beine den Dienst versagten, und seine Lippen waren blutleer.

Instinktiv schob ihm einer der Angestellten einen Sessel hin; der russische Offizier liess sich wie einen Mehlsack hineinfallen.

– Norbert! stammelte er ... Norbert! Ermordet! ... Im Zug nach Nizza ... Ah, das kann doch nicht wahr sein! ...

Im Zug nach Nizza, hatte der russische Offizier gesagt. Das war für den Direktor des Casinos wie eine Erleuchtung. Woher wusste Iwan Iwanowitsch, dass es sich um diesen Zug handelte? Es war eine schwerwiegende und höchst verdächtige Aussage ...

Monsieur de Vaugreland drückte in seiner Erregung unwillkürlich auf die elektrischen Knöpfe links auf seinem Schreibtisch.

Prompt erschienen die Portiers.

– Ich lasse die Saalaufseher heraufbitten, sagte er, und die Croupiers, die abkömmlich sind, insbesondere diejenigen, die zwischen zehn und halb zwölf Uhr an den Spieltischen waren. Die Portiers waren im Nu verschwunden, sie brauchten keine weiteren Angaben.

Es kam nämlich öfter vor, dass im Direktorenzimmer gewisse Leute einander gegenübergestellt wurden, wenn mehr oder weniger ehrliche Spieler sich über allzu grosse Verluste beklagten, ohne zu ahnen, dass Aufseher während der ganzen Zeit, die sie am grünen Tuch sassen, ihr Spiel überwacht hatten und auf Heller und Pfennig genau wussten, wieviel jeder gewonnen oder verloren hatte.

Aus welchem Grund liess Monsieur de Vaugreland seine Angestellten heraufkommen? Man sollte es bald erfahren.

Es vergingen ein paar Minuten, während derer im Direktorenzimmer kein Wort mehr fiel und die eindrucksvolle Stille nur hin und wieder durch ein paar rauhe Klagelaute unterbrochen wurde, die dem rätselhaften Iwan Iwanowitsch entfuhren.

Da erschienen zwei neue Aufseher auf dem Plan: Nalorgne, der Priester, und Madame Gérar.

Ihnen folgten zwei Croupiers, die unter den Vornamen Charles und Maurice bekannt waren: beide hatten sich an dem berühmten Tisch mit der Sieben zwischen zehn und halb zwölf Uhr abgelöst.

Kaum waren sie ins Direktorenzimmer getreten, als sie auch schon Iwan Iwanowitsch entdeckten und einander blitzschnell einen vielsagenden Blick zuwarfen, der jedoch dem scharfsichtigen Monsieur de Vaugreland nicht entging.

– Was haben Sie zu sagen? forschte er ... Warum ist dieser Herr für Sie so bemerkenswert?

Der Ältere der beiden Croupiers, Monsieur Charles, zögerte nicht, seine Reaktion zu erklären.

– Aus dem einfachen Grunde, Herr Direktor, weil dieser Herr am Roulette-Tisch Nr. 7 sass, als ausgerechnet die 7 immer wieder gewann.

– Hat es dem Herrn etwas eingebracht? fragte Monsieur de Vaugreland weiter ...

Die beiden Croupiers schüttelten den Kopf und antworteten wie aus einem Munde:

– Nein, Herr Direktor, der Herr hat nicht gespielt ...

– Ach so, sagte de Vaugreland etwas enttäuscht, denn offenbar fiel mit dieser Aussage das ganze System, das er sich in Gedanken aufgebaut hatte, wie ein Kartenhaus in sich zusammen ...

Doch da schaltete sich der Inspektor Nalorgne ein:

– Dieser Herr, sagte er mit seiner wohlklingenden, gelassenen Stimme und wies katzenfreundlich auf Iwan Iwanowitsch, der noch mehr in sich zusammengesackt war, dieser Herr hat zwar nicht gespielt, aber er sass neben einem Hasardeur, der immer wieder auf die Sieben setzte und haushoch gewonnen hat ...

– Dieser Hasardeur, forschte Monsieur de Vaugreland, wer war das, kennen Sie ihn?

Da meldete sich Madame Gérar zu Wort:

– Das war Monsieur Norbert du Rand.

Diese Enthüllung liess so schreckliche Folgen ahnen, dass der Direktor trotz seines Phlegmas sich nicht enthalten konnte, laut und deutlich zu fluchen:

– Herr im Himmel! rief er ...

Er wurde ganz blass, und sein Blick verhärtete sich plötzlich, als er den russischen Offizier musterte, der den Vorgängen offensichtlich keinerlei Beachtung schenkte.

Monsieur de Vaugreland gab Madame Gérar und den beiden Croupiers zu verstehen, dass sie gehen könnten.

Den Aufsehern bedeutete er durch einen Wink, dass sie bleiben sollten und unterrichtete sie kurz von dem sonderbaren Ansinnen, das der Kommandant an ihn gestellt hatte. Zugleich erinnerte er an den schrecklichen Vorfall, bei dem Norbert du Rand zu Tode gekommen war, wie Perouzin gerade berichtet hatte.

Narlogne war sichtlich erschrocken.

Er faltete die Hände und sagte bittersüss, den Blick auf Iwan Iwanowitsch gerichtet:

– Da besteht kein Zweifel, es ist ein Verbrechen ... Gott sei dem Sünder gnädig!

– Monsieur Iwan Iwanowitsch, rief der Direktor, ich muss Sie leider bitten, meinen Anweisungen Folge zu leisten ... und zwar widerspruchslos ... denn ...

Der Direktor betonte die letzten Worte ganz besonders.

– Denn diese Herren, ihres Zeichens offizielle Aufseher des Spielcasinos von Monaco, sind leider gezwungen, Sie zu durchsuchen!

Iwan Iwanowitsch fuhr auf und mass sein Gegenüber mit verächtlichem Blick:

– Sie wollen mich durchsuchen lassen? sagte er, wie kommen Sie dazu? Mit welchem Recht?...

– Ich bitte Sie, erwiderte der Direktor, machen Sie keine Schwierigkeiten, es geht nicht anders, diese Formalität muss sein!

Schon der Gedanke daran brachte den Russen in Wallung; unwillkürlich fuhr er mit der Hand an den Gürtel wie jemand, der nach einer Waffe greift.

Obwohl er blitzschnell handelte, hatte man sofort gemerkt, was er vorhatte.

Zwei Portiers von kolossaler Grösse, die regungslos hinten im Zimmer gestanden hatten, stürzten sich auf ihn und hinderten ihn an jeder weiteren Bewegung.

Iwan Iwanowitsch versuchte sich zu befreien, aber die anderen waren stärker als er.

Wutschnaubend brüllte der Russe:

– Ach so, das ist wohl eine Verhaftung?
– Noch nicht! berichtigte ihn Monsieur de Vaugreland und fügte hinzu:
– Ich bin übrigens nicht befugt, eine solche Massnahme zu ergreifen ... Es handelt sich nur um den Anfang einer Untersuchung, die ich vornehmen muss und der Sie sich fügen müssen ... Haben Sie Geld bei sich?

Der autoritäre Ton des Direktors wirkte besänftigend auf Iwan Iwanowitsch, der wieder umgänglicher wurde; er mässigte seinen Zorn und erwiderte:
– Ja, ich habe Geld, viel Geld sogar ...
– Und doch haben Sie heute abend nicht gespielt?
– Nein, ich habe nicht gespielt.
– Wo haben Sie das Geld?

Iwan Iwanowitsch, der immer noch an Schultern und Armen von den beiden Kolossen festgehalten wurde, antwortete dumpf:
– In den Innentaschen meines Smokings.

Perouzin, der ehemalige Notar, griff ungeniert mit seinen behaarten Händen in die Taschen des Offiziers und zog wahrhaftig mehrere Geldscheinbündel daraus hervor. Er legte sie ganz mechanisch auf den Direktorenschreibtisch und begann sogleich, wie es sich für einen Mann, der an klares, sachliches Handeln gewöhnt ist, schickt, mit angefeuchtetem Finger die Scheine zu zählen.

Monsieur de Vaugreland hielt ihn zurück:
– Einen Moment, sagte er ...

Dann rief er Nalorgne und fuhr fort:
– Sagen Sie mal, Nalorgne, und auch Sie, Perouzin, was glauben Sie, wieviel Geld hat Monsieur Norbert du Rand heute abend wohl mitgenommen, als er das Casino verliess?
– Zirka 600 000 Francs, Herr Direktor, wir mussten die Bank heute abend dreimal auffüllen.

Diese Zahl hatte offensichtlich für Iwan Iwanowitsch eine ganz besondere Bedeutung, denn bei dem Wort 600 000 Francs rief er entsetzt:
– Das ist ja der Betrag, den ich bei mir habe! ...
– Das dachte ich eben, bestätigte der Direktor und wies nun die beiden Aufseher an:
– Zählen Sie, meine Herren.

Von diesem Augenblick an geriet Iwan Iwanowitsch in eine so fieberhafte

Erregung, dass die beiden Saaldiener Mühe hatten, ihn festzuhalten.

– Nein sowas! Sowas! brüllte er, was bedeutet denn diese Untersuchung, dieses Verhör, ich glaube, ich verstehe allmählich ... ich verstehe ... Verdächtigen Sie mich womöglich, dass ich Norbert du Rand bestohlen ... oder gar ermordet habe? ... Aber nein, das wäre allzu absurd ... und ich warne Sie, bedenken Sie, dass ich ein russischer Offizier bin ... und dass Sie es mit meiner Regierung zu tun kriegen.

Monsieur de Vaugreland liess sich nicht einschüchtern, er bewahrte vielmehr seine unnahbare Kühle und fragte den Kommandanten nur:

– Wie erklären Sie sich, Herr Kommandant, dass Sie circa 600 000 Francs in der Tasche haben, also genau den gleichen Betrag, den der unglückliche Norbert du Rand bei sich hatte, der den ganzen Abend mit Ihnen zusammen war? ...

Iwan Iwanowitsch erkannte deutlich, wie schwerwiegend die Frage war und was für furchtbare Folgen die Verwechslung für ihn haben konnte, der er augenscheinlich zum Opfer fiel.

Er war so verwirrt, dass die Gedanken in seinem Kopf sich überschlugen und es ihm nicht gelang, sie in eine logische Ordnung zu bringen.

Nachdem er ein paar unverständliche Worte gestottert und verzweifelt seine Stirn in den Händen vergraben hatte, hob er wieder den Kopf.

– Meine Herren, sagte er und versuchte, möglichst ruhig zu bleiben, hören Sie mich an. Das ist die Wahrheit: Ja, ich habe Norbert du Rand dazu überredet, heute abend zu spielen und auf die Sieben zu setzen, was ein guter Tip war ... er hat gewonnen. Wir hatten vereinbart, dass wir den Gewinn teilen würden ... Norbert verliess den Spielsaal mit 600 000 Francs in der Tasche, davon waren 300 000 Francs für mich ... er gab sie mir, bevor er zum Zug ging. Es sind die 300 000 Francs, die ich hier in meiner linken Tasche habe.

– Und die 300 000 Francs in der rechten Tasche? forschte Monsieur de Vaugreland.

– Ich habe Ihnen vorhin schon gesagt, dass mir dieser Betrag gestern abend von der Casinoverwaltung geliehen wurde.

– Warum hätte man Ihnen diese Summe vorstrecken sollen, Herr Kommandant?

Iwan Iwanowitsch schwieg einen Moment und brachte dann mühsam hervor:

– Das kann ich Ihnen nicht sagen, ich habe mein Ehrenwort gegeben, dass ich schweigen werde ... Aber ich schwöre Ihnen, dass es die Wahrheit ist ...

– Wer könnte Ihnen diese Summe geliehen haben? fragte der Direktor unbeirrt weiter ...

– Ich sagte es ja schon, fuhr Iwan Iwanowitsch fort, ich suche eben den ganzen Abend nach diesem Mann, er hält sich versteckt ... aber ich weiss nur zu gut warum!

Schon schienen dem russischen Offizier andere Gedanken, womöglich andere Geständnisse auf die Lippen zu kommen.

Da griff Perouzin in die Unterhaltung ein, doch vielleicht war es der falsche Moment.

Er stellte jedoch eine sehr vernünftige und durchaus berechtigte Frage:

– Herr Kommandant, fragte er, zu Iwan Iwanowitsch gewandt, es ist nach Mitternacht, genau genommen halb eins, Sie sind um viertel nach elf Uhr zusammen mit Monsieur Norbert du Rand vom Spieltisch Nr. 7 aufgestanden; Sie sind ungefähr eine Viertelstunde nach Mitternacht in das Arbeitszimmer unseres Herrn Direktors getreten. Können Sie uns sagen, was Sie in der Zwischenzeit gemacht haben?

– Aber ja doch! erwiderte Iwan Iwanowitsch ...

Die beiden Saaldiener hatten den Offizier inzwischen losgelassen, und dieser stand nun vor dem Schreibtisch des Direktors, während die Aufseher und Saaldiener um ihn einen Kreis bildeten, um beim kleinsten Fluchtversuch eingreifen zu können.

– Also, sagte er, ich habe zunächst Norbert du Rand bis zum Ausgang begleitet; an der Garderobe haben wir den Gewinn geteilt, aber leider war in dem Moment niemand da, der uns gesehen haben könnte; danach bin ich ins Atrium gegangen und habe etwa zehn Minuten Musik gehört ...

Perouzin machte sich auf einem Block Notizen:

– Elf Uhr fünfundzwanzig, sagte er, ja, das stimmt, ich habe Sie selbst um diese Zeit gesehen ...

– Und danach, Herr Kommandant, fragte der Direktor, was haben Sie danach gemacht?

Iwan Iwanowitsch erwiderte nur mühsam, mit schwacher, zitternder Stimme:

– Ich bin in die Gartenanlagen hinuntergegangen, habe mich auf eine Bank gesetzt, rechts, ganz am Ende, wissen Sie, auf die Bank, die unter drei grossen Zypressen versteckt steht ...

– Und Sie haben niemanden getroffen? ... Niemand hat Sie gesehen? ...
– Ich weiss nicht, vielleicht hat jemand mich bemerkt ...
Die Aufseher schüttelten den Kopf:
– Und niemand hat Ihnen gesagt, ob jemand auf der Bank sass ...
– Das will nichts heissen ... erwiderte Iwan Iwanowitsch.
– Das will allerdings nichts heissen, musste Monsieur de Vaugreland zugeben, aber da es uns wundert, dass Sie bis viertel nach zwölf Uhr im Park waren ... ja, dass Sie erst kurz vor der Schliessung daran gedacht haben, die sogenannte Rückerstattung im Büro vorzunehmen, erlauben Sie mir, dass ich jede weitere Verantwortung Ihre Person betreffend ablehne ...
– Das bedeutet? ... fragte der Offizier.
Monsieur de Vaugreland machte einem Hausdiener ein Zeichen:
– Bitten Sie den Herrn Polizeikommissar, heraufzukommen ...
– Ach! tobte Iwan Iwanowitsch verzweifelt, was haben Sie vor? Sie rufen die Polizei? Sie wollen mich verhaften?
– Ich verhafte nicht, Herr Kommandant, erwiderte Monsieur de Vaugreland, der Polizeikommissar wird entscheiden, was geschehen soll.

Während sich in der zweiten Etage der Verwaltung diese dramatischen, peinlichen Ereignisse abspielten, ging in den prunkvollen Salons neben dem Spielsaal der erste Casino-Ball der Saison zu Ende.
Es war spät, das Fest klang schon aus, als auf einmal trotz der heissblütigen Zigeunermusik und ein paar schwungvollen Walzertänzern sich keine neuen Paare mehr fanden, um weiter zu tanzen.
In den Ecken bildeten sich geheimnisvolle Grüppchen, die flüsternd miteinander sprachen. Die Tänzer und Tänzerinnen in den Fensternischen machten auf einmal einen recht jämmerlichen, verdrossenen Eindruck, hier und da ertönte ein erschrockener oder überraschter Ausruf, der rasch vom Gefiedel des Orchesters übertönt wurde.
Ganz langsam und stetig, aber unaufhaltsam wie ein Ölfleck, der sich ausbreitet, war die unglückliche Nachricht bekannt geworden.
Man erfuhr, dass der Zug, der um 11 Uhr 25 von Monaco in Richtung Nizza und den anderen Orten an der Côte d'Azur abfuhr, der Schauplatz eines grausamen Verbrechens geworden war.
Die Ermordung des jungen Norbert du Rand war von nun an kein Geheimnis mehr, jeder im Casino kannte den Vorfall in allen Einzelheiten und

besprach mit den anderen die dramatischen Umstände.

Kurz darauf war eine andere, noch viel aufregendere Nachricht bekannt geworden:

Der Polizeikommissar hatte den russischen Kommandanten Iwan Iwanowitsch verhaftet!

Wer als Erster die Information in den Salons des Casinos verbreitet hatte, ahnte bestimmt nicht, wie erschütternd sie auf ein entzückendes Geschöpf wirkte, das sich bis dahin anscheinend blendend amüsiert hatte.

Die Betroffene war eine Frau oder richtiger ein junges Mädchen, fast noch ein Kind, kaum zwanzig Lenze alt.

Sie sah entzückend aus und war auffallend hübsch gekleidet, tanzte wie eine Fee, und ihr ganzes Benehmen war zurückhaltend und doch ungezwungen, was ihr einen besonderen Reiz verlieh.

Diese junge Dame war keine andere als Mademoiselle Denise, die in die Heberlauf'sche Familienpension eingezogen war.

Als Mademoiselle Denise von Iwan Iwanowitschs Verhaftung erfuhr, unmittelbar nachdem die Ermordung des jungen Norbert du Rand bekannt geworden war, wurde sie vor Schreck kreidebleich. Sie trat rasch an ein Fenster, öffnete es einen Spalt, sog ein paarmal tief die reine Nachtluft ein, wischte sich mit einem feinen Batisttüchlein über die Stirn und bat ihren Tänzer, sie einen Moment zu entschuldigen.

Ihr Tanzpartner war Graf de Massepiau.

– Teurer Freund, sagte das junge Mädchen, verzeihen Sie ... eine plötzliche Übelkeit ... eine leichte Unpässlichkeit zwingt mich unversehens, mich einen Augenblick zurückzuziehen ... ich bin gleich wieder da, warten Sie bitte hier ...

Graf de Massepiau hatte keine Zeit, ihr zu sagen, dass das Orchester gerade zum letzten Walzer aufspielte, als das junge Mädchen auch schon verschwunden war.

Freilich war ihre Übelkeit nur ein Vorwand gewesen, denn im nächsten Moment war sie schon auf der grossen, menschenleeren Treppe, die zur zweiten Etage des Casinos hinaufführte.

– Monsieur de Vaugreland? fragte sie ...

– Er ist nirgends zu sehen, antwortete ein Laufbote ...

– Ich weiss, sagte das junge Mädchen, ging einfach weiter, ohne den verdutzten Jungen zu beachten, aber ich muss trotzdem zu ihm ...

An der nächsten Tür, kurz vor dem Direktorenbüro, stiess sie allerdings auf einen Polizeibeamten, der sie streng zurückwies:

– Der Herr Direktor ist zur Zeit nicht zu sprechen, erklärte der Zerberus.

Doch Denise redete so sehr auf ihn ein, dass der Mann unsicher wurde. Denise hatte einen rettenden Einfall, um vorgelassen zu werden:

– Es ist wegen des Mordes, sagte sie, deshalb bin ich hier ...

Da wagte der Polizist nicht, ihr noch länger den Zutritt zu verwehren und führte den Gast in einen kleinen Salon, der neben Monsieur de Vaugrelands Arbeitszimmer lag.

Von diesem Raum konnte Denise ohne weiteres in das Büro gelangen, in dem die dramatische Auseinandersetzung gerade mit der Festnahme des suspekten Iwan Iwanowitsch zu Ende ging.

Zum grossen Erstaunen aller, die in dem Direktorenzimmer versammelt waren, stand auf einmal das junge Mädchen vor ihnen, das, ohne erst einen Blick auf Iwan Iwanowitsch zu werfen, mit erregter Stimme ausrief:

– Halt, meine Herren, warten Sie ... dieser Mann ist unschuldig! ...

Dann verstummte Denise.

Der Direktor, die Inspektoren und sogar der Polizeikommissar hatten sich umgedreht und standen wie erstarrt da.

Was bedeutete dieser Zwischenruf?

Und was hatte es mit dem unvermuteten Erscheinen der jungen Dame auf sich? ...

Der stets korrekte Monsieur de Vaugreland bot ihr erst einmal einen Stuhl an.

– Beruhigen Sie sich, meine Gnädigste, was haben Sie uns mitzuteilen? Wir stehen hier vor einem rätselhaften und höchst bedauerlichen Verbrechen. Wenn Sie etwas zur Aufklärung des Falls beitragen können, soll es uns nur recht sein ...

– Oh ja, wir würden es nur begrüssen, betonte nun auch Monsieur Amizou, der Polizeikommissar, und verbeugte sich vor ihr mit der Plumpheit eines Elefanten, denn er war klein und dick und sprach dazu noch mit einem scheusslichen südfranzösischen Akzent.

Die Selbstsicherheit, mit der Denise ihre aufsehenerregenden Worte vorgebracht hatte, war plötzlich wie weggeblasen. Das junge Mädchen war leichenblass, und während Iwan Iwanowitsch sie ganz betroffen anstarrte, stotterte sie:

— Mein Gott, ich weiss ja nicht, meine Herren, ich möchte eben wissen ... möchte mithelfen, unseren Freund Iwan Iwanowitsch zu retten, der ein Ehrenmann ist, davon bin ich überzeugt, und der nie eine so schreckliche Tat begehen könnte, wie man sie ihm vorwirft ... Denken Sie nur, ich stand doch vorhin beim Ball noch mit ihm zusammen, wir redeten miteinander .... mehrere Freunde kamen vorbei und begrüssten uns ...

Je weiter Denise sprach, desto grösser wurde die Verblüffung, die sich auf Monsieur de Vaugrelands Gesicht abzeichnete.

— Moment mal! schaltete Perouzin sich ein, was sagen Sie da, gnädiges Fräulein? Sie waren vorhin auf dem Ball mit dem Kommandanten Iwan Iwanowitsch zusammen ... Können Sie uns die genaue Uhrzeit nennen?

— Ja, freilich, sagte Denise und blickte mit ihren grossen hellen Augen zu dem ehemaligen Notar auf. Ist das denn so wichtig?

— Und ob es wichtig ist! antworteten die beiden Inspektoren und der Polizeikommissar wie aus einem Munde.

— Nun denn, erwiderte das junge Mädchen nach kurzem Besinnen, ich kann bestätigen, dass Monsieur Iwan Iwanowitsch zwischen elf Uhr fünfundzwanzig und viertel vor zwölf Uhr zu mir in den Ballsaal gekommen ist; genau gesagt, war es um halb zwölf.

Er ist bis fünf oder zehn Minuten nach Mitternacht bei mir geblieben; was danach geschah, kann ich nicht sagen ...

Der Polizeikommissar und Monsieur de Vaugreland sahen sich betroffen an.

— Wir haben eine Dummheit gemacht! murmelte der Direktor ...

Der Kommissar hingegen erhob lebhaften Einspruch:

— Sie sagen 'wir' ... Pardon!... Sagen Sie 'ich', denn was mich betrifft, Herr Direktor, so war ich nur bereit, diesen Offizier zu verhaften, weil er kein Alibi hatte ... Nun aber liefert uns das junge Mädchen den unwiderlegbaren Beweis, dass er nicht der Mörder von Norbert du Rand sein kann, da er das Casino den ganzen Abend nicht verlassen hat ...

Der Polizeikommissar schätzte grundsätzlich keine Verhaftungen, schaltete sich aber erst recht ungern ein, wenn es um hochgestellte Persönlichkeiten, Leute von Rang und Namen ging.

Der brave Polizeibeamte wartete nur auf ein Zeichen, um den Kommandanten Iwan Iwanowitsch von den Handschellen befreien zu lassen, die seine Leute ihm schon in ihrem Diensteifer angelegt hatten ...

Monsieur de Vaugreland gab sich jedoch noch keineswegs zufrieden.

Freilich schien das Alibi des jungen Mädchens unanfechtbar zu sein, doch fragte er sich, warum der Offizier noch ein paar Minuten vorher gelogen hatte, als er erklärte, dass er zu der Zeit in den Anlagen des Casinos spazierengegangen sei:

– Warum ..., fragte also Monsieur de Vaugreland, zu Iwan Iwanowitsch gewandt, warum haben Sie uns vorhin nicht die Wahrheit gesagt? ... Dabei war die Lage für Sie doch nicht unbedenklich.

Iwan Iwanowitsch trat langsam an den Fragenden heran, und sein verstörtes, von Angst und Erregung gezeichnetes Gesicht zeigte sich genau in dem Moment im vollen Licht, als Denise ihn mit ihren grossen Augen geradezu hypnotisch anschaute.

Doch keiner bemerkte dieses Mienenspiel.

Man wartete voller Spannung auf die Antwort von Iwan Iwanowitsch.

Sie kam nur sehr langsam:

– Meine Herren, es schickte sich nicht, etwas zu sagen ... Es war meine Pflicht und Schuldigkeit, meine Anwesenheit in den Ballsälen des Casinos zu verschweigen, da ich nicht wusste, ob es Mademoiselle Denise genehm sein würde, wenn man in ihrer Umgebung von unserem Zusammensein erführe.

Der brave Polizeikommissar war naiv genug, darauf begeistert zu erklären:

– Ausgezeichnet, das nenn' ich galant! Im Ernst, Herr Kommandant, Sie sind ein Gentleman! ...

Der tüchtige Polizeibeamte hatte offensichtlich nur den einen Wunsch, seinen Gefangenen möglichst schnell freizulassen und nichts mehr mit ihm zu tun zu haben.

Monsieur de Vaugreland tat übrigens so, als sähe er seinen Irrtum ein und ging auf den Offizier zu, um sich zu entschuldigen:

– Es ist ein Missverständnis, sagte er, das Sie uns hoffentlich nicht nachtragen werden ...

Der Direktor streckte Iwan Iwanowitsch die Hand hin, und dieser erwiderte den Händedruck.

Ein scharfer Beobachter hätte gemerkt, dass der am meisten Überraschte von allen Iwan Iwanowitsch war, der immer noch nicht begriff, warum das junge Mädchen für ihn ausgesagt hatte.

Eine halbe Stunde später zog der Offizier seinen Mantel über und schickte sich an, das Casino zu verlassen.

Erstaunt blieb er stehen, als er eine junge Frau sah, die, in ihre Pelze gehüllt, ebenfalls gerade das Haus verliess.

Es war Denise.

Ein Coupé erwartete sie, und sie stieg ein.

Iwan Iwanowitsch stürzte zum Wagenschlag.

– Gnädiges Fräulein, rief er, gestatten Sie ... einen Augenblick ... dass ich Ihnen danke ...

Und sich weiter zum Wageninnern vorbeugend, fügte er hinzu:

– Warum haben Sie sich für mich eingesetzt? Wie kam es zu dieser vornehmen Haltung, diesem bewundernswerten Mut, dass Sie den verteidigten und retteten, den alle anderen verurteilten? ... Ach, Denise! ... Denise! ... Ist es möglich, dass Sie mich lieben? ...

Das rätselhafte junge Mädchen lachte laut auf und erwiderte voll Spott und Ironie:

– Sie lieben? Oh nein! Niemals! Ich wollte Sie retten, ich habe Sie gerettet. Mehr nicht ... Fragen Sie nicht weiter ...

Aufs höchste verwirrt trat Iwan Iwanowitsch zurück, während der Wagen sich in Bewegung setzte, aber der russische Offizier hatte sich noch nicht weit genug entfernt, um nicht zu hören, dass Denise noch einen letzten Satz hinzufügte:

– Nicht genug, dass ich Sie nicht liebe, ... es kann sogar sein, dass ich Sie hasse!

Unterdessen sassen Monsieur de Vaugreland und seine beiden Inspektoren schweigend in den Büroräumen der Direktion und dachten nach.

Sie schienen von Iwan Iwanowitschs Unschuld nicht sonderlich überzeugt zu sein: die Frage der Rückerstattung der 300 000 Francs war immer noch offen. Es liess sich nicht leugnen, dass der Kapitän trotz allem 300 000 Francs *zuviel* hatte!

Sie wunderten sich auch über das etwas kindische, unverständliche Eingreifen des sonderbaren jungen Mädchens, was in letzter Minute alles geändert hatte.

– Perouzin? sagte nach kurzem Schweigen Monsieur de Vaugreland.

– Herr Direktor? ...

– Nalorgne? sagte der Direktor weiter ...
– Ja bitte? erwiderte der ehemalige Priester ...
– Meine Herren, sagte Monsieur de Vaugreland zusammenfassend, wie denken Sie darüber? ... Ich selbst habe meine Zweifel ... Wir haben es mit einer Sache zu tun, die wir so leicht nicht klären werden. Wir müssen auf jeden Fall vermeiden, dass es zum Skandal kommt und der Ruf des Casinos darunter leidet ... Was schlagen Sie vor?
– Das werden Sie gleich hören, sagte Perouzin brüsk ...
In diesem Augenblick klopfte es, und ein Laufbursche an der Tür fragte:
– Hier ist jemand vom *Leuchtturm von Monte Carlo* ... Er möchte wissen, was im Büro des Herrn Direktors vorgefallen ist? ...
Monsieur de Vaugreland machte wieder sein unbewegliches Gesicht.
– Sagen Sie ihm, dass ich nicht verstehe, was er will ... es ist nichts passiert!
Als der Reporter draussen auf dem Flur das hörte, fragte er nicht weiter, sondern rannte zum Telefon und verlangte:
– Paris! ...

6. Die Hand zwischen den Schienen

Monsieur Dupont de l'Aube, Senator und zugleich Direktor der Pariser Tageszeitung *La Capitale*, befand sich in vertrautem Gespräch mit Monsieur de Panteloup, dem Generalsekretär dieses bedeutenden Presseorgans der Hauptstadt.

Es war etwa halb sechs Uhr abends. Die ersten Exemplare waren gerade in Paris erschienen, und schon sah man auf den Boulevards die Zeitungsverkäufer laufen und lauthals die Schlagzeilen ausrufen.

Monsieur Dupont de l'Aube, der in seinem Arbeitszimmer mit den hohen, zu den Boulevards hin liegenden Fenstern sass, war mit seinen Gedanken offensichtlich woanders, denn er hatte schon zwei- oder dreimal die Laufjungen, die ihm Visitenkarten brachten oder Besucher ankündigten, unverrichteter Dinge wieder weggeschickt; für Bittsteller oder dergleichen hatte er jetzt kein Ohr.

– Hören Sie, de Panteloup, sagte Monsieur Dupont de l'Aube, nachdem er zum zehnten Mal ärgerlich so ein kleines Kärtchen beiseite geschoben hatte, das ihm ein Hausdiener hinhielt, hören Sie, mein Lieber, diese Sache muss unbedingt aufgeklärt werden ... Wir haben den Ruf, die Ersten und Bestinformierten zu sein; was ist da eigentlich passiert? Ich würde es gern nochmals genau wissen.

– Mein lieber Direktor, erklärte daraufhin Monsieur de Panteloup, also folgendes ... nur ganz kurz ... wenn meine Phantasie nicht mit mir durchgeht, denn ich weiss eigentlich gar nicht viel über den komplizierten Fall, bei dem eine Zahl einen haushohen Gewinn erzielte, ein russischer Offizier offenbar um ein Haar verhaftet wurde und doch in Freiheit blieb und ein junger Mann auf den Schienen zwischen Nizza und Monte Carlo bedauerlicherweise tot aufgefunden wurde ...

Schon fiel Monsieur Dupont de l'Aube berichtigend ein:

– Nein umgekehrt, de Panteloup, zwischen Monte Carlo und Nizza, verstehen Sie, das ist nicht dasselbe ...

Der Generalsekretär von *La Capitale* nickte lächelnd:

– Sie waren stets ein Mann der Genauigkeit, mein lieber Direktor, und das ist ein Glück.

– Also, dann, de Panteloup? sagte Monsieur Dupont de l'Aube ...

– Also ... tja, mehr weiss ich gar nicht ... unser Korrespondent in Monaco, der Redakteur in einem kleinen Lokalblatt dort unten ist, hat uns gestern abend am Telefon gesagt, dass im Casino kein Wort herauszubekommen ist. Der Junge ist zwar ein braver Kerl, aber sehr gewitzt ist er nicht. Er hat sich einfach abspeisen lassen ...

Monsieur Dupont de l'Aube schüttelte schweigend den Kopf und kratzte sich am Kinn.

– Das ist eine obskure Geschichte, mein Lieber, da müssen wir Klarheit schaffen.

Wir müssen jemanden hinunterschicken, der taktvoll, intelligent und unauffällig an die Sache rangeht. Nicht, dass grundsätzlich etwas gegen das Casino zu sagen wäre, aber wenn da ein Skandal vorliegt, der vertuscht wird, weil die ihren Rebbach machen, dann darf man nicht schweigen.

– Mein lieber Direktor, erwiderte Monsieur de Panteloup, Sie haben vollkommen Recht, objektiv sein und am Ball bleiben war immer unsere Devise, und damit haben wir Erfolg gehabt ...

Monsieur Dupont de l'Aube war ein Mann der schnellen Entschlüsse.

– Wen schicken wir, de Panteloup?

Der Generalsekretär überlegte nicht lange:

– Fürwahr, sagte er, da gibt es nur einen!

Der Generalsekretär nannte einen Namen, und Monsieur Dupont de l'Aube war einverstanden.

Der Direktor drückte auf die Klingel und reichte dem Laufburschen einen Zettel.

Kurz darauf öffnete sich in der Wand des Direktorenzimmers eine kleine, gut kaschierte Tür, und herein trat ein eleganter junger Mann mit blondem Schnurrbärtchen, ein Mann zwischen fünfundzwanzig und dreissig, mit aufgewecktem Gesicht und geistsprühenden Augen, der auf den ersten Blick den besten Eindruck machte.

– Mein lieber Fandor, empfing ihn Monsieur Dupont de l'Aube, ich habe eine gute Nachricht für Sie ...

– Eine Gehaltserhöhung? fragte der Journalist ...

– Noch nicht! erwiderte lachend Monsieur Dupont de l'Aube, aber einen vertrauensvollen Auftrag!

Fandor, Jérôme Fandor war kein anderer als der berühmte Reporter, der seit ein paar Jahren das Pariser Publikum mit seinen aufsehenerregenden Abenteuern in Atem hielt. Der junge Journalist, der von Anfang an alle komplizierten Fälle und besonders ausgefallenen, wenn nicht tragischen Ereignisse miterlebt hatte, nahm im Pressemilieu eine Sonderstellung ein.

Unzählige Male hatte er bedenkenlos seine Zeitung plötzlich im Stich gelassen und war über lange Monate verschwunden, wenn es darum ging, eine polizeiliche Untersuchung durchzuführen oder eine rätselhafte Angelegenheit aufzuklären. Tauchte er wieder auf, so wurde er wie ein Wunderknabe gefeiert, und Monsieur Dupont de l'Aube, der ihn der Form halber jedesmal zurechtwies, schloss seinen Tadel immer mit den Worten:

– Mein lieber Jérôme Fandor, was auch geschehen mag, Sie finden bei uns immer ein schützendes Dach, Ihr Platz bei *La Capitale* ist Ihnen ein für allemal sicher.

Dieses Versprechen war für Jérôme Fandor nicht unwichtig, denn wenn der Journalist auch in der ganzen Welt umhergereist war, viel gesehen und viele Berufe ausgeübt hatte, so hatte er es in seinem Beruf als Reporter nicht zu Reichtum gebracht; ganz im Gegenteil, sobald er etwas erspart hatte, gab er es mit vollen Händen für seine Unternehmungen wieder aus. Wenn aber mal eine Flaute war und nichts seine Abenteuerlust reizte, war er froh, am Monatsende bei *La Capitale* das bescheidene, aber ausreichende Gehalt einstecken zu können, das ihm seinen Lebensunterhalt sicherte.

Bei den Worten von Monsieur Dupont de l'Aube verzog Fandor das Gesicht:

– Einen vertrauensvollen Auftrag, wiederholte er und tat ganz verzweifelt, das fehlt mir gerade ... ich freute mich schon auf einen geruhsamen Winter! Ich hoffe, Sie schicken mich wenigstens zum Nordpol oder nach Zentralafrika ... es sei denn, jemand hat eine Traumrakete gebastelt und will zeigen, wie man am einfachsten und schnellsten von der Erde zum Mond kommt?

Monsieur Dupont de l'Aube liess den Journalisten reden und schmunzelte nur über dessen Scherze; erst als Fandor wieder ein ernstes Gesicht machte und fragte, worum es eigentlich gehe, erklärte ihm Monsieur Dupont de l'Aube:

– Jérôme Fandor, der Auftrag, den ich für Sie habe, ist die reinste Erholung. Die Pariser Luft tut Ihnen zur Zeit gar nicht gut, glaube ich ... Sie sollten ein paar Tage an dem bezauberndsten Ort verbringen, den es heutzutage gibt. Ich schicke Sie nach Monte Carlo und gebe Ihnen einen unbegrenzten Kredit ... unter der Bedingung natürlich, dass Sie dabei nicht den Kopf verlieren! ...

– Schön! erwiderte Jérôme Fandor, das klingt gar nicht so übel. Und was mache ich in Monte Carlo?

– Was man immer dort macht, Fandor: Sie stehen früh auf und gehen spät zu Bett, Sie gehen ins Casino, ins Theater und in die Restaurants, die gerade in Mode sind, Sie knüpfen vielversprechende Beziehungen an, arrangieren Autotouren mit Freunden, ja, sogar mit Damen ... Sie reden über Gott und die Welt, machen die Augen auf und beobachten ...

– In Ordnung! Ich hab's kapiert! unterbrach ihn Fandor, ich weiss schon, worum es geht. Da ist ein Haar in der Suppe, wie man so schön sagt, und zwar wegen des Anrufs aus Monte Carlo, da soll ich mal nachforschen. Die

Zahl sieben, der russische Offizier ... nicht wahr, das juckt Sie ein bisschen, Monsieur Dupont de l'Aube, und Sie hätten wohl gern einen richtigen Reisser von Ihrem Sonderberichterstatter? ... Da soll doch auch jemand auf den Eisenbahnschienen zu Tode gekommen sein, über den die Leser ihrer Zeitung sicher Genaueres wissen wollen? ...

Monsieur Dupont de l'Aube war aufgestanden und hatte schon Hut und Mantel in der Hand.

Der weithin bekannte Senator, der Geselligkeiten liebte, musste sicher noch zu einem feudalen Diner, so dass er nicht länger im Büro bleiben konnte. Ausserdem hatte er seinem Mitarbeiter nichts mehr zu sagen.

Jérôme Fandor hatte tatsächlich genau begriffen.

– Das heisst natürlich auch, sagte er zu Monsieur de Panteloup gewandt, dass ich mit dem nächsten Zug fahre?

Monsieur de Panteloup, der schon ein Weilchen im Kursbuch blätterte, nickte bestätigend:

– Fandor, sagte er munter, es ist erst sechs Uhr, der Schnellzug um 7 Uhr 20 scheint mir genau der richtige zu sein ...

– Genau! So ist es! stimmte Fandor zu, das trifft sich bestens. Ich hatte mich für heute abend mit einer kleinen Person verabredet, die mir bis hier steht ... Das bringt uns ein paar Kilometer auseinander! ...

Doch er vergass darüber nicht das Wichtigste: er liess sich vom Generalsekretär einen Bon unterschreiben und eilte zur Kasse, um ihn einzulösen; dann verliess er in Windeseile die Zeitung.

Er hatte gerade noch Zeit, seinen Koffer zu packen, wenn er den Zug kriegen wollte.

Gare de Lyon, kurz vor 7 Uhr!

Auf dem ersten Bahnsteig herrschte das übliche Gedränge wie bei jedem Express oder Luxuszug, der an die Côte d'Azur fuhr.

Der Journalist bahnte sich fluchend einen Weg durch die Menge der Reisenden, die schon die besten Plätze in den noch freien Abteilen belegt hatten:

– Wenn ich nur noch ein Bett im Schlafwagen kriege ...

Der Journalist hatte nicht viel Hoffnung, denn zu dieser Jahreszeit, zwischen Februar und April, waren alle Luxusabteile lange im voraus reserviert.

Doch er hatte Glück, denn er erfuhr zu seiner Überraschung, dass noch ein Bett frei sei; ein Fahrgast war in letzter Minute nicht erschienen.

– Machen Sie es schnell für mich zurecht, bat Jérôme Fandor und steckte dem Schlafwagenschaffner ein dickes Trinkgeld zu.

Als er gerade das fahrende Hotel inspizieren wollte, das ihn im Verlauf einer Nacht aus dem Herzen von Paris, wo es grau und regnerisch war, in den sonnigen Süden bringen sollte, erlebte Jérôme Fandor eine Überraschung:

– Na sowas! rief er, das kommt nicht alle Tage vor! Was machen Sie denn hier, mein Lieber? ...

Diese Worte waren an einen etwa vierzigjährigen Mann mit hellen Augen, glatt rasiertem Gesicht und silbernen Schläfen gerichtet.

Der Angesprochene ging in diesem Moment mit gesenktem Kopf den Bahnsteig auf und ab, wie in tiefe Gedanken versunken. Er trug einen dicken Pelzmantel, der seine breiten Schultern besonders betonte.

Der Betreffende blickte auf, während Fandor fortfuhr:

– Juve, mein guter Juve, das freut mich aber, Sie hier zu treffen!

Es war tatsächlich der berühmte Kriminalbeamte Juve, der da auf dem Bahnsteig mit dem Journalisten Jérôme Fandor zusammentraf.

Die beiden Freunde gaben einander freundschaftlich die Hand.

Die Umstände hatten es mit sich gebracht, dass sie sich schon zwei ganze Wochen nicht mehr gesehen hatten, und das war viel für die beiden Männer, die seit langem eine so enge Freundschaft verband!

Beide hatten nämlich alles Tragische, Aufregende, Lustige und Schmerzliche, was einem Menschen zustoßen kann, gemeinsam erlebt oder von Ferne miterlebt. Sie waren in phantastische Abenteuer verwickelt gewesen und mal als Helden, mal als Opfer aus den unglaublichsten Situationen hervorgegangen.

Wenn Jérôme Fandor weltweit als Reporter sensationeller Fälle bekannt war, so war Juve der berühmteste Kriminalkommissar.

Unzählige Male hatte er die tollsten Abenteuer bestanden, schwierige Situationen gemeistert und sich nie gescheut, sein Leben aufs Spiel zu setzen; er hatte bisweilen seinen Ruf riskiert, gegen Gott und die Welt gekämpft, dies alles mit dem einen Ziel, das er seit zehn Jahren, allein oder zusammen mit Fandor, verfolgte: den schlimmsten Banditen aller Zeiten, den blutigsten Verbrecher zu schnappen, der immer wieder in anderer Gestalt auftauchte, um den hartnäckigsten Verfolgungen zu entgehen, aber von dem man dank Juves und Fandors wusste, dass es der unfassbare Fantomas war.

So wie Fandor, wenn er eine Verschnaufpause brauchte, gern für ein Weilchen zu seiner Zeitung zurückkehrte, so tat auch der bei seinen Vorgesetzten hoch angesehene Juve, den sogar Monsieur Havard, der Direktor der Kriminalpolizei, sehr schätzte, zeitweilig wieder Dienst in der Präfektur, wenn er es für richtig hielt, seinen unbegrenzten Urlaub abzubrechen, den er sich stets nur mit dem einen Ziele nahm, Fantomas, seinen unerbittlichen Feind, zu bekämpfen.

– Juve!
– Fandor!
– Na, mein Kleiner, was machst du denn hier?
– Das sehen Sie ja, Juve, ich steige in diesen Zug, bin morgen früh an der Côte d'Azur, ziehe spätestens morgen abend um 6 Uhr meinen Smoking an und lebe vierzehn Tage in Saus und Braus!
– Hast Du wirklich nichts anderes vor? rief Juve.
– Doch, Juve, ich habe vor, mich zu amüsieren, gut zu essen und zu trinken, den Frauen den Hof zu machen und mein Glück beim Roulette zu versuchen ... Danach fahr' ich zurück ... Und Sie, Juve?
Juve lächelte geheimnisvoll:
– Tja, mein Kleiner, so ähnlich mach' ich es auch, ich vertrage wegen meines Rheumas keine Feuchtigkeit, und da ich ausgerechnet keine dicken Winterschuhe besitze, habe ich Angst, mich zu erkälten und reise lieber zur Sonne, jetzt gleich, mit Dir zusammen vermutlich, in das märchenhafte Land, das man Monaco nennt ...
– Und was machen Sie da?
– Nachmittags eine Siesta und dann Spaziergänge auf der Strandpromenade, um die Sonne untergehen zu sehen; ich werde unter Palmen meine Pfeife rauchen und hoffe, dass ich mir da unten für den Vormittag ein Fahrrad leihen kann, um vor Tisch etwas Sport zu treiben ...
– Soso! erwiderte Fandor kopfschüttelnd, und wo ist Ihr Abteil?
Juve wies auf einen Schlafwagen ganz vorne, der durch den Speisewagen vom übrigen Zug getrennt war.
Fandor klatschte in die Hände.
– Das trifft sich gut, da bin ich auch ...
Juve fuhr fort:
– Ich hatte ein Abteil für mich allein, denn mein ursprünglicher Reise-

kumpan hat verzichtet; aber jetzt erfahre ich soeben, dass man mir doch einen Störenfried ins leere Bett gelegt hat ...

– Das wird ja immer schöner, erklärte Fandor, denn der Störenfried bin ich ...

– Das fehlte noch! schloss Juve ironisch.

Der Polizist folgte aber sogleich Fandor, der hurtig die drei Stufen zum Eisenbahnwagen hinaufstieg.

Die beiden Männer traten in das schmale Abteil mit den beiden übereinanderliegenden Betten, mit denen sie bis zum nächsten Morgen vorlieb nehmen mussten.

Sie schlossen die Tür, und als sie allein waren, sahen sie einander tief in die Augen und lachten schallend.

– Juve!
– Fandor!

– Sie sind mir der Richtige, Juve! ... Sie werden mir doch nicht weismachen, dass Sie nach Monaco fahren, nur um dort Pfeife zu rauchen und Rad zu fahren ...

– Du nimmst mich wohl auf den Arm, Fandor, soll ich etwa glauben, dass du an die Côte d'Azur fährst, nur um dort jeden Abend deinen Smoking spazierenzuführen und dir hübsche Mädchen zu angeln ... ?

Beide schwiegen einen Moment und wurden wieder ernst. Juve fragte:

– Fährst du da runter wegen der Geschichte mit dem Roulette und dem Russen?

Statt es zu bejahen, fragte Fandor anzüglich:

– Und Sie fahren da runter, Juve, wegen des ermordeten Norbert du Rand?

– Hol's der Henker!
– Hol's der Henker! ...

– Juve? forschte Fandor, während die beiden Männer im Speisewagen sich mit Beflissenheit an der viel zu heissen Bouillon die Zunge verbrannten. Juve, wenn Ihnen auch so leicht nichts entgeht, so bin ich doch ziemlich sicher, dass Sie eine höchst kuriose kleine Sache heute abend nicht bemerkt haben. Wir sprachen vorhin von der Roulette-Affaire, und Sie wissen genau so gut wie ich, dass bei dieser ganzen konfusen Angelegenheit mit Monaco die Sieben eindeutig eine besondere Rolle gespielt hat ...

– Was meinst du damit? fragte Juve und sah Fandor verstohlen an.
– Die Sieben hat gewonnen.
– Viel gewonnen?
– Zuviel, Juve, fuhr Fandor fort ... Aber darum geht es nicht, jedenfalls nicht im Moment. Haben Sie bemerkt, dass unser Abteil ...
Juve fiel seinem Freund ins Wort:
– ... die Nummer sieben hat, stimmt's? ...
– So, wussten Sie das? sagte Fandor enttäuscht, fügte aber sogleich hinzu:
– Ausserdem haben unsere beiden Betten die Nummern ...
Juve unterbrach seinen Freund schon wieder:
– ... sieben und sieben a ...
– Juve, knurrte Fandor, Sie stehlen mir alle Pointen, und doch habe ich noch etwas Besseres in petto. Kennen Sie die Nummer unseres Wagens?
– Nein, mein Kleiner, diesmal gebe ich mich geschlagen, erklärte Juve ...
– Na eben, trumpfte Fandor auf, nämlich 3 211! ...
– Na und? fragte Juve.
– Zählen Sie doch zusammen: 3 plus 2 plus 1 und nochmal 1, das macht insgesamt 7! ...
Das musste Juve zugeben, rief aber sofort, entzückt über das Spiel:
– Fandor, hast du auf die Speisekarte gesehen? Das Abendessen kostet sieben Francs! ...
In diesem Moment trat der Weinkellner an den Tisch.
– Welchen Wein wünschen die Herrschaften? fragte er.
Und er fügte gewohnheitsgemäss hinzu:
– Getränke sind im Preis des Menus nicht inbegriffen ...
Juve und Fandor, fest entschlossen, sich einen lustigen Abend zu machen, lachten hellauf, und der Kellner schaute ganz entgeistert, als beide wie aus einem Munde riefen:
– Das ist egal, Hauptsache, Sie bringen uns einen Wein für sieben Francs!
Mehr konnte der Kellner diesen komischen Gästen nicht entlocken.
Er zuckte kaum merklich die Schultern und schrieb dann kurzentschlossen eine Flasche Pommard für sie auf.
Mit jedem neuen Gang, der in dem voll besetzten Speisewagen serviert wurde, stieg die allgemeine Stimmung.
Juve und Fandor, die aus Berufsgründen und Liebe zu ihrem Metier unablässig die Leute und Dinge aufs Korn nahmen, waren sogleich zwei Paare, je-

weils ein Mann und eine Frau, aufgefallen; die Männer kannten sich nicht und wirkten sehr verschieden, zumal sie offensichtlich nicht der gleichen Gesellschaftsschicht angehörten.

Die Frauen hingegen schienen befreundet zu sein.

Sie sassen dicht beieinander und wechselten des öfteren verständnisinnige Blicke; sobald aber eine der beiden woanders hinschaute, liess die andere Messer und Gabel sinken und studierte bis ins kleinste die Garderobe ihres Gegenübers. Fandor, der das Pariser Leben in- und auswendig kannte, wusste sofort, um wen es sich bei den beiden jungen Frauen handelte.

Er informierte Juve.

– Die kleine Dunkle, die mager wie eine Halbwüchsige oder richtiger wie eine streunende Katze ist, gehört zur Demimonde, wo sie für ihre ungenierte, kesse Art bekannt ist. Als ich noch bei Maxim's verkehrte, was dreimal in meinem Leben der Fall war, nannte man sie die kleine Louppe; ich nehme an, dass sie sich inzwischen einen klingenderen Namen zugelegt hat, zumal sie anscheinend mit einem Mann von Welt auf Reisen ist.

– Kennst du diesen Weltmann? fragte Juve.

– Nein, keine Ahnung, erwiderte Fandor, aber ich sehe es Ihrem Gesicht an, Juve, dass Sie mir im nächsten Moment sein ganzes Strafregister hersagen werden!

– Das ist nicht schwer, sagte Juve, er hat nämlich keins. Er ist ein ganz honoriger Mann, ein Abgeordneter aus Mittelfrankreich, Monsieur Laurans, ein sehr bekannter Parlamentarier, der genau weiss, wie der Wind weht und der in Kürze Minister sein wird ...

– Stellen Sie mich ihm vor, Juve, rief Fandor, vielleicht kann ich ihm 'ne Konzession für 'nen Tabakladen abschwatzen!

– Wie dem auch sei, sagte der Journalist, es ist jedenfalls nicht ganz ohne, diesen gestrengen Herrn im reifen Mannesalter mit solch einem kleinen Luder zusammen zu sehen ...

– Und die andere? fragte Juve rasch, die Blonde mit dem ziegelroten Teint, kennst du die auch?

– Donnerwetter!, rief Fandor, das ist doch die Engländerin vom Montmartre. Die berühmt-berüchtigte Engländerin von der Place Pigalle, die regelmässig ab neun Uhr abends einen in der Krone hat und um drei Uhr in der früh sturzbesoffen ist. Das ist Daisy Kissmi. Haben Sie nie von ihr gehört?

Juve winkte leicht ab, denn seine Aufmerksamkeit galt vielmehr dem Begleiter der Engländerin, einem dunkelhaarigen Mann mit gezwirbeltem Schnurrbart, allzu pomadigem Haar, allzu gut gestutztem Bart, allzu glatt polierten Fingernägeln und einem viel zu eleganten Anzug, um wirklich vornehm zu sein.

– Was ist das wohl für einer? fragte sich Juve ...

Er wollte sich bei Fandor erkundigen, aber der hatte kein Ohr für ihn.

Der Journalist hatte durch Zeichen Kontakt mit der Begleiterin des Deputierten aufgenommen. Die kleine Schwarze hatte Fandor wiedererkannt und versuchte, durch ausdrucksvolle Mimik ihm zu verstehen zu geben, dass sie ganz für ihn da sein werde, sobald sie ihren Beschützer abgeschüttelt habe!

Um ihm zu zeigen, wie ihr zumute war, gähnte sie ein paarmal auffällig hinter der vorgehaltenen Hand, was Fandor richtig zu deuten verstand:

– Arme Louppe! sagte er geradeheraus, der Alte scheint wirklich nicht mehr viel auf der Pfanne zu haben!...

Das Abendessen ging zu Ende.

Die ganz Konventionellen waren schon gleich nach dem letzten Bissen verschwunden, denn sie hielten es nicht für schicklich, sich noch länger in einem Speisewagen aufzuhalten, in dem die Herren mit Zustimmung einiger Damen anfingen zu rauchen und Likör zu trinken.

Juve und Fandor bemerkten in dem Moment, dass die kleine Louppe sehr eindringlich auf den Deputierten einredete, um etwas durchzusetzen.

Laurans hörte seiner Freundin brav zu und nickte zustimmend.

Kurz darauf hatte Louppe anscheinend ihr Ziel erreicht, denn ihre Augen leuchteten auf, und ein strahlendes Lächeln ging über ihr ganzes Gesicht.

Der Deputierte bezahlte die Rechnung, erhob sich etwas schwerfällig und ging feierlichen Schritts durch den Speisewagen auf sein Abteil zu, während Louppe sich anschickte, neben Daisy Kissmi Platz zu nehmen.

Doch kaum war der Deputierte verschwunden, als Louppe auch schon auf dem Absatz kehrtmachte, Daisy Kissmi sitzenließ und sich durch den schukkelnden Wagen von Tisch zu Tisch bis zu Fandor vorarbeitete:

– Schick! sagte sie und legte beide Hände auf die Schultern des Journalisten, ich hab' meinen Alten rumgekriegt, dass er sich dünne macht ... Wie ich den kenne, schnarcht der in zehn Minuten wie ein Bär ... Ach, mein kleiner Fandor, ich freue mich, dich mal wieder zu sehen ... was spendierst du mir? Sag mal ... dein Kumpel macht sich wohl über mich lustig? Nimmt der mich etwa nicht für voll?

Juve, den die Bemerkung amüsierte, beteuerte, dass er gewiss nicht die Absicht habe, seinen Scherz mit ihr zu treiben.

Doch die junge Dame hatte schon vergessen, was sie gefragt hatte und sich kurzerhand zu Juve und Fandor an den Tisch gesetzt.

Sie rief den Kellner herbei:

– Na, wird's bald? Ich brauch' noch 'n Cognac ... und zwar 'n guten, kein Zuckerwasser wie beim ollen Laurans, damit der glaubt, ich sei die Tugend selber ... Also, schaff' 'n Cognac ran, bloss keinen Whisky wie für die Daisy Kissmi! ...

– Guck mal, die Englische, fuhr Louppe, zu Fandors Ohr gebeugt, fort ... was die wieder in sich reinkippt ... Wetten, dass die gleich blau ist, keine Stunde mehr ... Übrigens, Fandor, du hast mir deinen Kumpel noch nicht vorgestellt?

Bis jetzt hatten die beiden Männer schweigend das muntere Geschnatter der kleinen Halbweltdame über sich ergehen lassen.

Fandor machte Juve kurz bekannt:

– Monsieur Dubois ...

Doch da wollte auch die Engländerin zwischen zwei Whiskys die beiden Freunde von Louppe kennenlernen.

Es schien übrigens, als kenne Sie Fandor, zumindest vom Sehen, und das war Grund genug, an den Tisch zu kommen und ein Glas zu trinken.

Daisy Kissmi, mehr auf Formen bedacht als ihre Freundin, wollte sofort den Namen von Fandors Begleiter wissen:

– Monsieur Duval! sagte dieser ernst und wies auf Juve.

Louppe lachte schallend.

– Ihr seid mir die Richtigen, Ihr Beiden! ... Vor allem du, fuhr sie, auf Juve weisend, fort, den soviel Vertraulichkeit leicht aus der Fassung brachte. Vor drei Minuten hiesst du noch Dubois ... jetzt nennst du dich Duval ... und wann Durand?

– Du Rand, brachte die Engländerin mit einem kleinen Schluckauf hervor, man darf nicht von diese Mann reden, denn die arme du Rand ist tot!

Dieser Hinweis brachte alle auf den Boden der Tatsachen zurück. Juve und Fandor fiel plötzlich wieder ein, dass sie mit hundertzwanzig Stundenkilometern unterwegs waren, um einem Verbrechen auf die Spur zu kommen.

Doch die beiden Frauen kümmerte der Vorfall wenig.

Die Engländerin hatte, starrsinnig wie alle Betrunkenen, zwei- oder dreimal versucht, ihre Freunde mit ihrem Begleiter bekanntzumachen: Signor Mario Isolino, Italiener, ganz grosse Klasse, sagte sie, aus einer der vornehmsten Adelsfamilien des Landes. Ein feiner Pinkel, der leider eine Schwäche fürs Kartenspiel hatte, was sein Unglück war ... Er hat sein ganzes grosses Vermögen verloren, ist aber dabei, sich durch Fleiss und Geschick ein neues zu schaffen ...

Während Daisy Kissmi aufstand und den Italiener, der von weitem immer wieder herüberlächelte und sich ein übers andere Mal verbeugte, an der Hand nahm und an den Tisch holte, erklärte Louppe den beiden Männern in zwei Worten, was es mit dem Beruf des Signor Isolino auf sich hatte:

– Ein Grieche, ein Gauner eben ... spielt Kümmelblättchen ...

Juve und Fandor lächelten verständnisinnig und wechselten rasch einen Blick.

Wahrhaftig, man machte die sonderbarsten Bekanntschaften in dieser Luxusschleuder ...

Doch da sie an vieles gewöhnt waren, verzogen sie keine Miene, als Daisy Kissmi ihnen ihren Freund vorstellte, ja, sie erwiderten nicht minder respektvoll die immer neuen Reverenzen des zwielichtigen Italieners ...

Nach einstündigem Geplänkel hatten Juve und Fandor genug davon.

Es war ungefähr Mitternacht. Daisy Kissmi war schon fast blau wie ein Veilchen, und Louppe, die vergeblich versucht hatte, zuerst Juve, dann Fandor zu becircen, musste schliesslich mit dem Kümmelblättler vorlieb nehmen ...

Der Journalist und der Polizist suchten ihre Schlafkojen auf und liessen die beiden Dämchen mit dem Italiener allein.

Der Zug rollte und rollte.

Juve und Fandor schliefen noch, als die ersten Strahlen einer blassen Dämmerung zaghaft durch die Vorhänge des Abteils drangen und das Innere mit einem fahlen Licht erhellten.

Plötzlich fuhren die beiden Männer in die Höhe.

Ein heftiger Stoss, ein brüskes Halten hatte sie mit einem Schlag aus den Betten geworfen; Fandor, der oben schlief, purzelte auf Juve und schlug sich dabei die Knie an der Wagenwand wund; er fluchte wie verrückt und wischte mechanisch die Bluttropfen weg, die an seinen Kniescheiben aus der Haut hervorperlten.

– Herr im Himmel! Ist das eine Eisenbahngesellschaft! ... So ruckzuck anzuhalten ... Und das nennt sich Luxuszug ... Wie ist das erst, wenn die ihre 3. Klasse-Fracht transportieren! ...

– Das Bremsmanöver ist allerdings etwas brutal, stimmte Juve zu, aber vielleicht können die nichts dafür ...

Die beiden Männer horchten einen Moment.

Es war nichts zu hören.

Fandor schob den Vorhang hoch.

Trotz der beschlagenen Fensterscheibe und des dichten Nebels draussen sahen sie, dass der Zug nicht in einem Bahnhof, sondern offenbar auf freier Strecke haltgemacht hatte.

Nach der anfänglichen Stille hörte man knirschende Schritte auf dem Schotter. Die Lokomotive pfiff zweimal schrill, und dann ertönte Stimmengewirr, Rufe wurden laut, und es gab ein aufgeregtes Hin und Her ...

– Da ist was los, murmelte Juve; sollen wir mal nachsehen?

– Und ob! stimmte Fandor zu, der schon Hose, Stiefel und Jackett angezogen hatte ...

Im Nu standen beide fertig da.

Sie kletterten aus dem Wagen und sprangen auf den Schotter. Einige Reisende waren schon ausgestiegen und gesellten sich zu den Schaffnern, die neben der Lok zusammenstanden und beratschlagten.

Juve und Fandor gingen auch dorthin, nicht besonders erregt, nur wie zwei neugierige Fahrgäste, die wissen wollen, was vorgeht.

Als sie an den Wagen entlanggingen, bemerkte Juve allerdings:

– Fandor, sieh mal die Schienen, auf denen unser Zug steht.

– Die sind ja ganz verrostet ...

– Und was schliessen Sie daraus? fragte der Journalist.

– Ich schliesse daraus, dass wir nicht auf der Hauptstrecke sind, denn auf der Hauptstrecke verkehren viele Züge und die Schienen sind spiegelblank. Wir stehen offenbar auf einem Abstellgleis, aber warum? ...

Fandor erwiderte:

– Warum? Das werden wir gleich erfahren, wenn wir die Herren Schaffner da fragen ...

Als der Polizist und der Journalist beim Zugpersonal ankamen, fanden Sie die Leute in heller Aufregung ...

Der Zug war auf einmal nach links geschwenkt und auf ein Gleis gefahren, das der Lokführer gar nicht kannte. Da er nicht wusste, was vorging, zog er sofort die Bremsen, und das war ein Glück, denn hundert Meter vor der Lokomotive, die jetzt fauchend auf der Stelle stand, endete das Gleis an einem Prellblock. Hätte der Zug nicht sofort gehalten, wäre das grösste Unglück passiert!

– Da haben wir nochmal Glück gehabt! murmelte Fandor seinem Freund ins Ohr ...

Juve erkundigte sich jedoch gerade, wo man sich eigentlich befände:

– Zwölf Kilometer hinter Arles, erwiderte ein Schaffner, fünfzehnhundert Meter von hier muss ein kleiner Bahnhof sein ...

Während die Schaffner weiter über den Vorfall debattierten und der Zugführer zur nächsten Signalscheibe lief, um zu sehen, wie sie ausgerichtet war, zog Juve Fandor etwas zurück und erklärte pedantisch, aber präzise:

– Wir stehen auf einem Gleis, auf dem wir nicht stehen sollten ... Warum, Fandor? ... Du weisst es vielleicht nicht, aber ich werd' es dir sagen ... unser Zug ist in eine falsche Richtung geleitet worden ...

– Bravo! rief Fandor mit gespielter Bewunderung ... das ist eine grossartige Entdeckung, die Sie da gemacht haben! ... So scharfsinnig waren Sie noch nie, Juve, und sogar Monsieur de La Palisse hätte es nicht besser gemacht!

Doch Juve fuhr fort:

– Wenn man wissen will, woher ein Fluss kommt, muss man an seine Quelle zurückgehen, und wenn man eine Geschichte verstehen will, muss man den Anfang hören! Komm mit, Kleiner, wir wollen uns mal die Abzweigung dieser Abstellspur ansehen ...

Als sie an dem Wagen vorbeikamen, in dem der Parlamentsabgeordnete Laurans und seine kleine Freundin untergebracht waren, steckte Louppe gerade den Kopf aus dem Fenster:

– Wo stehn wir denn hier? fragte sie. Mein Parlamentsmann ist vorhin auf mich draufgeflogen, als ich pennte ... dem hab ich's vielleicht gegeben ... er schläft trotzdem, aber ich krieg' kein Auge mehr zu ... Wohin wollt Ihr denn da, Ihr Beiden?

– Luft schnappen, antwortete Fandor ausweichend, während Juve einfach weiterlief und absolut keine Lust hatte, sich durch das dumme Geschwätz der jungen Frau aufhalten zu lassen.

Die aber winkte den beiden Freunden:

– He! Nicht so schnell! ... Ich komm' mit! Im Wagen halt' ich's nicht länger aus, es ist wie im Backofen hier, ich brauch' unbedingt frische Luft ...

Zwei Sekunden später sprang Louppe, flüchtig angezogen und mit einem Schal über ihrem zerzausten Haar, auf den Schotter und wäre übrigens fast ausgerutscht, wenn Juve sie nicht in seinen Armen aufgefangen hätte, damit sie nicht über den Boden kugelte.

— Weiss Gott, mein alter Dubois, rief sie, du bist mein Lebensretter! ... Na wenn schon, du bist nicht der einzige, der die sogenannte Louppe um sechs Uhr früh gern in den Armen hielte!

Die spitzbübische kleine Person wandte sich zu Fandor und fragte:

— Manche finden, ich sei ein Luderchen, das stimmt doch nicht, oder? ...

Fandor lächelte, und Louppe stupste ihn mit dem Ellbogen:

— He du, sag deinem Kumpel mal, dass ich wohl weiss, was sich gehört ... wenn es sein muss ... Ist der seriös, nein wirklich! ... Genau wie mein Papamentarier, ehrlich! Aber immerhin nicht ganz so fad!

Juve hörte nichts von den schmeichelhaften Reden, seine Person betreffend ...

Mit grossen Schritten ging er voran.

Er hatte schon längst das Ende des Zuges hinter sich und kam jetzt zur Abzweigung.

Kein Stellwerk war in der Nähe, man sah nur, fünfhundert Meter weiter, so etwas wie einen winzigen, verschlafenen Bahnhof, wo noch keiner gemerkt hatte, dass der Express auf dem Abstellgleis steckengeblieben war.

Wie war bloss der Zug von seiner normalen Strecke abgekommen?

Gerade als Fandor und Louppe Juve einholen, entfuhr diesem ein Ausruf des Erstaunens, und schon kniete er auf der Erde:

— Fandor! hatte Juve ganz erregt ausgerufen, so dass der andere zitternd angelaufen kam.

— Sieh mal, da! sagte Juve und wies auf die Weiche unten an der Schiene.

Fandor hatte kurz hingeschaut und brachte kein Wort hervor, aber die kleine Louppe, die auch hinzugekommen war, schrie entsetzt auf.

Sie besass nicht die Selbstbeherrschung der beiden Männer, sondern brüllte nur:

— Oh, mein Gott! Wie scheusslich! Eine Hand! ... 'Ne richtige Menschenhand! ... Wie kommt die bloss da zwischen die Schienen? Das war bestimmt der Zug. Grosser Gott, da dreht sich mir gleich der Magen um! Das reicht für die nächsten achtundvierzig Stunden! ...

Der Mittelmeer-Express fuhr weiter, als sei nichts geschehen. Die meisten Fahrgäste waren wieder eingeschlafen und hatten gar nicht begriffen, was eigentlich vorgegangen war.

Auch Louppe war wieder bei ihrem Parlamentarier im Abteil.

Nur Fandor und Juve blieben wach und besprachen ihre seltsame Entdeckung.

Der Polizist hatte anfangs geglaubt, als er die Menschenhand zwischen den Schienen entdeckte, dass es ein Unfall sei und der Zug irgendeinem armen Kerl die Hand abgerissen habe ... während seine Leiche vermutlich nicht weit weg lag, und Juve hatte daraufhin ringsum alles abgesucht, um sicher zu sein.

Doch bei näherer Betrachtung wurde ihm klar, dass es nur eine Hand war und gar keine Leiche in der Nähe lag, nur diese eine Hand, die schon seit ein paar Stunden abgestorben war und die man mit einer ganz bestimmten Absicht zwischen die Schienen geschoben hatte; Doch um welche Absicht es sich handelte, das hatte der Polizist noch nicht herausfinden können.

Juve hatte sich dem Zugführer und auch dem Stationsvorsteher des kleinen Bahnhofs, den man aus dem Schlaf gerissen hatte, zu erkennen gegeben. Man hatte ihm ohne weiteres gestattet, das schreckliche Beweisstück an sich zu nehmen, und Juve war damit in sein Abteil zurückgegangen, denn der Zug wollte ja wieder abfahren, was auch kein Problem war. Das Wichtigste war jetzt, die verlorene Zeit wieder aufzuholen.

Alles war so schnell gegangen, dass die meisten Reisenden von dem Vorfall mit der Hand gar nichts erfahren hatten. Nur die kleine Louppe hatte mitgekriegt, dass Juve sie in seinen Besitz genommen hatte.

Sie hatte dabei eine Bemerkung gemacht, die Juve und Fandor aufs höchste erstaunt hatte.

Die Hand, eine rechte Hand, trug am vierten Finger einen kleinen Goldring mit einem Aquamarin, und Louppe hatte ausgerufen:

– Das ist doch der Ring von Isabelle de Guerray! So einen hat die ja ihrem Liebhaber geschenkt!

Juve und Fandor, die nicht wussten, dass solch ein Geschenk bei der alten Kokotte gang und gäbe, ja fast schon Tradition war, kamen wie von selbst zu dem Schluss:

– Dann kann diese tote Hand nur von der Leiche eines Liebhabers der berühmten Isabelle stammen, nur von der Leiche Norbert du Rands, der vor

achtundvierzig Stunden zu Tode gekommen, ja wahrscheinlich ermordet worden ist ...
— Juve!
— Fandor!
— Was bedeutet das alles?
— Was für ein Zufall!
— Diese Totenhand ist eine Drohung an uns!
— Eine Herausforderung!
— Juve! ... Man wusste, dass wir im Zug waren!
— Fandor! ... man will nicht, dass wir uns in die Sache einmischen!
Beide schwiegen daraufhin, denn sie hatten beide den gleichen Gedanken.
Wer wagte es, ihnen solch ein Ultimatum zu stellen, solch ein makabres Verfahren anzuwenden?
Unwillkürlich dachten sie an ihren unerbittlichen Gegner, ihren Erzfeind ... den unfassbaren Fantomas!

7. Staunen über Staunen ...

— Fandor?
— Ja, Juve?
— Was meinst du, wo steigen wir ab?
— Keine Ahnung! Haben Sie ein bestimmtes Hotel im Sinn?
— Du Dummkopf, du Trottel, du Vollidiot!
Trotz des barschen Umgangstons, den Juve seinem Freund gegenüber anschlug, merkte man, dass ihn im Grunde eine tiefe Zuneigung mit seinem unzertrennlichen Begleiter verband.
Beide waren am Bahnhof von Monaco ausgestiegen und heilfroh, endlich aus dem Zug heraus zu sein, in dem sie so viele Überraschungen erlebt hatten und fast zu Tode gekommen wären. Sie hatten sich von ihren Reisegefährten und -gefährtinnen verabschiedet, von der schönen Daisy Kissmi, von Mario Isolino ... und hatten hoch und heilig versprochen, sie bald wiederzusehen.

Jetzt befanden sie sich auf der Strasse, die vom Bahnhof zum Stadtzentrum hinunterführt. Juve schimpfte weiter:

– Du Trottel! Du unheilbarer Trottel, du! Jetzt arbeiten wir schon über zehn Jahre zusammen, und in dem Moment, in dem wir uns an eine heikle, undurchschaubare und nicht ganz ungefährliche Affäre machen, fragst du noch, in welchem Hotel wir absteigen?

Fandor gähnte nur, und zwar ausgiebig, denn er war müde und wollte schlafen, in welchem Hotel, war ihm egal, Hauptsache, er läge bald in der Waagerechten!...

– Juve, sagte Fandor schliesslich, wir steigen ab, wo Sie wollen ... Doch ich muss gestehen, dass ich keine Ahnung habe, welches Hotel es sein soll. ...

– Aber Fandor, das ist doch ganz klar ...

– Was ist klar, Juve?

– Dass nur das mieseste Hotel für uns in Frage kommt!

– Wenn's sein muss! Und warum, Juve?

– Weil ich sicher bin, dass man uns da nicht vermutet!

Während Fandor von der strapaziösen Reise noch ganz gerädert war, fühlte Juve sich schon wieder frisch und munter und voller Tatendrang, als hätte er die ganze Nacht ungestört im eigenen Bett geschlafen ...

Da er selbst nicht müde war, liess er auch bei anderen keine Müdigkeit gelten, sondern erläuterte seelenruhig:

– Mein kleiner Fandor, Straussenvögel sind dumme Tiere! ... Es nützt nichts, den Kopf in den Sand zu stecken, wenn man einer Gefahr entgehen will ... Mit anderen Worten, wir müssten verrückt sein, wenn wir die gefährliche Situation, in der wir uns befinden, nicht wahrhaben wollten! ...

Oh, sobald Juve von Gefahr sprach, war Fandor wieder hellwach! ...

Allerdings gaben die Worte des Polizisten nur wenig Aufschluss, und der Journalist wollte wie gewöhnlich mehr wissen:

– Juve, sagte er scherzend, ich gebe Ihnen die grösste Tafel Schokolade der Welt zur Belohnung und noch eine Zuckerstange extra, wenn Sie sich entschliessen, nicht länger in Rätseln zu sprechen! ... Welche Gefahr sehen Sie für uns?

– Welche Gefahr ich für uns sehe, Fandor? Deine Frage ist reichlich naiv! ... Sieh mal, wir sind uns doch einig, dass die Hand, die wir in dieser Nacht zwischen den Schienen bei Arles gefunden haben, mit ziemlicher Sicherheit von der Leiche des jungen Norbert du Rand stammt? ...

– Ja, das denke ich auch, pflichtete Fandor ihm bei ... denn dafür spricht der Ring, den die kleine Louppe wiedererkannt hat ... Aber was soll das? ...
– Was das soll? Das soll heissen, mein Kleiner, dass es ganz bestimmt nicht von ungefähr ist, wenn ein Mörder sich die Mühe macht, jemanden auf der Strecke von Ventimiglia nach Nizza umzubringen und es so einrichtet, dass ausgerechnet wir beide die Hand seines Opfers auf der Strecke Paris – Marseille finden ...
– Nein, bestimmt nicht, Juve. Aber ...
– Warte! ... Wenn also diese ganze makabre Inszenierung kein Zufall ist, dann muss eine Absicht dahinterstecken ... Und diese ganz bestimmte Absicht kennen wir nicht ... Wir können sie nur erraten ... Errätst du sie, Fandor?
– Nein! ...
– Dann hör mal gut zu: der Mann, der das gemacht hat, wollte bestimmt, dass wir beide an dem Ort bleiben, wo wir die Hand entdeckt haben ... Jetzt sag mir mal, Fandor, wer könnte Interesse daran haben, uns von Monaco fernzuhalten, von der Stadt, wo solch ein spektakuläres Verbrechen stattgefunden hat?
– Der Mörder, Juve! ...
– Und wie heisst der Mörder deiner Meinung nach? ...
– Fantomas!

Ja, es war tatsächlich der Name jenes finsteren Banditen, jenes Meisters des Schreckens, der Fandor durch die logischen Folgerungen seines Freundes Juve in den Sinn kam ... Ja, es musste Fantomas sein, der Norbert du Rand zur Strecke gebracht hatte! ...

Juve und Fandor erschauderten unwillkürlich, als sie den Namen aussprachen ...

Fantomas!

Sollten sie wirklich abermals zum Kampf gegen den unheimlichen Verbrecher antreten müssen?

Würde die legendäre, furchterregende Gestalt auch hier, an diesem bezaubernden Ort, der nur zur Freude für die Augen geschaffen zu sein schien, würde die Schreckensfigur Fantomas, der Mann im schwarzen Trikot ... mit der schwarzen Kapuze ... und den blutigen Händen auch hier wieder Juve und Fandor herausfordern?

Fantomas!

Seit zehn Jahren waren sie ihm auf der Spur, und noch immer hatten sie ihn nicht! ...

Fantomas! ... Bei allem Wagemut versetzte er die beiden in Angst und Schrecken, und gleichzeitig faszinierte er sie, weckte ihre Kampfeslust und trieb sie mit Macht dahin, wo Gefahr drohte! ...

Fandor, der in wenigen Minuten alles aufgezählt hatte, was allein der Name Fantomas für sie an tragischen und rätselhaften Begebenheiten in sich barg, wurde auf einmal wieder ganz ruhig und gefasst, als er sagte:

– Ach was, Juve, auch wenn Fantomas dahintersteckt, sehe ich nicht ein, warum wir unbedingt in der billigsten Absteige wohnen sollen ...

– Aber ja doch!

Und schon begann Juve, klar und deutlich wie gewöhnlich, seinem Freund Fandor auseinanderzusetzen, was er selbst seinen modus vivendi nannte, mit anderen Worten seinen Schlachtplan ...

– Fantomas, versicherte Juve, muss von unserem Kommen gewusst haben. Zweifellos lag ihm daran, dass wir die Leiche finden ... das heißt, die Hand der Leiche ... Aber ich bin ziemlich sicher, dass er glaubt, wir seien in Arles geblieben, um dem schauerlichen Indiz weiter nachzugehen. Fantomas erwartet uns also nicht! ...

Das, mein lieber Fandor, müssen wir ausnützen ... Seien wir nicht so dumm, in einem der namhaften Hotels abzusteigen, wo er sofort von unserer Ankunft erfahren würde.

Besser, wir suchen uns ein ruhiges Quartier, und da wir gewissermassen vor dem Halunken einen Vorsprung haben, sollten wir ihn nicht verlieren, sondern vielmehr schon morgen früh mit den Nachforschungen beginnen ... aber unauffällig, ohne Wirbel zu machen ...

In dem Zimmerchen, das Juve und Fandor in jener Nacht in dem sehr bescheidenen Hotel *Viel Glück* bewohnten – denn für dieses Hotel hatte Juve sich schliesslich entschieden – sassen die beiden Freunde schon seit vielen Stunden und arbeiteten, obwohl es gerade erst zehn Uhr morgens war. Auf allen Tischen, Betten und Stühlen lagen Akten, und Juve selber hatte Stösse davon auf den Knien, blätterte darin und reichte sie an Fandor weiter ...

– Da, sagte der Polizist zu ihm, sieh sie dir genau an! Während du vorhin noch schliefst, habe ich die hiesige Polizeibehörde verständigt, dass ich niemanden von ihnen hier brauche ...

— Das war nicht sehr höflich, Juve!
— Aber notwendig! ... So halte ich mir ihre unpassenden Bemerkungen vom Hals ... und schaffe mir den Ruf eines 'Mannes, der nicht gestört werden will!' ... Das hat immer etwas für sich ... Schliesslich – und das ist wichtig – habe ich erreicht, dass man mir alle Polizeiberichte, welche die Ermordung von Norbert du Rand betreffen, zustellt ... Du kannst dich nicht beklagen, Fandor, anstatt rumzurennen und mühsam zu recherchieren, brauchen wir keinen Fuss vors Hotel zu setzen, sondern nur die Papiere zu studieren ... Ja, was hast du denn auf einmal? So sag doch was! Himmel, Sakra! ... Fandor? Fandor? ...

Juve hatte seine lange Rede plötzlich abgebrochen und fragte nun einmal übers andere, immer besorgter, immer nervöser. Offen gesagt, er hatte auch allen Grund dazu, denn Fandor, der bis dahin rittlings auf einem Stuhl gesessen und die Papiere durchgesehen hatte, war urplötzlich aufgesprungen ... und zwar so überstürzt, dass er den kleinen Klapptisch, auf dem Juve die Akten ausgebreitet hatte, halbwegs mitriss ...
Er rannte quer durchs Zimmer auf das Bett zu, wo die ersten Papiere lagen, die Juve ihm vor ein paar Minuten gezeigt hatte, und wühlte darin herum ...
— Was ist denn nur, verflixt nochmal? fragte Juve wieder.
Da schoss Fandor los:
— Was ist, Juve? antwortete er, wir beide sind verrückt, betrunken oder völlig blind!
Diesmal protestierte Juve ...
— Kannst du dich nicht klarer ausdrücken, herrje nochmal!
Doch Fandor liess seinen Freund ruhig schimpfen ...
Er zog Juve kurzerhand ans Fenster, zeigte ihm ein Dokument und zwang ihn, es sich genau anzuschauen:
— Juve, was sehen Sie da?
— Das ist doch die Aufnahme von Norbert du Rand in der Leichenhalle?...
— Ja, gewiss! Aber da? Da?...
Fandor wies mit der Spitze seines Bleistifts auf die Photographie.
— Da? Da seh' ich die linke Hand der Leiche ...
— Ja, richtig! ... Und auf diesem Photo hier?
Fandor reichte Juve triumphierend eine zweite Aufnahme, welche die monegassische Polizei gemacht hatte.

– Da? fragte der Journalist, da? Was sehen Sie da?...

Oh, diesmal brauchte Fandor nicht lange zu warten!

Wenn er selbst vor ein paar Minuten einen Schock bekommen hatte, so erging es Juve jetzt nicht besser ...

– Mein Gott! Du hast recht. Das ist tatsächlich die rechte Hand! Ja, die Rechte! Da besteht kein Zweifel! ...

Es war in der Tat eine sensationelle, umwerfende Entdeckung, auf die Fandor seinen Freund aufmerksam machte. Die Photos, die er in der Hand hatte, waren am Vorabend gemacht worden.

Wenn aber die eine Aufnahme Norberts rechte Hand und die andere seine linke Hand zeigte, so musste der Leichnam am Vorabend noch beide Hände gehabt haben und infolgedessen konnte die Hand, die sie zu ihrem Entsetzen in Arles gefunden hatten und die einen Ring von Isabelle de Guerray am Finger trug, nicht die amputierte Hand von Norbert du Rand sein, wie Juve und Fandor fest geglaubt hatten!

Damit stürzte auf einmal das ganze schöne Gebilde von Mutmassungen und Hypothesen, das der Journalist und der Polizist inzwischen aufgebaut hatten, in sich zusammen.

– Darf ich Sie bitten, mir zu folgen, meine Herren? Der Herr Direktor wird sich sehr freuen, Sie zu empfangen ...

Juve und Fandor, die schon fünf Minuten warteten und die Zeit recht lang fanden, erhoben sich eiligst und verliessen den Salon, in dem noch vor ein paar Tagen Iwan Iwanowitsch gesessen hatte, als er der Direktion des Casinos seinen unheilvollen Vorschlag unterbreitete.

– Komm! hatte Juve eine halbe Stunde vorher gesagt und Fandor ins Casino geschleppt; ich stell' dich als meinen Sekretär vor, und so hören wir zu zweit, was der Direktor uns zu sagen hat ... das könnte nicht unwichtig sein.

Fandor hatte sich leicht überzeugen lassen, denn im Grunde fand er es schmeichelhaft, dass Juve ihn zu einem Polizeibesuch mitnahm, bei dem es eigentlich nur darauf ankam, gut zuzuhören und die richtigen Fragen zu stellen, was der Polizist zweifellos besser als jeder andere verstand.

Beide folgten dem Portier und befanden sich ein paar Augenblicke später im Direktorenbüro der Bädergesellschaft, der auch das Spielcasino von Monaco gehörte. Monsieur de Vaugreland empfing sie aufs freundlichste:

– Monsieur Juve, sagte er und verbeugte sich tief vor dem Polizisten, während er Fandor nur kurz zunickte, ich kann Ihnen gar nicht sagen, wie glücklich ich bin, Sie so schnell hier zu sehen, denn ich zweifle nicht, dass allein Ihre Anwesenheit ...

Doch Juve hörte nicht immer gern Komplimente! ...

Er kam den schmeichelhaften Reden zuvor, die der Direktor des Casinos sicherlich schon auf der Zunge hatte.

– Sie zweifeln nicht, Herr Direktor? Aber ich habe meine Zweifel! ... Gibt es etwas Neues in der Mordaffäre dieses Norbert du Rand, seitdem Sie der Kripo telegraphiert haben? ...

– Nein, Monsieur Juve; nichts Neues ... es sei denn ... nun ja ...

– Sie haben natürlich Ihr Personal verhört?

– Hm, ja! ... Nein! ...

– Wieso? Ja ... Nein? ... Haben Sie etwa nicht alle Croupiers verhört? ... Haben Sie nicht alle Fahrgäste ausfindig machen lassen, die mit dem Ermordeten im selben Zug gefahren sind? ... Haben Sie den Zugführer und den Bahnhofsvorsteher etwa nicht ausgefragt? ... Ja, worauf warten Sie denn, Herr Direktor? Das müsste doch alles längst erledigt sein! ...

Juve war empört!

Er fand die Haltung des Direktors des Spielcasinos von Monaco einfach unverantwortlich.

– Na! Na! ... bremste ihn der Direktor vorsichtig, Sie gehen zu schnell vor, Monsieur Juve ... Bedenken Sie doch, wenn es einen Skandal gäbe! Soweit wird es doch wohl nicht kommen? Bloss keinen Skandal!

– Auch nicht, wenn jemand ermordet wurde?

– Erst recht nicht, wenn jemand ermordet wurde! ...

Darauf fand Juve zunächst keine Worte ...

Wie oft hatte er im Laufe seiner Karriere erlebt, dass Leute den Gang der Gerichtsuntersuchungen erschwerten, weil ihnen daran lag, kriminelle Vorgänge zu vertuschen, so dass ihn eigentlich nichts mehr wunderte und er sich gar nicht erst die Mühe machte, zu protestieren, sondern sich in solchen Fällen damit begnügte, seine Pflicht zu tun, ganz gleich, was für Bitten an ihn herangetragen wurden ...

Es hätte auch wenig genützt zu protestieren, denn der Direktor schien entschlossen, nach eigenem Gutdünken zu handeln.

– Monsieur Juve, erklärte er sogleich, wir haben natürlich das grösste Interesse daran, den Namen des Mörders zu erfahren, aber noch viel grösseres Interesse, dass der Mord möglichst schnell vergessen wird ... Das erklärt unser Verhalten!

Juve, dem Fandor unauffällig, aber verständnisinnig zulächelte, stimmte zu ...

– Gewiss! Gewiss! ... Ich verstehe.

Der Direktor fuhr fort:

– Aber Sie, Monsieur Juve, haben Sie nicht irgendeinen Verdacht an Hand der Informationen, die Sie bekommen haben und der Polizeiberichte, die hier gemacht wurden? Gibt es niemanden, den Sie besonders verdächtigen?

– Hm! hm!

Bei der mangelnden Hilfsbereitschaft von Monsieur de Vaugreland, die so offenkundig war, hielt Juve es für besser, sich zurück zu halten ...

Es war allerdings wichtig, etwas mehr über den rätselhaften Tod des armen du Rand zu erfahren ...

Juve liess es sich daher nicht nehmen, den Mann, den er da vor sich hatte, nach Strich und Faden auszufragen ...

Doch alle Mühe war vergebens ...

Kein Mensch wusste auch nur ein klein wenig mehr als das, was in den Polizeiberichten stand ...

– Das heisst also, erklärte Juve, als der Direktor nach einem langen, kunstvollen Satz von selbst innehielt, das heisst also, dass beim derzeitigen Stand der Untersuchung nur eins mit Sicherheit feststeht, nämlich dass Norbert du Rand ermordet und zudem noch ausgeraubt wurde? ... Mehr ist nicht bekannt?

– Nein, mehr nicht ...

– Er hatte doch noch seine beiden Hände?

– Wieso, seine beiden Hände? ...

Juve wollte Monsieur de Vaugreland gerade erzählen, was ihm und Fandor zugestossen war und dass sie bei Arles auf den Schienen die Hand eines Toten gefunden hatten, als im Arbeitszimmer des Direktors etwas ganz Unerwartetes vor sich ging!

Schuld daran war Fandor! ...

Fandor hatte bis zu dieser Minute alles getan, um dem Beamten, der Juve Auskunft gab, nicht durch irgendein Wort oder eine unbedachte Geste aufzufallen.

Der Polizist hatte ihn als seinen 'Sekretär' in das Direktorenzimmer eingeschleust, und es war daher ratsam, wenigstens den Schein zu wahren und sich nicht in die Untersuchung einzumischen, der er nur als unbedeutender Skribifax beiwohnte.

Doch da war Fandor auf einmal aufgesprungen und hatte Juve mitten in einem schönen Satz unterbrochen:
– Still, Juve! Kein Wort! ...
Juve, der über die plötzlich veränderte Haltung seines Freundes bass erstaunt war, wandte gerade den Kopf nach ihm, als Fandor schon wieder etwas Unbegreifliches anstellte ...
Der Journalist schlich auf Zehenspitzen durchs Direktorenzimmer, und ohne die verdutzten Gesichter der anderen zu beachten, stahl er sich lautlos bis an die Eingangstür heran.
Doch das Gebaren des Journalisten war so ungewöhnlich, dass Juve ganz vergass, seinen angeblichen Sekretär zu siezen, als er ihn leise anranzte:
– Was fällt dir denn ein? Bist du verrückt?
War Fandor wirklich verrückt geworden? ...
Schon sprang der Journalist mit einem wütenden Satz zur Tür, packte den Türknopf, drehte ihn hin und her und rüttelte mit aller Kraft daran! ...
– Abgeschlossen! brüllte er! Das habe ich doch gehört! Verdammt nochmal! Abgeschlossen! Die Tür ist abgeschlossen!
Im selben Moment fragten Juve und der Direktor wie aus einem Munde:
– Was haben Sie denn? Was geht hier vor?
Es bestand wenig Aussicht auf eine Antwort ...
Fandor hatte den Türknopf losgelassen und fluchte in blinder Wut, doch blitzschnell hatte er kombiniert:
– Wenn die Tür zu ist, rief er, als spräche er zu sich selbst, steigt man ...

Mehr war nicht zu verstehen, denn es folgte ein ohrenbetäubender Lärm.
Fandor hatte noch einmal das ganze Zimmer durchquert und im Vorübergehen einen Tisch mit kostbaren Nippes umgestossen, die in tausend Stücke auseinander flogen; jetzt sprang er zum Fenster, riss es auf, beugte sich vor und stieg schliesslich über die schützende Querstange nach draussen. Der Journalist musste völlig von Sinnen sein, denn er gab keine Antwort, als Juve

ganz verwirrt ein übers andere Mal aus vollem Halse rief:
— Fandor! Fandor! Wohin gehst du? Himmel, Donnerwetter! Pass auf! Fandor! Fandor!
Doch Fandor war schon weit ...

8. Ein Ausflug aufs Meer

— Mein Gott, ist das hoch! ... Mir wird schon ganz anders ... aber Schwindelgefühle kann ich mir nicht leisten ... gut zwei Stockwerke ... und was für welche! An Raum fehlt es hier nicht, das sind keine Wohnungen für Plattfische oder Winzlinge hier am Mittelmeer ... Was für hohe Decken ... Na, ich bin schon halb unten, wenn's so weitergeht, komm ich heil an ... Au ... au ... Schon hatte was geknackt!
— Lieber Himmel! da mach' ich was kaputt ... das sind die Spaliere für die Kletterpflanzen, die brechen wie Streichhölzer ... das krieg ich bestimmt auf die Rechnung gesetzt ... aber die können lange warten ... ausserdem hat das Casino mehr Geld als ich ... Wie kann man auch nur so dünne Sprossen anbringen, die tragen ja nicht mal einen Schmetterling oder eine Wicke ... Uff, da bin ich ... Mist, ist die Erde hart, ein Federbett oder ein Strohballen hätte nicht geschadet ... schöne Bescherung, fast hätt' ich mir den Fuss verknackst ... na, jetzt bin ich unten und, was viel wichtiger ist, ich hab sie runterkommen sehn ... Jetzt aber schnell ... da drüben läuft sie ja ... Donnerwetter, das ist doch der rosa Rock, den ich vorhin durchs Schlüsselloch des Büros da oben gesehen habe ...

Das alles ging Jérôme Fandor durch den Kopf, der sich gerade aus einer höchst gefährlichen Lage befreit hatte, doch es zeigte sich wieder mal, dass der Journalist gerade in den schwierigsten Lebenslagen eine unerschütterliche Ruhe bewies.

Ein paar Sekunden früher war Fandor, ohne jemandem etwas zu sagen und ohne dass Juve, geschweige denn der Casinodirektor begriffen warum, auf einmal durch das Direktorenzimmer zum offenen Fenster gelaufen und hatte sich über die Brüstung geschwungen auf die Gefahr hin, sich alle Knochen zu brechen.

Zum Glück hatte er sich alles genau überlegt: er wusste, dass er sich an den Vorsprüngen und Mauerverzierungen sowie am Spalier für die Kletterpflanzen ohne allzu grosses Risiko herunterhangeln konnte bis auf die Erde.

Und das hatte er auch getan.

Jetzt versuchte er, möglichst schnell aus dem Beet, in das er gesprungen war, heraus zu kommen und sich klar zu werden, was eigentlich genau passiert war.

Als Fandor noch oben, auf ein verdächtiges Geräusch hin, durchs Schlüsselloch geguckt hatte, hatte vor der Tür jemand gestanden, der gerade den Schlüssel umgedreht und sie im Direktorenzimmer eingeschlossen hatte. Es war nur ein blitzartiger Eindruck gewesen, aber Jérôme Fandor hatte bemerkt, dass die Gestalt – eine weibliche Gestalt – in Windeseile auf das Ende der Galerie zulief, von der eine Aussentreppe in den Garten hinunterführte.

Fandor hatte das alles so stutzig gemacht, dass er verständlicherweise auf Biegen oder Brechen herausbekommen wollte, wer die Tür abgeschlossen hatte. Da er sicher war, dass die betreffende Person die Aussentreppe benutzen würde, entschloss er sich rasch, ihm – oder ihr – zuvorzukommen und, indem er durchs Fenster kletterte, schon vorher unten an der Treppe zu sein.

Er hatte seinen Plan prompt ausgeführt, war aber doch nicht schnell genug, um die betreffende Person einzuholen.

Er merkte es gerade und fluchte vor sich hin, denn an der Ecke einer Allee verschwand tatsächlich der rosa Rock, den er vor ein paar Minuten zum erstenmal entdeckt hatte.

Fandor überlegte nicht lange.

Ungeachtet der Aufmachung, in der er sich befand, der Risse in seinem Anzug und dem Gipsstaub auf seinen Schultern, jagte er sofort hinter ihr her.

Bei seinen Turnkunststücken war ihm auch sein Hut abhanden gekommen, aber das kümmerte ihn wenig.

Er hatte eine interessante Spur entdeckt, die er auf keinen Fall wieder verlieren durfte.

Aber das war gar nicht so einfach. Es war etwa halb vier Uhr, und es wimmelte von Leuten, die in den Alleen der hübschen Gartenanlagen zwischen dem Casino und der Seeterrasse spazierengingen. Alle paar Schritte musste Fandor stehenbleiben, einen Umweg einschlagen, wieder haltmachen und abermals versuchen, sich zwischen den Grüppchen hindurchzuschlängeln; manchmal kam ihm eine wacklige alte Dame oder ein beleibter Herr in die Quere, sodass er ungeduldig mit dem Fuss aufstampfte, weil er nicht vorbei konnte. Doch die Person, die er verfolgte, gewann immer mehr Vorsprung.

Allerdings hatte auch sie Schwierigkeiten, in der Menge voranzukommen, so schnell sie auch zu flüchten versuchte, denn daran bestand kein Zweifel: die geheimnisvolle Gestalt war auf der Flucht!

Nach ein paar Minuten, in denen Fandor immer noch der Flüchtenden nachstellte, gelangte er in eine schattige, leere Allee und war von nun an sicher, dass er, wenn er flott weiterliefe, die Fliehende bald eingeholt haben würde, die zweifellos durch ihren modischen Humpelrock behindert war.

– Himmel, Donnerwetter! fluchte Fandor, ich will wissen, wer sie ist und warum, zum Teufel, sie uns eingeschlossen hat!

Aber im selben Moment schrie Fandor, der mit gesenktem Kopf lief, vor Schmerz laut auf! Er war gegen etwas Hartes, Unnachgiebiges gerannt. Der Journalist geriet ins Schwanken und wäre fast hintenüber gefallen, als ihn jemand anknurrte.

Anstatt sich zu entschuldigen, fauchte Fandor vorwurfsvoll:

– Sie Idiot! ... Können Sie denn nicht aufpassen!

Der Journalist sah vor sich den Mann, gegen den er angelaufen war. Es war ein stämmiger, breitschultriger Kerl mit dichtem Bart, hellen Augen und pechschwarzem Haar.

– Der Idiot sind Sie! erwiderte der Unbekannte verärgert über den Zusammenprall ...

Fandor hatte keine Zeit zu verlieren und versuchte, rechts an dem lästigen Spaziergänger vorbeizukommen ... doch der erzürnte Mann packte ihn am Arm:

– Moment mal, mein Herr! ...

Fandor versuchte vergeblich, sich zu befreien:

– Sie Idiot! fluchte er wütend, Sie Vollidiot! Lassen Sie mich los! ... Sie sehen doch, dass ich hinter jemandem her bin! ...

– Es ist mir egal, erwiderte der andere, Sie sind ein Grobian! So kommen Sie mir nicht davon! Ich fordere Sie zum Duell!

– Wie es Ihnen beliebt! antwortete der Journalist. Mein Name ist Jérôme Fandor, und ich wohne im Hotel ...

Doch da verschlug es Fandor fast die Sprache, denn der Mann, der ihn behinderte, hatte auch seinen Namen genannt, und Fandor konnte ihn nur ganz verdutzt, mit grossen Augen ansehen. Der Mann hatte tatsächlich gesagt:

– Ich bin Kommandant Iwan Iwanowitsch! ...

Fandor stand immer noch wie angewurzelt.

– Nein sowas! sagte er, Sie sind das! ... Nein wirklich! ... Das ist kaum zu glauben ... aber egal, wir sehen uns nachher wieder, jetzt muss ich weg!

Der Journalist, der immer noch am Ärmel festgehalten wurde, versetzte dem Offizier einen Schlag mit der Faust, um freizukommen, doch der Russe verzog keine Miene. Er fragte vielmehr unnachgiebig:

– Wie kommen Sie dazu, diesem jungen Mädchen nachzustellen?

– Diesem jungen Mädchen, erwiderte Fandor, welchem jungen Mädchen? ...

– Herrje, Mademoiselle Denise natürlich ...

Fandor kam aus dem Staunen nicht heraus:

– Ach so! ... Na schön! ... rief er, die junge Dame ... in dem rosa Rock da hinten ... ist Mademoiselle Denise?

– Ja, freilich, das wissen Sie doch, nehme ich an, konterte der Offizier, wo Sie doch wie ein Besessener hinter ihr her sind? ...

– Himmel, Donnerwetter, wollen Sie mich wohl loslassen? brüllte Fandor ausser sich vor Wut ...

Der Journalist trampelte vor Ungeduld.

Trotz der heiklen, unbegreiflichen Situation, in der er sich befand, überschlugen sich die Gedanken in seinem Kopf. Die Umstände kamen ihm zugute, das war sicher, denn in kürzester Zeit hatte er zwei wichtige Personen kennengelernt:

Erstens, den russischen Offizier, diesen Iwan Iwanowitsch, dessen sonderbares Verhalten bei allem, was in Monaco vorging, Fandors Abreise von Paris verursacht hatte; sodann das geheimnisvolle junge Mädchen, das ihn ein paar Minuten vorher im Arbeitszimmer von Monsieur de Vaugreland, zusammen mit Juve, eingeschlossen hatte.

Der Journalist, der nun Bescheid wusste, hatte es nicht mehr so eilig, hinter dem jungen Mädchen herzulaufen. Er kannte den Namen der Geflüchteten und würde sie leicht ausfindig machen können ...

Fandor gab es also auf, die rätselhafte Person noch weiter zu verfolgen, war jedoch höchst erzürnt über den russischen Offizier, der ihn nicht nur aufgehalten, sondern auch besonders hart angepackt hatte.

– Zum Henker! dachte Fandor bei sich, ich darf mich von diesem Muschik nicht gängeln lassen, und wenn er mehr Kräfte hat, muss ich mehr Grips zeigen ... Nur Mut!

Der Russe hielt den guten Fandor immer noch beim Schlafittchen, und Fandor, aus Revanche, packte den Offizier am Revers.

– Gestatten Sie, sagte er in bestimmtem Ton, Monsieur Iwan Iwanowitsch, es ist mir ein lebhaftes Bedürfnis, ein Wörtchen mit Ihnen zu reden, und zwar sofort ...

– Und wo? fragte der Offizier ...

– Bei der Polizei! erwiderte Fandor ...

– Gut denn! erklärte der Russe bereitwillig und zeigte dabei ein sonderbares Lächeln ...

Dann fügte er hinzu:

– Auf diese Weise lassen Sie vielleicht Mademoiselle Denise in Ruhe!

– Sieh da, dachte Fandor, daran scheint ihm viel gelegen zu sein ...

Und er sagte laut:

– Mademoiselle Denise treffe ich später, ich weiss ja, wo sie zu finden ist! Gehen wir ...

Als er jedoch seine Absicht verwirklichen wollte, geriet er in Verlegenheit, denn er wusste überhaupt nicht, wo das Polizeikommissariat war, zu dem er den Offizier führen wollte.

Der Russe hatte indessen kehrtgemacht und schlug mit Fandor einen schmalen Weg ein.

– Ich lass' mich führen, dachte Fandor bei sich, vielleicht weiss der Russe sogar den richtigen Weg!

Sie hielten einander fest, und gingen so ein paar Schritte durch eine menschenleere Allee, die auf einmal steil zum Ufer hinabführte.

– Wir gehen ja ans Wasser, dachte Fandor ... merkwürdig, ich hätte nie gedacht, dass in Monaco das Kommissariat am Hafen liegt ...

Er blickte um sich und dachte bei sich:

– Ich sehe nur Badekabinen!

Plötzlich bogen sie um einen Felsen und standen direkt am Wasser.

Der Pfad, dem sie gefolgt waren, endete hier abrupt.

Fandor war so überrascht, dass er stolperte und bestimmt ins Wasser gefallen wäre, wenn nicht ein Boot dort gelegen hätte.

Der Russe gab ihm sogar noch einen Stoss, und so fiel er einem halben

Dutzend Matrosen in die Arme, Marinesoldaten vermutlich, wie man an ihrer Uniform sah ...

Der Journalist war so verblüfft, dass er gar keine Zeit hatte, auch nur ein Wort zu sagen.

Er hörte jedoch den Offizier folgenden Befehl geben:

– Dieser Herr möchte unbedingt einen Ausflug aufs Meer hinaus machen. Nehmt ihn mit! Er möchte volle sechs Stunden auf See bleiben, danach bringt ihn hierher zurück ... Kommt auf keinen Fall früher!

Ein Maat, den man an seinen Offiziersstreifen erkannte, antwortete dem Kommandanten in einer Sprache, die Fandor nicht verstand.

Dann begann die Besatzung zu rudern, und das hübsche Boot entfernte sich immer mehr vom Ufer.

– Na sowas! fluchte Fandor, der langsam seine Fassung wiedergewann. Was denen wohl einfällt!

Er bekam eine solche Wut, dass er drauf und dran war, ins Wasser zu springen und ans Ufer zu schwimmen.

Doch sofort wurde er fest angepackt.

Vier stämmige Kerle zwangen ihn mit Gewalt, sich auf eine Bank zu setzen und hinderten ihn an jeder weiteren Bewegung.

Fandor war ihnen hilflos ausgeliefert und musste mit ansehen, wie die Küste von Sekunde zu Sekunde in grösserer Ferne zurückblieb.

– Na, dachte der Journalist resigniert, sowas erlebt man nicht alle Tage ... aber da die andern stärker sind, muss ich nachgeben ... nur Geduld! Ich hab anscheinend sechs Stunden vor mir ... vorausgesetzt, dass diese Schufte mich nicht auf hoher See über Bord werfen ... Wenn ich nur wüsste, was hinter alledem steckt?

Vielleicht hätte Fandor es bald erfahren, wenn er statt des Zwangsaufenthalts in gesunder Mittelmeerluft an Bord eines russischen Ruderboots, an Land geblieben wäre und gesehen hätte, wie der Offizier, nachdem er die lästige Person los war, ganz gemächlich den schmalen Pfad um den Felsen herum wieder hinaufstieg.

Iwan Iwanowitsch war bedrückt.

Bedauerte er seinen Gewaltstreich, oder verfolgte er ein bestimmtes Ziel?

Gehorchte er einem Befehl oder handelte er aus eigenem Antrieb?

Iwan Iwanowitsch lief fast eine Stunde in den Anlagen des Casinos umher.

Nach einem kurzen Abstecher in die Stadt begab er sich langsam ins Villenviertel, genauer gesagt, in die Rue des Rosiers, in der nicht nur die bekannte spanische Tänzerin Conchita Conchas wohnte, sondern wo sich auch die Familienpension des Ehepaares Heberlauf befand, in der Mademoiselle Denise zu Gast war.

Der Offizier läutete bei den Heberlaufs, und ein Dienstbote öffnete:

– Ist Mademoiselle Denise schon zurück? fragte der Kommandant.

– Ich weiss es nicht, erwiderte der Hausdiener. Wollen der Herr so freundlich sein und einen Augenblick warten? ...

– Der Russe willigte ein, lehnte es aber ab, in den Salon zu gehen, sondern blieb lieber im Garten, wo seine rätselhafte junge Freundin ihm ein paar Tage zuvor bittere Vorwürfe wegen seiner Spielverluste gemacht hatte.

An diesem Nachmittag war kein Tennis, und die daneben liegende Laube war menschenleer.

Aus dem Heberlaufschen Haus, in dem es gewöhnlich recht lebhaft zuging, drang kein Laut.

Nach ein paar Minuten kam der Hausdiener und sagte zu dem Offizier:

– Darf ich den Herrn bitten, mir zu folgen. Mademoiselle Denise ist bereit, Sie zu empfangen ...

Der Offizier stieg mit klopfendem Herzen rasch hinter dem Diener zur zweiten Etage hinauf, wo er in einen kleinen Salon geführt wurde.

Mademoiselle Denise sass in einer Bergère.

Das Gesicht des jungen Mädchens schien bei weitem nicht so gelassen wie gewöhnlich.

Sie hatte offensichtlich eine grosse Aufregung hinter sich und stand noch ganz unter dem Eindruck einer starken Erschütterung. Sie versuchte vergeblich, ihre hochroten Wangen durch eifriges Fächeln zu kühlen, und obwohl sie ein paarmal tief Luft holte, sah man, dass sie noch ganz ausser Atem war und ihre zarte Brust sich heftig bewegte. Ohne die Begrüssung des Russen zu erwidern, wies sie ihm kurz mit der Hand einen Platz an und fragte brüsk:

– Was wollen Sie? ...

Dann schwieg sie wieder, doch ihre Augen verrieten eine geheime Angst.

Wie zur Einleitung stotterte Iwan Iwanowitsch ein paar Entschuldigungen und machte sich Vorwürfe, dass er seine Freundin in ihrer Ruhe störte.

Doch es gelang ihm nicht, noch länger über ihre sichtbare Nervosität hinwegzusehen, und er fragte unverblümt:

– Was haben Sie denn, Mademoiselle Denise, Sie wirken so erregt ... Ist Ihnen etwas zugestossen? ...

Denise errötete bis zu den Haarwurzeln; es dauerte einen Moment, bis sie, als wollte sie etwas verschweigen, mit grosser Verlegenheit antwortete:

– Ja, ich stehe noch ganz unter dem Eindruck ... einer Auseinandersetzung ... wegen ... der Tänzerin, die gegenüber wohnt ... ja, wegen dieser Conchita Conchas ... Es fielen ein paar heftige Worte zwischen den Eheleuten Heberlauf ... und da ich beide sehr gern habe, hat mich ihr Streit überrascht ... ja, erschüttert ... verstehen Sie ... Ich bin noch ganz aufgeregt ...

Je weiter sie sprach, desto unsicherer wurde sie!

Obwohl Iwan Iwanowitsch nicht besonders scharfsinnig war, merkte er doch, dass sie nicht die Wahrheit sprach, war aber viel zu schüchtern, um eine ehrliche Antwort, ein offenes Geständnis von ihr zu verlangen.

Das junge Mädchen wollte nicht mit der Sprache heraus ... na schön, dann würde er eben reden ...

– Mademoiselle Denise, sagte er, ich verstehe Sie nicht. Ich weiss wohl, dass seit ein paar Tagen allerlei Merkwürdiges ... höchst Merkwürdiges sogar passiert; wir scheinen beide in etwas verwickelt zu sein, ohne zu wissen, wieso und warum ... Leider gibt es in meinem Leben seit ein paar Tagen ein Geheimnis, ein grosses Geheimnis, das ich nicht verraten darf, aber das Sie angeht ... demnächst, in ein paar Tagen, ja, schon in ein paar Stunden werde ich von meinem Versprechen befreit sein, denn ich will es nicht länger mit mir herumtragen, das habe ich mir geschworen ...

Da das junge Mädchen offenbar ungerührt zuhörte und Iwan Iwanowitsch es kaum noch erwarten konnte, ihr seinen Seelenzustand zu offenbaren, erklärte er vielsagend:

– Wenn Sie unbedingt wollen, könnte ich Ihnen vielleicht schon jetzt sagen ...

Doch da war Denise schon aufgesprungen und stand zitternd vor ihm; sie streckte den Arm aus und rief mit abgewandtem Kopf:

– Nein! Nein! Ich will Ihr Geheimnis nicht wissen! Iwan Iwanowitsch, Sie haben Ihr Ehrenwort gegeben, halten Sie es bis zum Schluss!

Der Offizier musste einsehen, dass das junge Mädchen recht hatte, und senkte beschämt den Kopf. Doch kurz darauf begann er von neuem:

– Mademoiselle Denise, ich habe Ihnen noch etwas anderes zu sagen, und darüber muss ich sprechen ... ich darf es tun, dem steht nichts im Wege ...

— Worum geht es denn? fragte Denise zitternd ...

— Da ist jemand, sagte Iwan Iwanowitsch halblaut, als ob er fürchtete, dass man ihn hörte, da ist jemand, der etwas gegen Sie im Schilde führt ... der Sie verfolgt ... Sie waren doch vor ungefähr zwei Stunden in den Anlagen des Casinos, nicht wahr? ... Sie trugen ein rosa Kleid ... Sie haben sich inzwischen umgezogen ... aber vorhin am Casino wollten Sie vor etwas davonlaufen, stimmt's? ...

— Ja, das stimmt! musste das junge Mädchen zugeben ...

Iwan Iwanowitsch fuhr fort:

— Es war also ein Mann hinter Ihnen her ... Was er vorhatte, weiss ich nicht, aber ich dachte, Sie wollten ihm nicht begegnen; Sie hatten bemerkt, dass er hinter Ihnen her war und liefen davon ...

— Na und? forschte Denise und trat so nahe an den Offizier heran, dass ihre Schultern beinahe die seinen berührten ...

— Na und? erwiderte Iwan. Ich habe ihn daran gehindert ... Ich habe ihn weit fortgeschickt ... hinaus aufs Meer ...

— Oh mein Gott! rief das junge Mädchen, das die wachsende Erregung nicht länger unterdrücken konnte ... Iwan Iwanowitsch, was haben Sie getan? ...

Der Russe lächelte gutmütig:

— Nichts Böses, Mademoiselle. Ich habe ihn meinen Matrosen übergeben, die ihn zur Zeit in einem Boot spazieren fahren und Anweisung haben, ihn nicht vor zehn Uhr heute abend wieder an Land zu bringen. Ich dachte, dass ich Sie unterdessen davon benachrichtigen könnte, damit Sie selbst darüber entscheiden, was geschehen soll ...

Das junge Mädchen atmete erleichtert auf und schaute den Riesenkerl ganz gerührt an.

— Warum tun Sie das alles für mich? fragte sie ... Warum interessieren Sie sich so für meine unbedeutende Person, Monsieur Iwanowitsch? ...

Doch da merkte die junge Dame schon, dass sie etwas Unvorsichtiges gesagt hatte; sie biss sich auf die Lippen und legte mit gespielter Spontaneität dem Offizier ihre Hand auf den Mund, doch dieser sprach schon aus, was ihn so bewegte:

— Ich tue es, weil ich Sie liebe!

Denise kam gleich mit einer anderen Frage:

— Wie heisst der Mann, vor dessen Verfolgung Sie mich bewahrt haben?

Der Offizier besann sich einen Moment und schaute Denise dann offen in die Augen, um zu sehen, welche Wirkung der Name auf sie haben würde, den er sogleich aussprach:

– Der Mann sagte, er heisse ... Jérôme Fandor! ...

Freilich war der Name des Journalisten, der in vielen Kreisen bekannt war, für den russischen Offizier kein Begriff, aber er dachte, dass er Denise vielleicht etwas bedeutete.

Ob er sich täuschte oder ob die geheimnisvolle junge Dame es glänzend verstand, sich zu verstellen, jedenfalls verzog sie beim Namen Jérôme Fandor keine Miene.

Sie setzte sich wieder an ihren gewohnten Platz, gab sich unbekümmert und charmant und liess sich von dem Offizier bewundern, der vor ihr stand, aber kein Wort hervorbrachte oder irgendeine Geste machte.

So vergingen ein paar Minuten.

– Iwan Iwanowitsch? sagte Denise schliesslich sanft ...

– Ich stehe zu Ihren Diensten, Verehrteste, erwiderte der Offizier ...

– Iwan Iwanowitsch, fuhr sie fort, ich möchte Sie um einen Gefallen bitten ... einen grossen Gefallen, an dem mir sehr viel gelegen ist, verstehen Sie?

Der Offizier verbeugte sich ernst und wiederholte nur:

– Ich stehe zu Ihren Diensten!

– Iwan Iwanowitsch, sagte das junge Mädchen so klar wie möglich, obgleich ihre Stimme ein wenig zitterte, ich bitte Sie, Monsieur Jérôme Fandor heute abend zu mir zu bringen ... Wann kommt er wieder an Land? ...

– Um punkt zehn Uhr, Mademoiselle. Wir können um viertel nach zehn Uhr hier sein. Ich bringe ihn her, ob er will oder nicht, notfalls mit Gewalt ...

Denise konnte ein Lächeln nicht unterdrücken:

– Ich bin sicher, Iwan Iwanowitsch, dass es keiner Gewalt bedarf ... Sagen Sie ihm nur ... Sagen Sie ihm, dass Mademoiselle Denise ihn sprechen möchte!

9. Ein Rätsel

Während Fandor schon durch die Anlagen des Casinos von Monte Carlo rannte, stand Juve noch allein mit Monsieur de Vaugreland im Direktorenzimmer ...

Beide waren gleichermassen überrascht und fanden keine Worte.

Und das war kein Wunder!

Was hatte Jérôme Fandor nur veranlasst, zuerst Ruhe zu fordern, dann an die Tür zu stürzen und schliesslich unvermittelt aus dem Fenster zu steigen?

Warum war die Tür verschlossen?

Warum hatte Fandor mit keinem Wort auf die Fragen seines Freundes geantwortet? ...

Juve stand noch einen Moment mitten im Zimmer und wagte nicht recht, sich zu rühren.

Doch bald ging sein Temperament wieder mit ihm durch. Ihm wurde klar, dass er etwas unternehmen musste, er durfte nicht länger im Ungewissen bleiben, musste hinter Fandor her und sehen, wie es um ihn stand, was er machte und ob er Hilfe brauchte ...

— Himmel! Sakra! fluchte Juve und sprang schon, wie Fandor, zur Tür ... doch er bekam sie ebenso wenig auf wie der Journalist. Die Tür war fest verschlossen. Bestimmt hatte jemand von aussen den Schlüssel umgedreht ...

— Himmel, Donnerwetter! ...

Juve eilte durchs Zimmer und wollte nun, wie Fandor, durchs Fenster steigen. Doch als der Polizist an Monsieur de Vaugrelands Schreibtisch vorbeikam, fuhr der Direktor aus seiner Betäubung auf, in die das unverständliche Verhalten des Journalisten ihn gestürzt hatte ...

Nun verlor er den Kopf und fluchte drauflos ...

— Zum Teufel nochmal, was ist denn los? Was haben Sie beide nur? ...

Als er sah, dass Juve zum Fenster lief, fürchtete er mit Recht, dass der Polizist ebenso verschwinden würde, wie Fandor verschwunden war, ohne ein Wort der Erklärung, und schon wollte er vorspringen und Juve am Arm packen, um seine Flucht zu verhindern.

Er stand noch hinter seinem Schreibtisch und musste sich vorbeugen, um Juve zu schnappen, bekam aber nur einen seiner Rockschösse zu fassen ...

Wenn Juve es auch eilig hatte, zu Fandor zu kommen, so behielt er doch die Ruhe und seinen klaren Verstand ...

– Wenn Fandor auf so ungewöhnliche Weise verschwunden ist, dachte Juve in diesem Moment, so nicht ohne Grund ... ohne schwerwiegenden Grund: er muss Gefahr gewittert haben. Also aufgepasst! ...

Und kaum dass der Casino-Direktor ihn am Jackett gepackt hatte, da zog Juve auch schon seinen Revolver, vorsichtshalber ...

Mitanzusehen, wie auf einmal in seinem Arbeitszimmer ein Mann durchs Fenster verschwand, der sich als Sekretär des Polizisten ausgegeben hatte, und dann zu erleben, wie auch dieser Polizist wie ein Verrückter zuerst zu der fest verschlossenen Tür und dann zum offenen Fenster rannte, und – während er selbst versuchte, ihn im Vorbeigehen festzuhalten, – schon seinen Revolver zückte ... das war auch für den gleichmütigsten aller Menschen zuviel! ...

Kaum hatte Juve seinen Revolver in der Hand, als Monsieur de Vaugreland sich vor Schreck zurückwarf und blitzschnell eine Schublade seines Schreibtisches aufzog, in der er vorsichtshalber immer seinen eigenen Revolver in Reichweite aufbewahrte ...

Juve brüllte unterdessen:

– Lassen Sie mich los! Lassen Sie mich los! ...

Das alles passierte rasend schnell und dauerte kaum länger als eine Sekunde ...

Aber Juve hatte kaum Zeit, seinen Rockschoss aus den Händen des Direktors zu befreien und zum Fenster zu eilen, als er, anstatt hinaus zu steigen, stehen blieb, sich zum Direktor umdrehte und nun seinerseits mit tonloser Stimme fragte:

– Nanu? Was ist denn nun schon wieder? So antworten Sie doch! ... Herrgott nochmal!

Juve geriet abermals in Wut, weil er bei seinem Klettervorhaben durch einen Schrei aus Monsieur de Vaugrelands Mund unterbrochen worden war; es war nicht nur ein Schrei, sondern ein Gebrüll, ein grauenhaftes Gebrüll, das nur ein Mann ausstossen kann, der zu Tode erschrocken ist ...

Der Direktor des Casinos sass in einer merkwürdigen Haltung da ...

Er hatte sich gegen die Wand zurückgeworfen, beide Hände nach vorn gestreckt und stiess immer wieder mit leichenblasser Miene hervor:

– Da! Da! Oh mein Gott! mein Gott! Sehen Sie nur! Das ist ja unerhört!

Juve wollte dem Gejammer schnell ein Ende machen ...
Er sah nichts, nichts anderes als den Direktor, der vor einer seiner Schreibtischschubladen sass und darin anscheinend etwas Ungewöhnliches entdeckt hatte ...
– Himmel, Kreuz, Donnerwetter! Was haben Sie denn? Was sehen Sie denn da? Was ist denn schon wieder? ...
Leider konnte der Direktor keine Antwort geben ...
Er lehnte wie ein Häufchen Elend an der Wand, die Knie waren unter dem schweren Körper eingeknickt, und es sah aus, als würde er jeden Moment in Ohnmacht fallen, als hätte er keine Willenskraft, ja überhaupt keine Kraft mehr ...
Die Minuten vergingen, es musste dringend etwas geschehen ...
Da er einsah, dass Monsieur de Vaugreland nicht imstande war, ihm eine Auskunft zu geben, eilte er achselzuckend zum Schreibtisch, den der Direktor immer noch anstarrte ...
Juve war wütend, dass der gute Mann sich so gehen liess, und begann zu schimpfen.
– Was ist denn? Was soll das ...
Doch weiter kam er nicht ...
Er wurde nun selber leichenblass und wusste sich keinen Rat mehr! ...
Er hatte nämlich auf den ersten Blick gesehen, was Monsieur de Vaugreland so entsetzte!
Als dieser nach seinem Revolver greifen wollte, weil er glaubte, sich Juve gegenüber verteidigen zu müssen, hatte Monsieur de Vaugreland die oberste Schublade seines Schreibtisches aufgezogen ...
Er bewahrte darin neben seiner Waffe auch das Schreibpapier auf, das er gewöhnlich für Dienstanweisungen innerhalb der Verwaltung benutzte ...
Nun musste Juve auf dem Stoss weissen Papiers, das den schrecklichen Anblick noch verstärkte, eine Menschenhand entdecken, eine abgehackte Hand, deren blaurotes Fleisch und deren verkrampfte, halb verdörrte Finger wirklich zum Gruseln waren! ...
Wie war die Hand hierher gekommen?
Wer hatte sich den schlechten Spass erlaubt und das schauerliche Stück in die Lade des Direktorenschreibtisches geschmuggelt?
Was hatte der schreckliche Fund zu bedeuten?
Welche Drohung steckte dahinter?

Was wollten die Finger, die Totenfinger mit ihrer unvollendeten Geste andeuten? Sollten sie ein Hinweis auf ein bevorstehendes Unglück sein? ...

Als Juve die Hand sah, war er zunächst ganz still geworden, hatte seinen eigenen Schrecken aber schnell überwunden und zwang sich nun, scharf nachzudenken und logisch vorzugehen: Während Monsieur de Vaugreland noch kraftlos im Sessel sass, beugte Juve sich trotz aller innerer Erregung über die Schublade und sah sich erst einmal die Totenhand genauer an ...

— Es ist eine linke Hand! rief er ... Und auf den Schienen bei Arles haben Fandor und ich eine rechte Hand gefunden! ... Kann man annehmen, dass sie von derselben Leiche stammt? Er richtete sich wieder auf ...

Schon war er wieder die Ruhe selbst, denn es kam ihm auf einmal ein Verdacht ...

Er trat von dem Möbel zurück, wo er die schaurige Entdeckung gemacht hatte, und wandte sich an den Direktor.

— Monsieur de Vaugreland, sagte er mit scharfer, gebieterischer Stimme, dieser Fund wird unsere Untersuchung nicht wenig erschweren! ... Ich sagte Ihnen vorhin schon, dass mein Sekretär und ich in dem Zug, in dem wir uns befanden, nach einem unerwarteten Zwischenfall eine Totenhand gefunden haben ... Heute finde ich in Ihrem persönlichen Schreibtisch wieder eine solche Hand! ... Wie erklären Sie sich das?

— Wie ... ich mir das ... erkläre? ...

Monsieur de Vaugreland geriet ins Stottern und vermochte kaum etwas zu erwidern, doch der Schrecken auf seinem Gesicht sagte mehr als genug. Natürlich konnte er nichts erklären ...

Er begriff ja selbst nichts von allem, was da vorging ...

Juve liess jedoch nicht locker und fragte schonungslos weiter:

— Sie müssen mir doch irgendeine Antwort geben! ... Reissen Sie sich zusammen, herrje nochmal, die Hand wird Sie schon nicht erwürgen! ... Sie benehmen sich ja wie eine Frau! ... Na? ... Wird's besser?

Monsieur de Vaugreland, der immer noch leichenblass war, nickte und versuchte, seine Fassung wieder zu gewinnen ...

— Also dann, fuhr Juve fort, ich höre! ... Dieser Schreibtisch ist doch Ihr Schreibtisch, Ihr ganz persönlicher Schreibtisch, nicht wahr?

— Ja, gewiss.

— Dürfen andere Personen daran arbeiten?

— Nein, niemand!

– Halten Sie diese Schublade gewöhnlich verschlossen?
– Ja, immer!
– Wann haben Sie die Lade zum letzten Mal geöffnet?
– Ich glaube, gestern abend ...
– Das heisst, dass der schaurige Fund für Sie ein Rätsel ist?
– Ein Rätsel! Und ob!

Juve stellte seine Fragen rasch hintereinander, ganz klar und präzise, während Monsieur de Vaugreland seine Antworten nur zitternd und kaum hörbar vorbrachte ...

Musste man trotz allem annehmen, dass Monsieur de Vaugreland nicht die Wahrheit sagte und seine Erschütterung nur vortäuschte? ...

Juve hatte tatsächlich seine Zweifel. Es war immerhin kaum zu glauben, dass ausgerechnet in dem Augenblick, da er und Fandor im Raum waren, die Totenhand in der Schublade entdeckt wurde! ...

Juve überlegte einen Moment und fragte dann wieder:
– Monsieur de Vaugreland, Sie haben doch sicherlich einen Verdacht? Eine Vermutung! Ich befinde mich hier in Ihren Räumen, Sie müssen selbst am besten wissen, wer vom Personal hier Zugang haben könnte, und infolgedessen ...

Monsieur de Vaugreland jammerte nur:
– Was hat denn Ihr Sekretär gesehen? Vielleicht dass ...
Schon unterbrach Juve ihn wieder ...
– Ja, wahrhaftig! Sie haben recht!

Denn es war durchaus möglich, jedenfalls kam es Juve so vor, dass der Direktor richtig vermutete ...

Fandor hatte sich sehr sonderbar benommen ...

Es war gar nicht ausgeschlossen, dass zwischen seinem Verhalten und der Entdeckung der Hand ein Zusammenhang bestand ...

Da zögerte Juve nicht länger:
– Rühren Sie sich nicht vom Fleck, rief er unumwunden. Bleiben Sie hier, bis ich zurück bin! Ich hole Fandor ... Schon rannte er zum zweitenmal zum Fenster, um hinauszusteigen ...

Doch leider musste Juve erkennen, dass er nicht Fandors turnerisches Geschick besass, um in die Gartenanlagen des Casinos zu gelangen.

Fandor hatte sich vorhin an das dichte Laub geklammert, das von der Aussentreppe bis zum Fensterkreuz hinaufrankte. Doch die Zweige der Pflanze hatten sich unter dem Gewicht des jungen Mannes von der Mauer gelöst. Juve hatte nichts mehr, woran er sich beim Hinabsteigen hätte festhalten können ...

Wütend stand der Polizist auf dem Fensterbrett, denn er sah ein, dass er sich alle Knochen brechen würde, wenn er um jeden Preis Fandor einholen wollte ...

Es blieb ihm nichts anderes übrig als zu erkennen, dass er nicht auf demselben schnellen Wege wie sein Freund aus dem Direktorenzimmer hinauskommen würde ...

Das war ziemlich ärgerlich, aber letzten Endes gar nicht so wichtig. Wenn die Zimmertür abgeschlossen war, brauchte man doch nur einen Portier zu rufen, der sie aufmachen würde? Juve rannte zur Tür und trommelte mit aller Kraft dagegen:

– He! Ist da jemand? Aufmachen! Aufmachen! ...

In der Wandelhalle, die zum Direktorenbüro führte, wurden sofort mehrere Stimmen laut. Die Portiers hatten erstaunt das Rufen gehört, und da sie sicher waren, dass etwas Ungewöhnliches vorging, liessen sie ihr Schwatzen sein und kamen angelaufen ...

Juve fauchte sie durch die Tür an:

– Los! Aufmachen! Zum Teufel nochmal!

– Aufmachen? Wieso aufmachen?

– Aber ja doch, wir sind eingeschlossen!

Auf der anderen Seite hörte man erstaunte Rufe, ein Portier, der halbwegs begriff, was vorging, wagte es, den Polizisten zu befreien ...

Kaum war die Tür geöffnet – jemand hatte nur einfach umgeschlossen und den Schlüssel stecken lassen – als Juve auch schon mit seiner Untersuchung begann:

– Haben Sie jemanden von dieser Seite kommen sehen?

– Nein, niemanden ...

– Wissen Sie nicht, wer die Tür zugeschlossen haben könnte?

– Oh nein, wirklich nicht! ...

– Könnte es vielleicht einer Ihrer Kollegen gewesen sein?

– Nein, bestimmt nicht ... Seit einer Viertelstunde sind wir alle unten beim Personalchef, um seine Anweisungen in Empfang zu nehmen ...

Juve gab es auf, den mysteriösen Vorfall mit der verschlossenen Tür aufzuklären und wollte zur Treppe gehen, um Fandor so schnell wie möglich wiederzufinden, als jemand ausser Atem und in Schweiss gebadet in der Wandelhalle auftauchte ...

Der Mann, der da offensichtlich in grösster Aufregung vor ihnen stand, war Maurice, einer der beliebtesten Croupiers am Roulette-Tisch ...

– Was ist los? rief Juve, der beim Anblick des Mannes schon argwöhnte, dass wieder etwas Ungewöhnliches passiert war ... Was ist denn?

Der Croupier, der Juve nicht kannte, rannte den Polizisten beinahe um, als er ins Direktorenzimmer stürmte und aufgeregt fragte:

– Der Direktor? Wo ist der Herr Direktor?

Als Monsieur de Vaugreland hörte, dass nach ihm gerufen wurde, fuhr er aus dem Sessel auf, raffte all seine Kräfte zusammen und antwortete:

– Was ist? Ich bin hier! ... Was ist los?

Auch Juve, der kehrtgemacht hatte und hinter dem Croupier herlief, wurde ungeduldig:

– So reden Sie doch, herrje nochmal! ... Was wollen Sie vom Direktor? Was geht hier vor?

Da verkündete der Croupier noch ganz atemlos:

– Was vorgeht, Monsieur, ist einfach unglaublich ... Siebzehn mal nacheinander die Sieben am Tisch Nummer Sieben ... Es ist nicht zu fassen! ... Die Bank verliert noch und noch! ...

Eine Viertelstunde später standen Juve, Monsieur de Vaugreland und der Croupier Maurice immer noch im Direktorenzimmer und redeten ...

Der Croupier, der seine Fassung wiedergewonnen hatte, erklärte dem ebenfalls ruhiger gewordenen Monsieur de Vaugreland, was vorgefallen war:

– Herr Direktor, ich versichere Ihnen, dass etwas Rätselhaftes, unheimlich Rätselhaftes in den Spielsalons vorgeht ... In den zehn Jahren, die ich hier arbeite, habe ich zwar schon so manche unglaubliche Serie gesehen, aber immerhin ... nie, nein, noch nie habe ich erlebt, dass eine Zahl mit einer so irrsinnigen Regelmässigkeit immer wieder kommt wie die Sieben vorhin ...

– Zufall? fragte Juve ...

– Zufall? ... Ja! ... Ganz offensichtlich! ... Es kann nicht anders sein! erwiderte der Croupier, denn die Spieler können beim Roulette nicht mogeln, nicht einmal ein Croupier, so geschickt er auch sein mag, kann etwas tricksen.

– Was kann es sonst sein?

– Tja, vielleicht ist es wirklich nur Zufall ... aber der hat es in sich ... und deshalb wollte ich den Herrn Direktor auch benachrichtigen ... Die Sieben! Immer wieder die Sieben! Wenn es doch nur eine andere Zahl wäre ...

Juve protestierte:

– Das ändert doch nichts am Tatbestand.

– Doch, das ist es ja eben! Die Sieben war die Zahl, mit der der junge Mann neulich gewonnen hat, der ermordet wurde ...

Und nach kurzer Pause fuhr der Croupier fort:

– Dabei ist es noch ein Glück, dass es die Sieben ist ... denn es gibt wenig Leute, die jetzt noch darauf setzen ... Sonst wüsste ich nicht, wieviel das Casino wohl heute morgen schon verloren hätte!

Eine Stunde später war Juve immer noch im Casino ...

Er hatte darauf verzichten müssen, Fandor noch irgendwo einzuholen, denn nach allem, was vorgefallen war, schien es ihm wichtiger, nach unten zu den Roulette-Tischen zu gehen.

– Wenn die Sieben tatsächlich immer wieder kommt, dann muss etwas dahinter stecken, sagte Juve. Und, ehrlich gesagt, passiert allzu viel 'Ungewöhnliches' in diesem Casino, als dass ich nicht versuchen müsste, der Sache auf den Grund zu kommen ... Es ist 'ungewöhnlich', eine Hand in einer Schublade zu finden! Es ist 'ungewöhnlich', dass Fandor durchs Fenster verschwunden ist! ... Und es ist 'ungewöhnlich', dass die Sieben immer wieder gewinnt ...

Juve ging schon eine ganze Weile, von den vielen rätselhaften Vorgängen verwirrt, durch die unteren Salons, wobei er sich bemühte, nicht aufzufallen und doch den Roulette-Tisch im Auge zu behalten, den der Croupier Maurice ihm gezeigt hatte. Aber es kam keine Sieben mehr! ...

– Monsieur Durand? ... Nein, Monsieur Duval? ... Oder vielleicht ... Monsieur Dupont? ...

Juve, der etwas unruhig umhertrippelte, hatte gar nicht auf die Rufe geachtet, als ihm plötzlich jemand auf die Schulter klopfte; er drehte sich um und sah vor sich die junge Louppe.

– Ach so? Sie sind es, Mademoiselle, wie geht's?

– Nun ja, mein Lieber, es könnte schlechter sein! ... Und wie steht es mit dir? ... Besser oder nicht?

– Wieso besser? Ich war doch nie krank! ...

– Nein, das ist wahr, aber es macht sich gut, wenn man seine Freunde danach fragt! Sag mal, mein Süsser ... gewinnst du oder verlierst du? ...

Louppe hatte sich vertraulich bei Juve eingehakt und schien eng mit ihm befreundet zu sein, denn sie duzte ihn hin und wieder und wartete nicht mal eine Antwort ab:

– Übrigens weisst du, es ist zum Kugeln, ein Witz, sage ich dir, dieses Pflaster hier! Weisst du, Schätzchen, dass ich schon einen ganzen Haufen Bekannte wiedergetroffen habe? ... Isabelle de Guerray zum Beispiel! Hast du sie gesehen?

Juve hörte nur mit halbem Ohr, was die hübsche Frau plapperte, wollte aber höflich sein und protestierte:

– Sie irren sich, meine Liebe, ich kannte Madame de Guerray gar nicht, sondern mein Freund ...

– Ach ja! ... der nette Kleine? ... der so gerne Spässe macht? ... Wo ist er denn? ... Sagen Sie mal, mein Lieber, soll ich Sie mit Isabelle bekannt machen? Sie gibt übrigens gerade heute abend ein grosses Essen ... da bleibt kein Auge trocken ... Es fehlt aber an Männern ... Soll ich dich einladen lassen?

Juve hätte wahrhaftig in diesem Moment die kleine Louppe mit ihrem Gequassel am liebsten zum Teufel gewünscht! Als er aber den Namen Isabelle de Guerray hörte, runzelte er nachdenklich die Brauen ...

Es wäre gar nicht so uninteressant, die alte Kokotte kennen zu lernen ...

Hatten sie nicht an der rätselhaften Hand in Arles einen Ring gefunden, der eindeutig ihrer Grosszügigkeit zuzuschreiben war? Gäbe es da nicht noch manches Interessante zu erfahren?

Juve zögerte noch und zierte sich ein wenig:

– Ich bitte Sie, beste Freundin! Ich soll mich einladen lassen bei Madame de Guerray? ... Wie könnte ich! ... Ich wäre völlig fremd in diesem Kreise ...

– Doch, doch! Du kennst sie alle ...

– Hör zu, da bin erst mal ich, und dann Daisy Kissmi ... und wo die ist, gibt es garantiert guten Wein ... Daisy verkehrt nur in Häusern, die einen erstklassigen Keller haben ... Und dann ist da natürlich noch mein heissgeliebter alter Parlamentsmann und dann Mario, der Freund von Kissmi ... Du tust natürlich ganz harmlos, nicht? ... Und machst keine Patzer?

– Aber nein! ... aber nein! ...

– Also, abgemacht, ja? Du kommst? ... Warte, Isabelle sass vorhin am Roulette, aber sie hat bestimmt verloren und längst aufgehört zu spielen ...

Sie wird wohl beim Tee sein ... Komm mit, ich stell dich vor ...

– Übrigens, sagte Louppe, entzückt von ihrem Einfall, vielleicht verdrehst du Isabelle gar den Kopf; sie hat einen Faible für etwas stämmige Männer ... und das wäre gar nicht schlecht, denn sie ist eigentlich ein netter Kerl! ...

Doch da hielt Louppe auf einmal lachend inne:

– Mein Gott, bin ich dusselig! Ich will dich vorstellen und weiss nicht mal deinen Namen ... Wie war der noch: Dubois oder Duval?

Juve erwiderte sehr ernsthaft:

– Dupont ... Ich heisse Dupont ...

– In einem Wort?

– Ja, in einem Wort ...

Und während Louppe ihn mit sich fortzog, dachte Juve:

– Wenn ich bloss wüsste, wo Fandor ist, wär' mir wesentlich wohler!

10. Ein nächtlicher Überfall

Juve amüsierte sich köstlich ...

Er hatte sich mit der grössten Unbefangenheit von Isabelle de Guerray zum Diner einladen lassen, das sie für ihre Freunde gab, und beobachtete jetzt unauffällig, aber höchst interessiert und gespannt die Ankunft der Personen, die den Bekanntenkreis dieser Halbweltdame bildeten.

Seit seiner Ankunft an der Côte d'Azur überschlugen sich die Probleme in seinem Kopf.

Er fragte sich immer wieder, warum Fandor so plötzlich verschwunden sein mochte, und wenn er sich auch keine Sorgen machte, so fürchtete er dennoch, dass dem jungen Mann etwas zugestossen sein könnte, und sei es nur ein flüchtiges Abenteuer.

In erster Linie ging es ihm darum, bei Isabelle de Guerray, der er sich als reicher Gentleman vorgestellt hatte, Näheres über das sehr gemischte Milieu zu erfahren, das ihm sicherlich wichtige Hinweise geben könnte.

Er war gleich am Eingang des Salons, etwas versteckt in einer Ecke stehengeblieben, unweit von dem Lakaien in seidener Hose, der seit zehn Minuten sehr würdevoll und feierlich die ankommenden Gäste ankündigte.

Es war eine lange Folge nichtssagender, unbekannter Namen, die zudem noch von dem Mann ganz verzerrt ausgesprochen wurden.

Isabelle de Guerray hatte es zur Gewohnheit gemacht, dass bei ihren Empfängen nur die Herren, nicht die Damen genannt wurden.

Deshalb fehlte es vielleicht auch an hochtrabenden Namen oder wohlklingenden Adelsprädikaten.

Von Zeit zu Zeit verkündete der Diener in geschwollenem Ton die Ankunft eines mehr oder weniger echten Grafen oder Barons, und nichts war für einen feinsinnigen Beobachter wie Juve so komisch wie der unmittelbare Vergleich zwischen dem angekündigten Titel und der Person, die ihn trug.

Am nächsten Tag jedoch würde in den Lokalblättern, die über den Empfang der Isabelle de Guerray berichteten, nur von den Damen die Rede sein, die Namen der Männer hingegen würden tunlichst verschwiegen werden!

In den Kreisen der Demimonde ist es nämlich üblich, dass das Incognito der männlichen Gäste stets gewahrt bleibt, so dass viele junge Leute, die von ihren Familien noch scharf überwacht werden, oder Ehemänner, die ihren Liebeslaunen im Verborgenen frönen, unbedenklich an Einladungen, wie Isabelle de Guerray sie gab, teilnehmen konnten, ohne sich dadurch zu kompromittieren.

Die bekannte Halbweltdame hatte an diesem Abend etwa fünfzehn Personen aus den verschiedensten Kreisen bei sich versammelt.

Da war der unvermeidliche Comte de Massepiau, der vielleicht ein echter Graf, aber ein richtiger Nassauer war, der nie fehlte, wenn es ein Essen gab.

Der Diplomat Paraday Paradol zählte ebenfalls zu den Gästen. Der alte Dandy hatte für diese Gelegenheit die bunte Rosette, die er gewöhnlich im Knopfloch trug, durch ein anderes Ehrenabzeichen irgendeiner fremden Macht ersetzt; man hätte es für die Ehrenlegion gehalten, wenn sich nicht ein dünner grüner Faden in das rote Band eingeschmuggelt hätte.

Ein anderer Gast war der Abgeordnete Laurans; ferner sah man ein paar junge Leute, die Isabelle de Guerray am Roulette-Tisch kennengelernt hatte; und dann sagte der Diener einen Namen an, bei dem Juve ganz schrecklich das Gesicht verzog:

– Signor Mario Isolino!

Isolino, mit noch mehr Pomade im Haar als gewöhnlich und schrecklich servil, erschien in der modernsten und zugleich geschmacklosesten Aufmachung, welche die neueste Mode zu bieten hatte.

Unter den Frauen, die alle in Samt und Seide gekleidet und mit Spitzen und Schmuck überladen waren, befand sich auch Conchita Conchas, die hinter ihrem grossen spanischen Fächer unverwandt zur Eingangstür blickte, bis der grosse, hagere Monsieur Heberlauf ganz verschüchtert hereinkam und sich an der Wand entlangdrückte, weil er offenbar nicht gewohnt war, sich in solcher Gesellschaft zu bewegen.

Daisy Kissmi, die um diese Zeit noch nüchtern war, sah in ihrem schlichten Kleid ganz reizend aus, und die kleine Louppe wanderte unbefangen von einem zum andern, sass bald auf einer Tischkante, bald auf einer Sessellehne, schnatterte mit jedem und störte durch ihr schrilles Gelächter und ihre fahrigen Bewegungen die gedämpfte, feierliche Stimmung, in der die Gäste darauf warteten, dass zu Tisch gebeten würde. Die Hausherrin nahm mit viel Charme die Freundlichkeiten der Gäste entgegen und erwies sich als aufmerksame, glänzende Gastgeberin, ganz Dame von Welt.

Nach der Haltung der Eingeladenen zu urteilen, hätte man gewiss nicht vermutet, bei einer Person zu Gast zu sein, die sich auf leichte Liebe und flüchtige Kontakte verstand, sondern eher in einem Salon des Faubourg Saint-Germain, wo es immer steif und feierlich zuging.

Doch das sollte nicht lange dauern: kaum sassen die Gäste bei Tisch und hatten die ersten Weine probiert, die alle vorzüglich waren, da lösten sich die Zungen.

Die Gespräche wurden intimer, und auf die unverbindlichen Worte folgte bald ein lockeres, frivoles Geplauder.

Louppe hatte einen Sturm des Gelächters hervorgerufen, als sie ganz ungeniert mit ihrer zarten Hand in die Salatschüssel griff und sich mit der 'Adamsgabel', wie sie es nannte, bediente. Diese sei bei weitem die bequemste, zumal unfeine Gäste sie, wie sie spitzbübisch hinzufügte, ohne weiteres nach dem Diner in die Tasche stecken könnten!

Conchita Conchas stand den anderen in nichts nach, sie scheute sich nicht, aus dem Glas des gestrengen Herrn Heberlauf zu trinken, dem übrigens der Champagner rasch zu Kopf stieg und der es nicht lassen konnte, seine Nachbarin zärtlich in die Knie zu kneifen, was auch die anderen darüber denken mochten.

Daisy Kissmi, der man eine Flasche Whisky gebracht hatte, war schon etwas angesäuselt und lehnte mit Vorliebe ihren hübschen Blondschopf an die Schulter ihres Nebenmannes, des Signor Isolino, und zögerte auch nicht, mit leicht englischem Akzent zu ihm zu sagen, dass sie noch nie einen so vornehmen Mann wie ihn gekannt und geliebt habe.

Juve, der als angesehener Gast hofiert wurde und den man für einen betuchten Bourgeois hielt, sass rechts neben der Gastgeberin, die ihn übrigens nach mancherlei liebenswürdigen Worten schon bei den Vorspeisen aufforderte, ihr seinen Namen aufzuschreiben, damit sie sich an ihn erinnerte und ihn zu einem Tête-à-tête empfangen könnte, wenn es ihm eines Tages ... oder eines Nachts in den Sinn kommen sollte!

Allerdings hätte Juve, falls er wirklich ein Auge auf Isabelle de Guerray geworfen hätte, die Konkurrenz ihres linken Nachbarn zu spüren bekommen.

Es war kein anderer als Monsieur Louis Meynan, der als Kassierer im Casino angestellt war, ein trockener, nüchterner Zeitgenosse, der gutes Essen und gute Weine liebte.

Isabelle de Guerray begegnete ihm mit viel Respekt und Hingabe. Wenn er auch allem Anschein nach kein reicher Mann war, so hatte die Halbweltdame es doch auf ihn abgesehen, um in Ehren alt zu werden, wenn sie es schaffen würde, ihn vor den Traualtar zu schleppen.

Am Ende des Diners waren alle, mit Ausnahme von Juve, schon sehr angeheitert.

Als sie sich vom Tisch erhoben, standen alle auf schwankenden Beinen. Das Esszimmer war wie der Salon auf einem Überseedampfer bei stürmischer See.

Juve hatte im Laufe des Essens mehrere Beobachtungen gemacht.

Als erstes hatte er den intensiven Flirt mit 'ernsten Absichten' zwischen seiner Nachbarin und dem Kassierer beobachtet; sodann hatte er das sehr intime Verhältnis von zwei ganz unterschiedlichen Typen bemerkt, nämlich der Conchita Conchas und dem düsteren Heberlauf. Dieser hatte den Geheimpolizisten nicht wiedererkannt, doch Juve hatte allen Grund, sich an ihn zu erinnern, denn er hatte unter besonders tragischen Umständen mit ihm zu tun gehabt, als es darum ging, den König Friedrich-Christian II. von Hessen-Weimar ausfindig zu machen, als dieser von Fantomas in Paris gefangen gehalten wurde.

Juve überwachte ferner mit geübtem, scharfem Blick das Tun und Treiben des Signor Mario Isolino, der ihm immer abstossender und verdächtiger vorkam; ihm schwante, dass er diesen undurchschaubaren Kerl bald näher kennenlernen würde, und zwar nicht in einem mondänen, nicht einmal demi-mondänen Salon, sondern an einem Ort, wo dieser Gigolo sich gewiss nur unfreiwillig aufhielte ...

Isabelle de Guerray hatte in einer eleganten Veranda, die zum Park hin lag, Kaffee und Liköre servieren lassen, und beim blauen Zigarrenrauch, der zum Glasdach aufstieg, entspannten sich die Gemüter, Scherzworte flogen hin und her, und es kam zu den grössten Anzüglichkeiten.

– Wie gefällt Ihnen unser kleines Fest, fragte Isabelle de Guerray, die mit glänzenden Augen und aufreizenden Gebärden von einem zum andern ging, während Louis Meynan hinter ihr die Tochter des Hauses spielte und ungeschickt einen Zuckertopf und Tassen herumreichte.

Ein paar Herren waren so kühn und respektlos, der üppigen Isabelle im Vorübergehen den Nacken oder die Schultern zu streicheln als Dank für den schönen Abend, den sie ihnen bereitete.

Der bescheidene Kassierer, der schon manchen starken Likör intus hatte, sah diese Szenen mit leicht benebeltem Blick, und es rührte ihn, dass der Frau, die er vielleicht bald als seine Auserwählte heimführen würde, soviel Artigkeiten erwiesen wurden.

Es dauerte nicht lange, und man hörte am Eingang zum Wintergarten ein paar unangenehme, unverkennbare Rülpser. Alle eilten hin, um zu sehen, was los sei.

Der Abgeordnete Laurans lag halb ausgestreckt in einem Korbsessel; er war völlig betrunken und schnappte nach Luft. Die kleine Louppe, die routinemässig auf seinem Schoss sass und an derartige Zwischenfälle gewöhnt war, hatte schon die Krawatte ihres Liebhabers aufgebunden, die Weste aufgeknöpft und lockerte jetzt sein Hemd, damit er besser atmen könne. Doch der Betrunkene stammelte in seinem Starrsinn nur ein übers andere Mal:

– Wasser, ich will Wasser, ein Glas Wasser ...

Er streckte sogar eine völlig ausgetrocknete Zunge heraus und wiederholte:

– Wasser, ein grosses Fass Wasser, einen ganzen Wasserfall ...

– Hat der einen sitzen! murmelte Louppe und tat empört, lachte aber kurz darauf schallend, als sie Daisy Kissmi sah, die in ihrem Rausch mit unsicheren Schritten einen frivolen Tanz aufführte, der mit einem vielleicht unfreiwilligen, aber sehr willkommenen Sturz in die Arme des Signor Mario Isolino endete.

Isabelle de Guerray hatte den Wunsch des Abgeordneten Laurans an das Personal, das den Esstisch abräumte, weitergegeben.

Einer von ihnen kam kurz darauf mit einem randvollen Glas zurück.

Er hatte jedoch Mühe, damit bis zu dem durstigen Mann zu gelangen, der von allen in unverhohlener, amüsierter Neugier umringt wurde. Juve stand bei diesem peinlichen Schauspiel in der ersten Reihe.

Jemand stiess ihn mit dem Ellbogen ... das Glas ging von Hand zu Hand, Juve nahm es und reichte es dem Deputierten, der es mit zitternden Händen gierig an die Lippen führte.

Er leerte es in einem Zug, liess es dann aber plötzlich fallen, und während es auf dem Fussboden zerbrach, richtete der Mann sich noch einmal auf, fuchtelte mit den langen Armen in der Luft herum, holte tief Luft und fiel stocksteif vornüber.

– Oh, mein Gott! rief Louppe, todsicher ein Anfall! ...

Es entstand ein fürchterliches Durcheinander.

Jeder wollte den Unglücklichen hochheben!

Als man sein Gesicht sah, packte alle starres Entsetzen: die Augen des Mannes waren verdreht, aus dem offenen und ganz geschwollenen Mund floss gelblicher Schleim, und dicke Schweisstropfen rannen ihm über Stirn und Nacken ... Dann wurde er kreidebleich und bekam ganz weisse Ohren.

– Er ist krank, sehr krank! rief jemand ... Legt ihn hin ... Riechsalz her ... und einen Arzt! ...

– Einen Arzt, ja, einen Arzt! wiederholte Isabelle de Guerray aufgeregt ... aber ich kenne keinen ... wer weiss, wo ein Arzt wohnt? ...

Niemand wusste eine Antwort.

Da kam dem Comte de Massepiau ein guter Gedanke:

– Das Telephon, Gnädigste, sagte er zu Isabelle, haben Sie Telephon? ...

Mehrere Gäste, die sich im Hause auskannten, zeigten ihm das kleine Damenzimmer, in dem das Telephon stand.

De Massepiau suchte im Telephonbuch und fand die Adresse eines Arztes.

Die Verbindung kam zustande.

– Doktor Hanriot ... Hallo! ... Hallo! ... Ist er da? ... Ach, Sie sind es selbst, Doktor ... wollen Sie bitte herüberkommen ... ein Unfall ... eine plötzliche Ohnmacht ... bei Madame Isabelle de Guerray ... Hallo! ... Es ist eilig ... ja, danke ... bis gleich ...

Alle umringten den Grafen:
– Na und? fragten sie ...

Der berüchtigte Nassauer warf sich in die Brust und verkündete stolz:
– Es hat geklappt, ich habe ihn erreicht ... der Arzt muss jeden Moment da sein ...

Juve, der ein paar Worte der Unterhaltung mitbekommen hatte, wandte sich einen Moment von dem Kranken, ja womöglich schon Halbtoten ab ...

Er war sehr erregt, obgleich er nach aussen hin ganz gelassen wirkte, denn als er Laurans fallen sah und erst recht, als er sein leichenblasses Gesicht und die plötzlich erstarrenden Glieder bemerkte, kam ihm der Verdacht, dass es mehr als ein Anfall, ja sogar mehr als ein plötzlicher Tod sein könnte!

Er erinnerte sich, dass das Glas, das er selbst dem unglücklichen Parlamentarier gereicht hatte, ungewöhnlich schwer gewesen war.

Er beugte sich unauffällig zur Erde und kniete neben den Glasscherben nieder.

Er nahm ein paar Stücke davon in die Hand, strich mit dem Daumen über die Innenwände und roch daran:
– Ach, verflixt nochmal, knurrte er, so ein Versehen! ...

Der Polizist erkannte sofort, dass man dem Abgeordneten nicht ein Glas Wasser, sondern ein riesiges Glas Kirsch gereicht hatte! Juve verfluchte sich insgeheim, dass er den ärgerlichen Vorfall nicht verhindert hatte. Aber wie hätte er das vorhersehen können!

Während man das Gesicht des immer noch leblosen Mannes mit Essig frottierte, war Juve ins Esszimmer gelaufen, immer bemüht, nichts von seinen geheimen Gedanken durchblicken zu lassen.

Er versuchte, vom Personal zu erfahren, wer von ihnen das Glas eingeschenkt hatte und wem somit die Hauptverantwortung zufiel.

Juve bekam nur vage Auskünfte, denn die Leute schienen vor allem interessiert zu sein, schnell fertig zu werden und nach Hause gehen zu können.

Es waren nicht die gewohnten Angestellten von Isabelle de Guerray, sondern Hilfspersonal, das die Feinkosthandlung stellte, die auch das Essen geliefert hatte.

Juve wollte weiterfragen, doch da hörte er in der Veranda nebenan ein paar Stimmen.

Der Doktor war angekommen.

Alle atmeten erleichtert auf.

Der heilkundige Mann musste sich sehr beeilt haben oder zufälligerweise ganz in der Nähe wohnen.

Es waren tatsächlich kaum fünf oder sechs Minuten vergangen, seitdem der Graf mit dem Arzt telephoniert hatte.

Es gab noch eine weitere mögliche Erklärung: durch die weit geöffneten Fenster sah man an der Einfahrt zum Garten ein Auto-Taxi warten.

Der Arzt, ein Mann mittleren Alters mit etwas verkniffenem Gesicht, einem langen weissen Bart und einem Zwicker auf der Nase, trat langsam an den immer noch reglosen Laurans heran. Er horchte sein Herz ab, betastete langsam und vorsichtig dessen Leib und versuchte, die Gelenke zu bewegen. Nachdem er den Kopf einen Moment angehoben und die weiss hervorquellenden Augen gesehen hatte, liess er ihn wieder auf das darunterliegende Kissen sinken.

– Madame Isabelle de Guerray, sagte er, kann ich Sie einen Moment sprechen ...

Der Arzt trat schon aus der Veranda in den dunklen Garten:

– Ich möchte Sie allein sprechen, fügte er hinzu, als sich alle um ihn drängten.

Als die Gäste das hörten, zögerten sie ein wenig.

Juve bahnte sich jedoch einen Weg durch die Menge. Er wollte dem Arzt und der Demimondäne mitteilen, was er entdeckt hatte, da es den Doktor zweiffellos interessieren würde. Als er jedoch bis zur Gartenseite der Veranda vorgedrungen war, sah er Isabelle de Guerray allein zurückkommen.

Die arme Frau war ganz aufgelöst:

– Laurans ist anscheinend tot. Der Doktor hat es mir gerade mitgeteilt!

– Der Doktor? fragte Juve. Wo ist er denn?

Isabelle wies mit einer müden Bewegung auf den Garten, und Juve sah tatsächlich, dass das Auto-Taxi, das den Arzt hergebracht hatte, schon anfuhr, während noch die Wagentür zugeschlagen wurde, was darauf schliessen liess, dass der Fahrgast eingestiegen war.

Juve stutzte:

– Der hat es aber eilig! knurrte er. Die ganze Visite und die Diagnose haben nicht länger als vierzig Sekunden gedauert ... Juve wollte unwillkürlich den Arzt zurückrufen, als er aus dem Haus erstaunte Rufe hörte.

Er ging wieder in den Salon, wo die Gäste sich erneut versammelten. Diesmal wurde er blass vor Schrecken:
– Grosser Gott, murmelte er, was soll denn das? ... als er einen etwa vierzigjährigen sehr korrekt gekleideten Herrn hereinkommen sah.
Dieser wandte sich an den Comte de Massepiau, der ihn entgeistert ansah, und sagte laut und vernehmlich:
– Man hat soeben bei mir angerufen und mich gebeten, eiligst herzukommen ... ich bin Doktor Hanriot!
Juve stürzte sich rücksichtslos auf ihn, packte ihn am Revers und zog ihn zu sich heran:
– Sie sind Doktor Hanriot? rief er.
– Ja, der bin ich! Was soll das heissen? ...
Der Doktor fühlte sich durch Juves Vorgehen brüskiert. Der Polizist merkte es, liess den Arzt los und stammelte eine paar Entschuldigungen. Er begriff nichts mehr ... oder fürchtete, zu viel zu verstehen ...
Um ihn herum in den Salons wurde es immer lauter. Die Anwesenden besprachen in allen Einzelheiten, was vorgefallen war.
Was war das schon wieder für ein Missverständnis? Zwei Ärzte statt eines einzigen ... was mochte das bedeuten?
Unterdessen lag der arme Laurans immer noch ganz steif auf der Chaiselongue am Eingang der Veranda.
Doktor Hanriot, dem man tausend Fragen auf einmal stellte und den man hierhin und dahin zerrte, hatte das Gefühl, wie ein Spielball von lauter unzurechnungsfähigen, halb betrunkenen Leuten hin und her geworfen zu werden. Ihn packte langsam die Wut, denn er kam sich vor wie in einem Irrenhaus. Vergeblich suchte er nach jemandem, der einigermassen normal wirkte, um ihm die Meinung zu sagen.
Da gewahrte er Juve und packte ihn nun seinerseits am Arm:
– Können Sie mir vielleicht erklären, sagte er wütend, wozu man mich gerufen hat? Wenn das ein Scherz sein soll ...
– Aber nein, beileibe nicht! sagte Juve rasch. Alles andere als das! ...
Schon riss sich der Polizist los, um einem weiteren Verhör zu entgehen.
Ein gellender Schrei, ein panischer Angstschrei kam auf einmal von der Stelle, wo der leblose Körper des armen Laurans lag.
Juve eilte hinüber und hätte Louppe fast umgerannt, die den Schrei ausgestossen hatte.

Dem schalkhaften Kind war das spitzbübische Lachen vergangen, und die Augen funkelten nicht mehr vor Übermut; sie war leichenblass und warf die Arme gen Himmel:

– Was glauben Sie wohl, jammerte sie, als sie Juve sah, das ist doch wirklich die Höhe ...

– Was denn? ... So reden Sie doch! flehte der Polizist.

– Stellen Sie sich vor, man hat Laurans bestohlen! ... Seine Brieftasche war pickepackevoll! Er hatte sie in der linken Tasche seines Jacketts ... Sehen Sie selbst!

Juve folgte der jungen Frau, rempelte alle an, die ihm im Weg standen und gelangte schliesslich zu Laurans. Es bestand kein Zweifel!

Nicht genug, dass die Jackentasche leer war, was vielleicht nichts bewiesen hätte, aber das Jackett war sogar zerrissen, oder, genauer gesagt, jemand hatte mit einem scharfen Gegenstand, einer Schere oder einem Rasiermesser, glatte Schnitte darin hinterlassen.

Da wurde Juve plötzlich klar, wie die einzelnen dramatischen Vorfälle zusammenhingen.

Weiss Gott, man brauchte sich nichts vorzumachen, der arme Laurans war einem Attentat, einem Mordanschlag zum Opfer gefallen.

Alles war genau geplant gewesen, ... jedenfalls sah es ganz danach aus ... Der Mörder hatte seinem Opfer aufgelauert, ihm nachgestellt und zweifellos den Vorfall mit dem Glas Wasser ausgenutzt, an dessen Stelle, mit oder ohne Absicht, ein Glas Kirsch gereicht worden war ... es war der Mörder, der Räuber gewesen, der von dem Telephongespräch wusste und gewagt hatte, sich als Arzt auszugeben und unter dem Vorwand, den Kranken abzutasten, ihn kurzerhand ausgeraubt hatte.

Das rasche Verschwinden des Pseudo-Doktors war gewiss der beste Beweis dafür!

Juve verschob die Klärung dieser mysteriösen Angelegenheit auf später, verliess die wild durcheinander laufenden Gäste und rannte stattdessen durch den Garten bis zum Gitter an der Strasse, vor dem das Auto-Taxi gestanden hatte.

Es hatte vor einer Stunde geregnet, und die Wagenspuren waren noch deutlich zu erkennen.

Juve eilte diesen Spuren in der dunklen Allee nach, die nur in grossen Abständen von ein paar elektrischen Birnen erleuchtet wurde.

Er war ausser sich.

Vor seinen Augen hatte man mit einer Kaltblütigkeit sondergleichen ein fürchterliches Verbrechen verübt, und er hatte nichts davon gemerkt!

Welcher Verbrecher besässe die Verwegenheit, so weit zu gehen ... vor allem, wenn er wusste, dass Juve anwesend war, denn das war ihm sicher nicht verborgen geblieben? ...

Der Polizist wollte sich zwar nicht seinen eigenen Vorurteilen ausliefern, hatte aber dennoch das deutliche Gefühl, dass nur ein Mensch auf der Welt soviel Tollkühnheit aufbringen konnte, und das war Fantomas.

– Fantomas? ... Mag sein! sagte sich Juve, aber wo war er, und unter welcher Tarnung hielt er sich versteckt?

Juve liess in Gedanken die einzelnen Leute, mit denen er bei Tisch gesessen hatte, Revue passieren. Er kannte doch alle Gäste und wusste genau, dass kein Fantomas darunter war. Es blieb nur das Personal; mit Sicherheit war der falsche Doktor der Schuldige. War er Fantomas?

Juve gelangte in diesem Moment an eine Kreuzung, merkte, dass er gar nicht mehr so recht auf die Autospuren achtete und schalt sich ob seiner Unaufmerksamkeit.

Er machte kehrt, fand die Spuren wieder und folgte ihnen in eine Strasse, deren Namen er auf dem Strassenschild sah: *Rue des Rosiers.*

– Sieh da, dachte Juve, hier wohnt doch das Ehepaar Heberlauf, und gegenüber steht die Villa der Conchita Conchas ...

Er überlegte sogleich, ob er daraus gewisse Schlüsse ziehen könnte, und ging erst einmal weiter.

Von weitem hörte er Stimmengewirr; sollte das Auto-Taxi dort gehalten haben?

Oh, wenn das wahr wäre! Er wäre mutig und entschlossen genug, um unverzüglich das Geheimnis aufzuklären und den Schuldigen zu demaskieren, wer immer es sein mochte ...

Doch da schlug ihn jemand heftig gegen die Stirn, und er fiel hintenüber. Verblüffend schnell war er wieder auf den Beinen, denn Gangstermethoden waren ihm nichts Neues; er wusste nur zu gut, mit welchem Trick die Schurken ihn zu Fall gebracht hatten.

Als jemand ihm den Schlag gegen die Stirn verpasst hatte, war er auch in die Nierengegend geboxt worden, und Juve wusste sofort, dass es der klassische Apachenschlag war.

Er parierte, stand auf und schlug aufs Geratewohl mit der Faust im Dunkeln um sich und traf einen Brustkorb.

Im gleichen Augenblick pfiff ihm eine Kugel um die Ohren. Von allen Seiten hörte man Stimmen.

Blitzschnell zog nun auch Juve seinen Browning, hatte ihn ruckzuck entsichert und drückte gleichzeitig mit der Linken auf den Knopf seiner Taschenlampe, deren Lichtstrahl er einmal kreisen liess.

Der Schreck war nicht gering, als er sah, dass er von einem halben Dutzend Ganoven mit Knüppeln, Revolvern und Messern umzingelt war. Offensichtlich war er in einen Hinterhalt geraten. Er brüllte:

– Zu Hilfe!

Und schon stürzte er sich auf den ersten besten Mann. Im Lichtschein der Taschenlampe hatte er aber auch einen Koloss mit dichtem schwarzem Bart erkannt, von dem er schon viel gehört ... ja, den er sogar schon gesehen hatte.

Jedoch hatte auf Juves Hilferuf eine Stimme geantwortet, die den Polizisten mehr als erleichterte.

– Durchhalten, Juve! hatte die Stimme gerufen ...

Und der rief, war kein anderer als Fandor ...

Na, sowas! War das ein Zufall! Was war passiert, wie kam es dazu?

Juve fühlte sich doppelt so stark, jetzt, wo er wusste, dass Fandor in der Nähe war. Wer von beiden war dem anderen absichtlich oder ohne es zu ahnen zu Hilfe gekommen?

Juve wusste es noch nicht, aber das war auch egal!

Die Kugeln pfiffen ihnen um die Ohren, man hörte Geschrei und Fluchen; dann schienen die Kerle zu merken, dass es ein ungleiches Spiel war, denn sie waren zwar zahlenmässig überlegen, aber besassen nicht so viel Mut; sie gaben die Schiesserei auf.

Auf den ersten Pfiff, den ihr unsichtbarer Chef abgab, verschwanden sie und stoben davon.

Juve und Fandor hatten gesiegt und hatten sogar einen Gefangenen, eine Geisel!

In Sekundenschnelle hatten sie ihn fest im Griff.

Der Mann liess es geschehen; er stöhnte nur, stammelte Entschuldigungen, flehte um Nachsicht, und das alles mit einer Stimme, die dem Polizisten und dem Journalisten nicht unbekannt war.

Juve hatte bei dem Handgemenge seine Taschenlampe verloren, schleppte aber mit Hilfe seines Freundes den Gefangenen unter eine Gaslaterne ... und da sahen sie, wer es war!

– Bouzille! riefen sie wie aus einem Munde, überrascht und enttäuscht zugleich, denn sie hatten gehofft, jemand anderen als den lästigen, aber harmlosen Landstreicher vor sich zu haben, den sie schon so lange kannten.

Was machte denn der hier?

Wieso war er an der Schlägerei beteiligt?

Sie konnten es sich nicht erklären, würden es aber bald erfahren.

Juve und Fandor hatten sich unendlich viel zu erzählen; sie waren den rätselhaften Gefahren mit heiler Haut entkommen. Aber wer mochte hinter dem Überfall stecken?

Juve sagte es ohne Umschweife, während er noch die Hände seines Freundes drückte: das Gesicht des Bärtigen ging ihm nicht aus dem Sinn; er brüllte:

– Fandor, ich weiss, wer es ist. Iwan Iwanowitsch, der Russe, hat es auf uns abgesehen; er hätte mich vorhin fast umgebracht ...

Doch zum Erstaunen des Polizisten widersprach ihm sein Freund ganz energisch:

– Juve, Juve, sagen Sie das nicht ... es ist genau das Gegenteil; wenn ich hier bin und Sie nichts abgekriegt haben, dann verdanken wir es Iwan Iwanowitsch, der wie ein Löwe gegen die Angreifer gekämpft hat!

Die beiden Männer waren immer noch so überwältigt von dem, was einer dem anderen mitgeteilt hatte, dass sie minutenlang stumm dastanden und sich anstarrten!

11. Der reiche Bettler

– Und was machen wir jetzt mit Bouzille, Juve?

– Bouzille? Ach, stimmt ja, den hatte ich ganz vergessen ... Wir müssen sehen, dass wir ihn zum Sprechen bringen!

Fandor lächelte, denn auf den ersten Blick schien es nicht schwer, den prächtigen Bouzille 'zum Sprechen zu bringen', der für seine Redseligkeit bekannt war und dessen Zunge so gut wie nie still stand ...

Würde aber Bouzille 'sprechen' in dem Sinne, wie Juve es meinte? Würde er erzählen, wieso er überhaupt in Monaco und dazu noch unter den Gangstern war, die Juve vor dem Heberlaufschen Haus überfallen hatten? Das war gar nicht so sicher.

Juve und Fandor, die etwas abseits standen, kehrten zum Kampfplatz zurück, um Bouzille zu holen, der noch brav an dem Baum sass, an dem Juve ihn im Handumdrehen ein paar Minuten vorher festgebunden hatte.

— Bouzille, sagte Juve eindringlich, ist Ihnen klar, wie belastend das Vorgefallene für Sie ist? ... Und dass Sie Kopf und Kragen riskieren?

— Oh ja! versicherte Bouzille kleinlaut, ich weiss das alles, Monsieur Juve, und vor allem weiss ich, dass ich Rheuma kriege, wenn Sie mich nicht bald wieder laufen lassen! Die Nachtluft bekommt mir gar nicht! ...

Aber Juve war nicht zum Scherzen aufgelegt und fackelte nicht lange ...

— Reden Sie kein Blech, Bouzille! sagte er streng. Lassen wir die Nachtluft beiseite ... Wissen Sie, dass Sie ganz schön in der Patsche sitzen? Ich hab Sie auf frischer Tat ertappt: Mordversuch ... mit Waffengewalt! Das hört sich ganz anders an, scheint mir, als die Lappalien, um die es früher ging. Was ist bloss in Sie gefahren, dass Sie sich mit regelrechten Banditen eingelassen haben?

Juve konnte nicht anders als Bouzille so hart zuzusetzen, wenn es ihm, ehrlich gesagt, auch gegen den Strich ging, denn eigentlich empfand er für den alten Penner sogar ein gewisses Wohlwollen. Bouzille war eine Nummer für sich, dusselig und durchtrieben zugleich. Wenn man etwas aus ihm herauskriegen wollte, musste man es schlau anfangen ...

Bouzille schienen die Vorwürfe nicht besonders zu beeindrucken ...

— Na und? sagte er. ... Sie dürfen das nicht zu genau nehmen, Monsieur Juve, es sind harte Zeiten für arme Leute, und wenn ich auch ein reicher Bettler bin ...

— Ein reicher Bettler? fragte Juve ...

Schon schaltete sich Fandor ein und erklärte, was für einen tollen Beruf Bouzille jetzt ausübte.

— Mein Gott, Juve, ich hatte ganz vergessen, Ihnen zu erzählen, was mein Freund Bouzille vorhatte ... Vor einiger Zeit sagte er mir, dass er das Arbeiten satt habe und lieber in Rente gehen wolle ... und zwar nach Monaco, als Bettler, denn er glaubte, dass man in einem Land mit viel Zaster auch als Bettler nicht leer ausgeht! ... Und das hat sich bestätigt!

Juve lächelte über Fandors Worte und zuckte nur die Achseln, als Bouzille wieder losjammerte:

– Genau, Monsieur Juve! Genau so ist es, wie Monsieur Fandor sagt. Immer mein Rheuma, deswegen bin ich hier ... In Paris ist es zu kalt ... Der Arzt sagte, besser Côte d'Azur ...

Und nach einer kurzen Pause fuhr Bouzille fort:

– Bloss hier auf dem nassen Gras, da krepier ich mit Sicherheit! Besser, Sie sind so nett und nehmen mich mit ...

– Ins Kittchen, jawohl, Bouzille! ...

– Nicht doch, Monsieur Juve, nicht doch! ... Ich hab' genug gesessen, verflucht nochmal! Mehr hinter Gittern als anderswo! ... Sie können ruhig ein Auge zudrücken! ... Kommen Sie erst mal mit und trinken Sie was bei mir ...

– Bei Ihnen, Bouzille? Wo wohnen Sie denn?

– Wenn Sie das wissen wollen, Monsieur Juve, müssen Sie mitkommen und dann, wenn ich Sie schön bewirtet habe, müssen Sie mich in Ruhe lassen und dürfen mir nicht ins Handwerk pfuschen ... Sind ja doch nur Kinkerlitzchen, die Sie mir ankreiden ...

Juve hatte bestimmt seine Gründe, als er widerspruchslos auf den Vorschlag des alten Landstreichers einging.

– Gehen Sie nur vor! Wir kommen schon nach ... Aber keine Zicken, Bouzille! ... Wehe, Sie wollen sich dünne machen ...

– Abgemacht, Monsieur Juve! Dann schlagen Sie Alarm! ...

Bouzille trottete jetzt die Hauptstrasse entlang auf die Steilküste zu ... Juve und Fandor folgten mit etwas mulmigen Gefühlen.

– Na, Fandor?

– Na was, Juve?

– Weisst du, ich glaube, dieser Iwan Iwanowitsch ist ein ganz ausgekochter Bursche, um nicht zu sagen ein grosser Filou! ... Doch bei diesem Satz – Juve war in Gedanken immer noch bei dem vorhergegangenen Gespräch – zeigte Fandor sich höchst erstaunt:

– Iwan Iwanowitsch? Der ein Filou? Wo er doch für uns war bei der Schiesserei vorhin?

– Für uns? Gegen uns, meinst du! ... Er hätt' mich um ein Haar erwischt, der Kerl! Es fehlte nicht viel, und er hätt' mich direkt aufs Korn genommen.

Jérôme Fandor machte grosse Augen ...

– Iwan Iwanowitsch hat auf Sie gezielt, Juve? fragte er. Wo denken Sie hin, bester Freund! Ich war doch die ganze Zeit neben ihm und weiss, dass er nicht auf Sie geschossen hat, sondern auf die Angreifer!

– Auf die Angreifer? ... Jein! Du bist gut, Fandor ... Seine Kugel hätt' mich fast erwischt, und ich hab' genau gesehen, dass er auf mich zielte! ...

– Nie im Leben!

– Ich schwöre es dir!

– Juve, Sie irren sich!

– Fandor, das glaubst du doch selbst nicht! Iwan Iwanowitsch ist ein Filou!

– Iwan Iwanowitsch ist ein mutiger Zeitgenosse!

Sie hätten sich vielleicht noch lange über die Rolle des Kommandanten bei dem Überfall vorhin gestritten, wenn Bouzille sie nicht unterbrochen hätte.

Er hatte mit weit ausholender Handbewegung seine Kopfbedeckung abgenommen, war stehengeblieben und bat nun mit übertriebener Höflichkeit:

– Wenn die Herren so freundlich sein wollen, in meine bescheidene Behausung einzutreten ... sie sind herzlich willkommen! Bouzille öffnet seinen Freunden Juve und Fandor Tür und Tor! ...

Mehr konnte man nicht erwarten ...

Allerdings waren sich die beiden Freunde einig, dass trotz aller Jovialität in Bouzilles Reden doch allerlei im Dunkeln blieb ...

Bouzille bat sie, 'in seine Behausung' einzutreten, aber wo war denn eigentlich sein 'Zuhause'?

Fandor und Juve waren Bouzille aus der Stadt ins freie Land hinaus gefolgt und waren gerade an einem kleinen, in die Steilküste getriebenen, aber längst verlassenen Steinbruch angekommen; doch wohin die beiden Freunde auch blickten, sie entdeckten ringsum kein einziges Haus, keine Hütte oder Bleibe irgendeiner Art ...

– Bouzille, sagte Fandor ernst, zugegeben, Spass muss sein, aber auf die Schippe nehmen lassen wir uns nicht! ... Wo wohnen Sie denn? Auf freiem Feld?

Bouzille hatte seine Kopfbedeckung wieder aufgesetzt und schüttelte gewichtig den Kopf:

– Weit gefehlt! versicherte er. Mein Haus ist aus Stein, und sogar aus richtigen Quadersteinen, denn Sie sehen ja selbst, M'sieur Fandor, die Steilküste ist hier mindestens 40 Meter hoch ... und aus einem Stück ...

– Das soll heissen, Bouzille?

– Das soll heissen, Monsieur Fandor, dass ich in der Höhle wohne, die Sie da drüben sehen ... das hier ist die Treppe ... Und dabei wies Bouzille auf eine alte Leiter!

– Darf ich Sie nach oben bitten, fuhr er fort. Aber bitte achten Sie auf die Stufen, ein paar davon sind ziemlich wacklig ...

Die Stufen – denn so nannte Bouzille die Sprossen der Leiter, über die er in seine Höhle hineingelangte – die Stufen fehlten an den meisten Stellen, so dass es, ehrlich gesagt, einfacher gewesen wäre, die zu zählen, die noch übrig waren als diejenigen, die fehlten.

Aber weder Juve noch Fandor konnte so etwas abschrecken ... Sie stiegen schnell die wackelige Leiter hinauf und gelangten zu der Höhle, in der Bouzille hauste ...

– Das hier, sagte der Landstreicher, ist mein Schloss! Einen Moment, ich ziehe nur die Zugbrücke hoch, ich bin gleich wieder da ...

Bouzille zog die Leiter hoch und hängte sie an einen Felsvorsprung. Dann machte er die Honneurs ...

– Es ist so schwer, heutzutage gute Dienstboten zu bekommen, sagte Bouzille, da mache ich eben alles selbst; ich habe Weisswein und Rotwein, welcher ist Ihnen lieber? ...

Während Fandor einen Mordsspass daran hatte, die komische Behausung des alten Landstreichers kennenzulernen, war Juve wütend darüber, dass die Ereignisse diese Wendung genommen hatten; es ärgerte ihn vor allem, dass der Journalist Iwan Iwanowitsch verteidigte, der ihm selbst immer suspekter vorkam. Beide lehnten dankend ab:

– Wir sind nicht zum Trinken hier! sagte Juve. Sie sollen meine Fragen beantworten ...

– Wenn ich das kann, Monsieur Juve! Wenn ich das kann! ...

– Sie können es, Bouzille! ...

– Mag sein, mag sein auch nicht, Monsieur Fandor! ...

Juve gab Fandor zu verstehen, sich nicht einzumischen, denn er legte immer viel Wert auf exakte Verhöre und hatte keine Lust, mit Bouzille noch lange herumzuscherzen ...

Der Polizist ergriff daher wieder das Wort:

– Was machten Sie am Haus der Heberlaufs, Bouzille?
– Ich gehorchte, Monsieur Juve!
– Und wem? Bouzille?
– Wem? Keine Ahnung, Monsieur Juve! ... Man hatte mich hinbestellt, mich und meine Kumpel ...
– Ihre Kumpel, Bouzille? Was für Kumpel?
– Meine Kumpane eben! Leute, die Sie nicht kennen! ...
– Und warum wart ihr alle da?

Bouzille merkte, dass Juve nicht mit sich spassen liess und dass es besser war, sich seine Worte genau zu überlegen, wenn das Verhör nicht ungünstig ausfallen sollte. Er beschloss daher, möglichst vage Antworten zu geben und tat ganz geheimnisvoll:

– Mein Gott, Monsieur Juve, wir waren nun mal da ... weil wir da waren ... und nicht anderswo!

Und ausserdem hatten wir Anweisung ...
– Was für Anweisung?
– Das weiss ich nicht! ... Aber die mussten wir ja wohl befolgen, oder? Darum waren wir schliesslich gekommen, nur darum! ...

Wenn Bouzille glaubte, dass er Juve was vormachen könnte, dann hatte er seine Rechnung ohne den Wirt gemacht!

Juve war allzu sehr an vage Antworten gewöhnt, um nicht zu wissen, wie man im Bedarfsfall sein Gegenüber dahin bringt, sich klar auszudrücken ...

– Bouzille, sagte Juve, Vorsicht! Sie glauben, Sie können mir was vormachen. Aber ich lasse nicht mit mir scherzen!
– Aber ... Monsieur Juve ...
– Schluss, Bouzille! Schluss! ... Ich will eine klare Antwort! ... Gab es einen Grund, warum die einen oder anderen von ihnen am Heberlaufschen Hause waren? ...
– Tja, es gab einen Grund, Monsieur Juve ...
– Na also ... Und welchen?
– Nun ja, Monsieur Juve, da soll einer gesagt haben, wir sollten aufpassen, dass niemand an das Haus rankommt, es sogar mit Gewalt verhindern!
– Gut! ... Und wer war das?

Darauf stellte Bouzille sich wieder dumm:
– Nein! sagte er, danach müssen Sie mich nicht fragen, Monsieur Juve! ... Da kann ich Ihnen keine Antwort drauf geben ... Alles, was ich weiss, ist,

dass da Kumpel von mir sind, die mir soviel gesagt haben wie: 'Bouzille, wir sollen das und das tun, und jeder von uns kriegt soundsoviel, wenn alles glatt geht, und soundsoviel mehr, wenn's knallt ... Ist doch klar, dass ich da zugreife! ... Geld braucht man immer, auch wenn man reicher Bettler ist! ... Und das können Sie mir glauben, Monsieur Juve, die Piepen sind nicht geklaut, denn es war saukalt da oben! ...

Wieder versuchte Bouzille abzulenken ...

Fandor brachte ihn zurück zur Sache.

– Also, Bouzille, wer hat Ihnen das Geld gegeben?

– Ich hab's doch noch gar nicht, Monsieur Fandor!

– Wo kriegen Sie es denn?

– Was interessiert Sie das, Monsieur Juve?

Da machte Juve ein so drohendes Gesicht, dass Bouzille gar nicht erst versuchte, sich noch lange herauszureden.

– Na, meinetwegen, sagte er, wenn Sie's unbedingt wissen wollen, mir ist es egal! In der *Canadian Bar*, da wird ausgezahlt! ...

– Und wann, Bouzille?

– Tja ... jetzt, sofort, Monsieur Juve ...

Juve und Fandor waren gleichzeitig aufgesprungen, und Fandor schlug vor:

– Juve, wie wär's, wenn wir hingingen, zu dieser *Canadian Bar*? ...

– Genau das wollte ich auch vorschlagen, Fandor! ...

Und Bouzille, der unbedingt noch was rausschinden wollte, fügte hinzu:

– Gehen Sie ruhig hin, aber ich gebe Ihnen einen guten Rat: ich an Ihrer Stelle würde Papa Bouzille ein paar alte Klamotten abkaufen, die der schon passend zurecht macht, und ich kann dann mein 'Porträt' aufmöbeln, denn passiert es, dass man Sie erkennt, in der *Canadian Bar*, könnte Ihnen das die Petersilie verhageln!

Eine Viertelstunde später machten sich Juve und Fandor in alten Lumpen auf den Weg in die Vorstadt von Monaco ...

Die Stadt ist so reich und liegt in einem so begüterten Fürstentum, dass ihre Bürger das Glück haben, keinerlei Steuern zahlen zu müssen; deshalb gibt es in Monaco auch kaum Spelunken oder Kneipen, in denen die Unterwelt verkehrt ...

Es gibt übrigens gar keine Unterwelt in Monaco. Es werden erbarmungslos alle ausgewiesen, die keinen ordentlichen, anerkannten Beruf ausüben.

Bouzille, den man natürlich weder zur Kategorie der Rentner noch zur arbeitenden Bevölkerung zählen konnte, musste wer weiss was aufbieten, um nicht wieder rausgesetzt zu werden.

Die *Canadian Bar* jedoch war trotz ihrer schmucken Fassade aus imitiertem Mahagoni und der ovalen Spiegel und trotz der stets geschlossenen Gardinen, die den Passanten den Blick ins Innere versperrten, in Wirklichkeit eine recht miese Pinte. Von aussen versprach sie einen gewissen Komfort, doch kaum hatte man die Tür aufgemacht, da schlug einem schon abgestandener Tabak- und Alkoholgestank entgegen und nahm einem jede Illusion über die Annehmlichkeiten, die dieser Ort zu bieten hatte ...

Juve und Fandor liessen Bouzille als Ersten hineingehen und kamen dann in aller Ruhe nach. Es war ziemlich voll, so dass ihr Eintreten kaum beachtet wurde. Die beiden Freunde konnten sich unauffällig an einen der kleinen Pilztische heranmachen, die für die Kunden bereit standen.

– Zwei Klare! bestellte Juve laut ... Und zwar dalli! ... Während der Kellner die kleinen Gläser holte, beugte Juve sich zu Fandor vor.

– Augen auf! flüsterte er ihm zu. Schau dich um ... ich kümmer' mich derweil um Bouzille ...

Juve hätte sich den Ratschlag sparen können, denn Fandor nahm sowieso schon insgeheim jeden Kunden aufs Korn ...

Man sah einige Dienstboten, ein paar ordentliche Arbeiter und noch andere, eigentlich ganz korrekt aussehende Leute ...

Welche von ihnen gehörten wohl zu dem Trüppchen von Bouzille? Welche waren in der Bar und warteten auf ihre Penunsen ... denn Bouzille hatte ja versichert, dass gleich gezahlt würde?

Plötzlich beugte Fandor sich zu Juve und flüsterte ihm kaum vernehmbar ins Ohr:

– Wissen Sie, Juve, dass wir von allen am jämmerlichsten aussehen hier? Bouzille hat ein bisschen übertrieben! ... Die werden uns gleich vor die Tür setzen! ...

Aber Juve zuckte nur leicht die Achseln:

– Sei still, du Witzbold! Hast du denn nicht gesehen? ...

– Wer? ... Was? ...

– Da in der Ecke ... sieh doch ... der Dicke ...

Diesmal konnte Fandor seine Überraschung kaum verbergen, denn der Mann, den Juve ihm zeigte, war kein Fremder! Er kannte ihn nur zu gut!

Es war le Bedeau! Ja, le Bedeau, der gefürchtete Gangster, den jeder in Paris und erst recht in dem berüchtigten Viertel von la Villette kannte.

Was machte le Bedeau in Monaco?

Warum war dieser Erzgauner an die Côte d'Azur gekommen? Was für finstere Geschäfte betrieb er in diesem Land, in dem alles Luxus, Spiel und Vergnügen war?

Fandor und Juve hatten fortan nur noch Augen für den Gangster. Sie sahen ihn von vorne und hätten viel darum gegeben, wenn sie auch den andern so deutlich vor sich gesehen hätten, mit dem le Bedeau im Gespräch war ... Aber leider kehrte er ihnen den Rücken zu ...

Was tun?

Juve, der immer eine Patentlösung parat hatte, gab Fandor durch einen Blick zu verstehen, dass er sitzenbleiben solle. Juve hingegen erhob sich, verliess in aller Ruhe seinen Platz und lehnte sich an die Bar:

– Einen trockenen Madeira! bestellte er.

Danach drehte er sich um und sah nun Bedeaus Gesprächspartner von vorn.

In diesem Moment gesellte sich Fandor zu Juve, vermied es aber, sich umzudrehen.

– Wer ist das, Juve?

– Mario!

– Der Kümmelblättler?

– Psst, Fandor! Mal hören, was die reden ...

– Das war nicht schwer, denn le Bedeau sprach laut:

– Übrigens, spottete der Gangster, der schlecht gelaunt zu sein schien, das ist noch nicht alles, Kümmelblättler, es ist genug jetzt, mehr als genug! ... Ich predige nicht gerne zweimal dasselbe! Her mit dem Schmuck, oder es setzt was! Du bist mir einer! Willst alles für dich! ...

Doch der Kümmelblättler liess nicht mit sich scherzen!

– Den Schmuck rausrücken? sagte er, das fehlte noch! Wohl auch die ganze Expedition bezahlen, was? ... Du kennst mich schlecht ... Wenn ich arbeite, Bedeau, dann für mich und nicht für andere! Wenn ich an die Kissmi rangekommen bin und der ihr Blechzeugs abgestaubt hab, dann behalt ich die Pinke, das ist doch klar! ...

Le Bedeau wollte den Schmuck von Daisy Kissmi?

Und Mario hatte ihn gestohlen?

Juve hatte keine Zeit, lange darüber nachzudenken, denn seine ganze Aufmerksamkeit galt jetzt wieder Bouzille und einem langen Lulatsch mit Kammerdienerallüren, der diesem ganz sachte Geld in die Hand drückte ...
– Siehst du, Fandor, da! flüsterte Juve ... Bouzille bekommt seinen Lohn gezahlt. Wenn wir doch nur wüssten, wer die Überwachung des Heberlaufschen Hauses veranlasst hat ...
Aber Juve sollte nicht zu schnell aufgeben ...
Schon hörte er hinter sich le Bedeau mit dem Mann reden, der glatt und hölzern wie ein Hausdiener wirkte.
Le Bedeau, der immer ärgerlicher wurde, schimpfte heftig:
– Der Offiziersfritze kann lange warten, sagte er, für den arbeit' ich so bald nich' nochmal! ... So ein Geizkragen, der! ... 30 Piepen pro Kopf! ... Dabei haben wir uns abgerackert wie verrückt! Sowas nennt sich Iwan! ... 'Kniephahn' wäre richtiger! ...
Der Rest der Schimpfkanonade verlor sich im allgemeinen Getöse der Kaschemme, doch Juve strahlte:
– Siehst du! flüsterte er Fandor wieder ins Ohr. Jetzt ist es ganz klar, dass Iwan Iwanowitsch die Leute bezahlt hat. Er ist der Schuldige! Er hat uns in den Hinterhalt gelockt! ... Er hat Norbert umgebracht! Und er hat auch den armen Liebhaber der kleinen Louppe ermordet, und vorhin hatte er es auf unser Leben abgesehen ... Hast du gehört, Fandor? Es ist Iwan, der die Leute bezahlt hat!
– Das beweist gar nichts, Juve!
– Wieso beweist das nichts?
– Aber nein!
Fandor hatte Juve schon in ein paar Worten erklärt, was er selbst im Laufe des Tages erlebt hatte, wie er hinter dem jungen Mädchen hergelaufen war, das Denise hiess, und dass Iwan Iwanowitsch ihn daran gehindert hatte, sie einzuholen, aber sich nach Fandors Zwangsausflug aufs Meer bei ihm entschuldigt hatte und bereit gewesen war, ihn zu dieser Denise zu führen, die selbst das Treffen mit Fandor gewünscht hatte, das dann wiederum durch die Schlägerei in der Nacht geplatzt war ...
– Juve! folgerte Fandor, ich weiss nicht, was Sie haben? Sie verdächtigen immer den armen Seemann ... Ich kann Ihnen aber versichern, dass er mit alledem nichts zu tun hat! ... Die Banditen wurden bezahlt, damit niemand an diese Denise ran konnte ... aber das richtete sich nicht gegen Sie, Juve, das

richtete sich, wer weiss, ... vielleicht gegen mich! ... Gegen Iwan ... was weiss ich? Verstehen Sie, Juve? ...

– Oh ja! Durchaus!

– Dann verstehen Sie auch, dass wir des Rätsels Lösung nur finden, wenn wir Denise befragen?

Doch da stockte Fandor ...

Während er noch leise mit Juve sprach, kam es in der Spelunke zu einer Schlägerei!

Es waren Mario Isolino und le Bedeau, die aneinander gerieten ...

– Du Schuft! brüllte Mario, du hast mir die Juwelen der Kissmi geklaut!

– Du Saukerl! brüllte le Bedeau zurück. Du treuloser Verräter! Du willst alles für dich!

– Her mit dem Schmuck! ... Heraus damit! ...

– Ich hab ihn doch gar nicht, sag ich dir!

– Ich schlag dir die Fresse ein! ...

– Nur zu ... wenn du's wagst!

Dann war es plötzlich aus mit dem Kampf ...

Der Wirt der *Canadian Bar* war an Dispute dieser Art gewöhnt.

Er wusste sofort, was zu tun war ...

Er verliess seine Theke, ging zum Schalter und knipste kurzerhand das Licht aus! ...

Eine Schlägerei im Dunkeln war nicht gut möglich ...

Die lästigen Kunden rannten wie wild auf die Strasse, um ihren Streit endgültig auszufechten ...

– Bleib hier, Fandor! riet Juve, wir sehen uns das an ...

Aber im selben Moment packte die kräftige Hand des Wirts Juve an der Schulter:

– Ihr beiden! tönte der Koloss, der die Geschicke der *Canadian Bar* bestimmte, Ihr könnt euch das Haus mal von draussen ansehen! ... Ihr denkt wohl, das ist 'ne nächtliche Bewahranstalt? ... Ihr seid mir zwei Drecksäcke! ... Los! Raus mit Euch, ihr Bettelpack! Haut ab! ...

Da war es besser, keinen Widerstand zu leisten ...

Juve und Fandor liessen sich vor die Tür setzen! ...

Aber als sie auf der Strasse landeten, gingen le Bedeau und Mario, umringt von einem Kreis von Bewunderern, mit gezücktem Messer gerade aufeinander los.

Die Lage war tatsächlich ernst! ...
Wieder war es Juve, der die rettende Idee hatte ...
Er begann plötzlich zu rennen und machte Fandor ein Zeichen, ihm zu folgen.
– Achtung! ... brüllte Juve, Polypen! Rette sich wer kann! ...
Da lief alles, was Beine hatte.
Alle Gangster, alle finsteren Typen nahmen die Beine in die Hand und rannten hinter Juve her in dem guten Glauben, dass der Polizist einer der ihren war und gerade Alarm geschlagen hatte! ...
– Was ist das wieder für ein Trick? flüsterte Fandor, der neben Juve herlief und nicht kapierte, was der vorhatte ...
– Du wirst schon sehen! ... Lass die andern vorbei! ...
Juve hatte alles genau durchdacht!
Er liess sich überholen, schoss dann auf einmal vor und schnappte sich Mario Isolino:
– Halt! pustete Juve; du siehst doch, dass ich dich bloss aus den Fängen Bedeaus befreien will! Der hätte dich glatt gekillt! ...
Mario blieb ganz verdattert stehen. Während die andern Halunken weiter davonstoben, wechselte Juve unerwartet den Ton:
– Du Idiot! sagte er; hast du mich nicht wiedererkannt? ... Ich bin Juve! Von der Kripo! Und gerade dich wollte ich festnehmen! Nein! Kein Wort! ... Oder ich leg dich um! ...
Während er redete, hatte er Mario schon die Handschellen angelegt ...
– Vorwärts! sagte er. Wenn du uns hilfst und tüchtig auspackst, mag sein, dass ich und mein Kollege – Juve wies auf Fandor – glimpflich mit dir verfahren, sonst ...
Von da an wagte Mario keinen Mucks mehr ...
Fandor war wie erschlagen ... nur Juve schien hochbefriedigt zu sein! ...

12. Wieder die Hand!

– Juve!
– Fandor!
– Es ist ja schon hell, wie spät ist es?
– Keine Ahnung!

Juve streckte träge einen Arm unter den Decken hervor, warf einen Blick auf die Uhr, die auf dem Tischchen neben seinem Bett lag, schlug im selben Moment die Laken zurück und war schon auf den Beinen:

– Lieber Himmel, rief er, schon fünf Uhr!
– Wieso fünf Uhr? fragte Fandor noch halb im Schlaf, doch nicht fünf Uhr morgens?

Juve brummte berichtigend:
– Ach was, du Faulpelz, fünf Uhr abends; wir haben geschlafen wie die Murmeltiere!
– Donnerwetter, Juve, fuhr Fandor fort und konnte ein Gähnen kaum unterdrücken, wir hatten es aber auch nötig!

Seit zwei Tagen und zwei Nächten führten Juve und Fandor ein bewegtes Leben, ja, es war so aufregend und erschöpfend, dass es den stärksten Mann umwarf, und die beiden konnten wahrhaftig viel vertragen.

Kurz vor Morgengrauen waren sie endlich in ihr kleines Hotel *Zum Glück* zurückgekehrt, mit Mario Isolino, dem glücklosen Kümmelblättler, im Schlepptau, den sie mit viel Geschick am Ausgang der finsteren Spelunke eingefangen hatten; doch anstatt ihn ins Gefängnis zu bringen, hatten sie ihn bei sich behalten und ihn in eine kleine Kammer gesperrt, die neben ihrem Zimmer lag; dann hatten sie sich hastig ausgezogen, aufs Bett geworfen und waren im Nu in einen bleiernen Schlaf gesunken.

Sie wachten um fünf Uhr nachmittags wieder auf, waren glücklich, beisammen zu sein und begrüssten einander munter. Dann verstummten sie wieder, denn es fiel ihnen plötzlich ein, was zuletzt passiert war, und sorgenvolle Falten zeigten sich auf ihrer Stirn.

Jeder der beiden hatte einen Kummer, der ihm schwer auf der Seele lag. Im Verlauf ihrer Abenteuer, von denen sie einander nur in grossen Zügen erzählt hatten, waren Meinungsverschiedenheiten aufgetaucht, und je mehr sie versucht hatten, einander zu überzeugen, desto grösser wurde die Kluft.

Ja, Juve und Fandor, die sich bis dahin immer einig gewesen waren, spürten, dass sie von nun an etwas trennte! Jeder hatte seine eigene Meinung über den Kommandanten Iwanowitsch.

Juve war überzeugt, dass der Mann nur Böses gegen sie im Sinn hatte und ein ausgemachter Schurke war.

Fandor hingegen, der nach seiner unfreiwilligen Seefahrt eigentlich sehr gegen ihn eingenommen war, hatte bei dem anschliessenden Gespräch feststellen müssen, dass er es mit einem anständigen Menschen zu tun hatte, einem grundehrlichen Offizier, der zu nichts Bösem imstande war.

Juve und Fandor hatten am Vorabend sogar sauersüsse Worte gewechselt.

Fandor beschuldigte Juve eines starren Pessimismus, Juve wiederum fand Fandor viel zu naiv und warf ihm vor, dass er allzu leicht der ersten besten Regung nachgebe.

Der Polizist und der Journalist waren kaum wach, als sich ihnen die unangenehmen Erinnerungen vom Vorabend aufdrängten. Beide schwiegen und hatten keine Lust, das Gespräch vom Vorabend wieder aufzunehmen, versuchten aber doch, ein anderes Thema zu finden, um die Unterhaltung wieder in Gang zu bringen.

Es gelang ihnen nicht, doch ergab sich plötzlich von selbst eine Gelegenheit.

Aus dem Nebenraum drang dumpfes Stöhnen.

– Herrje, rief Juve, das ist unser Italiener, der auch gerade wach wird... ich nehme an, dass er genau so tief geschlafen hat wie wir...

– Und wer behauptet da noch, bemerkte Fandor ironisch, nur ein gutes Gewissen sei ein sanftes Ruhekissen!...

Die beiden Freunde lächelten sich zu, zogen sich dann in aller Eile an und schlossen die Tür zu der Kammer auf, die neben ihrem Zimmer lag.

Es war ein schmaler, langer Raum, eine Art Rumpelkammer, die nur durch ein Gitterfenster an der Decke Licht bekam. Auf dem Fussboden lag eine Ersatzmatratze, und auf dieser Matratze lag ausgestreckt, in seinen Sachen, der italienische Kümmelblättler.

Er war noch müder als Juve und Fandor und wollte unbedingt weiterschlafen, wenn er sich auch unruhig hin und her wälzte, nervös herumfuchtelte und immer wieder aufstöhnte. Der arme Kerl hatte noch die Handschellen um und die Beine zusammengebunden.

Juve hatte diese Massnahme für nötig gehalten, um jeden Fluchtversuch von vornherein zu vereiteln

Der Polizist und der Journalist betrachteten einen Moment den Kümmelblättler, der immer noch schlief.

Juve zuckte die Achseln.

— Was machen wir mit ihm? fragte er.

— Tja, erwiderte Fandor, wir müssen ihn los werden, so oder so ... er hilft uns nicht viel bei unserem Vorhaben ...

— Du bist gut, wandte Juve ein und verzog das Gesicht, Gangster, Diebe und Verbrecher interessieren dich nicht! Dir geht es allein um Fantomas oder um Leute, die direkt mit ihm zu tun haben ... Als Journalist hast du vielleicht recht, aber ich bin Polizist und muss mich auch mit anderen Typen abgeben.

— Ausserdem, fuhr Juve fort, wer sagt uns, dass der Kerl nicht in irgendeiner Weise zu der Bande gehört, die unser unfassbarer Feind offenbar am Gängelband hat?

Fandor wollte gerade antworten, als Mario Isolino aufwachte. Er schaute angstvoll wie ein verfolgtes Tier um sich, als er die beiden Männer vor sich sah, die ihn anstarrten. Er kam halbwegs auf die Knie, versuchte, seine beiden Hände zu einer flehentlichen Geste zu erheben und stotterte mit leicht italienischem Zungenschlag:

— Es tut mir leid, Monsieur Juve, all die Schereien von gestern abend, aber ich schwöre Ihnen, dass ich unschuldig bin ... vielleicht hier und da mal ein kleiner Diebstahl, aber das ist doch nicht der Rede wert ...

— Juve brummte:

— Das können Sie dem Richter sagen, ich hab' darüber nicht zu urteilen.

Der Italiener plädierte weiter in klagendem Singsang um Nachsicht und war schier verzweifelt, dass er vor Gericht gestellt werden sollte.

— Ich bin verloren, sagte er, wenn ich die Richter sehe ... das macht mich fertig ...

Juve fiel dem Kümmelblättler ins Wort:

— An Ihrem Ruf ist wahrscheinlich nichts mehr zu verlieren, und ausserdem wären wir gar nicht böse, wenn wir durch den Untersuchungsrichter herausbekämen, was Sie bis jetzt so getrieben haben ...

Mario Isolino blickte verzweifelt gen Himmel:

— Monsieur Juve, oh, Monsieur Juve, jammerte er, wie können Sie nur so gemein sein. Gestern abend hatte ich noch die grosse Ehre, mit Ihnen zusammen am selben Tisch zu dinieren, wie es sich für einen Mann von Welt – wie mich und wie Sie – schickt ... Hören Sie, Monsieur Juve, nehmen Sie mir für ein Weilchen diese Handschellen ab, die mir in die Gelenke schneiden, und ich erzähl' Ihnen meine Geschichte, offen und ehrlich ...

Juve und Fandor wechselten einen Blick, und schon stand ihr Entschluss fest.

Vielleicht meinte der zwielichtige Kerl es ehrlich? In dem Fall sollte man ihn unverzüglich anhören ... man würde hinterher überlegen, was geschehen sollte.

Juve ging auf den Wunsch des Italieners ein und befreite ihn von den Handschellen, doch liess er die Beine noch gefesselt. Mario Isolino versuchte mit übertriebener Höflichkeit, unterwürfig und kriecherisch wie ein Hund, Juve die Hände zu küssen, doch der Polizist wies diese Dankesbekundungen von sich:

– Weniger Getue, Mario Isolino, sagte er, mehr Aussagen. Die Wahrheit, die ganze Wahrheit, nichts als die Wahrheit!

– Ich schwöre, erklärte feierlich der Italiener und hob die rechte Hand zum Fenster, als wollte er den blauen Himmel darüber zum Zeugen anrufen.

Mario Isolino setzte sich daraufhin auf den Boden zwischen die beiden Männer und begann, ihnen seine Abenteuer zu erzählen; zwischendurch flehte er immer wieder die Heilige Jungfrau an, beteuerte seine Ergebenheit gegenüber der französischen Republik und verspottete, ja verfluchte die Anarchisten.

Es war ein Gefasel sonder gleichen, ein Schwall von Worten ohne Sinn und Verstand, aus denen Juve und Fandor jedoch heraushörten, was für ein bewegtes Leben der Italiener geführt hatte, bevor er anfing, mit gezinkten Karten zu arbeiten, was er dank der Geschicklichkeit seiner Hände wie kein anderer beherrschte; er war bei einem Zauberkünstler in die Lehre gegangen, hatte sich als Schuhputzer sein Geld verdient, sich eine zeitlang als Sekretär eines österreichischen Herzogs durchgeschlagen, doch sein eigentlicher Beruf war und wäre es noch, wenn er die Wahl hätte: Croupier in einem Spielkasino!

Von allem, was Mario Isolino erzählte, hatte Juve nur diesen einen Punkt behalten, der ihm äusserst wichtig schien.

Nachdem der Italiener geendet hatte und mit beredter Mimik Fandors Beifall erheischte, den der Journalist ihm übrigens nicht gewährte, weil er sich nicht einmischen wollte, obwohl er am liebsten laut gelacht hätte, entwikkelte Juve ein ganzes Konzept, das er den beiden kurz darauf mitteilte.

— Mario Isolino, erklärte er in der umgänglichen, biederen Art, die er immer hervorkehrte, wenn er etwas erreichen wollte, Mario Isolino, es kommt mir vor, als seist du ein ehrlicher Mensch und dass nur die Not dich zum Ganoven gemacht hat ...

— Genau, Monsieur Juve, genau so ist es, stimmte der Italiener zu, ja, das ist richtig! Erst Ganove, dann Ehrenmann ...

— Nein, berichtigte Juve, das Gegenteil, aber das spielt im Augenblick keine Rolle ... Hör mal, Mario Isolino, ich mache dir einen Vorschlag: Wenn du bereit bist, mir zu gehorchen und genau das zu tun, was ich dir sage, und zwar achtundvierzig Stunden lang, richte ich es so ein, dass ich am dritten Tag nachlässig genug bin, dich an einer Strassenecke aus den Augen zu verlieren und nicht wiederzufinden ...

— Abgemacht, Monsieur Juve, rief der Kümmelblättler, und sein Gesicht strahlte vor Freude. Ich gebe Ihnen mein Ehrenwort als Ehrenmann! ...

Fandor sah Juve verwundert an und fragte sich, worauf der Polizist hinaus wollte.

Er sollte es bald erfahren.

Juve erklärte daraufhin dem ehemaligen Croupier in allen Einzelheiten, was er von ihm erwartete.

— Mario Isolino, sagte er, es passieren merkwürdige, unbegreifliche Dinge im Spielsaal von Monte Carlo, insbesondere am Tisch Nummer Sieben ... Ich möchte wissen, ob jemand den Tisch manipuliert und wer es ist. Da du dich auskennst auf dem Gebiet und auch als ehemaliger Zauberkünstler über besondere Fertigkeiten verfügst, muss es dir ein Leichtes sein, jede verdächtige Bewegung, jeden unsauberen Trick aufzudecken. Du gehst heute nachmittag mit uns ins Casino, setzt dich an den Spieltisch und hältst die Augen offen. Fandor und ich werden in der Nähe sein. Sobald etwas Ungewöhnliches passiert, sagst du uns Bescheid, und wir schalten uns ein. Ist das klar?

— Oh, Monsieur Juve, Monsieur Juve, rief der Kümmelblättler und warf sich vor dem Polizisten auf die Knie, ich bin sicher, dass die Mutter Gottes Sie hergeschickt hat, um mir aus der Patsche zu helfen! Ich krieg' bestimmt 'raus, was Sie wissen wollen ... Es ist für mich eine grosse Ehre, mit der Polizei zusammen zu arbeiten, und Sie können sicher sein, Monsieur Juve, dass ich es zu schätzen weiss!

– Moment! warf Juve lächelnd ein, Polizisten und Polizeispitzel sind nicht dasselbe ... aber du siehst ja, Mario Isolino, dass man nie die Hoffnung aufgeben soll ... Fürs erste sage ich dir noch einmal, Vorsicht, versuche nicht, uns ein Schnippchen zu schlagen. Wenn du nicht parierst, bist du im Handumdrehen gefesselt wie gestern abend. Beim ersten Muckser knallt's! Zwölf Schuss, sechs aus meinem Browning und sechs aus Fandors! Hier sind die beiden Prachtexemplare ...

Der Polizist wies mit einem gewissen Vergnügen auf die beiden Waffen, die nebeneinander auf dem Tisch lagen. Und er fügte noch drohend hinzu:

– Und wenn das Dutzend nicht genügt, hat einer von uns immer Zeit, neu zu laden ...

– Ich verstehe! ... Ich verstehe! ... versicherte Mario Isolino. Monsieur Juve, Sie können sich auf mich verlassen ...

– Noch ein Wort, sagte der Polizist rasch, ich weiss nicht, ob du Geld hast, aber ich rate dir, nicht zu spielen, wenn du auf deinem Posten am Roulette-Tisch sitzt ... andernfalls garantiere ich für nichts mehr!

Um sechs Uhr herrschte im Casino Hochbetrieb.

Es war noch voller als gewöhnlich, und in dem überheizten Saal, wo jeder es eilig hatte, sein Glück zu versuchen, hörte man hastiges Atmen, dumpfes Gemurmel, helles Klicken übereinander gleitender Goldstücke und nervöses Geraschel mit zerknitterten Geldscheinen, während die Croupiers von Zeit zu Zeit mit monotoner Stimme die üblichen Parolen ausriefen:

– Faites vos jeux, Messieurs ... rien ne va plus ...

Dann rasten die Kugeln über die Roulette-Scheibe, und sobald sie stillstanden, gab der Spielleiter die Gewinnzahlen und ihre Sequenzen bekannt: Pair, Manque und Rot oder Impair, Schwarz und Passe, was ein beifälliges oder enttäuschtes Gemurmel zur Folge hatte.

Am siebten Roulette-Tisch wagte niemand nach allem, was vorgefallen war, insbesondere nach dem immer noch nicht aufgeklärten Mord an Norbert du Rand, auf die Zahl Sieben zu setzen.

Glücksspieler sind abergläubisch, und auch die Unbefangensten hätten nicht mit dieser Zahl gewinnen wollen, die zwar zuerst Glück gebracht hatte, dann aber grausame Erpressungsmanöver nach sich zog.

Juve und Fandor gingen scheinbar gleichgültig durch die strahlend hell erleuchteten Räume.

Sie sprachen wenig miteinander, denn sie wollten auf keinen Fall Aufsehen erregen, obgleich die Spieler kaum wahrnahmen, was um sie herum vorging, und einzig mit dem Spielablauf beschäftigt waren.

Juve und Fandor jedoch hielten sich ganz in der Nähe des berühmten Tisches Nummer Sieben auf, der allen so viele Rätsel aufgab.

Der Kümmelblättler sass ganz vorn und gab ihnen hin und wieder durch Blicke zu verstehen, dass er nichts Ungewöhnliches feststellen könne.

Die Aufregung schien sich im Übrigen gelegt zu haben, die Roulettezahlen gewannen mit einer Unregelmässigkeit, die auf die Spieler beruhigend wirkte, da sie an den Wechsel von Gewinn und Verlust gewöhnt waren und somit alles weder besser noch schlechter als üblich ablief.

Juve hatte Monsieur de Vaugreland gesehen, der zufrieden lächelnd durch den Saal ging.

Es war offensichtlich für den Casino-Direktor eine grosse Genugtuung, dass nichts Besonderes passierte.

Fandor bemerkte unter den vielen verschiedenartigen Menschen am Tisch ein paar bekannte Gesichter.

Da waren der Comte de Massepiau, zwei oder drei junge Leute aus Paris, die er von Ansehen kannte, einige Frauen, ein paar Luxuskokotten sowie Conchita Conchas, die jeden Tag in einem neuen Kleid erschien ...

Der Journalist hatte überdies den russischen Offizier entdeckt, der sich ausgerechnet in der Nähe des Tisches Nummer Sieben aufhielt.

Fandor wollte Juve gerade am Arm wegführen, um zu vermeiden, dass er dem Kommandanten Iwan Iwanowitsch unpassende Fragen stellte, denn er wusste nur zu gut, was sein Freund von dem Russen hielt.

Aber kaum hatten die beiden Männer den Rücken gekehrt, als vom besagten Tisch ein Aufschrei ertönte, der sie sofort wieder kehrt machen liess.

Alle blickten höchst verdutzt, wiesen mit dem Finger auf das grüne Tuch und tauschten beinahe laut ihre Meinungen aus; nur der Croupier liess sich nicht beirren, sondern rief unablässig in dem gleichen ungerührten Ton:

– Faites vos jeux, Messieurs!

Juve und Fandor begriffen bald, was die allgemeine Verwunderung auslöste. Zum erstenmal seit Beginn der Partie, das heisst seit nunmehr drei Stunden, in denen ununterbrochen an diesem Tisch gespielt wurde, hatte jemand auf die unheimliche Zahl gesetzt ... Ein Unwissender oder besonders Mutiger hatte die Sieben gespielt! ...

Sein Einsatz war hoch, verhältnismässig hoch: fünfhundert Francs auf Chance.

Wer mochte der Spieler sein?

Juve und Fandor wechselten einen verstohlenen Blick. Und der Polizist, der in diesem Moment Iwan Iwanowitsch bemerkte, flüsterte Fandor ins Ohr:

– Ich wette, das ist wieder ein Coup deines Kommandanten!

Fandor schüttelte den Kopf, denn er musste Juve abermals widersprechen, tat es aber mit voller Überzeugung.

Er hatte den Offizier schon ein Weilchen beobachtet und war sicher, dass er nicht der Spieler der Sieben war.

Rasch wurden die anderen Zahlen belegt, denn die Spieler schienen mit fieberhaftem Eifer gegen die fatale Zahl Sieben anspielen zu wollen ...

Die kleinen Fächer des grünen Tuchs füllten sich wie durch ein Wunder mit zerknitterten Geldscheinen und funkelnden Goldstücken.

– Rien ne va plus! erklärte der Spielleiter.

Danach herrschte eindrucksvolle Stille, solange die Kugel ihren sprunghaften, atemberaubenden Lauf gegen den Uhrzeigersinn auf der Rouletteschiebe vollführte. Dann schien sich zwischen der Kugel und den Nischen ein Übereinkommen anzubahnen. Der anfängliche Schwung und die Schnelligkeit der Bewegungen liessen nach; die Kugel rollte wie gewöhnlich in ein kleines Fach, kam schnell wieder daraus hervor, rollte in ein anderes und gab auch das wieder auf; dann lief sie die dritte Nische an, aus der sie nun noch unbekümmerter wieder hervorkam ...

Je langsamer sie wurde, je zögernder sie rollte, desto mehr wuchs die Spannung der Anwesenden.

Als Erste stiess eine alte Dame einen meckernden Schrei aus, während zwei dicke Türken mit gelben Gesichtern in tiefen Brusttönen ihrer Erregung Ausdruck gaben.

Dann war es wie ein grosser Aufschrei aus allen Kehlen, der die Stimme des Croupiers übertönte, welcher nur mit Mühe die Gewinnzahl ansagen konnte ...

Alle hatten es gesehen.

Es war die Sieben!

Zum ersten Mal hatte jemand auf die Sieben gesetzt, und die Sieben hatte sofort gewonnen!

Noch hatte keiner seine Fassung wiedergefunden, als der Kassierer auch schon mit seinem Rechen einen gewaltigen Haufen Goldes, das Fünfunddreissigfache des Einsatzes, über den Tisch schob.

Wer würde denn diese Riesensumme einstecken?

Alle Augen richteten sich gespannt auf die Stelle, wo die Goldstücke lagen; das Staunen wurde immer grösser: es entstand ein leichtes Geschubse, und dann sah man nacheinander zwei Hände nach dem Goldberg greifen, zu dem sich merkwürdigerweise mehrere Personen vorbeugten.

Würden etwa zwei Spieler einander den Besitz streitig machen?

Die Bewegung hatte kaum eine Sekunde gedauert.

Juve und Fandor hatten es miterlebt, doch schon drang ein doppelter Entsetzensschrei aus ihren Kehlen, der kurz darauf von allen Zeugen des unglaublichen Vorgangs wiederholt wurde. Alles war blitzschnell gegangen, aber des Rätsels Lösung würde vielleicht eine Ewigkeit auf sich warten lassen.

Was passiert war, war folgendes:

Eine erste, ganz weisse Hand, die anscheinend aus einem schwarzen Umhang hervorkam, hatte die Goldstücke mit Beschlag belegt, doch hatte sich gleichzeitig eine andere Hand auf die erste gelegt.

Von der anderen Hand wusste man sofort, woher sie kam: es war die Hand des Kümmelblättlers Mario Isolino. Juve und Fandor war es klar, dass der Italiener der Spielleidenschaft nicht hatte widerstehen können und, entgegen den präzisen Anweisungen des Polizisten, sich hatte hinreissen lassen, doch zu spielen ...

Und da geschah eben das Rätselhafte.

Von dem Umhang, der wahrscheinlich den Arm verhüllte, an dessen Ende sich die weisse Hand befand, war nichts mehr zu sehen.

Doch Mario Isolino hatte einen Entsetzensschrei ausgestossen und seine Hand hochgerissen, als ob sie mit etwas Widerlichem in Berührung gekommen wäre ...

Was man aber jetzt sah, und was alle mit verstörten Augen anstarrten, während einige Frauen in Ohnmacht fielen und ein allgemeines Durcheinander den Spielverlauf störte, ja, was man oben auf dem Haufen Goldstücke liegen sah, war eine ganz weisse Hand, aber eine Hand, die am Handgelenk abgeschnitten war, eine einzelne Hand ohne Arm, eine Totenhand!

Juve und Fandor waren herbeigestürzt ...

Sie schauten einen nach dem anderen an und durchsuchten fieberhaft alle Anwesenden, um den Umhang wieder zu finden, unter dem die Hand einen Moment versteckt gewesen war. Der Umhang war verschwunden, und derjenige, der ihn trug, ebenfalls ...
– Schon wieder der Russe! schimpfte Juve ...
Fandor gab vor Schrecken keine Antwort.
Derweil waren wie aus heiterm Himmel auch die Spielaufseher auf dem Plan.
Sie liessen sofort den Tisch Nummer Sieben räumen, das Publikum wurde ferngehalten, und die Aufseher bildeten einen undurchdringlichen Kreis um das grüne Tuch.
Als Monsieur Amizou, der Polizeikommissar, den glücklosen Mario Isolino am Kragen packte, um ihn über den unglaublichen Vorfall zu verhören, waren Juve und Fandor auch schon an seiner Seite.
Im Nu hatte man den Italiener aus dem Spielsaal geschafft, das Gold war in die Kassen des Croupiers zurück geflossen, und ein Aufseher hatte die Totenhand an sich genommen und hielt sie in seinem Hut versteckt.
Dann versammelten sich alle, die in irgendeiner Weise mit dem unbegreiflichen Vorfall etwas zu tun hatten oder haben konnten, am Ende eines Korridors in einem leeren, fensterlosen Raum, in den gewöhnlich die Betrüger geführt wurden.
Mario Isolino, den man hart angepackt hatte, pustete wie ein Blasebalg, war kreidebleich, völlig aufgelöst und rollte angstvoll mit den Augen.
Monsieur Amizou, der Kommissar, begann schonungslos sein Verhör:
– Name, Vorname, Wohnort? Was ist vorhin passiert? Woher stammt diese Totenhand?
Der Polizeibeamte hielt dem Italiener die fahlen Finger unter die Augen, auf die sich kurz zuvor dessen warme, behaarte Hand gelegt hatte. Mario Isolino war ausserstande zu antworten, er begriff nichts, aber auch gar nichts von dem, was vorging.
Er blickte flehentlich und angstvoll zu Juve hinüber und stammelte nur:
– Ach, tut mir das leid! ... So ein Unglück! ... Heilige Mutter Gottes, rette mich!
Juve merkte deutlich, dass der armselige Kümmelblättler mit der ganzen Sache nichts zu tun hatte. Er hatte auf den ersten Blick die Unglückshand wiedererkannt. Die Totenhand war dieselbe, die Monsieur de Vaugreland am Vortag in seiner Schublade gefunden und wahrscheinlich dem Polizeikom-

missar übergeben hatte, der sie wohl nicht sorgsam genug verwahrt hatte.
Wie kam die Hand hierher?
Juve konnte sich keinen Reim darauf machen, Fandor ebenso wenig ...
Monsieur Amizou, der immer ärgerlicher wurde, weil sein Verhör keine Aufklärung brachte, befahl seinen Leuten, den Kümmelblättler zu durchsuchen.
Mario Isolino liess es gern geschehen, denn er schien überzeugt, dass man nichts Belastendes bei ihm finden würde ...
Doch die Bestürzung des Mannes kannte keine Grenzen, als man eine Anzahl von Schmuckstücken aus seinen Taschen zutage förderte.
Der Kommissar triumphierte, während Fandor, als er sie sah, nicht umhin konnte auszurufen:
– Na sowas! Das ist doch der gestohlene Schmuck der Daisy Kissmi! ...
Juve war ebenfalls hinzugetreten.
Während die Polizeibeamten Mario Isolino nicht aus den Augen liessen, wandte man sich von der Hand ab und nahm sich nun die einzelnen Schmuckstücke vor:
Man muss sie sofort der Besitzerin zurückgeben, verfügte der Kommissar, sobald feststeht, dass es ihre sind ...
Dann wurde der Polizeibeamte wieder nervös:
Er sah Mario Isolino an, der ganz blass war, während er selbst bei dessen Anblick hochrot im Gesicht wurde:
– Ab mit dem Mann ins Gefängnis! befahl er. Und passt gut auf ihn auf!
– Gnade ... Gnade ... bettelte noch der Unglückliche ...
Bald war nichts mehr von ihm zu hören.
Ohne dass jemand etwas sah oder merkte, wurde der Kümmelblättler durch eine Geheimtür über einen Dienstbotenaufgang zu einem Wagen gebracht, der etwas abseits vom Casino stand.
Er brachte ihn zur Festung Saint-Antoine ...
Zehn Minuten später dachte Mario Isolino zwischen den vier Wänden einer engen Zelle darüber nach, wie sonderbar das Leben ihm mitspielte.
– Na, Miss Daisy, was halten Sie von dem Fund? ...
Mit diesen Worten wandte sich Fandor an die Demimondäne, die auf einem hohen Barhocker am Eingang zum Atrium sass und ihren vierten Cocktail an diesem Abend als Apéritif schlürfte ...
Daisy Kissmi wurde langsam blau, wie gewöhnlich. Eine Stunde vorher

hatte man sie in die Verwaltung gerufen und gebeten, den ihr gestohlenen Schmuck genau zu beschreiben.

Die junge Frau hatte der Aufforderung willig Folge geleistet, bis der Polizeikommissar zu ihrem grossen Erstaunen auf einmal zu ihr gesagt hatte:

– Hier haben Sie Ihren Schmuck, Madame. Darf ich sie bitten, mir eine Quittung darüber zu geben ...

Daisy Kissmi bestätigte den Empfang, nahm ihre Schmuckstücke und steckte sie nachlässig in die Handtasche. Dann begab sie sich wieder in die Bar ...

Dort war Fandor mit ihr zusammengetroffen.

Der Journalist fragte interessiert:

– Sie müssen ja überglücklich sein, dass Sie Ihre Juwelen wiederhaben ...

Und er fügte ironisch hinzu:

– Womöglich ist es Familienschmuck? ...

Die Engländerin ging auf den Spass ein:

– I wo! Sie machen wohl Witze, Fandor? ... Ach was, ich bin gar nicht froh ... Es war grosses Pech für mich, dass man die Sachen wiedergefunden hat ...

– Wieso? fragte der Journalist, der bei diesen unerwarteten Worten aufhorchte.

Die Engländerin, die schon bedenklich auf ihrem Hocker schwankte, brachte ihre Lippen ganz nah an Fandors Ohr:

– Ach! sagte sie, so verstehen Sie doch ... die Steine sind doch alle nicht echt ... yes! Einfaches Glas, Doublé-verarbeitet, ich habe nie meinen Echten um, wenn ich ausgehe, und da der ganze Klimbim versichert ist, hoffte ich schon, dass ich eine schöne Summe ausgezahlt kriege, weil er mir doch gestohlen worden war!

– Soso, murmelte Fandor, kein schlechter Gedanke ...

Dann dachte er bei sich:

– Es sind wirklich merkwürdige Zeiten ...

Daisy Kissmi aber schien das alles nicht viel auszumachen, sie bestellte einen neuen Drink.

Diesmal war es ein Whisky-Soda – mit viel Whisky und wenig Soda.

13. Ein Amateur-Kommissar

Wer zufällig in das Zimmer gekommen wäre, das Juve und Fandor in dem Hotelchen *Zum Glück* bewohnten, wäre entsetzt zurückgewichen, wenn er gesehen hätte, womit die beiden Freunde beschäftigt waren.

Juve sass an einem Tischchen, über das ein weisses Tuch gebreitet war, während Fandor sich auf Juves Rückenlehne stützte, und beide blickten angespannt und neugierig auf zwei makabre Gegenstände, die einmal zu einem menschlichen Körper gehört hatten, zwei fahle, schwärzliche blau-rote Totenhände, umschwärmt von dicken Schmeissfliegen, die sich mit Gebrumm darauf niederliessen ...

— Juve, sagte Fandor angewidert, diese Untersuchung ist einfach abscheulich! Ich glaube, Sie sollten die beiden Horrorexemplare lieber in die Leichenhalle von Monte Carlo bringen ... Ich kann mir nicht vorstellen, was Sie sich von dieser peniblen Untersuchung versprechen ...

Doch wenn Fandor schon nicht ahnte, worauf Juve hinaus wollte, so konnte er ihn erst recht nicht davon abbringen.

Zunächst gab dieser keine Antwort, dann zuckte er die Achseln ... und schliesslich erklärte er etwas phrasenhaft:

— Fandor, du redest wie ein Kind! ... Verstehst du denn nicht, was ich suche? Du Trottel! ... Du hast Augen im Kopf und siehst doch nichts! ...

— Mag sein, Juve! Sehen Sie denn etwas?

— Oh ja, allerhand sogar ... Zunächst mal frage ich dich, was sind das für Hände? Männer- oder Frauenhände?

— Männerhände, Juve, ganz eindeutig.

— Gut! ... Das glaube ich auch ... Gentlemanhände oder Arbeiterhände?

— Hm! Eher Arbeiterhände ... Die Nägel sind ziemlich ungepflegt.

— Ja, du hast recht. Und jetzt eine wichtige Frage, Fandor ...

— Nämlich?

— Gehören, oder vielmehr gehörten die beiden Hände zu derselben Person?

— Ja ... das könnte sein ...

— Ja, Fandor, das könnte sein ... aber du bist nicht sicher! ... Das muss man eben herauskriegen. Leider ist aber nur die linke Hand, die wir zuerst in der

Lade von Monsieur de Vaugreland und später auf dem Spieltisch gefunden haben, in tadellosem Zustand und für unsere Untersuchungen zu gebrauchen. Die rechte hingegen, die wir auf den Schienen von Arles entdeckt haben, ist völlig zerquetscht, zermalmt. Also, was?

Fandor gab keine Antwort, und Juve fuhr fort:

– Wir müssen aber was tun! Wir müssen es herauskriegen!

Vergiss nicht, Fandor, dass wir in erster Linie in Monaco sind, um den Mörder von Norbert du Rand aufzuspüren, und erst an zweiter Stelle, – aber das ist unsere Sache und nicht offiziell – um Fantomas zu schnappen! ...

Wer den armen Norbert ermordet hat, ... tja, das wissen wir noch nicht ... Und was Fantomas betrifft, so nehmen wir an, dass er uns diese menschlichen Überreste auf den Weg gestreut hat. Wenn wir ihm auf die Spur kommen wollen, müssen wir wohl erst mal herausbekommen, wie sein Opfer hiess ... ich meine, die Leiche finden, die keine Hände mehr hat ... vorausgesetzt, dass beide von ein und derselben Leiche stammen ... wenn sie zu verschiedenen Leichen gehören, müssen wir eben zwei Leichen finden ... Ich glaube, wir werden bald wissen, in welche Gestalt Fantomas diesmal geschlüpft ist ...

Fandor nickte zustimmend, konnte es aber nicht lassen, seinen Freund ein wenig zu frotzeln ...

– Richtig, Juve! Aber das ist wie mit den Vögeln, die man einfängt, indem man ihnen Salz auf den Schwanz streut ... Schafft man es, das ist die ganze Frage ... Ich weiss genau, wie man Fantomas schnappen könnte, aber ob wir das schaffen, das ist es eben ...

Fandor war skeptisch, und Juve wusste nicht recht, was er ihm entgegenhalten sollte, denn eigentlich hatte der junge Mann gar nicht so unrecht: es war ganz und gar nicht einfach, die beiden amputierten Hände zu identifizieren, die Juve da sozusagen unter die Lupe nahm!

Plötzlich wurde zweimal leise an die Tür geklopft.

Wer mochte das sein?

Juve und Fandor sahen sich bestürzt an, denn sie hatten niemandem ihre Adresse gegeben, seitdem sie in Monte Carlo waren. Sie erwarteten keinen Besuch ...

– Mach auf! riet Juve, der rasch das Tuch über die beiden Hände geschlagen hatte. Mach auf, Fandor! ...

Fandor öffnete halb die Tür, und als er sah, wer draussen stand, machte er sie ganz auf:

— Sie, Bouzille! Was, zum Teufel, machen Sie denn hier?

Bouzille lachte etwas scheinheilig, begrüsste Fandor mit übertriebener Ehrfurcht und verbeugte sich tief vor Juve, der sich schon über die Störung ärgerte:

— Was mich herführt, begann Bouzille, was mich herführt, liebe Kollegen, ist mein Sinn für Recht und Gerechtigkeit!

Nach diesem sonderbaren Auftakt musterte Juve den Penner mit einem Blick, der nicht viel Freundlichkeit versprach.

Fandor fragte recht barsch:

— Sagen Sie mal, Bouzille, Sie sind wohl übergeschnappt? Liebe Kollegen! Was heisst denn das? Wieso sind Sie unser Kollege? Sind Sie auf einmal Journalist?

Bouzille tat beleidigt:

— Journalist? Igittigitt! Ein Beruf, wo man schreibt, was man nicht weiss ... Nein, danke, Monsieur Fandor! ... Journalist werd' ich nie!

— Und Polizist, ... Kommissar?

— Kommissar, erwiderte Bouzille schlagfertig, Kommissar bin ich ja schon, oder haben Sie das vergessen, Monsieur Fandor? Wenn Sie über die Schlägerei bei den Heberlaufs etwas in Erfahrung gebracht haben, dann verdanken Sie es mir! Und ich war es auch, der Sie zur *Canadian Bar* geführt hat! Und ...

Juve fiel dem guten Mann ins Wort:

— Hören Sie, Bouzille, wir haben keine Zeit zu verlieren! Was wollen Sie hier? Wozu sind Sie gekommen? Raus mit der Sprache und dann ab durch die Mitte! ... Wir haben zu tun ...

Juve ahnte leider nicht, dass es noch schwerer war, Bouzille zu beeindrucken als Fantomas zu schnappen! ... Er stand völlig ungerührt da und machte keinerlei Anstalten zu verschwinden ... Im Gegenteil, er liess sich zum Erstaunen von Juve und Fandor gemächlich in einem Sessel nieder und redete weiter:

— Monsieur Juve, mein lieber Kollege, nein, im Ernst, das finde ich nicht nett von Ihnen! ... So behandelt man keinen Kollegen! ...

Juve sprang auf:

— Raus mit Ihnen, zum Donnerwetter!

— Nicht doch, Monsieur Juve! Nicht doch! ... wehrte sich Bouzille, sagen Sie das nicht! ... Wo ich doch mithelfen will ...

— Mithelfen? Wobei denn?
— Bei Ihren Untersuchungen natürlich!
— Haben Sie uns denn was mitzuteilen?
— Ja freilich, Monsieur Juve!
— Dann sagen Sie es doch, Himmel, Sakra!
Aber Bouzille schüttelte hartnäckig den Kopf:
— Nein, nein, so geht das nicht, Monsieur Juve ... Jede Arbeit verdient ihren Lohn ... Sagen Sie mir Ihren Preis! ...
— Wieso meinen Preis?
— Ja, Monsieur Juve, Ihren Preis! ... Ich weiss was, das wird Sie interessieren ... oder ich weiss, wer was weiss ... und da werden Sie doch was springen lassen? Sagen wir zehn Francs? ...
Juve wurde immer ungeduldiger und packte Bouzille an den Schultern:
— Raus hier! sagte er wieder ... Sie wissen überhaupt nichts! Das ist alles Theater, um uns zehn Francs aus der Tasche zu locken!
Doch zum Glück hatte Fandor mehr Geduld als Juve.
— Lassen Sie ihn! sagte er. Man kann nie wissen ...
Und er begann nun selbst, Bouzille auszufragen:
— Also, Bouzille, was wissen Sie?
— Zehn Francs, Monsieur Fandor! ...
— Die kriegen Sie danach, Bouzille ...
— Nein, Monsieur Fandor, vorher!
— Sie trauen uns wohl nicht, was?
— Trauen Sie mir etwa?
Fandor sah ein, dass er bei dem Penner so nichts erreichen würde ...
Bouzille hatte viele Fehler, aber auch ein paar gute Seiten; er liess hier und da was mitgehen, hatte aber noch nie jemanden erpresst ...
— Bouzille, fing Fandor wieder an, Juve will Sie vor die Tür setzen, und er hat recht ... Machen Sie, dass Sie wegkommen! Hier haben Sie zehn Francs ... Aber raus jetzt, dalli! ... Wenn Sie nichts in petto haben, sind Sie ein Erpresser und nicht länger mein Freund ...
— Ach, Monsieur Fandor, sagen Sie das nicht! Sagen Sie das nicht! ...
Bouzille liess das Goldstück, das Fandor ihm trotz des Achselzuckens von Juve gegeben hatte, in seiner Tasche verschwinden, stand auf und ging zur Tür ...
— Übrigens, sagte er noch, bevor er draussen war, Sie haben ganz recht,

Monsieur Fandor, dass Sie mir trauen. Ich kann Ihnen zwar nicht viel sagen ... aber was ich tun kann, tu' ich, und das ist Gold wert ... Wenn jemand an Ihre Tür klopft ... machen Sie auf!

Nach dieser rätselhaften Ankündigung verschwand Bouzille endgültig ...

Zehn Minuten später, als Juve und Fandor längst wieder über die beiden abgehackten Hände gebeugt waren und Bouzilles Worte schon vergessen hatten, klopfte es zu ihrem Erstaunen zum zweitenmal.

– Na! wunderte sich Fandor, sollte das der Besucher sein, den Bouzille, unser 'Kollege' Bouzille, angekündigt hat?

Der Journalist hatte kaum seinen Satz zu Ende gesprochen, als die Tür aufging und jemand seinen Kopf durch den Türspalt steckte; er lachte übers ganze Gesicht und erklärte seelenruhig, als er die beiden anatomischen Schaustücke auf dem Tisch entdeckte:

– Na, da sind ja die beiden Dingerchen! ...

Juve und Fandor riefen wie aus einem Munde:

– Hm? ... Was? ... Was sagen Sie da? ... Kommen Sie rein!

Der Mann trat ins Zimmer und wiederholte:

– Was ich sage? Du lieber Himmel! Ich sage, da sind ja die beiden Dingerchen! ...

Während er so sprach, sahen Juve und Fandor ihn ganz entgeistert an und wussten nicht, was sie von alledem halten sollten ...

Der Mann, den sie vor sich sahen, hatte einen riesigen Strohhut auf, den er übrigens beim Hereinkommen nicht abgenommen hatte und der mit einem breiten schwarzen Band unterm Kinn zusammengebunden war.

Er trug einen nicht übertrieben sauberen grauen Alpaka-Anzug. Aber es war nicht der Aufzug des Mannes, der Fandor und Juve so verschreckte ...

Was sie aus der Fassung brachte, war, dass der gute Mann keine Hände hatte! ...

Was hatte sein Besuch zu bedeuten?

Warum war er so wenig überrascht, als er – ein wahrhaft ungewöhnliches Schauspiel – vor Juve auf dem Tisch zwei Hände liegen sah?

Der Polizist fragte leicht gerührt:

– Na sowas! Wer sind Sie denn? ... Was wollen Sie?

– Wer ich bin? Fortuné natürlich! ... Fortuné aus Agen! ... Der dicke Fortuné? Sie kennen mich doch? ...

– I wo! Keine Ahnung! versicherte Juve, während Fandor weiterfragte:

– Was wünschen Sie von uns? ...
– Grosser Gott! Das sind sie! ... Ja, ja, ja das sind sie!
– Wer? ... Was? ...
– Na, die beiden Dinger da! ... Meine Hände, mein' ich ...
Als Juve und Fandor das hörten, sprangen sie wie elektrisiert in die Höhe.
– Ihre Hände? sagte Fandor. Sind das etwa Ihre Hände?
Der Journalist konnte sein Staunen nicht verbergen.
Fortuné hingegen fand es offenbar ganz normal, dass seine Hände – seine amputierten Hände – dort vor Juve und Fandor auf dem Tisch lagen!
Der gute Mann erklärte:
– Teufel, klar, das sind meine Hände! Diese Luderchen! Das freut mich aber, die wieder zu sehen! Hätt' ich nicht gedacht ... Und dann hier! ... Was machen Sie überhaupt mit meinen Händen?
Es war nicht einfach, ihm eine klare Antwort zu geben. Juve und Fandor hatten natürlich nicht mit diesem Besuch gerechnet. Juve begriff jedoch sofort, dass es wichtig war, mehr aus Fortuné herauszuquetschen.
– Mein lieber Mann, begann Juve und gab Fandor zu verstehen, dass er schweigen und ihn nicht unterbrechen sollte, Sie haben hier zwei Vertreter der Polizei vor sich ...
– Polizei? Was hab' ich mit der Polizei zu tun?
– Nichts! Aber Ihre Hände ...
– Meine Hände? ... Meine Hände auch nicht! ... Weiss ich doch nicht, was die gemacht haben, seitdem sie von mir getrennt sind!
– Das versteht sich! Aber das ist es ja gerade ... Seit wann sind Sie von ihnen 'getrennt'?
– Oh, das kann man leicht nachrechnen! ... Wenn mich nicht alles täuscht, sind es sage und schreibe zweieinhalb Monate, dass man sie mir abgesäbelt hat! ...
– Abgesäbelt? Wer? Wo? Wann?
– Sachte, sachte! Nicht so schnell! Wer sie abgesäbelt hat? Der Chirurg natürlich! Kein Holzhacker! ... Der Chirurg aus dem Krankenhaus in Nizza ... Als mich das Biest erwischt hatte ...
– Welches Biest?
– Mich hat doch 'ne Schlange gebissen! ... So schlimm, dass meine beiden Arme ganz dick wurden und ab mussten! ... Bouzille weiss das doch! Hat er Ihnen das nich' gesagt? ...

– Ist es Bouzille, der Sie schickt?
– Ja, Bouzille! Is'n guter Kerl! Er hat zu mir gesagt: 'Ich hab' zwei Freunde, du, die möchten mal genau wissen, was mit deinen Händen war, und dann siehst du die noch mal wieder ... Deshalb bin ich hier ...
– Wo waren denn Ihre Hände so lange?
Fortuné machte grosse Augen.
– Wieso, wo die waren? An meinen Armen natürlich, bevor man sie abgesäbelt hat! ...
– Das kann ich mir denken, sagte Juve, aber danach? ...
– Danach? Das weiss ich doch nich'! ... Die sind im Spital geblieben, ... Dachte doch nich', dass ich die nochmal zu sehen kriege ...

Juve und Fandor wurden nicht müde, den guten Mann auszufragen, den Bouzille, dieser Quasselkopp, dem nichts entging, schon lange kannte und der den guten Einfall gehabt hatte, ihn Juve und Fandor zu schicken, als er hörte, dass der Journalist und der Polizist den beiden Leichenhänden nachspürten ...

Ganz langsam war es Juve gelungen – obwohl es nicht leicht war, den Südländer Fortuné zu sachlichen Auskünften zu bringen – sich ungefähr folgendes zusammenzureimen:

Fortuné war vor circa drei Monaten von einer Schlange gebissen worden, so dass ihm beide Hände abgenommen werden mussten.

Es waren diese beiden vom Chirurgen in Nizza amputierten Hände, von denen eine auf den Schienen bei Arles, die andere im Casino von Monte Carlo wiedergefunden worden war ... Wie aber die beiden in Nizza amputierten Hände gestohlen und dann versteckt worden waren, blieb ein Rätsel!

Darauf kam es ihm auch nicht an ...

Für den Polizisten waren die Hände von dem Moment an, da er wusste, dass sie nicht von einer Leiche stammten, nur insofern wichtig, als sie ein Beweis dafür waren, dass Fantomas bei den Vorgängen in Monte Carlo und bei dem Mord an Norbert du Rand seine Hand im Spiel gehabt hatte ...

Es war tatsächlich eine Aktion 'à la Fantomas', sie trug nur allzu deutlich die Handschrift dieses Königs des Schreckens, der Totenhände stahl und sie Juve und Fandor in den Weg legte mit der offenkundigen Absicht, die beiden von der eigentlichen Untersuchung abzulenken! ...

– Mein kleiner Fandor, hatte Juve gesagt, als Fortuné wieder weg war, um in der nächstbesten Kneipe ein Glas auf ihre Gesundheit zu trinken, mein kleiner Fandor, damit ist die Affäre mit den Händen abgeschlossen, und dank Bouzille, das müssen wir zugeben, völlig aufgeklärt ...

Fantomas hatte nur ein Ziel: die Untersuchung des Todesfalls von Norbert durcheinander zu bringen ... Alles andere ist ohne Belang! ...

Wir brauchen jetzt nur da wieder anzusetzen, mit anderen Worten: es gilt, Norbert du Rands Mörder zu suchen.

Und das hiess nichts anderes, als Fantomas zu suchen ...

Die beiden Freunde begaben sich zur Leichenhalle von Monte Carlo, nicht nur, um die Totenhände los zu werden, sondern auch, um sich die Leiche von Norbert genau anzusehen, die dort für Juve bereit stand und vielleicht in irgendeiner Weise Aufschluss geben würde.

Juve in seiner Genauigkeit untersuchte die Leiche von Kopf bis Fuss, aber weder er noch Fandor konnten etwas Besonderes daran entdecken, so dass Juve beim Verlassen der Leichenhalle sagte:

– Eines ist sicher, Fandor, der Verbrecher ist Fantomas! Gegen ihn, den gefährlichen, unfassbaren Banditen, richtet sich unser Kampf! Glaub' mir, da besteht kein Zweifel ...Es fehlt nur jeder Hinweis, irgendein Fingerzeig, der uns weiterhelfen könnte! ...

– Jeder, Juve? Warum lächeln Sie dabei?

– Weil ... Weil ich genau das Gegenteil glaube! antwortete Juve.

Und er fügte hinzu:

– Denk' doch nur an das, was wir vom Casino von Monaco erfahren haben! Denk' daran, was du selbst erlebt hast! Denk' an den Vorfall beim Heberlaufschen Haus ...

– Ja und?

– Und ... Du müsstest ja mit Blindheit geschlagen sein, wenn du nicht genau wie ich davon überzeugt wärst, dass Iwan Iwanowitsch Norbert umgebracht hat, und dass Iwan Iwanowitsch kein anderer sein kann als Fantomas!

Juve hatte noch nicht ausgesprochen, als eine leicht spöttische Stimme den beiden Freunden ins Ohr flüsterte:

– Gewiss! Das ist logisch, liebe Kollegen, nur ist es ganz und gar ausgeschlossen! Zu der Zeit, als Norbert ermordet wurde, befand sich Iwan Iwanowitsch nämlich in den Anlagen des Casinos, und zwar ganz allein, ohne böse Absichten! ...

Bei diesen Worten drehten Juve und Fandor sich um, und ihr Erstaunen wurde noch grösser, als sie sahen, dass Bouzille, dieser Teufelskerl, es war, der so gesprochen hatte. Der Landstreicher strahlte übers ganze Gesicht und war offenbar in bester Stimmung.

– Iwan Iwanowitsch im Park? wiederholte Juve langsam ...

– Na sowas, Bouzille! Wo kommen Sie denn her? fragte Fandor.

– Jaja! Monsieur Fandor, erwiderte Bouzille. Ich müsste ein schlechter Polizist sein, wenn ich jetzt nicht hier wär', eben um Sie an der Leichenhalle abzufangen ... damit Sie merken, dass ich Ihnen die zehn Francs nicht einfach so abgeluchst habe heute morgen ... Stimmt's?

– Und ob, Bouzille ...

– Sehen Sie! Monsieur Fandor, sehen Sie, was ich wert bin ...

Diesmal wagte Juve nicht, den guten Mann allzu brutal abblitzen zu lassen.

Er fragte aber doch mit leicht ironischem Unterton, um dem Wortschwall des Schwätzers ein Ende zu machen:

– Soso, Herr Kommissar, jetzt wissen Sie auch schon was über Iwan Iwanowitsch? ...

Bouzille nickte zustimmend ...

Es ging ein breites Lächeln über sein Gesicht, so dass man seinen ganzen Mund mit einem sehenswerten Sammelsurium von Zinken aus unzähligen Gebissen sehen konnte ...

– Na, Monsieur Juve, erwiderte Bouzille, nun werden Sie aber etwas zu neugierig! Oder nicht? Auf jeden Fall ist das gut und gerne zehn Francs wert.

Juve wollte sich nicht lumpen lassen ...

Es ging ihm jedoch darum, Bouzille zum Reden zu bringen und sich nicht von ihm ausnehmen zu lassen ...

– Erzählen Sie uns, was Sie wissen, sagte er, hier sind fünf Francs ... im voraus ... und fünf kriegen Sie hinterher ...

Bouzille liess sich das nicht zweimal sagen.

Er steckte das Fünf-Francs-Stück in die Tasche, stopfte das Taschentuch drüber, als ob er Angst hätte, dass ihm die Münze davonlaufen könnte und versicherte in aller Ruhe:

– Nun denn ... Also! ... Mehr weiss ich nicht ... nur, wie ich schon die Ehre hatte, Ihnen mitzuteilen, dass Iwan Iwanowitsch Norbert du Rand bestimmt nicht umgebracht hat, denn so wahr ich Bouzille heisse und nicht weiss, wer mein Vater und meine Mutter waren, zu der Zeit, als man Norbert kalt machte, war ich auf dem Weg zum Strand, um ein paar Fische zu fangen, die da rumflitzen, und habe Iwan Iwanowitsch in den Anlagen gesehen!... Wenn aber Iwan in den Anlagen war, Monsieur Juve, dann war er bestimmt nicht im Zug! ... Und er war in den Anlagen des Casinos, Monsieur Juve, das sag ich noch einmal, ich kann es sogar beweisen: ich hab' eine Kippe aufgelesen, die er geraucht hat ... Hier ist sie, ich hab' sie aufbewahrt, weil sie ein Goldmundstück hat ...

Das war ein unwiderlegbarer Beweis.

Iwan Iwanowitsch, das hatten Juve und Fandor oft genug bemerkt, rauchte nur erstklassige russische Zigaretten, die in Frankreich nicht zu haben waren. Es war tatsächlich ein Überrest einer solchen Zigarette, was Bouzille ihnen da präsentierte! Was konnte man daraus schliessen? Juve wandte sich zu Fandor, und der Satz, den er sagte, enthielt grosse Zweifel und eine schwere Anklage:

– Nein sagte er, nachdem er ein paar Minuten gründlich nachgedacht hatte, Bouzille führt uns vielleicht an der Nase herum. Iwan Iwanowitsch muss der Mörder sein! ... Bouzille hat ihn nicht gesehen! Er irrt sich ...

– Nun bitte ich Sie aber!

– Nein ... Fandor ... Nein! Der beste Beweis dafür, dass Bouzille lügt, ist, dass Iwan Iwanowitsch ein anderes Alibi angegeben hat! ... Du weisst doch, er hat behauptet, dass er auf dem Ball war, mit Denise ... wenn er unschuldig wäre, warum sollte er lügen?

Fandor fand nicht gleich eine Antwort, denn was Juve sagte, beeindruckte ihn. Dann zuckte er, ebenfalls entmutigt, die Achseln ...

– Teufel nochmal! Gesetzt den Fall, dass Iwan Iwanowitsch gelogen hat, dann muss auch Denise gelogen haben ... Erinnern Sie sich, Juve, was schon in den Polizeiberichten stand: Nicht Iwan hat das Alibi mit dem Ball als erster angeführt ... es war die Behauptung von Denise ... wäre demnach nicht Denise die Schuldige? Sollte sie womöglich die ganze Geschichte mit dem Ball erfunden haben, die Iwan Iwanowitsch aus Liebe zu ihr vielleicht nicht dementieren wollte?

Juve wollte antworten, aber Bouzille, der das alles mit angehört hatte, liess ihm keine Zeit dazu, sondern protestierte:

– Und die 100 Sous? Nicht vergessen, Monsieur Juve, die sind fällig! Zehn Francs, das war der Tarif für meine Auskünfte! Geben Sie Ihrem Herzen einen Ruck ... greifen Sie tief in die Tasche, jetzt oder nie! Wenn ich schon Kommissar spiele, muss auch was dabei 'rausspringen.

14. Der verräterische Widerschein

– Das werden Sie doch nicht tun, Juve.
– Und warum nicht?
– Weil das blöd ist!
– Du sagst wenigstens deine Meinung frei heraus!
– Und weil es gefährlich ist!
– Ach was!
– Doch, sehr gefährlich!
– Wieso denn?
– Man weiss nie, Juve ...
– Also, wenn man es nicht weiss! ...
– Man weiss genug, um die Finger davon zu lassen!
– Du sprichst wie ein kleiner Junge!
– Ich spreche wie einer, der Sie nun mal gut leiden kann!
– Das bezweifle ich nicht, mein kleiner Fandor, und ich bin dir dankbar dafür. Aber schliesslich ...
– Versprechen Sie mir, es nicht zu tun!
– Gut! Gut! Wir werden schon sehen! ...

Juve und Fandor gingen bei diesen Worten die Freitreppe hinauf, die zu den Spielsälen führt, wo sich, wie an jedem Tage, die tückische, launenhafte Roulettescheibe drehte, die dem einen Ruin, Verzweiflung und Schande brachte, dem andern, der sonst nur ein dürftiges Leben gefristet hätte, mit einem Schlag ein Vermögen bescherte ...

Juve und Fandor hatten an diesem Abend – es war gerade neun Uhr – dem Heberlaufschen Hause einen Besuch abgestattet.

Sie wollten nämlich, koste es, was es wolle, jene intrigante Denise näher kennen lernen, die anscheinend in die geheimnisvollen Vorgänge eng verwickelt war, welche mit dem Tod von Norbert du Rand zusammenhingen.

Leider hatten Juve und Fandor keinen Erfolg gehabt. Sie hatten die junge Denise nicht angetroffen, weil sie angeblich am frühen Morgen zu einem Ausflug aufgebrochen war und erst am nächsten Tag zurück erwartet wurde.

– Na, dann eben nicht! hatte Juve gemeint, als sie dem Zimmermädchen, das ihnen aufgemacht hatte, wieder den Rücken kehrten. Morgen ist auch noch ein Tag! ... Wir werden diese Schönheit eben morgen zu sehen kriegen! ... Auf ein paar Stunden kommt es schliesslich nicht an, und es ist mir ganz lieb, dass die junge Dame heute auf einem Ausflug ist ... Wenn sie wirklich, wie du gestern abend behauptetest, einen Mord auf dem Gewissen hätte, würde ihr wahrscheinlich nicht der Sinn danach stehen, spazieren zu fahren, sondern sie würde schön hier bleiben, um den Gang der Ereignisse zu verfolgen ... Siehst du, all dies bestärkt mich noch in der Annahme, dass Iwan Iwanowitsch der Täter sein muss ...

Bei den Ermittlungen, die er nun schon seit vielen Tagen in der Mordsache Norbert du Rand anstellte, legte Juve wahrhaftig vorbildliche Eigenschaften des Masshaltens und der Gelassenheit an den Tag!

Obgleich Fandor durchaus nicht die Auffassung des Geheimpolizisten teilte und sich gegen die Annahme verwahrte, der Offizier könnte der Schuldige sein, musste er sich selber eingestehen, dass Juve seit seiner Ankunft in Monaco im Stillen vorzügliche Arbeit geleistet hatte.

Mancherlei Punkte waren schon klargestellt, bei anderen sah es so aus, als stünde ihre Aufklärung unmittelbar bevor. Man wusste schon, von wem die Hände stammten, man wusste vor allem, dass das von dem Offizier angegebene Alibi nicht stimmte und dass Iwan Iwanowitsch und Denise es offenbar nur darauf anlegten, die Polizei in die Irre zu führen ...

Fandor musste allerdings, wenn sich auch eine Sache nach der anderen aufklärte, zu seinem Leidwesen feststellen, dass sie, insgesamt gesehen, den Offizier schwerstens belasteten.

War er also doch der Täter?

Fandor beschloss, die Frage nicht weiter mit Juve zu erörtern, dem er im Stillen eine gewisse Voreingenommenheit vorwarf ...

Ausserdem hatte Juve gerade erklärt:

– Da wir Denise nicht erreichen können, werden wir uns einem anderen Geschäft zuwenden! ...

Es besteht kein Zweifel, dass zur Zeit am Roulette-Tisch Nummer Sieben die Sieben unverhältnismässig oft gewinnt ... ich möchte herauskriegen, wie das kommt ...

– Haben Sie einen Verdacht?

– Nein, mein Junge, aber ich werde selbst einmal diese Nummer spielen;

ich denke, das wird reichen, um ein paar Zwischenfälle hervorzurufen ... und es wird mir vor allem Gelegenheit geben, allerhand kleine Entdeckungen zu machen ...

Da hatte Fandor Juve inständig gebeten, von seinem Vorhaben abzulassen.

Obwohl er nicht abergläubisch war, bangte ihm doch bei dem Gedanken, dass sein bester Freund sein Glück mit der Sieben versuchen wollte.

Warum hatte er Angst vor dieser Nummer? Vielleicht hätte Fandor es gar nicht gern zugegeben, doch erinnerte er sich an das aussergewöhnliche Zusammentreffen von Umständen, unter denen Juve und er im Zug, der sie von Paris nach Monaco gebracht hatte, immer wieder der Nummer Sieben begegnet waren.

Ein paar Tage später war es wiederum beim Spielen der Nummer Sieben gewesen, dass der Kümmelblättler die Totenhand gefunden hatte ... Schliesslich konnte Fandor nicht vergessen, dass Norbert du Rand ausgerechnet dank der Nummer Sieben ein Vermögen gewonnen hatte, eben an dem Tage, als er auf der Rückfahrt nach Nizza auf ebenso fürchterliche wie geheimnisvolle Weise zu Tode gekommen war.

– Juve, ich werde nicht zulassen, dass Sie diese Nummer spielen!

– Aber ja doch! ... Ja doch! ...

Die beiden Freunde waren gerade in den Spielsaal gekommen und hatten zunächst einmal ihren Spass an dem neuen Schauspiel; ihr Blick schweifte durch die prunkvollen, zu dieser Stunde bereits überfüllten Salons, wo einer nach dem andern in Bewegung geriet, sein Spiel machte, die rollende Kugel mit geldgierigem Blick verfolgte, begehrlich jedem Treffer nachguckte und fast gleichgültig dreinschaute, wenn er verlor; dabei war er derart der Spielleidenschaft verfallen, dass er überzeugt war, das nächste Mal bestimmt zu gewinnen ...

Juve blieb nur ein paar Sekunden untätig ...

– Lieber Fandor, bat er den Journalisten, sei so gut und behalte deinen Freund Iwan Iwanowitsch im Auge, der da hinten lässig an einem Sofa lehnt. Du hast ja eine Schwäche für ihn! Geh also hin und sprich mit ihm! ... Ich selbst habe derweil etwas ganz anderes vor, als du ahnst ...

Fandor zog sich nur widerstrebend zurück.

Warum eigentlich? Sollte er die Gelegenheit verpassen, sich noch einmal mit Iwan Iwanowitsch zu unterhalten und womöglich anzufreunden, wo er ihn doch für unschuldig hielt, während Juve ihn weiterhin verdächtigte?

Während Fandor, in vollem Vertrauen auf Juves Worte, sich Iwan Iwanowitsch zuwandte und mit ihm alsbald in ein freundschaftliches Gespräch geriet, ging Juve, eigensinnig wie gewöhnlich, an den Roulette-Tisch Nummer Sieben ...

Dort sassen mehr Spieler als an irgendeinem anderen Tisch. Spieler sind abergläubisch, und seit einigen Tagen machte der Tisch Nummer Sieben bei jeder Gelegenheit von sich reden ...

– Rot! kündigte der Croupier an, die Sechs! ...

Und nach den Auszahlungen ging es weiter:

– Faites vos jeux, meine Damen und Herren! Nur zu! Faites vos jeux!

Kurz darauf schloss er mit:

– Rien ne va plus! ...

Wer waren eigentlich die Leute, die um diesen Spieltisch herumsassen?

Während Juve eine stattliche Anzahl Louisdors vor sich auftürmte, die er eigentlich nur mitgebracht hatte, um eine gute Figur zu machen, und nicht, um sie tatsächlich einzusetzen, schaute er um sich ...

Links von ihm sass ein alter Herr, der nach einem General aussah; er machte ein verdrossenes Gesicht und war ganz damit beschäftigt, jedes Mal nur die Mindestsumme einzusetzen, die Gewinnnummern zu notieren und dabei ein bestimmtes System auszuprobieren ... mit dem er unweigerlich immer wieder verlor! ...

Zu seiner Rechten sass Juve in enger Tuchfühlung mit einer eleganten, penetrant parfümierten jungen Frau, die, im Gegenteil, sehr hoch spielte, von Zeit zu Zeit gewann und jedesmal, wenn die Elfenbeinkugel kreiste, die Augen schloss und sich zurücklehnte, als würde sie im nächsten Augenblick in Ohnmacht sinken!

Jeder Spieler hatte anscheinend seine eigene Art zu spielen, wie Juve insgeheim zu seinem Ergötzen feststellte ... Zwar hatten alle fieberglänzende Augen, ihr Lächeln war gezwungen und ihre Gesichter verzogen sich angstvoll in dem Moment, da der Croupier die Gewinnzahl ankündigte, doch hatte jeder seine Eigenheiten und nervösen Ticks.

Juve gegenüber, neben dem Croupier, hatte ein Fettwanst Platz genommen, der mit der rechten Hand ein Gipsfigürchen, offenbar einen Fetisch, umklammerte ...

Weiter weg betrachtete ein hagerer junger Mann mit tiefliegenden Augen und unaufhörlich zitternden Händen traurigen Blicks einen winzigen Rubin, den er vor sich hingelegt hatte und der wie ein echter Blutstropfen aussah, ein rötlich schimmerndes Tröpfchen auf grünem Tuch ...

Doch während er noch die anderen Personen am Spieltisch musterte, wechselte er schon ein paar schmunzelnde Blicke, denn da sass die junge Louppe, die ihn sogleich wiedererkannte.

Sie spielte allerdings nicht, um sich zu bereichern, sondern weil sie es dumm gefunden hätte, nicht zu spielen, wo sie nun einmal in Monte Carlo war ...

Hingegen sass vor ihr Isabelle de Guerray, auffällig geschminkt, mit feurigen karminroten Lippen, die mit solcher Verbissenheit spielte und verlor, dass sie gar nicht mehr auf ihr reisgepudertes Gesicht, ihre kohle-umrandeten Augen und ihr gefärbtes Haar achtete ... Wenn sie sich mit der Hand übers Gesicht strich, verwischte sie Weiss, Schwarz und Rot zu einer beklagenswerten Mischung.

– Was für arme Teufel! dachte Juve bei sich, was für eine verhängnisvolle Leidenschaft!

Doch gleichzeitig erinnerte er sich an seinen Entschluss und warf zwei Louisdors auf die Sieben!

Sofort erkundigte sich der Croupier:

– Sie setzen auf die Sieben, Monsieur?

– Ja, auf die Sieben, erwiderte Juve.

Der Geheimpolizist merkte, dass seine Geste fast einen Skandal auslöste ...

Es gab tatsächlich keinen einzigen Spieler an diesem Tisch, der seit Beginn des Abends gewagt hätte, die verhängnisvolle Nummer zu spielen!

– Nanu, rief die unerträglich schwatzhafte Louppe, der es völlig gleichgültig war, dass alle sie hörten, du hast ja Mut, die Sieben zu spielen! Das sind immerhin vierzig verlorene Francs, denn die Sieben hat nicht ein einziges Mal gewonnen heute! ...

Schon forderte der Croupier wieder alle zu neuem Einsatz auf:

– Faites vos jeux, meine Damen und Herren! ... Faites vos jeux! ...

Dann hiess es noch:

– Rien ne va plus!

Und danach minutenlanges Schweigen, nur das regelmässige Klickern der Kugel, die von Nummer zu Nummer hüpfte ...

– Die Fünf wird es machen! meinte der Mann neben Juve schon allzu voreilig.

– Nein ... die 12!
Die Kugel verlangsamte ihren Lauf, und die Spieler überboten sich gegenseitig an Prognosen ...
– Futsch sind Ihre vierzig Francs, werter Monsieur Durand, pardon ... Dupont ... ach, verflixt, was war doch der Richtige? ...
Louppe trampelte vor Freude, die Kugel schien schon anhalten zu wollen, weit weg von der Nummer 7 ...
Dann lief plötzlich ein Schauder über alle am Tisch, denn der Croupier verkündete mit Stentorstimme:
– Die 7 ! Meine Damen und Herren! Noir, impair und manque!
Die Kassierer schoben Juve wahre Berge von Gold zu ... fünfunddreissig Mal den Einsatz, das heisst siebzig Louisdors!
– Die 7 ! ...
Während die Croupiers von neuem lauthals mit ihrer stereotypen Formel zum Spiel aufforderten:
– Faites vos jeux, messieurs, herrschte ein gewisses Unbehagen.
Wer würde es wohl wagen, nochmals die 7 zu spielen, nochmals dieses Risiko einzugehen?
Und das Geflüster ging weiter:
– Das ist ja kaum zu glauben! Solange man nicht auf die 7 setzte, kam sie nicht heraus! Heute abend wird sie zum ersten Mal gespielt, und gleich gewinnt sie wieder! ...
– Immerhin, wenn ich jener Herr wäre, würde ich nicht so unbesorgt sein!
Bestürzt schauten die Spieler auf Juve und fragten sich, ob er abermals sein Glück versuchen werde.
– Hören Sie mal, Duval, herrje nein, Dupont ..., rief Louppe, ich hatte ja gesagt, dass Sie gewinnen würden, stimmt's? Ich hab 'nen guten Blick für sowas ...
– Faites vos jeux! ... vos jeux! ...
Es wurde zaghaft gespielt ...
Juve liess es diesmal sein ...
Kurz darauf verkündete der Croupier:
– Die 13! ... Faites vos jeux!
Dass die 13 gewonnen hatte, war für alle sichtlich eine Erleichterung!
Allgemein freute man sich, dass es eine andre Nummer als die 7 war!

Isabelle de Guerray jedoch schien Juve unauffällig zu überwachen ...

Und als dieser, etwas unruhig zwar, aber doch mit sicherer Hand, wiederum drei Louisdors auf die 7 warf, rief die ehemals hübsche Frau aus:

– Sie spielen die 7 ... die Schwarze, Monsieur Dupont? Ausgezeichnet! Dann spiele ich die entgegengesetzte Partie! Da sind zehn Louisdors auf die Rote!

Von neuem traten ein paar Minuten der Beklommenheit ein, der Croupier hatte gerade 'Rien ne va plus!' angesagt. Die Kugel sprang los und hüpfte von Zahl zu Zahl.

– Die 12!
– Nein, die 20! ...
– Passen Sie auf, jetzt ist die 14 dran! ...

Wieder einmal wurden die verschiedensten Vorhersagen laut. Dann ertönte die Stimme des Croupiers, über das angstvolle Gemurmel hinweg, das von allen Lippen drang:

– Die 7! Schwarz, impair und manque.

Wieder ein Goldregen für Juve!

Diesmal jedoch war der Geheimpolizist sehr blass geworden!

Zweimal hintereinander hatte er soeben die 7 gespielt, und zweimal war die schicksalhafte Nummer herausgekommen!

War es eine Koinzidenz? War es purer Zufall?

Juve geriet unwillkürlich etwas aus der Fassung, zögerte aber nicht lange und warf nochmals drei Louisdors auf die 7 ...

– Wir werden schon sehen!

Um den Roulette-Tisch verbreitete sich eine eindrucksvolle Stille. Man hätte eine Fliege summen hören, und es war, als ob das leise Surren des Roulettes ein dröhnendes Donnergrollen war!

Unerschütterlich rief der Croupier von neuem:

– Die 7! Schwarz, impair und manque ... Faites vos jeux!

– Juve?
– Was denn? Lass mich in Ruhe!
– Nein! Kommen Sie!
– Warum?
– Sie haben genug gewonnen!
– Ruhe, sag ich!

— Kommen Sie ... ich bitte Sie darum!
— Ach, verflixt und zugenäht!
Doch Fandor gab sich nicht geschlagen ...
— Wie oft haben Sie gespielt?
— Siebzehnmal!
— Und diese siebzehn Male?
— Hat die 7 gewonnen!
— Sie sehen ja, das reicht! Kommen Sie!
— Nein!
— Das heisst den Teufel versuchen!
Juve und Fandor sprachen mit leiser Stimme, während die Kugel kreiste, raste, allein den Gesetzen des Zufalls unterworfen ...
— Kommen Sie! wiederholte Fandor. Ich versichere Ihnen, mir wird angst und bange, wenn ich sehe, dass Sie immer wieder diese Nummer spielen und mit unverschämtem Dusel gewinnen! Wieviel haben Sie denn schon?
Juve zuckte die Achseln:
— Ich hab schon keine Ahnung mehr! Vielleicht dreissigtausend Francs? ... vielleicht auch mehr! ...
— Sie werden alles wieder verlieren!
— Das werden wir ja sehen!
— Ich habe ganz einfach Angst!
— Du bist eben ein Angsthase.
Schon unterbrach die Stimme des Croupiers ihr Gespräch:
— Die 7!
Da wurde auch dem Croupier etwas mulmig. Zum achtzehnten Male war die 7 herausgekommen! ...
Juve jedoch nahm in aller Seelenruhe eine Handvoll Louisdors und warf sie wieder auf das grüne Tuch, auf die Sieben ...
Aber Fandor redete weiter auf ihn ein:
— Jawohl, ich habe Angst, und sogar Iwan Iwanowitsch ist nicht wohl dabei ...
Bei diesem Namen zuckte Juve leicht zusammen.
— Wo steckt er?
— Wer? Iwan Iwanowitsch? Er ist immer noch an der gleichen Stelle, auf dem Sofa. Warum?
— Geh wieder zu ihm! Und weiche nicht von seiner Seite! ...

Schon rief der Croupier wieder:
– Die 7 ... Faites vos jeux, meine Damen und Herren!
Da stieg Juve das Blut zu Kopf ...
Seine Bewegungen wurden fahrig, doch ein Lächeln lag ihm um die Lippen ...
Er war übrigens fast der einzige, der noch weiterspielte.
Sein letzter Einsatz war ungeheuer hoch gewesen. Nunmehr hatte er etwa hunderttausend Francs vor sich ...
– Machen wir weiter! murmelte er ... und liess die höchste zulässige Summe auf der 7 ...
Diesmal war Fandor fest entschlossen, einzugreifen.
– Sie bleiben hier nicht länger sitzen! sagte er zu Juve. Ich werde Sie mit Gewalt von diesem Tisch wegzerren!
Doch dann hielt er inne ...
Juve hatte seinen Freund gerade am Handgelenk gefasst und ihn zu sich heruntergezogen.
Er raunte ihm ganz leise ins Ohr:
– Sei doch still, du Dummkopf! Gib mir lieber deinen Zwicker ... sag kein Wort ... und warte das nächste Spiel ab!
Fandor fügte sich, ohne zu begreifen, was vorging.
Er hatte gefürchtet, Juve werde wieder die 7 spielen, bekam aber neuen Mut, als er merkte, mit welcher Entschiedenheit der Geheimpolizist mit ihm redete.
Juve musste irgendeinen Verdacht geschöpft haben.
Aber welchen?
Und was sollte eigentlich die Bitte um den Zwicker?
Etwas verdutzt reichte ihm Fandor den Kneifer mit schwarzen Sonnengläsern, den er im Laufe des Tages gekauft hatte, um seine ziemlich empfindlichen Augen gegen die intensiven Strahlen zu schützen, und fragte dann:
– Was haben Sie vor, Juve?
– Du wirst schon sehen ...
Mit bebender Stimme kündigte der Croupier an:
– Die 7! Dreimal impair und manque ... Kommen Sie, meine Damen und Herren, nur zu! Faites vos jeux!
Juve setzte wieder auf die 7.
Aber Fandor sah, dass sein Freund, anstatt ein wachsames Auge auf das

Roulette zu haben, den Kopf hob und mit starrem Blick die Wand vor sich betrachtete.

Was glaubte er wohl dort zu entdecken?

Juves Benehmen schien Fandor unbegreiflich, es widersprach jedem gesunden Menschenverstand.

Er hatte sich den Zwicker geben lassen, und nun benutzte er ihn gar nicht ... hatte ihn nur vor sich auf das grüne Tuch gelegt ...

– Weiss Gott, dachte der Journalist, ich glaube gar, Juve macht sich über mich lustig!

Doch in dem Moment sollte Fandor seine Meinung ändern. Der Croupier verkündete wieder mit donnernder Stimme:

– Die 7, dreimal! ...

Schon kam ein ganzer Berg von Banknoten auf Juve zu ...

Da stand Juve ganz unvermittelt auf!

Er strahlte über das ganze Gesicht.

Mit einer grosszügigen, imponierenden Geste schob er dem Kassierer alles, was er im Laufe des Abends gewonnen hatte, den ganzen Haufen Goldstücke und Banknoten wieder hin, und rief mit überlauter Stimme:

– Nehmen Sie alles zurück! Das Geld ist gestohlen! ... Das Roulette ist manipuliert ... Ich kann es beweisen! Lassen Sie den Saal räumen!

Juve musste seiner Sache wahrhaftig ganz sicher sein, wenn er nicht vor dem Skandal zurückschreckte, den seine Worte auslösten!

15. Gefährliches Monaco

– Lassen Sie den Saal räumen! Das Roulette ist manipuliert! Ich kann es beweisen! ...

Juve hatte die unglaublichen Worte so schallend in die betroffene Stille des Spielsalons gerufen, dass sie wie lauter Drohungen klangen ...

Sogleich entstand ein unheimliches Stimmengewirr.

Wenn Juve so gehandelt hatte, musste er wohl wenig mit den Gepflogenheiten eines Casinos vertraut sein ... Noch nie hatte man in Monte Carlo einen solchen Skandal erlebt, noch nie war so etwas überhaupt nur für möglich gehalten worden!

Wenn Juve, wie er behauptete, einem Schwindel auf die Spur gekommen war, so hätte er ruhig aufstehen und die Direktion benachrichtigen sollen ... Man hätte das Spielen an diesem Roulette-Tisch abgebrochen und erst nachdem die Spieler fort waren, sich daran gemacht, Juves kühne Behauptungen zu überprüfen.

Wenn Juve anders vorging, so hatte das seine Gründe.

Er wusste, dass Monsieur de Vaugreland nur widerstrebend bei der Aufklärung der Skandale, die Monte Carlo belasteten, mithalf; deshalb wollte er einmal kräftig zuschlagen und bewusst einen Skandal heraufbeschwören, denn so würde er die öffentliche Meinung für sich gewinnen und die Behörden zwingen, ihn bei seinen Nachforschungen zu unterstützen, anstatt sie, wie bisher, zu erschweren oder gar zu bagatellisieren ...

Dieses Ziel hatte Juve zweifellos erreicht.

Kaum hatten die Spieler seine unglaubliche Behauptung vernommen, als sie auch schon aufsprangen und erschrocken riefen:

– Das Roulette ist manipuliert! ...

– Man hat uns bestohlen! ...

– Na sowas! Das ist ja empörend! ...

– Wir wollen unsere Einsätze wiederhaben!

Unterdessen riefen die Croupiers, ganz verstört und bleich geworden, mit Schweisstropfen auf der Stirn, den Spielern zu:

– Bitte, meine Damen und Herren! Bleiben Sie nicht da! Haben Sie gehört? Die Sache muss unverzüglich überprüft werden! Wir haben strikte Anweisung: räumen Sie den Saal!...So gehen Sie doch, meine Damen und Herren! Zeigen Sie ihren guten Willen! ...

Zehn Minuten später waren ausser Juve nur noch die Croupiers, Jérôme Fandor und Monsieur de Vaugreland in den Spielsalons; letzterer stürzte sich fuchsteufelswild auf den Kriminalbeamten und stellte ihn wutschnaubend zur Rede:

– Das Roulette ist manipuliert, haben Sie gesagt? Na sowas! Sie sind wohl verrückt! Auf meine Croupiers kann ich mich verlassen! Ich bin sicher, dass Sie sich irren! ... Ausserdem ...

Doch Juve unterbrach den Direktor und sagte gelassen:

– Gegen die Croupiers besteht kein Verdacht! Die haben nicht am Roulette herumgefingert ...
– Na, wer denn? ...
Juve hütete sich, darauf zu antworten und sagte nur:
– Da fragen Sie mich zuviel! Den Namen des Schuldigen kenne ich noch nicht! Es ist immerhin schon etwas, sein Verfahren entdeckt zu haben, oder?
– Ja, wenn das stimmt, denn schliesslich ...
Juve zuckte wiederum die Achseln:
– Ich bin meiner Sache sicher!
– Aber wie denn eigentlich? ...
– Ich werde es Ihnen zeigen!
In den Spielsalons wurden gerade die grossen ziselierten Lampen gelöscht, die gewöhnlich das grüne Tuch mit den Einsätzen blendend hell beleuchten. Juve, der sehr gelassen schien, wies mit dem Finger nach oben:
– Monsieur de Vaugreland, sagte er, wenn Sie genau wissen wollen, wie ich hinter den Schwindel gekommen bin, den ich Ihnen gleich beweisen werde, dann müssen Sie das Licht wieder anknipsen lassen ...
Alle blickten einander starr vor Erstaunen an, während Juve fortfuhr:
– Jawohl! Denn dank des verräterischen Widerscheins habe ich die Sache herausbekommen!
Zweifellos hatte Juve seinen Spass an der allgemeinen Verwunderung, denn beim Sprechen konnte er ein leichtes Lächeln nicht verbergen ...
Man beeilte sich, seinem Verlangen stattzugeben, und schon flammten die Hängeleuchter wieder auf ...
– Sehen Sie, wie ich zu Werke gegangen bin, fuhr der Geheimpolizist fort. Sie wissen ja, Monsieur de Vaugreland, dass seit einigen Tagen die 7 ungewöhnlich oft, ja, offenbar geradezu fügsam und wie auf Wunsch herauskam? Sie kam anscheinend, so oft man wollte ...
– Ja ... aber ...
– Bitte, unterbrechen Sie mich nicht! Bei der Bauart der Roulette-Tische und der Genauigkeit, mit welcher diese Apparate konstruiert sind, sagen Sie mir bitte, Monsieur de Vaugreland, wie Sie sich das rätselhafte Herauskommen der Sieben erklären?
Monsieur de Vaugreland gab keinen Mucks von sich, er war völlig verdutzt. Der Croupier Maurice aber beeilte sich zu antworten, zumal er besonders aufmerksam Juves Vortrag über Manipulationen zu folgen schien:

– Tja, wenn beim Roulette eine bestimmte Nummer herauskommen soll, ist es, soviel ich weiss, das Einfachste, die waagerechte Stellung des Tisches zu verändern. Steht der Tisch nicht mehr vollkommen waagerecht, dann muss unweigerlich stets die gleiche Nummer herauskommen, und zwar die, welche am meisten nach unten hin liegt ... Gleichwohl ...

Der Croupier hielt inne, Juve aber, der ihm mit kleinen Zeichen der Zustimmung zugehört hatte, ersuchte ihn weiterzusprechen:

– Weiter! ... Weiter! ... Alles, was Sie sagen ist durchaus richtig! ...

– Gleichwohl, fuhr dann der Croupier Maurice fort, muss man zugeben, dass die Tische bei der Lieferung absolut fehlerfrei aufgebaut werden und dass eine Veränderung, eine Manipulation unwahrscheinlich ist ...

– Und warum?

– Aber, Monsieur Juve, einfach darum: wenn eine derartige Schwindelei stattfände, dann würde diese oder jene Nummer nicht von Zeit zu Zeit herauskommen, sondern ständig, immerzu. Niemals käme eine andere Nummer heraus! Eine solche Manipulation wäre so offensichtlich, dass man sie mit Sicherheit sofort bemerken würde und ... jedenfalls hat sich so etwas diesmal nicht ereignet, denn Sie sind ja der beste Zeuge dafür. Selbst heute abend, wo die Sieben mit unwahrscheinlicher Häufigkeit herausgekommen ist, sind auch hin und wieder andere Nummern herausgekommen ... also ...

Diesmal lachte Juve frei heraus! ...

– Nun ja, was Sie sagen klingt überzeugend! Doch gehen Sie mit Ihren Folgerungen allzuschnell voran. Übrigens, schauen Sie mal her ...

Juve trat näher an den Roulette-Tisch heran, stützte sich mit beiden Händen auf den massiven Mahagoni-Rand und erklärte in dieser Stellung gelassen wie ein zu seinen Schülern sprechender Lehrer:

– Was Ihnen hier gerade gesagt wurde, entspricht durchaus den Tatsachen; die Erklärung für die Manipulation findet man tatsächlich in der nicht immer waagerechten Lage des Tisches ... anderseits aber, auch das ist gesagt worden, stand der Tisch, sooft die Sieben nicht herauskam, mit Sicherheit ganz korrekt und einwandfrei ... Was lässt sich daraus schliessen? ...

Fandor, der sich bis dahin still verhalten hatte, antwortete mit dem ihm eigenen Ungestüm:

– Es ist ganz klar, dass die waagerechte Lage sich nach Belieben verändern liess! Dass sie von Zeit zu Zeit tadellos war, und von Zeit zu Zeit eben nicht!

– Ausgezeichnet, Fandor! ... genau so war es ...

– Das ist aber doch unmöglich! rief Monsieur de Vaugreland verwundert aus. Wie sollte denn Ihrer Ansicht nach jemand, ohne dass irgendeiner etwas davon merkt, diesen Roulette-Tisch auch nur um einen Viertel Millimeter schräg stellen können? Wenn Sie so etwas zu sehen glaubten, Herr Juve, dann haben Sie sich eben geirrt! ...

– Nein, mein Herr! ... Zunächst einmal habe ich Ihnen ja gesagt, dass eine ganz winzige Veränderung der waagerechten Ebene genügt, damit die Verfälschung zur Wirkung kommt. Und ich füge gleich hinzu, dass heute abend die Veränderung so gering war, dass niemand sie wahrnehmen konnte. Keiner konnte merken, dass der Tisch sich bewegte ...

– Na also, wie wollen Sie es dann gesehen haben? ...

– Auf eine sehr einfache Weise ...

Juve zog, als ob es das Natürlichste von der Welt wäre, aus seiner Westentasche den Zwicker hervor, den er sich eine Stunde vorher von Fandor ausgeborgt hatte.

– Dank diesem Zwicker mit schwarzen Gläsern, so erklärte Juve, habe ich gesehen, wie sich der Tisch bewegte ...

Alle um ihn her lächelten nur ungläubig.

War dieser Geheimpolizist verrückt oder machte er sich über seine Hörerschaft nur lustig? ...

Juve fuhr fort:

– Da ich den Trick ahnte, meine Herren, bin ich in der Tat auf die Idee gekommen, diesen kleinen Zwicker vor mich hinzulegen und auf der Wand, mir genau gegenüber, den Lichtfleck zu beobachten, den sein Widerschein erzeugte. Wer von uns hat sich nicht als Schüler, im Klassenzimmer zum Beispiel, den Spass gemacht, in dieser Weise an der Wand mit erstaunlicher Schnelligkeit einen solchen Lichtfleck spazieren zu führen? ... Meine Herren, der auf den Spieltisch gelegte Zwicker warf einen kleinen Widerschein auf die Wand. Sobald sich der Tisch bewegte, bewegte sich der Zwicker mit, und der Widerschein bewegte sich auch ... Nun aber, und das ist eben wichtig, meine ich, dass ich Ihnen gegenüber nicht den Vorteil des angewandten Verfahrens zu betonen brauche, so wie ich auch nicht hervorzuheben brauche, dass bei der grossen Entfernung zwischen dem Widerschein und dem Zwicker dieser sich nur ein klein wenig zu bewegen brauchte, damit der Widerschein trotzdem ganz deutlich von der Stelle rückte! ...

– Und auf diese Weise ...

— Ja, Monsieur de Vaugreland, auf diese Weise! Jedes Mal, wenn die Sieben herauskam habe ich klar gesehen, dass der leuchtende Widerschein, den ich aufmerksam beobachtete, von der Stelle rückte und einen Punkt erreichte, den er nicht verliess, bis der Croupier die Gewinnzahl ankündigte, und der Fleck dann langsam an seinen Ausgangspunkt zurückkehrte! ... Mit anderen Worten: indem ich diesen Lichtschein genau beobachtete, war ich sicher, dass der auf dem Tisch liegende Zwicker sich bewegte und dass folglich der Tisch selber sich auch bewegte, seine Lage veränderte und nicht mehr waagerecht stand! ...

— Aber, ich frage nochmals, wie denn ...

Juve unterbrach mit einer Handbewegung Monsieur de Vaugreland:

— Wie man den Roulette-Tisch in Bewegung brachte? ... Sehen Sie, so wie die Sieben da placiert ist, muss man annehmen, dass sich der ausgeklügelte Mechanismus, welcher den Roulette-Tisch anhob, auf der anderen Seite befand, das heisst: mir gegenüber. Bis jetzt habe ich noch nichts gesehen, ich bin aber durchaus geneigt, es zu glauben. Lassen Sie doch mal eine der Parkettdielen herausnehmen, dann werden Sie vermutlich darunter eine kleine Gummiblase entdecken. Nehmen Sie einmal an, dass in diese Blase ein Schlauch mündet, der unter dem Fussboden entlang verläuft und beispielsweise bis zum einem Sofa oder einem immer an gleicher Stelle befindlichen Sessel reicht. Und nehmen Sie jetzt mal an, dass einer, der mogeln will, folgendermassen vorgeht: er setzt sich auf den Sessel, von dem ich eben gesprochen habe, und stellt ganz locker, ohne sich etwas anmerken zu lassen, einen hohlen Spazierstock auf die Schlauchöffnung ... Ermüdung vortäuschend, stützt der Betreffende den Kopf auf seinen Spazierstock, und sobald auf diese Weise die Verbindung hergestellt ist, bläst er in den Schlauch und damit die Blase auf ... ist es da nicht sonnenklar, dass die Blase dann mehr Platz einnimmt, den Roulette-Tisch anhebt und so die Sieben herausbringt ... und zwar ganz nach Belieben? ...

Juves Erklärung für die aussergewöhnliche Häufigkeit, mit der seit einigen Tagen die Sieben herauskam, erinnerte eindeutig an den beliebten Scherz mit der 'rückenden Schüssel', die man anhebt, indem man unter eine Tischdecke einen Gummischlauch schiebt, den ein Tischgenosse abwechselnd aufbläst und abschwellen lässt, um alle andern am Tisch vor ein Rätsel zu stellen. Es klang so einleuchtend, dass alle Anwesenden nur staunten.

— Wenn das stimmt, was Sie da sagen, rief Monsieur de Vaugreland verwundert aus, wenn auf diese Weise das Roulette manipuliert wurde, so sind wir Ihnen für Ihre aussergewöhnliche Untersuchung zu grossem Dank verpflichtet ... Nein, niemals wäre ich auf diese Idee, auf diesen Trick gekommen! Ich gestehe aber, dass ich noch immer ...

– Sie glauben mir also nicht? folgerte Juve ... Na denn, prüfen Sie doch nach ...

Eine Parkettdiele wurde herausgehoben, und darunter kam, ganz genau wie Juve es vorausgesagt hatte, ein dünner Gummibeutel zum Vorschein, an den sich ein Schlauch anschloss, ein recht langer Schlauch, der unter dem Fussboden entlang bis zu einem grossen Sofa reichte, auf dem unglücklicherweise den ganzen Abend so viele Leute gesessen hatten, dass es ausserordentlich schwer war, die Person herauszufinden, die möglicherweise das Roulette so manipuliert hatte ...

– Juve?
– Was denn, Fandor?
– Wissen Sie, Sie haben die Leute buchstäblich verblüfft. Alle sind nun überzeugt davon, dass sie es mit einer Art Hexenmeister zu tun haben!
– Na und?
– Was heisst 'na und?', Juve? Wenn ich zur Direktion gehörte, würde ich angesichts der wunderbaren Entdeckung, die Sie soeben gemacht haben, angesichts dieser ausgeklügelten Verfälschung, Sie beschuldigen, den Schwindel begangen zu haben! ...

Juve lachte aber übers ganze Gesicht, zuckte die Achseln und kam sich anscheinend schrecklich wichtig vor! ...

Er sass mit Fandor in einem piekfeinen Restaurant von Monaco. Sie waren gerade mit einem ausgezeichneten Abendessen fertig. In zwei vor ihnen stehenden Kelchen perlte noch der Champagner.

– Ach was! antwortete Juve, du übertreibst, Fandor ... Erstens gewann die Sieben schon vor meiner Ankunft in Monte Carlo, was jeden Verdacht mir gegenüber ausschliesst ... Ausserdem, wenn wirklich ich es gewesen wäre, der diesen ganzen Schwindel ausgeheckt hat, wäre ich doch reichlich blöd gewesen, den Croupiers alles, was ich am Abend gewonnen hatte, wieder zurückzuschieben, nicht wahr? ...

Doch da erhob Fandor mit drohender Miene den Zeigefinger:
– Wollen Sie sich etwa beklagen, Sie reicher Kauz!

– Oh, ich beklage mich ja nicht! ...

Das entsprach der Wahrheit; Juve hatte allen Grund, zufrieden zu sein.

Während der Geheimpolizist mit gewohntem Geschick und grosser Sachkenntnis den Trick erklärte, mit dem ein erfinderischer, bisher noch unbekannter Betrüger nach Belieben die Sieben hatte herauskommen lassen, war Monsieur de Vaugreland eine reizende Idee gekommen. Er hatte Juve beiseite genommen und ihn gezwungen, als Vergütung alles, was er an diesem Abend am Roulette gewonnen hatte, als er auf die berüchtigte Nummer Sieben setzte, wieder an sich zu nehmen!

– Behalten Sie den Gewinn! hatte der Direktor gesagt, das Geld gehört Ihnen, Sie haben es redlich verdient! ...

Und als Juve sich dagegen verwahrte, ein Geschenk anzunehmen, das ihm unerhört vorkam, hatte Monsieur de Vaugreland hinzugefügt:

– Aber gewiss doch! Nehmen Sie die Summe an! ... Wenn das Casino sie Ihnen überlässt, hat es selbst dabei den Vorteil, weil Sie den Dreh herausgefunden haben; der hätte uns noch viel mehr kosten können! Sie brauchen keinerlei Bedenken zu haben ...

Und Juve liess es sich gefallen.

Juve war nun im Besitz von einhundertacht schönen Tausendern, die, wie er es ausdrückte, niemandem etwas schuldig waren ...

Grossmütig wie immer hatte Juve, ohne zu zaudern, zu Fandor gesagt, dies Geld gehöre ihnen beiden zur Hälfte. Es war daraufhin zwischen dem Journalisten und dem Geheimpolizisten zu einem hitzigen Wortwechsel gekommen, bei dem Juve darauf bestand, den Schatz zu teilen, während der Journalist hartnäckig ablehnte ...

– Jedenfalls speisen wir erstmal zu Abend! hatte Juve abschliessend gemeint. Wir wollen uns einen Schmaus genehmigen, der diesem Abend Ehre macht ...

Eben diesen Schmaus beendeten sie nun, leerten Kelch um Kelch und liessen keinen edlen Tropfen aus.

Während Juve aber in ausgelassener Fröhlichkeit schwelgte, blieb Fandor eher bedrückt.

Ja, ehrlich gesagt, er war entsetzt!

Juve wurde nicht müde, Geschichtchen über das Roulette zum Besten zu geben. Erregt schilderte er seinem Freund in allen Einzelheiten die Gemütsregungen, die er im Laufe des Abends jedesmal empfunden hatte, wenn die

Kugel mit verblüffender Regelmässigkeit auf der Sieben zum Stillstand kam, während er gleichzeitig sah, wie der goldene Berg vor ihm immer höher wurde ...

— Im Spiel, sagte Juve abschliessend, findet der Mensch wahrhaftig die stärksten Gemütserregungen, die er sich nur wünschen kann! Beim Spielen vergisst man alles andere, seine Sorgen, seine Hoffnungen, seine Freunde ... und Feinde ... Man hat nur noch einen Wunsch, wenn ich mich so ausdrücken darf, wieder zu gewinnen, noch mehr, immer noch mehr!

Fandor stimmten diese Reden immer finsterer ...

— So etwas! rief er schliesslich aus und fragte: wissen Sie auch, Juve, dass Sie langsam anfangen, mir Sorgen zu machen? Sie ereifern sich ja ganz gewaltig! Sollten Sie womöglich dem Zauber des Roulettes verfallen sein? ...

Juve zuckte die Achseln, trank noch einmal seinen Kelch leer und spöttelte dann mit einem leichten Unterton in der Stimme: Bei Gott! das mag sein!

16. Herz-Dame! ... Pik-Dame!

Als Fandor an diesem Morgen die Avenue des Rosiers entlangging, die ganz friedlich, ganz sonnenhell, lieblich und gemütlich vor ihm lag, fiel es ihm schwer, sich vorzustellen, dass er sich auf derselben Strasse befand, wo sich achtundvierzig Stunden vorher, als die Nacht ringsum über die Landschaft ihren Schattenschleier breitete, ein unbegreifliches, brutales Drama abgespielt hatte.

Wie war es denn möglich, dass in einer so herrlichen, malerischen Gegend, in einem so traumhaft schönen und berückenden Landstrich zuweilen nächtliche Überfälle vorkamen, und dass man auf die dort in Hülle und Fülle spriessenden Blumen Blut vergoss?

Es war etwa elf Uhr morgens. Jérôme war zu Fuss vom Hotel *Zum Glück* gekommen, und während er so seines Wegs ging, wurde er seines soeben getroffenen Entschlusses immer sicherer.

Schon seit einigen Stunden dachte er angestrengt darüber nach und gewöhnte sich an diesen Gedanken, zwang sich mühevoll dazu, die Sache als notwendig, als unentbehrlich anzusehen.

Und es stand fest, dass er Recht hatte.

Fandor hatte beschlossen, sich ganz einfach zum Hause der Familie Heberlauf zu begeben und dort nach Mademoiselle Denise zu fragen!

Am Ende würde ihn diese geheimnisvolle Dame vielleicht empfangen?

Als er das Dienstboot verlassen hatte, an dessen Bord Iwan Iwanowitsch ihn mit echt uralhafter Brutalität gewaltsam eingeschifft hatte, hatte Fandor bei der Landung zu seiner Überraschung in der Person des Kommandanten einen Mann von erlesener, beinahe unterwürfiger Höflichkeit kennengelernt.

Der Offizier hatte sich dafür entschuldigt, dem Journalisten diese Spazierfahrt aufgezwungen zu haben, und dies mit Worten, die es schwer machten, ihm darum gram zu sein.

Er hatte ein Missverständnis, ein Versehen vorgeschützt!

Gewiss, Fandor war auf diesen Vorwand nicht hereingefallen. Doch er getraute sich nicht so recht, etwas zu sagen, und zudem kündigte ihm der Offizier an, er werde ihn unverzüglich zu jener Dame führen, die er verfolgt hatte, jener rätselhaften Denise, denn diese, so versicherte der Offizier, wünsche seine Bekanntschaft zu machen.

An jenem Abend war Fandor von einer Überraschung in die andere geraten.

Kaum näherte er sich dem Heberlauf'schen Hause, als sein Gefährte und er in einen Hinterhalt fielen und sich aus Leibeskräften gegen geheimnisvolle Banditen zur Wehr setzen mussten.

Der Offizier schlug sich wie ein Löwe: auf Fandors blitzschnelle Hinweise kam er sogar Juve zu Hilfe, danach aber verschwand er sogleich, er floh davon, eigentlich nicht mit der Hast eines Schuldigen, sondern eher mit der taktvollen Zurückhaltung eines Mannes, der überströmenden Sympathiekundgebungen entgehen und Danksagungen vermeiden möchte.

Juve hatte geglaubt, es handele sich genau um das Gegenteil, er sah in Iwan Iwanowitsch einen seiner grimmigsten Angreifer. Fandor aber wusste, dass sich sein Freund geirrt hatte!

Natürlich hatten die Rauferei und die daraufffolgenden Ereignisse Fandor daran gehindert, sich zu dem ihm rätselhaft vorkommenden Stelldichein mit dem jungen Mädchen zu begeben.

Er war aber der Meinung, aufgeschoben sei nicht aufgehoben, und nun war er eben da.
Und doch blieb der Journalist unschlüssig.
Worauf würde sein Unternehmen hinauslaufen?
Aber Zaudern war nicht seine Sache.
Nachdem er an der Gartentür des Heberlauf'schen Hauses geläutet hatte, schlug er die zum Hausgang führende Allee ein und wartete auf der Vortreppe.
Ein Kammerdiener kam und öffnete.
– Sie wünschen, Monsieur?
– Ich würde gern Mademoiselle Denise sprechen ...
Der Bedienstete musterte den Besucher einen Augenblick und erwiderte dann, da er als wohlgeschulter Diener niemanden verpflichten wollte:
– Ich weiss nicht, ob das gnädige Fräulein empfangen kann ... Wollen der Herr mir bitte seine Karte anvertrauen?
Fandors ursprünglicher Plan war gewesen, sich unter einem falschen Namen anzumelden und irgendeinen Vorwand anzugeben, nur um zu dem jungen Mädchen vorgelassen zu werden, doch bald widerstrebte ihm diese List. Der Journalist wollte sich zu erkennen geben ... frank und frei ... Er würde schon sehen, ob er damit Erfolg haben würde ...
Fandor war in das Empfangszimmer im Erdgeschoss geführt worden, einen geräumigen, wohnlich ausgestatteten Salon. Und ein paar Minuten lang liess er gedankenlos seinen Blick über die recht hübschen Möbelstücke gleiten.
Wieder ging die Tür auf; es erschien der Diener. Fandor war beklommen ums Herz; wie würde der Bescheid lauten?
– Wenn der Herr mir folgen wollen, brachte der Diener hervor, das gnädige Fräulein wird den Herrn empfangen! ...
Fandor hätte diesen Mann ob der frohen Botschaft am liebsten umarmt.
Er liess sich seine Gefühle jedoch nicht anmerken und stieg hinter dem Kammerdiener die Treppe zur ersten Etage hinauf. Er wurde wieder in einen Salon geführt, der kleiner war als der erste und dank der dicken, vor den Fenstern heruntergelassenen Rollvorhänge in diskretem Halbdunkel lag.
Der Journalist wartete noch ein paar Augenblicke, dann öffnete sich die Tür.
Jemand trat ein.

Es war Denise, Mademoiselle Denise, eine blonde, zarte, anmutige Gestalt!

Fandor, der gerade mit dem Rücken zu ihr stand, wandte sich ruckartig um, als er das seidige Rascheln des Rockes vernahm.

Doch als er nun die hübsche junge Dame vor sich sah, von der er drei Tage vorher nur den Zipfel ihres rosa Kleides gewahrt hatte, fühlte er sich wie vom Schlag getroffen.

Er spürte, wie er bleich wurde und zu keiner Bewegung mehr fähig war.

Er stammelte etwas und brachte dann mit einem Seufzen hervor:

– Hélène ... Hélène ... Fantomas' Tochter!

Diese Worte liessen Mademoiselle Denise nicht zusammenzucken, sie erblasste nur, und hier, allein mit dem Journalisten, stützte sie sich auf die Rücklehne eines Sessels, um nicht zu taumeln, denn die Beine versagten ihr den Dienst.

Fantomas' Tochter?

Hélène?

Was bedeutete das alles? Sekundenlang durchlebte Fandor noch einmal in seinem Geiste eine ganze Vergangenheit voller erstaunlicher, tragischer und furchterregender Abenteuer.

Da stand er nun wieder unvermittelt und unter den seltsamsten Umständen der Frau gegenüber, die er zwei Jahre zuvor im fernen Natal kennengelernt hatte, einem Wesen, in dessen Leben er nach aussergewöhnlichen Wechselfällen eine Rolle gespielt hatte.

Fantomas' Tochter!

Dies Mädchen, das Jérôme Fandor seinem Vater abgerungen hatte, dies Mädchen, das von dem Monstrum verfolgt worden war, ohne dass es je möglich gewesen wäre, genau herauszubekommen, welche Gefühle nun eigentlich der unfassbare Bandit gegenüber seinem Kinde hegte.

Nach der Begegnung in Natal hatte Fandor Fantomas' Tochter in Paris wiedergesehen, und dies unter so unglaublichen Umständen und jeweils nur so kurz, dass er faktisch nicht die Zeit gehabt hatte, sich mit dem jungen Mädchen auszusprechen.

Fandor stieg die Schamröte ins Gesicht, wenn er daran dachte, wie er bei so manchen Anlässen der Verfolger dieser Unglücklichen gewesen war, aber im Grunde seines Herzens war er ebenso stolz darauf, dass er ihr die Gelegenheit gegeben hatte, schrecklichen Gefahren zu entrinnen.

So manches Mal hatte Fandor eine Begegnung, ein trauliches Beisammensein mit diesem rätselhaften Wesen herbei gewünscht; und nun bot sich diese Gelegenheit, und seltsamerweise hatte Jérôme Fandor dieser Frau nichts mehr zu sagen, welche, seit sie sich als Pensionsgast bei Heberlaufs in Monte Carlo befand, sich schlicht den Namen 'Mademoiselle Denise' zugelegt hatte.

Gewiss, so wie Jérôme über dieses unerwartete Zusammentreffen in Wallung geriet, so war auch das junge Mädchen sicherlich sehr bewegt.

Beide kämpften dagegen an, und während Fandor sich zu sprechen anschickte, ergriff Fantomas' Tochter schon das Wort:

– Was steht zu Diensten, mein Herr? sagte sie mit einer Stimme, die beherrscht klingen sollte, während ihr Gesichtsausdruck nur umso deutlicher zeigte, was sie empfand und ihre Augen den Journalisten zornsprühend anblitzten.

Wahrhaftig, Fantomas' Tochter bot so einen prächtigen Anblick.

– Hélène ... gnädiges Fräulein ... brachte Fandor mühselig hervor, sie hatten neulich abends den Wunsch geäussert, mich zu sehen ... vielleicht sind Sie über die Vorgänge im Bilde, die mich daran gehindert haben, Ihrem Rufe Folge zu leisten ...

– Ich weiss von nichts, unterbrach ihn Fantomas' Tochter, was wollen Sie von mir?

Das junge Mädchen stand nun bebend, aber kerzengerade am Eingang zum Salon vor ihm; sie hatte Fandor nicht aufgefordert, Platz zu nehmen, also blieb der Journalist stehen.

Fantomas' Tochter fuhr fort:

– Wenn ich Sie sprechen wollte, mein Herr, so war das gegen meinen Willen, ich hätte es nicht tun sollen, ich darf Sie nicht sehen, Sie sind mir verhasst ... ach ... Jérôme Fandor, Sie wollten ja unbedingt kommen, Sie wollten mich treffen, nun denn, hören Sie gut zu ... wenn es auf der Welt ein niederträchtiges, gemeines, feiges und falsches Wesen gibt, wenn es einen Mann gibt, der vergisst, was man für ihn getan hat und der schnöde und scheinheilig Gutes mit Bösem vergilt, so sind Sie es! ...

– Hélène! schrie Fandor los, der bei dieser Schimpfrede leichenblass wurde! ...

Doch das junge Mädchen sprach in herrischem, barschem Ton weiter:

– Es ist, wie ich sage! ... Ich habe Sie einst aus der Patsche gezogen, damals, als wir in Natal waren ... Oh, das tat ich nicht ausschliesslich, weil mich der Wunsch, Gutes zu tun, beseelte! Zu meiner Schande muss ich gestehen, dass ich es tat, weil ich Sie liebte ...

Das junge Mädchen kämpfte gegen ein Beben, das sie am ganzen Leibe ergriffen hatte, und Fandor hatte den Eindruck, dass ihr beim Heraufbeschwören dieser Erinnerung Tränen in die Augen traten.

Doch Fantomas' Tochter gelang es, sich zu beherrschen:

— Ich liebte Sie, ja, ganz gewiss, ... zum Lohne dafür haben Sie mich gehetzt, gejagt, und ich bin ein Opfer Ihres Komplizen geworden, denn wie soll man wohl einen Mann vom Kaliber eines Juve anders bezeichnen, der unter Hintansetzung jeden Ehrbegriffs und aller heiligen Gesetze des persönlichen Bereichs Urkunden, Schriftstücke und Wertpapiere an sich bringt, die ihm nicht gehören?

— Hélène ... Hélène ... Sie sprechen von Papieren, rief Fandor, über diese scheussliche Szene verzweifelt. Wenn Juve sie mitgenommen hat, so weil er sie vor Schaden bewahren wollte ... Hélène, lassen Sie mich nun auch zu Wort kommen, wir haben Sie vor Ihrem Vater in Schutz nehmen wollen, wir wollen es immer noch, und wir wollen Sie vor ihrer eigenen Person schützen!

— Nicht möglich! höhnte das junge Mädchen ...

Doch Fandor wurde kühn und trat an sie heran:

— Hélène, rief er aus, wir sind alle miteinander die Opfer widerwärtiger Missverständnisse, grässlicher Irrtümer! Seit langem, seit Monaten versuche ich mit Ihnen zusammenzutreffen, ... allein die furchtbaren Abenteuer, in die wir beide, Sie und ich, verstrickt waren, haben mich daran gehindert, mein Vorhaben zu verwirklichen ... Geben Sie doch zu, Hélène, dass Sie jedes Mal, wenn ich Sie treffen wollte, von der Bildfläche verschwunden sind ... Ich spreche nicht von Natal, ich erinnere nur an Paris ... Hélène, denken Sie doch an den Schleppkahn von der Île des Cygnes ...

Das junge Mädchen unterbrach ihn und setzte seine Rede mit vor Trotz bebender Stimme fort:

— Ja, Fandor, erinnern Sie sich auch an die Nachtdroschke ...

— Erinnern Sie sich, sprach Fandor weiter, an die Strafkammer ...

Dann, als das junge Mädchen keine Worte mehr fand, sagte er mit sanfter, fast leiser Stimme:

— Erinnern Sie sich an vorgestern, Hélène, ... an den Nachmittag im Casino von Monte Carlo; haben Sie denn die junge Dame im rosa Kleid vergessen, die dorthin kam, um Juve und Fandor im Arbeitszimmer des Direktors einzuschliessen, wo sie gerade wichtige Gespräche führten? ...

Fantomas' Tochter, die bei der Erwähnung dieser Vorfälle ganz aufgewühlt schien, erschauderte bei Fandors letzten Worten:

– Leider, leider, flüsterte sie ...

Dann gelang es ihr nicht länger, ihre Erregung zu unterdrücken, sie liess sich in einen Sessel fallen und barg den Kopf in ihren Händen.

Woran dachte Fantomas' Tochter?

Verdeckte sie Tränen der Rührung? Versteckte sie, im Gegenteil, hinter ihren spindelförmigen Fingern zornsprühende Blicke?

Fandor, der ihr Schweigen nicht stören wollte und selber sehr bewegt war, wagte nicht, ihr Fragen zu stellen.

Nach einer Weile fuhr das junge Mädchen fort:

– Fandor, Fandor, Schwamm über die Vergangenheit ... löschen wir aus unserem Gedächtnis alles, was sie an Angenehmem oder Trübem enthalten mag. Vielleicht sind wir die Opfer des Geschicks, doch keinem von uns kommt die Rolle zu, auf den anderen Jagd zu machen ...

Die junge Dame erhob sich.

Sie ging mit ausgestreckten Armen und seelenvollem Gesichtsausdruck auf Fandor zu ...

Sie kam als Bittstellerin und legte die ganze Intensität ihres Begehrens in das Funkeln ihrer schönen grossen Augen:

– Sie müssen, bat sie inständig, Sie müssen Fantomas in Frieden lassen ... Sie dürfen sich nicht mehr um ihn kümmern ... Sie müssen darauf verzichten, ihn zu verfolgen, Juve muss ...

Fandor schüttelte den Kopf, wich mit einem Satz zurück.

– Hélène ... Hélène ... was verlangen Sie da von mir? Ist es denn möglich, dass Sie auch nur einen Augenblick daran denken, dieses Monstrum in Schutz zu nehmen?

– Dieses Monstrum ... ist mein Vater, sagte das junge Mädchen und schlug die Augen nieder ...

– Lieben Sie ihn also? fragte Fandor ...

Mit klangloser, derber und brutaler Stimme stiess Fantomas' Tochter hervor:

– Nein, ich hasse ihn ... aber er ist mein Vater!

Fandor stand lange betroffen da.

Wenn dies der Bund war, den ihm Fantomas' Tochter gerade vorgeschlagen hatte, so war der Fall für ihn erledigt! Die Sache war jetzt klar.

Juve konnte, ebenso wenig wie er selber übrigens, nicht dazu bereit sein, die Verbrechen des grausamen Banditen ungeahndet zu lassen, und auch nicht auf seine Verfolgung verzichten ...

Fandor antwortete jedoch nicht direkt auf die Bitte des jungen Mädchens. Er kam auf die jüngsten Ereignisse zurück, die sich gerade abgespielt hatten und stellte ihr geschickte Fragen.

– Hélène, sagte er, was sollte diese geheimnisvolle Flucht neulich in den Casinoanlagen? Warum haben Sie uns eingeschlossn? Sie wussten doch, dass wir dort waren? ...

– Ach, fuhr Fandor, lebhafter werdend, fort, ich glaube zu verstehen ... Ihr Vater ist es, Fantomas ist es, der Ihren Arm lenkt! Das Monstrum hält sich in unserer Nähe versteckt, in nächster Nähe ... Sie führen seine Befehle aus, und die geheimnisvollen Verhaltensweisen, an denen Sie festhalten, sind alle nur hinterlistige Streiche, die dazu bestimmt sind, ihn in Schutz zu nehmen, uns von seiner Spur abzulenken ... Seien Sie auf der Hut, Hélène, Sie spielen ein gefährliches Spiel ...

Das junge Mädchen schien die Drohung nicht zu erschrecken; sie schüttelte langsam den Kopf und erklärte:

– Wenn ich so gehandelt habe – und ich habe in der Tat so gehandelt, wie Sie es sagen – so war es nicht, um meinen Vater in Schutz zu nehmen, sondern um einen Unschuldigen zu beschirmen, Iwan Iwanowitsch ...

– Nun wären wir so weit, dachte Fandor, der, bestrebt, die Gelegenheit beim Schopfe zu packen, etwas Falsches behauptete, um die Wahrheit zu ermitteln.

– Iwan Iwanowitsch, liess er sich hören, der Mörder von Norbert du Rand, der Mann, der neulich nachts Juve angegriffen hat? ...

Doch Hélène, deren Gesicht höchste Bestürzung ausdrückte, lief auf den Journalisten zu, legte ihre Hände mit vertrauter, natürlicher Gebärde auf seine Schultern und stellte richtig:

– Iwan Iwanowitsch, der Mörder von Norbert du Rand ... der Mann, der Juve angegriffen hat ... was erzählen Sie da? ... das ist wahnwitzig, das ist verrückt, der russische Offizier ist unschuldig ... das ist der anständigste Mensch von der Welt, Sie müssten es doch wissen ...

Fandor beharrte nicht auf seiner These, die er auch nur widerstrebend aufgestellt hatte.

– Ach, leider haben Sie Recht, sprach er, ich weiss es, ich teile ja Ihre Meinung ... Wer ist dann aber der Urheber aller dieser Verbrechen? ... Da ist ja nicht nur der Mord an Norbert du Rand, da ist auch der unerklärliche Tod des Abgeordneten Laurans, und wenn der Meuchelmörder nicht Iwan Iwanowitsch heisst, dann kann es doch nur einer sein, nämlich ... Fantomas! ...

Fandor sah dem jungen Mädchen tief in die Augen. Erschrocken wich sie zurück, denn sie konnte die Ausfragerei nicht länger ertragen:

– Schweigen Sie, sagte sie, ich weiss nicht, ich weiss nichts, ich kann Ihnen nichts sagen ...

Fandor liess nicht locker:

– Sie wollen nichts sagen ... es wird dennoch nötig sein ... Hélène, wir müssen zu Juve gehen und mit ihm sprechen, wir müssen unverzüglich alle beide, alle drei ... diese grässlichen Geheimnisse aufklären ...

Aber bei den letzten Worten hatte sich Fantomas' Tochter wieder gefasst. Sie zog sich in die äusserste Ecke des Salons zurück. Sie war leichenblass und hatte dunkle Ringe um die Augen vor lauter Aufregung.

Doch dieses junge Mädchen verfügte über eine ungeheure Willenskraft. Ihr Busen bebte, sie unterdrückte ihr Herzklopfen, und mit verächtlicher, hochfahrender und selbstsicherer Stimme äusserte sie:

– Fandor, Sie haben mich nicht verstanden, aber was tut das schon, denn von jetzt ab und auf lange Zeit werden wir uns sowieso nicht mehr sehen ... Niemals, hören Sie das, werde ich, von wem auch immer, einen Befehl entgegennehmen, niemals werde ich mit Ihnen zu Juve gehen, niemals werde ich mit diesem Manne sprechen, und nie und nimmer werde ich zur Verräterin an meinem Vater werden!

Ach, Fandor, ich habe Ihnen eben geraten, davon abzulassen, ihn zu verfolgen, darauf zu verzichten, ihm verbissen nachzuspüren, denn vielleicht hätte ich mit der Zeit, wenn ich allein und frei handeln dürfte, Fantomas dazu bewegen können, sich zu bessern, aber Sie wollen ja nicht ...

– Hélène ... Hélène! seufzte Fandor, dessen Gewissen auf die Folter gespannt war, Hélène, kann ich denn anders handeln? Sie sind doch geradsinnig, edel, aufrichtig. Würden Sie denn nicht auf Jérôme Fandor und auf Juve mit Verachtung herabblicken, wenn der eine oder der andere Ihrem Wunsche nachkäme? ...

– Jérôme Fandor, begann von neuem Fantomas' Tochter mit ihrer würdevollen, überzeugenden Stimme, kann ich denn anders handeln? ... Und was würden Sie denn von einer Frau, von einem Kinde halten, das seinen Vater verrät? ...

Es trat eine Stille ein: die beiden aufrichtigen, rührenden Wesen beugten sich sichtlich unter den brutalen Schlägen des Schicksals!

Sie verharrten lange in Schweigen und Reglosigkeit, dann ging Fantomas' Tochter langsam zur Klingel. Ein Diener trat herein:

– Begleiten Sie den Herrn hinaus, sagte sie ...

Fandor, wie benommen von ihrer unerschütterlichen Ruhe, betrachtete sie, als erwache er aus einem Traum.

Wie ein Automat schritt er zur Tür des kleinen Salons, in dem er soeben eine unvergessliche, ungewöhnliche Stunde mit Fantomas' Tochter verbracht hatte, mit jener Frau, die, wie sie ihm selbst gestanden hatte, ihn geliebt hatte und ihn vielleicht noch immer liebte. Fandor fragte noch:

– Werde ich Sie wiedersehen?

Das junge Mädchen schüttelte verneinend den Kopf:

– In einer Stunde bin ich fort von hier ... versuchen Sie nicht, nachzukommen, Sie würden mich doch nicht wiederfinden ...

Am ganzen Leibe zitternd, schaute Fandor Hélène mit starren Augen an; er trat nahe an sie heran und flüsterte ihr ganz leise zu: Sie sagen nicht die Wahrheit, ich weiss, dass ich Sie wiedersehen werde, sagen Sie mir aber wann? Wo? Ich will es wissen ...

Fantomas' Tochter hüllte sich weiterhin in Rätsel und sagte nur achselzuckend und mit den Händen eine grosse Gebärde des Zweifels andeutend:

– Wer weiss? murmelte sie ...

Dann fand sie, dass die Unterhaltung lange genug, vielleicht sogar zu lange gedauert hatte, und verneigte sich feierlich vor Fandor:

– Leben Sie wohl, mein Herr ...

– Leben Sie wohl, gnädiges Fräulein ... Fräulein Denise! ...

In den bescheidenen Zimmern, die sie im Hotel *Zum Glück* bewohnten, sassen sich Juve und Fandor lange und ermattet in ihren Sesseln gegenüber. In ihren Gesichtern stand Nachdenklichkeit und Fassungslosigkeit.

Juve hatte ein eingefallenes Gesicht und benahm sich unausstehlich; Fandor kaute nervös an den Nägeln.

– Das ist nicht nur Dummheit, brummte Juve, das ist hirnverbrannt und nahezu Verrat ...

Fandor richtete sich jäh auf:

– Juve, Sie gebrauchen Wörter, die nicht das sagen, was Sie denken ... ganz gewiss nicht ...

– Versteh sie, wie du willst, erwiderte der Geheimpolizist, wenn einem jemand wie Fantomas' Tochter auf Gnade und Ungnade ausgeliefert ist, lässt man sich nicht durch einen Aufschlag ihrer schönen Augen zum Hampelmann machen, dann packt man sie an und bringt sie, ob sie nun will oder nicht, hierher ... nun ja, dieses Teufelsmädel ist mit allen Wassern gewaschen, sie hat dich reingelegt ... reingelegt ... reingelegt ...

Fandor gestand sich nicht ein, wollte sich nicht eingestehen, dass auch er beim Verlassen des Heberlauf'schen Hauses flüchtig befürchtet hatte, dass er sich von Fantomas' Tochter hatte übertölpeln lassen.

Aber er hatte alsbald seine Meinung geändert, er kannte den unbeugsamen, bündigen, entschiedenen und grundehrlichen Charakter des Banditenkindes und wusste, dass ihre Augen nicht logen.

Er entgegnete achselzuckend:

– Ich bin weder ein Grobian noch ein Rüpel, Juve, ich befand mich doch bei ihr im Hause, ich konnte nichts ...

– Du hättest sie gleichwohl am Schlafittchen nehmen sollen, hinterher hätte man sich immer noch herausreden können ...

– Juve, du siehst die Dinge wie ein richtiger Bulle ...

– Und du, Fandor, benimmst dich wie ein Rindvieh ...

Ein Weilchen sahen sich die beiden Männer mit zornerfüllten Blicken an, und wieder herrschte Schweigen.

Dieses Schweigen lag lange drückend über ihnen, ohne dass die beiden Freunde auch nur das Geringste taten, es zu brechen.

Beide kochten innerlich vor Wut.

Juve und Fandor schienen es nunmehr darauf anzulegen, sich gegenseitig Vorwürfe zu machen.

– Juve! rief Fandor schliesslich.

– Was? grunzte der Geheimpolizist.

Der Journalist fuhr arglistig fort:

– Kein Mensch hindert Sie daran, wenn Ihnen das Herz so sehr danach steht, Fantomas' Tochter nachzurennen, sich auf die Verfolgungsjagd zu machen und den Offizier verhaften zu lassen! Sie haben ja die ganze Nacht und den ganzen Vormittag zur Verfügung gehabt, um sich damit ernstlich zu befassen ... warum haben Sie es denn nicht getan?

Juve erblasste. Der Stoss, den ihm Fandor da versetzte, tat weh.

– Wenn ich es nicht getan habe, so weil ich nicht wollte; es steht mir ja schliesslich frei, über meine Zeit zu verfügen, wie es mir passt ...

– Vor allem steht es Ihnen frei, Juve, der Pikdame den Hof zu machen.

– Das ist vielleicht immer noch besser als sich von der Herzdame zum Narren halten zu lassen! ...

Juve war, während Fandor Fantomas' Tochter seinen Besuch abstattete, im Casino geblieben; anfangs hatte er Roulette gespielt, um den möglichen Betrügereien auf den Grund zu gehen und in Erfahrung zu bringen, ob nicht irgendeine neue Kombination seines rätselhaften Gegners ihm gestatten werde, die dem Casino gestellten Fallen zu aufzudecken.

Wäre Juve aufrichtig gewesen, so hätte er zugeben müssen, dass dies nur ein Vorwand war.

Juve hatte nämlich gespielt, weil er zum Spieler wurde!

Weil er vom Getriebe erfasst worden war, weil er, ob er wollte oder nicht, beim Klimpern des Goldes auf dem grünen Tuch der Roulette- oder Trente-et-quarante-Tische gleichsam in einen Taumel geriet und auch das starke Bedürfnis verspürte, sein Glück zu versuchen, nicht nur aus Geiz oder Geldsucht, sondern auch aus Vergnügen, aus einem Lustgefühl, das ihm ganz neu war und das er dem Spielen verdankte!

Nun aber hatte Juve in jener Nacht bis zum Morgengrauen das kleine Vermögen eingesetzt, das ihm das Casino grosszügigerweise am Vorabend vermacht hatte, um ihn für die Entdeckung der Roulette-Fälschung zu belohnen.

Doch schon hatte Juve alles verspielt, und es verblieb ihm gerade noch ein wenig Kleingeld.

Nachdem sich die beiden Männer gehörig beschimpft hatten, sahen sie sich mit hasserfüllten Blicken an:

– Juve!
– Fandor!
– Nehmen Sie zurück, was Sie eben gesagt haben ...
– Zieh selber zurück, ich mache nicht den Anfang ...

Die beiden Freunde, die bis zu diesem Tage keine Meinungsverschiedenheiten gehabt und stets in gedanklicher Übereinstimmung gelebt hatten, kehrten sich voneinander ab.

Juve nahm seinen Hut und verliess das Zimmer, ohne Fandor auch nur eines Blickes zu würdigen.

Fandor machte sich ebenfalls zum Fortgehen zurecht; er ging hinter Juve die Treppe hinunter und, auf der Strasse angekommen, wandte sich der eine nach rechts, der andere nach links.

Juve und Fandor waren verkracht!

Juve verfiel dem Roulette!

Fandor verfiel den Reizen einer Frau.

Der eine war ein Spieler, der andere ein Verliebter, und beide von nun an fast Widersacher!

Wenn dies das von Fantomas erträumte Ergebnis war – vorausgesetzt dass er hinter all den geheimnisvollen Verbrechen steckte – so war ihm ein meisterhafter Schachzug gelungen, indem er Juve und Fandor nach Monaco lockte, um sie zu entzweien!

17. Am Eingang zu den Geldschränken

Auf der Landstrasse, die sich über La Turbie zum Pass hinaufschlängelt, wanderten zwei Leutchen gemächlich bergan. Es war ein schöner Frühlingsnachmittag, die Sonne sandte schon stechende Strahlen auf die Fluren, wo die ersten Triebe sprossen.

Die Beiden, die sich untergehakt hatten, waren ein Mann und eine Frau. Sie gingen eng aneinandergeschmiegt und sprachen zärtlich miteinander.

Von Zeit zu Zeit hielten sie beim Steigen inne und wandten sich zurück, um hinter sich das prächtige Panorama des monegassischen Felsens zu betrachten, dessen vielerlei malerische Bauten stufenförmig unter ihnen lagen und hinter dem sich am Horizont, gleich einer unermesslichen, azurblauen

Fläche, die Fluten des Mittelmeers ausbreiteten.

– Wie schön das ist! Wie herrlich! Wie gerne möchte man doch für immer hier leben, flüsterte die Frau schwärmerisch, während der Mann, vielleicht davon nicht so sehr überzeugt, mürrisch erwiderte:

– Ach was! Das ist ja immer dasselbe, reisen wäre auch nicht übel!

– Louis, erkundigte sich da die Spaziergängerin und stützte sich liebevoll auf den Arm ihres Gefährten, Sie scheinen heute schlechter Laune zu sein! Haben Sie irgendeinen Kummer? ...

Die Frage war an Louis Meynan, einen der Kassierer des Spielclubs von Monaco, gerichtet.

Er erwiderte seiner Begleiterin, die keine andere war als Isabelle de Guerray, indem er ein Gähnen zurückhielt:

– Ich langweile mich, das ist alles, ich habe dieses Leben satt ...

Die Halbweltdame lächelte entzückt und schaute mit gerührter Sanftmut dem jungen Mann, aus dem sie demnächst ihren Ehemann machen wollte, ins Gesicht.

– All das wird sich bald ändern, lieber Freund, hauchte sie, wenn wir Mann und Frau sein werden ...

Dann fügte sie anschmiegsam und verliebt hinzu:

– Wir fahren dann wohin Sie wollen ... wohin du willst ... nach deinem Belieben, in Liebe miteinander vereint ...

Louis Meynan unterbrach sie spöttisch:

– Sie sind ja heute so poetisch, liebe Isabelle ...

Dann machte er wieder ein saures Gesicht und schien sich von neuem in seine düsteren Gedanken zu versenken.

Isabelle geriet etwas aus der Fassung und wagte nicht mehr, ihren Freund auszufragen: sie hatte seinen Arm losgelassen, während Louis Meynan, der an Gebirgstouren gewöhnt war, sie mit seinen langen, abgemessenen Schritten schnell überholt hatte.

Isabelle de Guerray träumte zu dieser Zeit den liebsten Traum ihres Lebens, den sie bis dahin noch nicht hatte verwirklichen können:

Sie wollte heiraten, eine ehrbare Frau werden, oder jedenfalls doch als solche angesehen werden.

Sie sehnte sich nach Achtung, Friedlichkeit, Familienleben; lange hatte sie geglaubt, dass sie mit Leichtigkeit jemanden aufspüren werde, der bereit wäre, sie zu ehelichen; nun aber war sie in die Jahre gekommen und hatte noch immer nicht, obwohl sie immer weniger wählerisch war, den Menschen gefunden, der gewillt war, sein Dasein mit dem ihren zu verbinden.

Erst in diesem Winter hatte sie von Louis Meynan ein Eheversprechen erlangen können.

Dieses zunächst sehr ausweichende Versprechen war dann späterhin bestätigt worden: nach Saisonschluss wollte Louis Meynan sie zum Standesamt führen ... und auch vor den Altar, denn Isabelle de Guerray war eine fromme Dame.

Gewiss, dieser Casinoangestellte, der aus ganz anderen Kreisen stammte als sie und vielleicht für sie zu jung war, stellte keine ideale Lösung dar. Aber die ideale Lösung war eben recht schwer zu finden.

Isabelle de Guerray hatte in der Person von Louis Meynan einen zurückhaltenden Bewunderer aufgespürt, vor allem aber einen unempfindlichen Mann, den ihr Vorleben in keiner Weise kümmerte. Die Halbweltdame war sich darüber klar, dass es offenbar eher ihre Vermögensverhältnisse waren, welche den jungen Kassierer verlockten, als ihre schon ein wenig verblühten Reize. Aber schön gedankenlos, wie verliebte Frauen eben sind, nahm sie sich vor, ihn so zärtlich und liebevoll zu verwöhnen, dass sie hoffen durfte, voll und ganz diesen Mann zu erobern, den sie an sich binden wollte, damit er ihr auf ihre alten Tage Wohlanstand und Ehrbarkeit sicherte.

Bei Saisonbeginn hatten die Dinge zum Besten gestanden, und Isabelle de Guerray hatte deutlich gemerkt, dass sie das Herz des Kassierers immer mehr für sich gewann. Nach und nach ging dem jungen Manne sein instinktives Misstrauen verloren.

Nun hatten aber urplötzlich die Dramen, welche die leichtlebige Bevölkerung von Monaco verblüfft und bestürzt hatten, das engstirnige, bürgerliche Begriffsvermögen des Casinoangestellten in Aufruhr versetzt.

Zwar schloss er nicht die Möglichkeit aus, in Bälde eine ältliche Halbweltdame zu ehelichen und von einem Vermögen zu leben, dessen Ursprung er nicht zu ergründen hätte, aber diesem Kassierer wurde angst und bange bei der Vorstellung, seine Zukünftige könnte in gerichtliche Händel verwickelt sein, ja dass sie tatsächlich – indirekt und zudem völlig unfreiwillig – darein verwickelt war.

Das ging zu weit!

Isabelle de Guerray hatte es begriffen, und es brachte sie zur Verzweiflung, denn sie konnte nicht verhindern, dass die Presse und die Öffentlichkeit ihren Namen zusammen mit den Hauptpersonen der stattgefundenen Dramen zu nennen.

War nicht an der Hand eines Toten ein Ring entdeckt worden, den sie einem ihrer Verehrer geschenkt hatte? War nicht auch ein Mann, der Abgeordnete Laurans, auf rätselhafte, unerklärliche Weise in ihrer eigenen Villa ermordet worden, und zwar im Verlaufe einer von ihr gegebenen Abendgesellschaft?

Es war klar, dass Louis Meynan ihr all dies verargte, und es war schon einmal beinahe zum Bruch gekommen.

Isabelle de Guerray hatte beschlossen, die Dinge zu klären und wollte in den folgenden Tagen einen ganzen Nachmittag einer privaten Besprechung mit ihrem Zukünftigen widmen.

Sie waren zu Fuss in Richtung von La Turbie gegangen.

Nach einer halben Stunde des Schweigens, welche die beiden seltsamen Verlobten dazu genutzt hatten, über alle diese Ereignisse nachzudenken und verschiedene Lösungen zu erwägen, ergriff Isabelle de Guerray das Wort:

– Louis, eröffnete sie ihm, wir können unter diesen Umständen nicht so weiterleben, wir müssen so schnell wie möglich ein Ende machen und unsere Existenz verändern. Es war vorgesehen, dass wir in sechs Monaten, in einem Jahr vielleicht heiraten ... wir sollten uns sofort trauen lassen. Geben Sie das Casino auf, ich selbst verlasse sofort Monaco!

– Was? entgegnete Louis Meynan leicht erstaunt, Sie wollen sagen, Sie seien willens, plötzlich mit allen Ihren schönen Beziehungen zu brechen und Monte Carlo in einigen Stunden zu verlassen? ... Das würde Sie ins Gerede bringen! ... Bestimmt würde sich jeder fragen, was denn aus der schönen Isabelle de Guerray geworden ist ...

Mit einem leichten, aber bitteren Lächeln sagte die Halbweltdame:

– Was ich Ihnen vorschlage, Louis Meynan, ist kein Vorschlag aufs Geratewohl, ich habe ihn mir reiflich überlegt ... es ist mir vollkommen gleich, was die Leute sagen, und mein zukünftiges Leben als Ehefrau soll in keiner Weise so verlaufen, wie ich als ... Junggesellin lebte.

Mir liegt nichts an den Beziehungen von gestern, sie werden nicht dieselben sein wie die von morgen ...

Louis Meynan wusste nicht, was er antworten sollte.

Es war offensichtlich, dass Isabelle de Guerray ihm ein Ultimatum stellte; es hiess jetzt, eine Antwort geben: war er damit einverstanden, angesichts der

Vor- und Nachteile, die seine Rolle mit sich brachte, der Ehemann der Ex-Halbweltdame Isabelle de Guerray zu werden oder nicht? ...

Unsere Spaziergänger waren bei einem Wäldchen angelangt, in dem sich eine Bauernschenke befand; sie hatten sich warmgelaufen, ein Bach plätscherte in unmittelbarer Nähe eines ländlichen Gasthauses dahin und verbreitete ringsum seine Kühle.

— Lassen Sie uns hier Halt machen, flüsterte ihm Isabelle de Guerray zu ...

Als sich das Paar im Schatten einer Gartenlaube niedergelassen hatte, bestellte Isabelle eine grosse Tasse Milch. Louis Meynan platzte beinahe vor Lachen:

— Kein Zweifel, meine Liebe, sagte er voller Ironie, Ihre Stimmung wird heute immer poetischer ... Da lassen denn wohl Hirtenstab und Schäfergedichte nicht mehr lange auf sich warten? ...

— Für mich, sagte er zu der Kellnerin, die auf die weitere Bestellung wartete, bitte einen Absinth ... aber randvoll ...

Isabelle de Guerray ging nicht weiter auf das Gewitzel ihres Begleiters ein.

Sie horchte auf, schaute rings umher und machte sich Gedanken darüber, dass sie im nahen Dickicht zwei oder drei verdächtige Gestalten bemerkt hatte, die ihnen offenbar auf dem Spaziergang gefolgt waren.

Louis Meynan war die Unruhe von Isabelle de Guerray nicht entgangen.

Er schaute sich ebenfalls um, erspähte einen der Burschen, die wahrhaftig in der Nähe umherstreiften, und zuckte die Achseln:

— Das sind Spitzel, erklärte er ...

— Spitzel? fragte Isabelle de Guerray, ehrlich bestürzt und besorgt, denn sie stellte sich vor, diese Männer seien mit dem Auftrag ausgesandt worden, über sie Ermittlungen anzustellen und herauszubekommen, ob sie bei den Dramen, die sich um sie herum ereignet hatten, womöglich nicht nur ein unfreiwilliger Zeuge gewesen war.

Sie wagte es kaum, Louis Meynan gegenüber diese Meinung zu äussern, denn sie fürchtete über alles, mit ihm dieses unerquickliche Thema anzuschneiden. Doch der Kassierer erklärte ihr:

— Diese Spitzel haben überhaupt nichts mit den Mordaffären zu tun, die Ihnen Kummer bereiten. Es sind ganz einfach auf mich losgelassene Spitzel, meine Nachsteiger ...

Isabelle begriff überhaupt nichts mehr: Louis Meynan setzte eine selbstgefällige Miene auf:

– Nun ja, fuhr er fort, indem er an seinem Schnurrbart zwirbelte, ich für meine Person bin wohl auch, genau wie die hochgestellten Persönlichkeiten, wie die gekrönten Häupter, ein Wesen, das ständig bewacht und beschützt wird! Es gibt keinen Beruf, der mehr beschnüffelt wird als der meine, und ich kann innerhalb des Fürstentums keinen Fuss vor den anderen setzen, ohne dass man sich einbildet, ich wolle mich in Richtung Brüssel absetzen. Nun ja, ... nun ja, ... kein Wunder ... ein Kassierer, das heisst der Mann, der den Schlüssel zu den Kassen mit sich herumträgt und der die geheime Kombination des Geldschranks kennt ... das ist schon eine Persönlichkeit.

– Ist das wahr, werden Sie auf diese Weise bespitzelt? rief Isabelle de Guerray aus ...

– Und ob! sagte Louis Meynan mit Nachdruck, und er blickte plötzlich wieder ganz finster. Sie können mir glauben, dass dies nicht die angenehmste Seite des Lebens ist, das ich führe. In den ersten Tagen macht einem das Spass, in der Woche drauf gibt man auf diese Dinge nicht mehr so sehr Acht ... eines schönen Morgens vergisst man es ganz, zwingt sich dazu, nicht mehr daran zu denken, aber jedes Mal, wenn es einem wieder einfällt, regt man sich auf und ärgert sich gewaltig ...

Louis Meynan sagte da auf einmal frei heraus, was er im Innersten dachte.

Ja, das war es, woran er in seinem Beruf am schwersten zu tragen hatte, diese stete, zugleich erniedrigende und herausfordernde Überwachung.

Der Kassierer sprach mit lauter Stimme über seine Gefühle, er äusserte klar und vernehmbar, was er dachte:

Er habe genug von diesem Beruf, den er schon seit zehn Jahren ausübe, um so mehr, als dieser keine Zukunftsaussichten biete und enorme, verantwortungsvolle Pflichten mit sich bringe, das alles auch noch für einen Hungerlohn ... Ach, das Casino könne lange suchen, bis es wieder so einen Angestellten wie ihn finde, dem ungeheure Summen unter die Hand kämen ... der immer pünktlich an seinem Posten stehe ... treu ergeben ... und immer die Interessen des Hauses im Auge habe ... und das für fünfzig Louisdors im Monat ... Nein, das war ja reiner Betrug ...

Louis Meynan machte seiner Bitterkeit mit solcher Aufrichtigkeit Luft, dass Isabelle de Guerray den Augenblick für gekommen hielt, sich ihm in Erinnerung zu bringen und ihm ihren Vorschlag ins Gedächtnis zurückzurufen.

Sie rückte ihren Holzschemel an den Korbsessel, in dem der junge Mann

Platz genommen hatte, denn es war nur ein Sessel da, und mit seiner üblichen Ungeniertheit hatte es sich Louis Meynan darin gemütlich gemacht:
— Willst du, flüsterte sie ihm zu, willst du, dass all das ein Ende nimmt ... willst du, dass wir beide zusammen morgen oder noch heute abend ... oder wann immer es dir gefällt ... fortreisen, ich bin bereit, alles aufzugeben ...

Mit schmerzlichem, bangevollem Gesicht harrte Isabelle de Guerray der Antwort, doch plötzlich verklärte sich ihr Gesicht:

Louis Meynan rührte die Zärtlichkeit dieser Frau, die zwar schon recht reif wirkte und sich ihrer Vergangenheit nicht gerade rühmen konnte, aber so sehr in ihn verliebt war, dass es ihm zu Herzen ging. Er antwortete mit sanfter Stimme:
— Was du dir erwünschst, Isabelle, soll geschehen. Lass uns unsere Abreise vorbereiten ... Heute in acht Tagen werden wir weit fort sein von hier und den Grundstein gelegt haben zu einer freien, neuen Existenz. Und zugleich werden wir beide einen Schleier über die Vergangenheit werfen! ...

Ungeachtet der Spitzel, die ihnen taktloserweise gefolgt waren und sich hinter den nahen Büschen versteckten, jede ihrer Gesten belauerten und womöglich auch alle Worte mit anhörten, warf sich Isabelle de Guerray ihrem Gefährten an den Hals und drückte ihren Kopf liebevoll an seine Brust.

Dann einten sich ihre Lippen zu einem langen Kusse, und dieser Kuss besiegelte die endgültige Versöhnung, besiegelte den Bund der beiden Menschen, die nun bald ein Paar sein würden!

Eine Stunde später, als Isabelle de Guerray nach der Rückkehr in ihre Villa mit ihren intimen Freunden lange Telefongespräche führte, um ihnen mitzuteilen, dass sie am nächsten Tage nicht empfange, denn sie habe beschlossen, Monaco binnen kürzester Frist zu verlassen, war Louis Meynan wieder im Casino, um dort seinen Dienst zu versehen.

Bevor er aber seine Funktion übernahm, hatte er seinen Vorgesetzten davon benachrichtigt, dass er demnächst seinen Posten aufgeben werde, was keine grosse Überraschung auslöste, denn die Verwaltung des Casinos war schon im Bilde und wusste von den Heiratsabsichten des kleinen Angestellten und der ältlichen Halbweltdame.

Der stellvertretende Direktor jedoch hatte Louis Meynan gefragt:
— Ich hoffe doch, dass Sie noch achtundvierzig Stunden bei uns bleiben, damit wir einen Nachfolger einarbeiten können? ...

– Gewiss doch, hatte der Kassierer erwidert, der trotz allem Wert darauf legte, mit seinen Vorgesetzten in gutem Einvernehmen zu verbleiben.

Als es acht schlug, hatte Louis Meynan sich zur Kasse begeben, wo er grössere Entnahmen auszuführen hatte.

In jenem Jahre waren am äussersten Ende des Casinos, noch ein wenig hinter den Spielsälen, zahlreiche Bauarbeiten ausgeführt worden.

Zunächst einmal war eine grosse Treppe mit Doppelumlauf gebaut worden, die, von einer Vorhalle ausgehend, zur ersten Etage hinaufführte.

Unter dieser Treppe befand sich eine Art Zimmer mit zwei Türen. Die eine führte zu der sogenannten nördlichen Wandelhalle, die andere, zur anderen Seite hin, wurde als südliche Wandelhalle bezeichnet.

Leute, die zum ersten Mal vorbeigingen, bemerkten diese Raumverteilung nicht.

Zwar war die Unterseite der Treppe hermetisch abgetrennt, aber das sollte nichts bedeuten, und es hatte auch keinen Grund gegeben, – von ästhetischen Rücksichten vielleicht abgesehen – die Unterseite der Treppe freizulassen.

Wenn die an der nördlichen oder südlichen Wandelhalle Vorübergehenden zufällig sahen, dass die eine oder die andere der beiden unter der Treppe befindlichen Türen halb offen stand, wurden sie einen stockdunklen Raum gewahr, dessen Boden mit Sand bestreut war!

Wollte irgendein Neugieriger Näheres darüber wissen, so erklärte man ihm ohne Umschweife, dies sei der Eingang zu den neuen Sicherheitsgewölben, in denen die Casinoverwaltung ihre Reserven an Gold, Silber und Papiergeld aufbewahre.

Die Türen waren zwar solide gebaut, schienen aber doch nicht dafür gemacht, die unermesslichen Reichtümer abzusichern, welche die Gewölbe bargen. Wahrscheinlich gab es da noch andere Hindernisse, die zu überwinden waren, wenn man bis zu dem Schatz gelangen wollte, der den Neid der Fürsten erregt hätte, von denen im Märchen aus Tausendundeinenacht die Rede ist, oder auch einfach den der Vizekönige von Indien!

Es gab da in der Tat andere Hindernisse, und die kannte niemand.

Wenn man die Wächter über die Geheimnisse dieser Dunkelkammer ausfragte, erwiderten sie, es gebe nichts Gefährlicheres, als sich dort hineinzuwagen, denn sie sei mit zahlreichen elektrischen Sicherheitsanlagen ausgestattet. Der Raum, so hiess es, sei von einer Unzahl von Stromleitungen durchzogen, von denen schon der schwächste ausreiche, um den Eindringling niederzustrecken. Es wurde auch von Verliesen gemunkelt, von Kippbrettern, von einer Guillotine, von einem wahren Arsenal von Folter- und Abwehrwerkzeugen, deren Aufzählung allein schon genügt hätte, bei den Waghalsigsten Entsetzen hervorzurufen.

Entsprach dies jedoch wirklich der Wahrheit?

War denn überhaupt vorstellbar, dass sich in dem eleganten, goldverzierten, mondänen Casino eine derartige Höhle des Schreckens befand? Und dies nicht etwa an einem abgelegenen, öden Ort, sondern gerade im elegantesten Teil des Etablissements, unter der grossen Freitreppe mit Doppelumlauf, deren schmiedeeisernes Geländer von Kennern bewundert wurde ... genau in der Mitte der Vorhalle, zwischen den beiden Wandgängen im Norden und Süden, wo während der Saison alles vorbeizog, was es in der zivilisierten Welt an wohlhabenden Leuten aus den besten Kreisen gab!

Es schien unmöglich, doch musste man es wohl glauben, denn man durfte vermuten, dass sich unter den feinen Damen und Herren, die zu den Stammgästen des Casinos zählten, einzelne Herrschaften, ja ganze Banden von höchst verwegenen Leuten befanden, die vor nichts zurückschrecken würden, wenn sie auch nur die kleinste Hoffnung hätten, in diesen Ort einzudringen und sich der Reichtümer zu bemächtigen, die er barg.

Ja, diese beiden Türen, die an ihrer Aussenseite goldene Paneele zeigten, zogen von morgens bis abends und von abends bis morgens Tausende von Blicken auf sich, und wenn auch niemand sie zu öffnen wünschte, denn ironischerweise waren sie niemals verschlossen, so war doch das Verlangen gross, dort einzutreten und sich in der kalten Finsternis des Raums mit dem sandbestreuten Boden voranzuwagen.

Doch keiner hatte den Mut dazu!

Ein einziger Mann jedoch erlaubte sich dieses kühne Unterfangen.

Und das war Louis Meynan, der Kassierer.

Fast regelmässig jeden Abend zehn Minuten vor acht konnte man sehen, wie der junge Angestellte sich lässig der grossen Freitreppe näherte; er ging um sie herum, mal von rechts, mal von links, und betrat wie selbstverständlich den finsteren Raum, den geheimnisumwitterten Vorplatz zu den Sicherheitsgeldschränken, und benutzte dabei entweder die an der Nordseite der Wandelhalle oder die an der Südseite befindliche Tür.

Er kam dann nie an derselben Stelle wieder heraus:

selbstverständlich gab es noch einen anderen Verbindungsweg, der es erlaubte, in die Büros der Verwaltung zurückzugelangen.

An jenem Abend, und wohl zum letzten Mal, hatte Louis Meynan zur gewohnten Stunde die Geheimkammer betreten.

Der junge Mann hatte in der Tat nicht vor, das weiterzumachen, womit er nun schon zehn Jahre lang hintereinander beschäftigt war.

Am nächsten Tage sollte er einen Nachfolger bekommen, und am übernächsten würde er dann den Dienst quittieren.

In der äussersten Ecke der nördlichen Wandelhalle sass seit sieben Uhr ein Mann in einem Schaukelstuhl; seinem Gesichtsausdruck nach schien er sich zu Tode zu langweilen und so rauchte er eine Zigarette nach der anderen.

Das Spielen hatte bereits begonnen, und alle, die sich bis dahin in der Wandelhalle aufgehalten hatten, waren in die Salons gegangen, so dass der Raucher allein dasass.

Dieser Raucher war niemand anders als Juve.

Der Geheimpolizist langweilte sich gewaltig.

Seit seinem Krach mit Fandor war er dem Journalisten nicht wieder begegnet; er wusste nicht einmal, was aus ihm geworden war.

Juve hatte einen wahren Zorn auf seinen Gefährten, der noch grösser wurde, je mehr er darüber nachdachte ...

Gewiss, er kannte den sprunghaften Charakter von Fandor; er wusste, dass der junge Mann des öfteren unüberlegt gehandelt hatte. Aber Juve war der Meinung, Fandor sei diesmal zu weit gegangen, als er Fantomas' Tochter so mir nichts, dir nichts entwischen liess.

Denn sie war weg, auf und davon!

Am Nachmittag hatte sich Juve selber im Heberlauf'schen Hause davon überzeugen können.

Für ihn bestand kein Zweifel, dass sie die Flucht ergriffen hatte, und das war vorauszusehen gewesen. Wer konnte denn glauben, Fantomas' Tochter werde, wenn sie sich einmal aufgespürt sah, noch weiter am selben Ort bleiben?

Juve ging unaufhörlich wie ein Leitmotiv, wie eine Zwangsvorstellung, derselbe Kommentar zu Fandors Haltung durch den Kopf:

– Das ist reinster Schwachsinn! ...

Ausserdem kam die üble Stimmung von Juve – dies aber gestand sich der

Geheimpolizist nicht ein – auch daher, dass ihm Fandor sicherlich wohlverdiente Vorwürfe wegen seiner Spielleidenschaft gemacht hatte, der er sich fortan hingab.

Juve ging nämlich soweit, nunmehr ernsthaft zu spielen.

Er kostete den Taumel aus, der alle die überkommt und benebelt, die in die Nähe der so verlockenden und zugleich furchterregenden Spieltische geraten!

Trotz seiner Willenskraft, trotz seiner Selbstbeherrschung fühlte Juve, dass es ihn erwischt hatte, und zwar gewaltig!

Während er da in der Wandelhalle sass, kämpfte Juve innerlich mit zwiespältigen Gefühlen:

Er wollte sich nicht von der Stelle rühren, er nahm sich fest vor, da in diesem Sessel reglos sitzenzubleiben, wie er es schon seit zwei Stunden getan hatte. Er wollte nicht aufstehen, wusste er doch, dass er dann unweigerlich in den Spielsalon gehen würde!

Freilich hatte er vorige Nacht das kleine Vermögen verspielt, das ihm die Spielbank grosszügigerweise gestiftet hatte, aber seitdem hatte er in seiner Brieftasche noch ein paar Banknoten aufgestöbert.

Und er sagte sich, um in Einklang mit seinem eigenen Gewissen zu kommen:

– Es verbleibt mir nicht mehr genug Geld, um meine Ermittlungen so fortzuführen, wie es sich gehört, ich brauche also mehr. Wo soll ich es auftreiben? Ich muss einfach spielen ... und ich werde schon gewinnen ... ich spüre, dass ich heute abend gewinnen werde!

Wie von der Tarantel gestochen sprang Juve von seinem Sessel auf. Es schien aber, dass ihn diese unvermittelte Bewegung, die er eben ausgeführt hatte, aus einem Traume, einem Alpdruck hatte aufschrecken lassen. Juve bekam sich wieder in Gewalt und zwang sich abermals zum Hinsetzen; er fühlte sich wie sein eigener Gefangener, der sich selbst im Zaume hielt ...

In der südlichen Wandelhalle, ganz hinten in der Ecke, befand sich ein anderer Mann, der, im Gegensatz zu Juve, unentwegt hin und her ging, auf und ab spazierte, ruhelos, ausserstande, an einem Fleck zu bleiben.

Hielt er einmal inne, so war es, um ans Fenster zu treten und mit seinen sehnigen Fingern den Rhythmus eines Gewaltmarsches auf die Scheiben zu trommeln.

Der Mann schaute unablässig auf die Uhr, die Zeit schien ihm viel zu langsam zu verstreichen, und er schien schier verzweifelt darüber, dass die Uhrzeiger nicht schneller vorrückten ...

Warum war er so unruhig, wo er doch keinerlei Verabredung hatte und niemanden erwartete!

Dieser ruhelose Mensch, dessen Verhalten genau im Gegensatz zu dem von Juve stand, war niemand anders als Jérôme Fandor.

Seit seiner Auseinandersetzung mit dem Geheimpolizisten war der Journalist wie eine im Fegefeuer schmachtende Seele in den Strassen von Monaco umhergeirrt.

Gegen fünf Uhr war er ins Casino gekommen, wusste nicht aus noch ein, war wirklich müssig und ratlos.

Ermittlungen? Es war keine Rede mehr davon.

Juve ohne Fandor, oder Fandor ohne Juve, das war, vor allem unter den augenblicklichen Umständen, wie ein Körper ohne Kopf! Einer wie der andere waren sie zu sehr durch gemeinschaftliche Interessen verbunden, als dass sie unabhängig voneinander hätten wirksam werden können.

Von dem Augenblick an, da einer von beiden ausfiel, schien auch der andere der Tatenlosigkeit verfallen. Nun aber kannte Fandors Wut über das seiner Meinung nach skandalöse Betragen von Juve kein Ende!

War es denn möglich, dass ein Mann wie der Kriminalbeamte dem Rausch des monegassischen Roulettes verfiel? ...

Fandor hatte nicht übel Lust, Juve an die Kehle zu springen, um ihn, koste es, was es wolle, von dem grünen Tuch fernzuhalten!

Allerdings sah Fandor nicht ein, dass er selbst sich am gleichen Morgen recht unlogisch, ja geradezu unentschuldbar verhalten hatte, als er Fantomas' Tochter laufen liess!

Fandor hatte nur einen einzigen Grund dafür, der seine Haltung entschuldigen konnte: das war seine Liebe.

Liebte Fandor denn Fantomas' Tochter? Der Journalist zog es vor, sich diese Frage nicht zu stellen ...

Während sich Juve und Fandor, jeder auf seiner Seite, in den äussersten Ekken der nördlichen und der südlichen Wandelhalle des Casinos von Monaco aufhielten und einer wie der andere seinen Gedanken nachhing, ohne zu ahnen, dass sie so nah beieinander waren, denn, durch die Geheimkammer voneinander getrennt, konnten sie sich nicht sehen, erschien plötzlich am Eingang zur Vorhalle ein Mann, und dies etwa zwanzig Minuten, nachdem Louis Meynan, der Kassierer, den Vorraum zu den Stahlschränken betreten hatte.

Der Mann, der da hurtigen Schritts hereinkam, war niemand anders als Iwan Iwanowitsch.

Der Offizier schien zunächst die Freitreppe mit dem Doppelumlauf benutzen zu wollen, doch auf einmal machte er kehrt, denn er hatte bemerkt, dass einer der beiden Zugänge zu der geheimnisvollen Dunkelkammer halb offenstand.

Da wandte er sich zu dieser Tür und schien überrascht, denn es drang ein ungewohnter Lichtstrahl heraus.

Iwan Iwanowitsch stiess den Türflügel auf, schaute einen Augenblick ins Innere des Raums, wich dann aber jäh zurück und stiess einen schrecklichen Schrei aus: einen 'Hilfe'-Ruf, der sogleich die Aufmerksamkeit von etwa fünfzehn ganz in der Nähe befindlichen Personen auf sich zog, den Leuten nämlich, die nicht weit davon in der Vorhalle weilten.

Welches Schauspiel war denn dem Offizier vor Augen gekommen, dass er so erschrocken war?

In der Nähe schlug eine Standuhr: Es war genau neun Uhr abends.

18.   Lauter Lügen!

Kaum hatte Iwan Iwanowitsch mit furchterregender Stimme den stets erschreckenden Ruf 'Zu Hilfe!' ausgestossen, da sprang Juve, der dem Offizier unwillkürlich nachgeschaut hatte, aus seinem Sessel auf und rannte auf die Geheimkammer zu.

Juve, dem keine der Bewegungen von Iwan Iwanowitsch entgangen war, hatte in der Tat nicht den geringsten Zweifel über das, was den tödlichen Schrecken des Offiziers verursacht hatte. Wenn Iwan Iwanowitsch zu Hilfe gerufen hatte, so war es für den Geheimpolizisten völlig klar, dass er durch die offene Tür der Geheimkammer irgendeine scheussliche Szene zu Gesicht bekommen hatte, die seinen Hilferuf rechtfertigte.

– Was ist los? ... Was gibt's denn? schrie Juve ...
Doch Iwan Iwanowitsch war nicht mehr da!
Juve hielt sich nicht damit auf, nach ihm zu suchen. Er rannte zur Tür, die der Offizier wieder geschlossen hatte, öffnete sie und blieb nun ebenfalls, leichenblass und mit vor Entsetzen hervorgequollenen Augen, wie angewurzelt stehen ...
Indessen war das Gerenne von Juve ebensowenig unbemerkt geblieben wie der Hilferuf von Iwan Iwanowitsch.
Von allen Seiten kamen sie angerannt, ohne recht zu wissen warum.
Alle, die auf den Eingang zu den Gewölben zustürmten, blieben alsbald starr vor Entsetzen stehen.
Hinter der Tür, die Juve geöffnet und offen gelassen hatte, bot sich in der Tat ein grauenhaftes Bild!
Die Geheimkammer, in die man nur durch zwei Zugänge gelangen konnte, von denen der eine nach der Nordseite der Wandelhalle hin lag und der andere nach der Südseite, war ein grosser, völlig leerer Raum.
Auf den ersten Blick sahen alle, die sich am Eingang drängten, sofort genau in der Mitte den Körper von Louis Meynan liegen, den Leichnam, vermutlich, des Kassierers; er lag der Länge nach auf dem Boden ausgestreckt und war von einem Degen durchbohrt, der noch aufrecht darin stak, als er nach Durchstechen des Leibes mit der Spitze in die dicke Sandschicht gedrungen wäre, die wohl einen Parkettboden bedeckte! ...
Juve hatte sich schnell gefasst, während die andern sich hinter ihm drängelten und bestürzte Schreie, erregte, angsterfüllte Rufe ausstiessen ...
– Niemand rührt sich von der Stelle! gebot Juve. Hier kommt niemand herein! ... Man hole die Direktion! ...
Mehr sagte er nicht ...
Kaum hatte er diese Worte ausgesprochen, als ihm gegenüber die zur südlichen Wandelhalle führende Tür aufging, aufgerissen, ja, fast aus den Angeln gehoben wurde ...
Und die Person, die hereinkam und ebenfalls starr vor Entsetzen stehenblieb, war, wie Juve sofort erkannte, sein Freund Fandor ...
– Grosser Gott! rief der Journalist beim Anblick der Leiche des Kassierers aus, haben Sie etwas gehört? Der Krach, der die beiden auseinandergebracht hatte, war wie weggeblasen, und schon breitete Fandor, der den gleichen Gedanken hatte wie der Geheimpolizist, beide Arme aus und versperrte

so der sich hinter ihm herandrängenden Menge den Eingang zu dem grausigen Raum ...

Juve schüttelte mit verblüffter Miene den Kopf:

– Nein! gestand er, ich habe nichts gehört ... Ich weiss nicht einmal, wie es geschehen konnte ... dieses Drama muss sich vor mehr als einer halben Stunde abgespielt haben ...

Inzwischen verbreitete sich im Casino die Nachricht vom Tode des Kassierers, das heisst seiner mutmasslichen Ermordung, wie ein Lauffeuer.

Noch einige Minuten vorher waren die Wandelhallen sowohl auf der Nord- als auch auf der Südseite fast menschenleer gewesen, nun aber herrschte dort grosses Gedränge. Casinoangestellte wie auch Stammgäste kamen und schoben oder schubsten sich heran. Alle wollten etwas sehen.

Einige stellten Fragen ...

Andere wussten Antworten ...

Die Aufregung wurde immer grösser ...

– Mach deine Tür zu, Fandor! befahl Juve ... der seinerseits mit Gewalt die Tür zuzog, die er geöffnet hatte, um zu sehen, was Iwan Iwanowitsch so erschreckt hatte ...

Fandor befolgte selbstverständlich sofort die Anweisung seines Freundes. Juve und er blieben allein in dem Raum, allein mit dem Leichnam ...

Und sofort bemerkte Juve etwas Seltsames ...

– Sowas! sagte er und bedeutete Fandor, keinen Schritt vorwärts zu tun, guck mal ... im Sand ist nicht die geringste Spur von Schritten, ausgenommen die des Kassierers! ...

Das war tatsächlich eine erstaunliche Feststellung ...

Die Leiche von Louis Meynan – denn bei genauem Hinsehen hatten Juve und Fandor sich davon überzeugen müssen, dass es mit Sicherheit der Kassierer war – lag in der Mitte des Raumes, das heisst in gleicher Entfernung von den beiden Türen. Zwischen dem Leichnam und Juve, wie auch zwischen ihm und Fandor befand sich der ganze mit Sand bedeckte Parkettboden, auf welchem man zwangsläufig die Fussspuren des Mörders hätte entdecken müssen, wenn es wirklich Mord war, wenn Louis Meynan wirklich das Opfer eines verbrecherischen Anschlags geworden war...

Nun aber war nichts dergleichen zu entdecken!

Ganz im Gegenteil! Auf dem weissen Sand, der den Boden des Raumes bedeckte, waren nur Fussspuren zu sehen, die eindeutig von der Tür der nördlichen Wandelhalle herkamen, aber zu Füssen des ausgestreckten Kassierers aufhörten und ganz ohne Zweifel von Louis Meynans eigenen Schritten herrührten, die er getan hatte, als er in die Geheimkammer eingetreten war, um von dort, den Anweisungen gemäss, zu den Gewölben zu gehen, wo die Stahlschränke standen ...

Nach Louis Meynan war also niemand mehr hereingekommen? ...

Dann liess sich Louis Meynans Tod nicht durch Mord erklären ...

Wie um sich selber eine Antwort zu geben, fügte Juve, zu Fandor gewandt, hinzu:

– Und doch ist dies keinesfalls ein Freitod! Der Degen ist in den Rücken des Unglücklichen gedrungen ...

Was sollte man daraus schliessen?

Juve überlegte noch, ob er irgendeine Hypothese formulieren sollte, als hinter Fandor die Tür zur südlichen Wandelhalle aufging. Es war Monsieur de Vaugreland, der in Begleitung seines ganzen Stabes von Aufsehern hereinstürmte ...

Der Direktor der 'Société des Bains' war fassungslos, leichenblass und rief ganz verstört:

– Was ist denn los? Ach, mein Gott, was ist bloss los? ...

Juve aber brachte ihn sogleich zum Schweigen, indem er die Arme hob und in einem Ton, der keinen Widerspruch duldete, rief:

– Herrgott nochmal! Kommen Sie hier nicht rein!...Die Dinge sehen auch so schon kompliziert genug aus! ... Bleiben Sie da stehen, wo Sie jetzt sind! ...

Und als Monsieur de Vaugreland auf diesen Zuruf hin Einspruch erhob:

– Das ist doch ... Wer hat denn ...?

Juve fiel ihm wieder ins Wort:

– Wer hat denn? ... Wer hat denn? ... Tja! das werden wir später sehen! ... Was wir jetzt zuerst mal wissen müssten, ist, wie man Ihren Kassierer hat umbringen können!

Und Juve zeigte den Ankömmlingen wieder den sandbedeckten Fussboden, auf dem keinerlei Fussspuren zu sehen waren ...

– Das ist ein Rätsel! Das ist die reinste Hexerei! liess sich Monsieur de Vaugreland wieder vernehmen, ... das ist unerklärlich! ...

Fandor schüttelte immer nur den Kopf.

– Ein Rätsel? ... Ach wo! ... Unerklärlich? ... Ach wo ...

In Wirklichkeit brummelte Fandor nur so vor sich hin. Er war – und das zum ersten Male – vielleicht eher aufgeregt als von dem grauenhaften Anblick bewegt!...

Dann aber, als die Personen, die der Untersuchung beiwohnten, ratlos dastanden und nichts mehr zu sagen wussten, rief Juve plötzlich laut und vernehmlich, ohne ein Zittern in der Stimme:

– Sowas! Nicht zu glauben!... Auf dem Fussboden ist niemand herumgegangen ... aber an der Decke!

– An der Decke?

Fandor blickte ungläubig.

Juve war wohl verrückt geworden?

An der Decke herumgehen?

Konnte man denn an der Decke herumgehen?...

Ohne weiter zu überlegen, eilte Fandor an die Seite seines Freundes, um zu sehen, was der sich anschaute ...

Doch kaum hatte Fandor drei Schritte getan, um die Geheimkammer zu durchqueren und sich zu Juve zu gesellen, als er stolperte und schreiend, nach Luft ringend und ganz benommen zurückwich!

Zu gleicher Zeit begann ein Höllenlärm: In allen vier Ecken ertönten elektrische Läutwerke mit unerträglicher Beständigkeit ...

– Fandor! Fandor!...

Auf die Schreie seines Freundes war Juve, der nicht begriff, was vorging, ganz aufgeregt vorgesprungen ...

Doch da sprang auch Juve, genau wie Fandor, nach Luft ringend und vor Schmerzen brüllend zurück ...

Das Geläut wurde immer unerträglicher!...

Diesmal machte Monsieur de Vaugreland, der bis dahin vor lauter Verstörtheit kaum ein Wort von sich gegeben hatte, eine gewaltige Kraftanstrengung:

– Aufpassen, Himmelherrgott! brüllte er, das ist doch lebensgefährlich!... Da sind doch die Drähte!...

– Die Drähte? Welche Drähte?

Fandor, der sich alle Glieder rieb und nicht mehr wagte, sich zu bewegen, verstand die Warnung des Direktors nicht ...

Juve hingegen versuchte, sich mit Gebärden verständlich zu machen. Gleich nach Monsieur de Vaugrelands Worten hatte er sich zu Boden geworfen und war bäuchlings auf den Leichnam von Louis Meynan zugekrochen.

– Die Drähte? ... sagte er ... Ach so! Da sind Drähte! ... Und an der Decke ist jemand herumgegangen ... Donnerwetter! Na , jetzt verstehe ich! Ja, Ich verstehe! ...

– Sie verstehen? fragte Monsieur de Vaugreland aufgeregt ... Was verstehen Sie denn? ...

– Sagen Sie mir zuerst einmal, wozu diese Drähte da sind? ...

Monsieur de Vaugreland war abermals so verblüfft, als er die sonderbaren Leibesübungen sah, die Juve, auf dem Rücken liegend, mit starr zur Decke gerichtetem Blick, machte, dass er keine Antwort gab.

Stattdessen gab Perouzin, der Spielaufseher gewordene Ex-Notar, die von Juve gewünschten Auskünfte:

– Die Drähte? Na, das sind ganz einfach elektrische Drähte, die so dünn sind, dass man sie mit blossem Auge gar nicht sehen kann, und die quer durch die Geheimkammer gespannt sind. Und durch diese Drähte gehen unheimlich starke Ströme; man braucht sie nur zu streifen, und dann können sie ihr Opfer töten oder die elektrischen Läutwerke auslösen, die Sie ja noch hören ... Kein Wunder, Sie und Ihr Freund sind daran gestossen, als Sie nähertraten, daher die Schläge, die Ihnen wehgetan haben, daher das Geläute ...

Unterdessen kicherte Juve, wenn es auch ganz unpassend war, selbstzufrieden vor sich hin:

– Grossartig! ... Grossartig! ... Kapierst du jetzt, Fandor?

– Ehrlich gesagt, nein!

– Na, dann bist du eben ein Blödian! ...

Doch Monsieur de Vaugreland wollte es auch wissen ...

– Na und ich? fragte er mit bescheidenem Ton, ich möchte auch informiert werden! Ich begreife ebenfalls nicht, was hier vorgeht ...

Juve, der immer noch auf dem Rücken lag, starrte nach wie vor zur Decke.

Mit dem Zeigefinger nach oben deutend, fuhr er fort:

– Sieh mal an! Sie möchten also gern etwas verstehen? ... Na, das ist nicht schwer! Sehen Sie doch mal die Spuren dort! ... Ja, da, wo ich hinzeige! ... da oben! ...

Juve machte noch einmal die Anwesenden auf die deutlich erkennbaren Fussspuren aufmerksam, die man an der Decke sah und die, von der Nordseite der Wandelhalle ausgehend, bis zur Südseite quer durch den ganzen Raum verliefen ...

– Ja du lieber Gott! erklärte Juve, nichts leichter als das! Jedes Kind könnte darauf kommen ... alle Achtung aber, das ist nicht von Pappe! ...
– Aber was denn, Juve? ... Was denn? Nun reden Sie doch! ...
– Kommt schon, Fandor! ... Kommt schon! ... Ich suche nur noch ein paar Merkmale! ... Schon gut ... Schon gut! ... Das reicht aus! ...

Unvermittelt richtete sich Juve wieder auf ...

Er hatte sich wieder völlig in der Gewalt, er sprach mit der Selbstsicherheit eines Professors, der seine Vorlesung hält:

– Ich werde Ihnen jetzt ganz genau darlegen, erklärte der Geheimpolizist, wie die Dinge wahrscheinlich abgelaufen sind ... Louis Meynan ist hier hereingekommen, um sich zur Kasse zu begeben, und da er genau wusste, wie die elektrischen Drähte verlaufen, die zur Absicherung der Stahlschränke gegen jeglichen Einbruchsversuch gespannt sind, ist er darunter durchgeschlüpft, wie er es allabendlich tat ... Nun aber war der unglückliche Kassierer noch nicht einmal bis in die Mitte der Geheimkammer gekommen, was heissen will, dass er noch den Schlüssel in der Hand hatte, um den Zugang zu den Gewölben zu öffnen, da fiel er tot um, mit dem Degen erstochen, den der Mörder ihm mitten durch den Leib stiess ... Von wo dieser Degen kam? Wo sich der Mörder befand? ... Meine Herren, der Degen kam von der Decke, und der Mörder befand sich an der Decke! ...

Aber während Juve so sprach, musterten ihn alle mit erstaunten Blicken ... Und beim Zuhören wurde die Ungläubigkeit immer grösser ...

– Ach was! widersprach Monsieur de Vaugreland, Sie werden uns doch nicht einreden wollen, ein Mann sei an der Decke herumgekrabbelt, mit dem Kopf nach unten, wie eine Fliege? ... Nicht einmal mit Krampen an den Füssen ...

Doch schon schüttelte Juve den Kopf:

– Och, entgegnete Juve, ob Sie es glauben oder nicht, das tut nichts zur Sache ... Darum haben sich die Dinge doch so abgespielt, wie ich es sage ... Krampen an den Füssen? Nein, Monsieur de Vaugreland, damit haben Sie Recht, er hatte keine Krampen! Krampen hätten ja Spuren hinterlassen ... Nein, er hatte was Besseres: er hatte einen Strick! ...

– Einen Strick? ... Was wollen Sie denn damit sagen? ...

Juve wies mit dem Finger auf zwei oberhalb der Tür zur Nordseite und der Tür zur Südseite eingelassene Ringhaken ...

– Ja, mein Gott, setzte er hinzu, es ist doch sonnenklar, dass dies Verbrechen von langer Hand vorbereitet und bis ins Kleinste vorgeplant war ... Sehen Sie sich doch diese Ringhaken an! Mit Sicherheit ist es der Mörder, der sie angebracht hat ... Schön ... Und jetzt einmal Folgendes ... Der Mörder wusste von den elektrischen Drähten ... er wusste, dass er, wenn er ganz normal über den Boden dieses Raumes ginge, Spuren im Sand zu sehen sein würden und dass er dann auf die quer gespannten Drähte stossen würde ... Beides musste er vermeiden, nicht wahr? ... Wie hat er es also fertiggebracht? ... Und da zeigt sich seine Findigkeit. Von der Tür zur nördlichen Wandelhalle bis hin an die Tür zur südlichen Wandelhalle hat er einen Strick gespannt. Dieser Strick verlief oberhalb der elektrischen Drähte und möglichst nahe an der Decke ... Schön! ... Jetzt nehmen Sie einmal an, dass er beim Hereinkommen einen Klimmzug vollführt, sich zum Strick hinaufschwingt, sich daran festhält und hängend, mit dem Kopf nach unten, die Füsse gegen die Decke drückend, sich voranbewegt ... Dies erklärt ganz einfach, warum er die elektrischen Drähte nicht gestreift hat, warum er auf dem sandbedeckten Boden des Raumes keine Fussspuren hinterlassen hat, und schliesslich, wie er es angestellt hat, um von Louis Meynan nicht wahrgenommen zu werden, als er ihn, in seiner akrobatischen Stellung auf der Lauer liegend, abpasste ... nämlich einfach so, dass Louis Meynan sich beim Hereinkommen in den Raum niederbeugte und erklärlicherweise nicht im entferntesten daran dachte, an die Decke zu gucken, wo normalerweise kein Mensch einen Mörder vermutet ...

Juves Worte verbreiteten allgemeine Verblüffung ...

Ja, die Erklärung des Geheimpolizisten war denkbar und ganz plausibel. Ja, sie schien sogar den Tatsachen zu entsprechen. Aber wie erfinderisch musste dieser unbekannte Mörder sein, wenn man annehmen wollte, dass er vorgegangen war, wie Juve es gerade geschildert hatte ...

Monsieur de Vaugreland, der nicht im entferntesten die tragische Wahrheit vermutete, fasste die Lage kurz zusammen:

– Ich muss schon sagen, Monsieur Juve, es kommt nur ein Mann in Frage, der fähig wäre, das zu tun, was Sie soeben gesagt haben ... es läuft einem ja kalt über den Rücken ... Man möchte schwören, ein Verbrechen im Stil von Fantomas!

Ach ja! Fantomas! ... der tragische Name, der greuliche Name, der blutbeladene Name, der Name des Herrn aller Schrecken, der Name des Königs des Entsetzens, dieser Name, den Monsieur de Vaugreland vor Erschöpfung nur noch flüsternd auszusprechen wagte! Wie lange schon hatten Juve und Fandor insgeheim nur noch diesen Namen im Sinn? ...

Ja, der ungewöhnliche Mord an Louis Meynan war ein Verbrechen ganz nach der Art von Fantomas!

Es war kein Wunder, dass es den furchterregenden, unfassbaren Freibeuter reizte! ...

Der Schlüssel zu den Gewölben des Casinos von Monte Carlo!

Das war es, was gestohlen worden war!

Der Schlüssel war es, dessen Raub über den Tod von Louis Meynan entschieden hatte ...

Durfte man aber wirklich Fantomas beschuldigen, sich dieses unerhörte Traumziel ausgedacht zu haben, das selbst den Kühnsten in Angst und Schrecken setzte, das Traumziel, das Casino von Monte Carlo auszuplündern? ...

Während die Schutzleute und der Direktor sich noch nicht an die Leiche von Louis Meynan heranwagten, der inzwischen erstarrt war und nun für alle Ewigkeit das fürchterliche Geheimnis seiner Ermordung bewahren würde, nahm Juve seinen Freund Fandor beiseite ...

Jetzt vermochte der Geheimpolizist, der soeben noch seine aussergewöhnliche Kaltblütigkeit bewiesen hatte, sich nicht länger zu beherrschen.

Er schlotterte am ganzen Leibe. Nun war auch er ausnahmsweise einmal körperlich und seelisch am Ende seiner Kräfte und völlig erschöpft ... Er rief Fandor zu:

— Fandor?

— Ja, Juve? ...

— Sag mal rasch ... die Minuten sind ja kostbar ... Warum hast du diese Türe aufgemacht, ausgerechnet du?

Juve deutete auf die zur südlichen Wandelhalle führende Tür.

— Wer hat dich denn in Alarm versetzt ...

— Ich bin hergerannt, als ich den Hilferuf hörte! ...

— Genau wie ich ... gerade im Augenblick, als ich sah, wie Iwan Iwanowitsch sich zurückzog ...

— Genau im Augenblick, als Sie Iwan Iwanowitsch sahen?

Fandor hatte Juve das Wort abgeschnitten und wiederholte dessen Worte mit solcher Bestürzung in der Stimme, dass der Geheimpolizist stutzte ...

— Gewiss! fuhr Juve schliesslich fort und schaute dem Journalisten starr ins Gesicht; genau in dem Augenblick, als ich sah, wie Iwan Iwanowitsch die Tür zur nördlichen Wandelhalle öffnete, in der ich sass und in die er gerade eintrat ...

Aber Juve sprach nicht weiter!

Fandor war urplötzlich ganz bleich geworden.

Mühsam brachte er hervor:

– Na sowas! Juve, was sagen Sie da? ... Sie haben doch Iwan Iwanowitsch nicht in der nördlichen Wandelhalle sehen können! ...

– Wieso habe ich Iwan Iwanowitsch nicht sehen können? Warum denn nicht?

– Warum nicht? Ganz einfach: weil er mit mir in der südlichen Wandelhalle stand! ...

Nun fand auch Juve keine Worte mehr ...

Sekundenlang sahen sich die beiden an und wagten fast nicht, ihre Worte genauer zu formulieren. Juve fand als erster seine Fassung wieder.

Er fragte:

– Lass mal sehen, Fandor, wir sind alle beide Opfer eines Irrtums, eines Missverständnisses ... Du verstehst doch, was ich dir gesagt habe? Ich habe Iwan Iwanowitsch gesehen, mit meinen eigenen Augen gesehen, und zwar in der nördlichen Wandelhalle, als er die Tür aufmachte ...

Aber wiederum unterbrach Fandor seinen Freund ...

Er wurde immer nervöser und stampfte sogar mit den Füssen auf:

– Nein! Nein! Und nochmals nein! rief er aus, Juve, sagen Sie mir doch nicht, Sie hätten das gesehen! Sie haben Iwan Iwanowitsch nicht gesehen! Sie konnten ihn gar nicht sehen! ... Und das aus dem guten, dem einfachen Grunde, weil er mit mir zusammen an der südlichen Tür stand, weil er gleichzeitig mit mir zur südlichen Tür gerannt ist, gleich nachdem dort um Hilfe gerufen wurde ... Haben Sie sich nicht geirrt? ...

Aber je länger Fandor sprach, um so deutlicher zeigte sich in Juves Gesicht ein Ausdruck der Angst ...

– Er stand mit dir zusammen? Und das in der südlichen Wandelhalle? Aber Fandor! Fandor! Wie kannst du nur? Gib Acht! Das ist doch eine ernste Sache! Du täuschst dich doch nicht? Du machst doch keine Witze? ... In der südlichen Wandelhalle? Aber nein! Du musst dich irren! In der nördlichen!

Die beiden Freunde behaupteten mit einer solchen Genauigkeit etwas Gegenteiliges, dass sie sich schliesslich verlegen ansahen ...

Welcher von den beiden hatte sich nun geirrt?

Plötzlich nahm Fandor Juve beim Arm ...

– Kommen Sie mal mit! sagte er ...

Und indem er den Geheimpolizisten so mit sich zog, führte er ihn in die südliche Wandelhalle ...

– Sehen Sie mal, Iwan Iwanowitsch und ich standen dort, an diesem Fenster, genau in dem Augenblick, als um Hilfe gerufen wurde ... Und da liegt sogar noch der Stummel einer russischen Zigarette, die mein Nachbar weggeworfen hat ... Also ...

Doch mit der gleichen Plötzlichkeit, mit welcher Fandor ihn dorthingezogen hatte, zog Juve nunmehr Fandor mit sich fort ...

– Komm mal mit! ...

Juve führte Fandor zur nördlichen Wandelhalle. Er zeigte ihm in der Nähe der Tür die von Iwan Iwanowitsch zurückgelassenen Fussspuren, der aus dem Garten gekommen war, wo es regnete, als er an Juve vorbeiging ...

– Da hast du den Beweis ... rief Juve, da siehst du doch, Fandor, dass ich nicht geträumt habe? Hier ist er vorbeigekommen! ... Iwan Iwanowitsch ist, das steht fest, durch die nördliche Wandelhalle gekommen! ...

– Durch die südliche! ...

Wieder schauten sich Juve und Fandor eine Minute lang sprachlos an und wagten nicht mehr, auch nur noch ein Wort hinzuzufügen ...

Fandor war es, der mit angsterfüllter Gebärde aus dem entsetzlichen Dilemma herauszukommen versuchte, in welchem er und der Geheimpolizist sich herumschlugen ...

Unter den vielen Menschen, die sich in der nördlichen Wandelhalle drängten, hatte Fandor gerade den russischen Offizier erkannt:

– Iwan Iwanowitsch! brüllte der Journalist, um alles in der Welt, kommen Sie doch bitte mal ein Momentchen ...

Der Ton des jungen Mannes klang so erregt, dass der Kommandant der *Skobeleff* auf seinen Ruf hin herbeieilte.

– Was gibt es denn? ...

Doch bevor Fandor noch etwas fragen konnte, fuhr Juve dazwischen:

– Herr Kommandant, fragte Juve, wo befanden Sie sich vorhin? Wie sind Sie hier hereingekommen? ...

Auf diese präzise Frage sah der russische Offizier Juve mit augenscheinlich bestürzter Miene an:

– Wieso? Wo ich war? sagte er ... Ich verstehe Sie nicht ...
– Gleichviel! Ich bitte Sie inständig: antworten Sie mir!...
– Ihr Freund hat es Ihnen doch gesagt? ...
– Wieso denn? ... Warum denn? ...
– Ja du lieber Gott, ich war doch mit ihm zusammen! ...
– Sie waren mit Fandor zusammen?
– Aber ja! Gewiss doch! ...
– Sie sind nicht über die nördliche Wandelhalle hereingekommen? ...
– Nein! Ich habe die südliche mit keinem Schritte verlassen!

Der Ton, in dem der Offizier antwortete, drückte seine steigende Verwunderung aus ... Fandor zog ohne Umschweife den Schluss:

– Na, Juve, da haben Sie es! Ich jedenfalls habe es ihm nicht eingeflüstert! Sie haben sich geirrt, nicht ich! ...

Doch Juve schüttelte langsam den Kopf.

Geirrt?

Glauben, er habe sich geirrt?

Nein, Juve konnte so etwas nicht zugeben!

So etwas war ganz unmöglich. Solch eine Verwechslung durfte man ihm nicht unterstellen. Er hatte Iwan Iwanowitsch mit Sicherheit in der nördlichen Wandelhalle gesehen, und was auch immer Fandor sagen mochte, was auch Iwan Iwanowitsch selber sagen mochte, es war nicht daran zu tippen, dass sich der Offizier in der nördlichen Wandelhalle befunden hatte!

Was nun glauben?

Was mutmassen?

In seiner Aufregung – denn in dieser Minute machte der gute Juve Schreckliches durch – wagte Juve nicht einmal mehr, offen auszusprechen, was er dachte ...

Auf Fandors triumphierenden Ausruf hatte er nur eine kurze Antwort, einen Satz, den er tieftraurig aussprach:

– Fandor, ich begreife nicht! Ich will nicht begreifen! ... Iwan Iwanowitsch ist über die nördliche Wandelhalle hereingekommen ... Es hat keinen Zweck, dass du das Gegenteil behauptest! Ich sage dir doch, dass ich ihn gesehen habe, mit meinen eigenen Augen gesehen! ...

Und als er diese wenigen Worte ausgesprochen hatte, wandte Juve dem Freunde den Rücken zu, liess den Kopf hängen und ging fort ...

In dieser Minute konnte Juve nicht umhin zu denken:

– Warum lügt Fandor bloss? ... Warum behauptet er, er habe Iwan Iwanowitsch da gesehen, wo er gar nicht war? ...

Es waren ungefähr die gleichen Überlegungen, die Fandor seinerseits anstellte ...

Einer von den beiden Freunden musste gelogen haben!

Das war die einzige Erklärung für die Widersprüche, die beide entzweiten!

Juve hatte in dieser schweren Stunde, genau wie Fandor, den Eindruck, dass ihre alte Freundschaft in die Brüche ging, dass sie nie und nimmermehr die beiden Kumpel, die beiden Verbündeten sein würden, die gemeinsam den Kampf gegen Fantomas geführt hatten, im Namen von *Pflicht*, *Anstand* und *Recht*! ...

Entweder war es Juve, oder es war Fandor, aber einer von den beiden Freunden hatte pflichtwidrig gehandelt! Einer von den beiden hatte gemeinsame Sache gemacht mit dem Feind! Einer von den beiden hatte aus einem zwar unausweichlichen, jedoch unentschuldbaren Grunde ehrenwidrig gehandelt!

Und während Juve mit hängendem Kopf fortging, fühlte Fandor, wie unter seinen Lidern die ätzenden Tränen eines verzweifelten Schluchzers hervorquollen!

19. Fandors Gefangener

Trüben Sinnes und bekümmert ging Fandor in der Dunkelheit am Ufer spazieren.

Es war schon spät in der Nacht, doch der Journalist verspürte trotz seiner Müdigkeit keinerlei Verlangen, sich schlafen zu legen, und dies wegen der Aufregungen, die er durchgestanden hatte, als er zusammen mit Juve den geheimnisvollen Tod des Kassierers Louis Meynan entdeckte.

Er fühlte vielmehr, dass sein Geist trotz seiner Mattigkeit nicht aufhörte zu arbeiten.

Bei ihrer letzten Auseinandersetzung hatte Juve ihn plötzlich stehen lassen und war fortgegangen.

Fandor wanderte aufs Geratewohl durch die finstere Nacht und war noch so stark erregt, dass er Selbstgespräche führte:

– Ja, es besteht kein Zweifel ... Juve ist erledigt, versumpft ... Er weiss nicht mehr, was er tut, er kann Gut und Böse nicht mehr auseinanderhalten ... Juve ist verkommen ... verkommen. Er lügt, er hat mich belogen, er hat gelogen, mich, Fandor belogen!

Der Journalist rang die Hände:

– Das ist unerhört, entsetzlich, sann er weiter, es ist kaum zu glauben, ich muss mich beinahe fragen, ob ich selber mich nicht irre, so unwahrscheinlich ist diese Geschichte ... und doch ist sie unbestreitbar! ... Während ich mit Iwan Iwanowitsch zusammen war, was ich doch ganz sicher weiss, behauptet Juve, ihn ebenfalls und im gleichen Augenblick, aber an der genau entgegengesetzten Seite gesehen zu haben! ... Was sollen bloss diese Lügen? Warum behauptet Juve so etwas? ...

Während er so dahinging, achtete er gar nicht auf den Weg. Er war bis zum Hafen hinuntergegangen, dann westwärts am Ufer entlang gewandert und gelangte über eine steile Strasse in die Nähe des Vorgebirges von Monaco.

Es begann zu regnen, das Meer war durch den von der offenen See herüber wehenden Wind stark bewegt und warf schwere Sturzwellen ans Ufer. Von Zeit zu Zeit bekam Fandor salzigen Sprühregen auf seinen Wangen zu spüren.

Der junge Mann war so verstört, dass er gar nicht auf die Temperatur achtete; trotz der Kühle der Nacht hatte er einen fliegenden Puls und unaufhörlich das Bedürfnis, sich die Stirn zu tupfen.

Trotzdem gab Fandor seiner Erschöpfung nach, liess sich in einer Felsenhöhle zu Boden fallen, hielt den Kopf in den Händen und verharrte in Grübeleien.

Zeitweise legte sich der Sturmwind, und dem Getöse des Meeres folgte das eintönige, einförmige Klatschen der Wellen, die unten gegen die Klippen prallten.

Zwischendurch hörte der Journalist ganz deutlich andere kurze, aber nicht so leicht zu definierende Laute.

Instinktiv horchte Fandor auf, denn seine Neugier war trotz allem stets wach, und er war es so gewohnt, die Frage nach dem Warum der Dinge zu stellen, dass ihm jede Kleinigkeit, jeder kleine Vorfall, der von der Norm abzuweichen schien, nicht entgehen konnte.

Während er so in die Richtung blickte, aus welcher der Laut kam, bemerkte er weiter unten, am Fusse der Felswand, in gleicher Höhe mit dem Meer, eine dunkle Form, die sich vorsichtig vorwärts bewegte.

Dann hörte er noch, wie etwas ins Wasser fiel, danach machte die dunkle Form kehrt und ging anscheinend zurück.

– Irgendein Zollbeamter, der das Vorgelände der Küste überwacht, dachte Fandor, vielleicht aber auch ein Schmuggler, der verbotene Waren ausladen will und dazu das schlechte Wetter ausnutzt.

Der Journalist kletterte arglos den Felsweg hinab, freute sich schon über die Ablenkung, um nicht noch länger über das Vorgefallene nachzudenken, und wünschte sich, etwas Neues kennenzulernen.

Aber kaum war er neben der dunklen Form angelangt, als diese mit einem Satz zurückwich.

Fandor unterdrückte nur mühsam einen Schrei der Überraschung. Eine Wolke hatte sich geteilt, so dass das Mondlicht einen Augenblick die Stelle erhellte, wo er sich befand.

So hatte er nicht nur gesehen, dass die dunkle Form ein Mann war, sondern er hatte diesen Mann auch erkannt. Es war Bouzille, der Streuner, welcher sich wohl wieder einmal zweifelhaften Geschäften widmete.

Übrigens hatte auch Bouzille, der zwangsläufig um sich schaute, Fandor erkannt.

Mit ganz beschämter Miene und dem verlegenen Verhalten eines Menschen, der sich soeben hatte überraschen lassen, ging Bouzille auf den Journalisten zu und winkte mit den Armen, um ihm zu bedeuten, er solle still sein.

– Psst, flüsterte der Streuner mit kaum hörbarer Stimme, machen Sie keinen Lärm, sie beissen an!

– Wer beisst an? fragte Fandor

– Na wer wohl, fuhr Bouzille fort, die Fische ... ich hab mir schon ein paar geschnappt, bis morgen früh werde ich einen guten Fang getan haben ... Hauptsache, dass die See so schön stürmisch bleibt ... die Wellen nämlich, Sie verstehn, Monsieur Fandor, davon trübt sich die Klarheit des Wassers, und die Fische lassen sich leichter in den Netzen erwischen ...

Unwillkürlich lächelte Fandor über die Findigkeit des komischen Kauzes.

Dieser Bouzille, das musste man schon sagen, war nie um eine Gelegenheit, zu Geld zu kommen, verlegen. Tag für Tag brütete er etwas gerade noch Zulässiges oder schon Unerlaubtes aus. Bouzille hielt sich vor allem an den Grundsatz: 'Sich nur nicht erwischen lassen'. Es machte ihm gar nichts aus, mit verbotenen Geräten zu angeln oder seine Netze an einer gesperrten Uferstelle auszuwerfen; entscheidend war für ihn der Erfolg: erst einmal die Fische zu fangen und sich dann aus dem Staube zu machen.

— Ich muss ja doch meinen Lebensunterhalt verdienen, sagte er achselzuckend, und das bis zu dem Tage, wo der gute Monsieur Juve mich für würdig erachtet, bei der Polizei in Dienst zu treten!

Fandor fuhr auf, er hatte für einige Augenblicke seine Sorgen vergessen, und nun kam dieser Tölpel Bouzille und rief sie ihm wieder ins Gedächtnis.

— Bei der Polizei, brummelte Fandor, ich hab den Eindruck, Bouzille, dass du eher im Knast landen wirst ...

Weise, wie er war, stellte Bouzille die Sache richtig:

— Zuerst einmal kommt man selber ins Kittchen, und danach lernt man dann, die anderen ins Kittchen zu bringen ... so läuft das doch im Leben, nicht wahr? Ich hab sogar auf einer der Feuilletonseiten Ihres Blattes *La Capitale* so eine Geschichte gelesen ...

Fandor zuckte die Achseln und lächelte, ohne eine Antwort zu geben. Bouzille, dem immer vor unverhofften Besuchern und Begegnungen bange war, fragte vorsichtig:

— Und davon abgesehen, Monsieur Fandor, was verschafft mir denn die Ehre Ihres Kommens? ...

Der Journalist bemerkte eine kleine Barke, die ein paar Meter vor dem Ufer lag:

— Gehört die dir? fragte er ...

— Mein Besitz und Eigentum, Monsieur Fandor ... jedenfalls bis morgen früh. Dann kommt da sicher bei Tagesanbruch so ein Matrose vom Hafen und will wissen, wo seine Barke 'abgeblieben' ist ...

— Ich verstehe, sagte der Journalist, der in diesem Augenblick instinktiv den Kragen seines Überziehers hochklappte, denn es hatte zu regnen begonnen ...

Bouzille machte ihm einen Vorschlag:

— Gehen Sie jetzt nicht nach Hause?

— Nein.

– Na dann, wenn Sie noch bleiben, steigen Sie doch in mein Boot, da haben Sie's bequemer, und ausserdem werden Sie da ein Ölzeug finden, das Sie vor dem Regen schützt ...

Fandor überlegte nicht lange, es war ihm sowieso gleichgültig, die Nacht dort oder anderswo zu verbringen.

Bouzille kam mit der Barke längsseits, und Fandor stieg ein.

Aber kaum hatte der Journalist Platz genommen, eine grosse gelbe Kapuze über Kopf und Schultern gezogen, da ertönte vom Ufer her eine Stimme:

– Heda, Schiffer, wurde gerufen ...

Bouzille, der das Auftauchen eines Zöllners befürchtete, sprang rasch in die Barke und kauerte sich auf den Boden:

– Wir mucksen uns nicht mehr, empfahl er Fandor, wir tun so, als ob wir schlafen, das sind wohl wieder solche Stänkerer ...

Aber als er die Rufe hörte, begann Fandor plötzlich zu zittern: die Stimme, die da geschrien hatte 'Heda, Schiffer', die kannte er doch recht gut! Es war die des Offiziers Iwan Iwanowitsch.

Fandor sass da wie vom Schlage getroffen.

Was für ein seltsamer Zufall war es, dass Iwan Iwanowitsch hier auf ihn stiess? War das gewollt oder unbeabsichtigt?

– Heda, Schiffer! wurde nun wieder mit Nachdruck gerufen ...

Fandor gebot Bouzille:

– Antworte, antworte doch!

– Aber Herr Fandor, stammelte der Streuner ...

Der Journalist liess nicht locker:

– Nun antworte schon, sag ich ...

Bouzille leistete Folge und richtete sich halb in der Barke auf:

– Was wollen Sie? ...

Iwan Iwanowitsch sah, dass man ihn gehört hatte, stieg rasch von der Felsenküste herab und kam ans Ufer.

– Bis rüber zur Reede, sagte er, bis zu dem Kriegsschiff, das da hinten liegt. Was soll die Fahrt kosten, guter Mann? ...

Und er fügte rasch hinzu:

– Nur kein langes Gefackel, ich hab's eilig; Sie kriegen zehn Francs dafür.

Das Angebot war für Bouzille sichtlich verlockend, er wagte aber nicht, es anzunehmen ...

Erst einmal beugte er sich zu Fandor hinunter:
– Was soll ich nun machen?
– Mach es, gebot ihm der Journalist ...
– Aber, wandte Bouzille, immer noch schwankend, ein, ich bin gar kein guter Seemann ... ich schaffe das nie, mich bei diesem pechschwarzen Meer zurechtzufinden ... den Kerl so weit rauszurudern, ... das ist mir viel zu riskant! ...

Fandor redete mit Nachdruck auf ihn ein:
– Sag ihm, dass du es machst, alles andere überlass mir ...
Dann setzte der Journalist noch hastig hinzu:
– Noch eins, wenn du keine Lust hast, sobald du an Land bist, von mir eingelocht zu werden, musst du mir versprechen, aufs Wort zu gehorchen, komme was da wolle ... Ist das klar, Bouzille? Komme was da wolle! ...

Der Streuner sah dem Journalisten augenzwinkernd ins Gesicht. Mit leiser Stimme brachte er hervor:
– Kapito, Monsieur Fandor, ich mach mit ... ich mach mit, 'auf Ihre Rechnung' ... Sie wissen ja, dass Sie mit ein bisschen Pinke und etwas Achtung mit Bouzille anstellen können, was immer Sie wollen ...

Unterdessen wurde Iwan Iwanowitsch, der zum Glück nichts von den Einzelheiten des Getuschels mitbekommen hatte, ungeduldig:
– Seid ihr beide da mit eurem Gequassel fertig? rief er. Wollt ihr nun oder wollt ihr nicht? ... seid ihr mit zehn Francs einverstanden? Zur *Skobeleff* hin und zurück dauert es eine Stunde ...

– Wir kommen ja schon, bloss keine Aufregung, rief Bouzille endlich zurück, liess die Leine schiessen, legte sich in die Riemen und brachte das Boot ans Ufer.

Iwan Iwanowitsch sprang behende an Bord und nahm in der Mitte der Barke Platz.

Während Bouzille ruderte, befand sich Fandor, der übrigens ganz zufällig am Steuer sass – denn was die Steuerung von Schiffen anging, so war er darin nicht sonderlich beschlagen – Iwanowitsch genau gegenüber.

Doch der Offizier konnte ihn nicht erkennen, da Fandor von Kopf bis Fuss in einen Mantel gemummt war und auch noch den Südwester ins Gesicht gezogen hatte. Iwan Iwanowitsch war überdies so in Gedanken versunken, dass er den unsicheren, ungelenken Manövern der beiden Gelegenheitsmatrosen keine Aufmerksamkeit schenkte.

Unablässig schaute er auf seine Uhr und schien sich zu ärgern wie jemand, der sich verspätet hat.

Die Barke entfernte sich von der Küste.

Sie hatte etwa dreihundert Meter seewärts hinter sich, ohne dass der Passagier mit seiner Mannschaft auch nur ein einziges Wort gewechselt hatte.

Plötzlich unterbrach ein Zuruf die Stille und verblüffte Iwan Iwanowitsch. Eine ruhige Stimme liess sich vernehmen:

– Herr Kommandant!

Der Offizier blickte überrascht auf und sah den Mann am Steuer, Fandor, der in diesem Augenblick seinen Südwester zurückgeschoben hatte, so dass Iwan Iwanowitsch ihn erkennen konnte.

Der Offizier sprang auf, dem Journalisten entgegen, und hätte beinahe die Barke zum Kentern gebracht.

– Aber Fandor, sagte er, was treiben Sie denn hier?

– Sie sehen ja, erwiderte der Journalist, ich mache eine Spazierfahrt auf dem Meer ...

Der Offizier bekam es mit der Angst:

– Was sollen diese Faxen? ...

Fandor liess aber von seinem spöttischen Ton nicht ab:

– Das sind keine Faxen, das ist die reine Wahrheit ... vor einigen Tagen, Monsieur Iwan Iwanowitsch, war ich auf einem prächtigen Boot Ihr Gast, und die Ruderer waren sechs staatliche Seeleute. Mein Schiff ist zwar nicht so luxuriös wie das Ihre, aber, nicht wahr, nur ein Schelm gibt mehr als er hat ... und mit dem grössten Vergnügen gewähre ich Ihnen diese Gastfreundschaft.

– Mit Verlaub, wandte Bouzille ein, der trotz des mühsamen Ruderns zugehört hatte, es war ausgemacht, der Herr werde zehn Francs zahlen.

Fandor sah den täppischen Streuner scharf an und sprach, zum Offizier gewandt, weiter:

– Es freut mich ausserordentlich, dass ich Ihnen durch Zufall hier begegne.

Dann gab Fandor seinen witzelnden Ton auf und sagte mit angsterfüllter, bewegter Stimme:

– Herr Kommandant, es gehen hier geheimnisvolle, ernste, schreckliche Dinge vor! Es ist geboten, sich da Aufschluss zu verschaffen, es liegt in unser beider Interesse! Unbedingt! ... Wollen Sie mir dabei helfen? Dann will ich auch Ihnen gern Beistand leisten!

Der Offizier sah Fandor misstrauisch an:

– Wollen Sie damit sagen, dass sich allerlei Verhängnisvolles zusammenbraut und mich ein Schlag nach dem andern trifft? ... Ja, das stimmt, ich lege aber Wert darauf, hinzuzufügen, dass ich in keiner Weise gewillt bin, und nicht einmal indirekt, in die Machenschaften und Abenteuer hineingezogen zu werden, bei denen Sie und Monsieur Juve bald die Rolle der Helden, bald die der Opfer, in jedem Fall aber die Hauptrolle spielen!

– Iwan Iwanowitsch, versetzte Fandor, Sie dürfen jetzt nicht kneifen ... Sie müssen mir jetzt aufrichtig antworten. Sie haben doch vorhin gelogen, einen von uns angelogen, nicht wahr? ... Freilich waren Sie mit mir zusammen, als ich Sie in der Wandelhalle des Casinos sah, in der südlichen Wandelhalle, an deren äusserstem Ende ich mich befand ... Aber Sie waren doch auch auf der Seite von Juve, ein paar Sekunden vorher oder ein paar Sekunden nachher, das ist doch unbestreitbar ... antworten Sie mir doch und sagen Sie die Wahrheit! ...

Das Gesicht des Offiziers wurde bleich, der Kommandant ballte die Fäuste:

– Über diese Sache haben wir bereits gesprochen, mein Herr, und das waren Augenblicke, deren Erinnerung mir unerträglich ist ... Lassen Sie uns nicht weiter darüber reden ... Noch dazu bin ich recht spät dran mit meiner Rückfahrt an Bord meines Schiffs und ausserdem sehe ich, dass wir ja abtreiben. Gestatten Sie, dass ich das Steuer übernehme ...

In diesem Augenblick hatte Fandor unauffällig ein Zeichen gegeben, welches hiess, es sei jetzt angezeigt, anstatt seewärts zu fahren, so schnell wie möglich uferwärts zu rudern, mit anderen Worten, kehrt zu machen.

Fandor verzog keine Miene, und das Steuerruder mit der linken Hand haltend, um das Boot weiterhin zum Festland hin zu manövrieren, erklärte er kaltblütig:

– Ich wollte Sie gerade dazu veranlassen, nicht an Bord Ihres Schiffes zurückzukehren.

– Warum denn das? ... Das ist unmöglich!

– Muss aber doch sein!

– Das ist unmöglich, wiederholte der Offizier, und fügte hinzu:

– Ich habe Befehle, denen ich leider nicht zuwiderhandeln kann...

Eigenartige Worte, die Fandor überraschten.

Der Journalist griff sie übrigens alsbald auf:

– Befehle, fragte er, ich glaubte doch, Sie seien Kommandant und Herr an Bord Ihres Schiffes! Nächst Gott der absolute Herr!
– Das bin ich in der Tat ...
– Also?
Iwan Iwanowitsch biss sich auf die Lippen.
Vielleicht hatte er zuviel gesagt, jedenfalls hatte er in Fandors Vorstellung einen fürchterlichen Verdacht wachgerufen.
War dies wirklich Iwan Iwanowitsch, den der Journalist jetzt vor sich hatte? Oder zumindest der wirkliche Kommandant des Schiffs?
Die Frage, die er sich schon seit einigen Stunden stellte, – und je mehr er daran dachte, um so weniger vermochte er an ein Doppelspiel von Juve zu glauben – war die folgende: Besass der russische Offizier einen Komplizen? einen Doppelgänger? ein Double? Gab es etwa zwei?
Wenn Fandor sich im Casino dem wirklichen Offizier gegenüber befunden hatte, sass er nun nicht einem falschen Kommandanten gegenüber?
Oh, der Journalist zögerte keine Sekunde.
Bevor sein Passagier auch nur eine Bewegung machen konnte, holte er seinen Revolver hervor und richtete ihn auf sein Gegenüber.
– Keine Bewegung, nicht eine Geste, sagte er, oder Sie sind ein toter Mann.
– Aber Fandor! rief der Offizier aus ...
– Oder Sie sind ein toter Mann, wiederholte der Journalist.
Während der unglückliche Kommandant sich nicht zu rühren wagte aus Angst, er sei in einen Hinterhalt geraten oder sein Gesprächspartner sei plötzlich wahnsinnig geworden, setzte Jérôme deutlicher hinzu:
– Sie können übrigens unbesorgt sein, Herr Kommandant, vorderhand will ich Ihnen nichts Übles, ich erachte es als unumgänglich, mich Ihrer Person zu versichern, um genau zu wissen, wo sie sich während eines Zeitraums befinden werden, den ich später festlege.
Ich bin gar nicht böse darüber, Ihnen Gleiches mit Gleichem vergelten zu dürfen und Ihnen das Vergnügen einer Spazierfahrt zu verschaffen, wie Sie die Freundlichkeit hatten, sie mir vor einigen Tagen zu vergönnen. Ausserdem lockt es mich sehr, das Projekt, das Ihnen am meisten am Herzen zu liegen scheint, zu durchkreuzen ...
– Himmelherrgottsackerment, was wollen Sie denn damit sagen? stiess der Offizier hervor, der trotz der in ihm grollenden Wut sich nicht zu rühren

wagte, da der Revolver unverwandt auf ihn gerichtet war und er fühlte, dass hinter ihm der Komplize des ihn Überfallenden – denn es handelte sich ja um einen wahrhaftigen Überfall – der Mann an den Riemen, bereit war, sich auf ihn zu stürzen ...

– Ich bin mehr als zufrieden, sagte Fandor, dass ich Sie daran hindere, wieder an Bord Ihres Schiffes zu gehen. Dies nicht aus reiner Freude daran, Ihnen Verdruss zu machen, sondern einzig und allein um zu sehen, dass Sie den Ihnen gegebenen Befehlen zuwiderhandeln, welche sie doch anscheinend so gerne ausführen möchten.

Nachdem er anfangs recht hochfahrend gewesen war, wurde der Offizier nun unterwürfig wie ein Bittsteller:

– Herr Fandor, Sie können sich gar nicht vorstellen, in welch schreckliche Lage Sie mich dadurch bringen, dass Sie mich daran hindern, wieder an Bord zu gehen. Es versetzt mich in die fürchterlichste Situation, die es auf der Welt geben kann.

– Für die *Skobeleff*, unterbrach ihn Fandor spöttisch, besteht, hoffe ich, keinerlei Gefahr, und der russischen Regierung ist es völlig gleichgültig, ob Sie sich nun vor dem Morgengrauen an Bord aufhalten oder nicht ...

– Was wissen Sie denn davon? fragte der Russe ...

– Ich weiss, versetzte Fandor, der tatsächlich wohl informiert war, dass Sie mir vor einigen Stunden im Casino ... ja, gerade als wir uns in der südlichen Wandelhalle unterhielten, das war noch vor dem Tode des armen Meynan, anvertraut haben, dass Sie vielleicht heute abend im Hotel schlafen würden und dass für Sie jedenfalls kein zwingender Grund dazu bestehe, vor dem nächsten Nachmittag wieder auf Ihrem Schiffe zu erscheinen ...

Iwan Iwanowitsch, immer mehr ausser Fassung geratend, senkte den Kopf; nach kurzem Schweigen stammelte er:

– Die Umstände haben meine Pläne geändert, alles sieht jetzt anders aus.

– Was Sie nicht sagen! rief Fandor, haben Sie doch Courage! Sprechen Sie frei von der Leber weg, sagen Sie die Wahrheit, das, was sich Wahrheit nennt; wer sind Sie? ...

Aus tiefstem Herzen hoffte Fandor, auf die so gestellte Frage endlich eine Antwort zu erlangen.

Der Offizier erklärte zuerst, er lüge nicht, hielt aber plötzlich inne, als er von Fandor gefragt wurde:

– Wer sind Sie?

Da sah der Offizier den Journalisten mit so massloser Verwunderung, so aufrichtigem Erstaunen an, dass Fandor, zu seinem Bedauern übrigens, die letzte von ihm aufgestellte Hypothese fallen lassen musste, nämlich dass die vor ihm befindliche Person nicht Iwan Iwanowitsch sei ...

Überdies hatten sich die Augen des Journalisten an die Dunkelheit gewöhnt, es bestand kein Zweifel, es war tatsächlich der russische Offizier, mit dem er da zu tun hatte.

Ja aber was sollte denn dann diese Geheimnistuerei? Und was waren das für Anspielungen und immer neue Halbwahrheiten? ...

Unterdessen lief das Boot knirschend am Strand auf, und Bouzille brachte es mit seinem Ruder, das er wie einen Bootshaken benutzte, langsam zum Stehen:

– Na denn prost, seufzte er erleichtert, da sind wir denn wieder an Land ... und haben dabei sogar noch fünfhundert Meter eingespart und sind ganz in der Nähe meiner Behausung ...

Diese Bemerkung gab Fandor eine Idee für sein weiteres Vorgehen.

Seit er den russischen Offizier mit seinem Revolver in Schach hielt – dieser war offensichtlich unbewaffnet – fragte sich Fandor, wohin mit ihm.

– Herr Kommandant, sagte er, ich bitte Sie um ein wenig Geduld ... auf See waren Sie mein Gefangener ... hier sind Sie es immer noch. Versprechen Sie mir, Folge zu leisten, ich handle in unserem beiderseitigen Interesse ...

Der Russe meinte, dieser Augenblick sei günstig, um dem Journalisten zu entwischen: er sprang an Land, versetzte Fandor einen kräftigen Faustschlag, so dass dieser rücklings auf den Boden der Barke flog, während sein Revolver auf einen Felsen rollte.

– Himmeldonnerwetter! rief Fandor aus, der auf diesen plötzlichen Angriff nicht gefasst war. Was ihn ärgerte, war nicht so sehr die Überrumpelung wie die Tatsache, dass der Offizier ihm entwischt war.

Aber Fandor hatte dabei nicht an Bouzille gedacht!

Der brave Streuner hatte die Absichten des Kommandanten durchschaut, der vorhatte, wieder ins Boot zu steigen, Fandor daraus zu vertreiben, ja, ihn notfalls ins Wasser zu werfen, um dann ganz allein im Eiltempo in See zu stechen, um, koste es was es wolle, wieder auf sein Schiff zu kommen, wie es der geheimnisvolle, rätselhafte Befehl verlangte!

Bouzille hatte einen glücklichen Einfall gehabt.

Er ergriff eine Leine, die zu einem Angelnetz gehörte, schwang sie wie ein

Lasso, und in Sekundenschnelle hatte er mit ausserordentlicher Gewandtheit den Offizier gefesselt.

Dieser zappelte vergeblich im Sande und konnte sich nicht befreien, ja, je mehr er zappelte, desto fester zogen sich die Schlingen zusammen!

— Ich glaube fast, spottete Bouzille in aller Ruhe, dass der Herr durchbrennen wollte, ohne seine zehn Francs rauszurücken! ...

Der Offizier brüllte:

— Eine Gemeinheit, eine Schande! ... Ein hinterlistiger Überfall, ein Mordanschlag! Ich werde einen Strafantrag stellen und verlangen, dass meine Regierung Vergeltungsmassnahmen ergreift ...

Fandor zuckte die Achseln; mit ruhiger und fester Stimme wies er den Offizier an:

— Stehen Sie auf und gehen Sie voran. Es handelt sich hier nicht um einen Mordversuch und erst recht nicht um einen dummen Streich ... Ich zwinge Sie, etwas zu tun, was Sie freiwillig nicht tun wollten. In Ihrem wie auch in meinem Interesse muss ich sicher sein, dass Sie sich von einer bestimmten Zeit ab und bis zu einer bestimmten Zeit an einer bestimmten Stelle befunden und nicht vom Fleck gerührt haben ... Wenn ich so verfahre, dann bestimmt nicht, um Ihnen Verdruss zu machen, sondern um eine Möglichkeit auszuprobieren, die Ihnen wahrscheinlich selbst zustatten kommen wird!

Wir haben unsere Widersacher, und wir wissen, wer sie sind, während Sie, mein Herr, vielleicht ein Opfer sind, das nicht weiss, wie seine Angreifer heissen!

Der so überwältigte Iwan Iwanowitsch musste trotz seiner Wut klein beigeben und Fandors Befehlen Folge leisten ...

Sie kletterten hintereinander den steilen Felsen hinauf, Bouzille vorneweg, bis zu seiner famosen Grotte, die weltverloren zwischen Himmel und Meer lag und ausserordentlich schwer zugänglich war. Als sie am Eingang zu der finsteren Höhle ankamen, schreckte Iwan Iwanowitsch vor Entsetzen zurück, glaubte er doch, sein letztes Stündlein habe geschlagen:

— Führen Sie mich meinem Ende entgegen? fragte er Fandor ...

Der Journalist brach in lautes Gelächter aus:

— Keine Angst, Herr Kommandant, ich führe Sie in die Behausung unseres Freundes Bouzille ... selbstredend kein Vergleich mit dem *Imperial Palace*, aber bei der schlechten Wetterlage und dem Nebel auf See ist man hier besser aufgehoben als auf dem Wasser.

Ausserdem flüsterte Fandor Bouzille noch ins Ohr:
– Und jetzt, Bouzille, übergebe ich dir unseren Kunden zur Verwahrung ... Er darf sich unter keinen Umständen entfernen ... weiche ihm nicht einen Fuss breit von der Seite, bis ich wieder da bin.

Die Begegnung mit dem Offizier und dessen Entführung hatten kaum fünfundzwanzig Minuten gedauert, es war halb drei Uhr morgens, und Fandor, der nun wieder bis ganz oben auf den Felsen gestiegen war, ging mit schnellen Schritten.

Er wollte Juve holen und ihn zu Bouzilles Grotte mitnehmen. Dann wollte er, mit Juves Einverständnis, den Offizier dazu bringen, Genaues über die mysteriöse Macht auszusagen, die ihm jene verdächtigten Befehle gab, denen er offensichtlich unbedingt Folge leisten wollte.

20. Ein schleichender Tod

Obgleich Isabelle de Guerrays Villa allein, inmitten von Gärten, am äussersten Ende einer neu angelegten Ringstrasse stand, konnte sie nicht als abgelegen gelten, vor allem deshalb nicht, weil es in einer so viel besuchten und dicht bevölkerten Gegend wie der Côte d'Azur, namentlich dem Abschnitt zwischen Nizza und Monte Carlo, gar kein einsames, abgelegenes Fleckchen gibt.

Die Villa von Isabelle de Guerray war ein prunkvoller Bau.

Die eigentlichen Empfangsräume lagen alle über dem Kellergeschoss, im Parterre, zu dem man über eine niedrige Vortreppe hinaufgelangte. Zu der Zimmerflucht gehörten mehrere Gesellschaftsräume, ein grosses Speisezimmer, ein Rauchsalon und eine Veranda – jene berüchtigte Veranda, in welcher der unglückliche Abgeordnete Laurans ein so unerwartetes, schreckliches Ende gefunden hatte.

Bei der Ausstattung der Räume war grosser Wert auf Komfort und Luxus gelegt worden, wenn auch nicht überall ein erlesener Geschmack vorherrschte. Man hatte vielmehr den Eindruck, dass hier eine elegante Dame am Werk gewesen war, der es vor allem auf das schöne Äussere ankam. Der erste Stock der Villa war unbestritten noch luxuriöser eingerichtet als das Erdgeschoss.

Und doch befanden sich dort die eher privaten Räume, die Damenzimmer und die Gemächer, zu denen nicht alle Gäste und Bekannten Zugang hatten, die Isabelle de Guerray während der Wintersaison, ohne sich viel um Herkunft oder Rang der Besucher zu kümmern, zu sich einlud oder bei sich empfing.

Neben dem Schlafzimmer von Isabelle de Guerray, das ganz mit prachtvollem Brokatstoff ausgeschlagen war und in dessen Mitte, niedrig wie eine Ottomane, ein breites Bett mit Baldachin stand, lag ein Zimmer vom gleichen Ausmass, welches den zauberhaftesten Ankleideraum bildete, den man sich nur vorstellen kann.

Wenn es Abend wurde und Isabelle de Guerray umständlich Toilette machte, knipste sie alle elektrischen Lampen an, die ein so helles und doch mildes Licht verbreiteten, dass man hätte meinen mögen, man befinde sich in der Garderobe einer Schauspielerin.

An der Seite, die dem zum Park hinausgehenden Fenster gegenüberlag, befand sich ein grosses Waschbecken aus Onyx, aus dessen silberfarbenen Hähnen je nach Wunsch warmes oder kaltes Wasser floss. Das Toilettenzubehör setzte sich aus unzähligen Glasflakons in allen Grössen zusammen, die von ziselierten Goldkapseln gekrönt waren.

Auf einem kleinen Frisiertisch waren mit eleganter Symmetrie die Kämme, Feilen und Bürsten aufgereiht. Ein in die Wand eingelassener Glasschrank barg eine ganze Sammlung von Parfüms, Pomaden und Schminken.

– In einer Ecke des Raums war eine grosse Badewanne aus rosa Marmor eingebaut, in die man über drei Stufen hinunterstieg und die sich dank zweier unsichtbarer Zuleitungen im Handumdrehen mit Wasser füllte, während sich, dieser Badewanne gegenüber, in einer Nische ausserdem noch eine Duschanlage befand, ein denkbar vollständiges und ausgeklügeltes Modell, das dem Benutzer gestattete, sich den verschiedensten Waschungen hinzugeben und sich der Dusche in einfachem Strahl, als Brause oder in kreisender Bewegung auszusetzen oder auch sich mit dünnen Wasserfäden zu benetzen.

Schliesslich stand noch in der Nähe der Anlage eine grosse Psyche oder, besser gesagt, ein dreiteiliger Stellspiegel, dessen zwei bewegliche Flügel dem sich darin Betrachtenden ermöglichten, sich von allen Seiten zu sehen.

Dies war mit Sicherheit die eleganteste, komfortabelste und auch einfallsreichste Ausstattung, die man sich denken kann.

Sie passte ganz genau zu ihrer Besitzerin.

Isabelle de Guerray, eine erfolgreiche Halbweltdame, zu zahlreichen Verpflichtungen genötigt, die man wohl als 'berufliche' bezeichnen durfte, war es sich völlig zu Recht schuldig, über ein wunderschön gestaltetes Ankleidezimmer zu verfügen, genau so wie ein Geschäftsmann ein Büro besitzen muss, das bei der Kundschaft Vertrauen weckt und auf sie einen günstigen Eindruck macht!

Die Dienerschaft von Isabelle de Guerray war zu anspruchsvoll und zu sehr an ihre eigene Bequemlichkeit gewöhnt, als dass sie darin eingewilligt hätte, die Dachstuben zu bewohnen, welche das zweite Stockwerk der Villa ausmachten. Obendrein hätte die Halbweltdame wohl kaum genug Platz gehabt, ihr Personal, falls es das gewünscht hätte, dort unterzubringen, denn die Bodenkammern ihres Wohnhauses mussten den vielen Schrankkoffern, welche die hübsche Frau auf ihren Reisen mit sich führte, als Abstellgelass dienen.

Ausserdem war eine ganze Seite des Speichers als Garderobenraum angelegt worden, wo die Kammerzofen die umfangreiche Kleiderpracht ihrer Herrin betreuten.

Das Personal bewohnte also ein am Eingang des Besitztums stehendes Pförtnerhaus, und das war allen Beteiligten so am liebsten.

Die Angestellten hatten ihre Unabhängigkeit, und wenn Isabelle de Guerray intime Freunde empfing oder wenn bei ihr die ganze Nacht hindurch gefeiert wurde – was häufig vorkam – brauchte sie sich keinen Zwang anzutun und auch nicht zu befürchten, bei der mehr oder weniger grossen, mehr oder weniger geheuchelten Zimperlichkeit ihrer Dienerschaft Anstoss zu erregen.

An dem Abend, welcher auf den Nachmittag folgte, den Isabelle de Guerray in Gesellschaft von Louis Meynan auf der Strasse nach La Turbie verbracht hatte, hatte die Halbweltdame allein und in aller Eile gespiest, sich dann frühzeitig nach oben in ihre Gemächer zurückgezogen und ihrem Personal, das sie jetzt nicht mehr brauchen konnte, frei gegeben.

Aber anstatt sich zu Bett zu legen, hatte sich Isabelle de Guerray in ihr Ankleidezimmer begeben.

Bei geschlossener Tür und heruntergelassenen Vorhängen hatte sie sich, nachdem sie alle elektrischen Birnen des Zimmers angeknipst hatte, in aller

Ruhe entkleidet und dann sorgfältig ihrer Schönheitspflege gewidmet. Sie hatte nur einen Unterrock und oben ein weitherzig ausgeschnittenes Spitzenhemd anbehalten und inspizierte nun bei hellstem Lichte schonungslos die grausamen Verheerungen, welche die Anstrengungen und die Last der Jahre ihrer ältlichen Schönheit zugefügt hatten.

Sie sass ihrem Spiegel gegenüber und sah der Wahrheit ins Gesicht.

Es regte sie nicht allzusehr auf, nahm sie doch ihre Zuflucht zu einem ganzen Arsenal von Schminken und Pomaden, die, geschickt und in kunstvoller Reihenfolge aufgetragen, ihr in den meisten Fällen erfolgreich, wenn auch künstlich den blendenden Glanz ihrer Jugend, die Frische ihrer Mädchenzeit wiedergaben.

Zwar krausten ihr ein paar leidige Falten stellenweise die Mundwinkel, zwar wurden ihr bei Müdigkeit bisweilen dummerweise die Augenlider schwer, doch Haut und Fleisch waren noch glatt und straff. Zuweilen vergewisserte sich Isabelle de Guerray dieser Tatsache, indem sie ihre Brüste mit festen Händen umschloss, und dann lächelte sie sich selbstzufrieden an.

Die Halbweltdame hatte ihr Haar straff nach hinten gekämmt und auf dem Kopf provisorisch zu einem Knoten zusammengesteckt; danach fuhr sie mit einem pomadefeuchten Wattebäuschchen über ihr Gesicht und bemühte sich, es, ohne es zu berühren, allein mit einem Fächer wieder zu trocknen.

Dann puderte sie sich Arme, Schultern und Brüste, ergriff einen blauen Stift und zog an den Brauen entlang einen Lidschatten; danach bekam die Innenseite der Nasenflügel etwas Rosa; alsdann hielt die feine Dame inne, überprüfte ihr Kunstwerk und warf befriedigt einen Blick auf eine vor ihr hängende Wanduhr.

Isabelle de Guerray pflegte ihre Schönheit mit Sorgfalt, obgleich sie gar nicht ausgehen, geschweige denn das Casino besuchen wollte.

Doch hatte die Halbweltdame ja ein Stelldichein, und zwar ein Stelldichein, das ihr Herz höher schlagen liess, ... ein nagelneues Herz, das sie in ihrer Brust pochen hörte, ein Kleinmädchen-, ein Schulmädchenherz, ja fast ein jüngferliches Herz!

Nach dem Vorbild von Marion Delorme, die zuweilen ihre Jungfernschaft auffrischte, trachtete Isabelle de Guerray ja danach, demnächst mit einem neuen Leben zu beginnen.

An jenem Abend erwartete sie für etwa elf Uhr oder Mitternacht den Besuch des Mannes, den sie nunmehr ohne jegliche Furcht 'ihren Verlobten' nennen durfte. Es war verabredet, dass er gleich nach Beendigung seines Dienstes im Casino zu ihr kommen werde, damit sie gemeinsam alle noch nötigen Vorkehrungen für ihr Fortziehen aus Monaco treffen könnten.

Ein einziger Gedanke bewegte zu dieser Stunde die treffliche Frau.

Zum allerersten Male würde sie jetzt Louis Meynan zu einem traulichen Beisammensein empfangen; sie wäre ganz allein mit ihm, sie würde in eigener Person auf sein Läuten antworten, ihm selber die Tür aufmachen, ihn nach oben in ihre Privatgemächer führen, die er ja noch nicht kannte und die er zunächst als Verliebter, später als unbestreitbarer Herr des Hauses kennenlernen würde.

Isabelle stellte sich jedoch eine heikle Frage: wie würde der Abend zu Ende gehen?

Bisher hatte sie keinerlei intime Beziehungen zu Louis Meynan gehabt, der Kassierer hatte sie respektiert wie eine Verlobte. Würde es aber so bleiben, und wenn Louis Meynan sein Begehren allzu deutlich kundtat, wäre es dann angebracht, ihn zu erhören?

Es war ein psychologisches Problem, dessen Lösung von der Halbweltdame viel Feinsinn erforderte.

Sollte sie nachgeben oder besser nicht?

Freilich war hier kaum ihre Sittsamkeit im Spiele, und wenn sie nur auf ihr Herz hören würde, käme ohne viel Umstände ein 'Ja' aus ihrem Munde, und das schon auf das erste Ansuchen ihres Verlobten hin, den sie zärtlichst liebte.

Ihre Vernunft aber riet ihr, gegebenenfalls züchtigen Widerstand zu leisten. Wenn es schon ans Heiraten ging, dann musste auch die Spielregel bis zum Schluss eingehalten werden.

Während Isabelle de Guerray noch diese etwas heiklen Überlegungen anstellte, vermeinte sie, einen tiefen Stossseufzer zu vernehmen, und sogleich erfüllte ein Gefühl höchster Glückseligkeit ihr ganzes Wesen ...

– Das ist er, dachte sie vorschnell, ohne sich zu fragen, wie denn der Kassierer ins Haus kommen konnte ...

Als sie nichts weiter hörte, glaubte sie, sie habe sich das Seufzen wohl nur eingebildet.

Vorsichtshalber jedoch warf sie von neuem einen prüfenden Blick in den Spiegel, um ganz sicher zu sein, dass ihre Schönheit auch wirklich ohne Makel war und sie ihren Verlobten empfangen konnte, ohne ihn womöglich auf unangenehme Gedanken zu bringen.

Da ertönte wieder ein Seufzen.

Isabelle de Guerray schöpfte keinen Verdacht, ganz im Gegenteil. Sie war von Natur nicht ängstlich, und ausserdem fiel ihr plötzlich ein, dass das Fenster in ihrem Ankleidezimmer bei dem milden Wetter hinter den heruntergelassenen Vorhängen einen Spalt offen geblieben war.

Da kam ihr der Gedanke, dass Louis Meynan sich vielleicht wie ein romantischer Verehrer über den Balkon zum ersten Stock hinaufgehangelt hatte und jetzt mit klopfendem Herzen zwischen Fenster und Vorhang stand, bis der geeignete Augenblick gekommen war, um in den Raum zu treten, in dem sich Isabelle gewöhnlich der Schönheitspflege widmete.

Doch ihr anfängliches Glücksgefühl wich langsam einer Verärgerung.

Diese Art, ihr den Hof zu machen, war wenig galant, und bei aller Verliebtheit und allem Verlangen, geliebt und begehrt zu werden, legte die Halbweltdame dennoch Wert darauf, nicht wie eine Dirne behandelt zu werden, sondern wie eine anständige Frau, die sie ja sowieso bald sein würde ...

Wenn es sie auch schmeichelte, dass ihr Verlobter, den sie schon sehnlichst erwartete und den sie hinter den Vorhängen vermutete, im nächsten Moment hereinstürmen würde, so hatte es doch etwas Demütigendes.

Isabelle tat so, als bemerkte sie gar nicht, dass hinter dem Vorhang jemand sie belauerte.

Mit viel Geschick tupfte und zupfte sie noch ein wenig an sich herum, obwohl alles tadellos war.

Als ihr die Zurückhaltung ihres Verlobten doch allzu lang dauerte und sie ihn immer noch nicht hinter den Vorhängen hervortreten sah, ging sie schliesslich mit lächelnden Lippen und strahlenden Augen, majestätisch wie eine Königin, auf das Fenster zu.

Isabelle de Guerray bot in diesem Moment das Bild des Triumphes; sie hatte einen Morgenrock aus Spitzen über die Schultern geworfen, in dem sie reizend aussah, und mit ihren blossen Füsschen war sie in ein Paar zarte Satinpantöffelchen geschlüpft, deren Tönung genau zu ihrer rosigen Haut passte.

Mit einer anmutigen Bewegung ihres runden, weissen Arms, wobei ihr zartes Handgelenk und ihre feinen Finger so recht zur Geltung kamen, hob Isabelle langsam den Vorhang und trat ein wenig zur Seite.

Kaum aber hatte sie die Bewegung vollendet, als sie auch schon zurücksprang und einen Schreckensschrei ausstiess.

Isabelle de Guerray hatte sich nicht getäuscht: es stand wirklich jemand zwischen Fenster und Vorhang ... ein Mann ... der Mann, der den Seufzer ausgestossen hatte ... der Mann, der sie seit fast einer Viertelstunde belauerte.

Dieser Mann aber war nicht Louis Meynan.

Es war ein Unbekannter von furchterregendem, unheimlichem und tragischem Aussehen.

Er trug einen schwarzen Anzug; an seinen breiten Schultern sah man, dass er kräftig und wohlgebaut war.

Er hatte vornehme weisse Hände, die dennoch kraftvoll und muskulös waren, und kleine, wohlgeformte Füsse.

Doch das Gesicht dieses Mannes war hinter einem schwarzen Schleier verborgen, unter einer Art Kapuze, die ihm zugleich als Maske und Kopfbedekkung diente und in Augenhöhe zwei ovale, mandelförmige Öffnungen aufwies.

Die Augen aber, welche hinter dieser Kapuze leuchteten, waren finster und funkelten; sie waren mit seltsamer Starrheit auf die Halbweltdame gerichtet.

Sie kämpfte ihre instinktive Angst nieder und begann dem Mann, der nur einen einzigen Schritt vorgetreten war und die Vorhänge sofort wieder hinter sich geschlossen hatte und der nun im hellen Licht Aug' in Auge der Halbweltdame gegenüberstand, Fragen zu stellen.

– Wer sind Sie? Was wollen Sie? ... Soll das ein Scherz sein? ... fragte ihn Isabelle mit angstvoller Stimme.

Nach einer Pause erwiderte der Mann in tiefem, dumpfem Ton:

– Ich scherze niemals, gnädige Frau, und was ich will, das werde ich Ihnen gleich sagen. Was die Frage angeht, wer ich sei, so können Sie kaum wünschen, es zu erfahren ...

– Was wollen Sie von mir? ... fuhr Isabelle de Guerray fort, welche der tiefdringende, starre Blick des Mannes völlig aus der Fassung brachte ...

– Wenn Sie Geld wollen, so sage ich Ihnen gleich, dass ich keins habe ... Wie konnten Sie sich erlauben, sich hier einzuschleichen? ...

Unwillkürlich streckte Isabelle de Guerray den Arm nach dem Klingelknopf aus, dessen Leitung zu dem Wohnhaus ihres Personals führte.

Der Mann aber bedeutete ihr, obgleich er sie gewähren liess, dass ihre Bewegung völlig unnütz sei.

– Ihre Hausangestellten, denen Sie ja frei gegeben hatten, Madame, haben die Gelegenheit genutzt und sind heute abend ausgegangen; sie werden nicht so bald heimkommen. Obendrein hat ein Jemand vorsichtshalber vorhin gedacht, es könne nicht schaden, die Leitungsdrähte am Ausgang der Villa durchzuschneiden.

Isabelle de Guerray erbebte.

– Was, stiess sie hervor, das ist doch nicht möglich? Ich bin also das Opfer eines Überfalls? ...

– Nicht doch, gnädige Frau, gebrauchen Sie doch nicht so harte Worte ... Wer redet denn von Überfall ... Es geht einfach nur um eine Bestellung, die ich Ihnen auszurichten habe ...

Der Unbekannte sprach immer höhnischer.

Isabelle de Guerrays Misstrauen nahm immer mehr zu.

Die Dame liess sich jedoch ihre Aufregung nicht anmerken, und da sie wusste, dass es geraten ist, mit Banditen eher listig umzugehen als sie zu bedrohen, zwang sie sich zu einem Lächeln, um ihn weiter auszufragen.

– Es würde mich freuen, sagte sie, wenn ich schnellstens erführe, wer Sie denn wohl zu mir geschickt haben mag ... und ausserdem auf solch ungewöhnlichem Wege?

– Louis Meynan, antwortete der Mann ...

– Wie bitte? erwiderte Isabelle de Guerray, die nicht recht gehört zu haben glaubte.

Doch der Unbekannte wiederholte, jede Silbe einzeln betonend, den Namen des Kassierers:

– Lou ... is ... Mey ... nan ...

Isabelle de Guerray fragte mit matter Stimme:

– Worum geht es denn?

Da kam der Mann endlich mit der Sprache heraus:

– Worum es geht, Madame? ... Och, nicht der Rede wert ... Ihr Freund, Ihr Verlobter, Monsieur Louis Meynan, der Kassierer im Spielclub von Monte Carlo, hat, wie Sie ja am besten wissen, täglich viele Verpflichtungen, zu denen heute noch gravierend gewisse Überlegungen hinzukommen – um die man ihn übrigens beneiden darf – die sein Herz und Hirn voll in Anspruch nehmen und mit seiner bevorstehenden Hochzeit zusammenhängen.

Nun hat aber dieser junge Pechvogel vor wenigen Augenblicken einen seltsamen Unfall erlitten ...

Isabelle fühlte, wie ihr das Herz im Busen heftiger schlug.

– Ich hoffe, dass ihm nichts Schlimmes passiert ist? ... Aber rücken Sie doch mit der Sprache heraus, Monsieur ... sagen Sir mir doch alles ... Was sollen Ihre Worte bedeuten? ...

– Monsieur Louis Meynan, fuhr der Unbekannte in rätselhaftem Ton fort, ist zur Stunde die Ruhe selbst. Was den Unfall angeht, der ihm zugestossen ist, so handelt es sich um Folgendes:

Stellen Sie sich vor, gerade als er zu seinen Kassen gehen will, überfällt ihn eine plötzliche Gedächtnisschwäche: er weiss die Geheimziffer nicht mehr, die ihm gestattet, seine Stahlschränke zu öffnen. Sie aber kennen ja diese Ziffer, und da schickt er mich eben zu Ihnen, um sie zu erfragen ... Als Beweis dafür, dass ich ganz in seinem Einvernehmen handle, möchte ich Ihnen diesen Schlüssel zeigen ... den Schlüssel zu den Geldschränken, welchen die Verwaltung Ihrem Verlobten anvertraut hat. Ohne diesen Schlüssel würde die Kenntnis der Geheimziffer nichts nützen, und er wiederum nützt nichts, wenn man nicht besagte Ziffer weiss.

Isabelle hörte seine Worte, ohne sie zu begreifen, war aber voll überzeugt davon, dass die ganze Geschichte aus der Luft gegriffen war.

Sie erinnerte sich zwar, dass Louis Meynan ihr kürzlich im Laufe eines Gesprächs, ganz nebenbei und vertraulich, die Ziffernkombination mitgeteilt hatte, doch war sie der Halbweltdame wieder entfallen ... Was kümmerten sie auch solche Details!

– Wie kommt es übrigens, dachte sie, dass Louis Meynan nicht selber gekommen ist, wo wir doch verabredet waren? Wie kommt es, dass er mir diesen Mann hergeschickt hat und dass der sich über einen so seltsamen Weg in mein Haus eingeschlichen hat? ... Und wie kommt es schliesslich, dass er hier mit einer Kapuze überm Gesicht vor mir steht, das Antlitz hinter einer schwarzen Maske verborgen, ganz ... im Stile von ...

Da stiess Isabelle de Guerray plötzlich einen furchtbaren Schrei aus, wich bis ans äusserste Ende des Gemachs zurück, und ein Schreckensschauder durchfuhr sie durch und durch.

Jetzt wurde ihr manches klar! ... Die Unglückliche begriff nicht, wie sie so lange dem Unbekannten gegenüberstehen konnte, ohne daran zu denken, wer das sein konnte ...

Mit bleichen Lippen hauchte Isabelle de Guerray unhörbar – und sie klapperte dabei mit den Zähnen – den unheilvollen, blutbeladenen Namen, der überall tödliches Entsetzen auslöste, den Namen jenes Mannes, den sie nunmehr zu erkennen glaubte, ja schon erkannt hatte ... Fantomas!

Jetzt bestand für sie kein Zweifel mehr!

Fantomas war es, den sie vor sich hatte, Fantomas, jener berüchtigte, grauenerregende Unhold, der schon seit vielen Jahren selbst unerschrockene Frauen nicht schlafen gehen liess, ohne einen Blick unters Bett zu werfen; und es gab keinen noch so kühnen Mann, der nicht, wenn er durch eine menschenleere Gegend kam, ein Zusammentreffen mit diesem mörderischen Banditen befürchtete ...

Ja es war Fantomas, den sie vor sich hatte, und die Unglückliche war nicht minder von panischem Schrecken erfüllt als alle andern, die Fantomas zu Gesicht bekamen!

Da ging ihr ein anderer Gedanke durch den Kopf:

– Fantomas, wer war das denn eigentlich? ... War sie ihm schon einmal im Leben in anderer Gestalt begegnet, hatte sie ihn vielleicht schon bei anderer Gelegenheit gesehen, wo er wie ein Mann aus dem Volke auftrat oder aber wie ein feiner Herr der Gesellschaft?

Sie wusste sehr wohl, dass Fantomas tausenderlei Formen, tausenderlei Gestalten annehmen konnte, und dass alle, die ihn, hinter seiner Kapuze verborgen, kennengelernt hatten, nie herausbekommen hatten, wer er wirklich war.

Wenn sich Fantomas bei ihr im Haus befand, dann doch wohl zu einem Zwecke, den sich die Halbweltdame gar nicht auszumalen wagte ... und wenn er von Louis Meynan gesprochen hatte, so doch gewiss darum, weil er sich auch den unglückseligen Kassierer als geheimes Opfer auserkoren hatte!

– Gnade! schrie die Unglückliche und warf sich dem rätselhaften Unbekannten zu Füssen ...

Dann stammelte sie in wahnsinniger Angst:

– Was ist mit Louis Meynan geschehen? ... Was haben Sie mit mir vor? ... Hilfe! ... Hilfe! ...

Isabelle de Guerray war nahe daran, in Ohnmacht zu fallen.

Mit rohem Griff packte der Kerl sie am Arm, riss sie hoch und zwang sie, von seinem Blicke gebannt, vor ihm stehenzubleiben.

– Sei's drum! rief er aus, endlich haben Sie mich erkannt, ich kann es mir ja auch leisten, mich zu erkennen zu geben, ja, ich bin Fantomas ... Was aus Louis Meynan geworden ist ... das werden Sie später erfahren, wenn Sie schön brav waren ... Nun aber nicht lange gefackelt ... Rasch, sagen Sie die Kombination, die Geheimziffer, dann soll Ihnen nichts geschehen ...

Isabelle de Guerray, leichenblass unter ihrer Schminke, fragte ihn mit kaum vernehmbarer Stimme:

– Und wenn ich Ihnen die Kombination nicht sage?

Es trat angstvolle Stille ein.

Der Mann antwortete nicht gleich, bohrte nur seinen finsteren Blick in ihre Augen.

Isabelle de Guerray bedauerte sofort bitterlich ihre unbedachten Worte, in denen eine Drohung zu liegen schien, eine Herausforderung ... und Fantomas herauszufordern, das musste schreckliche Folgen haben.

Die Unglückselige versuchte, ihren Fehler wieder gut zumachen.

– Fantomas, oh Fantomas, flehte sie, Gnade! Ich schwöre Ihnen, dass ich die Zahl nicht weiss, dass ich sie nicht mehr weiss ...

Doch der Bandit schüttelte den Kopf:

– Geben Sie sich keine Mühe, mich zum Narren zu halten, sagte er ... Was Sie eben sagten, das war nur allzu klar. Weiter so, sagen Sie mir die Kombination, nennen Sie mir die Geheimziffer, wenn nicht, dann ...

– Dann was?

Fantomas sagte es klar und deutlich:

– Dann müssen Sie sterben! ...

Zehn Minuten waren verstrichen, in denen sich zwischen den beiden eine Szene von unerhörter Tragik abgespielt hatte.

Vergebens beteuerte Isabelle de Guerray einmal übers andere, sie kenne die Geheimziffer des Stahlschrankes nicht, und bat nur immer wieder zwischendurch Fantomas um Nachrichten über Louis Meynan, doch der Unbekannte wollte von seinen Forderungen nicht ablassen.

Der unerbittliche Tyrann kannte, wenn man ihm nicht zu Willen war, nur eine Lösung: er tötete, ganz gleich, aus was für Gründen man sich auch seinen Befehlen widersetzen mochte, ... er tötete mit erbarmungsloser, blutgieriger Grausamkeit.

Und da Isabelle de Guerray diesem Fantomas keine Auskunft hatte erteilen können, hatte Fantomas sie zum Tode verurteilt!

Die Erregung legte sich ihr wie Blei auf die Glieder, und sie war durch den kurzen Kampf, den sie ihm gleichwohl todesmutig geliefert hatte, am Ende ihrer Kräfte. Doch da packte der Bandit die Ärmste, warf sie auf einen niedrigen Stuhl, holte ausserordentlich behende aus einer nahestehenden Kommode eine Anzahl bunter Bänder hervor, ganz feine, zarte Seidenbänder, mit denen Isabelle mit Vorliebe ihre Wäsche verzierte, und mit diesen Bändern wurde sie fest an den Stuhl gebunden und wie eine Gefangene gefesselt.

Regungslos, kraftlos, schon halb tot vor Schrecken liess Isabelle es mit entsetzten Augen geschehen.

Fantomas zeigte jetzt nicht mehr die spöttische Kälte, die er bei Beginn der Unterhaltung zur Schau getragen hatte.

Der Schurke war um so wütender geworden, als er davon überzeugt war, dass Isabelle de Guerray sehr wohl die Kombination des Geldschranks wusste und sie ihm nur nicht verraten wollte. Er hatte einen Augenblick erwogen, der Unglücklichen ganz brutal mitzuteilen, dass ihr Verlobter schon seit zwei Stunden tot sei, und hätte er nicht an sich gehalten, so hätte er sie schon längst mit einem Dolchstoss oder einer Revolverkugel niedergestreckt, als neues, unschuldiges Opfer seiner schrecklichen Habgier und seiner unbeugsamen Hassgefühle!

Doch Fantomas hielt seinen Zorn in Zaum; er hoffte immer noch, Isabelle de Guerray werde sich angesichts der bedrohlichen Lage im letzten Augenblick eines Besseren besinnen und sich endlich zum Sprechen bequemen.

Sollte er sie denn überhaupt töten oder sich damit begnügen, sie derart aufzuregen, dass sie am Ende alles sagen würde?

Möglicherweise zauderte Fantomas insgeheim.

Er liess es sich aber nicht anmerken.

– Fantomas, oh Fantomas, fragte Isabelle de Guerray kaum hörbar, was werden Sie aus mir machen?

Grimmig stiess Fantomas hervor:

– Eine Leiche!

Als die Unselige entsetzt auffuhr, setzte Fantomas noch in sarkastischem Ton und mit unvorstellbarer Grausamkeit hinzu:

– Aber, Isabelle de Guerray, ich will auf Ihr Geschlecht Rücksicht nehmen und aus Ihnen ... eine hübsche Leiche machen: sie werden in der Pracht Ihrer Schönheit sterben!

– Gnade, Gnade, stammelte die Unglückliche, die sich vergeblich bemühte, sich von den feinen rosa Bändern zu befreien, die für sie unbezwingliche, schreckliche Fesseln waren.

Fantomas sagte jedoch:

– Sie werden sterben, Isabelle, ganz langsam, ganz sanft, ohne Schmerzen ... Sie werden an Erschöpfung, an Schwäche sterben, in aller Vornehmheit sterben ... wie einst Petronius zu sterben wusste ...

Mit dem Finger zeigte Fantomas Isabelle eine der grossen, blauen Adern, die von der Innenseite des Handgelenks her bis unter den Handteller verliefen.

– Ich werde Ihnen die Adern aufschneiden, erklärte er ... noch eine Sekunde, noch einen Augenblick.

Isabelle de Guerray rang nach Atem: Ihr Herz hörte auf zu schlagen.

Ach wirklich! Alles, was über das Monstrum gesagt worden war, reichte nicht an die Wahrheit heran. Dieses Scheusal verstand es, die Todeskämpfe seiner Opfer zu dosieren, er verstand es, sein tödliches Gift tröpfchenweise zu verabreichen, und das in ausgeklügelter Weise, so peinlich genau berechnet, dass man sich zu Recht fragen durfte, ob dieser Mann wirklich ein menschliches Wesen war ...

Sehr behutsam und sanft hatte Fantomas die immer noch an ihren Stuhl gefesselte Isabelle de Guerray bis in eine Ecke des Ankleideraums gezogen. Dann nahm er ein seidenes Halstuch und band es ganz vorsichtig der Unseligen über Augen und Stirn.

Fantomas behandelte sie wahrhaftig mit grösster Zuvorkommenheit!

– Der Anblick von Blut ist für manche schwer zu ertragen, sagte er, ich will Ihnen jede Aufregung ersparen ...

Isabelle de Guerray sagte nichts mehr, klagte nicht mehr, wagte nicht mehr, ihn anzuflehen.

Es war nur noch ein anhaltendes, gleichförmiges Röcheln, das in kurzen Stössen aus ihrer Brust drang, und von ihren vor Entsetzen eiskalten Lippen kamen nur noch unverständliche Worte ...

Fantomas hielt noch einmal in seinen Vorbereitungen inne, die um so scheusslicher waren, als das von ihm benutze Zubehör zart und reizend aussah, so dass der Kontrast entsetzlich war.

Ein letztes Mal flüsterte er mit honigsüsser Stimme:

– Seien Sie doch vernünftig, Madame, Schluss damit ... Na, raus mit der Geheimziffer und Sie sind frei ...

Isabelle de Guerray bot alles auf, um sich auf die Kombination zu besinnen, die doch ganz einfach war und der sie ihr Weiterleben verdanken würde.

Was Fantomas damit anstellen würde, das konnte ihr ja gleichgültig sein ... war sie doch felsenfest davon überzeugt, dass es keinesfalls Louis Meynan war, der das Monstrum zu ihr geschickt hatte. Das ganze war eine furchtbare Komödie, nichts anderes. Für sie war sicher, dass Fantomas, wenn er erst einmal die Geheimziffer kannte, Hals über Kopf das Casino ausräubern würde, da er ja auch den Schlüssel zu den Panzerschränken besass.

Was bedeutete schon das Casino mit all seinen Reichtümern für Isabelle! War ihr eigenes Leben denn nicht hundert Mal mehr wert als alle in den Gewölben des Spielcasinos angehäuften Schätze? ...

Aber ach, Isabelle de Guerray konnte und konnte sich an die Kombination nicht mehr erinnern!

Da wurde Fantomas' Stimme wieder hart und drohend!

Schon halb ohnmächtig, verspürte Isabelle de Guerray ein abscheuliches Gefühl.

An der Innenseite des Handgelenks, auf ihrer glatten, zarten Haut wurde ihr auf einmal kalt, schmerzhaft kalt.

Ihr war, als würde ihr eine Klinge auf die Haut gesetzt und einige Zentimeter weit in gerader Linie ein Einschnitt vom Unterarm bis zur Handgelenkwurzel geritzt.

Isabelle de Guerray bebte am ganzen Leibe und rang noch einmal nach Atem ...

Kurz danach rann ihr etwas Lauwarmes vom Handgelenk und fiel ihr Tropfen um Tropfen auf die Knie; da wurde ihr klar, dass Fantomas ihr tatsächlich eine Ader am Arm aufgeschnitten hatte!

Das Ungeheuer machte sein scheussliches Vorhaben wahr.

Isabelle de Guerray versuchte zu schreien, aber ihre Kehle war wie zugeschnürt, und sie spürte, wie ihre Kräfte schwanden.

Schon die Vorstellung von diesem Blut, das sie da warm und feucht an ihren Beinen spürte, liess ihr die Sinne vergehen.

– Schluss damit, wiederholte Fantomas.

Danach kein Wort mehr!

Wie lange sollte denn ihr Todeskampf dauern?

Offen gestanden hatte sie keine Schmerzen, ausser dass sie vielleicht am Unterarm ein ganz leichtes Brennen verspürte.

Fantomas, das musste man zugeben, war ein Meister auf dem Gebiet des tropfenweise verabreichten Todes; er hatte Isabelle ja versprochen, er werde ihr nicht wehtun, und Isabelle starb tatsächlich schmerzlos!

Aber was für seelische Folterqualen!

Die Unglückliche, die ihre Kräfte schwinden fühlte, spürte gleichzeitig, dass es auch um ihre geistigen Kräfte geschehen war! ...

Bisher war die Villa von Isabelle de Guerray von beeindruckender Stille umgeben gewesen.

Im Park hatte sich nichts gerührt.

Doch plötzlich hörte Isabelle de Guerray, während ihr Ohrensausen immer stärker wurde und das Blut in den Schläfen wie rasend schlug, ganz in der Nähe ihres Wohnhauses ein Automobil, das munter hupte ...

Doch da ertönte auch wieder, hart und drohend, Fantomas' Stimme!

Eine letzte, aufflammende Hoffnung.

Da kamen doch Leute, jemand besuchte sie ... vielleicht hatte jemand etwas erfahren ... bliebe noch Zeit zu ihrer Rettung? ...

Sie raffte ihre letzten Kräfte zusammen, versuchte, sich zu bewegen und riss mit einer unerhörten Anstrengung die Fessel ab, die ihren Ellenbogen an der Rückenlehne des Stuhls festhielt.

Mit flinkem Griff zog sie die Augenbinde herunter, kaum einen halben Zentimeter ... Doch das Monster hatte es gesehen, es stürzte sich auf sie und übermannte sie mit herkulischer Gewalt.

Abermals vermochte Isabelle de Guerray nicht mehr, sich zu rühren, aber während Fantomas auf sie zugeeilt war, hatte sich seine Kapuze vor Isabelles Gesicht verschoben ... und Isabelle hatte die Züge des Mannes erkannt, der sich hinter der Maske verbarg.

Hastig zog Fantomas die Binde fester an, knebelte dann vorsichtshalber die Unselige, darauf rannte er, weil das Rattern des Automobils immer näher kam, an die elektrischen Schalter und knipste das Licht aus.

Isabelle de Guerray erriet seine Schritte und seine Bewegungen ...

Sie merkte gerade noch, wie jemand lief, und hatte trotz ihres Erschöpfungszustandes das Gefühl, dass der Schurke geflohen war.

Das Automobil brummte immer noch draussen vor der Villa, und auch das helle Hupen war zu hören ...

Seit den endlos langen Minuten, in denen Isabelle de Guerray Tropfen um Tropfen ihr Blut verlor, war sie immer kraftloser geworden, aber ihr Verlangen, nicht zu sterben, war so gross, dass sie noch einmal eine übermenschliche Anstrengung vollbrachte.

Wieder gelang es der Unglücklichen, eine ihrer Fesseln zu zerreissen. Schwankend rutschte sie auf den Knien voran, versuchte aber vergeblich, sich zu erheben.

Sie spürte, wie ihr Herz in der Brust wild zu schlagen begann, und Schweissperlen traten ihr in ihrer Todesangst auf die Stirn.

Sie stiess an etwas Kühles, Hartes, das sie alsbald erkannte: es war die Psyche, der dreiteilige Spiegel, vor dem sie so manches Mal ihre triumphale Schönheit bewundert hatte.

Der Unseligen war es gelungen, sich das Seidentuch, das ihr die Sicht genommen hatte, von den Augen zu reissen, sie verblieb aber in völliger Finsternis und konnte in dem unerbittlich wahren Spiegel die grauenvollen Spuren nicht erkennen, die ihr unmittelbar bevorstehender Tod ihrem Gesicht eingeprägt hatte.

Isabelle schwankte immer mehr, sie fühlte ihr Ende nahen. Und da belebte noch einmal ein unwiderstehliches Rachegelüst ihr ganzes Wesen, bildete ihre letzte Hoffnung, ihren letzten Gedanken.

Jawohl, man würde es erfahren, wer ihr Mörder gewesen war, und der würde seine Strafe bekommen! Eben hatte sie ja – gewiss nur sekundenlang ... aber das reichte ja – das Gesicht ihres Folterknechts gesehen ... Und diesen Folterknecht kannte sie!

Schreien war ihr unmöglich, und sich von der Stelle zu rühren, das vermochte sie nicht mehr! ...

Mit unsäglicher Angst spürte Isabelle de Guerray an ihren Fingerspitzen ihr Blut hervorquellen, das nunmehr ihrer offenen Ader reichlich zu entströmen schien.

Da zeichnete die Unselige unter Aufbietung ihrer letzten Kräfte mit ihrem Blute den Namen desjenigen auf den Spiegel, dem sie ihr entsetzliches Ende verdankte!

Dann liess sie sich erschöpft zurückfallen.

In diesem Augenblick aber geriet sie mit Kopf und Händen auf dem Boden in eine lauwarme Lache.

Das war alles ihr Blut!

War es denn möglich, dass sie soviel davon verloren hatte und dennoch am Leben war?

Aber ach, ihr Dasein sollte nur noch einige Sekunden währen!
Plötzlich fühlte Isabelle de Guerray, dass ihr Herz versagte!
Ein allerletzter Schluchzer kam über ihre Lippen, und dann gab ihr Körper den Kampf auf:
Isabelle de Guerray war tot!
Einige Augenblicke später schien das Automobil, das es leid war, noch länger vergeblich zu hupen, sich zu entfernen.
Man erkannte es am Brummen des Motors, das immer leiser wurde.
Als mit Sicherheit feststand, dass das Fahrzeug fort war, trat wieder jemand in Isabelles Ankleidezimmer und knipste das Licht an.

21. Iwan Iwanow...

Das Automobil, das vor dem Tor zur Villa von Isabelle de Guerray gehalten hatte und dann wieder abgefahren war, hatte auf dem Bürgersteig zwei Personen abgesetzt. Diese hatten nach zwei- oder dreimaligem Läuten keinerlei Antwort erhalten.
Es handelte sich um eine anscheinend elegante Dame, die ganz in Pelzwerk eingemummt war, und einen Herrn im Frack, der den Kragen seines Überziehers hochgeschlagen hatte.
Sie diskutierten lebhaft.
Voller Ungeduld stampfte die Frau nervös auf den Boden und knurrte:
– Das ist doch die Höhe, unser Läuten wird nicht wahrgenommen, dabei bin ich sicher, dass Isabelle zu Hause ist ...
– Es ist ja möglich, wandte der Herr ein, dass sie, entgegen ihren ursprünglichen Absichten, ausgegangen ist, und vielleicht vertun wir hier unsere Zeit ganz unnötig? ...
– Heberlauf, fuhr die junge Frau fort, Sie sind ja gewiss ein nüchtern denkender Pastor, aber es mangelt Ihnen an Scharfsinn ... Sie kennen ja Isabelle nicht ... das merkt man, sonst würden Sie keinen Augenblick annehmen, sie sei ausgegangen, wo doch bei ihr Licht brennt ...

Die junge Frau, welche den dürren Herrn Heberlauf begleitete, war niemand anders als Conchita Conchas.

Die Spanierin zeigte ihrem Geliebten, mit ihrer zierlich behandschuhten Hand nach oben weisend, einen feinen Lichtstreifen, der aus einem Fenster im ersten Stock kam:

– Sie sehen ja, wir können hinein ...

Conchita Conchas öffnete die Gittertür des Gartens einen Spalt breit.

Heberlauf wollte sie daran hindern.

– Wir sind aufdringlich, meinte er. Was sollen wir übrigens bei Isabelle de Guerray?

– Ja, Himmelherrgott, rief die Spanierin mit natürlicher Unbefangenheit aus, die für ihren Begleiter nicht gerade sehr liebenswürdig klang, was meinen Sie wohl ... mal sehen, ob wir uns amüsieren können! ... Isabelle de Guerray ist eine temperamentvolle Person, und da wir beide ja vorhaben, den Abend miteinander zu verbringen, bevor wir nach Nizza fahren, warum denn nicht lieber mit Isabelle zusammen als ganz allein ... das Auto kommt gleich wieder ... wir gehen dann zum Spielclub ...

– Vielleicht hätten wir besser daran getan, bei dir zu Hause zu bleiben ... ein trauliches Beieinander mit Dir, entzückende Conchita, wäre doch nicht ohne Reiz gewesen! ...

Die Spanierin lächelte, zuckte mit den Achseln und nuschelte halblaut:

– Nicht ohne Reiz, wer weiss ... jedenfalls nicht sehr lustig ...

Dies entsprach ganz dem Grundsatz von Conchita Conchas, den sie auch diesmal wieder anwandte.

Sobald die betörende Spanierin mit dem trefflichen Herrn Heberlauf zusammentraf, der zwar unsterblich in sie verliebt, aber überängstlich war und unaufhörlich von Gewissensskrupeln gequält wurde, hatte sie nur eins im Sinn, mit ihrem trübsinnigen Freier Gesellschaften zu veranstalten, Freunde aufzusuchen, kurz, mit anderen Leuten zusammenzukommen, die ihr langweiliges Beisammensein etwas abwechslungsreicher gestalteten ...

Auf die Gefahr hin, zudringlich zu wirken, beschloss also Conchita Conchas, als sie den Lichtschimmer am Fenster von Isabelle de Guerrays Villa wahrnahm, geradenwegs ins Haus zu gehen und hatte schon die Gartentür hinter sich. Heberlauf, der klein beigegeben hatte, schickte sich an, ein Gleiches zu tun, als das Paar plötzlich stehenblieb.

Am äussersten Ende des Boulevards waren soeben zwei Scheinwerfer aufgetaucht, die ganz schnell näherkamen, während man gleichzeitig einen Motor rattern hörte.

– Noch ein Wagen, sagte Conchita Conchas, das sind vielleicht Freunde, die auch zu Isabelle wollen? ...

Das Automobil – ein Taxi – hielt tatsächlich ganz in der Nähe der Villa der Halbweltdame.

Wer da aber ausstieg, das waren keine Nachtschwärmer, sondern zwei Männer mit nüchternen, ernsten Gesichtern, niemand anders als Juve und Monsieur Amizou, der Polizeikommissar.

– Was wollen die denn zu dieser Stunde bei Isabelle de Guerray? ...

In den Kreisen der eleganten Lebemänner galt Juve immer noch als ein reicher Müssiggänger, der Dubois oder Duval oder so ähnlich hiess ... Was Monsieur Amizou betraf, den kannte ja jeder, und was er beruflich tat, wusste auch jedes Kind.

Die beiden Neuankömmlinge schienen zunächst über die von ihnen gemachte unerwartete Begegnung recht verärgert; doch das dauerte nicht lange, und während Juve das Paar diskret und wortlos grüsste, wurde Heberlauf von Monsieur Amizou in scherzendem Ton angesprochen.

Er konnte es nicht lassen, mit grösster Taktlosigkeit zu witzeln:

– Sieh an, sieh an! Da ertappe ich Sie ja bei einem galanten Abenteuer ... und fast möchte ich sagen in flagranti beim Ehebruch ...

Monsieur Heberlauf wies das spontan mit einer verneinenden Geste zurück.

Doch Monsieur Amizou fuhr im selben Tonfall fort:

– Na, immerhin, wenn mich die ehrenwerte Madame Heberlauf damit beauftragt hätte, mich zu dieser Stunde auf die Suche nach Ihnen zu begeben, so wäre ich meiner Ansicht nach durchaus in der Lage, nachzuweisen, dass ich Sie auf frischer Tat ertappt habe ... meinen Sie nicht auch? Und was würden Sie darauf antworten? ...

Monsieur Heberlauf erwiderte bedächtig:

– Darauf würde ich gar nichts antworten oder, besser ausgedrückt, ich würde zwar antworten, aber ...

Heberlauf sagte weiter nichts, sondern folgte Conchita, die es langweilig fand, so in der nächtlichen Kühle wartend herumzustehen, und völlig ungeniert den Garten durchquert und das Haus betreten hatte, dessen zur Diele führende Tür offenstand. Monsieur Heberlauf ging ihr nach.

– Monsieur Amizou, bemerkte Juve, das sind so Leute, die uns im Wege stehen werden ... wir werden sie bald abschütteln müssen, damit wir Isabelle de Guerray über die paar uns noch fehlenden Einzelheiten Fragen stellen können ... und ausserdem, setzte der Geheimpolizist fort, werden wir ihr ja sagen müssen, was passiert ist ...

– Ja, gab Monsieur Amizou zu, und das wird nicht gerade heiter werden.

Juve und der Kommissar waren bis an die Vortreppe zur Villa gelangt und schickten sich an, das Wohnhaus zu betreten, denn sie hatten keinen Zweifel, dass sie schon irgendeinen Vorwand finden würden, um bei der Halbweltdame ihren späten Besuch zu rechtfertigen.

Im Hause schien alles zu schlafen; abgesehen von dem Lichtschein, den sie im ersten Stock bemerkt hatten, schien die Beleuchtung überall ausgeschaltet zu sein, und im Erdgeschoss lagen Diele und Empfangsräume in tiefstem Dunkel ...

Juve und der Kommissar hatten sich zu Herrn Heberlauf gesellt, der in der nur von einem Mondstrahl erleuchteten Veranda stand, und dort warteten sie ab, dass die in die erste Etage gegangene Conchita Conchas der Hausherrin die Ankunft der Gäste mitteilte.

Die junge Frau jedoch kam und kam nicht wieder herunter. Alles blieb still. Es war immer noch keinerlei Geräusch zu hören ...

– Isabelle liegt vielleicht zu Bett? meinte Monsieur Heberlauf.

Der Kommissar bezweifelte das.

– Um elf Uhr! ... das wäre ja ganz unwahrscheinlich ... sagen Sie eher, dass sie beim Anziehen ist, um ins Casino zu gehen; wenn ich nicht irre, kam das von uns beobachtete Licht aus dem Ankleideraum ...

– Mir scheint, Sie wissen hier recht gut Bescheid, Herr Kommissar, was so die Raumverteilung in der Villa unserer Freundin angeht, bemerkte der Ex-Pastor, indem er sich alle Mühe gab, witzig zu sein.

– Oh! verwahrte sich der Kommissar, ich kenne die Grundrisse aller Häuser in der Stadt 'von Berufs wegen', aber nur 'von Berufs wegen', und ich betone diese Wendung.

Conchita Conchas kam herunter:

– Ist doch komisch, sagte sie, sehr komisch ...

In der Dunkelheit hörte man ihre Stimme, die ein wenig beunruhigt schien.

Der Polizeikommissar tastete an der Wand nach einem Schalter, den er zu

guter Letzt auch entdeckte. Der Raum wurde hell.
 Und Conchita erklärte:
 – Ich habe also eben Isabelle gesehen ... sie befindet sich, halb angezogen, in ihrem Ankleidezimmer, ich habe sie zwei oder drei Mal bei ihrem Namen gerufen, sie hat aber nicht geantwortet. Sie sitzt auf einem Stuhl und schläft ... aber in so tiefem Schlaf ...
 Heberlauf, der immer noch an sein trautes Beisammensein dachte, schlug vor:
 – Wir täten vielleicht besser daran, nun zu gehen ... wir sind schrecklich aufdringlich.
 Im selben Augenblick hörte man ein Automobil.
 Und Heberlauf fügte hinzu:
 – Da kommt ja auch unser Wagen zurück ...
 – Ehrlich gesagt, gab Juve zu verstehen, das ist vielleicht das Beste, was wir tun können ... fahren Sie doch schon mal vor, und wir kommen dann nach ...
 Der Geheimpolizist hatte in der Tat nur den einen Gedanken, wie er diesen lästigen Menschen loswerden könnte. Der Polizeikommissar, der, ungeduldig geworden, wissen wollte, warum Isabelle de Guerray nicht aufwachte, war flink die Treppe hinaufgestiegen und hatte ohne die geringste Verlegenheit den Ankleideraum betreten. Er rief schon von weitem:
 – Isabelle, Isabelle ... was haben Sie doch für einen tiefen Schlaf! ... Nun wachen Sie schon auf, es sind Freunde da ...
 Dann schwieg der Kommissar, und man hörte ihn einen Augenblick im oberen Stockwerk hin und her gehen.
 Darauf kam er langsam wieder nach unten.
 Monsieur Amizou hatte nun nicht mehr sein Lächeln wie gewöhnlich, er war blass und erregt, trat an die neben der Veranda stehende Gruppe heran und sagte:
 – Meine Herren, ich glaube, es ist hier gerade ein Unglück geschehen ... Ich habe Isabelle de Guerray gesehen, sie schläft nicht, wie Conchita geglaubt hat, es ist was Schlimmeres ... Sie sieht wie eine Ohnmächtige, vielleicht gar wie eine Tote aus!
 – Isabelle soll tot sein? ... was sagen Sie da, rief die Spanierin aus und wollte schon zum ersten Stock hinaufstürmen ...
 Juve bekam sie am Arm zu fassen.

– Gehen Sie lieber nicht wieder nach da oben, Gnädigste, wenn Isabelle de Guerray ohnmächtig oder tot ist, wie Monsieur Amizou sagt, so dürfen Sie sich nicht unnötigen Aufregungen aussetzen ...
– Der Herr hat recht, versetzte nun Heberlauf ... wir gehen besser ...
Doch Conchita gab nicht nach:
– Ich will wissen, was los ist, ich kann doch eine Freundin nicht in diesem Zustand belassen, ich finde Sie alle miteinander abscheulich, ich muss doch wissen ...
Die drei Männer redeten auf die hübsche Frau ein:
– Aber nein, aber nein, sagte der Kommissar, von dessen Gesicht eine immer grösser werdende Erregung abzulesen war, Sie können hier jetzt nicht bleiben ... das geht auf keinen Fall! Fahren Sie doch ins Casino ... in fünf Minuten kommen wir nach ... vielleicht ist Isabelle nur ohnmächtig ...
Der Kommissar gab sich alle Mühe, das ratlose Paar, das nicht recht wusste, was es tun solle, bis zur Gartentür hinaus zu komplimentieren.
Endlich gelang es ihm, das Liebespaar soweit zu bringen, dass sie gingen und ihr Automobil bestiegen.
Der Wagen setzte sich schon in Bewegung, als Conchita noch Monsieur Amizou einschärfte:
– Vergessen Sie nicht, uns nachher Bescheid zu geben, erzählen Sie uns ganz genau, was ihr passiert ist, wir fahren jetzt zum Casino ...
– Uff! machte der Kommissar und kehrte hastig um, als das Automobil losfuhr, die sind wir nun los ...
Dann dachte er gleich wieder an das, was er gesehen hatte, an die Gestalt von Isabelle de Guerray, wie sie reglos, leblos, mit geschlossenen Augen und bleichem Gesicht mitten in ihrem lichtüberfluteten Ankleidezimmer sass ...
Er stürmte wieder hinauf, denn er wurde immer unruhiger und besorgter wegen der Stille in diesem leeren Hause, wo jedermann nach Belieben ein- und ausgehen konnte, ohne auch nur einer Menschenseele zu begegnen.
Die seltsamen, unerklärlichen Umstände versetzten den Kommissar in grösste Unruhe.
Juve hatte nicht auf ihn gewartet und befand sich schon im ersten Stock.
Als Monsieur Amizou, ein wenig ausser Atem, nachdem er die Treppe in wenigen Sätzen hinaufgerannt war, die Privatgemächer der Halbweltdame wieder erreicht hatte und Juve gegenüberstand, blieb er verdutzt und schweigend stehen, als er das saure Gesicht des Kriminalbeamten sah.

Juve, der seinen Hut auf einen neben ihm stehenden kleinen Hocker gelegt hatte, musterte eingehend den Raum, schaute sich überall um und schien sein Augenmerk viel mehr der Einrichtung des Ankleidezimmers zu widmen als der unseligen Frau, die dort starr und bewusstlos in der Mitte auf einem Stuhle sass.

Monsieur Amizou sah Isabelle genau an.

Weder an der Kleidung noch an der Körperhaltung war irgend etwas Verdächtiges zu entdecken. Isabelle de Guerray sass ganz normal da und hatte den Kopf ein wenig nach hinten gelehnt, eben wie jemand, der ein wenig schlummert.

Sonderbar war aber, dass sich nichts an ihr rührte, sie zeigte nicht die geringste Bewegung, die von Leben gezeugt hätte, und aus ihrer Brust kam nicht der leiseste Hauch ...

– Das ist unbegreiflich, murmelte er, was halten Sie davon, Monsieur Juve, ich habe den Eindruck, dass sie tot ist, glauben Sie nicht auch?

Juve beendete schliesslich seine Überprüfung und antwortete dem Kommissar, ohne auch nur den geringsten Blick auf Isabelle de Guerray zu werfen:

– Und ob sie tot ist, du lieber Gott, daran besteht kein Zweifel! ... Nunmehr stellt sich nur noch die Frage nach dem Wie ihres Todes, und ob sie ermordet wurde ...

Der Kommissar schreckte auf:

– Ermordet? rief er ...

Doch er hielt jäh inne, Juve und er horchten auf.

Die Stille der Nacht, die eindrucksvolle Stille rings um die Villa herum, wurde plötzlich gestört.

Vom Garten her waren eilige Schritte zu hören, fast rennende Schritte, dann erschollen laute Schreie, schliesslich knallte ein Revolverschuss, dann noch einer und dann ein dritter!

– Heiliger Bimbam, fluchte Juve, nun wird es aber abenteuerlich.

Der Geheimpolizist stürzte aus dem Ankleidezimmer, raste die Treppe hinunter ...

Monsieur Amizou machte Anstalten, ihm zu folgen, doch Juve wehrte ab.

– Aber nein, rief er aus, bleiben Sie doch, wir müssen uns trennen ... bleiben Sie im Hause, ich werde mal draussen nachsehen, was da los ist ...

– Gut ... schon gut ... gab Monsieur Amizou zurück, der sofort stehenblieb, umkehrte und wieder in den Raum eilte, wo Isabelle de Guerray immer noch reglos ruhte. Instinktiv zog der Kommissar seinen Revolver aus der Tasche und stellte sich in einem Winkel auf die Lauer, denn die geheimnisvollen Zwischenfälle hier verhiessen nichts Gutes.

Juve war in den Garten geeilt.

Er sah niemanden, es war nichts mehr zu hören. Er lief sofort zu seinem Taxi.

– Fahren Sie los! gebot er dem Fahrer.

Und er stieg zu diesem nach vorne ein.

– Wohin soll es denn gehen? fragte ihn der Chauffeur.

Juve war einen Augenblick unschlüssig.

Ein paar Meter weiter kreuzte der Boulevard eine andere Strasse, die nach links und rechts weiterführte.

In welche Richtung sollten sie fahren? Gegenüber lag das Gebirge mit seinen schroffen Felsen.

– Haben Sie da eben niemanden herauskommen sehen? fragte der Geheimpolizist den Fahrer, der ihm zur Antwort gab:

– Doch ... vor zehn Minuten ... da sind ein Herr und eine Dame in ein Automobil gestiegen ...

– Weiss ich, sagte Juve unwillig, aber danach?

– Danach? ... Niemanden mehr.

– Haben Sie denn nicht die Revolverschüsse gehört?

– Revolverschüsse, rief der Fahrer aus, ach du liebe Güte, ich ahnte gar nicht, dass es Revolverschüsse waren ... ich hab das für Knallfrösche oder Raketen gehalten, die irgendwelche Leute zum Spass losgelassen haben.

Doch dann fiel ihm etwas ein:

– Warten Sie mal, doch ... mir ist so, und das ist nicht einmal zwei Minuten her, da habe ich zwei Schatten bemerkt, die am Gitter entlang davonrannten und dann bis hin zum Ende der Ringstrasse ...

Juve keuchte:

– In welche Richtung? ... Nach rechts oder nach links?

Der Fahrer druckste herum, geriet ins Stammeln, er wusste es nicht! ...

Doch da vernahm Juve schon wieder andere Geräusche.

Es waren Schreie, durch die Entfernung abgeschwächt, dann nochmals Revolverschüsse, die widerhallten. Diesmal war alles klar: Juve hatte den Lärm geortet, sie mussten nach rechts fahren.

Das Taxi folgte der Anweisung des Geheimpolizisten, bog in die angegebene Richtung und raste in die finstere Nacht hinein. Sie fuhren ein paar Meter. Die rechte Seite der Strasse war leider völlig menschenleer.

Dann aber, als er das andere Fahrzeug hupen hörte, schlug sich Juve an die Stirn:

– Wie dusselig von mir, brüllte er ...

Ohne weitere Erklärungen wies er den Fahrer an:

– Wenden Sie, wenden Sie so schnell wie möglich ... wir müssen kehrtmachen, wir sind rechts abgebogen ... wir hätten aber links abbiegen sollen ...

Während der Fahrer, verdutzt darüber, einen so seltsamen Kunden herumzukutschieren, der Anweisung folgte, brummte Juve laut und vernehmlich:

– Wahr und wahrhaftig, eine Pechsträhne nach der andern ... in dieser vermaledeiten Gebirgsgegend kommt der Widerhall von allen Seiten auf einmal ... Meine Überlegung war falsch, ich habe falsch kalkuliert ... Die Typen, die vor mir ausreissen, sind nach links gelaufen, ich habe sie jedoch, des Echos wegen, rechts gehört ... grosser Gott, hoffentlich kriegen wir sie noch ...

Während das Taxi nach und nach sein Tempo beschleunigte, begann Juve, wieder neue Hoffnung zu schöpfen.

– Wenn ich davon ausgehe, dass hier mit Revolvern herumgeknallt wird, so bedeutet das ja, dass sich hier Leute beschiessen, die zu verschiedenen Lagern gehören, also dass nicht alle damit einverstanden sind, sich aus dem Staube zu machen ...

– Achtung, rief plötzlich der Fahrer, halten Sie sich gut fest ...

Juve leistete der Aufforderung instinktiv Folge, schloss die Augen, aber obwohl er sich an den Sitz geklammert hatte, flog der Geheimpolizist nach vorn und landete fast mit der Nase auf der Motorhaube. Der Fahrer hatte ruckartig gebremst, auf die Gefahr hin, dass die Reifen platzen würden:

– Was ist denn los? begann Juve zu schimpfen ...

– Was los ist? gab der Chauffeur zurück, hier hört die Strasse, in die Sie mich eben haben einbiegen lassen, auf, das ist los! Eine Sekunde später, drei Meter weiter, und dann wären wir mit voller Wucht gegen die Mauer geprallt!

Juve war ausgestiegen und beguckte sich die Stelle im Scheine der Wagenleuchte:

– Stimmt, murmelte er, diese Strasse geht nicht weiter, wir sind in eine Sackgasse geraten.

Neugierig schaute er sich die Umgegend an.

Rechts und links nichts als – übrigens fensterlose – Mauern von Häusern, im Hintergrund die natürliche Wand, die das steil abfallende Gebirge bildete, in dessen Felsen diese Strasse hineingehauen war.

Auf beiden Seiten verliefen kleine Gehsteige.

Zwei- oder dreimal trat Juve auf einen schweren, hohl klingenden Schleusendeckel, dann kehrte er um:

– Es ist ganz unmöglich, erklärte er, dass hier Leute langgekommen sind ... die hätte ich mit Sicherheit aufgespürt ... ganz bestimmt! ...

Er zuckte mit den Achseln, ballte die Fäuste:

– Wir kehren um, sagte er zum Fahrer, zurück zur Villa! ...

Alles das hatte nicht einmal zehn Minuten gedauert.

– Nun, wie steht's, sagte der Polizeikommissar, als er Juve zurückkommen sah, haben Sie etwas herausgefunden oder jemanden getroffen ...

– Nichts, niemanden, erwiderte Juve, noch barscher und übelgelaunter als gewöhnlich ...

Und seinerseits fragte er:

– Und bei Ihnen? Nichts Neues?

Monsieur Amizou berichtete, womit er während der zehn Minuten seines Alleinseins die Zeit verbracht hatte:

– Ich habe es für ratsam gehalten, erklärte er, beim Kommissariat anzurufen und dringend zwei Beamte her zu beordern, sie müssen jeden Augenblick hier eintreffen und werden uns vielleicht gute Dienste leisten ...

Juve meinte seinerseits:

– Sie haben gut daran getan, es wird ratsam sein, sie als Wache im Garten und im Erdgeschoss zu postieren, während wir im ersten Stock unsere Nachforschungen anstellen ... Wir werden eine ganz exakte Untersuchung durchführen, Herr Kommissar, und zwar über den jähen, noch unaufgeklärten Tod dieser unglücklichen Frau ...

– Was kann bloss mit ihr passiert sein? rief Monsieur Amizou aus ...

– Es ist ihr passiert, sagte Juve, dass sie gestorben ist!

– Das sehe ich ja, erwiderte der Kommissar, wenn nun aber die Todesursache keine natürliche ist? ...

– Sie ist natürlich, unterbrach Juve, ein jäher Tod ...

Der Kommissar begriff nicht recht:

– Soeben haben Sie aber doch gesagt, sie sei ermordet worden? ...

– Stimmt genau; ich bin der Überzeugung, dass sie ermordet wurde ...
– Aber Monsieur Juve, Monsieur Juve, stiess der Kommissar hervor, der immer verwirrter wurde, was Sie sagen, ist für mich ein Rätsel ... Wenn Isabelle de Guerray eines natürlichen Todes gestorben ist, dann ist sie doch nicht ermordet worden. Und wenn sie einem Mord zum Opfer gefallen ist, dann ist sie ja nicht auf normale Weise gestorben! ...
– Kann man das wissen? meinte Juve in seiner Rätselsprache; es ist doch durchaus möglich, dass ihr Mörder *sie so weit gebracht hat, dass sie eines natürlichen Todes starb* ... und dass er dennoch diesen Tod ganz eindeutig herbeigeführt hat ...

Monsieur Amizou liess sich in einen Sessel fallen, ohne sich im geringsten um den Leichnam an seiner Seite zu kümmern:
– Jetzt verstehe ich überhaupt nichts mehr, sagte er, ich habe keine Ahnung, was hier vorgehen konnte ...
– Sie brauchen ja das Rätsel nicht zu lösen, sagte Juve mit einem Lächeln, denn dazu bin ich ja hier, Herr Kommissar. Ich verlange von Ihnen nur, dass Sie mir für ein paar Minuten aufmerksam zuhören ...
– Monsieur Juve, rief Monsieur Amizou, ich bin ganz Ohr!
Und Juve begann:
– Sie sehen ja, Herr Kommissar, dass Isabelle de Guerray sitzt, und zwar in einer Positur, die ganz normal ist für jemanden, der sich sitzend ausruhen will; dies ist aber nicht die Haltung einer Person, die schläft.

Sie sehen ausserdem, dass ihre Gesichtszüge, ihr Körper keinerlei Spuren von Verfall aufweisen, wie es nach Einnahme eines starken Giftes zu beobachten ist und sogar schon nach wenigen Sekunden auftritt.

Auffällig ist ferner der leichte Blutandrang an den Augen und Lippen. Der Mund ist halb offen, und die Zunge wirkt leicht geschwollen. Es ist die Zunge von jemandem, der plötzlich erstickte, der infolge Herzstillstands gestorben ist.

Es kommt vor, dass das Herz stillsteht, sogar zerreisst oder springt, wenn es plötzlich oder über längere Zeit zu einer heftigen Aufregung kommt.

Wir haben den Leichnam noch nicht entkleidet, um festzustellen, ob er irgendwelche Anzeichen einer Verletzungen aufweist, was ich übrigens bezweifle. Eine Revolverkugel, ein Dolchstich hätten Blutvergiessen verursacht, und das Blut wäre bei der Feinheit und Dünne der Kleidungsstücke längst durchgesickert.

Sehen Sie sich auch das mal an: Isabelle de Guerrays Stuhl steht in einer Ecke ihres Ankleidezimmers, unmittelbar neben der Dusche; ausserdem ist nicht nur der Boden völlig nass, sondern auch der Unterrock, und zwar durch und durch.
– Was schliessen Sie daraus, ... was vermuten Sie? ... rief der Polizeikommissar dazwischen ...
– Überhaupt nichts, fuhr Juve fort, ich stelle fest ...
Und der Geheimpolizist fügte hinzu:
– Sehen Sie auch, wo in Ellenbogenhöhe der Spitzenbesatz des Morgenrocks zerknittert ist, als wäre er zusammengedrückt, -gepresst worden, als wären die Arme beispielsweise an die Rücklehne gebunden gewesen ... nicht etwa mit einem Bindfaden oder einem Strick, sondern mit irgend etwas Schmiegsamem, Weichem, Festem und Flachem ... einem Riemen, zum Beispiel, oder mit einem Stück Stoff ...
Juve beugte sich nieder und fand unter dem Stuhl einen Gegenstand, den er dem immer verblüffteren Kommissar triumphierend vor die Nase hielt:
– Gucken Sie mal, hier, ich habe mich nicht geirrt; hier ist ein Stück Band. Wahrscheinlich ist Isabelle de Guerray mit Bändern gefesselt worden, von denen uns dieses Stück als Beweis übrigbleibt, mit Bändern, von denen sie ihr Mörder, als sie erst einmal tot war, wieder gelöst hat ... Na und hier, fuhr Juve fort, hier finde ich was, das mich in dieser Überzeugung noch bestärkt.
Der Geheimpolizist beschaute die Beine der Halbweltdame und bemerkte, dass die weisse, glatte Haut oberhalb der Knöchel Druckstellen aufwies, nahezu wundgeriebene Stellen.
– Isabelle ist auch an den Füssen festgebunden worden, versicherte er, ... jetzt begreife ich, ich begreife immer besser ...
– Na, ich aber nicht, rief Monsieur Amizou aus; ich muss Ihnen gestehen, dass ich mir trotz aller Ihrer Feststellungen nicht vorstellen kann, auf welche Weise Isabelle gestorben sein soll ...
Juve, der gerade auf einen Stuhl gestiegen war, hantierte an einem der elastischen Brausenschläuche herum.
Er sprach mit ernster Stimme:
– Vor Angst ist sie gestorben ... das ist alles!
Gucken Sie doch mal ihr Haar an, setzte er noch hinzu, sie trug es gewöhnlich toupiert, und jetzt liegt es platt an den Schläfen, man hat ihr ein Band

über die Augen gespannt, damit sie nichts sehen kann ...

Da hörte man von draussen nach Monsieur Amizou rufen:

– Das sind meine Beamten, erklärte der Kommissar, was sollen sie tun?

Juve unterbrach seine aussergewöhnlichen Feststellungen:

– Sagen Sie ihnen, bestimmte er, sie sollen Erdgeschoss und Garten überwachen ... und sich bemühen, eventuell vorhandene verdächtige Spuren, vor allem Fussspuren zu sichern ...

Der Kommissar gab die Anweisungen auf schnellem Wege durch das Fenster an seine Untergebenen weiter.

Als er sich aber umdrehte und wieder zu Juve hinblickte, konnte er eine erschrockene Bewegung nicht unterdrücken ...

War der Geheimpolizist plötzlich verrückt geworden?

Nachdem er einen der elastischen Brausenschläuche sozusagen über den Kopf von Isabelle de Guerray gehalten und vorwärts und rückwärts gelenkt hatte, drehte er jetzt einen Hahn auf, genauer gesagt, halb auf: lauwarm, Tropfen um Tropfen trat das Wasser heraus und fiel in gleichmässigem Takt genau auf den rechten Unterarm der Halbweltdame. Dann rann das Wasser in den Handteller, sickerte durch die gespreizten Finger, verschwand in den Falten des klitschnassen Unterrocks und bildete schliesslich eine Lache auf dem Parkett.

– Da, sagte Juve, da sehen Sie, was passiert ist. Durch das Mittel der Angst wurde Isabelle de Guerray umgebracht, indem man sie glauben machte, sie verliere ihr Blut! ...

Der Kommissar riss vor Staunen weit die Augen auf. Juve sprach weiter:

– Es besteht gar kein Zweifel, es handelt sich hier um die Methode mit dem Bad ... nur verbessert, vervollkommnet, wenn ich so sagen darf ...

Dann huschte ein Lächeln über sein Gesicht, denn er war überglücklich, die Entdeckung gemacht zu haben, und erklärte:

– Sie wissen doch, Herr Kommissar, dass es schon vorgekommen ist, dass man Leute durch Angst umbrachte, indem man sie mit verbundenen Augen in ein Bad tauchte und gleichzeitig vorgab, man habe ihnen gerade die Pulsadern aufgeschnitten! Wenn die Betreffenden nicht davon überzeugt sind, dass sie belogen wurden, fühlen sie, dass ihre Kräfte langsam schwinden und ihre Schwäche zunimmt, und wenn dann die für das Ausbluten normale Zeit verflossen ist, passiert es häufig, dass es bei übermässiger Erregung zum Herzstillstand kommt und der Tod eintritt.

Man kann auf diese Weise *vor Angst* sterben, und dies auf die einfachste Art von der Welt ...

Der Mörder von Isabelle de Guerray hat, und das können Sie mir glauben, aus mir unbekannten Gründen sein Opfer nicht brutal umbringen wollen, er hat die Frau gefesselt und ihr weisgemacht, er schneide ihr eine Ader auf ... dann hat er auf ihren Unterarm lauwarmes Wasser tröpfeln lassen ... diese Tropfen haben dann nach und nach den Unterrock der Unseligen durchnässt, sie hat gespürt, wie ihr Kleidungsstück immer nasser wurde und hat es für ihr Blut gehalten; ihre Erregung wurde immer stärker, und es trat der Augenblick ein, wo sie gestorben ist, ... gestorben vor Angst, wie ich soeben schon zu sagen die Ehre hatte ...

Monsieur Amizou konnte nur staunen.

– Das ist ja fabelhaft, wie Sie das herausbekommen haben! ...

– Gar nicht fabelhaft, meinte Juve bescheiden, ich bin einfach logisch zu Werke gegangen, ... hier jedoch, mein Herr, haben wir noch was Besseres ...

Diesmal beschaute sich der Geheimpolizist aufmerksam den Spiegel, den grossen dreiteiligen Stellspiegel, vor dem sich der Leichnam der unseligen Halbweltdame befand.

Er stellte sich neben den Leichnam, streckte den Arm aus und stellte fest, das Isabelles Körper nahe genug am Spiegel war, um ihn mit dem Zeigefinger zu berühren; nun waren aber mitten auf diesem Spiegel einige feuchte, fettige kleine Flecke zu sehen ...

Juve erklärte Monsieur Amizou weiterhin seinen Gedankengang:

– Diese Tupfer, diese Spuren, die Sie da vor sich haben, rühren von einem Finger her, ... dem Finger einer eleganten Dame, dem Finger einer Frau, welche bei ihrer Schönheitspflege überrumpelt wurde und die noch etwas von einer jener Cremes am Finger hat, die von den Frauen zur Reinhaltung ihrer Haut benutzt werden. Dieser Finger hat etwas auf den Spiegel gemalt ... und es wäre sehr aufschlussreich, wenn man wüsste, was ...

Juve bemühte sich herauszukriegen, was da auf dem Spiegel stand, es war vergeblich ...

Doch plötzlich kam dem Geheimpolizisten eine Idee.

Er ging zum Waschbecken, holte von dort eine Quaste voller Reispuder und brachte sie ganz vorsichtig mit dem Spiegel, mit den Flecken in Berührung.

An den trockenen Stellen rutschte der Puder an der Glasfläche herunter,

aber dort wo fettige oder feuchte Tupfer waren, blieb er am Spiegel kleben.
Juve stiess einen Freudenschrei aus.
Er hatte eine ungeheure, eine phantastische, eine aussergewöhnliche Entdeckung gemacht.
Offensichtlich hatte das Opfer, entweder die Entfernung oder die Unaufmerksamkeit seines Angreifers ausnutzend, mit letzter Kraftanstrengung einen Namen auf den Spiegel zeichnen können, ... sicherlich den Namen des Mörders! Mit ihrem Blute hatte sie es zu tun gemeint, hatte aber in Wahrheit bloss mit Wasser geschrieben; doch die an der Fingerspitze verbliebene Creme hinterliess eine ausreichende Spur, so dass der von ihr verfolgte Zweck – auch wenn sie nichts mehr davon erfahren würde – trotz allem erreicht wurde.
Mit Verblüffung entzifferte Juve nach und nach die ungelenk aufgezeichneten Buchstaben und las dann:
IWAN IWANOW...
– Iwan Iwanowitsch, rief der Kommissar aus, der es gar nicht glauben konnte, plötzlich auf dem Spiegel mit dem glänzenden Widerschein diesen Namen auftauchen zu sehen, sollte der vielleicht der Mörder von Isabelle de Guerray sein? ...
– Es will mir scheinen, schloss der Geheimpolizist, dass man dafür keinen zuverlässigeren Beweis zu erbringen vermag ...
Ein Weilchen verharrten die beiden Männer in Schweigen. Dann aber wurden auf der Treppe Schritte laut, es tauchte jemand an der Tür zum Ankleideraum auf.
Es war einer der Polizeibeamten.
– Herr Kommissar, verkündigte dieser, wir haben soeben einige interessante Feststellungen gemacht. Es erscheint uns als sicher, dass vor kurzem zwei Männer und zwei Frauen im Garten waren ...
– Heberlauf und Conchita, sagten Juve und der Kommissar wie aus einem Munde ...
– Insbesondere, fuhr der Inspektor fort, haben wir hinter dem Haus sehr deutliche Spuren aufgenommen, aber nur von einem Mann und einer Frau ... es sind in die Erde oder den Gartenboden einwandfrei tief eingegrabene Abdrücke von schnell laufenden Leuten.
– Das waren die Leute mit den Revolverschüssen, dachte Juve ...
Als dann der Inspektor dem Kommissar mehrere Bogen Papier hinreichte,

auf welchen er peinlich genau die Abdrücke aufgenommen hatte, ergriff Juve die Aufzeichnungen und musterte sie aufmerksam ...

Diese Prüfung dauerte lange, sehr lange.

Monsieur Amizou stand dabei und schaute verdutzt zu, was Juve da machte, und wunderte sich schliesslich über das schweigende Hantieren des Geheimpolizisten.

Er hatte zunächst, vor dem in Unordnung geratenen Frisiertisch der armen Isabelle de Guerray sitzend, das Blatt mit den feinen, winzigkleinen Spuren von Frauenstiefelchen beiseitgeschoben, ohne sie weiter anzusehen.

Stattdessen untersuchte er gründlich die Abdrücke der Männerschuhe.

Juve hatte aus seiner Tasche verschiedene Utensilien herausgeholt: ein kleines Metermass, einen Zirkel, und nun begann er seine Messungen, übertrug sie auf sein Notizbuch, und diese scheinbar geheimnisvollen Verrichtungen brachten ihm offensichtlich volle Klarheit.

Manchmal schüttelte er den Kopf, und von Zeit zu Zeit murmelte er vor sich hin:

– So ist es, genau so ist es, da besteht kein Zweifel ...

Doch je fester seine Überzeugung wurde, desto deutlicher traten ihm Schweissperlen auf die Stirn und gaben seinem Gesicht ein angstvolles Aussehen.

Sein anfangs überraschter Blick wich einem Ausdruck des Schreckens.

Was waren das bloss für aussergewöhnliche Spuren, die Juve da entdeckte und deren Identifizierung ihn so aufregte ...

– Bringen die Abdrücke irgendwelche neuen Erkenntnisse?
fragte Monsieur Amizou.

Bei dieser Frage schien der Geheimpolizist aus einem Traum aufzuschrekken; er nuschelte einige unverständliche Worte, dann fing er sich wieder, seine Stimme bekam neue Kraft, und er sagte deutlich, wenn auch tonlos:

– Nein, ich muss schon zugeben, nicht der Rede wert ...

Dann schlug Juve die Augen nieder und schien nicht länger den fragenden Blick von Monsieur Amizou ertragen zu können.

In Wirklichkeit war Juve innerlich zutiefst erschüttert.

Er hatte unter den Fussspuren der mysteriösen Individuen, die mit Sicherheit vor kurzem mit Revolvern aufeinander geschossen hatten und dann im Dunkel verschwunden waren, die Spuren eines Mannes entdeckt, der ihm wohlbekannt war ...

Die Spuren von Fandor!

Was hatte denn Fandor mit diesem Abenteuer zu tun?

In welchem Masse, in welchem Grade und zu welchem Zwecke war denn der Name von Fandor mit der Ermordung von Isabelle de Guerray in Verbindung zu bringen? ...

22. Die Frau, die ich liebe!

Die elegante, friedliche Bevölkerung Monacos ahnte gewiss nicht im entferntesten, was sich in dieser stillen Nacht, in dieser einzigen Nacht an tragischen und ganz unbegreiflichen Dingen in ihrer Stadt abspielte. Es war eine fast ununterbrochene Kette von Ereignissen, die teils die dicht bevölkerten Viertel, teils die Villengegend des Fürstentums zum Schauplatz hatten.

Angefangen hatten die dramatischen Vorgänge gleich bei Einbruch der Dunkelheit, als der geheimnisvolle Tod des Kassierers Louis Meynan im Casino bekannt wurde. Juve hatte sofort Mordverdacht geäussert, aber trotz seines bewährten Scharfsinnes den Täter nicht aufspüren können.

Inzwischen hatte sich Fandor bei einem Spaziergang, der reich an heroischen und auch wieder komischen Zwischenfällen gewesen war, des russischen Offiziers bemächtigt, der um jeden Preis auf sein Schiff zurück wollte. Fandor war es mit Bouzilles Hilfe gelungen, ihn auf dem Festland festzuhalten, ja, er hielt ihn sogar in der Behausung des Streuners versteckt, um im Interesse aller zu verhindern, dass er seine Spuren verwischte.

Unterdessen starb die arme Isabelle de Guerray buchstäblich vor Angst, ganz im Banne des rätselhaften Scheusals, das sich hinter Fantomas' Kapuze verbarg und höchstwahrscheinlich eben jener Bandit war, den man nie zu fassen kriegte, der einzige auf der Welt, der imstande war, sich soviel unmenschliche Grausamkeit auszudenken!

Alsdann waren Juve und der Polizeikommissar Amizou auf den Plan getreten, die eigentlich nur gekommen waren, um sich bei der Halbweltdame zu erkundigen, welche Ereignisse zur Ermordung ihres Verlobten geführt haben mochten, und die bei dieser Gelegenheit den Leichnam der unglücklichen Frau entdeckt hatten. Im Verlauf der rätselhaften, nicht enden wollenden Vorgänge fanden die Polizisten zunächst die Todesursache heraus und hatten dann mehr Glück als bei dem Fall Louis Meynan, denn es gelang Juve sogar, den Spiegel zum Sprechen zu bringen und eine ausserordentlich wichtige Fährte zu entdecken, die Juve dazu führte, den zwielichtigen Kommandanten Iwanowitsch aufs Korn zu nehmen ...

Alles war blitzschnell, unbegreiflich schnell vor sich gegangen, und wenn auch schon zwei Verbrechen aufgedeckt worden waren, so mussten immer noch die mitten in der Nacht im Garten der Villa gehörten seltsamen Geräusche aufgeklärt werden, sowie die im Dunkel abgegebenen Revolverschüsse; Aufklärung verlangten ferner die ungewöhnlichen, von den monegassischen Kommissariatsbeamten auf Beeten und Alleen aufgenommenen Spuren, Männer- und Frauenspuren ... darunter die Fussspuren von Fandor!

Was war inzwischen aus dem Journalisten geworden?

Was hatte er von dem Augenblick an unternommen, als er, Iwan Iwanowitsch unter Bouzilles Aufsicht zurücklassend, im Dunkeln verschwunden und zum Casino hinaufgestiegen war, wo er Juve anzutreffen hoffte?

Fandor ging mit grossen Schritten die menschenleeren Boulevards und Alleen entlang und machte dabei ein sorgenvolles Gesicht. Er durchquerte das Villenviertel, in dem sich kaum etwas rührte, da die Bewohner fast alle im Casino waren oder sich schon zu Bett gelegt hatten.

Der Journalist ging so seines Wegs und dachte über die Vorfälle nach, die sich gerade ereignet hatten. Er war auch ein wenig besorgt wegen des Gewaltstreichs, den er gewagt hatte und für den er allein die Verantwortung trug, nämlich die willkürliche Festnahme des Kommandanten der *Skobeleff*.

Fandor ging auf das Casino zu, dessen strahlende Lichter er schon in der Ferne wahrnahm, als er vor Überraschung beinahe laut aufgeschrien hätte, bevor er seine Schritte beschleunigte:

– Das kann doch nicht wahr sein! wollte er ausrufen.
Schon wieder jemand, auf den ich nicht gefasst war! Was mag die nur hier wollen? ... Wo mag sie hingehen? ...

Fandor hatte eine elegante, schlanke jungen Frau bemerkt, die im Dunkeln an den Mauern entlangstrich. Unverzüglich hatte er in der anmutigen Erscheinung Fantomas' Tochter erkannt!

Auf leisen Sohlen pirschte er sich an sie heran. Er war nur noch ein paar Meter von ihr entfernt und wollte schon nach ihr greifen und sie zwingen, ihm Rede und Antwort zu stehen, als sie sich, der Verfolgung gewahr werdend, schlagartig umdrehte. Fantomas' Tochter bemerkte die dunkle Gestalt:
– Bleiben Sie stehen, stiess sie hervor, denn sie hatte offenbar nicht erkannt, wer der Verfolger war ...
Fandor schlich weiter voran, duckte sich aber dann ganz plötzlich und ging in die Knie.
Im selben Augenblick knallte ein Revolverschuss, und eine Kugel pfiff ihm um die Ohren.
– Donnerlittchen, brummelte der Journalist, kein reines Vergnügen, Fantomas' Tochter nachzusteigen! ... Die fackelt nicht lange und macht kurzen Prozess!
Der Journalist war jedoch davon überzeugt, dass die hübsche Denise nicht geschossen hätte, wenn sie gewusst hätte, wer sie verfolgte.
Da er auch in tragischen Momenten seinen Humor nicht verlor, rief er auf gut Glück mit ironischer, spöttischer Stimme:
– Schönen Dank, gnädiges Fräulein ... wenn Sie noch mehr davon haben, so steht Jérôme Fandor zu Ihrer Verfügung! ...
Unverdrossen und heldenmütig setzte der Journalist seinen Weg fort und kam immer näher an das junge Mädchen heran, das keinen weiteren Schuss abgab ...
Fandor war schon nahe bei ihr und sah sie jetzt ganz deutlich, denn die Scheinwerfer eines Automobils, das mitten auf der Strasse auftauchte, zeigten sie in vollem Lichte. Fantomas' Tochter war dunkel gekleidet, sie trug einen kurzen, sportlichen Rock und auf dem Kopf eine Art Pelzbarett, das allerliebst zu ihrem duftigen Blondhaar passte ...
Doch als Fandor ihr zum Greifen nahe war, sprang sie leichtfüssig beiseite und lief rasch und todesmutig über die Strasse, gleichsam die Räder des Automobils streifend, das in vollem Tempo vorbeiraste ...
All das dauerte höchstens eine Sekunde!
Fandor, der durch den aufgewirbelten Staub fast blind geworden war, musste sich die Augen reiben und fluchte, verärgert über das vorbeifahrende Vehikel:
– Verflixte Karre! Ausgerechnet jetzt! Die wird es ihr leicht machen, zu entwischen ...

Auf gut Glück rannte Fandor auf die andere Strassenseite ... dann hatte er kurz darauf die Genugtuung, das elegante, hübsche junge Mädchen wieder vor sich zu sehen, dem er hier auf so ungewöhnliche Weise wie ein Besessener nachjagte.

Auf einmal war Denise verschwunden. Sie war rechts eingeschwenkt und offenbar in eine dicke, von einer buschigen Hecke überragte Mauer eingedrungen.

Fandor begriff, dass sie in einem Garten, auf einem Privatgrundstück Zuflucht gesucht hatte.

Er zögerte nicht, ihr zu folgen.

Übrigens kannte er das Terrain.

Er hatte soeben, Fantomas' Tochter folgend, den Park der Villa der Isabelle de Guerray betreten!

Was hat sie hier bloss zu suchen? dachte er ...

Es war aber nicht der rechte Moment, sich Fragen zu stellen.

Der Journalist verschob alle Fragen auf später und setzte seine Verfolgung im Laufschritt durch Alleen und über Beete hinweg fort; er bemerkte, wie Juve zehn Minuten vorher, dass die Räume des Erdgeschosses im Dunkel lagen und nur ein Zimmer im ersten Stock erleuchtet zu sein schien.

Als Fandor um das Haus herumgegangen war, traf er auf einmal wieder auf das junge Mädchen, das, nur von einem Mondstrahl beschienen, zitternd vor Erschrecken, aber kampfentschlossen, mit der Waffe in der Hand, vor ihm stand und prächtig, geradezu majestätisch anzusehen war.

– Halt! rief sie im Befehlston ...

Und als Fandor nicht reagierte, feuerte das junge Mädchen hintereinander zwei Revolverschüsse ab.

Der Journalist hatte nicht einmal den Kopf eingezogen:
er merkte, dass Fantomas' Tochter ihm bloss Angst machen wollte.

Denise hatte in der Tat in die Luft geschossen ...

– Hören Sie mich doch an, sagte er, ich bitte Sie darum ... machen Sie Schluss damit ...

Selbstverständlich hatte Fantomas' Tochter Fandor schon längst erkannt, doch wollte sie sich wohl nicht auf die Unterhaltung einlassen, welche sich der junge Mann anscheinend sehnlichst wünschte:

– Halt! rief sie abermals.

Danach fügte sie mit hastiger, fast flehender Stimme hinzu:

– Fliehen Sie ... um Gottes Willen, fliehen Sie ... wenn Sie hier auch nur einen Augenblick länger verweilen, sind Sie Fantomas auf Gedeih und Verderb ausgeliefert!

Das junge Mädchen raste wieder wie wahnwitzig ums Haus herum, kletterte übers Gartengitter hinweg, und schon war sie wieder auf der Ringstrasse.

Fandor hatte sie kurz aus den Augen verloren, holte sie aber wieder ein und war ihr abermals auf den Fersen!

Beide hatten vermieden, die grosse Parktür zu benutzen, vor der ein Taxi stand und wartete. Sie waren durch den Dienstbotenausgang hinausgelangt, denn das Personal hatte versäumt, beim Weggehen das Türchen abzuschliessen.

Am äussersten Ende der Ringstrasse bog Fantomas' Tochter links ein, und da sie merkte, dass Fandor ihr immer noch auf den Fersen war, gab sie nochmal Feuer.

Diesmal wurde es dem Journalisten etwas mulmig, denn der Schuss war ganz aus der Nähe abgegeben worden, und Fandor wunderte sich fast, dass die schiesstüchtige Tochter des Banditen ihn nicht erwischt hatte und er nicht blutüberströmt und mausetot umgefallen war!

Nunmehr schien Denise den Kampf aufgeben zu wollen.

Sie blieb stehen und kreuzte die Arme über der Brust. Im Scheine einer elektrischen Laterne, die auf der Ringstrasse nur schwaches Licht verbreitete, schaute sie dem Journalisten ins Gesicht:

– Was wollen Sie denn von mir? zischte sie ihn an ...

Fandor verneigte sich höflich:

– Zunächst einmal, sagte er, ironisch und spöttisch wie immer, wollte ich ihnen ganz einfach meine Aufwartung machen ... und ausserdem auch meinen Beistand anbieten.

Es ist gefährlich, selbst für eine tollkühne junge Dame wie Sie, zu dieser nächtlichen Stunde allein durch die Strassen zu rennen! ... Vorhin wären Sie beinahe überfahren worden! Ausserdem betreten Sie ein Privatgrundstück – mit Verlaub zu sagen – ohne sich zu genieren, was ein sträflicher Leichtsinn ist und böse Folgen für Sie hätte haben können.

Während Jérôme Fandor so redete, stand Fantomas' Tochter, ganz ausser Atem und mit wogendem Busen vor ihm und starrte den Journalisten unverwandt an.

Ein leises Lächeln spielte um ihre Lippen, und ihr harter Blick schien nach und nach etwas weicher zu werden:

– Man kann sagen, was man will, brachte sie hervor, Sie sind schon ein mutiger Kerl ...

– Mutig? fragte Fandor und tat ganz erstaunt, wieso denn das?

Und Fantomas' Tochter fuhr fort:

– Sie haben sich furchtlos mehreren Schüssen ausgesetzt ... das letzte Mal, vor kaum einer Minute, da hab' ich ganz aus der Nähe auf Sie gefeuert ... und Sie sind keinen Finger breit von Ihrem Wege abgewichen ...

– Was ist das schon! gab Fandor zurück, gestorben wird nur einmal, und wenn man von Ihrer Hand sterben darf, so ist das ein ruhmvoller Tod ...

Dann fügte der Journalist noch hinzu:

– Ich brauche mich ausserdem nicht mit meinem Mut zu brüsten, Sie hatten ja ein- oder zweimal in die Luft geknallt, das hab ich doch gesehen ...

– Aber das dritte Mal? fiel ihm Fantomas' Tochter ins Wort ...

– Da hab ich gedacht, gab Fandor unbefangen zu, es wäre wie bei den anderen Malen ...

– Nun schaute auch Fandor dem jungen Mädchen tief in die Augen.

Sie schien ganz hingerissen zu sein, ihre Wangen röteten sich lebhaft; mit unendlicher Sanftheit schaute sie Fandor an, als sie plötzlich zusammenschreckte, während der Journalist unwillkürlich aufhorchte.

Sie vernahmen verschiedene Geräusche, eilige Schritte, das Brummen eines Automobils, Hupensignale ...

Fantomas' Tochter fasste Fandor zitternd beim Arm:

– Sie sind verloren ... wir sind beide verloren ... Er hat gemerkt, dass wir da sind, er ist uns auf den Fersen ...

– Fantomas verfolgt uns?! rief Fandor aus, sei's drum, er soll nur kommen!

Mit einer Kraft, die man angesichts der zarten Erscheinung des jungen Mädchens nicht vermutet hätte, hatte sie den Journalisten bei der Hand gepackt und ihn gegen seinen Willen mit fortgerissen.

– Es darf nicht sein, ich will nicht, dass Sie Fantomas begegnen; er würde Sie wie einen Hund über den Haufen schiessen!

– Es sei denn, dass ich es bin, erwiderte Fandor, der ihn mausetot macht!

– Ich will weder das eine noch das andere ... ausserdem ist es wirklich Fantomas, der uns da verfolgt ... kommen Sie, es muss sein, ich will es ...

Kaum hatten Fandor und das junge Mädchen in der Finsternis einige Meter zurückgelegt, als sie auf einmal bemerkten, dass die Strasse, in die sie eingebogen waren, eine Sackgasse war und nirgendwohin führte.

Auf allen drei Seiten verwehrten hohe Mauern jegliche Flucht, sie mussten also entweder stehenbleiben oder kehrtmachen.

Nach kurzem Zögern suchten sie instinktiv nach einem Versteck, denn in Anbetracht der rätselhaften Vorfälle, deren Bedeutung er nicht begriff, sah Fandor ein, dass das junge Mädchen vielleicht recht hatte und dass es für beide besser war, nicht entdeckt zu werden.

Ausserdem kamen Stimmen ihrer hartnäckigen Verfolger, die anfangs noch weit weg gewesen waren, immer näher und waren schon ganz nahebei.

Da bemerkte Fantomas' Tochter auf einmal einen platt in den Boden eingelassenen Eisendeckel.

Rasch bückte sich das junge Mädchen und versuchte, eine Seite hochzuziehen und stiess einen Freudenschrei aus, denn ihr Bemühen hatte Erfolg.

Diese Eisenplatte lag über einer kleinen Treppe, deren Stufen schnell und auf kürzestem Wege in die Finsternis hinabführten.

Was das war, darüber bestand kein Zweifel!

Es war nichts anderes als eine ausgesparte Öffnung, die von aussen, von der Strasse her, Zugang gewähren sollte zu den Abwässerkanälen, welche wahrscheinlich erst vor kurzem in diesem noch ganz neuen Stadtteil angelegt worden waren!

Fandor und Fantomas' Tochter stiegen schnell in dies Versteck hinab, zogen über sich den Schleusendeckel wieder zu und verharrten, sozusagen in Tuchfühlung, angstvoll in der dunklen, kalten Klause! ...

Gleich darauf hörten sie das bedrohliche Automobil, das sie verfolgte, über ihre Köpfe hinwegrollen; dann hielt der Wagen an, und jemand stieg aus ... Sie vernahmen undeutlich ein Gespräch, konnten aber nicht daraus klug werden und auch die Klangfarbe der Stimmen nicht erkennen.

Offenbar suchte man sie, und wenn es den Verfolgern eingefallen wäre, diesen Eisendeckel hochzuheben, dann wäre es mit ihrem Inkognito aus und vorbei gewesen.

Sie wären beide entdeckt und geschnappt worden.

Ihre Herzen klopften wie wild, als sie auf einmal die hastigen schweren Schritte eines Mannes auf der Eisenplatte über ihren Köpfen widerhallen hörten.

Doch kurz darauf bekamen sie wieder Hoffnung und neuen Mut.

Sie hörten, wie das Automobil sein Wendemanöver ausführte und der Fahrer die Gänge einschaltete. Nach und nach wurde das Motorgebrumm schwächer.

Sie waren bald sicher, dass der Wagen fort war; aber vielleicht blieb einer in der Nähe, um sie zu belauern, um sie im richtigen Augenblick zu erwischen?...

Fast eine Viertelstunde verhielten sie sich reglos, hielten den Atem an und horchten.

Schliesslich, als keinerlei Geräusch mehr zu hören war, beschloss Fandor als erster, dies Versteck zu verlassen ...

Langsam hob er die Platte an, steckte den Kopf raus und blickte sich um.

Mit seinen scharfen Augen spähte er ins Halbdunkel und, da er nichts, überhaupt nichts Verdächtiges sah, fasste sich der Journalist ein Herz, stieg wieder hinab und bot Fantomas' Tochter galant die Hand, welche diese übrigens ohne zu zögern ergriff.

Die beiden jungen Leute waren wieder an der Erdoberfläche angelangt.

Fandor sagte:

– Ihretwegen, Mademoiselle, war ich bereit, mich zu verstecken. Aber vielleicht habe ich so die günstigste Gelegenheit verpasst, Fantomas zu schnappen ...

Das junge Mädchen setzte ein hämisches Lächeln auf:

– Fantomas, sagte sie ... Wer sagt uns denn, dass er es war? Warum sollte es nicht Juve gewesen sein ... oder sonst einer von der Polizei?

– Juve, rief Fandor, der ist bestimmt immer noch im Casino und ermittelt weiter über den Mord an Louis Meynan ...

Fantomas' Tochter schien tief erschrocken:

– Was rief sie, Louis Meynan soll tot sein? ...

– Er ist tot, erwiderte Fandor, das war das letzte Verbrechen von Fantomas ... oder doch jedenfalls das neueste ...

Das junge Mädchen gab einen leisen Klagelaut von sich und verriet ihre Besorgnis durch die furchterregenden Worte:

– Das neueste! ... Mögen Sie damit Recht behalten!

– Mademoiselle! rief Fandor, haben Sie gar von einem noch neueren Mordplan des unheimlichen Banditen erfahren? Hatte er noch ein anderes Verbrechen im Sinn? ...

– Mag sein, gestand Fantomas' Tochter ...

Dann wurde ihr Gesicht plötzlich wieder hart, und sie fügte hinzu:
– Und wenn dieses andere Verbrechen stattgefunden hat, dann tragen Sie dafür die Verantwortung!
– Wieso denn das, fragte der entsetzte Journalist ... was soll das heissen?
Fantomas' Tochter gab ihm die Erklärung:
– Vielleicht hätte ich ein anderes Unglück verhindern können, wenn es Ihnen nicht eingefallen wäre, hinter mir herzurennen ...
– Sie hätten es mir sagen sollen, und ich hätte Ihnen geholfen ...
Über die Lippen von Fantomas' Tochter huschte ein bitteres Lächeln:
– Gewiss, Sie hätten mir geholfen, das ist schon möglich, es durfte aber nicht sein, dass Sie wissen ... es durfte aber nicht sein, dass Sie an den Täter herankommen, für so etwas könnten Sie niemals, nein, ... nie und nimmer auf mich rechnen ...
– Ach, klagte Fandor, so hat denn Fantomas wiederum gemordet ... immer wieder Fantomas!
Das junge Mädchen antwortete nicht, sie schien ausserordentlich erregt zu sein.
Nach kurzem Schweigen sagte sie jedoch bedeutsam:
– In Ihren Augen ist nicht nur Fantomas verdächtig ... und erst recht in den Augen Ihrer Freunde ...
– Das stimmt, erwiderte Fandor nachdenklich, ich weiss, dass manche Sie verdächtigen ...
Fantomas' Tochter schüttelte den Kopf:
– Es geht hier nicht um mich ... Ich zähle recht wenig, und ich werde mich immer aus der Patsche zu ziehen wissen, mein Schicksal ist uninteressant, jedenfalls darf es Sie nicht interessieren ... Der Mann, von dem ich mit Ihnen sprechen wollte, heisst Iwan Iwanowitsch ...
– So, unterbrach sie Fandor, ich kann Ihnen versichern, dass Iwan Iwanowitsch – wenn er überhaupt, was ich bezweifle, irgendwie schuldig ist – heute abend keinerlei Verbrechen hat begehen können ...
– Und wie kommt das?
– Weil er mein Gefangener ist ...
Das Mädchen schaute ihn ganz verblüfft an und sprach es auch laut aus:
– Sie verlieren wohl den Kopf, Fandor, das ist unmöglich ...
– Das ist so wahr, erklärte der Journalist, dass ich vor kaum einer Stunde, gerade als ich Ihnen begegnete, aus dem Schlupfwinkel kam, wo ich Iwan

Iwanowitsch, von meinen eigenen Händen gefesselt, unter Bouzilles Aufsicht zurückgelassen habe! ...

Das junge Mädchen, das in der Familie Heberlauf unter dem Namen Denise bekannt war, blickte immer ungläubiger, als sie Fandors Angaben hörte:

– Ist das wahr, Fandor? Ist das wahr? ... Schwören Sie es mir, sagte sie ...

Und da der Journalist seine Aufrichtigkeit beteuerte:

– Bravo! entfuhr es Fantomas' Tochter ... Was Sie da getan haben, ist ja grossartig ...

Doch fügte sie sogleich hinzu:

– Sie müssen ihn aber wieder freigeben ... gehen Sie zu ihm und lassen Sie ihn laufen ... beeilen Sie sich ... schnell, schnell!

– Warum soll ich Iwan Iwanowitsch laufenlassen? Haben Sie irgendeinen Grund, sich seinetwegen Sorgen zu machen? ...

Fantomas' Tochter trat ganz nahe an Fandor heran und redete auf ihn ein, gab ihm sozusagen einen Befehl:

– Ihr Gefangener ... Iwan Iwanowitsch, ordnete sie an, darf Juve nicht in die Hände fallen ... das wäre entsetzlich ...

– Und warum? meinte Fandor...

– Weil Juve ihn umbringen würde, fuhr Fantomas' Tochter fort.

Fandor war so überrascht, so verdutzt, dass er nicht wusste, was er antworten sollte. Doch stellte ihm Fantomas' Tochter erneut Fragen:

– Sie sind doch sicher, dass Sie Iwan Iwanowitsch gefangen halten? ... Iwan Iwanowitsch, den Kommandanten der *Skobeleff* ... eben jenen Mann, dem Sie in den Gärten des Kasinos begegnet sind ... und der Sie dieser Tage von den Seeleuten seines Dienstbootes hat ergreifen lassen? ...

– Aber ja doch ... selbstverständlich ... erklärte Fandor, den die Haltung des jungen Mädchens immer mehr verblüffte.

Sie stellte ihm noch einige Fragen, dann, als sie feststellte, dass Fandor von der Richtigkeit seiner Mitteilung immer überzeugter wurde, stiess sie einen tiefen Seufzer aus, einen Seufzer der Genugtuung.

– Sie haben recht, meinte sie nun, und es ist verrückt von mir, dass ich mich so beunruhige ... dieser Offizier kann Ihr Gefangener bleiben, und selbst wenn Juve sich seiner bemächtigt, wird ihm kein Übel geschehen.

– Mademoiselle, bat Fandor inständig, erklären Sie mir das, ich verstehe kein Wort von Ihren Rätseln ...

Doch der Journalist erhielt keinerlei Antwort, von da an hüllte sich das junge Mädchen in völliges Schweigen ...

Und auf einmal blitzte in Fandor eine Idee auf, eine ungewöhnliche Idee. Sollte es zufällig *zwei* Personen namens Iwan Iwanowitsch geben? Den einen, den echten, den wirklichen Offizier, den Kommandanten der *Skobeleff*, und den anderen, der dann ein falscher Iwan sein musste, ein Fantomas, der dessen Erscheinung, dessen Persönlichkeit angenommen hatte? ...

Dann wäre ja die Haltung des jungen Mädchens verständlich.

Sie hatte die Befreiung von Iwan Iwanowitsch gewünscht, denn einen Augenblick hatte sie gemeint, es sei Fantomas gewesen, der sich unter diesem Aussehen von Fandor hatte fangen lassen, dann aber war sie zu der Überzeugung gekommen, dass Fandors Gefangener kein anderer als der echte Offizier sei.

Darum machte es dann – jedenfalls in den Augen des jungen Mädchens – nichts mehr aus, wenn der wirkliche Offizier der Polizei in die Hände fiel.

Vielleicht würde sogar für ihn die Tatsache, dass er seit einigen Stunden Fandors Gefangener war, ein ausserordentlich gutes Alibi sein, denn Fantomas' Tochter schien tatsächlich zu ahnen, dass soeben ein neues Verbrechen begangen worden war und dass zudem die Verantwortlichkeit dafür dem Offizier angelastet werden könnte ...

Auf diese Weise wäre alles so, wie sie es wünschte: sie schützte ihren Vater und bewahrte gleichzeitig einen Unschuldigen vor falschem Verdacht!

Fandor bastelte schon in Gedanken an einer solchen Möglichkeit, allerdings ohne viel Überzeugung, und wollte mit dem jungen Mädchen gerade darüber reden, als diese sich mit einem Male von ihm abwandte.

– Leben Sie wohl, Monsieur! sagte sie kurz ...

– Das gibt es doch nicht, rief Fandor aus, Sie werden doch jetzt nicht fortgehen ... ich kann doch nicht ... ich darf Sie doch nicht weglassen ... wohin Sie auch immer gehen mögen, ich werde Ihnen folgen, nichts auf der Welt vermag mich daran zu hindern ...

Das junge Mädchen, das sich einige Schritte von ihm entfernt hatte, trat wieder an den Journalisten heran; ihr Gesicht zeigte ihren kalten, unbeugsamen, unausweichlichen Entschluss:

– Es gibt etwas, das Sie hindern wird, mir zu folgen, da können Sie sagen, was Sie wollen ...

– Nämlich? fragte der Journalist ...

Da sagte Fantomas' Tochter klar und deutlich:

– Der Tod!

Fandor lächelte:

– Wenn Sie mich töten wollen, Mademoiselle, bitte sehr, Sie verfügen ja über eine Waffe, und ich werde die meine nicht benutzen, um mit Ihnen zu kämpfen ...

Verachtung blitzte in den Augen des jungen Mädchens auf. Sie erwiderte hochfahrend:

– Ich töte nicht, Monsieur, Sie brauchen für sich nichts zu befürchten, hören Sie mir aber gut zu ...

Fantomas' Tochter führte in diesem Augenblick die Hand an ihre Lippen und schien ein Kügelchen, eine Art Bonbon in ihren Mund zu stecken.

Nachdem sie dies ohne Hast getan hatte, fuhr sie fort:

– Dies ist eine Glasampulle.

Diese Ampulle enthält ein sofort wirksames tödliches Gift ... Da Sie nun Bescheid wissen, teile ich Ihnen mit, dass zwei Dinge passieren können:

Entweder Sie unterlassen jede Bewegung, tun keinen Schritt, keine Geste während der nächsten fünf Minuten, genau nach der Uhr, und in diesem Falle verschwinde ich von der Bildfläche, ohne dass Sie die Möglichkeit hätten, mich einzuholen.

Oder aber Sie setzen auch nur zur kleinsten Bewegung an, zum geringsten Verfolgungsversuch, und ich zerbeisse diese Glasampulle sofort zwischen den Zähnen, ohne mich umzuwenden, ohne ein Wort an Sie, ohne das geringste demütige Ersuchen oder Bitten, und werde dann hier, einige Schritte weiter, umfallen und nicht mehr aufstehen.

Sie haben mich doch gut verstanden, nicht wahr, Monsieur Fandor?

Das Geschick von Fantomas' Tochter liegt in Ihrer Hand, das Geschick einer Frau, die ...

Das junge Mädchen sprach jedoch den Satz nicht zu Ende. Würdevoll grüsste sie den Journalisten mit einem leichten Neigen des Kopfes, wandte ihm den Rücken zu und entfernte sich mit ruhigen, gemessenen Schritten ...

Fandor, starr vor Schreck und absolut sicher, dieses kühne Wesen würde keine Sekunde zögern, sein Vorhaben auszuführen, wagte sich nicht zu rühren, war er doch sowieso schon durch die Überraschung und die Aufregung wie gebannt.

– Fantomas' Tochter, das Schicksal derjenigen, die Sie ... wiederholte sich Fandor, der das von ihm vermutete Satzende kaum auszusprechen wagte ...
Doch instinktiv fügte er hinzu:
– Vielleicht hat sie sagen wollen: derjenigen, die Sie geliebt hat und Sie noch immer liebt! ...
Aber ach, dachte der Journalist weiter, wer weiss, ob ich mir selber nicht immer wieder sagen muss, und das heute mehr denn gestern, und morgen noch mehr als heute, dass die Frau, die ich liebe, eben niemand anders ist als die Tochter dieses Fantomas!

23. Ein bestürzender Besuch

– Herr Direktor!
– Was gibt's?
– Jemand möchte Sie sprechen ...
Monsieur de Vaugreland, der hinter seinem breiten Diplomatenschreibtisch sass und den Kopf in den Händen vergraben hatte, damit es so aussehe, als sei er tief in Gedanken versunken, fuhr zusammen, als er den Hausdiener hörte ...
– Jemand möchte mich sprechen? Ach was, ach was! Ich bin gar nicht da! Sagen Sie, ich sei für niemanden zu sprechen! ... Ich will niemanden sehen! ... Es reicht mir jetzt! Ich hab mehr als genug! ... Ich bin nicht da! ...
Es war offensichtlich, Monsieur de Vaugreland war miserabler Laune und würde am liebsten alle Leute, die ihn etwa zu sprechen wünschten, kurzerhand hinauswerfen! ...
Die Lage des Direktors der 'Société des Bains' war ja auch seit einigen Tagen sehr bedenklich.
Monsieur de Vaugreland war kein böser Mensch, aber doch ein Mann von ziemlich schwachem Charakter, und angesichts der Schicksalsschläge, die auf ihn niederprasselten, verlor er buchstäblich den Kopf; er sah sich schon ruiniert und entehrt und war der Meinung, dass sich noch schlimmeres Un-

heil ereignen könne. Er hatte keine Lust mehr, den Direktor zu spielen, keine Lust mehr, Anordnungen zu treffen, er ging völlig in dem heftigen Wunsche auf, gar nichts zu tun, überhaupt nicht mehr zu existieren oder einfach ein Automat zu sein, der wohl den Folgen der Dinge unterworfen war, sie aber nie und nimmer selbst in Gang setzen würde ...

Auf seinen Ausbruch hin hatte jedoch der Hausdiener, der ihm soeben mitgeteilt hatte, man wünsche den Herrn Direktor zu sprechen, das Direktorenzimmer erst gar nicht wieder verlassen.

Dieser Hausdiener war ein alter ehemaliger französischer Militär, dem nichts heiliger war als Dienstvorschriften, der aber den Dienst mit Starrsinn so gut versehen wollte, wie es nur möglich schien ...

Und er antwortete in grosser Ruhe, aber mit absoluter Bestimmtheit:
– Der Herr Direktor werden mir nicht böse sein, aber der Herr Direktor begehen einen Fehler, wenn der Herr Direktor diesen Herrn nicht empfangen, er hat übrigens nachdrücklich darum ersucht ...
– Wer ist es denn?
– Der Besucher, Herr Direktor, hat mir diesen Brief überreicht und hinzugefügt, Sie würden seinen Namen schon darin finden ... Das ist ein echter Herr, ein sehr vornehmer Herr und ...
– Geben Sie her!

Monsieur de Vaugreland liess den Hausdiener nicht ausreden, streckte vielmehr die Hand aus und griff nach dem Dokument, dem Brief, der für ihn bestimmt war ...

Dieser Brief bestand aus einem weissen Umschlag und einem Bogen Briefpapier bester Qualität; der Umschlag war zugeklebt und vorsichtshalber noch mit fünf dicken roten Siegeln verschlossen ...

Monsieur de Vaugreland tat das, was viele Leute tun, wenn sie einen Brief bekommen, auf dem nichts steht, was auf seine Herkunft hinweist. Er riss den Umschlag nicht sofort auf, drehte ihn, neugierig geworden, aber doch unwillkürlich erregt, nach allen Seiten, und fragte dann:
– Dieser Herr hat gesagt, der Brief sei für mich? Für mich persönlich?
– Ja, Herr Direktor!
– Also gut! ... Warten Sie! ...

Monsieur de Vaugreland fügte sich in sein Schicksal, seufzte kurz und leicht erschöpft auf und schritt zur Tat:
Von seinem Schreibtisch nahm er ein sehr elegantes silbernes Papiermes-

ser, das da unter anderen Luxusartikeln herumlag, schob es in den Umschlag und schnitt ihn auf:

– Wer, zum Teufel, mag das bloss sein, der mir da schreibt? murmelte er ...

Mit spitzen Fingern zog er aus dem Umschlag einen Briefbogen hervor. Er legte noch eine kurze Pause zum Nachdenken ein, faltete den Bogen auseinander und warf einen Blick auf den Brief ...

Nur einen Blick ...

Was er da las, musste Monsieur de Vaugreland schrecklich aufgeregt haben, denn er wurde auf einmal leichenblass ...

– Was, der? stotterte er, der soll es sein? ... Nein, das ist ja gar nicht möglich! Das kann doch nur ein Scherz sein! ... Ach, das wäre ja entsetzlich! ... Ich werde wohl wirklich vom Unglück verfolgt? ...

Der Hausdiener blieb ganz ruhig, obgleich ihm das Verhalten seines Direktors recht merkwürdig vorkam, doch fragte er nur:

– Soll ich den Herrn vorlassen? ...

– Nein, nein! Grosser Gott, ja nicht! ...

– Also ... dann soll ich ihn wohl wieder hinauswerfen?

– Ihn was? ... Wo denken Sie hin? ... Grosser Gott, nur das nicht!

– Wenn ich ihn aber weder vorlassen noch hinauswerfen soll, Herr Direktor, was soll ich dann tun? ...

– Ja wenn ... ja aber ...

Offensichtlich wusste Monsieur de Vaugreland keinen Ausweg mehr!

Es schien ihm unmöglich, die Person zu empfangen, die sich da soeben angemeldet hatte, und ebenso unmöglich, nicht hören zu wollen, was sie ihm zu sagen hatte ...

In seiner Unschlüssigkeit blickte er verstört um sich, seine Augen flehten, bettelten um Hilfe.

– Wenn Herr Direktor gestatten, fing der Hausdiener wieder an, ... es wäre also wohl richtig, diesen Herrn ans Sekretariat zu verweisen?

– Ans Sekre ...

Monsieur de Vaugreland konnte seinen Satz nicht zu Ende führen ...

Während der kurzen Szene war der Hausdiener an der Schwelle zum Arbeitszimmer des Direktors stehengeblieben, um den Besucher jeden Moment hereinholen zu können. Da wurde auf einmal die Tür hinter ihm aufgerissen ... Während der Diener, von dem aufgestossenen Türflügel aus dem Gleichgewicht gebracht, noch nach Halt suchte, trat ein Herr mit dem Hut in der Hand, herein, verbeugte sich in aller Form und bat, sein Eindringen entschuldigen zu wollen ...

– Es tut mir leid, Herr Direktor, dass ich mir den Zutritt zu Ihrem Arbeitskabinett mit Gewalt verschaffen muss! ... Es will mir aber scheinen, dass Sie einige Bedenken hatten, mich zu empfangen? Ich versichere Ihnen aber, dass mein Besuch für Sie von allergrösster Wichtigkeit ist! ... Ich komme in der Tat hierher, um Ihnen einen grossen Dienst zu erweisen ...

Während der Unbekannte noch mit der Gewandtheit eines Mannes von Welt redete, war er an den Schreibtisch getreten, hinter dem Monsieur de Vaugreland, halbtot vor Schreck und wie erstarrt in seinem Sessel sass ...

Der Gast warf Hut und Handschuhe mit leichtem Schwung auf einen Armstuhl, hob die Schwalbenschwänze seines Cutaways und liess sich in einen Rundsessel fallen; dann fragte er mit grösster Selbstverständlichkeit:

– Wollen Sie, dass wir miteinander reden, Monsieur de Vaugreland? Ja? Na dann machen Sie mir das Vergnügen, Ihren Hausdiener hinauszuschicken! Die Dinge, über die wir zu sprechen haben, gehen nur uns beide an ...

Der Unbekannte sprach mit solcher Selbstsicherheit, dass er selbst schon die Anordnungen zu geben schien, anstatt sie von seinem Gegenüber zu erbitten.

Der Diener, der nicht begriff, was vorging, zog sich eiligst zurück; man hörte, wie hinter ihm die dick gepolsterten Türen des Direktorenzimmers dumpf ins Schloss fielen ...

– Also, reden wir miteinander! nahm der Fremde das Gespräch wieder auf. Reden wir miteinander! ... Und zunächst einmal, Monsieur, wollen wir eine erste Frage klären. Über meine Identität besteht bei Ihnen wohl kein Zweifel, nicht wahr? Sie wussten doch, dass ich mich im Fürstentume aufhielt? Und Sie erwarteten meinen Besuch? ... Nun antworten Sie doch, Monsieur! ... Sie machen ja wirklich kein sehr einladendes Gesicht ... man möchte meinen, ich mache Ihnen Angst! ...

Was denn? ... Wie denn? ... Sie? ... Ach, Sie? ... Haben Sie ein Erbarmen! ... Bringen Sie mich nicht um! ... Was wünschen Sie denn?

Monsieur de Vaugreland geriet immer mehr ins Stottern!

Über seine blutleeren, bebenden Lippen, die von entsetzlicher Angst zeugten, kamen nur zusammenhanglose, wirre, fast unverständliche Worte.

Der Besucher lachte schallend ...

– Schon gut! sagte er, beruhigen Sie sich doch! Ja, zum Teufel, sehe ich denn so schrecklich aus? ... Ich kann Ihnen jedoch versichern, dass ich mich bisher Ihnen gegenüber sehr ordentlich betragen habe ... Und wenn ich jetzt hier bin, bei Ihnen, so deshalb, weil ich Ihnen einen Dienst erweisen will ... Ich wiederhole es noch einmal ...

– Einen Dienst?

– Ja, und zwar einen grossen! ... Sie sehen also, dass meine Absichten sehr edel sind.

– Ich verstehe Sie nicht!

– Ja klar! Sie verstehen mich nicht! ... Glauben Sie nur nicht, dass ich Ihnen deswegen böse bin! ... Ich weiss, ganz im Gegenteil, dass es Ihnen zunächst einmal komisch vorkommen muss, überhaupt meine Aufwartung zu bekommen und sich dann sagen zu müssen, dass Sie hier mit Fantomas zusammensitzen, und dass selbiger Fantomas hergekommen ist, um Ihnen einen Dienst zu leisten! ...

– Sie sind also tatsächlich Fantomas? ...

– Die Unterbrechung, die Monsieur de Vaugreland sich erlaubte, machte Fantomas offensichtlich nervös – denn es war wirklich und wahrhaftig Fantomas, der hier soeben in Gestalt eines sehr eleganten, distinguierten Vierzigers das Arbeitszimmer des Direktors der 'Société des Bains' betreten hatte!

Er zuckte die Achseln, erhob sich, trat an den Schreibtisch von Monsieur de Vaugreland, stützte beide Hände darauf, sah dem Direktor unverwandt ins Gesicht und behauptete mit nun veränderter, rauh und herrisch gewordener Stimme:

– Jawohl! Ich bin Fantomas! Ja, Fantomas! Derjenige, den man den Unfassbaren, den Meister aller Schrecken, den König des Entsetzens genannt hat! Ich bin Fantomas! ... Es stimmt! Ich rate Ihnen, es zu glauben! ... Ich denke nicht, dass es auf der ganzen Welt auch nur einen Mann gibt, der es wagen würde, aus Spottlust oder Hinterlist meinen Namen anzunehmen ... Es ist tatsächlich Fantomas, der hierhergekommen ist, um Ihnen eine Gefälligkeit zu erweisen! Seien Sie also unbesorgt! ...

– Aber, was wollen Sie denn? ... Was wollen Sie denn? ...

– Immer mit der Ruhe ... Bevor ich Ihnen erkläre, was ich von Ihnen will, muss ich Ihnen noch sagen, was ich soeben für Sie getan habe. Eine Hand wäscht die andere! Ich für meinen Teil will Sie nur um eine Kleinigkeit bitten, Sie hingegen werden mir zu allergrösstem Dank verpflichtet sein. Sehen Sie mal hier, erkennen Sie diesen Gegenstand? ...

Fantomas, der wieder ganz ruhig und von oben herab sprach und so aussah, als wolle er nur einen Spass machen, zog aus seiner Westentasche einen flachen kleinen Schlüssel, den er vor Monsieur de Vaugreland aufs Löschblatt warf ...

Und er wiederholte:

– Erkennen Sie diesen Gegenstand? ... Ja? ... Das ist doch der Schlüssel zu den Gewölben des Casinos, nicht wahr? Das ist der Schlüssel, der Ihrem unseligen Kassierer Louis Meynan entwendet wurde, nicht wahr? ...

Dann fügte er rasch hinzu:

– Ruhe! Ruhe! Keine Dummheiten! Versuchen Sie nicht zu läuten! ... Ich bin mit den besten Absichten von der Welt hierhergekommen. Sollten Sie mir aber irgendwelche Ungelegenheiten bereiten, würde ich Sie kurzerhand zum Schweigen bringen! ... Ist das klar? Ja? Na, dann können wir ja noch weitersprechen ...

Ganz überwältigt antwortete Monsieur de Vaugreland bloss:

– Ja! ... Sprechen wir weiter!

– Ich bringe Ihnen also dieses Schlüsselchen zurück ... Überlegen Sie mal, warum ich Ihnen das Ding zurückbringe! Sie werden es nicht erraten. Na gut, dann hören Sie mal zu! Vor vierzehn Tagen etwa hat sich im Fürstentum ein scheussliches Verbrechen ereignet. Monsieur Norbert du Rand ist ermordet worden. Und was haben Sie getan? ... Ich weiss Bescheid, Sie haben ein dringendes Telegramm nach Paris geschickt, und als Antwort darauf, Herr Direktor, sind dann hier in aller Eile zwei Typen eingetroffen, ein Geheimpolizist und ein Journalist, einer namens Juve, und der andere namens Fandor. Ich schwöre Ihnen bei meiner Ehre, meiner Verbrecherehre, dass Sie sich selbst dadurch in die grösste Gefahr gebracht haben, in die sich je ein Mensch auf der Welt gebracht hat! Juve und Fandor im Fürstentum! Im Fürstentum, wo ich doch gerade weilte! Das war für mich die Gewissheit, dass nun zwischen den beiden Detektiven und mir ein Kampf auf Leben und Tod wieder aufflammen würde! ... Ich war rasend vor Wut! Wenn ich Sie in diesem Augenblick für Ihre Torheit hätte bestrafen können, hätte ich nicht lange gefackelt! ...

– Grosser Gott! ... Grosser Gott! ... stöhnte Monsieur de Vaugreland einmal übers andere.

– Aber es ist mir klar geworden, dass Sie unüberlegt gehandelt haben ... und ich liess Gnade vor Recht ergehen! Unglücklicherweise trifft es sich nun aber, Herr Direktor, dass sowohl was den Tod von Norbert du Rand angeht, als auch was die verschiedenen Skandale betrifft, die sich seit einiger Zeit in Monaco abgespielt haben, die Herren Juve und Fandor jedes Mal zu dem Schlusse gekommen sind, ich müsse der Täter sein! ... So was regt mich auf!

– Aber ...

– Doch, doch, es regt mich auf! Monsieur de Vaugreland, was man auch sagen mag, ich hätte durchaus nichts gegen ein bisschen Ruhe einzuwenden. Gewiss, mein Name, der Name Fantomas, erinnert an tollkühne Unternehmen, an Streiche, die man sich nicht gefährlicher denken kann; das schliesst aber nicht aus, dass mich wie jedermann von Zeit zu Zeit eine kleine Verschnaufpause erfreut. Sie können sich also denken, wie ärgerlich ich bin ... Ich war nach Monaco gekommen, um mich auszuruhen ... und nun habe ich Juve und Fandor am Hals! ...

– Ja aber ... ja aber ...

– Nein, lassen Sie mich ausreden! ... Juve und Fandor denken bei allem, was hier vorfällt sofort, ich müsse dahinterstecken. Monsieur de Vaugreland, das kann nicht so weitergehen! ... Eine Hand wäscht die andere, habe ich eben zu Ihnen gesagt, und hier nun der Wortlaut der geschäftlichen Abmachung, die ich Ihnen vorschlage. Ich halte mich natürlich über die hier vorgefallenen Skandale auf dem laufenden. Ich habe erfahren, wer die verschiedenen Verbrechen begangen hat, für die mich ganz Monaco verantwortlich macht, und natürlich habe ich begriffen, dass Louis Meynan von jemandem ermordet wurde, der den Schlüssel zu Ihren Kassen haben wollte. Dieser Schlüssel, Herr Direktor, ist ein Unikat. Hätten Sie ihn für heute abend nicht in Händen, so hätte das Casino die grössten Schwierigkeiten gehabt, seine Spielsäle zu öffnen. Ihre Verlegenheit tat mir leid. Darum habe ich mir diesen Schlüssel beschafft. Hier ist er, ich habe ihn zurück gebracht. Gut, ich glaube, das ist ein grosser Dienst, den ich Ihnen da geleistet habe ... Als Gegenleistung erwarte ich von Ihnen nur ein klein wenig Hilfe: Bringen Sie Juve und Fandor dazu, das Fürstentum zu verlassen! Richten Sie es ein, dass sie nach Paris zurückfahren oder sonst wohin, möglichst weit weg, dahin wo der Pfeffer wächst! ... Hier aber sollen sie mich in Frieden lassen, wo ich, wie schon gesagt, 'in Ferien' bin. Sind wir uns einig? ...

Nicht im Traum hätte sich Monsieur de Vaugreland vorgestellt, dass er eines Tages eine Unterhaltung dieser Art mit dem schrecklichen, sagenumwobenen Banditen haben würde! ...

Wie gross war seine Bestürzung über alles, was er aus dem Munde des Scheusals, des Folterknechts hörte!

Fantomas behauptete unausgesprochen, er habe mit allem, was in Monaco geschehen war, nichts zu schaffen.

Durfte man ihm glauben?

Fantomas hatte den Schlüssel zu den Gewölben zurückgebracht und damit der 'Société des Bains' in der Tat einen unschätzbaren Dienst erwiesen, verlangte aber dafür, dass Juve und Fandor abreisten ...

Musste seinem Verlangen stattgegeben werden?

– Ich ... ich ... ja, ich weiss nicht ... was ich Ihnen antworten soll ...

– Aber schliesslich ...

– Werden denn Juve und Fandor abreisen wollen? ... Ich ... ich habe keine Ahnung! ... und ausserdem, Monsieur ... und ausserdem ... nehmen wir einmal an, die beiden reisen ab und Sie wären nicht der Täter ... dann werden die Skandale doch wieder von vorne anfangen! ... Nun muss aber der Mörder ...

Fantomas lachte wieder hellauf.

Er klopfte dem Direktor freundschaftlich auf die Schulter und sagte mit der immer wieder überraschenden Gelassenheit in der Stimme:

– Herr Direktor, wissen Sie was? Sie tun mir aufrichtig leid! ... Du lieber Gott, fassen Sie sich doch wieder! Sie sitzen ja da wie ein Häufchen Elend! ... Warum denn das? Sehe ich vielleicht so aus, als wollte ich Ihnen etwas Übles antun? ... Ja, gewiss, Sie haben Recht! Der Mörder, der all die Missetaten auf dem Gewissen hat, welche Monaco in Angst versetzen, muss gefasst werden; nur so kommen Sie zur Ruhe, und nur so kann der Betrieb der 'Société des Bains' gedeihen ... Nun aber wird die Abreise von Juve und Fandor einen glücklichen Ausgang dieser Angelegenheit nicht verhindern! ... Hören Sie mal gut zu, lieber Monsieur de Vaugreland. Wollen Sie tun, was ich Ihnen sage? Wollen Sie meine Ratschläge befolgen? Ich sorge dafür, dass Monaco seinen Frieden wiederfindet ... Aber ich versichere Ihnen, dass ich dazu nicht Juve und Fandors Hilfe brauche ... Sind Sie bereit, meine Ratschläge zu bedenken?

– Ja, natürlich, aber ...

– Also gut! Wieviel würde es sich Ihrer Ansicht nach das Casino kosten lassen, jene unbekannte Person loszuwerden, die hier alles zugrunderichtet?

Monsieur de Vaugreland antwortete schlagartig:

– Oh, sagte er, das Casino würde ein Vermögen dafür ausgeben, dass alles wieder zur Ruhe kommt! Mit dem grössten Vergnügen setze ich eine Belohnung von 500 000 Francs für denjenigen aus, der den Täter hinter Schloss und Riegel bringt ...

– Immer sachte! ... Ruhig! Ruhig! ...

Fantomas stand auf ... Einige Minuten ging er auf und ab, blieb dabei immer ganz gelassen und schien bei völlig klarem Kopf nachzudenken ... Dann trat er wieder zu Monsieur de Vaugreland, stützte sich auf dessen Schreibtisch und sah ihm abermals fest in die Augen:

– Kommen wir zu einem Schluss, sagte er, wir beide haben schon genug Zeit verloren! Zunächst einmal muss zwischen uns ausgemacht sein – und dies, Monsieur de Vaugreland, wohlgemerkt, bei Todesandrohung für Sie! – dass mein Besuch hier bei Ihnen geheim bleibt! ... Sie werden zu niemandem ein Sterbenswörtchen davon erwähnen! ... Des weiteren werden Sie unverzüglich die Herren Juve und Fandor dazu bewegen, nach Paris zurückzureisen ... Ich gebe Ihnen eine Frist von fünf Tagen, um beide dazu zu überreden. Und schliesslich, da Sie bereit sind, als Gegenleistung für die Wiederherstellung von Ruhe und Frieden in Monaco 500 000 Francs zu zahlen, werden Sie einem Ihrer Kassierer sofort die mit Ihrer eigenen Schönschrift erteilte Order übermitteln, ein Bündel von 500 Tausendfrancsscheinen in einen Umschlag zu stecken! ... Und dieses Bündel werden Sie – ohne jeden Kommentar, denn der wäre ganz überflüssig, man wird schon Bescheid wissen – dem russischen Offizier überbringen lassen, dem Kommandanten der *Skobeleff* ... Iwan Iwanowitsch ...

– Iwan Iwanowitsch? Aber was wollen Sie denn damit sagen? ...

– Nichts, Herr Direktor, gar nichts! Versuchen Sie nicht, irgend etwas zu begreifen! Tun Sie, was ich Ihnen sage und ... Sie können mir glauben ... dann ist wieder alles in bester Ordnung! ...

– Aber immerhin ...

– Nein, kein Wort mehr!...

Als Monsieur de Vaugreland, starr vor Entsetzen, kein Wort mehr hervorbrachte, fügte Fantomas hastig hinzu:

– Machen Sie sich keine Gedanken, ja versuchen Sie nicht einmal, etwas zu verstehen! ... Lassen Sie dieses Geld Iwan Iwanowitsch aushändigen, und dann werden Sie sehen, dass dieser lumpige, lausige Offizier nichts Eiligeres zu tun hat, als den Anker zu lichten und in Richtung Heimat abzudampfen ... Sie werden schon sehen ...

Während er noch so sprach und die letzten besonders rätselhaften Worte hinzufügte, ergriff Fantomas Stock und Hut und fügte noch rasch hinzu:

– Bekommen Sie keinen Schrecken mehr, wenn ich Ihnen eines Tages wieder meine Visitenkarte überreichen lasse! ... Es würde nur heissen, dass ich Ihnen eine interessante Mitteilung zu machen habe und durchaus nicht, das können Sie mir glauben, dass ich die Absicht habe, wieder der berüchtigte Bandit zu werden! ...

Dann sagte er noch mit einem diabolischen Lachen:

– Mein Gott, Monsieur de Vaugreland, wenn Sie nicht so zimperlich wären, würden Sie in Ihrem Kalender den Tag rot ankreuzen, an dem Fantomas Sie gewissermassen ein wenig zu seinem Teilhaber gemacht hat! ...

24. Bouzille, der Pechvogel

Kaum war Denise entflohen und an der Strassenbiegung entschwunden, da gewann Fandor, wie ein Mensch, der aus einem Traume erwacht, wieder seine Kaltblütigkeit zurück, wurde wieder Herr seiner selbst und beschloss, koste es was es wolle, unverzüglich zu handeln ...

– Wir müssen aus all diesen Abenteuern heraus! überlegte sich der energische junge Mann; Fantomas muss seine Schuld begleichen, Denise muss endlich von der schrecklichen Bedrohung befreit werden, die ihr eigener Vater für sie darstellt! Wir müssen den Greueltaten des Unfassbaren ein Ende setzen ...

Denise zu verfolgen, war vergebliche Liebesmüh. Fandor musste einsehen, dass das junge Mädchen fest entschlossen war, ihm zu entrinnen. Er wusste, dass er bei ihr nichts erreichen würde, dass es reiner Zeitverlust wäre, sie noch weiter mit inständigen Bitten zu bestürmen, und dass er an dem energischen und entschiedenen Charakter von Fantomas' Tochter Schiffbruch erleiden würde!

– Na gut, führte Fandor sein Selbstgespräch weiter, wenn sie mir nicht zur Wahrheit verhelfen will, ... dann muss es eben ohne sie gehen! ...

Mit grossen Schritten ging der Journalist nun wieder auf die Villa von Isabelle de Guerray zu.

– Juve muss dort sein, dachte er; Teufel noch mal, er muss mir doch behilflich sein, er muss doch endlich einmal seine absurden Verdächtigungen aufgeben und mitkommen, um gemeinsam mit mir ernsthaft zu recherchieren.

Leider hatte Fandor keine Ahnung von dem, was Juve seit ihrer Trennung alles unternommen hatte!

Er wurde ganz aufgeregt, als er den Geheimpolizisten genau in dem Moment bemerkte, als dieser die Villa von Isabelle de Guerray verliess.

Von neuem standen sich nun die beiden Männer gegenüber, die früher einmal Freunde gewesen waren, sahen einander betroffen und verlegen an, wagten aber kaum noch, ein Wort zu wechseln, obwohl sie doch so viele Jahre hindurch unzertrennlich gewesen waren.

– Juve! hob Fandor mit leicht zitternder Stimme an; ich muss mit Ihnen sprechen ...

– Sprich doch, Fandor! Aber vorher eine Frage: weisst du, was inzwischen passiert ist?

– Nein, was denn nun schon wieder?

– Wieder ein Mord, ein schrecklicher Mord, Fandor ...

– Grosser Gott!

– Isabelle de Guerray ist tot ...

– Isabelle de Guerray! ...

– Ja, und weisst du auch, wer sie umgebracht hat? ...

Fandor war bei der Nachricht des Geheimpolizisten so erschrocken, dass er ihm zitternd beide Hände entgegenstreckte:

– Juve! Juve! begann Fandor, wissen Sie endlich den Namen des Mörders? Ach, spannen Sie mich doch nicht auf die Folter, wenn Sie den Täter kennen!

Mit eisiger Stimme verkündete Juve, wobei er Fandor fest in die Augen sah und jede Silbe einzeln betonte:

– Ich werde dich nicht auf die Folter spannen, Fandor! ... Der Mann, der Isabelle de Guerray ermordet hat, ist ohne Zweifel Fantomas ... aber weisst du auch, wer Fantomas ist? ...

– Nun, wer? Sagen Sie es doch! ...

– Iwan Iwanowitsch! ...

Und beim Nennen dieses Namens warf er Fandor einen Blick zu, in dem Spott, Zorn und Mitleid zugleich zum Ausdruck kamen.

– Siehst du, meinte Juve, das wird deinen Plänen einen Strich durch die Rechnung machen, Fandor! Im Anschluss an irgendeine peinliche, fragwürdige Sache hast du Unseliger dich dazu hinreissen lassen, dich mit diesem teuflischen Offizier zu verbünden, ausgerechnet dem Feind, den es vor allem andern zu verfolgen galt! Schon lange bemühst du dich, ihn mir als einen Unschuldigen hinzustellen ... Nun habe ich aber den Beweis für seine Schuld! ... Halunke, du! Du wolltest mich hintergehen, aber dein Verrat führt zu nichts! Ich werde dir sagen, wer der Täter ist: Iwan Iwanowitsch! ...

Wenn Juve mit einem Triumph gerechnet und erwartet hatte, dass Fandor bei Enthüllung dieses Namens sich entsetzt abwenden würde, so durfte er jetzt nicht wenig überrascht sein! ...

Kaum hatte Juve die Worte ausgesprochen, von denen er sich soviel Wirkung versprach: 'Der Täter ist Iwan Iwanowitsch', als Fandor spontan in ein Gelächter ausbrach, ein unbändiges, unbefangenes Gelächter, ein Lachen aus reiner Fröhlichkeit! ...

– Na sowas, knurrte Juve, was gibt es dann da zu lachen?

Doch bald liess Fandors Heiterkeit nach, und er fand seine Beherrschung wieder ...

– Seien Sie mir nicht böse, Juve, sagte er; dieser Lachanfall ist ganz dumm von mir! ... Reine Nervosität! ... Sie glauben also wirklich, Iwan Iwanowitsch sei der Täter! ... Wieso denn das? ...

Juve, der aus Fandors Verhalten nicht mehr klug wurde, hatte Mühe, sein Mitleid für Fandor zu verbergen ...

– Warum Iwan der Täter ist? erklärte er, aber Fandor, weil ja doch alles es beweist! ... Ja, alles, hörst du mich, alles ... und da kannst du sagen, was du willst ...

Fandor jedoch liess sich nicht beirren ...

– Meinen Sie wirklich? konterte er nun seinerseits mit fast spöttischer Stimme. Haben Sie tatsächlich so viele Beweise, Juve? ... In dem Fall meine herzlichsten Glückwünsche! ... Wenigstens wird man Ihnen nicht den Vorwurf machen, dass Sie lange zaudern! ... Aber gestatten Sie mir die Bemerkung, dass es vielleicht besser wäre, nur einen einzigen, aber sicheren Beweis zu haben als tausenderlei verschiedene, auf die sich offenbar ihre Überzeugung gründet. An Ihrer Stelle, Juve ...

Doch der Geheimpolizist unterbrach seinen Freund mit einer Handbewegung:

Da hatte sich die Frau des Ex-Pastors daran erinnert, dass sie einst, mit mehr Erfolg als ihr Ehemann, den Geheimdienst in
— Halt den Mund, Fandor! sagte er barsch und plötzlich betrübt; halt den Mund, ich kann es nicht länger hören, wie du diesen Mann, diesen Schuft, diesen Fantomas verteidigst! ... Das tut mir in der Seele weh ...
— Aber Juve ...
— Halt den Mund, sag ich dir; du verlangst einen sicheren Beweis von mir? ... Den hab ich doch! Die Tote selber hat gesprochen, Isabelle de Guerray, die auf einen Spiegel den Namen ihres Mörders geschrieben hat, sie selber hat den Täter denunziert! ...
Und in allen Einzelheiten, klar und eindeutig, berichtete er Fandor vom Ergebnis seiner soeben bei der Leiche der Halbweltdame angestellten Untersuchungen.
Einige Augenblicke danach schloss er:
— Wie du siehst, ist kein Irrtum, kein Zweifel mehr möglich, der Schuldige ist mit Sicherheit Iwan Iwanowitsch, das steht fest!
Jedoch während er sprach und immer ernster wurde, wobei er die Wörter betonte, die seine These bekräftigten, wunderte Juve sich nicht wenig über Fandors Verhalten.
Fandor, der schon laut gelacht hatte, als er hörte, Iwan Iwanowitsch sei der Täter, konnte sich auch jetzt kaum beherrschen ...
Mit fröhlicher Stimme erwiderte er:
— Das ist alles gut und schön, Juve! Nehmen Sie es mir aber nicht übel, wenn ich behaupte, dass es durch und durch falsch ist! ... Wenn Sie einen Beweis dafür in Händen haben, dass Iwan Iwanowitsch der Schuldige ist, so habe ich den unumstösslichen, unwiderleglichen Beweis dafür, dass Iwan Iwanowitsch unschuldig ist! ...
Fandor sprach mit solcher Selbstsicherheit, dass Juve sich einen Moment fragte, ob der Journalist womöglich doch die Wahrheit sagte und Iwan Iwanowitsch an dem Mord von Isabelle de Guerray gar nicht schuld sei.
War es möglich, dass er sich täuschte?
War er das Opfer eines Irrtums?
Doch schon wurde Juve wieder skeptisch. Wenn Fandor alles tat, um Iwan Iwanowitschs Unschuld zu beweisen, so musste ihm viel daran liegen, wie sich schon mehrmals gezeigt hatte, den Offizier zu entlasten.
Fandor log! Es musste eine Lüge sein! ...
Darum begnügte sich Juve damit, auf die Behauptung des Journalisten in skeptischem Tone zu antworten:

– Beweis' mir doch, dass Iwan Iwanowitsch die Isabelle de Guerray nicht umgebracht hat ...

Fandor erwiderte ganz gelassen:

– Hier ist der Beweis, Juve ...

Der Journalist, der über die von Juve angestellten Untersuchungen und das Beweismaterial, das den Kommandanten der *Skobeleff* angeblich belastete, nur lachen konnte, zwang sich, wieder sachlich zu werden. Mit nüchternen Worten und einer Klarheit, die ihn auszeichnete, bewies er seinem Freund Juve klar und präzise, wie nur er es vermochte, dass Iwan Iwanowitsch nicht an Isabelle de Guerrays Tod schuld sein konnte ...

– Ich weiss, sagte Fandor, wo sich Iwan Iwanowitsch seit gestern abend aufhält. Ich kann genau nachweisen, wo Iwan Iwanowitsch sich von dem Augenblick an aufgehalten hat, wo Isabelle de Guerray noch lebend im Casino gesehen worden ist, bis zu dem Moment, da sie in ihrem Heim tot aufgefunden wurde ...

Er schilderte Juve im einzelnen, wie er mit Bouzilles Hilfe den Offizier festgenommen hatte und den Kommandanten der *Skobeleff* mit Gewalt in das Felsennest gebracht hatte, wo er auch jetzt noch sei ...

– Iwan Iwanowitsch, schloss Fandor, liegt gefesselt dort oben im Felsenloch! Er konnte gar nicht hier sein und Isabelle de Guerray umbringen! Sie haben sich geirrt, Juve! Er ist unschuldig! ...

Nun war es Fandor, der triumphierte! Je genauer er schilderte, wie er sich den Kommandanten gekapert und in Bouzilles Behausung abgeführt hatte, um so mehr schwand Juves Selbstsicherheit ...

Er musste es sich selbst eingestehen: was Fandor da erzählte, war unbestreitbar. Wenn der Journalist nicht log, wenn Iwan Iwanowitsch sich tatsächlich in der Höhle befand, dann stand klipp und klar fest, dass Iwan Iwanowitsch unschuldig war ...

Ganz niedergeschlagen gab Juve dem Freunde zur Antwort:

– Ich weiss nicht mehr weiter! Ich weiss nicht mehr weiter! Mir scheint, ich verliere den Verstand! ... Wenn es wahr ist, was du sagst, Fandor, so kann Iwan Iwanowitsch nicht der Täter sein ... Und doch habe ich einen Zweifel ...

Aber Fandor schüttelte wehmütig den Kopf und führte Juves Satz zu Ende mit den Worten:

– Einen Zweifel an mir? Sie zweifeln an mir, Juve? Sie können mir keinen Glauben schenken? Sie nehmen an, dass ich mir zum Spass eine Geschichte ausdenke? ... Sei's drum! Die Minuten sind jetzt zu kostbar, als dass ich mich über Ihren Argwohn ärgern oder beleidigt sein könnte! ... Kommen Sie mit! ... Wir gehen zusammen zu Bouzille und besuchen Iwan Iwanowitsch in seinem Gefängnis! ...

Juve war so niedergeschlagen, dass er nur antwortete:
– Gut, gehen wir! ...

Schweigend gingen sie eine Weile nebeneinander her ...

Die anhaltende Verlegenheit zwischen ihnen war schrecklich, in Wahrheit aber litt Juve mehr darunter als Fandor, denn dieser sagte sich nicht zu Unrecht, dass sie sich schon wieder vertragen würden. Wenn Juve erst einmal Iwan Iwanowitsch gegenüberstände, müsste er sich wohl oder übel geschlagen geben, Fandor die Hand reichen und die Aufrichtigkeit seines Freundes anerkennen ...

Leider hatte Fandor nicht vorausgesehen, welche Frage Juve in seinem Geiste bewegte.

. Er brachte sie übrigens nur mit zittriger, gedämpfter Stimme hervor:
– Fandor, weisst du auch, was für Spuren ich in Isabelle de Guerrays Haus aufgefunden habe? ... Deine Spuren! ... Was hattest du bei dieser Frau zu suchen? ...

– Ich war gekommen ... begann Fandor ...

Doch schon hielt er inne ...

Wenn er jetzt Juve antwortete, so müsste er ihm auch eingestehen, dass er mit Fantomas' Tochter gesprochen hatte; er müsste beichten, dass er ihre Flucht begünstigt hatte und ihm vor allem mitteilen, dass die geheimnisvolle Denise ganz in der Nähe sei ... das hiesse auch einen kleinen Verrat an dem jungen Mädchen begehen! ...

Fandor schwieg also ...

Er schwieg eine ganze Weile, bevor er fortfuhr:
– Juve, über diesen Punkt kann ich Ihnen keine Auskunft geben! Vermuten Sie, was Sie wollen ... es steht Ihnen frei ... Wenn ich mich aber bei Isabelle de Guerray befand, so hatte ich das Recht dazu, doch kann ich Ihnen mein Verhalten nicht im einzelnen erklären! ...

Als Juve ihn daraufhin entsetzt ansah, fügte Fandor, ein wenig in Verwirrung geraten, hastig hinzu:
– Ausserdem, Juve, und ich gebe Ihnen mein Ehrenwort, wird dieses ganze Missverständnis ein Ende haben, sobald Sie eingesehen haben, dass

Iwan Iwanowitsch mit all den Skandalen, die Sie zu ergründen suchen, überhaupt nichts zu tun hat und auch nie etwas zu tun gehabt hat ... Sie werden es ja selbst gleich sehen ... Juve! ... Juve! ... Da fällt mir etwas ein! Gehen Sie rasch zu Iwan Iwanowitsch, in die Behausung von Bouzille ... Sie brauchen mich ja nicht dazu.

Ich werde inzwischen zu Isabelle de Guerray gehen. Ich habe vor, dort selbst nachzuforschen. Während Sie das Alibi des russischen Offiziers, das ich Ihnen selbst angab, überprüfen, will ich versuchen, den wahren Namen des Mörders herauszubekommen...

Fandor beherrschte nur mit Mühe seine Erregtheit.

Juve hörte ihm immer trauriger, immer betrübter zu.

– Na dann geh! murmelte schliesslich der Geheimpolizist ... geh hin, wo immer du willst, Fandor! ... Dann gehe ich eben alleine zu Bouzille ...

Aber aus der Art, wie Juve redete, schloss Fandor, dass er seine Pläne überhaupt nicht verstand, sondern ihnen vielmehr misstraute.

Juve war davon überzeugt, dass Fandor, nachdem er ihm die unglaubliche Geschichte von Iwan Iwanowitschs Gefangennahme weisgemacht hatte, jetzt nur den einen Wunsch hatte, von ihm loszukommen ...

Er sah ihm nach, wie er fortging, zur Villa von Isabelle de Guerray hinaufstieg, und er dachte bei sich:

– Er flieht! Er ergreift die Flucht! ... Grosser Gott ... Grosser Gott! ...

Zwanzig Minuten später sass Juve auf einer umgekippten Kiste bei Bouzille in seiner Behausung und plauderte mit dem Streuner:

– Nun sagen Sie mal, Bouzille, Sie verstehen mich doch, denke ich? Ich drücke mich doch klar aus, oder? ... Fandor hat mir erzählt: 'Ich und Bouzille haben Iwan Iwanowitsch festgenommen und gefesselt. Iwan Iwanowitsch sitzt also gefangen bei Bouzille, gehen Sie hin, Juve, dort werden Sie ihn finden ...', nun sehe ich hier aber gar keinen Iwan Iwanowitsch ... wie kommt das?

Es war aber ebenso unmöglich, Bouzille zu genauem Sprechen zu bringen, wie ihn am Sprechen zu hindern, wenn ihm nicht der Sinn danach stand! ...

Bei Juves Worten lächelte er nur dümmlich vor sich hin ...

Schliesslich liess er sich dazu bewegen, als echter Normanne weder mit 'Ja' noch mit 'Nein' zu antworten:

– Ach so? Ach so? Monsieur Fandor hat Ihnen das gesagt? Na ja ..., Monsieur Juve, wenn Iwan Iwanowitsch hier wäre, so würden Sie ihn ja auch aller Wahrscheinlichkeit nach sehen! ...

– Darum geht es nicht, Bouzille ... dass Iwan Iwanowitsch nicht da ist, sehe ich ja. Ist er denn überhaupt dagewesen? Mit anderen Worten: hat Fandor mich belogen? ...

– Das ist aber nicht nett von Ihnen, Monsieur Juve, so etwas von Ihrem Freunde zu behaupten! ...

– Bouzille, nun antworten Sie mir doch, verflixt nochmal! Ist Iwan Iwanowitsch weggelaufen? Ist er geflüchtet?

Bouzille, der anfangs beschlossen hatte, Juve gar nicht zu antworten, nun aber mit Verwunderung sah, in welcher Aufregung sich der Geheimpolizist befand, und nicht wusste, ob er ihm die Wahrheit eingestehen solle – die Wahrheit nämlich, die da hiess, dass Iwan Iwanowitsch von ihm gegen eine Belohnung in Gold seine Freiheit erkauft hatte – sah ein, dass er Juve eine Erklärung schuldig war ...

Es fragte sich nur, welche? ...

Wäre Juve denn zufrieden, wenn er erführe, dass Iwan Iwanowitsch hier gefangen gehalten worden war? Oder würde er zornig darüber sein? ...

Wenn sich Iwan Iwanowitsch ganz von allein aus dem Staube gemacht hätte, so hätte sich Bouzille allenfalls dazu entschlossen, die Wahrheit zu sagen. Bouzille dachte jedoch daran, dass Fandor ihm ausdrücklich eingeschärft hatte, den Gefangenen zu bewachen. Nun aber hatte sich Bouzille bestechen lassen ... Das brachte ihn in eine sehr heikle Lage! ...

Der alte Knabe dachte bei sich: Wenn Monsieur Juve erfährt, dass ich den Offizier für drei Louis habe laufen lassen, wird ihm bestimmt der Kragen platzen!

Da sagte er plötzlich Folgendes:

– Monsieur Juve, ich kapier' kein Wort von allem, was Sie mir da erzählen! ... Sie zerbrechen sich den Kopf ... warum denn bloss? Nie im Leben ist Iwan Iwanowitsch hier gefangen gewesen! ... Das sind doch alles nur Räubergeschichten ...

Doch schon verstummte er ...

Juve, der in Bouzilles Worten den sicheren Beweis dafür sah, dass Fandor ihn belogen hatte, weil er Iwan Iwanowitsch aus unerklärlichen Gründen retten wollte, war ganz blass geworden; er stand auf und fluchte nur einmal übers andere:

– Himmeldonnerwetternochmal! ...

Daraufhin wurde auch Bouzille ganz bleich.

Mit Sicherheit hatte er es genau verkehrt gemacht!

Er hatte Juve nach dem Mund reden wollen, und nun war der fuchsteufelswild!

Bouzille, der mühelos wieder umschwenken konnte, nahm einen neuen Anlauf!

– Aber nein doch, Herr Juve, erklärte er, seh'n Sie, das tut mir aber wirklich leid, Sie zu belügen! ... Stimmt ja garnich, was ich grade gesagt habe! Der Herr Fandor der hat Ihnen die genaue Wahrheit gesagt! Klar war der Offizier hier eingelocht! Sonst hätte er mir ja auch nicht drei Louis geschenkt, damit ich ihn laufen lasse, während Monsieur Sie holen ging ...

Und noch im Sprechen schielte Bouzille verstohlen zu Juve hinüber und fragte sich, wie der Geheimpolizist diesmal reagieren würde.

Nun war Bouzille zwar ein gerissener Kerl, aber sehr weit denken konnte er nicht! ...

Er hatte damit gerechnet, dass Juve das Dementi ohne weiteres gelten lassen würde, mit dem er sich selbst widersprochen hatte. Er hatte aber nicht erwartet, dass Juve nach diesem erst 'ja' dann 'nein', ihm schliesslich überhaupt nichts mehr glauben würde! Aber genau das geschah:

– So ein Halunke! dachte Juve, der seine Aufregung nicht verbergen konnte ... das werde ich ihm heimzahlen! War nun Iwan Iwanowitsch hier oder nicht? ... Das werde ich wohl nie herauskriegen! ... Sooft Bouzille den Mund auftut, kommt eine Lüge heraus! ... Was nun?

Da fasste Juve plötzlich einen Entschluss:

– Bouzille, sagte er streng, jetzt habe ich aber genug, mehr als genug von deinen ewigen Faxen! Da du es nicht fertig bringst, mir auch nur ein einziges Mal die Wahrheit zu sagen, wenn ich dir ganz freundlich Fragen stelle, so sollst du mich kennenlernen! Wir werden schon sehen, wer von uns beiden der Stärkere ist. Vorwärts, komm mit! ...

– Aber wohin denn, Monsieur Juve ... wohin denn, mein Gott? ...

– In den Knast ...

– In den Knast? Ich hab doch nie was verbrochen, ich bin ein Märtyrer, Herr Juve! ... Ausgerechnet ich, wo ich doch nur darauf aus bin, jedermann gefällig zu sein, für das, was hier passiert, dafür kann ich doch nicht! ...

Doch Juve hörte nicht mehr auf Bouzilles Lamento ...

– Ich werde ihn mit Fandor konfrontieren! überlegte der Geheimpolizist.

Und schon herrschte er den alten Stromer an:
– Halt's Maul, Bouzille, du kannst sprechen, wenn du gefragt wirst! ...
Und er legte dem verstörten Bouzille die Handschellen an ...
– Vorwärts, Marsch! ...
– Aber, Monsieur Juve ...
Juve achtete nicht mehr auf Bouzille ...
In der Ferne, auf der Strasse, war gerade das Brummen eines Automobils zu hören. Juve erkannte das Motorengeräusch und wusste gleich den Wagentyp ... Es war das Auto von Conchita Conchas ...
Er stellte sich mitten auf die Strasse.
– Im Namen des Gesetzes! fing er an ...
Juve, der gewöhnlich sehr zurückhaltend war, hatte es auf einmal eilig, Fandor wiederzusehen, um Licht in die dunkle, abenteuerliche Geschichte mit Iwan Iwanowitsch zu bringen. Er zögerte daher keinen Augenblick, den Wagen der Spanierin zu requirieren.
– Nehmen Sie mich mit, wies er den verdutzten Chauffeur an ...
Und er liess Bouzille einsteigen ...
Er sah den Stromer böse an.
– Vorwärts, Bouzille, jetzt wirst du ein für alle Mal erfahren, dass man sich nicht ungestraft über mich lustig macht! ...
Bouzille gab keine Antwort mehr.
Er überlegte krampfhaft, wie er die Ereignisse zu seinem Vorteil nützen könnte. Obwohl ihm tausenderlei Möglichkeiten durch den Kopf schwirrten, musste er doch einsehen, dass bei allem, was passierte oder zu passieren drohte, wenig Verlockendes für ihn herausspringen würde ...
– Wo bleibt da die Gerechtigkeit? brummte Bouzille. Wenn ich erst den Präsidenten der Republik sehe, werd' ich mal ein Wörtchen mit ihm reden! ...
Eigentlich war er schon wieder ganz gelassen und gar nicht so entsetzt darüber, dass er ins Gefängnis gesteckt wurde.
Es war für ihn nichts Neues!

25. Der Umschlag mit den Tausendern

Während Juve hängenden Kopfes abfuhr und überzeugt war, dass Fandor ihn nur zu Bouzille geschickt hatte, um ihn los zu werden, kam der Journalist, den die Aufregung seines Freundes und dessen Verdächtigungen ebenfalls sehr bedrückten, mit langsamen Schritten wieder bei der Villa von Isabelle de Guerray an.

Zwar glaubte er nicht mehr, dass Juve Verrat beging – diesen Verdacht hatte er nur einen kurzen Moment gehabt, wohl aber den, dass Juve sich irrte, was ja etwas ganz anderes war –, und er hatte daraufhin beschlossen, vor allem die Sache mit der berüchtigten Aufschrift zu klären, welche Juve im Zimmer von Isabelle de Guerray auf dem Spiegel entdeckt hatte ...

Standen da wirklich die Anfangsbuchstaben zu dem Namen 'Iwan Iwanowitsch'?

Stimmte das?

Hatte Juve sich nicht geirrt?

War es nicht vielmehr möglich, in der Villa irgendeine andere aufschlussreiche Spur zu finden, die den unseligen Iwan Iwanowitsch nicht belastete, denn Fandor war gefühlsmässig nach wie vor von dessen Unschuld überzeugt, wenn auch alles dagegen sprach und Juve mit seiner strengen Logik ihn von Tag zu Tag mehr verdächtigte.

Fandor hätte in diesem Moment alles dafür gegeben, ein Indiz aufzuspüren, das eindeutig einen anderen als Iwan Iwanowitsch der Mordtat bezichtigte. Bei dem Stand, den Juves und seine eigenen Ermittlungen erreicht hatten, waren sie sich beide einig, dass nur Fantomas der Urheber der Verbrechen sein konnte, die sich in Monaco ereignet hatten.

Fantomas zu verdächtigen, das war gut und schön ..., aber das reichte nicht aus.

Fantomas war und blieb der unfassbare Proteus, der Mann mit den tausend Gesichtern und von tausenderlei Gestalt!

Wenn man wusste, dass er sich in Monaco aufhielt, so bedeutete das in Wirklichkeit, dass man gar nichts wusste, denn es blieb noch herauszufinden, in welcher Gestalt er auftrat, unter welcher Verkleidung er sich verbarg.

Wenn Juve beweisen wollte, dass Iwan Iwanowitsch Fantomas war, so hatte Fandor die Absicht, genau das Gegenteil zu beweisen! ...

Leider konnte der Journalist nur kurz die Hoffnung haben, erfolgreich zu ermitteln. Als er die Villa, den Schauplatz der tragischen Ereignisse betrat, die er vor einiger Zeit bei der Verfolgung von Fantomas' Tochter so überstürzt verlassen hatte, musste er feststellen, dass die Möbelstücke umgestellt und die Zimmer durchwühlt waren. Zuerst hatte Juve seine Untersuchungen angestellt, danach waren die monegassischen Polizisten in Aktion getreten ...

Diese waren noch immer da und überwachten unauffällig Fandor, der nur ins Haus hineingelassen worden war, weil er sich als Journalist auswies, und der sein Vorhaben nicht durchblicken lassen durfte, um keinen Verdacht zu erregen. Wonach konnte er unter diesen Umständen noch suchen ... Fandor musste einsehen, dass seine Ermittlung zu nichts führen würde und er keine praktischen Ergebnisse davon erhoffen durfte ...

Was tun?

Fandor, der immer mehr davon überzeugt war, dass alle in Monaco verübten Greueltaten auf Fantomas' Konto gingen und der sicher war, dass der Unselige nicht ohne ein ganz bestimmtes, klares Ziel gehandelt hatte, kam plötzlich ein ungeheuerlicher Gedanke.

– Grosser Gott, stöhnte der Journalist, wie dumm von uns!...

Denn er hatte blitzschnell erkannt, was Fantomas dazu hatte führen können, Isabelle de Guerray umzubringen!

– Ja, klar! dachte er, durch die Ermordung Louis Meynans wollte Fantomas den Schlüssel zu den Panzerschränken des Casinos an sich bringen ... Und wenn er hierhergekommen ist, so wollte er sich bei der Geliebten des Kassierers die Angaben holen, die er unbedingt für seinen Kassenraub brauchte, denn den plante er ja ohne Zweifel ...

Und schon kam ihm der Gedanke, dass Fantomas in seiner Tollkühnheit womöglich schon dabei war, die Kasse des Casinos auszurauben!

Fandor war so sehr ein Mann der Tat, dass die Vermutung genügte, um sofort einzugreifen ...

– Zum Casino! dachte der Journalist; ich muss sofort zum Casino, ohne Zeit zu verlieren! ...

Er lief mit grossen Schritten die zum Spielcasino führende Strasse hinunter, denn schon befürchtete er ein neues Unglück.

Als Jérôme Fandor einige Minuten später in die Vorhalle trat, um auf alle Fälle einen Beobachtungsposten neben der Geheimkammer zu beziehen, war er nicht wenig überrascht, Iwan Iwanowitsch zu sehen, der in der Wandelhalle auf und ab spazierte ...

– Na sowas! dachte Fandor, wie zum Teufel kann der denn jetzt hier sein?

Doch gleich darauf wurde ihm klar, dass es eigentlich ganz normal sei, den Offizier im Casino anzutreffen.

Juve hat reichlich Zeit gehabt, bis zu dem Felsennest zu gelangen, mit Iwan Iwanowitsch zu sprechen, sich von dessen Unschuld zu überzeugen und ihn wieder freizulassen ... Vielleicht ist Iwan hier, um auf mich zu warten ... und Juve ist gewiss auch nicht weit. ... nur Ruhe! Ruhe! Es wird sich alles aufklären! ...

Schon wollte er vor lauter Ungestüm Iwan Iwanowitsch ansprechen und sich für die Massnahmen entschuldigen, die nötig und, alles in allem, für ihn sogar von Nutzen gewesen waren, da sie ja seine Unschuld an der Ermordung von Isabelle de Guerray bewiesen, als er verdutzt stehenblieb und einen kurzen rätselhaften Vorgang beobachtete, der sich vor seinen Augen abspielte ...

Iwan Iwanowitsch stand, mit dem Rücken zu Fandor, an ein Fenster gelehnt, schaute auf den Park, trommelte mit den Fingern gegen die Scheibe und rauchte in kurzen Zügen eine seiner hellen russischen Zigaretten, wobei es ihm offensichtlich Spass machte, den Rauchwölkchen nachzusehen ...

Da war ein Hausdiener, der an seiner Casino-Kette leicht zu erkennen war, zu dem Kommandanten der *Skobeleff* getreten und hatte – Fandor entging kein einziges Wort von dem beginnenden Gespräch – Iwan Iwanowitsch sehr ehrerbietig angesprochen:

– Gestatten, der Herr, einen Augenblick, bitte ...

Der Offizier drehte sich um:

– Ja, mein Freund, was gibt es denn?

– Ich habe den Auftrag, dem Herrn diesen Umschlag zu überbringen ...

– Nanu! ... Geben Sie her! ... Von wem kommt das?

– Von der Direktion ...

– Erwarten die Herren eine Antwort?

– Nein, mein Herr, ich glaube nicht.

– Moment mal! ...

Wie kam es, dass Fandor schon bei den ersten Worten dieses banalen Gesprächs ahnte, dass sich etwas Ungewöhnliches abspielen würde?

Gewiss war es die berühmte Spürnase der Detektive, die oft schon im voraus wittern, wie der Hase läuft!

Als Iwan den Briefumschlag entgegennahm, stand Fandor hinter einem Vorhang und hörte zu...

Iwan wirkte übrigens recht erstaunt. Er zog ein kleines Taschenmesser hervor, schickte sich an, den Umschlag aufzuschneiden und fragte:

– Sind Sie sicher, dass es kein Irrtum ist? Ich weiss wirklich nicht, was mir die Direktion mitzuteilen hätte?...

Doch schon stockte der Offizier...

Er fuhr hoch, runzelte die Stirn und fragte bleich vor Wut:

– Was ist denn das für ein Scherz? Was bedeutet diese Sendung?

Und zum grossen Erstaunen des Hausdieners zog Iwan Iwanowitsch ein Bündel Banknoten aus dem Umschlag...

– Sind Herr Kommandant nicht im Bilde? erkundigte sich verwundert der Casinoangestellte... Die Direktion hat mir doch ausdrücklich gesagt, ich solle Ihnen den Umschlag eigenhändig übergeben...

Nun war es der Hausdiener, der vor lauter Verblüffung kein Wort mehr hervorbrachte. Der anfangs erblasste Iwan Iwanowitsch wurde plötzlich hochrot im Gesicht. Er geriet in Zorn und antwortete empört:

– Nun reicht es mir aber! Ich weiss nicht, was der Direktion eingefallen ist; meines Wissens schuldet sie mir kein Geld; und es schickt sich erst recht nicht, mir Geld bringen oder anbieten zu lassen... Nehmen Sie es wieder dahin mit, wo es herkommt, und sagen Sie den Herren, Iwan Iwanowitsch sei es nicht gewohnt, in einem geschlossenen Umschlag Geld in Empfang zu nehmen, ohne dass ein Begleitbrief dabei liegt, ohne eine Erklärung!... Das ist eine Unverschämtheit! Ich muss schon sagen, das sind flegelhafte Manieren!... Es ist ja, als wollte man mich bestechen!...

Sprach's, kehrte dem völlig fassungslosen Hausdiener den Rücken und ging, im Vollgefühl seiner Entrüstung, mit langen Schritten von dannen...

Was, zum Teufel, mochte das alles heissen?

Fandor, der hinter dem Vorhang die barsche Antwort des russischen Offiziers mitangehört hatte und dem die Verblüffung des Hausdieners nicht verborgen blieb, fragte sich das, selber sehr erstaunt, ebenfalls...

Sieh mal einer an, da liess also das Casino dem Iwan Iwanowitsch Geld bringen!

Zum Henker! Hätte Iwan Iwanowitsch die Summe angenommen, so hätte Fandor tatsächlich vermuten müssen, dass der Kommandant sich merkwürdigen Machenschaften hingebe! ...

Doch der Offizier hatte das Geld zurückgewiesen. Er hatte es sogar mit soviel Nachdruck und Zorn abgelehnt, dass kein Zweifel bestehen konnte ...

Wenn das Casino es für richtig gehalten hatte, Iwan Iwanowitsch Geld anzubieten, so war dieser doch darüber empört gewesen und hatte das Angebot voller Verachtung ausgeschlagen.

Er hatte zwar beim Spiel viel Geld verloren, dachte aber nicht daran, es sich zurückzahlen zu lassen. Sein Verhalten war ohne Tadel, er war ein Ehrenmann ...

Gern hätte Fandor jetzt genau Bescheid gewusst, musste aber sein Gespräch mit dem Offizier aufschieben. Er verlor schon seine Spur, glaubte aber, er sei in die Gärten hinausgegangen ... Er rannte hinaus, konnte aber den Offizier nicht mehr sehen.

Während Fandor seine Ermittlungen bei Isabelle de Guerray anstellte, war Juve, den Angaben seines Freundes folgend, zu Bouzilles Behausung gegangen, um den unermüdlichen Schwätzer zum Sprechen zu bewegen, hatte aber, als er nichts aus ihm herauskriegen konnte, beschlossen, ihn mitzunehmen und durch die Drohung mit dem Gefängnis die Auskünfte zu erlangen, die er sich auf sanfte Weise nicht hatte beschaffen können ...

Juve wurde immer niedergeschlagener. Fandor hatte ihn belogen, daran bestand kein Zweifel. Hatte er sich mit Bouzille daraufhin geeinigt, dass sie versuchen wollten, Juve hinters Licht zu führen?

Niemals, so hatte es jedenfalls den Anschein, war der Offizier von dem Journalisten eingesperrt worden ...

Was sollten dann Fandors Behauptungen? ...

Während das Automobil den Polizisten und den Streuner zum Casino fuhr, wurde Juve ganz schwer ums Herz, und er hatte Mühe, es zu verbergen.

Da hatte er nun den Beweis für das, was er mehr als alles andere auf der Welt fürchtete:

Fandor betrog ihn! Fandor belog ihn! Fandor verriet ihn! ...

Nach einer geschickten Kurve fuhr das Automobil der Conchita schliesslich an der Freitreppe des Spielklubs vor. Juve hatte sich zum Casino fahren lassen in der Hoffnung, Fandor dort anzutreffen.

Rasch sprang er aus dem Wagen und schickte sich an, auf die Suche nach seinem Freund zu gehen, der sich in den Spielsälen befinden musste. Er schaute noch einmal zu Bouzille, der mit seinen Handschellen einen traurigen Anblick bot.

Im selben Moment erblickte er einen der üblichen Spielaufseher des Casinos, Nalorgne, den ehemaligen Priester.

– Ich habe da jemanden mitgebracht, sagte er, auf den Streuner weisend ... seien Sie so gut, sperren Sie ihn ein ... alles Weitere erkläre ich Ihnen später ...

Narlogne war sofort bereit:

– Ich schick ihn per Extrapost zum Fort Saint-Antoine.

Und schon pfiff er seine Leute herbei.

Nachdem das erledigt war, betrat Juve endlich die Spielsäle ...

Wenn Fandor vor ein paar Sekunden zu seinem Erstaunen Iwan Iwanowitsch in der Vorhalle bemerkt hatte, so war Juve nicht weniger verblüfft, in den Spielsälen, in denen er nach Fandor suchte, den Offizier anzutreffen, den er gerade nicht suchte!

– Iwan Iwanowitsch hier? stiess Juve leise hervor und blieb wie versteinert stehen, als er den Kommandanten der *Skobeleff* erblickte. Alles was recht ist, die Dreistigkeit dieses Mannes ist nicht zu überbieten! Zur Stunde deutete alles darauf hin, dass er ein Mörder ist, dass er und kein anderer Isabelle de Guerray umgebracht hat, und da besitzt er die Frechheit, ins Casino zu kommen? Er erlaubt sich, hier in den Salons herumzustolzieren? ... Donnerwetter! Alle Achtung vor soviel Kühnheit! ... Die macht einem Fantomas alle Ehre!

Doch bald gewann Juve seine Gelassenheit zurück.

Der Geheimpolizist war einer jener Menschen, die offene und klare Auseinandersetzungen lieben, rasch in ein Streitgespräch geraten und am liebsten dem Partner Aug' in Auge gegenüberstehen, um schneller zu einem Ergebnis zu kommen ...

– Na, meinetwegen! dachte Juve, da Iwan Iwanowitsch die Courage hatten, ins Casino zu kommen, werde ich mir seine Kühnheit zunutze machen. Er hat sich gewiss mit Fandor abgesprochen, was das Märchen von seiner Gefangenschaft bei Bouzille betrifft ... Vielleicht gelingt es mir, ihn in Widersprüche zu verwickeln und seine Lügerei so aufzudecken. Und wenn das klappt, werde ich ihn auf der Stelle verhaften, das schwöre ich! ...

Der Geheimpolizist ging entschlossen auf den Offizier zu, der anscheinend ganz gelassen an einem Roulette-Tisch stand und das unerbittliche Kreisen der Kugel beobachtete ...
– Herr Kommandant? begann Juve.
– Sie wünschen, Monsieur?
Der Offizier hatte sich gleichgültig umgedreht. Er lächelte, als er Juve erkannte, von dessen Beruf er inzwischen wusste.
Und sogleich erkundigte sich Iwan Iwanowitsch in äusserst freundlichem Tone:
– Sie wollen mich sprechen, Monsieur? ...
– Ach, nur ganz kurz ... nur ganz kurz mal eine Frage stellen ...
– Bitte, ich stehe zu Ihren Diensten! ...
Iwan Iwanowitsch wandte sich ein wenig vom Spieltisch ab und schien zu erwarten, dass Juve sich zum Sprechen entschliessen würde ...
Doch der Geheimpolizist zögerte noch.
Immer sachlich und logisch verfahrend, überlegte Juve noch, ob er es versuchen sollte, dem russischen Offizier mit List beizukommen, oder ob es besser wäre, ihn rücksichtslos auszufragen und dabei gleich seine Überraschung auszunutzen ...
Dem Mann war nicht leicht beizukommen, das stand fest; seine Kühnheit bezeugte, dass er nicht blindlings handelte ... Listig vorzugehen, war riskant; besser, mit offenem Visier zu kämpfen ...
Also fragte er unumwunden:
– Herr Kommandant, ich wäre Ihnen sehr verbunden, wenn Sie mir offen und ehrlich eine Frage beantworten würden. Was es damit auf sich hat, werde ich Ihnen später sagen ... Woher kommen Sie jetzt gerade? Geben Sie zu oder leugnen Sie, dass Sie noch vor etwa einer halben Stunde in der Felsenklause des Stromers Bouzille waren? In der Höhle, oben in der Felswand?
Iwan Iwanowitsch war bei diesen Worten nichts anderes anzumerken als grösste Verständnislosigkeit.
– Was ist denn das für ein Unsinn? fragte er in sehr ruhigem Ton. Wer ist denn dieser Streuner Bouzille? Und was für eine Höhle soll das sein, oben in der Felswand?
– Aber, Herr Kommandant! ...
– Warum fragen Sie mich das? Na ja, Monsieur Juve, Sie sind eben ein Geheimpolizist, wie er im Buche steht! Sie müssen um jeden Preis Ermittlungen

anstellen, nicht wahr? Und sie müssen unbedingt von jedem im Fürstentum wissen, was er wann und wo gemacht hat? Ich könnte Ihnen zwar erwidern, dass mich das alles nichts angeht! ... Aber, sei's drum, Sie machen mir Spass! Also werde ich Ihnen liebend gerne Auskunft geben: woher ich gerade komme? Ja, du lieber Gott, seit einer guten Stunde bin ich schon im Casino, und vorher war ich ganz schlicht und einfach an Bord meines Schiffes. Genügt Ihnen das?

Juve konnte nur nicken ...

Er hätte viel darum gegeben, wenn er den Mann hätte anschreien dürfen: 'Sie lügen! Mag sein, dass Sie seit einer Stunde hier sind. Aber vor einer Stunde waren Sie noch bei Isabelle de Guerray und ganz damit beschäftigt, die arme Frau zu ermorden! Auch brauchen Sie gar nicht so zu tun, als hätten Sie nie etwas von Bouzille gehört: Sie kennen ihn ja recht gut, so wie Sie auch meinen Freund Fandor recht gut kennen, besser gesagt, meinen ehemaligen Freund Fandor, denn es kann niemand mehr mein Freund sein, der mit Ihnen gemeinsame Sache gemacht hat, um mich in die Irre zu führen! ...'

Aber all das, was Juve da rasend schnell durch den Kopf ging, durfte Juve ja auf keinen Fall aussprechen! ...

Wie konnte er Iwan Iwanowitsch Lügenhaftigkeit beweisen?

Musste er nicht vor soviel Höflichkeit kapitulieren?

War es nicht besser, Gutgläubigkeit vorzutäuschen?

Musste er nicht so tun, als glaubte er, dass Iwan Iwanowitsch schon am Abend, gleich bei der Eröffnung, im Casino gewesen war und vorher bei seinen Leuten auf dem Panzerkreuzer?

Juve wollte gerade irgend etwas Gleichgültiges antworten, als ein Hausdiener mit der berühmten Casino-Kette an Iwan Iwanowitsch herantrat:

– Herr Kommandant, begann der Angestellte, ich bin es wieder! ... Die Direktion hat mir gesagt, Sie hätten gewiss falsch verstanden, und sie bittet Sie nun ...

Iwan Iwanowitsch hatte sich zu dem Diener umgedreht und antwortete nun mit fester Stimme:

– Schon gut, schon gut, mein Bester! ... Was kann ich für Sie tun?

– Aber, Herr Kommandant ... es ist doch wegen des Briefumschlags ...

– Wegen welchen Umschlags? ... Geben Sie her ...

Iwan Iwanowitsch nahm aus den Händen des Dieners einen Umschlag entgegen, den er in aller Ruhe vor Juves Augen mit dem Zeigefinger aufriss ...

Der Umschlag war voll mit Banknoten ...

Die Casinodirektion, die überhaupt nicht verstanden hatte, warum Iwan Iwanowitsch das Geld partout nicht annehmen wollte, hatte anscheinend beschlossen, es noch einmal zu versuchen?

Während Juve, der nicht Bescheid wusste, verblüfft dastand, liess sich Iwan Iwanowitsch nicht die geringste Verwunderung anmerken:

– Ach ja, geht in Ordnung! liess er hören, freut mich sehr! Freut mich sehr! ... Sagen Sie Ihrem Auftraggeber meinen Dank! ...

Und damit steckte er, als sei es die natürlichste Sache der Welt, den Umschlag voller Banknoten in seine Brieftasche ...

Was sollte das alles bedeuten? ...

Juve, der gerade noch daran gedacht hatte, Iwan Iwanowitsch so schnell wie möglich zu verhaften, war jetzt meilenweit davon entfernt, eine Festnahme in Betracht zu ziehen! ...

Er hatte den mit blauen Scheinen gefüllten Umschlag deutlich gesehen und fragte sich, was die Casinodirektion veranlasst haben könnte, dem Kommandanten Iwan Iwanowitsch dieses dicke Bündel Geldscheine zukommen zu lassen ...

Das war ein neues, noch grösseres Rätsel! ...

Freilich konnte Juve den Offizier nicht nach einer Erklärung für den Geldumschlag fragen. Es war durchaus möglich, dass Iwan Iwanowitsch ihm antworten würde, obwohl er bestimmt gelogen und behauptet hätte, das Casino sende ihm dies Geld aus dem einfachen Grunde, weil er es bei seiner Ankunft an der Kasse hinterlegt habe. Darauf hätte Juve keine Antwort gewusst ...

Juve liess sich seine Verwunderung nicht anmerken.

Insgeheim aber schwor er sich:

– Hol's der Teufel! Ich werde es schon herauskriegen! ...

Auf seinem Gesicht war aber nur ein friedliches Lächeln zu sehen ...

– Herr Kommandant, begann Juve wieder, Sie werden es mir doch nicht übelnehmen, dass ich Ihnen vorhin eine so indiskrete Frage gestellt habe? Ich weiss wirklich nicht ...

Statt einer Antwort zuckte Iwan Iwanowitsch nur die Achseln.

– Ach was! Das spielt doch gar keine Rolle! Sie brauchen sich nicht zu entschuldigen ...

Darauf drehte er sich um und schickte sich an fortzugehen ...

– Doch schon bereute Juve seine Grossmütigkeit.

– Der verflixte Russe ist im Begriff, sich über mich lustig zu machen! ... Zum Teufel! Ich muss ihn zwingen, mir Erklärungen zu geben ...

Ohne weiter darüber nachzudenken, eilte Juve hinter Iwan Iwanowitsch her.

Doch da geschah wieder etwas Seltsames ...

Der Offizier ging mit schnellen Schritten. Juve ging auch schneller, um ihn einzuholen ... Wenn er sich auch immer mehr beeilte, so konnte es dem Offizier nicht verborgen bleiben, der ebenfalls seinen Gang beschleunigte. Juve zog die Stirne kraus und lief so schnell er nur konnte ... Doch der Offizier behielt seinen Vorsprung ...

– Himmelherrgott! fluchte der Geheimpolizist, das artet ja in eine Verfolgung aus!

Und nun begann Juve wirklich zu rennen. Doch im gleichen Augenblick rannte auch Iwan Iwanowitsch ...

26. Ausbruch in den Hinterhalt

Bouzille führte Selbstgespräche:

– Da kann man tun was man will, es kommt immer aufs selbe raus! ... Da macht man Reisen, fährt von einem Land ins andre und pilgert von Norden nach Süden, nix zu machen ..., Knast ist Knast, alle gleich ... die gleichen Mauern, alle aus Feldstein, die spitzen Dächer, die gleichen himmelhohen Kamine und natürlich auch die Gitter vor den Fenstern, die einem jede Hoffnung nehmen auf Abhauen ... Sakra nochmal, jetzt, wo wir durchs Tor durch sind, werden wir ja auch, da geh ich jede Wette ein, durch so'ne Art Drehkreuz müssen, von wegen Taschen umkehren und einen Haufen Unterschriften abgeben ...

Der gute Mann lief friedlich zwischen zwei Schutzleuten, die ihn langsam aber sicher, wie Bergbewohner nun mal gehen, zum Fort Saint-Antoine abgeführt hatten, dem einzigen Gefängnis im monegassischen Fürstentum weit und breit.

Auf Anweisung von Juve war Bouzille der Polizei überantwortet und sofort eingesperrt worden.

Auch das war im Laufe jener denkwürdigen Nacht vor sich gegangen, in der soviel Ungewöhnliches passiert war, wovon die meisten Beteiligten selbst nichts wussten.

Bouzille wusste nur eins, nämlich dass er in eine heikle Lage geraten war, weil er Juve in Rage gebracht hatte.

Befragte er aber sein Gewissen, so musste der alte Knabe zugeben, dass er gar keine Wahl gehabt hatte. Er hätte sich sonst den Hass des russischen Offiziers zugezogen und nicht die drei Louisdors von seinem grosszügigen Gefangenen zugesteckt bekommen, die jetzt unten in seiner Tasche klimperten.

Er kam zwar ins Kittchen, doch dieses kleine Vermögen war für ihn immerhin ein Trost.

– Los, Bouzille, hatte einer seiner Begleiter gesagt, als sie in einem kleinen Büro am Eingang des Gefängnisses eintrafen, nun mal zu: Name, Vorname, Beruf, damit der Herr weiss, mit wem er's zu tun hat.

– Den Rummel kenn ich, meinte Bouzille, das geht hier genau so vor sich wie in Paris ... nur dass hier weniger los ist, und ausserdem sind die Amtsstuben nicht so gut gepflegt wie in den Strafanstalten von Fresnes oder La Santé.

Dabei blickte er verächtlich auf einen alten kleinen Angestellten, der aus einem finstern Winkel auftauchte und beim Schein der blakenden Funzel die schmierigen Papiere überprüfte, die ihm der Häftling hinstreckte ...

Dann erkundigte sich der Alte bei den Polizisten und schielte dabei furchtsam über seine Brillengläser:

– Haben Sie auch einen Haftbefehl?

Die Schutzleute zeigten ein Schriftstück vor, und alsbald drückte der alte Mann kopfnickend auf eine Schlagglocke, deren Klang bis weitab in den leeren Gängen widerhallte.

Daraufhin erschienen zwei Wärter, blieben am Eingang zur Kanzlei stehen und salutierten respektvoll.

Der Alte befahl:

– Bringen Sie diesen Häftling in Zelle 32, 4. Abteilung ...

Sogleich packten die Gefängniswärter Bouzille bei den Schultern und schoben ihn durch die Gänge, während sich die Polizisten in der Kanzlei eine Entlastung für die Übergabe ihres Häftlings ausfertigen liessen.

Bouzille war keineswegs eingeschüchtert, sondern beschaute sich neugierig und gut gelaunt das Gebäude, das er nunmehr für unbestimmte Zeit bewohnen würde.

Hin und wieder brummelte er etwas vor sich hin und schielte dabei verstohlen zu seinen Wärtern, um zu sehen, ob er mit ihnen ein bisschen ins Gespräch kommen könnte:

– Gar nicht so schlecht hier ... Heizung ist vorhanden, schön ruhig ..., die Herren von der Direktion machen einen freundlichen Einduck ...

Da die Wärter aber keine Miene verzogen, fügte Bouzille, der zeigen wollte, dass er von weither komme und auch weitgereist sei, mit lauter Stimme hinzu:

– Wahrhaftig, das sieht gar nicht schlecht aus hier ... wenn auch nicht so komfortabel wie in Paris, und nicht mal wie in Brüssel ... Schon eher wie eine Strafanstalt in der Provinz ..., zum Beispiel in Lille, Avignon oder La Rochelle ...

Im stillen dachte Bouzille nur:

– Hauptsache, ich kriege eine gute Zelle und krepier nicht vor Langeweile!

Er wagte gar nicht zu hoffen, dass er einen Zellengenossen bekommen würde.

Als die Wärter die Tür zur Zelle 32 aufschlossen, stiess er darum sogleich einen Freudenschrei aus:

Es war eine Zwei-Mann-Zelle, und es war schon einer drin.

– Rein hier, sagte schliesslich einer der Wärter, der, nach dem Silberstreifen auf seinem Ärmel zu urteilen, wohl der Vorgesetzte war ...

Dann setzte er, gleichsam um Bouzille zu beruhigen, hinzu:

– Hier kommst du schnell vor den Richter, hier gibt's keine lange Untersuchungshaft, denn es gibt Gott sei Dank nicht viele Übeltäter, und das Gericht überlegt nicht lange, was mit ihnen passieren soll. In den meisten Fällen werden sie ausgewiesen oder kommen in die französischen Gefängnisse ...

Er drohte Bouzille mit dem Finger und fügte noch hinzu:

– Und keinen Klamauk hier! Radau haben wir nicht gerne ...

Doch dann wurde er ganz väterlich und versöhnlich und fragte:

– Hast du schon was zu essen gehabt heute abend?

- Tja, meinte Bouzille, ich hab zwar schon als Magenöffner ein paar Radieschen geknabbert, ich hätte aber nichts dagegen, mir eine anständige Suppe einzuverleiben ...
 - Suppe haben wir nicht, aber Bohnen kannst du haben, wenn du willst.
 - Bohnen, auch gut, willigte Bouzille ein ...
Doch er fügte noch hinzu:
 - Immer das alte Lied ... Knast und Speisewagen haben eins gemeinsam: die Speisekarte ist immer die gleiche ...
Dann freute er sich, seiner Rolle als Häftling noch einen Vorteil abzugewinnen:
 - Und billiger als in den Luxuszügen ist es hier auch ...
Der eine Wärter, der fortgegangen war, um für Bouzille einen grossen Topf mit den üblichen Hülsenfrüchten zu holen, kam nach einer kleinen Weile zurück.
Bouzille hatte noch keinen Schritt in die Zelle getan.
Als er aber sein Abendessen und auch den Krug Wasser gegen den Durst in Empfang genommen hatte, belehrte ihn ein zweimaliges kräftiges Herumdrehen des Zellenschlüssels, dass er nunmehr eingesperrt war. Nun ging es Bouzille darum, mit seinem Zellengefährten ins Gespräch zu kommen:
 - Habe die Ehre, sagte er, Monsieur meinen Gruss zu entbieten, und ausserdem muss ich Monsieur auch noch mitteilen, dass mein Name Bouzille ist, falls Monsieur schon einmal von mir gehört haben sollte ...
Der Mann, den der Streuner solchermassen angeredet hatte, drehte sich schwerfällig um, und als ihn Bouzille erkannte, rief er hocherfreut aus:
 - Na, das ist ja gelungen, stiess er hervor, welch ein Wiedersehen ... das ist doch der Signor Mario Isolino ... Hand aufs Herz, welche Freude, Sie wieder zu sehen ... man kann sagen, was man will, nichts geht über den Knast, wenn man alte Kumpels treffen will.
Der Kümmelblättler, der zuerst einmal über diese plötzliche und herzliche Anrede überrascht gewesen war, erkannte nun auch seinerseits den Gesprächspartner wieder ...
Und mit seinem Zungen-R erwiderte er:
 - Ich frreuen mich, dass du hirr bist, Bouzille, ich frreuen mich sehrr ...
Der Kümmelblättler erklärte dem Streuner, er vermodere nun schon seit acht Tagen auf dem feuchten Stroh dieses Kerkers, wobei er mit Stroh übrigens einen ganz sauberen Parkettboden bezeichnete, auf welchem ein zwar

schmales, aber durchaus sauberes und komfortables Gurtbett stand.

Bouzille bemühte sich vergeblich, vom Kümmelblättler irgendeine vertrauliche Mitteilung zu erhalten.

Dieser hatte gar keine Lust, zu erklären, warum er eingesperrt war, und er sah ausserdem so kummervoll aus, dass offenbar kein klarer Gedanke in seinen Kopf hinein passte ausser dem einen, der ihn vornehmlich beschäftigte.

– Mario, meinte Bouzille jedoch, nicht locker lassend und einfach zum Duzen übergehend, weil er sich nicht noch länger an Höflichkeitsregeln halten konnte, Mario, du verheimlichst mir was, so finster habe ich dich noch nie gesehen...

Und er fragte plötzlich erschrocken:

– Sind die Leute hier etwa streng und unangenehm? Schikanieren die einen?

Mario Isolino schüttelte den Kopf:

– Ich bin hirr, antwortete er, wie die Made im Speck ... ich bin mehrr frroh als ein König, aberr ich bin trraurrig aus einem anderren Grrund ...

– Aus welchem? fragte Bouzille naiv, dem man die Überraschung vom Gesicht ablesen konnte.

Mario Isolino stand auf, führte einen Finger an die Lippen und flüsterte dem Streuner geheimnisvoll ins Ohr:

– Ich muss heute Nacht türrmen ...

– Türmen musst du, rief Bouzille, das ist doch 'ne prima Sache.

– Gott sei's geklagt, brachte der Kümmelblättler hervor, hob die Augen gen Himmel und rang verzweifelt die Hände zum Gebet, derr Gedanke macht mirr Furrcht, denn nach meinem Ausbrruch errwarrtet mich eine schrrekliche Sache ...

Bouzille schob seinen Hocker näher an seinen Genossen heran und ermunterte ihn zum Weiterreden, denn er witterte ein nettes Histörchen:

– Das musste mir erzählen, sagte er ...

Da begann der Kümmelblättler Mario Isolino seinen tollen Bericht, der Bouzille so sehr amüsierte, dass er Tränen lachte und seine Schluckser nicht unterdrücken konnte.

Hier nun die abenteuerliche Geschichte des Kümmelblättlers:

Kaum war er im Knast gelandet, da bekam er in seiner Zelle den Besuch einer Dame, die, so sagte sie, der 'Gesellschaft zur Hebung der Moral rückfälliger Rechtsbrecher' angehörte. Sie war berechtigt, die Bösewichter hinter ihren schwedischen Gardinen aufzusuchen und ihnen Moral und Pflicht zu predigen, was meistens nur ein unwiderstehliches Gähnen auslöste.

Einmal, als er während der Predigt der Dame in tiefen Schlaf gesunken war, fuhr er plötzlich aus seinem Schlummer auf, denn er hatte etwas Seltsames und Unerwartetes verspürt.

Die Dame, erklärte dann Mario Isolino, ... die hatte mirr gerrade einen Kuss gegeben! ...

– Einen Kuss! rief Bouzille aus und wollte sich halb totlachen, war denn die Dame von der Hebung der Moral rückfälliger Rechtsbrecher wenigstens hübsch?

Isolino hob die Arme gen Himmel:

– Hübss, sagte er, ach nein, sie ist alt, dick, hässlich, abstossend ... nun, vielleicht kennst du sie ja, Bouzille? Sie heisst Frrau Heberrlauf ...

– Frau Heberlauf! antwortete der Streuner ... und ob ich die kenne! ... Im Umkreis von hundert Meilen gibt es nicht eine einzige Frau, die so hässlich aussieht und sich so unausstehlich benimmt wie diese alte Schachtel.

Mario Isolino hatte aber noch nicht alles gebeichtet.

Er teilte dann seinem Zellengenossen mit, dass die Gemahlin des Ex-Pastors in leidenschaftlicher Liebe zu ihm entbrannt sei und dass er schon am übernächsten Tage, nachdem sie Bekanntschaft geschlossen hatten, nun nicht mehr die Moralpredigten zu befürchten hatte, sondern sich verzweifelt gegen die sehr gewagten galanten Übergriffe dieser furchtbaren Person zu wehren hatte ...

– Doch nicht im Gefängnis, doch nicht im Gefängnis, hatte Mario Isolino gerufen, um nicht gegen die guten Sitten zu verstossen ...

Und da hatte Frau Heberlauf, erfinderisch wie alle verliebten Frauen, auf einmal den prächtigen Plan ausgeheckt, Mario Isolino zur Flucht zu verhelfen.

Zuerst hatte der Kümmelblättler abgelehnt, er fand es im Kittchen ganz gemütlich, brauchte keine strenge Verurteilung zu befürchten, und wenn er, was wahrscheinlich war, beim Durchbrennen erwischt würde, käme es ihn hinterher teuer zu stehen.

Aber bald war das Leben in der Zelle, wo Frau Heberlauf nunmehr den grössten Teil ihrer Tage verbrachte, nicht mehr auszuhalten. Um ihren Nachstellungen zu entgehen, hatte Mario Isolino sich im Prinzip mit der Flucht einverstanden erklärt.

Da hatte sich die Frau des Ex-Pastors daran erinnert, dass sie einst, mit mehr Erfolg als ihr Ehemann, den Geheimdienst in Hessen-Weimar geleitet hatte.

Sie brachte dem Häftling zunächst eine kleine wohlgeschärfte Feile, mit der er eine der Stangen an seinem Fenster durchsägen könnte, dann, Stück um Stück, einen kräftigen Strick, den Mario Isolino in seiner Matratze versteckte und den er benutzen sollte, um sich an einer zwanzig Meter langen Mauer in eine Schlucht hinabzulassen, über welcher sich das Fort Saint-Antoine erhob.

Nun aber sollte in eben dieser Nacht der Fluchtversuch über die Bühne gehen, und Frau Heberlauf hatte angekündigt, dass sie sich oben an der Schlucht hinter einem Felsen verborgen halten werde.

Sobald Mario Isolino bei ihr wäre, würden sie alle beide nach Italien gehen, um dort ihre Flitterwochen zu verleben!

Mario Isolino hatte eingewilligt.

Er hatte keine Wahl, war aber doch todtraurig, als er auf seine Uhr schaute und merkte, dass die Stunde für seinen halsbrecherischen Ausbruch näher und näher rückte.

— Ich werrde mirr Hals und Bein brrechen, sagte er treuherzig zu Bouzille, und wenn ich die Lerre seh, falle ich herrunter, denn ich bin immerr schwindlig gewesen ...

Der gutmütige Bouzille ermunterte den Unglücklichen.

— Du musst das nicht so tragisch nehmen, wird schon alles klappen, und wenn de erst mal draussen bist, kannste ja diese prächtige Frau Heberlauf immer noch sitzenlassen ...

— Bouzille, rief da der Kümmelblättler, du musst mit mirr kommen ...

— Kommt nie im Leben in Frage, protestierte der Streuner, erstens mal hab ich ja keine Liebesaffäre, und ausserdem bin ich offen gestanden gar nicht böse, dass ich mich mal ein bisschen ausruhen kann; in meinem Alter strengen solch grosse Abenteuer mächtig an, und es ist sowieso nicht alles so geruhsam, wie ich es mir gewünscht hatte, als ich nach Monaco kam, um da den Winter zu verbringen ...

Es schlug Mitternacht.

Es war die von Frau Heberlauf für den Ausbruch des Häftlings festgesetzte Stunde.

— Wenn ich nicht ausbrreche, seufzte der arme Kümmelblättler, dann ist

sie schon morrgen frrüh wiederr hierr und ich kann sie dann nicht wiederr loswerrden ...
Da gab es also kein Zurück mehr.
Im Handumdrehen hatte der Kümmelblättler, von Bouzille unterstützt, eine der Stangen am Fenster durchgefeilt, dann den dicken, von Frau Heberlauf gelieferten Hanfstrick an den übrigen fest verknotet.
Als es soweit war, traten ihm Tränen in die Augen:
– Bouzille, rief er aus und schloss den Streuner in seine Arme, leb wohl, mein Freund, Brruderr ...
Die beiden Männer umarmten sich. Mario Isolino drückte Bouzille aufrichtig gerührt an sich, während der Streuner gegen einen aufkommenden schrecklichen Lachreiz anzukämpfen hatte!
Dann zog sich der Kümmelblättler mühsam zur Fensterbrüstung hoch, stieg hinaus und verschwand in der Leere ...
Bouzille sah ihm zu, wie er sich hinunterseilte, bedachte ihn mit guten Ratschlägen und machte ihn von Zeit zu Zeit auf Unebenheiten im Gemäuer aufmerksam, an denen er Halt finden konnte.
Darauf tauchte der Kümmelblättler nach und nach im Dunkel unter, und als nach einer Weile der Strick wieder schlaff hinunterhing, war dem nun in der Zelle allein Zurückgebliebenen klar, dass der Flüchtige unten in der Schlucht angekommen war.
Bouzille band den Strick los und schickte ihn dem Ausbrecher nach.
Auch die durchgefeilte Stange rückte er, so gut es ging, wieder an ihren Platz; er wollte keinen Ärger haben und durfte nicht den Verdacht erwecken, auch er habe die Absicht gehabt, sich aus dem Staube zu machen ...
Er konnte kaum noch ein Gähnen unterdrücken und legte sich auf die Matratze zum Schlafen.
Zuvor überdachte er noch einmal das Ganze:
– Ach, was soll's, ich hatte mich darauf gefreut, Gesellschaft zu haben, und nun bin ich froh, dass er fort ist ... Dieser Mario Isolino ist zwar kein übler Bursche, aber so gut kenne ich ihn auch wieder nicht, und während ich schliefe, hätte er mir ja meine Sachen klauen oder sonst ein Ding drehen können ... Wenn man sich irgendwo ausruhen will, ist es schon besser, man ist allein.
Sprach's, wünschte sich selber eine gute Nacht und versank in einen tiefen Schlaf. Vielleicht war er der einzige Insasse in diesem Gefängnis, wo sich üb-

rigens keine Menschenseele um die Häftlinge kümmerte und in der Nacht niemand und nichts überwacht wurde, denn man war wohl davon überzeugt, dass keiner der Häftlinge je die Absicht haben könnte, daraus zu entweichen ...

Als Mario Isolino unten in der Schlucht angekommen war, stolperte er einmal übers andere, stiess sich an dicken Steinen und zerriss sich die Kleider im Gestrüpp. Brombeerzweige kratzen ihm das Gesicht blutig, und die Dornen stachen ihn in die Finger:
– Verrfluchtes Abenteuerr ... verrfluchtes Abenteuerr, knurrte er vor sich hin, und wenn ich hirr rrauskomme, gerrate ich derr Mutterr Heberrlauf in die Hände!
Es hätte nicht viel gefehlt und Mario Isolino wäre in seine Zelle zurückgeklettert, wenn Bouzille den Strick nicht losgebunden hätte.
Doch schicksalsergeben, mit eingezogenem Kopf setzte er seinen Weg fort und gelangte über einen steinigen Pfad voller Hindernisse aus der Schlucht heraus.
Oben angekommen, gab es für ihn eine unerwartete Überraschung.
Er fand sich nicht Frau Heberlauf gegenüber, sondern einem Manne, der in einen langen schwarzen Mantel gehüllt war und ausserdem noch eine Maske über dem Gesicht trug:
– Komm nur her, befahl ihm der Mann, als er Mario Isolino aus der Schlucht auftauchen sah.
Der verblüffte Kümmelblättler schleppte sich daraufhin nur noch mühsam und ängstlich bis an die Füsse des Unbekannten heran:
– Ich bitten sehrr um Verrzeihung, sagte er, ich will Ihnen nichts Böses antun ...
– Kunststück, rief der Mann höhnisch lachend, das fehlte gerade noch!
Doch setzte die geheimnisvolle Person fort:
– Du hast dich ja schön in die Nesseln gesetzt, alter Knabe; wenn man aus dem Knast ausrückt, riskiert man schwere Strafen ... und wenn mir das Spass macht, dich in wenigen Augenblicken wieder zu deinen Wärtern zurückzubringen, dann kommst du in ein tiefes Loch, ein richtiges Verlies und wirst an Händen und Füssen angekettet ...
Mario Isolino schlotterte am ganzen Leibe vor Entsetzen über diese geheimnisvolle Erscheinung.

In seinen Augen schien sie die irdische Gerichtsbarkeit, wenn nicht gar die göttliche Vergeltung zu verkörpern.

– Gnade ... Gnade, stiess er hervor und warf sich zu Boden.

Mit einem Fusstritt brachte der Mann ihn wieder auf die Beine:

– Vielleicht verschone ich dich, wenn du parierst ...

– Ik stehe zu ihren Diensten, rief der Kümmelblättler unterwürfig ...

– Also gut, erklärte der geheimnisvolle Mann, der aber sogleich hinzufügte:

– Wenn man den Befehlen von Fantomas gehorcht, so ist man immer gut dran!

Mario Isolino glaubte, ihm schwänden alle Sinne.

Wie denn, das war also Fantomas, den er da vor sich hatte? Das war der unselige, unfassbare Bandit, von dem er schon so oft gehört hatte, der Mann, dessen majestätische, furchterregende Gestalt er da vor sich sah? ... Fantomas, der Mann, den niemand auf der Welt kannte und den niemand hatte verhaften können, nicht einmal der berühmte Geheimpolizist Juve, nicht einmal dessen mutiger Freund, der Journalist Jérôme Fandor! ...

Während Mario Isolino immer verstörter und doch voller Respekt den Mann betrachtete, den man gemeinhin das 'Verbrechergenie' nannte, befahl Fantomas:

– Du gehst jetzt zur Küste hinunter und triffst dort auf ein paar Leute, die am Ufer meine endgültigen Befehle erwarten. Du findest diese braven Kerle ganz in der Nähe von Bouzilles Grotte.

Der berühmte Bandit holte unter seinem Mantel eine Art Netz hervor, das aussah wie ein Angelnetz, und übergab es dem Kümmelblättler.

Dann sagte er noch:

– Frag nach dem Küster und sag ihm: 'Ich komme von Fantomas', und gib ihm dieses Netz. Er weiss Bescheid.

Und dann, Mario Isolino, mag kommen was will, mag geschehen was will, du tust genau, was dir der Küster sagt, und vergiss nie, dass du bei der kleinsten Dummheit Fantomas Rechenschaft geben musst ... Los ... los; hau ab, setzte Fantomas hinzu, während der Kümmelblättler ihm noch seine Ergebenheit beteuerte.

Mario Isolino rannte daraufhin Hals über Kopf die Schlucht hinunter und auf die Steilküste zu.

Es ärgerte ihn zwar, in eine geheimnisvolle, von Fantomas angezettelte Geschichte hineingezogen zu werden, doch hatte es den Vorteil, dass sie ihn vorläufig und vielleicht für immer den übertriebenen Sympathiekundgebungen und masslosen Liebesbezeugungen der bedrohlichen Leidenschaft der trefflichen, aber hässlichen alten Frau Heberlauf entzog...

– Jérôme Fandor!...
– Uff, was ist los?
– Los... keine Faxen! Aufstehen...
– Was wollen Sie von mir? Wer sind Sie?...
– Das ist meine Sache, junger Mann, jetzt pariere... oder Ballermännchen bringt dich zur Räson...

Jérôme Fandor sah, jäh aus dem Schlaf gerissen, mehrere Revolverläufe auf sich gerichtet:

Na sowas, was war denn das nun schon wieder?...

Verdutzt sah der Journalist den Mann an, der ihn auf diese Art bedrohte und hinter dem noch drei oder vier wild dreinschauende Gesellen standen, die nicht dulden würden, dass der Journalist auch nur einen Finger breit von der Verhaltensweise abwiche, die ihm aufgezwungen werden würde...

– Verflixt noch mal, dachte Fandor, schon wieder 'dicke Luft'! Was soll bloss diese neue Geschichte?

Jérôme Fandor war erschöpft von dem ganzen Hin und Her und den tollen Verfolgungsjagden der letzten Nacht.

Seitdem er Iwan Iwanowitsch verhaftet und gefesselt, Fantomas' Tochter verfolgt und mit ihr vor Juve die Flucht ergriffen hatte, war er auf der Suche nach dem Geheimpolizisten und dann auf den Spuren von Fantomas selbst! Er hatte sich keine Sekunde Ruhe gegönnt.

Nun aber waren sein Kopf und seine Körperkräfte am Ende.

Die Vorfälle im Casino waren nicht dazu angetan gewesen, ihm seine Gemütsruhe wiederzugeben.

Mitten in der Nacht war er ausser Atem wer weiss wie weit gelaufen.

Schliesslich hatte er das ganze Treiben satt gehabt und hatte sich gegen zwei Uhr morgens nahe bei Bouzilles Felsenklause unter hohen Bäumen auf eine grüne Böschung sinken lassen und war dort eingeschlafen, ganz gleich, was für Gefahren diese Ruhepause unter freiem Himmel und in unsicherer Gegend für ihn mit sich bringen mochte.

Er hatte nicht weiter darüber nachgedacht, doch nun wurde es ihm bewusst, und der Journalist bereute bitter seinen Leichtsinn, als er die Horde unheimlicher Männer um sich sah, die ihn aus dem Schlaf gerüttelt hatte und mit ihren Revolvern bedrohte!

Er rieb sich instinktiv die Augen und sah sich seine Angreifer an.

– Na sowas! rief er plötzlich mit einer Stimme, die freundlich klingen sollte, denn der Journalist, der sich niemals geschlagen gab, war sicher, dass er sich dank irgendeiner List aus der Patsche ziehen würde. Ja gibt's denn sowas! Das ist doch unser Freund, der Küster, der seinen Ballermann gegen mich gerichtet hält! ...

Der Küster gab keinen Mucks von sich.

Er nickte zwar, aber um seine Lippen spielte ein grimmiges Lächeln.

Als nächsten erkannte Fandor den Rauschebart.

Und schon rief er:

– Weiss Gott, das sind ja lauter alte Bekannte! Da ist ja auch, wenn ich mich nicht irre, unser guter Ochsenauge, vormals der Kumpel von Laternenpfahl.

Sie alle hatten hier nicht die Apachenmanieren, die sie an sich haben, wenn sie in Paris wohnen.

Um in Monaco 'in Aktion zu treten', hatten sich selbstverständlich alle miteinander dem Lebensstil der eleganten Welt an der Côte d'Azur angepasst.

Da sie es trotz ihrer korrekten Kleidung nicht fertig brachten, in die vornehme Gesellschaft aufgenommen zu werden, hatten sie sich teils als herrschaftliche Kutscher und teils als Autofahrer verkleidet.

Fandor erkannte auch den vierten Ganoven, der ein paar Meter weiter hinten stand:

Es war Mario Isolino.

– Sieh mal an, der Kümmelblättler, rief er voller Überraschung, den Kerl frei herumlaufen zu sehen ...

Mario Isolino war es alles andere als angenehm, dass er erkannt worden war; er kam einen Schritt näher und wollte schon beteuern, dass er bei dieser ganzen Angelegenheit nur eine Statistenrolle spiele, als der Küster ihn mit einem plötzlichen Rippenstoss zurückschubste:

– Du Makkaroni da hinten, rief er, halt du die Klappe, du bist nicht gefragt!

Mario Isolino zögerte nicht lange, sondern machte auf der Stelle kehrt und stellte sich vorsichtshalber etwas abseits, denn er würde kein Sterbenswörtchen mehr von sich geben.

Der Italiener hatte Fantomas' Befehle gewissenhaft ausgeführt.

Am bezeichneten Orte hatte er die Bande angetroffen, dem Küster das Netz übergeben und war dann, dem Befehl des Küsters entsprechend, mit dem ganzen Trüppchen mitgegangen.

Und von nun an würde er, was auch geschehen mochte, der Räuberbande auf dem Fusse folgen. Waren ihm die Leute nicht überlegen, zumindest zahlenmässig? Und die Zahl war für Mario das einzig Entscheidende.

Fandors süsslich versöhnliche Worte machten auf seine Angreifer nicht den geringsten Eindruck. Der Journalist merkte es und blickte immer ärgerlicher auf die Revolverläufe, die nach wie vor auf seine Brust gerichtet waren, während ihm nicht die geringste Bewegung gestattet war.

Fandor wurde immer unwohler.

Was wollten die Leute von ihm?

Er sollte es bald erfahren.

– Fandor, fragte ihn der Küster, wir wolln mal ein offenes Wort miteinander reden ... du weisst doch, was eine Wanze ist?

– Jaja, meinte Fandor, ich ahne es jedenfalls ... Das Tierchen hat Flügelchen, Fühlerchen ...

Der Küster unterbrach ihn:

– Ja und das quatscht auch herum, und das viel zu oft. Weisst du auch, was man mit diesen Viechern macht?

– Ja, du lieber Gott, fuhr Fandor fort, der es langsam mit der Angst bekam, es aber durch Witzchen vertuschen wollte, ich stelle mir vor, dass man sich gar nicht darum kümmert und sie einfach herumkrabbeln lässt ...

– Nein, unterbrach nochmals der Küster und fügte mit grimmiger Stimme hinzu:

– Eine Wanze, wenn die einem unter die Finger kommt, dann zerdrückt, zerquetscht, vernichtet man sie ...

Und er fügte wütend und boshaft hinzu:

– Die Wanzen vertilgt man, wie wir dich vertilgen werden, du bist genau so widerlich wie dieses widerliche Ungeziefer.

— Jawohl, so ist es, fuhr der Apache, immer lebhafter werdend, fort. Wenn heutzutage Kumpels von uns in Neukaledonien herumspazieren dürfen und andere im Grossknast langsam verrecken, und andere schon wieder wartend am Drehkreuz stehn, wenn auch welche aufs Rübenfeld expediert worden sind, dann hat das mit dir zu tun, Fandor, und mit diesem Saukerl von Juve, deinem Freund ... Wir haben dich schon lange aufm Kieker, jetzt haben wir dich, da gibts kein Gefackel! ... Jetzt musste blechen, Fandor, die Stunde hat geschlagen, es wird im voraus berappt ... jetzt geht es dir an den Kragen.

— Na schön, dachte Fandor, das kann übel ausgehen ...

Trotz seines unerschütterlichen Gleichmuts erblasste er.

— Ich fürchte, dass diese Halunken kein pardon kennen, Schluss, aus und fertig ... nette Aussichten!

Der Journalist überlegte nicht lange, er wollte keine Zeit mehr damit verlieren. Wenn er schon dran glauben sollte, dann besser, kurzen Prozess machen. Er reizte, er beschimpfte sie:

— Ihr Scheisskerle, Ihr Feiglinge Ihr! brüllte er ... knallt mich doch ab, ihr könnt es ja ... Ich schwöre euch, wenn ich könnte, würde ich mit Vergnügen ein paar von euch übern Haufen schiessen ... Nu knall doch los, Küster, du Unglücksrabe, wenn ich dich nicht umlegen soll wie einen Hund!

Er war wild entschlossen, wie ein Berserker zu kämpfen und sein Leben mit unbezähmbarer Energie zu verteidigen. Schon griff er in die Tasche und zückte seinen Revolver.

Doch einer packte ihn am Arm und versetzte ihm einen heftigen Schlag auf das Armgelenk, so dass er seine Waffe loslassen musste.

— Na, prost Mahlzeit! fluchte er innerlich, ich bin erledigt!

Instinktiv schloss Fandor die Augen, dachte an Juve und an den letzten liebreichen, köstlichen Anblick, den er zwei Stunden vorher genossen hatte, und schon überwältigte ihn die Erinnerung an Fantomas' Tochter.

Die Sekunden kamen ihm vor wie Stunden.

Er wartete und wartete angstvoll auf den Todesstoss, den endgültigen Schlag, die Mordkugel, die seinem gefahrvollen Leben ein Ende machen würde. Die heldenhafte Geschichte und die grossartigen Abenteuer von Jérôme Fandor – aus und vorbei!

Obgleich sich der Journalist, ohne recht zu wissen wie und warum, nicht rühren konnte und die Nase im Staub hatte, hörte er keinen Revolverschuss krachen.

Hingegen vernahm er deutlich die Worte seiner Angreifer:
– Die Stricke gehen in Ordnung, erklärte der Küster ... nun aber das Netz.
Fandor, der an Händen und Füssen gefesselt war, sah dann, wie Mario Isolino auf ein Zeichen des Küsters herankroch und neben ihm, dem kommenden Opfer der Apachen, ein grosses Netz auf dem Boden ausbreitete, ein engmaschiges Netz aus gediegenem, haltbarem Material, eine Art Fischernetz oder Hängematte ...
– Was haben die bloss mit mir vor? dachte Fandor, und das Herz klopfte ihm fast zum Zerspringen.
Der Küster, der offenbar merkte, was in ihm vorging, gab ihm mit hämischem Lächeln Bescheid. Er erklärte:
– Die Revolver machen soviel Krach, und man findet die, die gefeuert haben, schon wegen der Wunde, die vom gleichen Kaliber ist wie die Kugeln ... das weisst du doch, Fandor, hast ja schon viel gelernt bei der Polente, oder? ... Aber wir auch ... wir sind keine Idioten ... ausserdem haben wir ausdrückliche Anweisung, deinen Pelz zu schonen, es gibt etwas Besseres, du wirst schon sehen!
Damit wandte sich der Küster zu seinen Mordgesellen um:
– Vorwärts, ihr beiden! Rauschebart ... Ochsenauge ...! Packt das Paket an, und dann los in Richtung Felswand! ... Ich geh voran, um notfalls den Weg freizumachen ... und der Makkaroni markiert das Schlusslicht!
Im Nu hatten die beiden Helfershelfer des Küsters den Journalisten, der in sein Netz eingerollt, ja sozusagen eingenäht war und sich immer weniger bewegen konnte, auf ihre Schultern gehievt.
Er begriff jetzt, welches Los ihn erwartete.
Sie hatten gewiss vor, ihn von einem Felsen herab ins Meer zu schleudern.
Aber jetzt war ihm alles egal. Es regte ihn nicht mehr auf, dass sein Abenteuer bald ein schreckliches Ende nehmen würde, denn er hatte sich von den Worten des Küsters nur eins gemerkt:
Nämlich dass der Apache Befehle erhalten hatte und sich danach richtete!
Wer konnte diesen finsteren Gesellen Anweisungen gegeben haben, die sie auch befolgten?
Wer konnte soviel Interesse daran haben, Fandor loszuwerden? Wer besass soviel Grausamkeit, ihn in einen so schrecklichen Tod zu schicken?
Bei Gott, es gab keinen Zweifel, es war, es konnte nur einer sein: Fantomas!

27. Zwischen Himmel und Meer

– Sind Sie es, Monsieur Juve?
– Ja, Monsieur de Vaugreland, ich bin's ... Sie haben mich rufen lassen?
– Ja, ich wollte etwas mit Ihnen besprechen. Bitte nehmen Sie doch Platz.

Monsieur de Vaugreland sass in seinem Arbeitszimmer und empfing Juve mit jenem undefinierbaren Ton in der Stimme, der den freundlichsten Worten einen unangenehmen Beiklang gibt.

Monsieur de Vaugreland schien seine Selbstsicherheit wiedergewonnen zu haben, die er vor einem Monat nicht mehr besessen hatte. Er war nicht mehr der schwergeprüfte, innerlich gebrochene Mann, wie Juve ihn lange gekannt hatte, er war nicht mehr der Direktor, der nicht wagte, eine Anordnung zu geben oder auch nur einen Wunsch zu äussern; der Direktor, der da den Geheimpolizisten empfing, war, ganz im Gegenteil, ein Chef, ein Dienstherr, ein Vorgesetzter ...

Was mochte dieser Wandel bedeuten?

Juve ahnte es nicht im entferntesten, und bei seiner inneren Gelassenheit interessierte es ihn auch nicht weiter, warum sich das Benehmen eines Menschen geändert hatte, der ihm im Grunde gleichgültig war. Juve merkte natürlich genau, welcher Art der Empfang war, liess sich nicht beeindrucken, sondern nahm ganz geruhsam in einem der Sessel Platz, die vor dem Schreibtisch des Direktors standen, und wartete ab, bis sich Monsieur de Vaugreland dazu bequemen würde, ihm das mitzuteilen, was er im Sinn hatte.

Er brauchte nicht lange zu warten ...

Monsieur de Vaugreland, der, um sich eine Haltung zu geben, mit einem langen Papiermesser auf dem kristallenen Rand eines Aschenbechers herumklopfte, in dem sich die von ihm so sehr geschätzten orientalischen Zigaretten ansammelten, erklärte kurz und bündig:

– Ist Ihnen eigentlich klar, Monsieur Juve, was hier vorgeht?
– Oh ja, das will ich meinen! antwortete Juve.
– Was gedenken Sie also zu tun?
– Wieso, was ich zu tun gedenke? Was meinen Sie damit? ...

– Ich meine, bester Herr – und Monsieur de Vaugreland schlug einen hohen Ton an, um seinen Worten mehr Gewicht zu verleihen – dass ich mich sehr freuen würde, zu erfahren, ob Sie einen neuen Ermittlungsplan ausgearbeitet haben! ...

– Einen neuen Ermittlungsplan?

– Ja ... mit anderen Worten, ob Sie beschlossen haben, etwas geschickter vorzugehen als bisher! ...

Juve, der sich vorgenommen hatte, ganz ruhig zu bleiben, zuckte bei diesen Worten doch ein wenig zusammen.

Etwas geschickter vorgehen!

Das ging wohl doch etwas zu weit! Der Direktor des Casinos gebrauchte Sätze, die er besser für sich behalten hätte!

Juve wollte es ihm zu verstehen geben:

– Bester Herr, antwortete der Geheimpolizist, Ihre Worte sind aggressiv und bösartig. Sie fragen mich, ob ich die Absicht hätte, in Zukunft geschickter vorzugehen als bisher? ... Was Sie nicht sagen! Ich glaube eigentlich nicht, sehr ungeschickt gewesen zu sein! ...

Doch Juve blieb gar keine Zeit, zu Ende zu sprechen ...

Monsieur de Vaugreland, der an sich sehr sanftmütig war, gehörte zu jenen Menschen, die, wenn sie einmal in Wut geraten, viel gefährlicher sind als alle andern. Das war kein gutmütiges Schaf mehr, das Juve da vor sich hatte, sondern ein wildgewordener Hammel, für den die Zoologie zwar keine Beschreibung liefert, der aber, wie jedermann weiss, zu den Schlimmsten seiner Art gehört! ...

Monsieur de Vaugreland schlug mit geballter Energie auf seinen Schreibtisch:

– Ach, wirklich? brauste er in ironischem Ton auf, Sie finden also, dass Sie nicht ungeschickt verfahren sind? Da frage ich mich wirklich, Monsieur Juve, ob Ihnen klar ist, was hier seit einem Monat alles passiert ist!

– Keine Angst, Monsieur de Vaugreland! Ich garantiere Ihnen, es ist mir durchaus klar!

– Und Sie sind auch der Meinung, dass Sie nichts Ungeschicktes gemacht haben?

– So ist es, Monsieur de Vaugreland!

– Na, das soll wohl ein Scherz sein! ...

Nun wurde es Juve doch langsam zuviel:

– Mag sein, dass ich scherze, Monsieur de Vaugreland, ich möchte aber doch gerne wissen, was Sie zu einer solchen Redeweise veranlasst ...

Monsieur de Vaugreland erhob sich. Er faltete die Hände wie zum Gebet und schien die Götter als Zeugen für die Wahrhaftigkeit seiner Worte anzurufen ... Nach dieser stummen Gebärde fuhr er fort:

– Aber alles! alles! Monsieur Juve, alles! ... alles, ohne Ausnahme! ...

Und als Juve nur verblüfft guckte, fuhr Monsieur de Vaugreland fort:

– Nun überlegen Sie doch mal, zum Teufel! Wie soll ich das verstehen? Da gibt es hier ein geheimnisvolles Verbrechen, den Mord an Norbert du Rand ... und um diesen Mord aufzuklären, wende ich mich an die Pariser Kriminalpolizei mit der Bitte, mir einen geschickten Kriminalbeamten herzuschicken.

– Daraufhin hat die Pariser Kripo mich hergeschickt! fiel Juve ihm ins Wort ...

– Ja, eben! Da schickt man Sie her. Aber nun sagen Sie mal selber: was ist hier seit Ihrer Ankunft geschehen? Ein Senator wurde ermordet, mein Kassierer wurde ermordet, die Geliebte meines Kassierers wurde ermordet ... kurzum, der Skandale sind auf einmal so viele, dass Monaco eine Räuberhöhle zu werden scheint! ... Und das habe ich Ihrem Herkommen zu verdanken, Monsieur Juve! ... Soll ich etwa damit zufrieden sein? Habe ich Grund, anzunehmen, dass Sie nicht imstande sind, das aufzuklären, was man schon 'die Mysterien des Casinos' nennt?

Während Juve die Schmährede von Monsieur de Vaugreland über sich ergehen liess, konnte er ein Schmunzeln nicht unterdrücken ...

Dieser ungewöhnliche Mann hatte sich derart in der Gewalt, dass ihn die Vorwürfe gar nicht aufregten. Sie ärgerten ihn nicht, sie machten ihn vielmehr neugierig ...

– Warum, zum Teufel, sagte sich Juve, macht mir Monsieur de Vaugreland bloss diese völlig unnötige, blödsinnige Szene? Vor zwei Tagen noch war er mir blind ergeben. Wer hat mich nur in seinem Urteil so heruntermachen können? ...

Aber auf diese Frage, die er sich selber stellte, wusste Juve keine Antwort.

Wie gross sein Talent als Kriminalbeamter auch sein mochte, so konnte Juve wirklich nicht auf die Idee kommen, dass sich die Haltung des Direktors der 'Société des Bains' ihm gegenüber geändert hatte, weil Juves Todfeind Fantomas dreist genug gewesen war, Monsieur de Vaugreland einen Besuch abzustatten!

Er musste jedoch dem Direktor etwas antworten.

Juve riss sich aus seinen Betrachtungen und versuchte, den ihm gemachten Vorwürfen etwas Beruhigendes entgegenzuhalten:

– Ich gebe zu, Monsieur, erklärte er sehr gelassen und den wuterfüllten Sätzen seines Gegenübers ohne Schärfe antwortend, dass die Skandale, seit wir, genauer gesagt seit ich und mein Freund Fandor, in Monaco sind, tatsächlich überhand genommen haben; mir scheint jedoch, Sie vergessen, dass meine Tätigkeit hier nicht immer nutzlos war? ...

– Was Sie nicht sagen! Worin bestanden denn Ihre Verdienste? ...

– Denken wir nur an einen Trick, den ich an einem Ihrer Roulette-Tische entdeckt habe, an dem mit einer für Ihre Bank geradezu ruinösen Regelmässigkeit die Sieben herauskam? Ich glaube, Monsieur de Vaugreland, an diesem Tage ...

Doch der Direktor der 'Société des Bains' hatte es wohl darauf abgesehen, Juve aufs äusserste zu reizen!

Anstatt anzuerkennen, dass der Geheimpolizist recht hatte und dass Juve in der Tat durch die Aufdeckung des Tricks dem Spielcasino einen bedeutenden Dienst erwiesen hatte, platzte der Direktor abermals mit Beschuldigungen heraus:

– An diesem Tage, antwortete Monsieur de Vaugreland, haben Sie sich mehr als ungeschickt benommen! Sie haben Ihre völlige Unfähigkeit an den Tag gelegt! Gut, da war diese Manipulation ... aber war es denn nötig, dies überall herum zu posaunen, wie Sie es getan haben? Wissen Sie, wenn Sie dem Casino hätten schaden wollen, so hätten Sie es nicht besser anstellen können! ...

Darauf sagte Juve nichts mehr.

Der gute Mann wusste genau, dass die Vorwürfe von Monsieur de Vaugreland ungerechtfertigt waren.

Er bestätigte sich selbst seine Gewissenhaftigkeit, ohne sich etwas darauf einzubilden, aber auch ohne falsche Bescheidenheit ...

Juve gestand sich ein, dass die Verbrechen überhand genommen hatten, aber er sagte sich auch, dass dies nicht an ihm lag und dass er wahrscheinlich allein durch seine Gegenwart andere Verbrechen verhindert hatte.

Letzten Endes war er es ja gewesen, der diese geheimnisvollen Morde aufgeklärt hatte! ...

Er war es gewesen, der nachgewiesen hatte, auf welche Weise Louis

Meynan umgebracht worden war; er war es wiederum, der den aussergewöhnlichen Tod der Isabelle de Guerray plausibel beschrieben hatte.

Und all dies würde gewiss in Kürze zur Verhaftung der Täter führen ...

Warum also tobte Monsieur de Vaugreland dermassen?

Juve fragte sich immer mehr, was wohl den Zorn des Direktors erklären mochte. Wenn er es auch unzulässig fand, dass Monsieur de Vaugreland in solch vorwurfsvollem Ton zu ihm gesprochen hatte, gelang es ihm nicht, trotz angestrengten Nachdenkens herauszubekommen, was wohl der Anlass für das befremdliche Verhalten des Monsieur de Vaugreland sein konnte.

– Er ist wütend, sagte sich Juve, das geht aber nicht mit rechten Dingen zu! Wer, zum Teufel, hat ihn bloss so in Rage gebracht? ...

Als Monsieur de Vaugreland verstummte, beschloss Juve kurzweg, ihm nun seinerseits Fragen zu stellen:

– Das ist doch allerhand, sagte nun der Geheimpolizist, verschränkte die Arme und sah Monsieur de Vaugreland fest in die Augen, wobei er sogleich mit Vergnügen feststellte, dass sein Gegenüber ein gut Teil von seinem selbstgefälligen Selbstvertrauen einbüsste. Das ist doch allerhand, worauf wollen Sie hinaus? Ich kann mir doch denken, dass Sie mich nicht bloss herbeordert haben, um mir den Kopf zu waschen? Also? Frisch heraus mit der Sprache! Was wollen Sie von mir? ...

Monsieur de Vaugreland zögerte nicht lange.

Er glaubte, die Gelegenheit sei günstig, nunmehr Juve mit dem ersten Punkt seines Plans bekanntzumachen, den er verwirklicht zu sehen wünschte:

– Worauf ich hinaus will, sagte er, ist Folgendes: wenn der Mörder nicht innerhalb von achtundvierzig Stunden hinter Schloss und Riegel sitzt, gibt es für mich, so leid es mir tut, nur noch eins: Ich wende mich von neuem an die Pariser Kriminalbehörde und ersuche sie, mir einen Ihrer Kollegen herzuschicken. Dann steht es Ihnen und Ihrem Freund, Ihrem ungewöhnlichen Sekretär, frei, die Sache in andere Hände zu geben! ...

Monsieur de Vaugreland rechnete damit, dass Juve, wütend über diese Worte, unverzüglich alles stehen und liegen lassen und mit dem nächsten Zug nach Paris zurückfahren würde, was Monsieur de Vaugreland, gemäss seinen Abmachungen mit Fantomas, sich aus vollem Herzen wünschte.

Nun aber zeigte Juve, entgegen den Erwartungen von Monsieur de Vaugreland, keinerlei Anzeichen der Empörung. Er lachte nur, das war alles.

Es war ein gemütliches, ein zufriedenes Lachen. Und erst als er sich ausgelacht hatte, entschloss er sich zu entgegnen:

– Nun gut, sagte Juve, Sie stellen mir da ein Ultimatum, Monsieur de Vaugreland? Wenn es nach Ihnen ginge, dann müsste ich also entweder innerhalb von achtundvierzig Stunden den Täter verhaften oder verschwinden, nicht wahr?

– Ja, genau das! ...

– Tja, Herr Direktor, so leid es mir tut, aber ich befürchte, dass Ihr Ultimatum ohne Wirkung verpuffen wird! Erstens, und ohne Ihnen zu nahe treten zu wollen, darf ich Ihre Aufmerksamkeit darauf lenken, dass ich nicht in Ihren Diensten stehe und dass es mir folglich, auch wenn Sie mich wegschikken, völlig freisteht, hierzubleiben! ... Alsdann sollten Sie bedenken, dass es auf der ganzen Welt keinen einzigen Polizisten gibt, der sich verpflichten könnte, einen Mörder, wer immer es sei, innerhalb von achtundvierzig Stunden zu fassen; vielleicht schnappe ich ihn in zehn Minuten, vielleicht aber auch erst in zehn Tagen oder in zehn Jahren; das weiss kein Mensch ... und ich noch weniger als jeder andere! ... Ausserdem dürfen Sie nicht vergessen, dass, wenn man auf Ihre Depesche hin mich zu Ihnen nach Monaco geschickt hat, um Ihnen zu helfen, dies geschah, weil man auf der Polizeibehörde der Meinung war, ich allein sei in der Lage, den Mörder von Norbert du Rand zu fassen. Glauben Sie nun wirklich, ein einziges Telegramm von Ihnen könnte meine Vorgesetzten dazu veranlassen, ihre Auffassung zu ändern? Nein, Herr Direktor, Ihr Ultimatum hat wenig Sinn! Ich weiss zwar nicht, aus welchem Grunde Sie mich loswerden wollen, aber eins sage ich Ihnen gleich: Sie werden es nicht so leicht schaffen, wie Sie anscheinend glaubten! ...

Während er sprach, hatte er immer wieder lächeln müssen, denn er freute sich letzten Endes, dass er Gelegenheit hatte, dem selbstgefälligen Direktor der 'Société des Bains' recht unverblümt die Meinung zu sagen!

Juve war so zufrieden mit der Lektion, die er Monsieur de Vaugreland erteilt hatte, dass er gerade noch eine bissige Bemerkung folgen lassen wollte, als die Tür zum Arbeitszimmer des Direktors aufging.

Es war ein Hausdiener, der in den Raum trat. Er hatte vergeblich geklopft, denn weder Juve noch Monsieur de Vaugreland hatten sein Rufen gehört, so hitzig war ihre Auseinandersetzung gewesen:

– Was gibt es? fragte Monsieur de Vaugreland ...

– Ich bringe Ihnen eine dringende Depesche, Herr Direktor ... der Semaphor hat sie eben hier abgeben lassen ... mit der Bitte, sie Ihnen unverzüglich auszuhändigen ...

– Na gut! Geben Sie her! ...

Monsieur de Vaugreland, der insgeheim froh war, Juve nicht sofort eine Antwort geben zu müssen, erbrach hastig das Telegramm und warf einen Blick darauf ...

Als er aber nun den ganzen Text der Depesche las, überkam den an und für sich ganz rechtschaffenen Mann ein Schaudern. Juve sah ihn ein wenig blass werden, und da vergass auch er seinen Groll und erkundigte sich mit plötzlich besorgter Stimme:

– Hoffentlich keine bösen Nachrichten? ... Es handelt sich doch nicht ...

Ohne viel zu überlegen, antwortete Monsieur de Vaugreland, der mit dem Entziffern des Telegramms fertig war:

– Es handelt sich um ... es handelt sich um Ihren Freund Fandor ... Ach, das ist ja abscheulich! Lesen Sie, Monsieur Juve, lesen Sie schnell! ... Wenn ich recht verstehe, ist man im Begriffe, ihn umzubringen! ...

Es handelte sich um Fandor! ...

Kaum war der Name des Journalisten gefallen, da wurde auch Juve leichenblass ...

Es gab zwar seit einigen Tagen zwischen den beiden Männern Meinungsverschiedenheiten. Zuweilen redete sich Juve sogar ein, Fandor hätte ihn verraten und arbeite, wohl aus Liebe zu einer Frau, aus Liebe zu Denise, Fantomas in die Hand.

Aber trotz allem war und blieb Fandor für Juve sein bester Freund, sein Kampfgefährte seit zehn Jahren, der treu ergebene Kamerad, der bis dahin niemals gegen die Ehre verstossen hatte!

Und ausgerechnet Fandor befand sich nun in Gefahr?

Monsieur de Vaugreland hielt die geheimnisvolle Depesche nicht länger in Händen ...

Wenn Fandor in Gefahr war, dann hiess es, koste es, was es wolle, ihm zu Hilfe eilen!

Juve riss das Telegramm an sich und las es in Sekundenschnelle.

Der Wortlaut war fast unverständlich.

Er lautete folgendermassen:

Von dem Kreuzer Skobeleff aus, auf dem ich mich aufhalte, glaube ich der Direktion des Casinos von Monaco dringend folgendes mitteilen zu müssen, damit sie die zuständige Stelle, insbesondere den Geheimpolizisten Juve verständigt: zur Stunde beobachten wir von Bord meines Schiffes aus, dass an der Nordspitze des Felsens ein Mann an einem Strick zwischen Himmel und Meer schwebt und dass er sich mit Sicherheit in grösster Lebensgefahr befindet. Soweit es angesichts der grossen Entfernung, in der wir uns befinden, möglich war, die Vorgänge zu verfolgen, schien es dem wachhabenden Offizier, der mir die Meldung erstattete, dass dieses so im Leeren schwebende Individuum dort mit Gewalt von einer Räuberbande von beängstigendem Aussehen festgebunden wurde. Von der Skobeleff aus ist es zwar unmöglich, die Gesichtszüge des so in Todesgefahr schwebenden Mannes genau zu erkennen, es könnte aber doch von Interesse sein, Ihnen mitzuteilen, dass dessen Gestalt Ähnlichkeit mit der des Journalisten Jérôme Fandor aufweist. Ich übermittle diese Angaben drahtlos und zeichne mit meinem Namen und Rang.

        Iwan Iwanowitsch
        Kommandant der Skobeleff

Juve las die geheimnisvolle Depesche einmal, zweimal.

Ausnahmsweise verlor auch er diesmal den Kopf.

War denn das möglich?

War das wirklich so?

Schwebte Fandor in solch einer entsetzlichen Gefahr?

Und was bedeutete es, dass ausgerechnet Iwan Iwanowitsch Juve benachrichtigen liess?

War das nicht gar eine Falle, die der russische Offizier Juve stellte?

Würde Juve, wenn er Fandor zu Hilfe eilte, nicht in irgendeinen furchtbaren Hinterhalt geraten?

Ganz verstört las Juve das ungewöhnliche Telegramm zum dritten Mal, als ihn Monsieur de Vaugreland unterbrach:

– Na? fragte er sehr überascht. Woran denken Sie denn, zum Teufel, Monsieur Juve? ... Soll ich Ihnen vielleicht vorschreiben, was Sie zu tun haben? Sie stürzen nicht fort, um Ihrem Freund Hilfe zu bringen?

Aber Juve schwankte immer mehr:

– Doch, doch! sagte er, ja doch! Ich renne schon los, im Gegenteil! ...

Während er noch sprach, warf er immer wieder einen Blick auf das Telegramm und wunderte sich über die Unterschrift; dann verliess Juve, ohne sich zu beeilen, das Büro von Monsieur de Vaugreland.

Kaum aber hatte er die Tür des Arbeitszimmers hinter sich zugezogen, kaum hatte er einige Schritte auf dem langen Wandelgang getan, da brach es aus dem Geheimpolizisten heraus:

– Mein Gott! ... Mein Gott! ... Was soll ich nur glauben? ... Was soll ich nur davon halten? murmelte er.

Seine Überraschung war verständlich, denn einige Meter vor sich sah er, wie jemand, ein Liedchen pfeifend, die Treppe hinunterging. Der Mann, dem er hier so unerwartet begegnete und den er vielmehr weit weg vermutete, war kein anderer als Iwan Iwanowitsch! ...

Juve war so verblüfft, dass er stehenblieb ...

Dann aber beschleunigte er seinen Gang und eilte dem russischen Offizier nach, um ihn einzuholen ...

Schliesslich blieb Juve, nachdem er sich so beeilt hatte, wiederum stehen ...

In seinem Innern kämpften verschiedene Gefühle miteinander!

– Donnerwetter, hatte sich der Geheimpolizist gesagt, als er Iwan Iwanowitsch gewahrte; das ist ja der Beweis, nach dem ich suchte! Da ist ja schon der Hinterhalt! Der Direktor und dieser Offizier stecken unter einer Decke! Nach dem Wortlaut der Depesche, die Iwan Iwanowitschs Unterschrift trägt, müsste dieser doch an Bord der *Skobeleff* sein; nun treibt er sich aber hier herum ...

In dem Augenblick war Juve losgerannt ...

Doch als er seinen Lauf beschleunigte, hatte er nochmals überlegt:

– Soll ich wirklich den Kerl gleich beim Schlafittchen packen? fragte er sich. Wird er mir nicht vielleicht weismachen, dass es üblich ist, dass beispielsweise der wachhabende Offizier, der an Bord geblieben ist, die von ihm abgesandten Funksprüche mit dem Namen des Kommandanten unterzeichnet? Was soll ich ihm in diesem Falle antworten? ...

Während er noch überlegte, sagte Juve sich bald:

– Ausserdem ... wenn ich ihm seine Lügen vorgehalten habe, was dann? Besitze ich stichhaltige Beweise gegen ihn?

Nein ... Na also ...

Und schon dachte Juve sich eine neue Verhaltensstrategie aus.

Der Geheimpolizist steckte ganz einfach die Hand in die Tasche, um sich zu vergewissern, ob sein Revolver, sein ewiger Begleiter, noch da sei ...

— Sicher ist sicher, brummelte er, es ist sozusagen erwiesen, dass man mich in einen Hinterhalt locken will ... Na gut! ... Es ist aber ebenfalls so gut wie sicher, dass man erwartet, ich würde vor lauter Entsetzen Hals über Kopf angerannt kommen, um meinem Freund schnurstracks Beistand zu leisten, ohne Argwohn und ohne an meine Verteidigung zu denken ... aber sachte! Mir scheint, all das zeigt mir deutlich, was ich zu tun habe! Was wäre, wenn ich den sonderbaren Offizier einfach laufen liesse und mich in aller Seelenruhe an die mir bezeichnete Stelle am Felsen begäbe? Wer gewarnt ist, ist schon halb gerettet! ... Immer sachte! ... Man kann nie wissen! So ein Hinterhalt könnte Iwan Iwanowitsch und zweifellos auch Fantomas teuer zu stehen kommen!

Nun zögerte er nicht länger.

Festen Schrittes und überzeugt, in eine Falle zu geraten, schlug er den Weg zum Felsen, zu den Klippen ein, die Richtung, die jener Iwan Iwanowitsch angegeben hatte, der sich angeblich an Bord der *Skobeleff* befand, in Wirklichkeit aber im Casino versteckt war ...

28. Dicke Freunde nun erst recht

Da er nun einmal entschlossen war, alles aufs Spiel zu setzen und sich in den Hinterhalt locken zu lassen, den Iwan Iwanowitsch, womöglich im Einvernehmen mit dem Direktor der 'Société des Bains' für ihn bereit hielt, musste Juve zur Tat schreiten.

Vielleicht war Fandor wirklich in Gefahr, wenngleich Juve daran zweifelte? Vielleicht stimmte es sogar, dass der Journalist einem verbrecherischen Anschlag zum Opfer gefallen war?

Juve mochte noch so böse auf seinen Ex-Freund sein, das hiess noch lange nicht, dass er nicht sofort zu Hilfe eilen würde, wenn er wusste, dass Fandor in Gefahr war!

Entgegen seiner Gewohnheit trieb ihn alles zur Eile, er stürzte los, rannte sogar zeitweise, um möglichst schnell an der besagten Stelle zu sein:

Potz Wetter, dachte der Geheimpolizist, eins von beidem: entweder will man mir den Garaus machen ... oder Fandor ...! Aber Fantomas wird schon sehen, mit wem er es zu tun hat, und dass ich imstande bin, jeden Schlag mit einem Gegenschlag zu vergelten! ...

Trotz aller Überstürzung vergass Juve nicht die nötigen Vorsichtsmassnahmen. Während er auf den Felsen zu lief, wo sich laut Telegramm der im Leeren 'hängende Mann', angeblich Fandor, befinden sollte, überlegte Juve:

– Was soll eigentlich diese Geschichte mit dem Aufhängen? ... Was ist zu tun?

Juve befürchtete, wenn er von oben über den Felsen zu der angegebenen Stelle käme, er schon bemerkt würde, bevor er überhaupt am Ziel war ...

– Es ist sinnlos, überlegte der Geheimpolizist, Leuten als Zielscheibe zu dienen, die mich höchstwahrscheinlich mit Freuden ins Reich der Toten spedieren würden! ... Also Köpfchen, Köpfchen!

Bei näherem Überlegen kam er zu dem Schluss, es sei besser, über den Uferweg zu der betreffenden Stelle zu gehen, das heisst unten an den Felsklippen entlang ...

Gesagt, getan. Ohne viel auf die Hindernisse zu achten, die sich ihm in den Weg stellten, lief er weiter, wobei er immer schärfer um sich blickte, je näher er seinem Ziel kam.

Die Stelle, die Juve durch Funkspruch bezeichnet worden war, eignete sich hervorragend für einen verbrecherischen Anschlag. Juve kannte sie recht gut, denn er war mehrmals dort tief in Gedanken spazieren gegangen.

Es war eine einsame, abgelegene Stelle, fern von allem Verkehr, und nicht einmal Schaulustige kamen hierhier, weil die Aussicht kaum anders als von der Strasse aus war, die man leicht von der Corniche aus erreichte.

An besagter Stelle war die Felswand nahezu sechzig Meter hoch und fiel steil ab ins Meer, das bei stürmischem Wetter unten gegen das Gestein brandete und bei ruhiger See durch einen schmalen, in die Felsenklippen gehauenen Pfad vom Wasser gerade noch getrennt war. Auf diesem Pfad eilte Juve, schneller und schneller werdend, seinem Ziel zu.

Doch plötzlich, als der Geheimpolizist aus einer kleinen Bucht in die Klippen heraustrat, zuckte er zusammen, blieb stehen, faltete die Hände und raste dann wie wild weiter ...

Juve hatte auf einmal ein grauenhaftes Bild vor sich gesehen! ...

Kaum hundert Meter von ihm entfernt hing einsam auf halber Höhe des Felsens, zwischen den unermesslichen Weiten von Himmel und Meer, eine schwere Last, der Körper eines Mannes, der an einer langen Trosse festgebunden war und vom Wind hin- und herbewegt wurde, und dieser Mann war Fandor.

– Barmherziger Gott! Der Funkspruch sagte also die Wahrheit?

Juve wollte schon losschreien: 'Fandor! ... Fandor! ...' um dem Journalisten zu verstehen zu geben, dass er ihm zu Hilfe komme, als ein schrecklicher Gedanke jeglichen Ruf in seiner Kehle zurückhielt.

– Was bedeutet das alles?

Wer hat Fandor gekapert und ausgerechnet hier, zwischen Himmel und Erde, an dem langen Tau aufgehängt?

Was für Marterungen hatte man mit ihm vor? ...

Juve konnte sich wahrhaftig nicht erklären, was für kriminelle Absichten dahinter steckten.

In diesem Augenblick befand sich der Journalist nicht in unmittelbarer Gefahr. Seine Lage war zwar alles andere als komfortabel; er musste, wie er da am Ende seines Stricks baumelte, von schlimmsten Schwindelgefühlen geplagt und fast bewusstlos von all den Stössen sein, die ihm immer wieder verpasst wurden, wenn er wie ein Strohsack ans Gestein der Felswand prallte, doch eine unmittelbare Gefahr schien nicht zu bestehen.

– Und doch, sagte sich Juve, hat man ihn nicht zum Spass hierher gebracht, es muss etwas Verbrecherisches dahinter stecken.

Ohne weiter nachzudenken, denn für langwierige Spekulationen war jetzt keine Zeit, rannte Juve, so schnell er nur immer konnte, dahin, wo er eben Fandor bemerkt hatte.

Aber Juve konnte nichts für den jungen Mann tun ...

Selbst wenn er unterhalb von ihm angekommen wäre, hätte er ihn ja gar nicht aus seiner bösen Lage befreien können, da Fandor dann fast vierzig Meter über ihm gehangen hätte ...

Als nun aber Juve mit schweissbedeckter Stirn und angstbeklommenem Herzen, das ihm zur Hälfte den Atem nahm, losrannte, erhob er instinktiv den Blick zum Gipfel des Felsens und spähte unwillkürlich danach, ob sich in der Umgegend nicht irgendein menschliches Wesen befände, ob da nicht jemand mit anpacken und ihm beim Abhängen von Fandor helfen könne ...

Und als Juve so nach oben blickte, konnte er kaum einen Schrei des Entsetzens zurückhalten, während er im Laufen innehielt, wankend noch ein paar Meter voranstolperte, dann mit gefalteten Händen auf die Knie fiel, so bestürzt, dass ihm die Tränen in die Augen traten, ohne dass er sich dessen selber bewusst war ...

Was hatte Juve denn nur gesehen?

Auf der äussersten Felskante, wenigstens zwanzig Meter von der Stelle entfernt, von der wohl der Strick ausging, an dem Fandor schwankte, hatte Juve die Gestalt eines menschlichen Wesens, einer Frau erblickt ...

Von da aus, wo er kniete, konnte Juve ihre Züge nicht erkennen; hingegen sah er sehr deutlich ihre Bewegungen, ihre Haltung, und diese Bewegungen, diese Haltung hatten ihn gerade so tief erschrecken lassen ...

Die auf der Höhe des Felsens befindliche Frau stand da und hielt in ihren Händen einen Karabiner, dessen bronzener Lauf hin und wieder in der Sonne aufblitzte ... Ganz langsam legte sie auf Fandor an und war schon im Begriff zu schiessen!

– Mein Gott! Mein Gott! dachte Juve, jetzt verstehe ich alles! ... Diejenigen, die meinen unseligen Freund mit Vorwürfen verfolgen, haben ihn bestimmt dazu verurteilt, ihnen als Zielscheibe zu dienen ... Es ist nichts anderes als eine Apachenrache! ... Einer nach dem anderen werden sie auf Fandor losballern! ... Er ist verloren! ... Und ich kann nichts für ihn tun! ...

Während sich Juve solchen Überlegungen hingab und dabei hin und wieder die Augen schloss, um nicht die Bewegungen des Mörders zu sehen, der sich anschickte, auf Fandor zu schiessen, um nicht die Frau zu erblicken, die als erste auf Fandor anlegte, setzte diese ganz langsam und gelassen ihr Zielen auf den jungen Mann fort ...

Mit einem Male richtete Juve sich wieder auf ...

– Ah! brach es in fürchterlich wütendem Ton aus ihm hervor, es soll nicht heissen, ich hätte nichts versucht, Fandor zu retten!...

Und im selben Augenblick zog Juve seinen Revolver aus der Tasche und legte seinerseits auf die Person an, die auf Fandor angelegt hatte ...

Juve nahm sich kaum die Zeit, richtig zu zielen ...

Die Sekunden schienen ihm jahrhundertelang zu dauern. Seine überspannten Sinne machten sich jede Minute darauf gefasst, den Knall des ersten auf Fandor abgegebenen Schusses zu hören ... Wollte er seinen Freund vor dem Tod bewahren, der diesem drohte, so musste er, bevor losgefeuert wurde, selber töten, ohne Erbarmen töten!

Juve verschoss die sechs Patronen seines Revolvers ...

Aber er hatte leider den Abstand schlecht geschätzt.

Von der Stelle, wo sich Juve befand, bis zur Stelle, wo die auf den Journalisten zielende Frau stand, war die Entfernung zu gross, als dass der Revolver von Juve irgendetwas hätte ausrichten können ...

Die Kugeln des Geheimpolizisten gingen erfolglos in die Leere ...

Kaum, dass beim Knallen des Revolvers die auf Fandor zielende Unbekannte zusammengezuckt wäre.

Da hielt sich Juve die Augen zu.

Da er nun keine Patronen mehr hatte und nichts mehr tun konnte, dachte er, Fandor sei verloren ... rettungslos verloren ...

Konnte er ihn denn so umkommen lassen, ohne etwas zur Linderung seines Todesschmerzes beizutragen?

In der Höllenangst, die ihm in dieser Minute die Kehle zuschnürte, fand Juve die einzigen Worte, die seinem Empfinden nach dem Todgeweihten Trost zu spenden vermochten.

– Fandor! Fandor! brüllte er, und seine Worte hallten schaurig verstärkt als Echos wider ... Fandor! Fandor! Ich vergebe dir! ...

Doch die Worte von Juve hallten noch in der tiefen, ruhigen Stille des unendlichen Meeres und der menschenleeren Felder, als mit scharfem Knall ein Schuss ertönte!

Unwillkürlich schaute Juve auf.

Die Frau war es, die oben vom Felsen herab, nach peinlich genauer Vorbereitung ihres Anschlags, gerade Feuer gegeben hatte ...

Fandor war tot! ...

Fandor musste jetzt tot sein! ...

Juve, der mit schrecklichem Gesichtsausdruck die Gesten der Unbekannten genau verfolgte, begriff überhaupt nicht, warum sie wohl ein so fröhliches 'Vivat' ausstiess, und weshalb sie zum Zeichen ihrer überströmenden Freude in die Hände klatschte. Er wagte es kaum, den Kopf abzuwenden, um zu sehen, was aus dem Journalisten geworden sei ... Und es bedurfte eines an seine Ohren dringenden fröhlich klingenden Satzes, damit er den Blick erhob:

– Heda, Juve! tönte Fandors Stimme, eine Stimme, die keineswegs zitterte; wirklich nett von Ihnen, mir zu vergeben, ist sehr edelmütig von Ihnen ... um so mehr, als ich mir gar nichts vorzuwerfen habe ... Aber, Himmelarschundwolkenbruch, ich wäre Ihnen ja noch viel dankbarer, wenn Sie sich nur die Mühe machen wollten, mich von da oben abzuhängen! ... Ich habe es nämlich satt, hier noch länger die Hängelampe zu spielen! ...

Eine halbe Stunde später sassen Juve und Fandor wohlbehalten in der Deckung eines Gehölzes oben auf der Steilküste! ...

Sobald der geheimnisvolle Schuss abgegeben war, sobald Juve Fandors Rufen gehört hatte, war er auf eine steil ansteigende, feste Leiter zugerannt, die etwa hundert Meter weiter für die Zwecke der Zollbehörde an der Felswand angebracht war, hatte sie den Berghang entlang erklommen und war oben auf dem Felsen angelangt. Ohne weiteres hatte er dann den Baum gefunden, an den das Seil geknüpft worden war, an dessen Ende Fandor baumelte, er hatte dieses Seil eingeholt, den daran festgebundenen, an Händen und Füssen gefesselten Journalisten hochgezogen: er hatte ihn gerettet! ...

Von der Frau, die auf Fandor geschossen hatte, war weit und breit nichts zu sehen! ...

Und nun befragte Juve angstvoll den Journalisten:

– Sag mal, was ist dir denn eigentlich passiert? Wer war denn diese Frau, die auf dich geschossen hat?

Fandor, den Juve gerade von seinen Fesseln befreit hatte, räkelte sich nach Herzenslust, damit das Blut wieder in seinen schmerzenden Armen fliessen konnte, und verharrte zunächst einmal in Stillschweigen.

Er hielt Juve seine Hand weit geöffnet hin, und als der Geheimpolizist, seinem Groll zum Trotz, die seine freimütig und von Herzen da hinein legte, tauschten die beiden Männer einen festen Händedruck aus! ...

– Mein guter Juve! ...
– Mein armer Fandor ...

Juve wollte sich jedoch keinesfalls der Rührung hingeben:

– Diese Frau da ... wiederholte er, die Frau, die auf dich geschossen hat ... war das Denise? ...

Aber Fandor, der eigentlich nie lange Zeit brauchte, um seine Gelassenheit wiederzugewinnen, begnügte sich damit, auf die Frage des Geheimpolizisten mit einem Lächeln zu antworten.

Necklustig, wie er nun einmal war, legte es der Journalist darauf an, Juves Angst zu erregen ...

Erst als der Geheimpolizist ihn zum dritten Mal fragte, entschloss er sich zu antworten.

Er tat es übrigens mit spöttischen Worten. Er musste ja seinen Freund verblüffen:

— Also gut, gestand Fandor, das war Denise, die da visierte! Das war Fantomas' Tochter; nur, Juve, mit dem Vorwurf, das Mädchen habe auf mich gefeuert, da bist du auf dem Holzweg! ...

— Wie bitte? Sie hat nicht auf dich angelegt? ...

— Nie im Leben! ... Und sie hat mich sogar noch mehr gerettet als Sie ...

— Diese Frau? Na sowas! ...

Doch Fandor liess Juve nicht die Zeit, sich noch lange zu wundern:

— Mein Lieber! versetzte er halb lächelnd und halb scheltend, mein lieber Juve, versuchen Sie mal, zwei Minuten lang zu schweigen und mich anzuhören! ...

Fandor berichtete dem Geheimpolizisten kurz und bündig über die aussergewöhnlichen Abenteuer, die er gerade durchgemacht hatte. Er erzählte, wie sich die Apachen auf Fantomas' Befehl seiner Person bemächtigt hatten, wie er beschuldigt worden war, gleichsam als falscher Fuffziger gehandelt zu haben, wie man ihn gerichtet und dazu verurteilt hatte, vom Leben zum Tode gebracht zu werden.

Und er sagte dann:

— Nun aber, Juve, diese Schurken haben die absonderlichsten Einfälle! Anstatt mit mir kurzen Prozess zu machen, und das war ja doch ein leichtes für sie, da ich weder Arm noch Bein bewegen konnte, haben sie sich eine ganz irre Marterqual ausgedacht! Oh, nebenbei gesagt, ich nehme es ihnen gar nicht so übel! Ohne ihre hirnrissige Schrulle hätte ich jetzt gewiss schon den Styx hinter mir ... Hören Sie das bloss mal an ... sie haben mit mir Folgendes angestellt: Mein guter Juve, kaum hatten sie mich geschnappt, da banden sie mich, in ein Netz gewickelt, am Ende eines Seils fest, das Sie soeben freundlicherweise wieder eingeholt haben ... Also gut! Ich hing da am Ende dieser Strippe ... das war alles andere als angenehm, aber immerhin war da noch ein Fünkchen Hoffnung ... Aber, Pustekuchen! Da hatte ich mir schöne Illusionen gemacht ... Denken Sie nur, was die ausgeheckt hatten! ... Dreimal dürfen Sie raten!

— Nun red' schon! Zum Kuckuck!

— Also, Juve, die Knaben hatten da ein riesiges Brennglas an der Felswand angebracht. Diese Lupe war so ausgerichtet – oh, ich habe nicht lange gebraucht, um es herauszukriegen – dass sie in einem bestimmten Moment, gegen Mittag denke ich, ihre Strahlen gebündelt auf einen einzigen Punkt des Seils, an dem ich hing, lenken musste ...

Können Sie sich das vorstellen? Das Brennglas steckte dann das Seil in Brand, und ratsch, bums, ich plumpse in die Tiefe! Aus! ... Unter uns gesagt war das übrigens der Grund dafür, dass ich auf den Gedanken gekommen bin, mich selber wie ein Besessener am Ende des Seils hin und her zu schaukeln ... Unter diesen Umständen hatte ich nichts zu lachen ... Und Sie haben gemeint, es sei der Wind, der mich da hin und her pendeln liess? Nein, Juve! Ich selbst war es, der diese wilden Schwankungen hervorrief, um das Seil der Wirkung der Lupe zu entziehen und mich vor dem Hinunterpurzeln zu bewahren! ...

– Aber der Gewehrschuss, Fandor? ... Diese Frau, die da geschossen hat? ... Die Denise? ...

– Ach, Denise? Die macht Ihnen Sorgen! ... Also gut, ich sag's Ihnen noch einmal, sie war es, die mich gerettet hat! Während ich dabei war, wie ein Irrer herumzustrampeln, habe ich Denise mit einem Karabiner in der Hand kommen sehen.

Woher sie kam? Wodurch sie von der Gefahr wusste, in der ich mich befand? Davon habe ich, ehrlich gesagt, keine Ahnung!

Es steht jedenfalls fest, dass Denise sofort herausgefunden hat, welches die einzige Möglichkeit war, mich zu retten. Mein guter Juve, wenn Sie die Wahrheit wissen wollen, so war Denise bestimmt nicht darauf aus, das Seil heraufzuziehen ... Sie werfen mir vor, dass ich mit ihr in gutem Einvernehmen stehe? Das ist vollkommen falsch! In Wahrheit meidet mich Denise. Wie also hat sie es angestellt, mich zu retten? ... Offen gesagt, Juve, sie hat nicht gezögert! Fantomas' Tochter hat ihren Karabiner genau in dem Augenblick angelegt, als Sie kamen, und paff! schoss sie auf das Brennglas, das ihre Gewehrkugel in tausend Stücke zerspringen liess! ... Ich war weiterhin dazu verdammt, dort hängen zu bleiben, aber es bestand für mich nicht mehr die Gefahr, das Seil könne Feuer fangen, und das war die Hauptsache, da Sie ja andererseits gekommen waren und sich anschickten, mich wieder abzuhängen ...

Noch lange hatten Juve und Fandor von dem Mordanschlag gesprochen, dem Fandor eben mit knapper Not entronnen war ...

Als dieses Gesprächsthema erschöpft war, standen die beiden Männer einander zu ihrem Leidwesen wieder gegenüber und mussten andere, noch ernstere Fragen anschneiden.

Gewiss, Juve war Fandor zu Hilfe geeilt.

Gewiss, er hatte alles getan, was in seiner Macht stand, um den Journalisten vor dem scheusslichen Ende, das ihn bedrohte, zu bewahren ...

Aber Juve konnte dennoch nicht vergessen, dass Fandor ihn verraten, dass Fandor ihn zu wiederholten Malen betrogen hatte!

Und jetzt, da Juve dem natürlichen Trieb seiner alten Freundschaft gefolgt war, fühlte er, wie in ihm nach und nach wieder der Zorn aufkam, den er gegen Fandor wegen der verräterischen Handlungen hegte, die er ihm zum Vorwurf machte ...

Nun war es aber ausgerechnet Fandor, der das Gespräch wieder auf diese Themen brachte.

– Juve, so äusserte der Journalist, der, seinerseits hocherfreut, wieder mit seinem trefflichen Freund sprechen zu dürfen, keine Erinnerung mehr an die schwerwiegenden Gründe der zwischen ihnen bestehenden Uneinigkeit zu haben schien, Juve, ich muss Ihnen eine ganz unwahrscheinliche Geschichte erzählen! ...

Und da erstattete Fandor Juve lang und breit auf die natürlichste Weise, die man sich denken kann, den verblüffenden Bericht über die Haltung, die Iwan Iwanowitsch in seiner Gegenwart gezeigt hatte, als der russische Offizier nämlich den mit Banknoten vollgestopften Umschlag zurückwies, den ihm ein Türhüter des Casinos überbrachte ...

– Ich denke, schloss Fandor, ich denke, Juve, dass Ihnen jetzt klar wird, dass dies nicht das Verhalten eines Schuldigen ist?

– Aber während Fandor redete, war Juve vor lauter Staunen sprachlos geblieben.

Ohne einen Ausruf hatte er die Erzählung seines früheren Freundes angehört, und er musste nach Worten suchen, um ihm am Ende seine Überraschung mitzuteilen.

– Das ist ja nicht zu glauben, Fandor, erkärte Juve, was plapperst du mir da vor? Du willst gesehen haben, wie Iwan Iwanowitsch einen mit Banknoten vollgestopften Umschlag zurückwies? ... Aber, gerechter Strohsack, ich ... ja ich, Juve, hörst du wohl? ich habe nun gerade gesehen, dass er einen Umschlag angenommen hat, und zwar einen Umschlag, der in jeder Hinsicht dem von dir beschriebenen glich und ebenfalls mit Banknoten vollgestopft war ... Zum Teufel noch mal, einer von uns beiden ist doch wohl mit Blindheit geschlagen? ...

Und darauf wusste Fandor nichts zu antworten! ...

Wieder einmal sahen sich die beiden Männer genötigt, ein jeder offenbar guten Glaubens, ganz gegensätzliche Meinungen zu vertreten!

Wieder einmal sagte Fandor 'schwarz', wenn Juve 'weiss' sagte ...

Wieder einmal verdächtigte Juve Iwan Iwanowitsch, während Fandor ihn für unschuldig erklärte!

Ein Weilchen waren die beiden Freunde sprachlos, sahen sich schweigend an, gingen tief in sich, wollten ihre Gefühle befragen, wollten sich vielleicht hassen und erkannten schliesslich, dass trotz allem, obgleich einer das Gegenteil vom anderen behauptete, beide doch die Wahrheit sagten ...

Plötzlich hatte Fandor, lebhaft wie er nun einmal war, genug von dieser fragwürdigen Situation:

– Juve! Juve! rief er, Sie können doch nicht annehmen, ich sei ein Schuft, Herrgottnochmal, Sie wissen im Grunde sehr gut, dass ich nicht lüge, Sie können mir doch nicht Ihre Freundschaft verweigern? ...

– Ach, Fandor! ...

Und das war alles, was Juve erwiderte.

Nein, bei seiner Beklommenheit in dieser entsetzlichen Minute, in dieser qualvollen Minute, da er, der logische Kopf, sich zu törichter Vernunftwidrigkeit veranlasst fühlte, fand er keine Worte mehr!

Juve sagte nichts zu Fandor, aber er öffnete die Arme, er öffnete sie ihm ganz weit, weil Fandor eben tatsächlich die einzigen Worte ausgesprochen hatte, die Juve zu ergreifen vermochten; Worte, denen keinerlei Einrede gewachsen war ...

Das entsprach der Wahrheit: Juve konnte Fandor nicht der Lügenhaftigkeit bezichtigen! Er konnte, wenn er in gelassener Stimmung war, nicht glauben, der Journalist sei ein Verräter, ein Schuft, der Verbündete von Fantomas!

Lange, sehr lange lagen Juve und Fandor einander in den Armen, mit Tränen in den Augen, und beide waren so bewegt, dass es den Anschein hatte, als wollten ihre Herzen ihnen die Brust zersprengen, so heftig schlugen sie ...

– Fandor!
– Juve!
– Vergib mir, Fandor!
– Nein, Juve, vergeben Sie mir! Es hat mir an Vertrauen gefehlt!

– Und ich, ich habe dich verdächtigt! ...

Am Ende ihrer Kräfte, sassen sie noch eine Weile schweigend da, und dann, nachdem sie sich von neuem umarmt hatten, äusserte Juve:

– Mein Junge, ich allein war an allem schuld ... siehst du, diesen Vorwurf mache ich mir. Seit wir uns in diesem gottvermaledeiten Fürstentum Monaco aufhalten, bin ich nicht mehr der alte ... gespielt habe ich, Fandor, ich habe mich vom berauschenden Fieber des Spielens ergreifen lassen. Da liegt meine Schuld! ...

– Und ich, Juve, ich habe mich Denise gegenüber schwach gezeigt, ich glaube, ich habe Fantomas' Tochter geliebt!

– Ich vergebe dir, Fandor!

– Juve, das war nicht Ihre Schuld!

Diese beiden Männer, die zehn Jahre lang gemeinsam den entsetzlichsten Fährnissen die Stirn geboten hatten, die vor keinem Risiko zurückgeschreckt waren und ihre heldenhaften Bemühungen bis an die äussersten Grenzen ihrer Kräfte fortgesetzt hatten, gingen schüchtern miteinander um wie Kinder, machten sich Vorwürfe und baten um Vergebung!

Die Rührseligkeit dieser tatkräftigen Temperamente konnte jedoch nicht von langer Dauer sein. In seinem Ungestüm nahm Fandor die Diskussion wieder auf:

– Juve! Juve! ... sagte er, als Sie Iwan Iwanowitsch gesehen haben – denn ich glaube Ihnen voll und ganz – als sie ihn gesehen haben, wie er Geld annahm ... was haben sie da getan? ...

Ich bin auf ihn zugestürzt, Fandor, aber er ist geflohen, er ist davon gerannt! ... Ich hatte keinen Beweis, ich besass keine Handhabe zu seiner Verhaftung, ich habe ihn fliehen lassen! ...

– Und seither? ...

– Seither habe ich ihn nicht wieder gesehen ... ausser jetzt eben.

Fandor schien zu überlegen, dann äusserte er nachdenklich:

– Hören Sie, Juve, als ich Ihnen erzählte, dass Iwan Iwanowitsch gefangen sei, gefangen im Unterschlupf von Bouzille, da habe ich Sie nicht belogen ... und als ich Ihnen erzählte, ich hätte Iwan Iwanowitsch in der südlichen Wandelhalle gesehen, da habe ich Sie ebenfalls nicht belogen, nun weiss ich aber ganz genau, dass auch Sie nicht gelogen haben, als Sie das Gegenteil behaupteten. Folglich müssen wir beide einer unerhörten List oder einem unbegreiflichen Phänomen zum Opfer gefallen sein ... Unser persönliches

Missgeschick kommt einzig und allein daher, dass wir es nicht schaffen, hinter diese List zu kommen! ...

Juve, es gibt für uns nur eine einzige Möglichkeit, Klarheit in diese Dinge zu bringen: wir dürfen uns derartigen Widersprüchen nicht mehr aussetzen. Wir dürfen einander nicht mehr verlassen! Wir dürfen uns nicht mehr, nicht einmal auf eine Minute, voneinander trennen.

Juve, der Fandor mit grösster Aufmerksamkeit zugehört hatte, nickte bei jedem seiner Worte zustimmend und streckte dem Journalisten noch einmal die Hand hin:

– Komm, Fandor, sprach er, du hast Recht, du hast mein Vertrauen, komm! ... komm! ... wir wollen uns nicht mehr verlassen, wir wollen zusammen kämpfen und wir werden zusammen triumphieren! Wir müssen die Sache Hand in Hand ausfechten! ...

29. Angst!

– Keiner da? ... Nein! Keiner da! ... Niemand hat mich gehört! ... Hol's der Teufel, hab ich eine Angst gehabt, als ich unter den Drähten durchkroch ... es fehlte nicht viel, und mein Schlüssel hätte die Tür zur Geheimtreppe nicht aufgekriegt! ... Was ist doch dieser Monsieur de Vaugreland für ein Dummkopf! ... Der hat nicht einmal daran gedacht, dass ich, wenn ich ihm auch den Louis Meynan gestohlenen Schlüssel zurückbrachte, durchaus die Möglichkeit gehabt hatte, einen Abdruck zu machen und einen zweiten, genau gleichartigen anfertigen zu lassen ... Das tut mir wirklich leid! ... Weder Juve noch Fandor wären auf diesen plumpen Schwindel hereingefallen! ... Nun ja! Um so besser für mich! Kommt da wirklich keiner? ... Nein! ... Ich kann also in aller Ruhe zu Werke gehen ... Zu meinem Pech sieht man hier nicht mal die Hand vor den Augen. Ach, verflixt und zugenäht! ... da ist man so nahe am Ziel, und der Erfolg bleibt vielleicht doch noch aus! Verdammte Finsternis! Die wird mir die Sache erschweren, ich traue mich nicht, eine Laterne anzuzünden ...

Man konnte da in der Tat nicht einmal die Hand vor den Augen sehen, und die Person, die sich darüber beklagte, dass sie überhaupt nichts sehen konnte, hatte allen Grund, darüber zu erschrecken, wenn sie da etwas Heikles zu erledigen hatte ...

Wer aber war diese Person?

Und wo befand sie sich?

Es war ein Mann, dessen Züge man nicht erkennen konnte, so finster war es, dessen Gestalt allein aber schon furchtbar beeindruckend war.

Man hätte ihn zwar schlecht sehen, aber doch erahnen können.

Er war in der Dunkelheit gleichsam etwas noch Dunkleres, wie ein tiefschwarzer Fleck in der Finsternis! ...

Von seinen Schultern fiel in harmonischem Faltenwurf ein schwerer Mantel herab; es blickte keinerlei weisse Wäsche durch. Er trug wohl weder Kragen noch Manschetten; nicht der geringste fahle Fleck deutete sein Gesicht an ...

Sein Gesicht?

Selbst wenn sich irgendein Beobachter besonders bemüht hätte, um es zu entdecken, hätte er mit Sicherheit darauf verzichtet, sich diesen Wunsch zu erfüllen. Der Mann war ja nicht nur nicht erkennbar, es war faktisch unmöglich, ihn zu sehen. In gewissen Momenten hätte man in der Tat über seinem Antlitz eine Art Kapuze, eine Art langer Kapuze bemerken können, die, tief über seinen Schädel gezogen, seine Züge verdeckte und ihm in wallenden Falten über die Brust fiel.

Wer war denn dieser Mann?

Fantomas!

Allein schon aus der Geschmeidigkeit seiner Bewegungen, allein schon aus der Schlankheit seiner Gestalt, allein schon aus der gewollten Anonymität seiner Züge, welche die wallende Kapuze sorgsam verdeckte, hätte man auf die Identität des Herrn des Schreckens, des Königs des Entsetzens, des Unfassbaren Banditen schliessen können ...

Fantomas! Fantomas war es, der da im Dunkel herumschlich, mit unendlicher Vorsicht darauf bedacht zu sein schien, keinen Lärm zu machen, einen Schritt vorwärts, dann wieder einen rückwärts tat, irgendeinem geheimnisvollen Schatten gleich, der in der Geborgenheit der Düsternis sein Unwesen trieb, um sich einer satanischen, verbrecherischen Verrichtung zu widmen!

Wo aber befand er sich?

Um ihn herum war alles dunkel. Es war eine so undurchdringliche Dunkelheit wie die tiefschwarze Finsternis unterirdischer Gewölbe. Drum war die Luft auch dumpf, kühl und feucht.

Lange hätte man sich da keinem Zweifel hingeben können ... In einem Keller war's, wo Fantomas sich befand, einem unermesslichen Keller, einem Keller, den keinerlei Luftschacht erhellte, den anscheinend auch kein Gegenstand möblierte, in einem leeren, rätselhaften Keller!...

– Potz Blitz! brummelte der Bandit, der auf den Boden niedergekniet war und vor sich herumtastete, ich frage mich, ob ich jetzt nicht dabei bin, alles zu verpatzen, wenn ich weiter so im Dunkel herumhantiere ... ein falscher Griff genügt, und schon sind meine Hoffnungen dahin ... jedenfalls für heute!

Der Bandit regte sich nur langsam und führte in der Geborgenheit des Dunkels offenbar einen heiklen Handgriff aus.

Plötzlich rührte er sich nicht mehr ... neigte den Kopf und schien zu lauschen ...

Und es entsprach der Wirklichkeit, es stimmte, Fantomas lauschte ... wonach aber lauschte er denn? ...

In der tiefen Stille des Kellers war auf einmal ein leises Geräusch zu vernehmen ...

Es war ein ungewöhnliches, unbestimmbares, nicht zu beschreibendes Geräusch, gleichsam ein Summen, leise und eintönig, wie ein andauerndes Vibrieren, das Vibrieren, das die Drehung eines elektrischen Motors erzeugt.

War es denn aber ein Motor?

Es war jedenfalls das Summen einer Maschine ...

Es dauerte lange und war von entnervender Regelmässigkeit, von überraschender Stetigkeit ...

Dann wurde plötzlich das Summen durch ein anderes Geräusch abgelöst, das allerdings, und das war das Seltsame daran, von dem Summen selber herzurühren schien ...

Was war denn dieses neue Geräusch?

Es war wahrhaftig schwer zu sagen.

Es war so etwas wie eine Folge von knarrenden Lauten, von Knarrlauten, zwischen denen es zeitliche Intervalle von ungleicher Dauer gab. Man hätte meinen mögen, jemand ziehe eine riesige Uhr auf und es sei die Feder, deren Schnarren da hörbar wurde: knarr-knarr ... dann eine Pause ... knarr-knarr-knarr ... dann wieder eine Pause, dann wieder andere Schnarrlaute ...

Doch kaum hatte dieses Geräusch, dieses mechanische Geräusch aufgehört, kaum hatte das eintönige Summen wieder eingesetzt, da führte Fantomas ein Selbstgespräch:
– Zum Donnerwetter! Das ist gar nicht so einfach, wie ich mir das vorgestellt hatte! ... hm, hm! Werde ich mich dabei zurechtfinden? Ausserdem nehme ich an, wenn ich beim ersten Mal einen Fehler begehe, wird mir die Sache hernach überhaupt nicht mehr gelingen! ... Jetzt ganz behutsam vorgehen! ...
Und der Bandit verhielt sich wieder schweigend. Abermals waren die merkwürdigen Geräusche zu hören, erst das Summen, dann das Schnarren!
– Ich zähle: sechs! drei! zwei! und eins! ... also die Zahl 6 321! ... warum auch nicht? Aber, zum Teufel, wenn ich mir vorgestellt hätte, dass dies so umständlich sein könnte ...
Fantomas war indessen nicht jemand, der aus Misstrauen seine Vorsichtsmassnahmen übertrieb, weil diese sonst seine Unternehmungen lahmzulegen vermochten.
Zum dritten Male waren die gleichen Geräusche vernehmbar geworden, und wieder hatte Fantomas mitgezählt:
– Jawohl, wieder die Zahl 6 321, das ergibt keinerlei Sinn, aber was tut's? In solchen Fällen greift man immer aufs Geratewohl zu irgendwelchen Zahlen, gerade um zu vermeiden, dass man sie erraten kann ... also wollen wir uns nicht damit aufhalten ...
Eine Sekunde lang war im Keller kein Laut mehr zu hören, der Bandit musste nachdenken. Dann war Fantomas' Stimme wieder ganz leise zu hören. Der Unfassbare sprach zu sich selbst:
– Ob ich mal versuche, Licht zu machen? ... Wer kann das hier schon merken? ... Ach was, setzen wir alles auf eine Karte! ...
Mit einem Mal durchdrang ein heller Strahl die Finsternis ...
Der Mann mit der schwarzen Kapuze, der fürchterliche Herr des Schreckens, der düstere König des Entsetzens, der Foltermeister, der die ganze Welt in Angst versetzte, hatte sich wieder einmal seiner kleinen elektrischen Lampe bedient, die er stets bei sich trug ...
– Keiner da? Nichts Verdächtiges ... nein? Es war ja wirklich zu dumm, mich selbst zu dieser Finsternis zu verurteilen! ...
Fantomas, der eben den aus seiner Lampe strahlenden Lichtkegel ganz um sich herum geführt hatte, richtete ihn nun auf den Boden:

Und im hellen Strahl der Lampe erschien plötzlich ein Phonograph!
Der Bandit, der in dem Augenblick, da er seine Lampe anmachte, aufrecht gestanden hatte, kniete abermals zu Boden und beugte sich über den Apparat. Er setzte bald den Mechanismus des Phonographen in Gang, und die Platte vibrierte mit eintönigem Summen unter der Diamantspitze des Tonabnehmers ...
Und auf einmal ertönten in die Stille des Raums hinein von neuem jene ungewöhnlichen Knarrlaute.
Nunmehr aber hätte sich niemand mehr über deren Ursprung täuschen können. Mit Sicherheit waren diese Knarrlaute von dem Phonographen aufgenommen worden, sie waren es, die der Apparat wiedergab, sie waren es auch, die Fantomas mitgezählt hatte, als er ausrief:
– Sechs! ... Drei! ... Zwei! ... Eins! ... macht zusammen die Zahl 6 321! ...
Was überlegte sich der Bandit?
Nachdem er die Platte des Phonographen zu ungezählten Malen ihre Umdrehungen hatte vollführen lassen und mit ungewöhnlicher Aufmerksamkeit die von ihr hervorgebrachten Knarrlaute angehört hatte, richtete sich Fantomas plötzlich wieder auf, stellte den Apparat ab und begab sich dann mit einem Schmunzeln, seinen Weg mit seiner Lampe beleuchtend, in den Hintergrund des Kellers ...
– Und nun, flüsterte Fantomas, her mit den Millionen, her mit den Schätzen!
In diesem Augenblick betrat Fantomas, nachdem er mit einem Schlüssel, den er in der Hand hielt, eine Gittertür aufgeschlossen hatte, einen zweiten Keller, der gleich neben jenem lag, in dem er sich bis dahin aufgehalten hatte.
Doch dieser Keller, dieser neue Keller, hatte keinerlei Ähnlichkeit mit dem ersten ...
Rundherum verliefen unendlich viele Drähte, die wohl mit den furchterregendsten elektrischen Spannungen, die man sich nur vorstellen kann, geladen waren ... Auf dem Boden waren geheimnisvolle Spiralfedern zu sehen und eine Unzahl von Apparaturen, deren Nutzanwendung auf den ersten Blick nicht zu erkennen war ...
Jedoch hätte der Blick eines Besuchers, wenn überhaupt ein Besucher einen solchen Ort je betreten hätte, sich gewiss nicht bei diesen merkwürdigen Anlagen aufgehalten.
Er hätte sicherlich sehr bald den ungewöhnlichen, ungeheueren, riesigen

Geldschrank wahrgenommen, der die Mitte dieses Raums einnahm ...

Es war ein eiserner Schrank von beeindruckenden, ja erschreckenden Ausmassen ...

Wenn sich am Boden des Kellers eine Vielzahl von Klapptüren, Fallen und sonstigen komplizierten Vorrichtungen befand, so einfach deshalb, weil man diesen Panzerschrank gegen jedwedes Herankommen hatte sichern wollen ... Und zum selben Zwecke waren die Kellerwände über und über mit elektrischen Drähten bespannt, die fürchterlich starken Strom führten ...

Fantomas jedoch schien sich um all diese Vorrichtungen nicht im mindesten zu kümmern ... Kaum war er in diesen Keller eingedrungen, da hatte er die Strahlen seiner Lampe schon auf den Geldschrank gerichtet; er hatte die Stahlkammer mit Augen angestarrt, die funkelten und in denen Geldgier und Gelüst in feurigen Blicken aufleuchteten ... Er schien an nichts anderes mehr denken zu können als an die unschätzbaren Reichtümer, die mit Sicherheit im Inneren dieses Panzerschranks schlummerten, zwar unter dem Schutze des Geheimschlosses, das dessen Öffnung regelte ...

Und es dauerte nicht lange, bis Fantomas, gleichsam von einem Taumel ergriffen, grosssprecherisch ausrief:

– Da bist du also, du Panzerschrank von Monte Carlo! Du unversiegbarer Quell der Gewinne, die in den Spielsälen eingeheimst werden, du bodenloser Abgrund, wo seit eh und je und bis in alle Ewigkeit ganze Vermögen zugrunde gehen! Da bist du also, du unangreifbarer, unnahbarer Panzerschrank, dem ich mich genähert habe und den ich nun angreifen will! ...

Fantomas unterbrach seine Worte, weil er lachen musste!

Er brach in ein gellendes, höllisches Lachen aus, das unter den Gewölben der Kellerräume düster widerhallte, und dann sprach er in rasendem Hochmut und mit wilder Begehrlichkeit weiter:

– Um bis zu dir vorzudringen, um die Genugtuung zu haben, dich zu sehen, um dieses ganz und gar unmögliche Wagnis auf mich zu nehmen, das mir jetzt gelingen wird, nämlich dich zu öffnen, das in dir verwahrte Gold herauszuholen und die Banknotenbündel mitzunehmen, die du hütest, dafür habe ich keine Kosten gescheut! Bisher hat man mir nachgesagt, ich sei der König der Mordanschläge ... Man glaubte, ich hätte nun die höchsten Gipfel des Verbrechens, die äussersten Grenzen der Kühnheit erreicht ... das war ein Irrtum! ... Dies hier nun sollte mir zu einer Apotheose verhelfen: Du, Panzerschrank von Monte Carlo, deinen Wächter, den Kassierer Louis Meynan, habe ich umgebracht, um deinen Schlüssel zu bekommen ... Und deinen Schlüssel, du, Panzerschrank von Monte Carlo, den habe ich listigerweise deinem rechtmässigen Besitzer zurückgegeben, um ihn zu beschwichtigen ... Aber, du, Panzerschrank von Monte Carlo, ausser diesem Schlüssel, den ich nachgemacht hatte, von dem ich also ein Doppel besass, brauchte ich noch deine Kennzahl, die Kombination zu deinem Schloss, und diese Geheimziffer habe ich herauskriegen können, ich besitze sie; deine Kombination, die kenne ich jetzt; die Kennzahl, die deine Stahltüren öffnet, die habe ich im Kopf! ... Um dir Gewalt anzutun, habe ich zu einer List gegriffen, die niemandem gelungen wäre und auf die, ausser mir, niemand je gekommen wäre!

Doch Fantomas unterbrach seine Rede. Wiederum lachte das Monstrum.

Diesmal jedoch war es nicht das höllische Lachen, das ihn einige Minuten vorher überwältigt hatte, es war ein sarkastisches, ironisches, ergötztes Lachen, das seinen Lippen entfuhr ...

– Aber du, gestand sich der Bandit selbst ein, aber du, Geldschrank, an den meine Worte sich wenden, du fühlloser Geldschrank, der du ja nichts anderes bist als Materie, dir ist das ja alles völlig gleich, nicht war? Was dich neugierig stimmt, wenn du überhaupt Überlegungen anstellst, ist die Frage, wie ich diese Ziffer 6 321 habe herausbekommen können, die es mir gestattet, mich zum Herren deines Schlosses zu machen, nicht wahr? ...

Und wieder unterbrach Fantomas seine Rede ... Mit leiserer Stimme und nur noch im Selbstgespräch fuhr er einige Augenblicke danach fort:

– Was mich verdriesst, ist die Ahnung, dass Juve aus dieser ganzen Sache nie schlau werden wird ... Ach, was macht das schon ... Immerhin bin ich sicher, dass er meiner Findigkeit Beifall gezollt hätte! ... Das war ja wirklich gar keine schlechte Idee, im Keller neben dem Stahlschrank einen Phonographen versteckt einzubauen, damit seine Rolle die Anzahl der vom Schloss ertönenden Knarrlaute aufnehmen konnte, wenn man die zur Öffnung nötige Ziffernkombination drehte ... Nein, wirklich gar keine schlechte Idee! ... Aber, gleichviel! Die Hauptsache ist, dass ich mich nicht geirrt habe!

Fantomas legte die elektrische Lampe, die ihm dazu diente, das Dunkel zu durchleuchten, neben sich auf den Boden. Aus seiner Tasche holte er einen Schlüssel, den er ganz behutsam in das Schloss des Panzerschranks steckte. Dann begann er, mit seiner ein wenig zitternden Hand an den geränderten Knöpfen zu drehen, welche die zur Kombination gehörenden Zahlen zum Vorschein brachten.

– Die Knarrlaute des Phonographen haben das Geräusch aufgenommen, das dieses Schloss verursacht, wenn man die Kombination zusammenstellt, und ich habe die Geheimziffer gefunden, sie ist 6 321 ... Gott sei Dank, versuchen wir also die 6 321! ...

Als der Bandit die Kombination zusammengestellt hatte, perlte kalter Schweiss von seiner Stirn ...

Würde er jetzt öffnen können? Würde er wirklich das unverletzbare Geheimnis des Stahlschranks des Casinos von Monte Carlo verletzen können?

Fantomas, dem so war, als schwänden ihm die Sinne, bemühte sich, seine Ruhe wieder zu gewinnen ...

Und seine Selbstbeherrschung war so gross, dass er in Sekundenschnelle wieder so kaltblütig war wie zuvor. Mit der Hand, die nun nicht mehr zitterte, drehte er den Schlüssel einmal, zweimal herum ... Lautlos wie ein wohl unterhaltener Organismus funktionierte das Präzisionswerk des Schlosses, dann hörte man das Ausrasten ... und die beiden Türen des Panzerschranks taten sich auf! ...

Da wich Fantomas geblendet um drei Schritte zurück und wagte kaum, die Haufen Goldstücke und die dicken Bündel Banknoten anzusehen, die er da vor sich, zu seiner Verfügung, seiner Geldgier ausgeliefert sah, einem sagenhaften Schatze, einem Märchenschatze vergleichbar!

– Lesen Sie das mal! Monsieur Juve! ... Nun lesen Sie doch! ... Ich sage Ihnen, das ist entsetzlich, wir sind verloren, wir können uns nicht mehr die mindeste Hoffnung machen, heute abend ...

– Aber beruhigen Sie sich doch, in Gottes Namen! Lassen Sie mich doch lesen, anstatt hier wie verrückt herum zu schwatzen ... Monsieur de Vaugreland, Sie sind ja ganz aus dem Häuschen! ...

Juve und Fandor waren eben im Casino angekommen ...

Da erwarteten sie umwerfende Neuigkeiten.

Kaum hatten die beiden Freunde die monumentale Freitreppe hinter sich, die zur Vorhalle führte, da hatten sie schon den Eindruck gehabt, dass sich während ihrer Abwesenheit ganz ungewöhnliche Dinge abgespielt hatten. Sie erkannten das an dem aufgeregten Treiben, das in den beiden Wandelhallen auf der Nord- und auf der Südseite herrschte, und auch um die Geheimkammer herum, um den Vorraum herum, der zum Panzerschrank führte, in dem sich das ganze Vermögen des Casinos befand.

Es verblieb ihnen übrigens nicht viel Zeit zum Zögern ...
Portiers stürzten auf sie zu und riefen alle auf einmal:
– Schnell! Schnell, mein Herr ... Der Herr Direktor möchte Sie sprechen!
– Monsieur de Vaugreland sucht nach Ihnen! ...
– Bitte zur Direktion, Monsieur Juve! ... Zur Direktion! ...
Es herrschte offensichtlich die grösste Verwirrung!
Ohne überhaupt etwas miteinander abzustimmen, hatten Juve und Fandor zu rennen begonnen, in grösster Eile die zum ersten Stock führende Treppe erklommen und die Büroräume der Verwaltung durcheilt, wo Angestellte mit verstörten Gesichtern miteinander sprachen ...
– Monsieur de Vaugreland? ... Monsieur de Vaugreland? ...
In diesem Augenblick fragte sich Juve, ob nicht der unglückliche Direktor des Casinos Fantomas' Anschlägen zum Opfer gefallen sei!
Und ganz erleichtert atmete er auf, als er endlich Monsieur de Vaugreland auffand, der in seinem Arbeitskabinett mit aschfahlem Gesicht und verstörtem Blick auf dem Sofa zusammengebrochen war ... während sich die leitenden Direktoren der verschiedenen Abteilungen des Casinos reglos, stumm und starr vor Entsetzen um ihn herum versammelt hatten.
– Grosser Gott!...schrie Juve, was ist denn los? ...
Mit einem Wort setzte ihn Monsieur de Vaugreland ins Bild:
– Ausgeraubt! Das Casino ist ausgeraubt! Als wir den Barvorrat für die Spiele heute abend holen wollten, haben wir vorhin den Panzerschrank offenstehend und leer oder fast leer gefunden! Millionen und Abermillionen sind weg! ...
Juve geriet ins Taumeln. Fandor blieb unbekümmert, begnügte sich damit, die Nase zu rümpfen und dann mit leiser Stimme zu bemerken:
– Immerhin noch besser als ein neuer Mord!
Aber gerade bei dieser Bermerkung von Fandor richtete sich Monsieur de Vaugreland auf und sprang wie von einer Feder emporgeschnellt von seinem Sofa:
– Aber das ist noch nicht alles! jammerte der unglückliche Direktor; der Raub, das ist noch gar nichts! Sehen Sie sich mal diesen Brief an! Diesen abscheulichen Brief! Diesen Brief, der in den Kellerräumen aufgefunden wurde! ... Lesen Sie den mal! ... Lesen Sie ihn, Herr Juve!
In diesem Augenblick sprachen alle Leute auf einmal. Nach einer Weile, die er dazu benutzte, das für die Lektüre des offenbar schwerwiegenden Do-

kuments notwendige Schweigen herzustellen, bemächtigte sich Juve des Briefes, den Monsieur de Vaugreland in der Luft hin und her schwenkte ...
Und diesen Brief las er nun mit lauter Stimme vor, während Fandor gleichzeitig, über seine Schulter gebeugt, davon Kenntnis nahm ...
Dieser Brief hatte folgenden Wortlaut:

Sehr geehrter Herr Direktor!
Ich heisse Iwan Iwanowitsch und bin, dem allerhöchsten Willen des Zaren, meines Herrn, zufolge der Kommandant der Skobeleff, *des russischen Panzerkreuzers, der vor Ihrem Casino vor Anker liegt.*
Ich habe die Ehre, Ihnen folgendes zur Kenntnis zu bringen:
Ich habe Roulette gespielt und nicht nur 300 000 Franken, die mein persönliches Vermögen darstellen, eingesetzt und verloren, sondern dazu noch 300 000 Franken, die den Kassenbestand meines Kriegsschiffs bilden.
Ich habe nicht die Absicht, der gerechten Sühne zu entrinnen, die mein Verbrechen verdient, erwarte aber, dass zumindest das Geld zurückgezahlt wird, das ich dem Staate, der Kasse der Skobeleff *unterschlagen habe ...*
Diese Rückzahlung fordere ich, und Sie werden sie leisten!
Betrachten Sie also diesen Brief als ein Ultimatum. Erstatten Sie mir die 300 000 Franken, die ich vergeudet habe, obgleich sie mir nicht gehörten. Tun Sie das vor Anbruch des Tages, widrigenfalls ich alle Batterien der Skobeleff *auf das Casino richten und dieses in die Luft jagen werde.*
Wählen Sie also:
Rückgabe der 300 000 Franken, die meinen Diebstahl darstellen, oder Beschiessung ...
Ich unterzeichne mit meinem Namen und Rang, Herr Direktor,
Iwan Iwanowitsch
Kommandant der Skobeleff.

Das Blatt bebte in der Hand von Juve, während er diesen seltsamen Drohbrief las ...
– Himmelpotzsackerment! murmelte der Geheimpolizist ... damit ist ja wirklich nicht zu spassen ... der Kerl sieht ja fest entschlossen aus! ... Verdammt noch mal! ... Was soll das aber heissen? ... Iwan Iwanowitsch ist also nicht Fantomas? Iwan Iwanowitsch ist also nicht einmal ein Komplize? ...
Fraglos war das Erstaunen von Juve bei der Lektüre des Briefes des Kom-

mandanten der *Skobeleff* sehr leicht zu verstehen. Warum aber trug Monsieur de Vaugreland eine so völlige Verstörung zur Schau?

War denn dieser Brief nicht eben jener, den Iwan Iwanowitsch eine Woche vorher dem Direktor des Casinos von Monte Carlo übergeben hatte?

Allerdings hatte es ja so ausgesehen, dass Monsieur de Vaugreland, als er sich damals Iwan Iwanowitsch gegenüber befand, der die vom Casino gezahlten 300 000 Franken zurück zu bringen gekommen war, aus dieser von dem russischen Offizier versuchten Rückerstattung gar nicht klug geworden war.

Nun aber stellte sich die Frage, wer denn, sich für den Direktor ausgebend, Iwan Iwanowitsch empfangen hatte, da ja doch niemand etwas vom Vorhandensein des ersten Schrittes des Kommandanten wusste.

Wer hatte ihm denn 300 000 Franken geliehen?

Und welche furchtbare Vereinbarung hatte dieser geheimnisvolle Gläubiger damals seinem Schuldner auferlegt?

30. Der Kommandant der Skobeleff

Und dennoch herrschte im Casino immer noch munteres Leben und Treiben.

In den Wandelgängen spazierten die elegant gekleideten Gäste unaufhörlich auf und ab; sprudelnde Heiterkeit und fröhliche Worte flogen zwischen ihnen hin und her.

Ganz hinten in der Vorhalle, wo sich alles um die Tische drängte oder oben auf den hohen Barhockern sass, genossen die Freunde amerikanischer Getränke geruhsam ihre bunten Mixturen ...

Und während ringsum in diesem prächtig erleuchteten, paradiesischen Casino dieses fröhliche Treiben herrschte, ertönten aus der Mitte der Spielsäle, wo die Besuchermasse vielleicht noch zahlreicher war als gewöhnlich, die regelmässigen Aufforderungen der Croupiers:

Faites vos jeux, messieurs, faites vos jeux.
Oder auch ihre gebieterischen Anweisungen:
Rien ne va plus!

An jenem Abend war die Luft von köstlicher Milde, und die vom Meer her wehende Brise trug in die grossen Wandelhallen eine Frische, die sich sehr angenehm von der Schwüle in den Gesellschaftsräumen unterschied.

Daraus ergab sich ein unaufhörliches Hin und Her der Gäste zwischen den Wandelgängen und den Spielsälen.

Normalerweise wird der Zugang zu den Spielsälen streng überwacht. Die drei Türen, die zur Vorhalle hinausgehen, dienen verschiedenen Zwecken: die eine ist den Stammkunden vorbehalten, die andere den Tagesgästen von ausserhalb, die dritte ausschliesslich dem Hinausgehen.

An jenem Abend war anscheinend das mit der Überprüfung der Eintretenden betraute Personal verdoppelt worden.

Hinten in der Bar sass schon Daisy Kissmi, die zwar der Tod von Isabelle de Guerray sehr betroffen gestimmt hatte, die sich aber, in der Überzeugung, dass auch sie eines Tages ein solches Schicksal ereilen würde, mehr denn je dem Alkohol hingab, was sie nicht dran hinderte, die getroffenen Vorsichtsmassnahmen zu bemerken.

Sie lenkte die Aufmerksamkeit von Conchita Conchas, die sich nicht weit von ihr aufhielt, auf die Tatsache, dass der dicke Pérouzin, ein ehemaliger Notar, der Aufsichtsbeamter geworden war, den Eingang zur Wandelhalle um keinen Fuss breit verliess.

– Ouhh! rief sie aus, möchte mal wissen, was der da macht! ... und wie heiss es dem sein muss, bei der dicken Wampe!

Conchita Conchas schenkte den Worten der Engländerin nicht viel Beachtung.

Aus gutem Grund, denn sie kannte den Aufsichtsbeamten Pérouzin nicht einmal von Ansehen.

Von dem ganzen Personal der Sonderbeamten des Casinos hatte sie nur die eigentümliche, seltsame Gestalt des Aufsichtsbeamten Nalorgne im Gedächtnis behalten. Die abergläubische junge Frau wusste von ihm, er sei ein ehemaliger Priester, und darum musste er, so versicherte sie, nach Belieben dem Spieler eine Glücks- oder eine Pechsträhne einbringen.

Conchita war übrigens in lebhaftem Gespräch mit Herrn Heberlauf, der ihrer Ansicht nach Ähnlichkeit mit Narlogne hatte.

Was Heberlauf anging, so hatte er zur Zeit nur eins im Kopf: und das war die Scheidungsklage, die er gegen seine ehrenwerte Gemahlin einreichen wollte, die, allen Mutmassungen zum Trotz, eine ganze Nacht lang aushäusig gewesen war, ohne dass auch nur irgend jemand hätte erfahren können, was sie denn wohl an jenem Abend angestellt hatte.

Schliesslich befand sich in dieser Bar auch noch die kleine Louppe, die aufgehört hatte, sich gassenbübisch und trotzköpfig aufzuführen, und nun mit weit aufgesperrten, überraschten Augen die Vorschläge anhörte, die ihr der alte Diplomat Parady-Paradol unterbreitete. Dieser verhiess der Ex-Geliebten des Abgeordneten Laurans eine gesellschaftliche Stellung allerersten Ranges in Tripolitanien, wenn sie, obgleich er nicht sehr vermögend sei, ihr Jawort zu einer Eheschliessung mit ihm gäbe ...

Während in der Bar alle diese Gespräche geführt wurden, überwachte der Aufsichtsbeamte Pérouzin in der Tat sehr genau die Eingangstüren zu den Spielsälen ...

Narlogne hatte an der Tür Aufstellung genommen, die Zugang zur Wandelhalle gewährte, und die reizende Madame Gérar, die jedermann immer wieder für eine Dame aus den besten Kreisen hielt, die auf Abenteuer aus war, welche aber nie zu etwas führten, sie schwebte, sich den Anschein einer Müssiggängerin gebend, zwischen den Roulette-Tischen hin und her.

Im Büro des Direktors, wo Monsieur de Vaugreland, der nicht still sitzen konnte, immerfort hin und her lief, sahen sich Juve und Fandor mit besorgter Miene an.

Seit sie in Monaco waren, hatten diese beiden Männer gewiss so allerlei erlebt; die vier Wochen, die sie nun gerade an der Côte d'Azur verbracht hatten, waren für sie fruchtbar an Vorfällen und Abenteuern gewesen, bei denen sie entweder zu den Opfern oder zu den Helden gezählt hatten!

An jenem Abend aber konnten sie trotz ihrer unverwüstlichen Gelassenheit nicht umhin, schreckliche Befürchtungen zu hegen.

Iwan Iwanowitschs Drohung war in aller Form ausgesprochen worden, darüber bestand kein Zweifel. Der russische Offizier liess sich zu einer schrecklichen Erpressung hinreissen, und da er wahrscheinlich genau wusste, dass die Rückerstattung der von ihm verlorenen Summen unmöglich war, bestand durchaus die Möglichkeit, dass er den nicht mehr gut zu machenden Wahnsinn begehen würde, zuerst das Casino zu beschiessen und dann sein Schiff in die Luft zu sprengen.

Es war jedoch unleugbar, dass die von den drei Männern bei der Lektüre dieses Drohbriefs empfundene Erregung sich bis zu einem gewissen Grade gelegt hatte.

Man hoffte sehnlichst, dass Iwan Iwanowitsch den genauen Wortlaut seiner Erklärung einhalten und so verfahren werde, wie er es geschrieben hatte.

Ja und dann? Das werde man dann ja im Casino sehen, er werde einen allerletzten Schritt tun, bevor er dann vielleicht zur allerletzten Lösung greife ...

Hin und wieder stellte Juve sich die Frage, ob denn überhaupt diese ganze Geschichte menschenmöglich sei; ob ein körperlich und geistig gesunder Mann, ob ein Offizier überhaupt fähig sei, so etwas zu denken und zu schreiben!

Doch im gleichen Augenblick, in dem er das bezweifelte, erinnerte sich der Geheimpolizist daran, dass ja er selbst, der untadelige, kühl berechnende Mann, der musterhafte Mann der Pflicht, sich zeitweilig von der schrecklichen Spielleidenschaft hatte überwältigen lassen, die ja gerade jene Naturen berauscht und berückt, die gegen dieses unheilbringende Laster gefeit zu sein scheinen.

Er hatte beobachtet, wie sich um die grünen Tische herum die entsetzlichsten Dramen abspielten, er wusste, dass in den Annalen von Monte Carlo eine 'schwarz-rote' Liste existierte, die nichts mit den Kombinationsmöglichkeiten am Roulettetisch zu tun hatte, aber doch deren unmittelbare Folgeerscheinung darstellte, eine Liste nämlich, welche die Fälle von Freitod, Ruin, Tod und Mord aufzählte!

Und Juve wusste auch, dass alle diese Katastrophen ganz einfach von dem mehr oder weniger guten oder bösen Willen einer kleinen Kugel abhingen, die auf einer Scheibe kreiste und so durch die unbewusste Wahl eines Fachs, wo sie zum Stehen kommen würde, über Leben oder Tod von mehreren hundert Individuen entscheiden würde!

Monsieur de Vaugreland unterbrach Juve in seinen Überlegungen!

– Mein Herr, sagte er zu ihm, indem er überstürzt vom Fenster zurückkam, auf das er sich mit dem Ellbogen gestützt hatte ..., ich glaube, da ist er!

Juve und Fandor stürmten sofort auf den Balkon: sie schauten angstvoll in die Gärten.

Juve sah überhaupt nichts. Fandor aber meinte, hinter einem Gebüsch die untersetzte Gestalt des russischen Offiziers vorbeigehen zu sehen, der anscheinend seine Uniform angelegt hatte!

– Wie seltsam, flüsterte Fandor, ich habe den Eindruck, er ist in Galadress.

– Das wäre ja gar nicht möglich, äusserte Monsieur de Vaugreland, Offiziere in Uniform werden im Casino gar nicht zugelassen. Iwan Iwanowitsch weiss das ja sehr gut, und wenn er ungesehen bleiben will, so ist dies wirklich nicht das beste Mittel ...

Der Direktor unterbrach sich:

Man hatte an die Tür seines Büros geklopft.

– Herein! rief er ...

Ein Portier trat ein und überbrachte ein Telegramm.

Der Direktor trennte die vorgelochte Reisslinie auf und las Juve und Fandor mit lauter Stimme vor:

Die Depesche hatte folgenden Wortlaut:

Der kommandierende Admiral des Geschwaders von Villefranche an Casinodirektor. Entsenden Torpedoboot Erkundung der Manöver der Skobeleff, halten Sie auf dem Laufenden.

Sie war unterzeichnet:

Admiral K'radal.

Monsieur de Vaugreland stiess einen Seufzer der Genugtuung aus!

– Ach, sagte er, das beruhigt mich ein wenig; die Admiralität von Toulon hat den übrigens diskreten Befürchtungen, die ich soeben ihr gegenüber ausgesprochen habe, Rechnung getragen.

Der Direktor hatte in der Tat mit Juves Einverständnis beschlossen, die französische Regierung um Unterstützung zu ersuchen und unter dem Vorwand, es gingen an Bord des russischen Schiffs seltsame Dinge vor sich, die Zusicherung erlangt, man werde das Schiff unauffällig beobachten.

Doch Juve liess nicht nach, er wollte nun schnell ein Ende herbeiführen; er sagte zu Monsieur de Vaugreland:

– Das darf sich nun nicht mehr in die Länge ziehen ... die Lage ist heikel, und wir verlieren kostbare Zeit. Mit Ihrer Erlaubnis, Herr Direktor, werde ich nunmehr Iwan Iwanowitsch beim Kragen packen, einverstanden?

Monsieur de Vaugreland deutete nur eine müde Geste an.

– Wie Sie wünschen! sagte er.

Er telefonierte an seinem Hausapparat, der mit den Spielsälen verbunden war:

– Hallo ... hallo ... sind Sie es, Madame G'rar? ... Gut, hier Monsieur de

Vaugreland ... Seien Sie so gut, die Aufsichtsbeamten Pérouzin und Nalorgne zu bitten, sich unverzüglich in den Garten zu begeben und sich dort einer Person zu nähern, sie wissen schon, die da spazieren geht ... Monsieur Juve wird im Nu zu ihnen stossen, er muss nur die Treppe hinunter gehen ... Als er die Anordnung getroffen hatte, wurde Monsieur de Vaugreland auf einmal ganz blass. Er war kein Freund von unwiderruflichen Entscheidungen und fürchtete vor allem die Skandale, die Geschehnisse, die geeignet waren, die Spieler, diese sorglose, elegante und reiche Kundschaft, zu beunruhigen, die das Casino mit ihrem Besuch beehrte.

Er sah Juve an:
– Sie sind also fest entschlossen? ... fragte er.
– Natürlich! sagte der Geheimpolizist abschliessend.

Er verliess das Büro des Direktors ein paar Sekunden nach Fandor, der ihm vorausgegangen war.

Die beiden Männer mussten die Spielsäle durchqueren; der eine hatte sich vorgenommen, den Weg durch die Vorhalle einzuschlagen, und das war Fandor; der andere wollte über das äusserste Ende der Wandelhalle, in der Absicht, unmittelbar in den Garten zu gelangen, und das war Juve.

Doch kaum war der Kriminalbeamte einige Stufen hinunter gestiegen, da kehrte Fandor um und lief ihm in die Arme:
– Also gut, kündigte der Journalist an, wieder was Neues ...
– Was ist denn los, Fandor?
– Es ist los, setzte der Journalist fort, dass dieses Luder in den Saal hineingekommen ist ...
– In den Saal? rief Juve aus, das ist doch unmöglich, die Zugänge waren doch bewacht ...
– Ja, du lieber Gott, bis zu dem Moment, da der Direktor seinen Leuten die Anweisung erteilt hat, in den Garten zu gehen ... Iwan Iwanowitsch, der offenbar diesen Augenblick abgewartet hatte, hat einen Augenblick der Unachtsamkeit, hat die Abwesenheit von Pérouzin oder Nalorgne ausgenutzt um reinzukommen ... da hat er sich aber beeilt ...

Monsieur de Vaugreland, der, nachdem er die Tür seines Arbeitskabinetts gut abgeschlossen hatte, hinter Juve her gelaufen war, hatte die letzten Worte des Gesprächs mitbekommen und deren Sinn verstanden.

Er hob die Arme zum Himmel:
– Jetzt haben wir auch noch dieses Pech, murmelte er, das ist ja grässlich ...

– Wieso denn? entgegenete Juve beim Hinuntersteigen, wir werden ihn eben im Saal verhaften, und damit basta ... wir werden ihn hierher bringen, er muss sich ja doch aussprechen ...

Ganz ausser sich unterbrach ihn Monsieur de Vaugreland:

– Das glauben Sie doch selber nicht ... man kann ihn doch nicht im Saal verhaften, da sind Grossfürsten, Leute vom russischen Hofe ... das würde doch einen Riesenskandal heraufbeschwören, und das um so mehr, als jedermann die Augen nur noch auf Iwan Iwanowitsch gerichtet hat ...

– Warum denn das? fragte Fandor.

– Na, wegen seiner Uniform, rief Monsieur de Vaugreland aus ...

Fandors Verblüffung nahm immer mehr zu; da war in der Tat etwas, was der junge Mann sich nicht erklären konnte; er antwortete nickend, mit halblauter Stimme, als spräche er mit sich selbst:

– Das Merkwürdigste an der ganzen Sache ist, dass Iwan Iwanowitsch, den ich gerade im Saal gesehen habe, überhaupt nicht in Uniform ist ... sondern im Frack!

Juve hatte an diesem Gespräch nicht teilgenommen, war seinen beiden Gefährten jedoch vorausgegangen und an die Spieltische getreten:

Monsieur de Vaugreland rannte zu ihm, stützte sich auf seine Schulter und flüsterte ihm ins Ohr:

– Ich bitte Sie herzlich, Monsieur, nehmen Sie ihn noch nicht fest ... warten wir erst einmal ab, was er tun wird ...

Dann fügte er, in der Hoffnung, Juve zu überzeugen, hinzu:

– Jedenfalls werden wir gewiss nicht in die Luft fliegen, solange er sich noch im Casino befindet ... Die Tatsache, dass er sich hier in den Sälen aufhält, erspart uns selbstverständlich die Beschiessung ...

– Na, das, bemerkte Juve, das ist noch gar nicht heraus ... Die Verzweifelten von dieser Sorte nehmen die Dinge nicht so genau!

Aber Monsieur de Vaugreland beharrte auf seiner Meinung und gab Juve sozusagen den Befehl, die Verhaftung aufzuschieben:

– Na schön, meinte dieser und zuckte unmerklich mit den Achseln, dann warte ich eben! ...

Iwan Iwanowitsch, denn er war es wirklich, und zwar im Frack und nicht in Uniform, wie man zuerst angenommen hatte, war zunächst mit gleichmütigem Gesicht und in lässiger, ruhiger Haltung im Spielsaal umhergeschweift und hatte sich dann langsam den Roulettetischen genähert.

Er kramte ein paar Goldstücke aus seinen Taschen hervor.

Der Direktor, Fandor und Juve beobachteten ihn von weitem, und auf den Wunsch des Geheimpolizisten schickte Monsieur de Vaugreland, um für jeden Fall gerüstet zu sein, Madame G'rar aus, die Aufsichtsbeamten Pérouzin und Nalorgne zu holen, die, als sie vom Garten zurückkamen, selbstverständlich erklärten, sie hätten Iwan Iwanowitsch überhaupt nicht gesehen...

Mit seinem durchdringenden Blick überwachte Fandor das Spielen des russischen Offiziers:

– Dabei gewinnt er auch noch, flüsterte er Juve ins Ohr...

Dies schien Monsieur de Vaugreland sehr recht zu sein:

– Hoffentlich gewinnt er immer weiter... und zwar viel!

Da schwieg er schon: sein Wunsch sollte nicht lange in Erfüllung gehen.

Die schicksalhafte Kugel war in der Tat, nach zwei oder drei Glücksfällen für Iwan, auf einer Zahl liegen geblieben, die ganz gewiss nicht die von dem rätselhaften Spieler gewählte war, denn mit einem Male sah man, wie sich der Gesichtsausdruck von Iwan Iwanowitsch veränderte; eine Sorgenfalte trat auf seine Stirn und ein wilder Krampf zuckte über seine Lippen.

Jedoch gab der russische Offizier die Partie nicht auf. Nochmals hatte er in seinen Taschen gewühlt und dann, sicherlich entschlossen, alles aufs Spiel zu setzen, ein Bündel Banknoten vor sich hingelegt:

– Das ist der Rest vom Schützenfest, kommentierte Monsieur de Vaugreland. Dieser Mann setzt jetzt seine Existenz aufs Spiel...

Und Fandor, immer zu Spott aufgelegt, konnte es sich nicht verkneifen, dem hinzuzufügen:

– Ja, seine Existenz... und unsere auch, Herr Direktor... das dürfen Sie nicht vergessen!

– Ach, wenn er bloss, stammelte Monsieur de Vaugreland, der immer mehr den Kopf verlor, wenn er doch bloss gewinnen würde!

Auf dem Roulettetisch setzte die Kugel gleichgültig mit unregelmässigem Hüpfen ihr sprunghaftes Kreisen fort:

– Rien ne va plus! rief nochmals der Croupier...

Dann trat eine kurze Stille ein, worauf das zufriedene oder wutentbrannte Gemurmel der Gegenspieler einsetzte.

Iwan erblasste immer mehr; die Banknoten, die er unter seinen bebenden, schweissnassen Fingern hielt, wurden schnell immer weniger...

Und im gleichen Masse wie der Offizier verlor, fühlte auch Monsieur de

Vaugreland, der, in der Menge verborgen, diesem mit dem Zufall geführten Kampf als Zeuge beiwohnte, wie er mehr und mehr den Verstand verlor.

Ach, wie sollte er bloss die Gefahr abwenden, die all diese Leute bedrohte, wie sollte er bloss nicht nur den ungeheuren Skandal, sondern auch das entsetzliche Drama vermeiden, das in wenigen Augenblicken zugleich seinen Anfang und sein Ende nehmen musste?

Denn eines war ja doch gewiss: die Verluste, die der russische Offizier weiterhin erlitt, mussten ihn ja doch zu irgend einem furchterregenden extremen Entschluss verleiten.

Konnte man diesen nicht um jeden Preis verhindern ... ja, um jeden Preis?

Es hätte nicht viel gefehlt, und Monsieur de Vaugreland wäre durchaus geneigt gewesen, Iwan Iwanowitsch zu sich heranzurufen und ihm die von ihm verlangten 300 000 Franken auszuhändigen ...

Doch gerade kam ein Spielaufseher an Monsieur de Vaugreland vorbei.

Dieser rief ihn zu sich:

– Sie sehen doch diesen Tisch da, sprach er, diesen Roulettetisch, an dem jener Herr sitzt, der so oft verliert? ...

– Jawohl, bestätigte der Angestellte, heute abend büsst Herr Iwan Iwanowitsch bedeutende Summen ein ...

Monsieur de Vaugreland sah seinen Untergebenen verstört an.

Stammelnd brachte er hervor und dachte dabei eher laut, als dass er eine Anweisung gab:

– Bestünde nicht vielleicht die Möglichkeit, ihn gewinnen zu lassen?

Der Spielaufseher begnügte sich mit einem Lächeln, war er doch weit davon entfernt, die ganze Angst zu begreifen, die den Direktor des Casinos zu solcher Äusserung veranlasst hatte.

– Ach, meinte er lächelnd, dann müsste man ja dem Glück Vorschriften machen können ... den Zufall meistern können ...

Und, das Thema wechselnd, fügte er hinzu:

– Ein schöner, voller Saal heute abend, Herr Direktor ... Niemals hat das Casino bisher so prächtige Einnahmen verzeichnet!

Monsieur de Vaugreland, der seiner Aufregung nicht mehr Herr wurde, brach die Unterhaltung plötzlich jäh ab und machte auf seinem Absatz kehrt...

Ach, was machten ihm heute abend schon die Einnahmen aus!

Auf einmal meinte er, sein Herz habe zu schlagen aufgehört.

Monsieur de Vaugreland hatte Juve und Fandor aus den Augen verloren, aber sein Blick blieb auf Iwan Iwanowitsch gerichtet.

Dieser nun hatte unvermittelt den Roulettetisch verlassen.

Der Offizier taumelte wie ein Betrunkener; zuerst schien er zu zögern und nicht zu wissen, in welcher Richtung er sich bewegen sollte ...

Unwillkürlich fuhr er sich mit der Hand über die Stirn; er tupfte sich die dicken Schweisstropfen ab, die ihm an den Schläfen entlangrannen. Dann ging er los, durchquerte den überfüllten Raum und erreichte die Wandelhalle.

Monsieur de Vaugreland, der ihm von weitem folgte, atmete etwas erleichtert auf, denn nun erblickte er Juve, der verborgen in einer Fensternische stand; und neben ihm befand sich Fandor. Ein wenig hinter ihnen hielten sich Pérousin und Nalorgne auf und trugen gleichgültige Mienen zur Schau, waren aber bereit, über den Offizier herzufallen, wenn dieser auch nur die geringste Bewegung machen würde!

Da stellten sich denn alle vor, dies sei der entscheidende Augenblick. Iwan Iwanowitsch hatte gerade auf seine Uhr geschaut.

Hängenden Kopfes schritt er nun auf die Treppe zu, welche zu den Büroräumen der Verwaltung führte ...

Hatte er jetzt vor, sich zu dem Direktor zu begeben, den er im Saal nicht bemerkt hatte und von dem er wohl annahm, er befinde sich in seinem Kabinett?

Wenn dies die Absicht des russischen Offiziers war, so konnte man wohl hoffen, dass nun eine Klärung der Dinge eintreten würde.

Schon seit mehr als einer Stunde hatte er sich im Casino aufgehalten, und es war nichts Ungewöhnliches geschehen. Vielleicht hatte er beschlossen, die Beschiessung aufzuschieben, vielleicht war das überhaupt nur eine Drohung gewesen?

Aber noch während er diesem optimistischen Gedanken nachhing – man glaubt ja gerne, was man sich erhofft – musste Monsieur de Vaugreland plötzlich seine Meinung ändern.

Er wich mit einem Satz zurück, unterdrückte einen Schrei des Schreckens, suchte an einer Wand Halt, um nicht zusammenzubrechen, seine Beine wurden schwach und versagten ihm den Dienst! ...

Iwan Iwanowitsch hatte auf einmal wieder kehrt gemacht.

Der Offizier war an ein offen stehendes Fenster gestürzt und sah dort hinaus. Durch dieses Fenster konnte man, über die Gärten hinweg, das Meer sehen, und in eben diesem Moment sahen Juve, Fandor, der Casinodirektor und die Aufsichtsbeamten, deren Blicke instinktiv dem des Offiziers gefolgt waren, auf der See ein aussergewöhnliches Schauspiel.

Die Silhouette der *Skobeleff*, die sich als imposante, schwere Masse vom Wasser abhob, hatte sich vergrössert und dem Festland genähert. Die Lichter des Schiffes leuchteten, heller Schein drang aus den Geschützpforten, und dicker, schwarzer Rauch quoll aus den Schornsteinen.

Was würde nun geschehen?

Wenn die *Skobeleff* unglücklicherweise nun den Befehl zur Beschiessung des Casinos erhalten hatte, so konnte ihr keine Macht der Erde mehr Einhalt gebieten!

Entsetzliches Grausen überkam den Direktor, und er sah das seiner Leitung unterstehende, malerische Gebäude schon wanken und einstürzen! Er sah schon die rauchenden Ruinen, die mit ihrem Schutt die Menge der Unglücklichen begrub, die, zur Zeit noch, sich ihrer Leidenschaft hingaben, um die Spieltische herum sassen oder in den Wandelgängen und der Vorhalle hin und her wogten, flirtend, scherzend, frohgestimmt, sorglos und ganz der Lebensfreude ergeben.

Am überraschtesten von allen war aber – dem Anschein nach jedenfalls – ganz sicher Iwan Iwanowitsch...

Der Offizier, der zunächst sprachlos vor Schrecken war, hatte bald mit einer Gebärde der Bestürzung die Arme zum Himmel erhoben.

Dann aber konnte er nicht mehr an sich halten und musste sein Versteckspiel beenden, Hals über Kopf sprang er durch die Fensteröffnung in den Garten...

Sofort stürmten die Aufsichtsbeamten hinter ihm her.

Es bestand keinerlei Zweifel, dies war bestimmt das Signal, es war genau die Zeit, zu der das Drama beginnen sollte!...

– Ah! fluchte Pérouzin, den der Direktor über die furchterregende Machenschaft in Kenntnis gesetzt hatte und der schon seit seiner ersten Begegnung mit Iwan Iwanowitsch den Offizier verdächtigt hatte, ah, du wirst mir nicht entwischen, und wenn wir alle dran glauben müssen, so wirst du der erste sein!

Der Ex-Notar hatte noch nicht zu Ende gesprochen, als ein Revolverschuss ertönte.

Juve hatte in der Tat aus nächster Nähe auf Iwan Iwanowitsch geschossen!

Aber der Polizist blieb sprachlos vor Staunen stehen. Er hatte Iwan Iwanowitsch mitten in die Brust geschossen, und der lief immer noch!

Juve blieb nicht die Zeit, sich lange zu fragen, was wohl der Grund für die Unverletzbarkeit sein mochte. Sie bestand übrigens nur dem Anschein nach ... Eine Sekunde danach erscholl ein zweiter Schuss, dann ein dritter.

Es waren die Aufsichtsbeamten des Casinos, die geschossen hatten, und diesmal blieb der russische Offizier plötzlich stehen, wankte einen Augenblick, sank auf den Boden und blutete aus vielen Wunden; der Unglückliche wand sich vor entsetzlichen Schmerzen und wälzte sich im Staub hin und her ... Keiner von den Schüssen war sofort tödlich gewesen.

Juve stürzte auf ihn zu:

– Iwan Iwanowitsch, was haben Sie getan? ... Was hatten Sie vor? fragte er ... Sind Ihre Befehle erteilt worden? ... Antworten Sie, bevor Sie sterben ... Wird die *Skobeleff* das Casino beschiessen?

Der Sterbende schien aber das Verhör von Juve nicht zu verstehen.

Über sein schon bleifarbenes Gesicht legte sich die Maske des Todes; während er sein Blut in Strömen verlor, brachte er noch mit kaum hörbarer Stimme hervor:

– Ach, es ist aus, jetzt kommt die Sühne, ich sterbe ... ich büsse! ...

– Juve! brüllte eine zugleich donnernde und schreckenerfüllte Stimme ...

Fandor war es, der den Geheimpolizisten rief:

– Juve! Herrje! Schauen Sie mal da! fuhr der Journalist fort ... das ist entsetzlich, das ist ja irre ... Ah, schauen Sie sich das an! ... Iwan Iwanowitsch ist tot, und doch macht sich Iwan Iwanowitsch davon! Ja! Wir hatten beide recht, sie waren zu zweit, *sie sind zu zweit*!

Ohne sich um den Sterbenden zu kümmern, der sein letztes Röcheln von sich gab, eilte Juve an Fandors Seite.

Der Journalist war auf eine Bank gestiegen. Von da aus hatte man einen prächtigen Ausblick auf das Meer.

Dort war in dem Lichtkegel, den der Leuchtturm auf die *Skobeleff* richtete, um die von dem grossen Panzerkreuzer ausgeführten Manöver zu erkennen, gerade ein mit sechs kräftig rudernden Matrosen bemanntes Beiboot zu sehen. Und am Heck des Beiboots, am Kommandoplatz, stand Iwan Iwanowitsch ... *noch ein Iwan Iwanowitsch!*

Dieser aber trug eine Uniform und fuhr zum Schiff.

Was würde nun an Bord vor sich gehen? ...

Während sich diese Szene abspielte und der Geheimpolizist sowie der Journalist nun endlich die unbestreitbare Lösung des Problems kannten, das sie seit so langem quälte, nämlich dass es Iwan Iwanowitsch *zweifach* gab, eine unglücklicherweise zu spät erkannte Lösung, eine Lösung, derzufolge der eine von beiden, und wahrscheinlich der Unschuldige, nun vom unversöhnlichen Tod dahingestreckt am Boden lag, während dieser Zeit also überprüfte Juve instinktiv seinen Revolver, denn er fragte sich, warum seine Kugel den unseligen Offizier nicht getroffen hatte, als er als erster auf dessen Brust gezielt hatte.

Und Juve entdeckte nun, dass mit Ausnahme einer nun verbrauchten Patrone, deren Kugel selbstverständlich fehlte, die Trommel seiner Waffe leer war.

Jedenfalls befand sich darin nur ein winziges Stückchen Papier.

Es steckte in einer der für die Kugeln bestimmten Kammern; voller Neugier und in steigender Spannung, faltete er das Blättchen auseinander.

Da stand nur zu lesen:

Fantomas' Tochter bewahrt Sie davor, ein Verbrechen zu begehen, und tut ihre Pflicht, indem sie ihren Vater rettet!

– Fandor! rief Juve aus, lies mal!

Der Journalist trat heran:

– Fantomas' Tochter, erklärte er, rettet ihren Vater! ... Ja, du liebe Güte, Juve, der Offizier, der sich gerade an Bord der *Skobeleff* begibt, ist mit Sicherheit niemand anderer als Fantomas!

Monsieur de Vaugreland trat an die kleine Gruppe um Juve und den Journalisten heran.

Er hatte einen Umweg gemacht, um nicht allzu nahe an die Leiche des unseligen Offiziers heran zu kommen, welche die herbei eilenden Casinoangestellten übrigens schon fortschafften, wobei sich einige mit einer Bahre bemühten, während andere schon damit beschäftigt waren, mit Harke und feinem weissem Sand in den Alleen des Parks die Lachen gerinnenden Bluts zu beseitigen.

Am ganzen Leibe schlotternd trat Monsieur de Vaugreland an Juve heran:

– Wir sind gerettet, sagte er; dank Ihrem Scharfsinn, Monsieur Juve, ist der Übeltäter nunmehr unschädlich gemacht, und ich preise mich glücklich bei dem Gedanken, dass der Skandal schnell vertuscht sein wird!

Juve schaute den Direktor zunächst einmal sprachlos an.

Es trat eine Stille ein, und dann, plötzlich, konnte der Geheimpolizist seine Wut nicht mehr meistern, er packte Monsieur de Vaugreland bei den Schultern und fauchte ihn schonungslos an:
— Sie elender Dummkopf ... haben Sie denn überhaupt nichts begriffen? Haben Sie nicht kapiert, dass wir erledigt sind! ... Und wenn nicht in fünf Minuten eine Salve Granaten Ihren Kramladen in Grund und Boden feuert, dann kenne ich meinen Fantomas nicht wieder ... Einen Unschuldigen haben Ihre Leute erschossen, und jetzt geht der Schuldige gerade an Bord der *Skobeleff*; wir sind geliefert, und ich muss zugeben, dass wir da eine saubere Arbeit geleistet haben!...
— Werter Herr! Werter Herr! ...flehte Monsieur de Vaugreland, ganz bestürzt und entsetzt, als er sah, dass sich im Garten Gruppen bildeten, und dass die Ansammlung von Leuten, welche die Revolverschüsse herbeigelockt hatten und deren Neugier durch die Manöver der *Skobeleff* nur noch angestachelt wurde, immer mehr anwuchs, werter Herr, gehen wir doch fort von hier ...
Monsieur de Vaugreland, der nahe daran war, in Ohnmacht zu fallen, hatte kaum noch die Kraft, Juve inständig zu bitten, ihn in sein Arbeitskabinett zu begleiten.
— Nun gut! sagte der Geheimpolizist ...
Einige Sekunden danach befanden sich Juve, Fandor und Monsieur de Vaugreland im Büro des Direktors.
Die Minuten, die verrannen, waren äusserst dramatisch.
Durch das offenstehende Fenster war deutlich zu sehen, wie die *Skobeleff* an der Reede eine Bewegung ausführte, ohne dass einzusehen war, welchen Zweck sie nun eigentlich verfolgte ...
— Ist doch ganz klar, hatte Juve bemerkt, die *Skobeleff* sucht sich die beste Stellung für die Beschiessung des Casinos!
— Wir sind ja ein wunderschönes Ziel, fügte er hinzu und gab sich munter gelaunt, was bei Monsieur de Vaugreland unsägliche Angst auslöste...
Fandor jedoch, der sich nicht um die Folgen, die das Abenteuer haben würde, scherte, wollte vor allem wissen und verstehen; er befragte Juve.
Übrigens unterzog der Geheimpolizist schon seit einer Weile den Brief, jenen berüchtigten Brief, den Monsieur de Vaugreland ihm anvertraut hatte, einer genauen Überprüfung:
— Herrje nochmal! rief er plötzlich aus, nachdem er die Schriftzüge ange-

feuchtet und festgestellt hatte, dass diese erstaunlich eingetrocknet waren ... Herrje nochmal!, dieser Brief ist gar nicht von gestern ... der ist schon vor langem geschrieben ... vielleicht vor zehn oder vierzehn Tagen ...ist doch merkwürdig ... wie ist es denn möglich ...

Auf einmal griff Monsieur de Vaugreland in das Gespräch ein:

– Monsieur Juve, sagte er, ich erinnere mich an einen seltsamen Vorfall ... hören Sie mal, zeitlich stimmte er mit dem Mord an dem unglücklichen Norbert du Rand überein; da war Iwan Iwanowitsch gekommen und schlug mir vor, mir die 300 000 Franken zu erstatten, die, so sagte er, das Casino ihm am gleichen Morgen geliehen habe:

– Wer hatte ihm denn dieses Geld geliehen?

– Wir konnten nicht glauben, dass man eine derartige Summe ausgeliehen habe ... von uns hatte ja in der Tat niemand den Besuch von Iwan Iwanowitsch erhalten ...

– Wozu erzählen Sie mir das alles? fragte Juve ...

– Ich weiss nicht, meinte Monsieur de Vaugreland, nur die Übereinstimmung zwischen den beiden Summen hat meine Aufmerksamkeit erregt ...

– Herr Direktor, erklärte Juve, Sie eröffnen mir neue Ausblicke, die immer mehr an Klarheit gewinnen...

Er schien angestrengt nachzudenken, im Büro herrschte ein beklemmendes Schweigen, und niemand wagte, es zu brechen ...

Da blickte Juve auf: dieser Mann war so glücklich, nun eine Erklärung über die Ereignisse abgeben zu dürfen, die seine Neugier seit so langer Zeit erregten, dass ihm nunmehr die Bewegungen der *Skobeleff* völlig gleichgültig waren.

Die Frage, ob er nun im Verlaufe der wahrscheinlichen Beschiessung umkommen werde oder nicht, kümmerte ihn kaum; seine einzige Sorge war, es zu erklären, dem nun auch ängstlichen Fandor die Mysterien zu erklären, deren Aufdeckung er nun schon seit so langer Zeit mit Verbissenheit betrieb.

– Fandor, rief Juve aus, hör mal zu! Dieser Brief hier ist drei Wochen alt ...

Er ist mit Sicherheit von Iwan Iwanowitsch geschrieben worden, denn vor drei Wochen hatte der Unglückliche beim Spiel ungeheure Summen vergeudet ... Vollkommen ausser sich, kopflos geworden, ist er damals ins Casino gekommen und hat um Geld gebeten ... und gedroht, die Stadt zu beschiessen, wenn man ihm sein Geld nicht zurückgäbe ... Und er ist von einem Direktor empfangen worden – oder jedenfalls von jemandem, der sich als solcher ausgegeben hat – von jemandem, der 300 000 Franken bei sich hatte und ihm diese hat geben können! Und dieser Jemand – das kannst du nicht bezweifeln, Fandor – der war Fantomas! Fantomas hat den Brief behalten, diesen Brief, den Iwan Iwanowitsch naiverweise zurückzubekommen hoffte an jenem Abend, als er, nachdem er Norbert du Rand zum Gewinnen verholfen und mit ihm eine beträchtliche Summe geteilt hatte, sich vornahm, dem Casino gegen Rückgabe dieses kompromittierenden Schriftstücks die Summe zu erstatten, die Fantomas ihm am gleichen Morgen geliehen hatte ...

Seitdem, fuhr Juve fort, war Iwan Iwanowitsch in der Hand des Banditen. Er musste ihm gehorchen, war gezwungen, seine Befehle auszuführen, handelte nur mehr wie ein Automat und lebte nur noch in der Furcht, dieser Brief könnte den Behörden übergeben und er selber für seinen Leichtsinn bestraft werden!...

– Gewiss, Fantomas hat Iwan Iwanowitsch belohnt, indem er ihm zu Geldgewinn verholfen hat ... Denk nur an den Trick mit der Nummer Sieben am Roulettetisch, aber denke auch daran, Fandor, dass jedes Mal, wenn sich ein Verbrechen ereignete, die Verantwortung dafür zwangsläufig dem unseligen Offizier zuzufallen schien! ...

– Erinnern Sie sich, Juve, rief Fandor aus, der die Erklärungen des Geheimpolizisten sehr gut verstanden hatte, erinnern Sie sich an die Aufgeregtheit des wahren Iwan Iwanowitsch an jenem denkwürdigen Abend, als ich seine Rückkehr an Bord seines Schiffs verhindert habe. Da hatte er vorgegeben, 'Befehle' ausführen zu müssen, deren Herkunft er nicht anzugeben vermochte und die lauteten, er habe umgehend auf sein Schiff zurückzukehren.

– Es waren Befehle von Fantomas! erklärte Juve und fügte hinzu:

– Und erinnere dich, Fandor, dass wir uns beide unausgesetzt in der Gesellschaft des wahren Iwan Iwanowitsch befunden haben oder in der von Fantomas, der dessen Gestalt, Gesicht und Aussehen angenommen hatte, um die greulichsten Untaten zu vollbringen ...

– Erinnern Sie sich, Juve, fuhr Fandor fort, dass Fantomas es beinahe geschafft hätte, Zwietracht zwischen uns zu säen, indem er uns allzusehr die Überzeugung gewinnen liess, Iwan Iwanowitsch sei der Schuldige!..

Ohne sich um die Anwesenheit des Direktors zu kümmern, ergriffen Juve und Fandor einer des anderen Hand und drückten sie, als wollten sie sie zermalmen!

Monsieur de Vaugreland schaute verdutzt und erstaunt auf die beiden

Männer, die, ganz im Banne ihrer gegenseitigen Erklärungen, in keiner Weise von ihm Notiz nahmen.

Auf einmal klingelte das Telefon. Monsieur de Vaugreland war instinktiv mit einem Satz am Apparat:

– Hallo? ... Hallo? ... Was sagen Sie? ... Ich verstehe kein Wort ... hören Sie, ich bin zu angestrengt, zu aufgeregt ...

Der Unglückliche übergab den Hörer an Juve, der, sich mit kurzen, einsilbigen Antworten begnügend, auf einen Bogen Papier die ihm übermittelte Nachricht schrieb ...

Und Fandor, der ihm über die Schulter sah, konnte die folgende schlichte, vom Semaphor übermittelte Meldung lesen:

Die *Skobeleff* verlässt die Reede entsprechend den regulären Anordnungen ihrer Regierung.

Mit einem Satz war Fandor am Fenster.

Die Nachricht stimmte, da gab es keinen Zweifel.

In der kurzen Zeit, während der sich der Journalist und der Geheimpolizist unterhalten hatten, hatte der majestätische Panzerkreuzer eine Wendung ausgeführt, und nun stach er bei gelöschten Lichtern, die vorschriftsmässigen Positionslampen ausgenommen, in See ...

Und Monsieur de Vaugreland murmelte unüberlegt vor sich hin:

– Gott sei gelobt! Jetzt sind wir nicht nur Iwan Iwanowitsch los, auch diese bedrohliche schwimmende Festung wird sich ausser Sichtweite befinden, wenn der Tag anbricht ... Ich bin sehr glücklich, zu erfahren, dass die *Skobeleff* ausläuft ... Hoffentlich haben wir nun unsere Ruhe!

– Hm, hm, unsere Ruhe? meinte Juve diskret, aber mit bitterem Lächeln ... das möchte ich sehr bezweifeln. Gewiss, Iwan Iwanowitsch ist tot, doch ein Unschuldiger hat dran glauben müssen!

Gewiss, die *Skobeleff* sticht in See ... doch hat der russische Panzerkreuzer den furchterregendsten Kapitän als Befehlshaber an Bord, den es je auf der Welt gab!

Denn von jetzt ab untersteht die *Skobeleff* welchem Kommando? ... Nun, dem von Fantomas! ...

Die erste vollständige deutsche Übersetzung nach der französischen Erstausgabe dieses Werkes von 1911 besorgten Erika Tophoven-Schöningh und Pierre Villain.

Die grafische Gestaltung ist von Wolfgang Schmidt, Dreieich.

Umschlag von Hennes Maier, Frankfurt am Main.

Die Belichtung der übernommenen Daten in 10/12 Punkt normal Garamond auf Linotype CRTronic 200 erfolgte durch Satzinform, Berlin.

Das 80 g holzfreie weisse Werkdruckpapier Sympathikus mit 1,5fachem Volumen lieferten Schneider & Söhne in Esslingen.

Druck und buchbinderische Verarbeitung führte die Fuldaer Verlagsanstalt GmbH in Fulda aus.

Die herstellerische Betreuung übernahm Helmut Albers, Herstellungsservice, Bremen.

Die Drucklegung wurde im September 1986 beendet.

ISBN 3 7632 3270 2